Michael D. O'Brien

Father Elijah

Eine Apokalypse

fe

1. Auflage 2008

Hauptstraße 22, D-88353 Kißlegg
Umschlaggestaltung: Manuel Kimmerle
Umschlagbild: Gemälde von Michael D. O'Brien
Druck: Pustet, Regensburg

ISBN: 978-3-939684-32-9

Die Originalausgabe erschien 1996 unter dem Titel
„Father Elijah – An Apocalypse"
im Verlag Ignatius Press, San Francisco (USA)

Michael D. O'Brien

Father Elijah

Eine Apokalypse

übersetzt von
Gabriele Kuby

Werde wach und stärke, was noch übrig ist, was schon im Sterben lag…
(Offenbarung 3,2)

Inhalt

Einleitung

Eine Apokalypse ist ein literarisches Werk, das sich mit dem Ende der Geschichte beschäftigt. Verschiedenste Apokalypsen sind über die Jahrtausende im kulturellen Leben der Völker und Religionen entstanden. Sie werden aus philosophischer Spekulation geboren, aus Visionen der Zukunft oder aus vagen Sehnsüchten und Befürchtungen, nicht selten auch aus der unausrottbaren Leidenschaft des Menschen, das zu schaffen, was J. R. R. Tolkien „Sub-Kreationen" nannte. Diese Gedichte, Epen, Phantasien, Mythen und prophetischen Werke legen alle Zeugnis für die Vergänglichkeit der irdischen Existenz des Menschen ab. Der Mensch ist Gast auf Erden. Seine Existenz ist unsagbar schön – und gleichzeitig gefährdet. Das griechische Wort *apokalypsis* bedeutet entblößen oder offenbaren. Durch solche Offenbarungen öffnet sich der Blick des Menschen, der nach einem Schlüssel für seine Identität sucht, um Beständigkeit und Vollendung zu finden, auf das Panorama der menschlichen Geschichte.

Das Schlimmste an der „Entmythologisierung" in unserer Zeit, die vor nichts Halt macht, könnte die Botschaft sein, daß die Geschichten des christlichen Glaubens nichts weiter sind als die christliche Version der universellen „Mythen". Viele Kulturen hätten Geschichten hervorgebracht, in denen der Held getötet wird und dann ins Leben zurückkehrt; noch viel verbreiteter ist die Idee, daß die Geschichte in einer Katastrophe enden wird. G. K. Chesterton bemerkte einmal, die Entmythologisierer seien der Meinung, eine Wahrheit könne einfach deswegen nicht wahr sein, weil sie sich tief in der Vorstellung zahlreicher alter Völker verankert habe. Er wies darauf hin, daß die Entmythologisierer es versäumt hätten, sich mit der Tatsache auseinanderzusetzen, daß Völker ganz unterschiedlicher Zeiten und Orte ein intuitives Wissen von Ereignissen hatten, die sich tatsächlich in der Geschichte zutrugen; daß in ihrer inneren Sehnsucht ein Schimmer vorhanden war, eine Vorahnung, eine Art Vorgreifen auf die Fülle der Wahrheit durch das Medium Kunst, die eines Tages in der Inkarnation Fleisch annahm. Die Offenbarung des Johannes ist eine Apokalypse höherer Ordnung. Sie ist echte Prophetie in dem Sinne, daß es nicht einfach nur ein Werk mit Vorhersagen ist, sondern eine direkte Mitteilung des Herrn der Geschichte. Sie ist ein Mahnruf, eine Ermutigung, ein Lehrinstrument und eine Vision von Ereignissen, die eines Tages wirklich geschehen werden.

Während sich das Drama unserer Zeit auf einen unbekannten Höhepunkt hin zu bewegen scheint, tauchen alle möglichen Spekulationen auf. Die Offenbarung des Johannes zieht neu das Interesse auf sich, begleitet von einer Flut von Interpretationen. Eine Schule behauptet, daß sich das Buch ausschließlich auf die Zeit des Johannes beziehe; eine andere sagt, es handle sich um eine Betrachtung über das Ende der Dinge in unbestimmter Zukunft; eine weitere glaubt, das Buch sei eine Landkarte der Kirchengeschichte, wie sie sich in sieben Hauptepochen entfaltet. Eine vierte Interpretation, die von den meisten Kirchenvätern vertreten wird, sieht in der Offenbarung eine theologische Vision einer kolossalen spirituellen Landschaft, die sowohl Beschreibungen der Kirche zur Zeit des Johannes enthält wie von Ereignissen, die sich am Ende der Zeiten zutragen werden. Für Johannes beginnt die „Endzeit" mit der Inkarnation Christi in der Welt, und es steht nur noch ein letzter Kampf aus, den die Kirche bestehen muß.

Das ist in meiner Sicht die umfassendste und beste Interpretation, und ich habe sie mir in *Father Elijah* zu eigen gemacht. Der Leser hat eine Apokalypse im alten literarischen Sinn vor sich, aber eine, die im Licht der christlichen Offenbarung geschrieben wurde. Es handelt sich um Spekulation, um einen erfundenen Roman. Es sollen nicht so sehr Einzelheiten des Endkampfes vorausgesagt, als vielmehr beleuchtet werden, wie sich die Persönlichkeit des Menschen unter Bedingungen unerträglicher Spannung verhalten könnte in einem moralischen Klima, das zunehmend kälter wird bei einem sich ständig verändernden spirituellen Horizont. Die nahe Zukunft birgt viele mögliche Variationen des apokalyptischen Themas, die mehr oder weniger düster sind. Ich präsentiere nur *ein* mögliches Szenario, aber die Hauptperson ist in ein Dilemma verstrickt, dem sie in jeder Apokalypse ausgesetzt ist. Der Hauptakteur befindet sich *in* den Ereignissen, die sich nach und nach entfalten, und ist so mit dem Problem der Wahrnehmung konfrontiert: wie kann er die verborgene Struktur seiner chaotischen Zeit erkennen, wie kann er aus ihr heraustreten, um sie objektiv zu sehen, während er doch weiter an ihr teilhat als einer, der Gutes tun will?

Der Leser sei gewarnt, daß dies ein Roman ist, der sich um Ideen dreht. Er hat weder das süchtig machende Tempo kurzer Fernsehdramen, noch bietet er simple Lösungen und falsche Frömmigkeit an. Was er anbietet, ist das Kreuz. Er gibt, wie ich hoffe, Zeugnis dafür, daß das Licht letztlich siegen wird.

I

Im Karmel

Bruder Esel fand Elijah im Zwiebelgarten. Der alte Mönch hackte Unkraut, unter dem Strohhut lief ihm der Schweiß übers Gesicht, und der junge Bruder hatte einen Anflug von Mitleid mit ihm.

„Pater Prior möchte Sie sprechen."

„Danke, Bruder."

„Sie sollen sofort kommen", sagte er. „Lassen Sie alles liegen, kommen Sie nur gleich." Er stieß die Worte hastig hervor, wie er das immer zu tun pflegte. Man nannte ihn Bruder Esel, weil er so einfältig war und am liebsten solche Arbeiten machte, die auch von Lasttieren ausgeführt werden konnten. Für Elijah war er *der Kleine.*

„Schnell, schnell!", drängte er. Sein gutes Auge blinzelte vergnügt; das andere hatte eine Narbe und zuckte permanent. Er war ein christlicher Palästinenser, ein arbeitsamer, unkomplizierter Junge, dem es nichts ausmachte, unbedeutend zu sein.

Er galt nicht viel bei den meisten Patres und Brüdern. Er war schlampig und vergaß fast jeden Tag die Regel – obwohl er das immer aufrichtig bereute. Normalerweise waren sie geduldig mit ihm, äußerstenfalls, und das nur selten, herablassend. Elijah mochte ihn sehr gern; sie hatten beide eine aufrichtige, wenn auch distanzierte Zuneigung zueinander.

„Ich habe mitgekriegt, Pater, daß vor einer Stunde ein wichtiger Telefonanruf aus Italien kam. Bruder Silvester hat es mir gesagt, als ich ihn nach dem Gebet auf dem Flur traf."

Er hielt sich den Mund zu, und sein gutes Auge senkte beschämt den Blick.

„Bestimmt wollten Sie und Bruder Silvester nicht das Schweigen brechen", sagte Elijah.

„Genau, Pater, das wollten wir nicht."

„Und morgen werden Sie die Regel sicher gewissenhaft einhalten."

Der Kleine nickte mit Nachdruck.

„Wenn Sie beten und Ihn bitten, Sie daran zu erinnern, dann beten Sie bitte auch, daß ich die Regel vollkommen einhalten kann."

„Das will ich tun, Pater."

„Ich danke Ihnen für Ihre Gebete."

„Danke, Pater."

Sie trennten sich auf dem Flur vor dem Büro des Priors. Der Kleine ging mit eiligen Schritten zur Kirche, um vor dem Allerheiligsten niederzuknien und wieder einmal um Verzeihung zu bitten, weil es ihm nicht gelungen war, das Übertreten der Regel zu vermeiden.

Elijah klopfte.

„Herein!" Elijah trat ein und wartete. Der Prior bat ihn, Platz zu nehmen. Er war Deutscher. Seine hohe, gewölbte Stirn, seine ernsten Gesichtszüge, seine nachdenklichen grauen Augen waren die eines gelehrten Benediktiners. Aber Elijah hatte schon lange gelernt, nicht nach dem äußeren Eindruck zu urteilen. Gerade dieser Prior war so anders, als er auf den ersten Blick wirkte. Er stand am Fenster und schaute auf Haifa hinunter, als die Sonne gerade im Meer versank.

„Es ist höchst ungewöhnlich, Pater Elijah. Ich habe keinen Frieden mit dieser Sache."

„Mit welcher Sache, Pater Prior?"

„Ihr Namenspatron hielt sich vor dreitausend Jahren auf diesem heiligen Berg auf. Er kam hierher, um auf die Stimme Gottes zu hören."

Elijah wartete, was ihm weiter eröffnet würde. Der Wind raschelte in den Weinblättern.

„Er hörte es in einem sanften Säuseln, nicht auf den Straßen der Welt. Wir sind zum Hören berufen, zur Anbetung des Einen, der unter uns wohnt. Deswegen sind Sie hierhergekommen. Deswegen wurden Sie geboren."

Elijah nickte.

„Als Prior habe ich die Gabe der Unterscheidung für meine geistlichen Söhne. Und ich bin beunruhigt."

„Sind Sie meinetwegen beunruhigt?"

„Entschuldigen Sie bitte, ich habe nicht erklärt, worum es geht. Heute kam ein Anruf. Man ruft Sie nach Rom."

„Nach Rom? Aber dort ist unser Haus übervoll, während es hier fast leer ist."

„Sie werden nicht in unsere Niederlassung gerufen, sondern in den Vatikan."

„In den Vatikan?"

„Ich sprach heute Nachmittag mit einem hohen Beamten im Staatssekretariat. Er sandte kurz danach per Fax die notwendigen Dokumente. Die offizielle Dienstanweisung und die Fluginformationen. Sie sollen so schnell wie möglich mit bestimmten Vertretern des Sekretariats zusammentreffen."

„Wurde der Zweck der Reise genannt?"

„Nein. Man wird Sie informieren, wenn Sie ankommen."

„Wann reise ich ab?"

„Das erstaunt mich eben. Der Herr, mit dem ich sprach, machte die Sache sehr dringlich. Sie nehmen den nächsten Flug von Ben Gurion. Alles ist vorbereitet, Visa, Tickets. Die Einzelheiten wurden von Rom direkt mit den Israelis arrangiert."

„Er muß doch den Zweck der Reise erwähnt haben."

„Nur daß es etwas mit Archäologie zu tun hat."

„Archäologie?"

„Interessieren Sie sich nicht schon lange für Archäologie?"

„Ja, als Amateur."

„Sie haben Aufsätze zu biblischer Archäologie in internationalen Fachzeitschriften veröffentlicht."

„Das war nichts Besonderes. Nur Spekulation. Eher eine Spiritualität der biblischen Archäologie als Wissenschaft im strengen Sinn."

„Immerhin scheint es die Aufmerksamkeit des Vatikans erregt zu haben."

„Es stehen keine Konferenzen zu dem Thema vor der Tür. Ich verstehe nicht, warum die Sache so dringend ist."

„Ich auch nicht." Der Prior starrte auf seinen Schreibtisch.

„Wie lange werde ich weg sein?"

„Darüber wollte sich der Vertreter des Vatikans nicht äußern. Er sagte nur, daß die Aufgabe Sie eine beträchtliche Zeitspanne in Anspruch nehmen könnte. Die Dauer dieser Mission sei ungewiß, sie sei von höchster Wichtigkeit."

„Was wird aus meinen Theologieseminaren? Wer wird die Novizen unterrichten?"

„Pater John kann sie übernehmen."

„Ich sollte nächste Woche in Bethlehem die Exerzitien leiten."

„Das kann ich tun."

Pater Prior war ein begnadeter und sehr gesuchter Prediger. Die beiden Männer saßen einige Minuten still zusammen und lauschten auf den Abendgesang der Vögel.

„Können Sie mir sagen, warum Sie sich Sorgen machen?"

„Ich weiß es selbst nicht. Ich habe das Gefühl, daß Sie sich einer ernsten Gefahr aussetzen."

„In der Archäologie?"

„Wir habe einen außergewöhnlichen Papst, einen Mann mit Geist, Herz und Verstand – einen Heiligen. Seit Jahrhunderten haben wir keinen solchen Hirten gehabt. Aber er ist von Feinden umgeben. Die Kirche ist in einer tiefen Krise, die an ihren Grundfesten rüttelt."

„Ja, sie blutet aus vielen Wunden."

„Die schlimmsten Wunden werden ihr von ihren eigenen Kindern zugefügt."

„Sie sprachen von Gefahr?"

„Ja."

„Welche Art von Gefahr?"

„Spiritueller Art. Ich sage Ihnen, ich habe einfach keinen Frieden. Ich sende Sie nach Italien im Gehorsam, denn was wäre unser Leben ohne Gehorsam? Dennoch spüre ich, daß ich Sie irgendeiner Gefahr aussetze."

„Ich habe keine Angst vor dem Tod."

„Tod", sagte der Prior seufzend, „könnte die geringste Gefahr sein."

„Darf ich direkt reden, wie ein Sohn zum Vater?"

„Natürlich dürfen Sie das. Meinen Sie, ich würde die Ähnlichkeiten zwischen uns nicht sehen? Sie sind ein Konvertit vom Judentum, von Gott erwählt, ein Priester des Karmel zu werden – ein Zweig, der aus dem Feuer gezogen wurde. Und ich bin ein Flüchtling aus dem deutschen Atheismus. Beide sind wir Verbannte, die nach Hause gefunden haben. Wir sind Brüder."

„Ich verehre Sie als meinen Vater."

„Nur drei Stimmen hätten die Stühle vertauscht, auf denen wir sitzen."

„Der Heilige Geist hat Sie erwählt."

„Und es würde mich nicht überraschen, wenn er Ihnen bei der nächsten Wahl den Vorzug geben würde. Wenn es so wäre, könnte ich in Frieden sterben. Aber jetzt glaube ich nicht, daß es so sein wird."

Pater Elijah sah den Prior fragend an. „Nein?"

„Seit dem Telefonanruf bete ich. Und ich höre ein Wort, das mir sagt, daß Sie nicht zurückkehren werden."

„Wenn das so ist, dann ist das ein großer Schmerz. Hier ist mein einziges Zuhause. Sie sind mein Freund."

„Freund. Das Wort ist mir kostbar aus Ihrem Mund. Aber menschliche Anhaftungen sind nicht das Richtige, nicht wahr? Selbst hier, wo wir uns in Nächstenliebe üben, läßt sich einfach nicht übersehen, daß es Einzelne gibt, die einem auf dem Weg näherstehen."

„Seit langem gehe ich hinter Ihnen bei diesem Aufstieg auf den Berg Karmel. Sie haben mich alles gelehrt, was ein Vater seinen Sohn lehren kann."

„Wenn ich Sie gelehrt habe, das Kreuz zu tragen und am Kreuz zu sterben, dann habe ich Sie alles gelehrt. Und? Habe ich das getan?"

„Seit dem Augenblick meiner Ankunft lehren Sie nichts anderes."

„Wissen Sie, am Anfang habe ich nicht geglaubt, daß Sie bleiben würden. Ein Jude. Ein berühmter Überlebender des Holocaust. Einer der Mächtigen in Israel. Schwer vorzustellen, daß so jemand bereit ist, ein verborgener Gottesmann zu werden. Deswegen war ich damals so streng mit Ihnen."

„Die Brüder sagten, es hätte noch nie einen Novizenmeister gegeben, der so hart war sie Sie."

„Der Preuße, nicht wahr?"

„Das ist Ihnen zu Ohren gekommen? Kein sehr schmeichelhafter Spitzname."

„Und doch zutreffend. Ich hatte damals noch viel zu lernen. Es gab Bereiche in meinem Charakter, die vom Glauben noch nicht durchdrungen waren. Unser Jahrhundert hinterläßt eigenartige Wunden in der Seele."

„Ich habe mich oft gefragt, ob Sie mich bewußt geprüft haben."

„Ja, ich habe Sie geprüft. Da war noch etwas Ungelöstes in mir selbst. Mein Glaube war nicht groß genug, um kulturelle Barrieren zu überschreiten, die als unüberwindlich galten. Ich war fest überzeugt, daß die palästinensischen

Brüder Sie nie akzeptieren würden. Ich fürchtete, daß Sie die Krankheit berühmter Männer in unsere armselige Behausung bringen würden: Stolz – den Zerstörer der Seelen – und der Gemeinschaften. Ich habe mich geirrt."

„Nein, Sie hatten Recht."

Pater Prior schaute ihn ruhig an.

„Sie hatten Recht, weil kein Mensch von dieser Versuchung frei ist. Jeder muß damit ringen, in welcher Form auch immer. Ich war nicht stolz, weil ich einmal Minister der Regierung war und man darüber sprach, daß ich Premierminister werden würde. Ich war nicht stolz wegen meiner Bücher. Ich war stolz, weil mir insgeheim eine Stimme beständig zuflüsterte, ich könnte die Welt retten. Daß ich einen zweiten Holocaust verhindern könnte. Ich dachte, ich wäre wie Gott – ein guter, demütiger Gott natürlich."

„Elijah", sagte der Prior und wischte den Gedanken mit der Hand weg, „Sie sind nicht umsonst aus dem Feuer gerettet worden."

„Feuer ist eine Prüfung. Entweder läutert es oder es zerstört. Ich brauchte Jahre, um meinen Rachedurst, der sich als Gerechtigkeit tarnt, zu überwinden. Ich war voll von idealistischem Haß – die schlimmste Art."

„Ihre ganze Familie wurde ausgelöscht. Wie hätten Sie uns nicht hassen können?"

„Jahrelang trug ich diesen Haß in mir. Ich wurde ein kalter, toter Mann, eingesperrt in einen Panzer. Die Gnade Gottes sprengte ihn auf, als ich zum Glauben fand."

„Aber es geht nicht alles mit einem Schlag."

„Das ist wahr. Als ich in dieses Haus kam, war ich noch Wut und Empörung."

„Ich habe mich oft gefragt, wie Sie es geschafft haben, Ihre Antipathie gegen mich unter Kontrolle zu halten."

„Ich wollte nicht ablehnend gegen Sie sein. Aber der deutsche Akzent, bestimmte Eigenheiten – das war einfach zu viel für mich."

„Ich weiß. Wir haben darüber nie gesprochen, Pater. Aber ich erinnere mich an das Jahr und den Monat, als Sie alles vergeben haben, ganz und gar. Ihre Augen veränderten sich. Bis dahin hatten Sie schon viel vergeben, aber nicht alles."

„Das habe ich von Ihnen gelernt."

„Von mir?"

„Ja. Ich wußte, daß Sie wußten, daß Sie meine Abneigung Ihnen gegenüber kannten. Ein Geringerer als Sie wäre noch strenger geworden, oder – was noch schlimmer ist – vielleicht besonders freundlich. Aber Sie reagierten nicht, und allmählich begann ich, Sie zu verstehen. Ich brauchte Jahre dazu, bis mir schließlich ein Licht aufging und ich erkannte, daß es ein großer Akt der Barmherzigkeit war. Sie waren bereit, in unseren Augen immer der teutonische Despot zu bleiben."

Der Prior antwortete: „Der Mensch projiziert seine Wunden auf die Welt, mein Freund. Er beurteilt alles, und in diesem Urteilen gibt er sich zu erkennen. Einige meiner Familienmitglieder wurden von Hitler verfolgt, nur wenige, kläglich wenige. Mein Onkel, ein Priester, wurde in Dachau zum Märtyrer. Aber die meisten meiner Verwandten richteten sich ein, machten die Augen zu oder hatten Angst. Sie kollaborierten mit dem Bösen. Einige waren Parteimitglieder. Einer meiner Cousins war in der SS. Alles vertreten in meiner Familie."

„Ein Portrait der Spezies Mensch."

„Ja, ja. Sie bleibt sich ziemlich gleich von einem Volk zum anderen, von einer Nation zur anderen. Nur die Zeiten und die Themen des Kampfes verändern sich. Wenn ich ein wenig älter gewesen wäre – wer weiß, wem ich nachgefolgt wäre, meinem Onkel, dem Märtyrer, oder meinem heroischen Cousin. Schockiert Sie das?"

„Nein."

„Es schockiert mich, Elijah."

„Sie waren ein Junge."

„Ich war nie ein Junge wie Sie. Es ist wahr, daß ich während des Holocaust ein Jugendlicher war. Technisch gesehen habe ich keine Sünden begangen. Damit tröste ich mich in gewissen Augenblicken, aber es ist ein kalter Trost. Der Holocaust war eine Warnung für die ganze Welt. Die kultivierteste christliche Nation Europas ließ das Unausdenkbare in ihrer Mitte aufkommen. Meine eigenen Verwandten und Nachbarn."

Wieder verfielen sie in Schweigen, bis sich der Prior erhob.

„Sie sollten sich jetzt fertig machen und Ihre Sachen packen. Bruder Silvester wird Sie morgen früh zum Flughafen fahren. Tragen Sie bitte nicht Ihren Habit."

„Warum darf ich nicht in meinem Habit bleiben?"

„Es ist in Rom zu Vorfällen gekommen. Priester und Nonnen sind bespuckt und tätlich angegriffen worden."

„Und was, wenn es auf der Reise jemand nötig hat, zu beichten? Wenn er einen Priester sieht, würde ihm das vielleicht eine Brücke bauen. Wir sollten ihm eine solche Gelegenheit nicht nehmen."

Der Prior schaute auf den Boden und dachte nach.

„Sie haben mal wieder Recht, Elijah. Also tragen Sie Ihren Habit."

Er senkte den Kopf, um den Segen des Priors zu empfangen. Die beiden Männer umarmten sich wortlos, und Elijah ging auf seine Zelle. Er betete mehrere Stunden und schlief unruhig, bis ihn Bruder Silvester gegen vier Uhr früh weckte.

Im Morgengrauen fuhren sie auf der Küstenstraße in Richtung Süden. Als sie durch die nördlichen Vororte von Tel Aviv kamen, schaute Elijah hinüber nach Ramat Gan im Osten, wo er und Ruth zwei Jahre lange gelebt hatten. Wieder fragte er sich, wie schon so oft, wie sein Leben sich entwickelt hätte, wenn die Bombe nicht explodiert wäre. Oder wenn sie früher nach Jerusalem gefahren wäre, wie er ihr geraten hatte. Aber sie hatte von seiner Angst nichts wissen wollen.

„Ich bin eine *Sabra,* Dovidl. Ich habe mich an die Bedrohung gewöhnt. Terror gehört einfach mit zum Alltag."

Sie mußte an der Universität von Jerusalem ein Seminar halten und würde erst später nach Hause kommen. Sie wollte vorher noch auf den Markt gehen und Feta-Käse, Birnen, und geräucherten Kabeljau kaufen und fürs Abendessen in den Kühlschrank stellen. Sie ermahnte ihn liebevoll, und er versprach, richtig zu essen. *Geh,* sagte er, *geh!* Wenn sie sich beeilte, würde sie rechtzeitig ins Seminar kommen. Sie küßte ihn und ging. Eine halbe Stunde später hörte er in seinem Arbeitszimmer die Explosion und wußte sofort, was geschehen war. Er konnte sich nicht erklären, woher er es wußte, denn er war noch nicht gläubig. Damals glaubte er nur an Israel und an Ruth.

Bruder Silvester fuhr an Ramat Gan vorbei, ein wenig schneller als erlaubt; glücklicherweise durchquerten sie die Stadt, bevor der Stoßverkehr einsetzte. Um acht Uhr checkten sie im Ben Gurion-Terminal ein. Bei der Sicherheitskontrolle hoben sich Augenbrauen angesichts seines Habits, aber nachdem die Beamten den Namen auf dem Paß gesehen und sich kurz verständigt hatten, wurde er durchgelassen ohne die übliche Leibesvisitation

– ein Verfahren, das mehr der Demütigung als dem Schutz vor Terrorismus diente.

„Sie haben Glück, daß Sie Freunde in der Knesset haben", sagte ein Wachposten.

Um neun Uhr saß Pater Elijah im Flugzeug nach Rom. Er hatte einen Fensterplatz. Seit Jahren war er nicht mehr geflogen und genoß es sehr. Der Jet zog eine scharfe Kurve über dem Meer, das sich wie geschmolzenes Silber unter ihm ausbreitete.

* * *

Seine Sitznachbarn nahmen kaum Notiz von ihm. Die Dame mittleren Alters trug gelben Plastikschmuck und roch nach Veilchen. Sie las einen französischen Roman. Auf dem Gangplatz saß ein sonnengebräunter Mann in einem geblümten Sporthemd und tippte auf seinem Laptop.

Elijah döste bis zum Frühstück. Die Stewardeß bediente seine beiden Nachbarn lächelnd mit freundlichen Worten. Ihm reichte sie das Tablett ohne einen Blick und ohne auf seinen Dank zu antworten. Er nahm es als Geistesabwesenheit. Als sie aber eine halbe Stunde später beim Abräumen zu den anderen wieder betont freundlich, zu ihm hingegen eisig war, war die Sache klar. Er sprach ein Gebet für sie und widerstand einem Anflug von Paranoia.

Der Film an Bord handelte von einem Rechtsstreit zwischen den Anwälten einer westlichen Supermacht und einem psychotischen Sektenführer. Die idealistischen jungen Rechtsanwälte, Männer und Frauen, waren attraktiv, witzig, brillant, moralisch (von ihren Affären abgesehen) und entschlossen, die Welt vor Fanatikern zu retten. Dagegen war der Sektenführer einfach nur abscheulich. Zwischen Akten sexueller Gewalt und Gehirnwäsche schwor er wiederholt mit bellender Stimme „meinem Herrn und Erlöser Jesus Christus" seine Treue. Auf dem Höhepunkt des Films führte er seine gesamte Anhängerschaft zum kollektiven Selbstmord. Pater Elijah fragte sich, ob ihm einige Entwicklungen entgangen seien, seit er vor zwanzig Jahren ins Kloster eingetreten war.

Die Stewardeß kam wieder und bot mit selektiven Gunstbezeugungen Zeitschriften an. Elijah nahm *Jerusalem, Daily News* und *Worldview.* Letztere war ihm unbekannt. Das Impressum informierte ihn, daß es sich um eine

Zeitschrift handelte, die über internationale Ereignisse in einer englischen, italienischen, spanischen, deutschen, japanischen und französischen Ausgabe berichtete, Gesamtauflage siebeneinhalb Millionen. Das Gesicht auf dem Umschlag kannte er nicht, ein distinguierter Herr Anfang fünfzig. Darüber stand in Großbuchstaben: *Ein neuer Präsident für die Europäische Union.*

Der Leitartikel sprach über den kometengleichen Aufstieg des Präsidenten, seinen Werdegang, seine vielfältigen Leistungen, Ehrungen, akademischen Abschlüsse. Ein Mann mit überlegenen menschlichen Qualitäten. Von seiner soziopolitischen Philosophie war die Rede. Er war in erster Linie ein Humanist, so schien es. Überall sprach er vom „Schmieden einer globalen Zivilisation" und von „der Wiedergeburt einer fundamentalen Option für die Menschheit".

Bei einer Ansprache an den Internationalen Gerichtshof für Menschenrechte in Den Haag vor einer Woche hatte er gesagt: „Wegen der so weit verbreiteten Verletzung der Menschenrechte im vergangenen Jahrhundert haben wir das Vertrauen zum Menschen verloren." Er erinnerte die Rechtsgelehrten daran, daß das Zeitalter der Nationalstaaten, die um Territorialgewinne Krieg führten, zu Ende gehe. „Im dritten Jahrtausend muß sich die gesamte Menschheit der Zukunft zuwenden, einer Vision, die alles Menschliche in seiner Totalität umschließt, auch das Bild des Menschen als spirituelles Wesen."

Elijah hob den Blick von der Zeitschrift.

Das war in der Tat ein Führer, der sich von den üblichen Politikern abhob. Vielleicht ein Philosoph?

Die Dame neben ihm klopfte mit dem Zeigefinger auf den Umschlag des Magazins.

„C'est beau, ça! Le monde a besoin de cet homme."

Elijah stimmte ihr auf Französisch zu, in der Tat sage der Präsident wichtige Dinge. Wahre Dinge. Vielleicht könnte er wirklich etwas Gutes für die Welt tun.

Sie schaute ihn skeptisch an.

„Etwas Gutes? Aber dieser Mann ist das Beste, was Europa seit dem Krieg hervorgebracht hat. Wenn nicht er, dann niemand. Sie werden schon sehen."

Elijah nickte und las weiter. Im Artikel hieß es, der Präsident halte sich derzeit in seiner Villa in der Nähe von Neapel auf, um sich von einer langen Vortragsreise zu erholen.

Die Dame beugte sich über ihn und deutete aus dem Fenster.

„Schauen Sie, da drüben, das ist der Absatz des Stiefels. In ein paar Minuten sind wir über Italien."

Elijah bot ihr an, den Platz zu tauschen, was sie nur zu gerne annahm.

Der Mann auf der anderen Seite drehte den Kopf und fragte auf Englisch: „Auf dem Weg zum Vatikan?"

„Ja, das bin ich."

„Rom ist eine tolle Stadt. Schon mal da gewesen?"

„Nein."

„Israeli?"

„Ja."

Der junge Mann brauchte Elijah nicht zu sagen, daß er ein Amerikaner war.

„Sind Sie auf dem Rückweg in die Vereinigten Staaten?"

„Schön wär's! Heimaturlaub."

„Wie lange sind Sie schon weg von zu Hause?"

„Drei Jahre."

„Haben Sie Heimweh nach Amerika?"

„Das dürfen Sie glauben. Das Land der Freien, das Land der Tapferen."

„Bitte, darf ich Sie fragen, was halten die Amerikaner von diesem neuen europäischen Präsidenten?"

„Uns reicht unser eigener neuer Präsident. Heutzutage ist ziemlich einer wie der andere."

„Finden Sie?"

„Sie sind alle Soziologen."

„Aber Sie nicht?"

„Nein. Meine Werkstatt ist der gute alte zuverlässige menschliche Körper. Ich habe lieber mit Blinddärmen zu tun als mit der Psyche der Leute.

„Sie sind also Arzt?"

„Ja. Die letzten zwei Jahre war ich an der Botschaft im Nahen Osten."

„In Jerusalem?"

„An verschiedenen Orten."

„Sind Sie Militärarzt?"

„Marine", sagte er tonlos.

Der Amerikaner öffnete eine Ausgabe von *Worldview,* eine ältere Nummer, und wechselte das Thema.

„Hey, dieser Kerl ist ja überall drin. Der kommt ganz schön herum! Hier ist er bei der Weltbank, um der russischen Wirtschaft unter die Arme zu greifen. Vor einem Monat hat er den Krieg zwischen zwei Bananenrepubliken in Afrika gestoppt. Alle Achtung! Sieht ganz nach einem neuen Helden aus."

„Könnte sein", sagte Elijah nachdenklich.

„Sind Sie eine Art Mönch?"

„Ja, bin ich."

„Ich war mal Katholik."

„Und jetzt nicht mehr?"

„Nein, ich hab's in der Fastenzeit bleiben lassen."

„Und warum?"

„Hat nicht funktioniert. Das hat's ja nie getan – oder? Ihr Kirchenvolk galoppiert auf einer Schnecke ins 21. Jahrhundert. Wir sind nicht mehr im Mittelalter, guter Mann", sagte er und fuhr fort, den Priester über diverse Torheiten der katholischen Lehre zu unterrichten.

„Ich war als Beobachter auf der Bevölkerungskonferenz in Kairo. Wissen Sie, was die hinter vorgehaltener Hand sagten? Es gibt zwei Hauptprobleme auf der Welt: Erstens haben wir drei Milliarden Menschen zu viel auf diesem Planeten, und die müssen verschwinden. Das zweite Problem ist die römisch-katholische Kirche. Und die muß auch verschwinden."

„Ich habe Berichte über diese Konferenz gelesen. Davon war nicht die Rede."

„Klar, das sagen die Delegierten nicht auf der Bühne, aber auf dem Flur und in privaten Gesprächen. Öffentliche Erklärungen sind etwas anderes. Arbeitspapiere und das ganze Zeug. Es wird nicht laut und klar gesagt, aber man weiß, wo der Hase hinläuft. Euer Papst hat den meisten offiziellen Erklärungen widersprochen. Er sollte mal schleunigst die Kurve kriegen, wenn er überhaupt noch ernst genommen werden will."

„Ich verstehe Sie nicht."

„Ich meine, Ihre Kirche ist das einzige Hindernis, um diesen Planeten zu einem Ort zu machen, auf dem man gesund leben kann."

„Vielleicht übersehen Sie China?"

„Die Dinge ändern sich dort. Sie haben das Bevölkerungswachstum unter Kontrolle gebracht. Der Kapitalismus boomt."

„Die Chinesen sind Meister der Illusion."

„Jedenfalls betreiben sie heute massive Geburtenkontrolle, auch über Zwangsabtreibung."

„Wenn wir drei Milliarden Menschen vernichten, damit das ein ‚gesunder' Lebensraum wird, wie wird es dann hier sein? Möchten Sie unter denen leben, die übrig bleiben?"

„Schauen Sie, das ist das Zeitalter der Demokratie, und ihr da in Rom haltet immer noch an einer mittelalterlichen Monarchie fest. Immerhin steuern die US-Bischöfe dagegen. Sie versuchen zu dezentralisieren und die Macht den regionalen Regierungen zurückzugeben."

„Das habe ich gehört."

„Ist ja auch egal, viele Gläubige sind da drüben eh nicht mehr übrig."

„Fünfzig Millionen."

„Und wie viele hören auf den Papst?"

„Das weiß ich nicht."

„Da haben Sie's. Schauen Sie sich doch um, Mann. Da kommt eine neue Welt, und zwar ziemlich schnell."

Der Amerikaner schlug das Magazin auf und las leise murmelnd.

Elijah schaute aus dem Fenster und sah unten Berge: den Apennin. Der Pilot setzte zum Anflug auf Rom an. Auf der anderen Seite sah er die Westküste und eine große Bucht. Das mußte Neapel sein.

Elijah blätterte in *Worldview* und kam zur Rubrik Religion. Unter der Überschrift *Theologen aus aller Welt stellen sich gegen die neueste Enzyklika des Papstes* las er Folgendes:

> Vor sechs Jahrzehnten verwarf Albert Einstein die Idee eines anthropomorphen Gottes und erklärte seine Liebe zur Schönheit und zum Geheimnis der „wunderbaren Struktur des Universums". Die Theologen seiner Zeit bedauerten, daß er die Tradition des Judaismus und des Christentums beiseite ließ, die einen Gott verkündet, der jenseits und über seiner Schöpfung existiert. Aber die Theologie ist erwachsen geworden und hat ihre Rolle als Magd des Papsttums aufgegeben. Eine neue Generation religiöser Denker macht sich dar-

an, die transzendenten Realitäten aus einer breiteren Perspektive zu behandeln.

Bei einem Treffen letzte Woche in Tübingen, Deutschland, verfaßte die Internationale Assoziation katholischer Theologen (IAKT) eine definitive Antwort auf die neueste päpstliche Enzyklika. Das Ergebnis ist nichts weniger als ein kleines Meisterstück, ein Manifest für eine religiöse Vision des 21. Jahrhunderts. Der zweite Vorsitzende der Assoziation, Dr. Felix Tilman, ein ehemaliger Priester und heute Direktor des Gaia-Instituts zur Erforschung von Religion und Politik, sprach für die fünftausend Mitglieder, als er sagte: „Die Zeit ist gekommen, daß die menschliche Gemeinschaft einen Quantensprung in der Schöpfungstheologie macht. Die früheren Unterscheidungen zwischen Pflanze, Tier und dem menschlichen Bereich haben sich als katastrophal für den Planeten erwiesen. Denkende Menschen können die überholten Auslassungen von Hierarchen, Bonzen, Ayatollahs und Gurus nicht mehr fraglos hinnehmen."

Obwohl Dr. Tilman den gegenwärtigen Papst nicht direkt angriff und auch keine direkte Verbindung zwischen religiöser Tyrannei der Vergangenheit mit dem Papsttum in seiner gegenwärtigen Form herstellte, gab er doch der Sorge vieler Theologen auf der ganzen Welt Ausdruck, daß die Enzyklika des Papstes *Über die Freiheit und die menschliche Person* die Durchbrüche der Theologie und Spiritualität – welche Tilman als „Tiefenökumene" bezeichnet – außer Acht läßt. Unter den Theologen bestehe Einigkeit darüber, so Tilman, daß das päpstliche Dokument das Konzept absoluter Wahrheit überbetont und dadurch dem Dialog zwischen den Weltreligionen schadet.

Es folgte eine Ansprache von Dr. Mary-Beth Miller, OSVM, aus Milwaukee, Wisconsin, der früheren Präsidentin des Internationalen Rats der Oberinnen weiblicher Orden, in der sie die Unterstützung ihrer Organisation für das IAKT-Dokument bekundete und den Vatikan aufforderte, seine moraltheologischen Positionen zu überprüfen.

Mit ruhiger und überzeugender Stimme erklärte sie vor der Versammlung, daß „Hierarchien dazu neigen, sich in Tyrannei zu verwandeln. Es gibt immer noch Überreste der Inquisition, die in der modernen Kirche aktiv sind, Kräfte die sich dem Fortschritt der Menschheit zur universalen Harmonie entgegenstellen. Diesen Kräften muß Einhalt geboten und die Macht genommen werden. Die Ermächtigung des Volkes Gottes ist das Gebot der Stunde."

Anhand zahlreicher Zitate aus der Enzyklika wies sie nach, daß die Kirche von Rom eine Art absoluter Autorität über das Gewissen beansprucht und damit das Konzept persönlicher Freiheit negiert, welches doch ein erklärtes Ziel der Enzyklika sei. Die Art, wie der Vatikan mit den Theologen umgehe, zeige, so betonte sie, welche Haltung der Vatikan tatsächlich zur Freiheit habe. „Die Durchsetzung schlechter Theologie durch die Hierarchie verdient den Namen Kirche nicht und sollte bei ihrem wahren Namen genannt werden", sagte sie zum Schluß. „Und dieser Name ist Ungerechtigkeit. Ihr Name ist Sakrileg."

Erzbischof Raymond Welland von New York stimmte dem Chor der Kritiker bei, als er in seiner Predigt während der Abschlußmesse der Assoziation sagte: „Unter diesem Pontifikat hat die Kirche eine ungeheuerliche Mißachtung der *vox populi* betrieben. Die Stimme des Volkes ist, in einem tiefen Sinn, die Stimme Gottes. Zu lange haben wir das *Graswurzel-Magisterium* ignoriert zugunsten eines isolierten Mannes, der im fernen Rom auf einem einsamen Thron sitzt und blinden Gehorsam verlangt.

Elijah lehnte sich zurück und schüttelte langsam den Kopf.

In diesem Augenblick setzten die Räder der Maschine auf der Landebahn auf, und Elijah schlug das Magazin zu.

Am Zoll gab es erhebliche Schwierigkeiten, bevor er endlich durchgelassen wurde. Er wurde einem regelrechten Verhör durch den Chef der Sicherheitskräfte unterzogen, der ihn bei jeder Antwort mit einer weiteren Frage unterbrach. Auch mußte er eine Leibesvisitation über sich ergehen lassen. Sein Gepäck wurde komplett durchsucht. Als er schließlich auf italienischem Boden stand, war er etwas benommen und sehr erstaunt über sein Empfangskomitee.

II

Rom

Das Komitee bestand aus einer Person, einem kleinen dicken Mann mit einem rosigen Gesicht, der ihm aus der Lobby des Hauptterminals heftig zuwinkte.

„Davy!", brüllte er mit breitem Grinsen. „Hierher, Junge!"

Es dauerte einen Augenblick, bis Elijah das Gesicht und das Grinsen zuordnen konnte, dann lachte er laut auf. „Das kann nicht wahr sein! Du bist es, Billy?"

„Leibhaftig!"

„Was für eine Überraschung! Bist du hier, um mich abzuholen?"

„Ich und kein anderer."

„Ich hatte keine Ahnung, daß du in Rom bist."

„Letztes Jahr kam ich mit dem Primas von England hierher, und da fragte die Kurie, ob sie mich eine Weile behalten könnten. Besondere Missionen für verschiedene Kongregationen. Mädchen für alles mit einem *Monsignore* vor dem Namen und einer violetten Schärpe – das ist es, was ich bin."

„Nicht möglich! Du ein Monsignore?"

„Das klingt wie ein Kompliment und gleichzeitig eine Beleidigung."

„Der alte Billy, wie er leibt und lebt."

„Ja, der alte Billy!"

„Ich gratuliere! Das sind ja tolle Nachrichten."

Er schüttelte seinem alten Freund die Hand.

Billy Stangsby war inzwischen über fünfzig. Trotz seines Aufstiegs zu einem Monsignore der Kurie war er genau so unbeschwert und spitzbübisch wie immer. „Billy the Kid" hatte ihn jemand auf der Ecole Biblique genannt. Viele Leute hielten ihn für einen Spaßvogel. Elijah hatte seine Tiefe gespürt und ihn gleich ins Herz geschlossen. Anscheinend war es jemandem im Vatikan ebenso gegangen. Wenn man ihn sah, würde niemand vermuten, daß er einen Master in biblischer Theologie besaß, Rechtsanwalt, ehemaliger Parlamentsabgeordneter und ein berühmter Konvertit vom anglikanischen zum katholischen Glauben war. Er war Diözesanpriester von Birmingham gewesen. In seinem letzten Brief, den er von dort vor über einem Jahr an Elijah geschrieben hatte, sagte er, er wolle jetzt in kanonischem Recht promovieren. Er sah aus wie ein Taxifahrer und redete auch so. Elijah fiel auf, daß er nicht in Schwarz mit Priesterkragen gekleidet war. Vielmehr trug er ein lachsfarbenes Sporthemd, ein leichtes Baumwolljacket, graue Flanellhosen und elegante Schuhe aus weichem Leder.

„Es scheint dir besser zu gehen als bei unserem letzten Treffen, Monsignore."

„Und du siehst immer noch aus wie ein Rabbi mit einem schlechten Haarschnitt. Mensch, du bist ja ganz weiß geworden."

„Man wird nicht jünger."

„Sieht so aus, als hätten sie dir im Zoll zugesetzt?"

„Behandeln sie hier jeden so?"

„Nein. Sonderbehandlung für Kleriker. Ich war sicher, daß mein Boss deinem Boss gesagt hat, sie sollten dich zivil reisen lassen."

„Ja, er hat so was gesagt. Ich hatte Einwände und habe gewonnen."

Billy nahm seinen Koffer und sagte: „Komm, raus hier. Du ziehst böse Blicke auf dich. Ein sensibler Junge wie ich kann das nicht aushalten."

Auf dem Weg zum Haupteingang kamen sie an einer hell erleuchteten Werbefläche vorbei. Ein nackter Mann und eine Frau eng umschlungen – Werbung für Parfum.

„Erstaunlich", sagte Elijah und schaute weg.

„Oh, da wirst du noch viele Überraschungen erleben, Davy. Dagegen ist das gar nichts. Hier, schau mal."

Billy deutete auf eine Werbung für Cognac: Zwei nackte Männer lagen Arm in Arm im Bett und schauten einander tief in die Augen, zwischen ihnen ein Cognacglas, aus dem sie mit zwei Strohhalmen tranken.

„Das kann nicht wahr sein!"

„Doch, es ist wahr", brummte Billy. „Vielleicht sollte ich dir die Augen verbinden, bis wir beim Auto sind."

„Schon gut. Ich hüte meinen Blick."

Billy lachte bitter.

„Ach ja, hat man uns das nicht einmal beigebracht? Du glaubst nicht, wie erfrischend es ist, das zu hören. Die meisten, die ich kenne, sagen, wir sollten nicht so puritanisch sein; wir sollten erwachsen sein."

„Was sagst du da?"

„Ich sage, daß es verdammt schwer ist, eine nackte Frau zu sehen und so zu tun, als wäre sie ein Schirmständer. Mir ist es lieber, ich sehe keine nackte Frau. So halte ich meine Gelübde."

„Was ist denn das?", rief Elijah aus.

„Schau nicht hin."

„Ist die Welt verrückt geworden?"

„Leider ja, mein Lieber."

„Aber warum wird das zur Schau gestellt?! Es ist ein furchtbares Verbrechen und sie benutzen es zur ...

„... Unterhaltung."

„Um was geht es?"

„Es ist ein Theaterstück, genauer ein *Kunst*-Happening. Die Theatergesellschaft hat Rechte auf die Müllbehälter mit abgetriebenen Babys. Sie werden für die Abendshow benutzt. Sie heißt ... "

Elijah starrte Billy ungläubig an und trat durch die Drehtür hinaus in die strahlende italienische Sonne.

„Neuauflage des Kolosseums", murmelte Billy und öffnete die Tür des dunkelgrünen Jaguars für Elijah.

„Was ist mit der Welt passiert?"

„Das ist eine lange Geschichte."

„Ich habe nichts darüber gelesen."

„Was hast du denn gelesen? Theologie? Spiritualität? Wie ich höre, versuchst du dich immer noch in Archäologie. Vermutlich interessiert dich nichts anderes."

„Wir bekommen eine Zusammenfassung der Weltnachrichten und den *Osservatore Romano.* Da erfahren wir viel über die heutigen Zustände. Aber das ist unglaublich."

„Leider ist das Unglaubliche das Normale geworden, alter Junge."

„So lange lebte ich doch gar nicht zurückgezogen von der Welt, daß sie sich so sehr verändern konnte."

„Ich möchte dein unschuldiges Nervensystem nicht zu sehr reizen, aber du solltest wissen, daß es noch schlimmer kommt."

„Was könnte noch schlimmer sein als das?"

„Da wirst du staunen. Die Veränderung geht immer schneller."

Elijah zog die Stirn in Falten.

Billy fuhr auf die Autobahn in Richtung Zentrum.

„Fahren wir zum Vatikan?"

„Heute Abend werden wir dort erwartet."

„Von wem?"

„Von meinem Chef. Erst fahren wir zu meiner Wohnung. Du kannst dich duschen und ausruhen. Währenddessen besorge ich dir ein paar Kleider."

„Nein, ich will nicht ..."

„Es ist eine Tarnung. So, wie du angezogen bist, bist du eine lebendige Zielscheibe."

„Wenn es zur Verfolgung kommt, sollen wir dann aufhören, die zu sein, die wir sind?" fragte Elijah mit leiser Stimme.

„In diesem Punkt stehst du unter der Gehorsamspflicht, Davy. Der Boss will es so. Tut mir leid."

„Aber wir sind Priester Christi!"

„Ich weiß. Aber es geht hier um mehr, als daß einen jemand anrempelt oder anspuckt."

„Was soll das heißen?"

„Das soll dir lieber der Boss sagen."

Sie hatten die Autobahn verlassen und waren ins Straßengewirr Roms eingetaucht. Als der Petersdom am Ende der Via de la Concilazione auftauchte, machte sein Herz einen Sprung. Er beugte sich vor und starrte geradeaus.

„Zum ersten Mal in Rom?"

„Ja."

„Du wirst dich wundern, wie viele Leute vom Petersdom enttäuscht sind. Er ist riesig, die größte Kirche der Christenheit, voll gestopft mit unschätzbaren Kunstwerken. Aber das ist etwas ganz anderes als die Katakomben des heiligen Calixtus außerhalb der Stadt. Das ist das wahre Fundament der Kirche und das Grab des heiligen Petrus. Stell dir vor, ich habe seine Knochen berührt."

„Seine Knochen berührt?"

„Ja, wirklich. Der Sarg wurde geöffnet, als sie letzten Herbst Renovierungsarbeiten am Grabmal vornahmen. Es liegt unter dem Hauptaltar des Domes. Es war überhaupt nicht so, wie ich erwartet hatte, fromme Ekstasen und so was. Nichts dergleichen. Als ich die Knochen berührte, war nichts Makabres dabei.

Das also war der große Fischer, der sich aus dem Staub gemacht hat, der Jesus verleugnet hat und der wieder zurückgekommen ist. Ich hab's gefühlt, Davy. Ich spürte die Zeitlosigkeit der Kirche, als gäbe es keine Zeit. Es war eine solche Stille, das kannst du dir nicht vorstellen. Und Frieden. Kein Geruch, kein Geschmack, kein Ton, und doch diese Präsenz. *Hier ist der Felsen,* sagte ich mir. Dieser Mann, derb, demütig, schwach, war genauso wie ich. Jesus sah ihn an und liebte ihn. Petrus sah Jesus an und sagte: Geh weg von mir, ich bin ein Sünder. Ein einfältiger Kerl aus Galiläa, namens Petrus. Jesus machte ihn zum Bischof von Rom, zum Haupt der Apostel, zum Grundstein. Christus hat seine Kirche auf all diese Schwäche gebaut. Das hat mich am allermeisten getroffen: die Schwäche. In der Schwäche liegt ein gewaltiges Geheimnis."

„Das ist eine außerordentliche Gnade."

„Ja, das war es. Hast du Hunger?"

„Tut mir leid, ich habe meinen Appetit auf dem Flughafen verloren."

„Der kommt schon wieder! Ich kenne ein kleines Restaurant, da gehst du durch die Tür und fängst einfach an zu essen. Pasta, Meeresfrüchte."

„Ich habe wirklich keinen Hunger."

„Okay, aber wir könnten später dort einen Schluck Wein trinken, was hältst du davon? Den kühlen Abend genießen und ein wenig entspannen vor deinem Debut im großen Haus."

„Gut, Billy, machen wir."

Billys Wohnung lag zwanzig Gehminuten vom Vatikan entfernt in einer Straße, in der er nicht der einzige Sportwagen-Besitzer war. Es gab einen kleinen Park mit Springbrunnen, in dem Kinder spielten. Er wohnte in einem alten Palazzo, der in einzelne Wohnungen aufgeteilt war. Die Stufen zum dritten Stock waren aus Marmor, das Treppenhaus olivgrün gestrichen, die Wände mit Graffiti verunstaltet.

„Home sweet home", sagte er, als er zwei Türschlösser und ein Vorhängeschloß öffnete.

Die Wohnung war kühl und modern, weiße Bodenfliesen und hellblaue

Wände. Durch ein offenes Fenster drang Kindergeschrei, Radiomusik und Autohupen; jemand übte auf einem Cello, und wenn man genau hinhörte, konnte man unter der Großstadtsymphonie das Rauschen der Pappeln im Park gegenüber hören.

Billy holte eine Flasche Perrier-Wasser und zwei Gläser aus der Küche.

„*Viva Roma!*“, rief Billy aus und prostete ihm mit dem Wasserglas zu.

Die Wände des Wohnzimmers waren von oben bis unten mit Büchern vollgestopft. Dazwischen eine spätgotische Holzmadonna, eine französische impressionistische Landschaft, ein afrikanisches Kruzifix, ein signiertes Foto des Papstes, eine Stereoanlage. Neben der Küche war ein Alkoven mit einem schmalen Bett, funktional und asketisch. Ein Rosenkranz hing an einem Haken neben dem Kopfkissen, ein kleiner Pandabär, dem ein Ohr fehlte und aus dem das Stroh herausquoll, saß an der Kopfseite.

„Meine Zelle.“

„Gefällt mir!

„Erinnerst du dich an Andy?“

„Sehr gut sogar.“

„Sag ihm Hallo.“

„Hallo, Andy!“

„Andy begrüßt dich ebenfalls.“

„Er ist alt geworden.“

„Er hat viel mitgemacht. Der britische Zoll hat ihm sehr zugesetzt.“

„Zöllner scheinen in den letzten zwei Jahrzehnten ziemlich unangenehm geworden zu sein.“

„Allerdings. Wenn sie zu Terroristen nur halb so ekelhaft wären wie zu Katholiken wie du und ich, dann wäre unsere Welt sicherer.“

„Für unsereinen gibt es keinen sicheren Ort.“

„Da hast du Recht. Danke, daß du mich daran erinnert hast.“

Billy schaltete die Stereoanlage leise an – traditionelle Hymnen, die mit einer Opernstimme gesungen wurden.

„Placido Domingo. Ich mag ihn lieber als Pavarotti. Und du?“

„Sie sind beide wunderbar.“

„Hör mal, Davy, ich glaube, ich habe eine ziemlich gute Vorstellung von deiner Kleidergröße. Ich geh jetzt los und kauf dir ein paar Hosen, Hemden und sportliche Blazer. Bald wirst du auch einen richtigen Anzug mit Krawatte brauchen, aber den lassen wir in den nächsten Tagen machen. Jetzt ist Tarnung angesagt."

„Wirklich? Ist die Sache so schlimm?"

„Ja, sie ist schlimm", sagte Billy ernst.

Er ging los und schloß die Haustüre hinter sich zu.

Elijah saß auf dem Sofa und lauschte auf die Geräusche von der Straße. Allmählich ließ die Anspannung nach. Er schaute sich in der Wohnung um: an der Decke eine australische Flagge, ein bayerischer Bierkrug auf einer antiken Anrichte, das halbfertige Balsaholz-Modell eines Rennboots auf dem Schreibtisch, ein texanischer Cowboyhut hing schräg auf der Gipsstatue einer römischen Matrone. Billy hatte sich seine jugendliche Begeisterungsfähigkeit bewahrt, seine Liebe für alles Neue, während Elijah über die Jahre zu einem bedächtigen Pedanten geworden war.

Auf der Ecole Biblique waren sie Freunde geworden und waren Freunde geblieben. Er hatte sich oft gefragt, warum er Billy so gern hatte. Natürlich verstanden sie sich auf der intellektuellen Ebene gut. Aber darüber hinaus war Billy einer der wenigen Menschen, die keine hohe Wertschätzung für ihr eigenes Ego hatten. Zu gern spielte er den Clown bis an die Grenze der Lächerlichkeit. Tragödien schienen ihn nicht geschädigt zu haben. Seine Lebenslust und sein fröhliches Temperament waren das perfekte Gegenstück zu dem rabbinischen Ernst Elijahs.

Aber nicht jeder mochte Billy. Er war reich und brillant – das machte ihm Feinde. Eines Abends hatte sich eine Gruppe von Professoren und Studenten beim Bier den kleinen Engländer vorgenommen und befunden, er sei ungeeignet für das Theologiestudium.

„Dieser Stangsby", schnaubte ein Franzose, „was für ein Idiot!"

„Barmherzigkeit bitte!", warf ein Holländer ein. „Sagen wir doch lieber, er ist ein *idiot savant.*"

„Er hat was auf dem Kasten", meinte ein anderer. „Aber er reißt ständig Witze. Das geht mir auf den Geist."

„Billy ist in Wirklichkeit sehr ernst", sagte Elijah.

„Er ist überhaupt nie ernst."

„Er hat eine ziemlich konfuse Persönlichkeit", urteilte der Franzose. „Immer sagt er *yeah* wie die Amis."

Einige der Studenten lachten.

„Das ist ja keine Todsünde", warf ein junger, wichtigtuerischer Priester namens Smith ein. Er war von der Episkopalen Kirche konvertiert und sprach mit einem starken britischen Akzent, obwohl er von Idaho kam. „Billy liegt mit Chesterton auf einer Linie", fügte er hinzu.

„Aber dir, Smith", meinte der Franzose, „geht der englische Humor ab, wenn auch nicht der Akzent."

„Danke."

Das folgende Geplänkel sollte harmlos bleiben, aber es war nicht ohne Spitzen.

„Stangsby redet wie ein Amerikaner und Smith wie ein Brite", bemerkte der Franzose. „Warum wollen englisch sprechende Kleriker immer etwas anderes sein, als sie sind?"

„Vielleicht gehen wir nicht davon aus, daß unsere eigene Kultur überlegen ist", entgegnete Smith kühl.

„Das ist nicht sehr patriotisch."

„Wir sind eben mit Eindimensionalität nicht so gesegnet wie manche Europäer", fügte Smith hinzu.

„Ach ja, euer berühmter Schmelztiegel. Komm nächstes Jahr nach Paris, Smith, und studiere dort. Paris ist die Königin. Sie wird dich lehren, was die Bedeutung von Kultur ist."

„Deine Haltung riecht nach Chauvinismus, Jean", sagte ein Deutscher. „Ich glaube diese Krone gehört Berlin."

Die Bemerkung wurde mit Schweigen quittiert, denn auf das Thema deutsche Schuld wollte jetzt niemand zu sprechen kommen.

Ein Italiener rettete die Situation, in dem er erhobenen Hauptes mit einem Grinsen einwarf: „Da gibt es doch gar keine Diskussion! Natürlich ist Rom die Königin!"

„Es ist ein faszinierendes Phänomen", sagte der Franzose, „daß die Bruchstelle der nördlichen Reformation mehr oder weniger an den alten Grenzen des Römischen Reiches verläuft. Zivilisation und Katholizismus im Süden; Barbaren und Protestantismus im Norden."

„Das ist oberflächlich", meinte der Deutsche. „Sie vergessen die Russen."

„Ach ja, die Russen. Wilde, die sich vom Glanz Byzanz' haben verzaubern lassen."

Und so ging es eine Weile hin und her, bis der Franzose wieder einhakte:

„Paris. Paris. Die Königin Europas. Smith, warum diese Affenliebe zu den Briten? Schließlich sind sie doch nur vertriebene Normannen."

„Es klänge ziemlich albern, wenn ich mir einen französischen Akzent zulegen würde, Jean. Da ziehe ich die Wurzeln meiner Ahnen doch bei weitem vor."

„King George wäre mit dir zufrieden."

„Die Amerikanische Revolution ist lange her", sagte der Holländer. „Billy und Smith suchen einfach nur ihre fehlenden Teile, wie Waisenkinder."

Elijah sann über diese letzte Bemerkung nach und fand, daß etwas Wahres daran sei. Billy, ein extrovertierter Engländer, der wie ein Kleindarsteller in einem amerikanischen Film klang, und Smith, ein introvertierter Präriejunge, der sich anhörte, als hätte er in Oxford studiert. Fehlte vielleicht wirklich etwas Wesentliches in ihrem Charakter, gab es einen Riss in der Psyche, den die gewaltsame Revolution hinterlassen hatte? Man kann mit einer solchen Spaltung ganz gut leben, solange es Kompensationen gibt – zum Beispiel Macht oder Reichtum, Raum und Grenzen. Aber der Globus war seit dem Krieg drastisch geschrumpft. *Rule Britannia* und der aufdringliche Pragmatismus der *Pax Americana* waren beide Vergangenheit. Aber nicht nur die Amerikaner und die Briten haben unter den Revolutionen der letzten dreihundert Jahre gelitten. Was ist mit den Franzosen? Und mit den Deutschen? Was hat es mit dem großen Schlag, den die Reformation dem Bewußtsein des Westens versetzt hat, auf sich? Nein, man kann noch weiter zurückgehen, bis zur Spaltung zwischen der Ostkirche und der Westkirche. Vielleicht sogar noch weiter.

Gab es etwas, das allen Menschen fehlte? Die Massen, die vom Land in die Metropolen drängen; urbane Jugendliche, die in die Wälder flüchten. Frauen, die so tun, als wären sie Männer; Männer, die den Frauen immer ähnlicher werden; jeder darum bemüht, Gott nachzuäffen, um der eigenen Geschöpflichkeit zu entrinnen? Westliche Jugendliche auf den Wegen des Orients; der Orient auf dem Sprung zum Kapitalismus. Mönche, die ihrem Kloster den Rücken kehren; verheiratete Männer, die im Kloster Stille suchen. Liberale, die die Schrift entmythologisieren, um die Anforderungen des biblischen Glaubens abzuweisen; Fundamentalisten, welche die Leerstellen ihrer Religion mit dem Alten Testament zu füllen suchen und sich den Aufgaben des getauften Intellekts entziehen. Liegt die Verheißung immer *woanders*, knapp hinter dem nächsten Horizont? Warum dieses beständige Verlangen nach Zeichen, Wundern, neuen Feuersäulen, Bundesladen, Steintafeln – nach allem, bloß um den Forderungen des anstrengenden, dunklen Glaubenswegs auszuweichen?

Er hatte sich damals schonungslos gefragt, ob seine Konversion zum Christentum eine Variation der Fluchtdynamik sei – eine Art Pseudotranszendenz. Keine Frage, als Kind der Diaspora, das Gott im Neuen Testament suchte, war er auf der Flucht vor den Schrecken der Vergangenheit. Die Gründung Israels hatte sein Gefühl, Opfer zu sein, nicht überwinden können. Der Horror war nur durch Wut überlagert worden, und er wußte, daß dies die andere Seite der Münze war. Die Ereignisse, die ihn zum Katholizismus gebracht hatten, erschütterten ihn noch immer – seine Kindheit, der Tod Ruths, sein langer Kampf mit dem schwarzen Fürsten der Verzweiflung. Allmählich erkannte er, daß er auf Christus zugelaufen war und daß die Flucht vor der Vergangenheit ein Mittel gewesen war, mit dem Gott ihn vorwärtsdrängte. Aber als er Billy in Jerusalem kennenlernte, war er noch jung im Glauben, noch anfällig für Angst, immer noch im Kampf mit chronischen Selbstzweifeln; er stellte alles in Frage, selbst Dinge, an die er auf einer tieferen Ebene seines Seins glaubte. Er war ein zerrissener Mensch.

„Auf dem Gesicht Gottes gibt es ein geheimes Lächeln", hatte Billy einmal zu ihm gesagt. Dieser Gedanke war Elijah so fremd, so staunenswert, daß er ihn nicht vergessen hatte. Das Leben war eine ernste Angelegenheit. Die Mehrzahl der Menschen, die er geliebt hatte, waren durch Gewalt ums Leben gekommen. Ein geheimes Lächeln? Wirklich? Was für ein Lächeln war das?

Billy hatte ihn mit dieser bestechenden Idee geködert, hatte ihn dazu gebracht, seine Zweifel zu bezweifeln, seine Fragen zu hinterfragen, (heimlich) zu lächeln und schließlich sogar zu lachen. Jetzt waren sie alt im Glauben, so schien es. Jeder hatte seine Suche nach dem fehlenden Teil fortgesetzt. Elijah hatte schließlich gelernt, in der Tiefe die Quelle der Freude zu finden, während Billy hinter seiner Clownsmaske immer nachdenklicher geworden war.

Elijah streckte sich auf dem Sofa aus. Die CD war zu Ende, und die Anlage schaltete sich aus. Seinen Geist, der sich über viele Jahre an den steten Wechsel zwischen Gebet, Arbeit, Ruhe und stiller Betrachtung gewöhnt hatte, durchzuckten Fetzen brutaler Bilder. Er konnte das Bild ermordeter Kinder nicht aus seinen Gedanken verbannen. Es war erst Nachmittag, sechs Stunden seit seinem Abflug von Ben Gurion, aber es kam ihm vor, als sei er schon Tage unterwegs. Er war erschöpft. Er schloß die Augen und glitt unter den Horrorbildern hindurch in den Schlaf.

Zwei Stunden später wachte er noch halb benommen auf und starrte auf die Wand. Seine Lippen waren trocken und seine Augen schmerzten. Er sah einen Mann mittleren Alters, der an einem Schreibtisch saß. Der Mann las konzentriert in einer Akte, die vor ihm auf dem Tisch lag. Er trug schwarze Priesterkleidung. Er war schlank und asketisch, wirkte aber kalt und merkwürdig fremd. Seine Augen waren intelligent, sein Blick bestimmt. Elijah konnte nicht sagen, ob der Besucher korrupt war oder ein Verräter. Er wußte nur, daß er böse war. Das Böse hatte eine Qualität, die für Elijah neu war. Auf diesem stolzen und beherrschten Gesicht waren keine Spuren des Lasters. Im Gegenteil, der Mann strahlte Tugend, Charakter und Adel aus. Aber allen diesen Qualitäten fehlte die Barmherzigkeit; daß so viel Gutes auf ein undefiniertes schlechtes Ziel gerichtet war, löste Angst aus – so, als würde bei einem großartigen Brückenbogen der Schlußstein fehlen.

Was hatte dieser Mann in Billys Wohnung zu suchen? Elijah schüttelte sich und setzte sich auf. In diesem Augenblick kam Billy mit dampfenden Kaffeetassen ins Zimmer. Er stellte sie auf dem niedrigen Tisch neben dem Sofa und setzte sich gegenüber in den Lehnstuhl.

„Trink!“, befahl er.

Elijah deutete auf den Besucher. „Bitte würdest du uns vorstellen?“

Billy sah ihn irritiert an.

„Wie bitte?“

Elijah wandte den Kopf zu dem Besucher – aber da war niemand mehr.

„Geht es dir gut, Davy?“

„Ich muß wohl geträumt haben.“

„Du hast zwei Stunden lang geschlafen. Das hast du sicher gebraucht. Nachher gehen wir zum Essen.“

„Mein Kopf dreht sich. Ich kann dieses Gesicht nicht vergessen.“

„Jemand, den du kennst?“

„Nein. Ein Fremder. Aber war ganz real und saß da drüben.“

„Überdrehtes Gehirn. Trink aus, Junge“

Elijah rieb sich die Augen.

„So viele Veränderungen in so kurzer Zeit. Eigenartig, daß man sich ein abstraktes Bild von der Welt macht, dabei entgehen einem die Gerüche, die Geräusche, die Hitze, die Nöte. Die Sinne können anscheinend zwischen den Zeilen lesen."

„Was sagen dir deine Sinne?"

„Es kommt mir vor, als sei ein riesiges Verbrechen geschehen oder daß es geschehen wird."

„Damit hast du Recht. Niemand traut sich, es beim Namen zu nennen. Nur wenige würden zugeben, daß etwas Schlimmes im Gange ist. Aber es *ist* im Gange, und zwar etwas sehr Schlimmes."

„Ich spüre, daß etwas in der Luft liegt, Billy, wie ein unsichtbares Gas. Wenn du dich von der Welt zurückgezogen hast und nach langer Zeit wiederkommst, dann ist die Veränderung mit Händen zu greifen."

„Ich habe genau das gleiche Gefühl wie Du. Wenn du liest, was der Heilige Vater sagt, dann weißt du, daß er es auch sieht, und zwar ganz genau, besser als jeder andere."

„Und was?"

„Ich bin nicht sicher. Äußere Feinde sind nur ein Teil des Problems. Die eigentliche Gefahr ist *im* Haus Gottes."

„Ich habe Andeutungen in den Medien entdeckt."

„Andeutungen? Du meine Güte, was hast du denn gelesen! Es steht doch überall."

„Ich glaube, niemand hat eine Ahnung, wie groß die Sache ist. Aber sie ist sehr groß, und es wird noch schlimmer werden."

„Und warum?"

„Dafür gibt es viele Gründe. Vor allem und an erster Stelle spirituelle Versuchung. Intellektueller Hochmut. Der Kitzel, ein Revolutionär zu sein. Es ist die Krankheit des Jahrhunderts. C. S . Lewis sprach vom „verstorbenen westlichen Menschen" – gut ausgebildet, wohlhabend, gehetzt und unerfüllt. Er ist rational, kann alles erklären und hat für alles eine Theorie in seiner total subjektivierten Welt. Was könnte es für ihn ein besseres Projekt geben als die völlige Zerstörung und Rekonstruktion des Hauses Gottes? Richtig?"

„Ist es denn ein bewußter Plan?"

„Bei den meisten nicht. Mit wenigen Ausnahmen denken sie ungefähr so:

‚Ich bin Idealist, aber dabei ein Realist; ich hoffe auf eine kollektive Lösung der Menschheitsprobleme; ich glaube nicht mehr an einen transzendenten Gott (oder habe nie an ihn geglaubt) und an organisierte Religion. Ich glaube an das Gute im Menschen."

„Eine alte Lösung."

„Ja. Und sie hat immer funktioniert."

„Was hältst du von diesem Mann ... diesem Tilman?"

„Da verschlägt's mir den Appetit. Wo hast du denn von ihm gehört?"

„Eine Zeitschrift im Flugzeug. Da wurde über eine theologische Konferenz in Tübingen berichtet."

„Tübingen!", sagte Billy angewidert. „Die Schmähreden Tilmans gegen die universale Kirche sind ekelhaft. Er ist einer von den passionierten Typen, die einen Doktortitel bekommen haben, bevor sie denken lernten."

„Er klang sehr vernünftig in diesem Artikel."

„Das pflegt so zu sein. Meistens sind es sehr nette Leute. Sie sprechen wohlgesetzt. Sie haben nichts zu verlieren, verstehst du? Sie brauchen nichts zu verteidigen wie wir."

„Er schien recht optimistisch zu sein, was die Zukunft des Menschen angeht."

„Oh ja. Er ist ein Utopist. Er ist ein erstklassiger Advokat der Schönen neuen Welt. Du hast wahrscheinlich gelesen, daß er und seine Kumpel die Organe der institutionellen Religion als die eigentlichen Monster der Geschichte verdammen."

„In dem Artikel wird er mit der Aussage zitiert, er hoffe auf eine Welt, die von einer übermächtigen Weltregierung und Weltbürokratie befreit sei, in der es keine Machtausübung im Namen der Religion gebe; keinen Zwang durch religiöse Jurisdiktion, Dogmatismus oder Moralismus."

„In Wirklichkeit will er sagen, daß er es satt hat, daß ihm die Kirche über die Schulter schaut und ihn für seine verrückten Behauptungen und die geistige Vernebelung der Jugend verantwortlich macht. Du wirst schon sehen, Davy, er wird der erste sein, der sich mit einer politischen Weltregierung verbündet, einer neuen Diktatur, solange sie oberflächlich wie eine Befreiung aussieht und solange sie ihn füttert und ihn Revolutionär spielen läßt."

„Was ihn angeht, ist es ganz bestimmt keine bewußte Blindheit."

„Nein. Der liebe Doktor ist einfach dumm." Billy lief rot an. „Tut mir leid, diese Unterhaltung wird gerade etwas bösartig. Du wußtest ja immer, daß ich eine gemeine Seite habe."

„Ich würde sagen, es steckt ein Zelot in dir."

„Es ist einfach empörend. Er tut so, als wollte er die Kirche retten, in Wirklichkeit untergräbt er sie und zwar genau zu dem Zeitpunkt in der Geschichte, an dem wir verdammt auf der Hut sein müssen."

„Es ist schwer, mit so jemandem über irgendetwas zu diskutieren. Mir sind in meinem Leben schon viele von seinem Schlag begegnet: marxistische Zeloten, faschistische Zeloten, Zionisten, materialistische Zeloten, atheistische Zeloten und was nicht alles ..."

„Auch pummelige englische Zeloten?"

„Ja, solche auch, aber die sind am ungefährlichsten."

„Vielen Dank."

„Billy, vielleicht sind der Papst und ein Ayatollah in der Welt des Tilman im Grunde das Gleiche – Tyrannen."

„Die eine überaus grausame Tyrannei ausüben, nämlich über die Freiheit der Theologen."

„Man fragt sich, ob er sich schon mal mit dem Problem beschäftigt hat, wie die Welt aussehen wird, wenn jeder sein eigener Papst geworden ist, eine Welt, in der jeder unfehlbar ist – jeder außer der Papst in Rom."

„Gutes Argument. Ich hoffe, daß ich in die ewigen Jagdgründe eingegangen bin, bevor das passiert."

„Vielleicht geschieht es schon."

Billy seufzte wieder und sagte: „Kann sein. Jedenfalls ist es dir fast gelungen, mir den Appetit zu verderben. Ich sage *fast*. Gehen wir zu Mamma Garibaldi. Sie macht eine Lasagne, die heißt *das rote Hemd* – unschlagbar, sag ich dir!"

Nachdem sich Elijah umgezogen hatte, machten sie sich auf den Weg zum Restaurant quer durch die Stadt. Elijah bewunderte, wie Billy seinen Jaguar durch den hysterischen Stadtverkehr steuerte.

„Warum fährt ein katholischer Priester ein Auto, das so viel kostet wie ein Rennpferd?", fragte Billy.

„Ich weiß nicht. Das mußt du mir sagen."

„Weil seine Mutter es ihm geschenkt hat."

„Du brauchst dich vor mir nicht zu rechtfertigen."

„Ich versuche, mich vor mir selbst zu rechtfertigen."

„Schämst du dich dafür?"

„Schämen und gleichzeitig darauf abfahren ... Es ist der dritte Wagen, den mir meine Mutter dieses Jahr geschenkt hat. Den Mercedes habe ich versteigert und den Erlös den Schwestern in Kalkutta gegeben, und den Maserati für ein Flüchtlingszentrum in Tansania. Ich nehme gerade meinen Mut zusammen, um diesen hier auch abzustoßen."

„Wie reich ist deine Mutter?"

„Sehr reich, Davy, sehr reich. Sie möchte, daß ihr kleiner Monsignore glücklich ist. Sie kann sich nicht vorstellen, wie ein Mann ohne Sex glücklich sein kann – deswegen sorgt sie für Ersatzbefriedigung. Alle Jungen lieben Spielzeugautos, nicht wahr?"

Billy zwinkerte Elijah zu und beide brachen in Lachen aus.

„Es ist wirklich erstaunlich, wie wenig Leute es für möglich halten", sagte Billy, „daß man zölibatär leben und glücklich sein kann, nicht einmal die Frömmsten."

„Es ist nicht immer leicht."

„Sie verstehen nicht, daß man sich in Christus verlieben kann."

„Genau das!"

„Ich hatte alles im Leben, alles, was man sich nur wünschen kann. Die meiste Zeit meiner Jugend habe ich damit verbracht, alles zu genießen und an Frauen zu denken. In einige habe ich mich unsterblich verliebt. Dann ist mir eines Tages ein Licht aufgegangen, und ich habe gesehen, daß es da ein Muster in meinem Leben gibt. Ich war bereit, heute für eine Frau zu sterben, und morgen hatte ich sie vergessen, bereit für die nächste zu sterben, nur um am folgenden Morgen schon wieder auf Achse zu sein."

„Ein leidenschaftliches Herz, Billy."

„Ein wankelmütiges Herz."

„Ein undiszipliniertes Herz."

„Ein gieriges Herz, und das ist die Wahrheit."

„Das Herz eines Zeloten."

„Gierig nach jeder Erfahrung, die das Leben zu bieten hatte. Aber nicht viel Grips, Davy. Ich war so blöde, daß ich es kaum glauben kann. Ich lebte wie ein Drogensüchtiger. Und wie jeder Süchtige konnte ich nicht glauben, daß es außerhalb meiner Sucht Glück geben könnte. Die Sucht war das Leben geworden, verstehst du?"

„Wie bist du da raus gekommen?"

„Vom Saulus zum Paulus. Eines Tages wurde ich vom Pferd gestoßen. Ich fuhr auf einer Landstraße durch die Cotswolds. Ich war nicht depressiv oder so was. Eigentlich lief alles ausgezeichnet. Aber plötzlich wußte ich mit einem Schlag, daß mein Leben sinnlos war. Alles erschien mir so bedeutungslos. Ich hielt den Wagen an, stieg aus, ging den Hügel zum Wald hinauf, setzte mich unter einen Baum und betrachtete mein Leben. Und ich sah mich, wie ich wirklich war. Ich war kein böser Mensch, nur total oberflächlich. Es war ein Augenblick harter Gnade."

„Vielleicht war die eigentliche Gnade, daß du annehmen konntest, was du gesehen hast."

„Kann sein. Aber dann hörte ich eine Stimme. Ganz ruhig. Woher sie kam, weiß ich nicht. Ich habe sie nie zuvor gehört und niemals wieder, jedenfalls nicht so."

„Was sagte die Stimme?"

„Sie sagte: *Ich öffne vor dir eine Tür und bitte dich hindurchzugehen.* Ich drehte mich um und sah ein Licht in den Bäumen, ein Stück Himmel zwischen den Bäumen. Ein Pfad führte in den Wald. Ich wußte, daß ich dorthin gehen sollte. Erst wollte ich den Gedanken verscheuchen. Ich hatte Angst und war gleichzeitig glücklich. Ich wußte, das Größte, was ein Kerl wie ich tun konnte, war: alles in beide Hände nehmen – die Frauen, die akademischen Abschlüsse, das Geld, den Ruhm, den Sitz im Parlament – und alles auf einmal hergeben. Verrückt, was?"

„Verrückt und heilig."

„Glaub mir, ich war damals alles andere als heilig, ich war noch nicht einmal religiös."

„Und dann?"

„Ich ging einfach in den Wald. Ich wollte jetzt und hier alles verschenken. Ich wollte immer weiter auf diesem Waldweg gehen und leer und arm sein. Es war ein großartiges Gefühl, als wäre ich aus dem Gefängnis ausgebrochen. Ich ging durch einen Eichenwald und kam auf einen Hügel. Es war Herbst, braune Blätter tanzten durch die Luft, eine Eichel fiel mir auf den Kopf, der Wind war so süß, meine Freude vollkommen. Ich ging über den Hügel, und, was glaubst du, sahen meine erstaunten Augen? Ein Kloster!"

„Ein Kloster?"

„In diesem Augenblick begann ich ernsthaft zu vermuten, daß Gott ein paar Tricks im Ärmel hat. Ich versuchte mich davon zu überzeugen, daß es Zufall war. Aber es hätte auch ein Ashram sein können, ein College, ein wissenschaftliches Institut oder gar nichts, aber es war ein katholisches Kloster und es verschwand auch nicht. Es weigerte sich zu mutieren. Also klopfte ich an die Pforte und sagte, ich wollte den Boss sprechen."

„Der Pförtner sagte, der Abt wäre beschäftigt."

Ich sagte: „Das ist okay. Ich warte. Ich setzte mich also auf die Wiese vor der Kirche und wartete. Wenn ich schon so weit gekommen bin, sagte ich mir, dann will ich den Weg zu Ende gehen. Den ganzen Weg! Ich zweifelte an meinem Verstand, aber das war mir egal. Zum ersten Mal in meinem Leben hatte ich einen Anhaltspunkt dafür, daß es mehr gab als mein bequemes, gut geordnetes Leben. Bisher hatte ich immer Erfolg gehabt, toujours. Ich entschloß mich, mal eine Weile auszuprobieren, ein Versager zu sein. Ich dachte, da könnte ich etwas Nützliches lernen."

„Hast du's getan?"

„Alles, was wichtig ist, habe ich auf diese Weise gelernt - abgesehen von der Begegnung mit Petrus unter dem Altar."

„Wie ging es dann weiter?"

„Schließlich kam der Abt selber heraus. Ein netter Kerl. Er lächelte, als ich ihm sagte, wer ich war und was ich vorhatte. Er empfahl mir, nach Hause zu gehen und weiter darüber nachzudenken."

„Was du getan hast."

„Ich appellierte an seine Barmherzigkeit und bat, mich als Gast aufzunehmen. Widerstrebend stimmte er zu. Ich war nominell ein Anglikaner mit einem winzigen Funken Glauben, an den ich mich klammerte, als wäre es mein Leben. Acht Monate später verließ ich das Kloster – als Katholik. Ich wollte ein Heiliger werden. Aber ich wußte, daß ich nicht für die Kontemplation geschaffen bin. Dazu bin ich einfach zu kontaktfreudig."

„Wohin bist du gegangen?"

„An die Ecole Biblique in Jerusalem. Dort haben wir uns kennengelernt."

„Für mich warst du ein guter englischer Katholik. Ich hatte keine Ahnung, daß man dich vom Pferd geworfen hatte."

„Ein Bentley. Ich bin aus einem Bentley herausgefallen."

„Für mich klingt das so, als wärest du auserwählt worden."

„Auserwählt für was? Ich bin nur ein besserer Laufbursche."

„Zeloten halten sich für nutzlos, solange sie nicht mitten im Kampf stehen."

„Die Front ist so verdächtig ruhig, wie die Stille vor dem Sturm. Das Poltern der Tilmans ist nur Säbelrasseln. Ich frage mich, wann der wirkliche Kampf beginnt."

„Er hat schon vor einer Weile begonnen. Der wirklich tödliche Teil des Kampfes ist verborgen. Über unseren Köpfen in den himmlischen Gefilden tobt dieser Kampf zwischen den Engeln und den Dämonen. Aber auch auf der Erde gibt es den Kampf im Verborgenen."

„Bitte, Davy, ich möchte ein Schwert. Schick mich ins Kolosseum. Alles ist besser als diese Lauheit, die allmählich das Leben erstickt. Ich wollte Missionar werden, aber sie haben mich ins Staatssekretariat geschickt. Ich wollte arm sein wie der heilige Franziskus, in Lumpen gehen, Gott lieben und ums tägliche Brot betteln. Nichts dergleichen! Ich habe eine Wohnung und ein regelmäßiges Einkommen. Sag mal, bin ich denn aus dem Bentley herausgeworfen worden, um in einem Jaguar zu landen?"

„Vielleicht solltest du deine Talente weniger heroisch einsetzen. Die Kirche braucht gute Verwalter."

„Es ist eine perverse Form des Martyriums. Sportwagen und Lasagne, wann immer du willst. Ein Konzentrationslager wäre mir lieber."

Elijah schaute aus dem Seitenfenster.

„O Gott", rief Billy, „ich hab's vergessen. Deine Eltern sind im KZ umgekommen, nicht wahr?"

„Ja. Fast jeder, den ich kannte, ist dort umgekommen."

„Ich bin so verdammt taktlos."

„Das wirkliche Leiden ist anders als wir es uns vorstellen", sagte Elijah leise.

„Gehorsam ist die beste Form von Armut, Billy. Ich glaube, das ist das Martyrium, das dir auferlegt ist."

„Was? Keine Fahnen und keine blitzenden Schwerter? Kein Ruhm auf dem Schlachtfeld?"

„Kein falscher Ruhm."

III
Der Vatikan

Nach dem Abendessen fuhren sie in den Vatikan. Billy parkte den Wagen vor dem Belvedere und führte Elijah auf einem indirekten Weg durch Innenhöfe, Flure, Lifte und Treppen bis zu den Büros des Staatssekretariats. Er ging in ein Nebenzimmer und kam einen Augenblick später wieder in einer schwarzen Soutane mit violetten Paspeln und violetter Schärpe heraus, an der er noch die letzten Knöpfe schloß.

Billy nickte einem Sekretär und zwei Schweizer Gardisten zu, sie durchschritten das geräumige, lichtdurchflutete Empfangsbüro und betraten nach kurzem Klopfen ein kleineres Zimmer. Ein Kardinal stand hinter dem Schreibtisch mit dem Rücken zu ihnen und schaute auf den Platz hinunter.

Billy räusperte sich.

Der Kardinal wandte sich um, eine stattliche Erscheinung mit silbrigem Haar. Mit einem leichten Lächeln auf den Lippen ging er auf sie zu und reichte ihnen die Hand. Elijah schien es, als hätte er noch nie so intelligente Augen gesehen hatte wie in diesem beherrschten, noblen Gesicht.

„William", sagte der Kardinal, der mit einem starken Akzent Englisch sprach, „Sie haben uns also Pater Elijah gebracht."

Nach dem Austausch von Höflichkeiten lud sie der Kardinal mit einer Geste ein, in den Sesseln Platz zu nehmen.

„Hat Ihnen William irgendetwas über den Zweck Ihres Besuches gesagt?"

„Nein, Eminenz."

„Eine Heldentat für William."

„Das ist der subtile Hinweis seiner Eminenz, Davy, daß man mir nicht vertrauen kann."

Elijah schaute zwischen den beiden Männern hin und her und wußte nicht, wie er antworten sollte. Der Kardinal und sein Sekretär brachen in Lachen aus.

„Mach dir keine Sorgen. Das war deine erste Dosis *romanità*."

Elijah sah, daß es ein Band des Humors zwischen diesen beiden Männern gab und, was seltener ist, wechselseitiges Vertrauen.

„Wir überlassen es dem Heiligen Vater, die Situation zu erklären", sagte der Kardinal. Er warf einen Blick auf die Uhr. „Er erwartet uns in zehn Minuten."

„Bist du ihm noch nie begegnet?", fragte Billy.

„Nein."

„Nervös?"

„Ein bißchen."

„Du wirst ihn mögen. Er ist sehr umgänglich."

„Im Gegensatz zu *Stato* und *Dottrina*", sagte der Kardinal.

„Genau", sagte Billy mit einem Zwinkern zu Elijah.

„Der Heilige Vater hat mich und den Präfekten der Glaubenskongregation gebeten, bei Ihrer Zusammenkunft zugegen zu sein."

„Eminenz, ich bin überrascht, wie schnell das alles geht", sagte Elijah. „Gestern Abend arbeitete ich noch im Garten des Karmel. Zwanzig Jahre lang habe ich das Kloster kaum verlassen. Man hat mir keinerlei Erklärung gegeben."

„Ich weiß, wie überwältigend das für Sie sein muß", sagte der Kardinal. „Es gibt gute Gründe dafür. Sie werden das in Kürze verstehen. Sagen Sie, wie geht es Ihrem guten Prior? Wir haben gemeinsam in Freiburg gelehrt, vor vielen Jahren."

„Er hat im letzten Jahr viel mitgemacht. Die Ermordung von zwei Brüdern durch Terroristen lastet schwer auf ihm."

Der Kardinal seufzte. „Die Angst, die er in sich hat, macht seine Trauer noch schlimmer. Er hätte sich als junger Mann nicht so viel mit Hegel und Nietzsche und Feuerbach beschäftigen sollen. Brrr! Da bleibt ein eiskalter Punkt in der Seele zurück."

„Pater Prior sendet Ihnen seine brüderlichen Grüße", sagte Elijah in der Hoffnung, das Thema wechseln zu können.

„Ich kenne Ihren Pater Prior sehr gut. Natürlich macht er sich selbst dafür verantwortlich."

„Leider ist das so. Er hat das Gefühl, wenn er mehr Gewicht auf die Sicherheit gelegt hätte, dann wäre es nicht passiert."

„Immer noch ist er so streng mit sich wie eh und je. Ich werde ihm schreiben."

„Es gibt sehr gefährliche Entwicklungen in der letzten Zeit. Die neue Weltreligion hat ihren Hauptsitz in Haifa. Man sieht den Tempel von unserem Glockenturm. Vor unserem Tor ist es zu kleineren Ausschreitungen gekommen. Die Medien haben daraus Großereignisse gemacht."

„Ihre Philosophie ist universale Toleranz, nicht wahr?"

„Ja, aber gleichzeitig sagen sie, die römisch-katholische Kirche sei die letzte Bastion der Intoleranz auf dieser Erde."

„Ich halte sie nicht für einen ernsthaften Feind. Der Angriff findet auf jeder Ebene der Gesellschaft statt. Die lautesten Attacken sind die ungefährlichsten."

Stato wandte sich zu Billy und schaute ihn durchdringend an.

„Sehen Sie, William, warum er der Richtige ist?"

„Ich habe immer gesagt, daß er ein helles Köpfchen ist."

Der Kardinal schaute auf die Uhr.

„Gehen wir."

Die drei Männer wanderten durch ein Labyrinth von Gängen und Treppen. Elijah versuchte nicht, sich den Weg einzuprägen, weil er alle paar Schritte auf ein neues Kunstwerk stieß – eines schöner als das andere. Die Sammlung schien unerschöpflich, und es brannte eine Sehnsucht in ihm, die fast schmerzhaft war. Der Berg Karmel war ein Ort exquisiter Schönheit, aber einer Schönheit, die sich nicht so sehr in der Kunst ausdrückte, sondern in Blumen- und Obstgärten, in der Abenddämmerung über dem Meer, dem nach Osten abfallenden Bergrücken, dem violetten Licht über dem hügeligen Land, über das Christus und der Teufel gegangen sind. Eine strenge, ewige Schönheit. Makrokosmische Schönheit. Hier, in diesen gewienerten Gängen, die nach Bodenwachs und Überfluß rochen, hatte die Schönheit einen anderen Grad. Hier sprachen die Bilder vom Drama des Menschen, vom inneren Universum, vom Mikrokosmos. Raffael, Fra Angelico, Michelangelo, Bramante, Giacomo Manzù. Antike Begräbnisbüsten von römischen Ehepaaren aus dem ersten Jahrhundert, Persönlichkeiten, deren Ausstrahlung überraschend modern war. Idealisierte Marmorportraits der Kaiser. Klassische Götter und Göttinnen. Eine byzantinische Ikone von Mutter und Kind. Ein romanisches Kruzifix. Fresken, Gobelins, Mosaiken. Heilige, Helden, Verräter, Prinzen,

Päpste – die Höhen und Abgründe der menschlichen Seele, fleischgeworden in Myriaden von Formen. Alles war zu sehen: Mystik, Heiligkeit, Sex, Gewalt, staatliche Ordnung und Unordnung, der Zusammenbruch von Kaiserreichen, Schlachten in dämonischen Kriegen. Visionen des Himmels und der Hölle, der Stadt des Menschen und der Stadt Gottes, des Neuen Jerusalems und der Wiederherstellung der gesamten Schöpfung in göttlicher Ordnung. Sündenfall und Erlösung, Genesis und Apokalypse.

Billy faßte ihn am Arm, um mit dem Kardinal Schritt zu halten. Elijah mußte sich immer wieder bewußt machen, daß er auf dem Weg war, dem Pontifex der universalen Kirche zu begegnen.

„Die eine, heilige, katholische, apostolische Kirche", flüsterte er vor sich hin.

„Alles in Ordnung mit dir? Du siehst ein bißchen zerstreut aus, alter Junge."

„Alles in Ordnung. Es ist nicht leicht, hier nicht stehenzubleiben."

„Wie wahr, wie wahr", lachte Billy. „Aber du gewöhnst dich daran. Schau nicht rechts und nicht links. Konzentriere dich auf die Büsten der römischen Kaiser – eine üble Bande. Vergiß nicht, sie töteten unsere Vorfahren. Ins Tal des Todes ritten die Sechshundert!"

„Wie bitte?"

„Nur ein Gedicht. Schuljungenzeug. Hat nichts zu bedeuten. Entspann dich einfach."

Elijahs Herz klopfte heftig und er atmete tief. Er fühlte gleichzeitig Angst und Freude, aber er hatte keine Zeit, sich damit aufzuhalten, denn sie waren am Eingang der päpstlichen Gemächer angekommen. Der Kardinal sprach mit einem Priester hinter einem Schreibtisch. Dieser machte einen Vermerk in ein Buch und nickte den beiden Schweizer Gardisten zu, die an der Tür standen.

Die Privatwohnung des Papstes entsprach nicht dem, was Elijah erwartet hatte – eine moderne Zimmerflucht, ausgelegt mit taubengrauem Teppich. Einige wenige Kunstwerke schmückten die weißen Wände, die Einrichtung war sehr schlicht – im Gegensatz zur Überfülle in den äußeren Hallen und Gängen.

Eine ältere Nonne in weißer Tracht kam aus dem Eßzimmer zur Rechten. Der Kardinal tauschte Höflichkeiten mit ihr aus. Sie wäre gerade dabei, mit dem Kämmerer den Tisch für das morgige Frühstück zu decken. Der Heilige Vater sei in der Kapelle. In wenigen Minuten wäre er hier. Er bitte Seine Eminenz und die Gäste, im Empfangszimmer auf ihn zu warten. Der Kämmerer würde ihnen eine kleine Stärkung bringen.

Der Kardinal und die kleine Nonne verbeugten sich voreinander, und sie entfernte sich.

Billy drückte den Arm von Elijah und sagte: „Ich gehe auch. Bis später im Büro von *Stato* zur Nachbesprechung."

Der Kardinal und Elijah nahmen im Empfangszimmer Platz. Das einzige Bild im Raum war eine russische Ikone der Kreuzigung, mit einer rot brennenden Ampel darunter. Unter einem Oberlicht stand eine Gruppe Bäume in üppigem Grün. Das Sofa und die vier Sessel waren weiß überzogen. Man konnte sie beinahe für bequem halten, wenn sie auch jeden Anklang an Luxus vermieden.

„Sind Sie überrascht?", fragte der Kardinal.

„Ja."

„Die Einrichtung ist wie er selber", erläuterte er. „Klare, einfache Form und" – er deutete auf das Kreuz – „Heiligkeit."

In diesem Augenblick betrat der Papst den Raum.

Er war nicht groß und ging leicht nach vorne geneigt, was aber kaum auffiel. Sein Gesicht zog einen mit sanfter Absolutheit in den Bann. Es war ein strahlendes Gesicht, freundlich, ernst und heiter, aber keineswegs unnahbar. Die Falten sprachen von einem Leben von Lachen und Leid. Er war als Jugendlicher Zwangsarbeiter unter den Nazis gewesen und war während des Sowjetregimes in einem Untergrundseminar zum Priester geweiht worden. Er war ein hervorragender Gelehrter, Dichter, Dramatiker, ein Mann universaler Bildung, keineswegs ein isolierter Akademiker. Als einer der bedeutendsten Philosophen des Jahrhunderts war er nur widerstrebend Bischof geworden. Es sollte sich zeigen, aus welchem Holz er geschnitzt war. In den großen moralischen und soziopolitischen Konflikten der letzten Jahrzehnte des zwanzigsten Jahrhunderts hatte er gelernt, unter Feuer zu funktionieren nicht nur als Lehrer, sondern auch als Seelsorger. Er hatte das Charisma, die Frohe Botschaft als eine Realität zu verkünden, die jeder leben konnte, zuerst er selbst. Er machte Güte glaubwürdig. Er hatte der Welt gezeigt, daß Wahrheit und Liebe zusammengehören und nicht im Krieg miteinander lagen – eine Erkenntnis, die lange brachlag. Ob diese Botschaft ankam, ob die Welt sich das zu Herzen nahm oder nicht, war durchaus fraglich. Viele hatten sie gehört und viele hatten sie abgelehnt.

Elijah fiel auf die Knie und wollte den Ring des Pontifex küssen, aber der Papst faßte ihn an den Armen und zog ihn hoch.

„Pater Elijah, willkommen in Sankt Peter."

„Danke, Heiliger Vater."

„Hatten Sie eine angenehme Reise? Sicher sind Sie müde! Bitte kommen Sie, setzen wir uns."

Der Papst nahm den mittleren von drei Sesseln. Stato setzte sich zu seiner Rechten, und ein schlanker, weißhaariger Herr zu seiner Linken. Das muß *Dottrina* sein, der Präfekt der Glaubenskongregation, jenes Sekretariats, das über die Reinheit der kirchlichen Lehre wachte. Für Elijah blieb der einzeln stehende Sessel gegenüber.

Sie wurden einander vorgestellt. Elijah fühlte sich vom Präfekten sehr genau in den Blick genommen, ein kühler Blick in einem durchgeistigten Gesicht.

„Mir gefiel Ihr Artikel über biblische Spiritualität sehr gut", sagte der Präfekt. „Sie schreiben mutig und vermeiden doch persönliche Attacken."

„Danke, Eminenz."

„Wenige Exegeten stimmen mit Ihrer Position überein. Die Bibelkritik wird vom modernistischen Denken beherrscht, es gibt also ein Interesse daran, Ihre Hypothese zu widerlegen."

„Die neuen Ausgrabungen in Ephesus und am Toten Meer sind objektive Tatsachen. Ich glaube, daß dadurch viele Gelehrte wieder zur Vernunft kommen werden."

„Ich hoffe, daß Sie Recht haben, Pater. Das wird bei den Aufrichtigen geschehen. Jene, die andere Ziele verfolgen, werden sich davon nicht beeindrucken lassen, nicht einmal durch die überwältigenden Beweise der neuen Schriftrollen."

„Man kann nur hoffen, daß die neuen Dokumente den Dissidenten ihre eigene Subjektivität enthüllen – in einem Augenblick der Gnade."

„Wenn ein Gelehrter erkennt, daß er subjektiv war", warf *Stato* ein, „dann ist das ein Augenblick schmerzhaften Erwachens. Darin zeigt sich, wer er ist. Wenn er intellektuell ehrlich ist, dann überprüft er seine Meinungen und beginnt von vorne."

„Außerdem glaube ich", fügte *Dottrina* hinzu, „daß er durch diese Demütigung ein besserer Gelehrter wird."

„Es kann dadurch viel Gutes geschehen", sagte der Papst, „mehr als die Umkehr katholischer Gelehrter. Das Entscheidende ist: die Evangelien sind Realität. Diese Entdeckung gehört zum Plan der göttlichen Vorsehung, denn der Herr hat die Schriftrollen genau zu dem Zeitpunkt in der Geschichte ans Licht kommen lassen, an dem sie am meisten gebraucht werden."

Der Kämmerer rollte einen Teewagen herein, auf dem eine Teekanne, eine Kaffeekanne, Tassen, Schwarzbrot mit Butter und Käse und Zitronenkekse standen. Er bediente zuerst Elijah, was dieser mit Unbehagen akzeptierte, dann die Kardinäle und zuletzt den Papst.

„Pater Elijah", sagte der Papst, „Sie fragen sich sicher, warum wir Sie hierher nach Rom gerufen haben unter so ungewöhnlichen Umständen."

„Ja, Heiliger Vater."

„Die Sache, um die es geht, hat nur oberflächlich etwas mit Archäologie zu tun. Es ist ein äußerst sensibles Thema. Ich bitte Sie, die Dinge, die wir jetzt besprechen werden, absolut vertraulich zu behandeln."

„Natürlich."

„Das Schicksal vieler Seelen ist davon abhängig, was heute Abend zwischen uns geschieht."

Elijah wartete gespannt.

„Ich werde den Staatssekretär bitten, die Situation zu beschreiben, mit der die Kirche heute konfrontiert ist."

„Wie Sie wissen", sagte der distinguierte Italiener, „schlägt uns auf verschiedenen Ebenen Feindschaft entgegen. Als Stadtstaat ist der Vatikan gegenwärtig in Auseinandersetzungen mit der nationalen Regierung Italiens verwickelt, die seit einiger Zeit zwischen Neofaschismus auf der einen Seite und Euro-Kommunismus auf der anderen Seite hin und her schwankt. Das ist ein Problem auf der regionalen Ebene, das zwar eine Quelle praktischer Schwierigkeiten ist, aber kaum eine Bedrohung für das Überleben der universalen Kirche darstellt. Als Hirte der universalen Kirche ist der Heilige Vater jetzt mit verschiedenen Herausforderungen auf der Ebene globaler Entwicklungen konfrontiert, massiven Veränderungen in der geopolitischen Struktur der Welt. Überall herrscht spirituelle Verwirrung, besonders auch in unseren eigenen Reihen durch die Perversion der Kommunikationsmedien und den Einfluß falscher Lehren innerhalb der Kirche. Das sind nur einige der Probleme, mit denen wir uns in den kommenden Jahren auseinandersetzen müssen. In keinem Bereich läßt sich eine Verbesserung absehen, jedenfalls nicht in der nahen Zukunft. Weltweit hält man uns für das Haupthindernis zur Realisierung universalen Wohlergehens. Alle sozialen Probleme werden unangemessener globaler Bevölkerungspolitik zugeschrieben. Natürlich widersetzen wir uns jeder Politik, welche die Würde der einzelnen Person dem Wohl ‚des Volkes' opfern will."

Der Papst beugte sich vor.

„Danke, Kardinal Staatssekretär. Meine größte Sorge ist die verhängnisvolle Tendenz im Westen, für neue Formen des Totalitarismus blind zu sein. Der faschistische Materialismus und der sozialistische Materialismus sind mit der Ausnahme Chinas fast tot, aber der atheistische Materialismus in seiner Form des Kapitalismus erweist sich als ganz genauso destruktiv. Viele Millionen sterben jährlich durch Abtreibung und Euthanasie. Das vergangene Jahrhundert war beherrscht von gewalttätigen materialistischen Ideologien, die eine Zivilisation hinterlassen haben, welcher der Sinn des Lebens völlig abhanden gekommen zu sein scheint. Der Mensch ist ein Geschöpf des Himmels und der Erde, aber er weiß es nicht mehr. Er kennt sich selbst nicht mehr. Er hat verlernt, zu lauschen und zu hören. Die Folge ist, daß wir auf eine globale Krise zusteuern."

Elijah wurde klar, daß der Papst und seine beiden mächtigsten Kardinäle den Boden für etwas vorbereiteten, das sie von ihm wollten. Er hatte nicht den Schimmer einer Ahnung, was das sein könnte. Er hielt sich für ein unbedeutendes Geschöpf im Drama der Zeiten, daß der Gedanke, er könnte für eine große Aufgabe im Dienst der Kirche auserwählt werden, ihm ebenso lächerlich wie rätselhaft erschien. Er hatte keinerlei Problem mit falscher Demut, denn er kannte seine Qualitäten. Aber er glaubte, Gott nur dadurch nützlich zu sein, daß er sein eigenes Leben aufgeopfert und auf ein Fundament des Gebetes und der Selbstverleugnung gestellt hatte. Er war Mönch. Er lobte Gott und trat fürbittend für die Menschheit ein.

Dottrina beugte sich leicht nach vorne und öffnete die verschränkten Arme.

„Es ist möglich, daß wir der endgültigen Konfrontation zwischen dem Evangelium und dem Anti-Evangelium gegenüberstehen", sagte er ernst,

„zwischen der Kirche und der Anti-Kirche."

„Sie benutzen das Wort *endgültig*, Eminenz. Meinen Sie das in einem apokalyptischen Sinn?"

Alle drei Männer nickten zustimmend.

„Sie meinen im Sinn der Apokalypse am Ende der Zeit?"

„Die Schrift sagt uns, daß kein Mensch die Stunde oder den Tag der Wiederkunft des Menschensohnes kennt", sagte der Papst. „Jede Generation ist zur Wachsamkeit aufgerufen."

„Heiliger Vater, darf ich noch einmal fragen, glauben Sie – Sie persönlich –, daß dies die Zeit ist, die von den Propheten des Alten Testaments, von unserem Herrn selbst, vom heiligen Paulus und dem heiligen Johannes im Neuen Testament vorhergesagt wird?"

Der Blick des Papstes richtete sich unbestimmt in die Ferne. Seine Augen füllten sich mit namenlosem Schmerz.

„Mehrere Päpste und einige Kirchenväter glaubten in ihrem Jahrhundert, daß das Ende der Zeiten gekommen sei und daß ihre Herde die Kinder der Letzten Tage wären. Es ist gefährlich zu spekulieren. Es ist nicht immer ratsam, wenn der Papst sagt, was er persönlich denkt. Weder meine Intuitionen, noch meine Überzeugungen sind *ex cathedra*. Und dennoch habe ich sie. Und ich glaube, daß der Heilige Geist mich aus einem bestimmten Grund auf diesen Stuhl gesetzt hat."

„Ich denke", sagte *Dottrina*, „der Heilige Vater hätte gerne eine Verpflichtung von Ihrer Seite, daß seine persönlichen Gedanken über apokalyptische Themen ein rein privater Austausch zwischen uns Vieren bleibt."

„Ich gebe Ihnen mein feierliches Versprechen. Wenn Sie es wünschen, werde ich dieses Gespräch so behandeln, als stünde es unter dem Siegel des Beichtsakraments."

„Das ist nicht nötig, Pater Elijah. Ich weiß, daß Ihr Wort gilt. Um Ihre Frage zu beantworten, mein Sohn: Ja, ich glaube, daß wir den Höhepunkt der uns bekannten Geschichte durchleben. Ich glaube, daß die Wiederkunft des Herrn naht."

Elijahs Herz zog sich zusammen. Angst überfiel ihn wie eine Welle der Finsternis. Er spürte, wie seine Glieder zu zittern begannen. Er war erstaunt über seine Reaktion. Apokalypse war ein Gebiet biblischer Forschung, akademisch, abstrakt, ein Szenario der Zukunft, weit entfernt von der Realität seines eigenen Lebens – äußerstenfalls war es wie ein weit entferntes Donnern.

Das Gefühl der Bedrohung verschwand wieder, als er innerlich zu Jesus Christus Zuflucht nahm.

„Sie schweigen. Höchstwahrscheinlich fühlen Sie in Ihrem Herzen, was Millionen andere fühlen würden, wenn ich dies vom Stuhl Petri aus sagen würde. Sie würden es ohne den Vorteil Ihres starken Glaubens hören. Der moderne Mensch könnte dieses Wissen gar nicht verkraften. Er leidet an der Hauptkrankheit unserer Zeit, an einer Art absoluter Verzweiflung. Die Folge wäre, daß er die Wahrheit einfach ignorieren oder sofort zurückweisen würde."

Stato ergriff das Wort: „Wenn Sie den Pastoralplan des Heiligen Vaters für sein Pontifikat aufmerksam verfolgt haben, dann sehen Sie, daß er bis an die Enden der Erde reist, um Jesus Christus als den Erlöser der Welt, als den Herrn der Geschichte zu verkünden. Der Papst wird überall verleumdet, weil er ein Zeichen des Widerspruchs ist, weil die Menschen nicht mehr glauben, daß sie den Verlauf der Geschichte mit normalen Methoden steuern können. Sie bauen immer mehr auf radikale Lösungen kollektivistischer Natur. Marxismus und Faschismus sind brutale Formen desselben Prinzips. Die Verzweiflung treibt den modernen Menschen zu diesen Lösungen, aber weil ihm das Entsetzen über die Brutalität der jüngsten Vergangenheit noch bewußt ist, sucht er nach neuen Formen, die den *Schein* der Demokratie bewahren."

Der Papst schien nicht mehr zuzuhören. Sein Blick ruhte auf der Baumgruppe am Ende des Zimmers, von denen ein Baum Blüten trug.

„Es ist ein dunkles Jahrhundert", sagte *Dottrina*. „In diese Dunkelheit hineinzuschauen und den Sieg Christi zu erkennen, das ist das Wesen der Hoffnung."

Der Papst erhob sich, ging ans Ende des Zimmers und blieb neben den Bäumen stehen. Er schaute sie schweigend an.

Stato fuhr mit seiner Rede fort, als wäre der Papst nicht anwesend. „Der Heilige Vater reist durch die Welt und spricht über Jesus und über die Hoffnung. Er glaubt, daß die Menschen dann der Realität ins Gesicht schauen und die Gefahren erkennen können, wenn sie Hoffnung haben."

Der Papst kam zurück und schaute auf die beiden Kardinäle und den Priester.

„Sie kennen die Geschichte im Matthäus-Evangelium, wo der Herr den Feigenbaum verflucht."

Sie nickten zustimmend.

„Wissen Sie, warum der Herr so etwas Erstaunliches getan hat?"

„Er wollte ihnen ein Zeichen geben", sagte *Stato*. „Der unfruchtbare Feigenbaum war eine Metapher für die Pharisäer, die Meister des Gesetzes, die wegen ihres Unglaubens keine gute Frucht hervorbrachten."

„Das ist ein Teil der Bedeutung", sagte der Papst. „Es geht tiefer. Pater Elijah?"

„Eure Heiligkeit, ich glaube der Herr wollte eine Warnung für die Hirten seines Volkes aussprechen. Ein Feigenbaum, der voller grüner Blätter ist, aber keine Frucht trägt, hat den Anschein des Lebens, bringt aber kein Leben hervor."

„Ja. Und weiter?"

„Es ist eine Warnung."

„Eines der harten Worte des Herrn?"

„Ja."

„Meine Brüder", sagte der Papst, der seine Hand auf den Ast eines Baumes gelegt hatte, „wissen Sie, was das für ein Baum ist?"

„Ein Feigenbaum", sagten die Kardinäle wie aus einem Mund.

„Und Sie, Pater, kennen Sie diesen blühenden Baum?"

„Ein Mandelbaum. Wir haben viele davon in unserem Klostergarten."

„Was sagt er uns?"

„Die Leute nennen ihn manchmal den *Wächterbaum*, weil er im Frühling als erster blüht. Er ist wie ein Wächter."

„Wissen Sie, was der Herr zu dem Wächter sagt, der sein Haus nicht sorgsam bewacht?"

Keiner kannte die genaue Antwort.

„Sie finden diese Ermahnung bei Ezechiel im dritten Kapitel", sagte der Papst. „Und wissen Sie, was der Herr zu den Hirten sagt, die ihre Herde nicht auf die Weide führen und beschützen? Wieder Ezechiel, meine Freunde, Kapitel 34."

Er nahm wieder Platz und wandte sich zu Elijah.

„In Matthäus 24 stehen die apokalyptischen Warnungen des Herrn. Da spricht er wieder vom Feigenbaum. Ich frage Sie, trägt der Baum des Glaubens die Früchte, die er tragen soll?"

Niemand antwortete.

„Der Herr ist nah, meine Brüder. Die Zeit ist nicht mehr weit entfernt."

„Sie scheinen besorgt zu sein, Pater", sagte *Stato* zu Elijah gewandt.

„Das bin ich auch. Mein Herz bejaht alles, was Sie gesagt haben. Es ist in gewisser Weise, als würde sich eine Blüte öffnen, die mein Leben lang in mir als Knospe vorhanden war. In diesen wenigen Minuten ist sie aufgegangen, und plötzlich sehe ich die Ereignisse meines Lebens in einem völlig neuen Licht."

„Was ist dieses neue Bewußtsein? Was sehen Sie?", fragte der Papst.

„Ich bin mir nicht sicher, Heiliger Vater."

„Dieses Licht, das Ihnen Ihr Leben hat aufleuchten lassen, ist uns nicht neu. Seit Jahren wissen wir von Ihnen und lieben Sie wie einen Sohn, auch wenn Ihnen unsere Aufmerksamkeit verborgen blieb. Ihr Leben ist mit Leid gesättigt. Sie sind im Feuer der Bedrängnis hart geprüft worden wie nur wenige Menschen. Sie sind als Mann des Glaubens daraus hervorgegangen. Das ist selten."

„Es gibt viele wie mich."

„Es gibt viele Wächterbäume, die in der Welt blühen. Aber keiner hat genau die Qualifikationen, die Sie zu diesem geschichtlichen Zeitpunkt an diesen Ort führen."

„Vielleicht ist es an der Zeit, Heiliger Vater, davon zu sprechen", sagte *Dottrina*.

„Pater Elijah, viele Wölfe umkreisen derzeit meine Herde. Ich rufe meine Herde immer wieder zur Wachsamkeit auf, aber nur wenige hören meine Stimme. Viele Lämmer werden uns entrissen und vernichtet. Viele, sehr viele."

Die Augen des Papstes füllten sich mit Trauer.

„Bestimmte Personen auf der Weltbühne sind im Begriff, einen entscheidenden Angriff gegen die Herde zu führen. Sie nähern sich dem Zeitpunkt, an dem sie alles einsetzen werden, um zu spalten und zu zerstören. Sie rufen *Frieden, Frieden*, aber es ist kein Friede. In ihrem Herzen trachten sie nach Mord. Sie hassen die Herde Gottes, und doch werden sie überall zum Retter ausgerufen. Auch das liegt im Plan der göttlichen Vorsehung. Er läßt es zu, denn es muß zur endgültigen Konfrontation zwischen der Kirche und Anti-

Kirche kommen. Es kann nur von einer Generation auf die andere verschoben werden, aber ich glaube, daß die Zeit jetzt reif ist."

„Wie kann ich Ihnen helfen, Heiliger Vater?"

„Es gibt einen Mann, der nach globaler Macht strebt. Seit Jahren bete ich für ihn. Zu Beginn meines Pontifikats tauchte sein Gesicht vor mir auf, als ich im Gebet war. Die ganze Welt hält ihn für einen säkularen Heiligen. Die Presse spricht von seiner großen Bestimmung. Sein Gesicht ist überall auf den Titelseiten der Medien und im Fernsehen, er ist Gegenstand von Artikeln und Kommentaren, seine Bücher haben Millionenauflagen. Er hat das lahmende Europäische Parlament wiederbelebt. Er wird von den Vereinten Nationen als der Mann hofiert, dem es gelingen kann, einen friedlichen Übergang von der Ära der Nationalstaaten zu einem Weltenbund herbeizuführen."

Elijah wußte, um wen es sich handelte, noch bevor *Stato* sprach.

„Sie kennen seinen Namen?"

„Ja, Eminenz. Ich habe kaum etwas anderes gehört, seit ich das Kloster verlassen habe."

„Außer seiner Präsidentschaft im Europäischen Parlament ist er derzeit Direktor des Rates der Westlichen Staaten, Berater der Vereinten Nationen, Mitglied des Club of Rome. Er ist im Aufsichtsrat mehrerer der erfolgreichsten Unternehmen der Erde. Er besitzt die Mehrheitsbeteiligung in einem Medienimperium, einer Schweizer Bank und bei *Globaltech*, jener Firma, welche die Computerbildtechnologie revolutioniert hat. Er ist außerdem der Gründer des *Centro Mondiale Commerciale*, der vermutlich wichtigsten Handelsgesellschaft der Erde. Er hat noch so viele andere Funktionen, daß man sie gar nicht alle aufzählen kann."

„Es gibt viele, die Christus offen bekämpfen", sagte der Papst, „und andere, die zum Schein im Namen Christi auftreten. Er tut keines von beidem und hat mehr Macht als sie alle. Sein Augenblick in der Geschichte nähert sich."

„Besorgt es Sie?", fragte *Dottrina*.

„Mich bedrängt weniger die Sorge als die Frage, was meine Rolle dabei ist."

„Ich bitte Sie, ein Bote zu sein."

„Ein Bote, Heiliger Vater?"

„Es drängt mich, ihn vor der spirituellen Gefahr zu warnen, in der er persönlich schwebt. Er könnte die Welt in den Abgrund stürzen."

„Wäre eine persönliche Begegnung zwischen Ihnen und ihm nicht wirksamer?"

„Ich habe ihn gebeten, mich zu besuchen, aber er will nicht kommen. Er hat immer eine Ausrede. Inzwischen wissen wir, daß dieser Mann politisch äußerst raffiniert taktiert."

„Warum will er nicht kommen?"

„Er will in der Weltöffentlichkeit nicht als einer erscheinen, der den Papst besucht, sondern umgekehrt als jemand, zu dem der Papst kommt. Ich würde zu ihm gehen und seine Füße waschen, wenn das seine Seele zur Reue bewegen könnte. Aber er würde in dieser Geste nur die reife Frucht sehen, die ihm in den Schoß fällt. Sie würde mehr Schlechtes als Gutes bewirken."

„Die Medien wären dabei", warf *Stato* ein. „Ein solches Foto hätte für ihn den Propagandawert von tausend Artikeln."

„Er will die Kirche solange benutzen, wie er sie brauchen kann", sagte der Papst. „Aber er verachtet sie, weil er ihr göttliches Wesen nie erkannt hat. Er versteht ihre Stärke nicht. Er meint, sie sei einfach eine menschliche Institution. In menschlicher Hinsicht ist die Kirche gespalten, schwankend, im Inneren zerrissen, schwer erschüttert durch die Ereignisse des letzten Jahrhunderts. Sie ist in seinen Augen schwach, ein Ding, das man benutzt und dann zerstört, wenn die Zeit reif ist."

„Es ist schwer zu glauben, daß ein Mensch so kaltherzig sein kann", sagte Elijah.

„Ist das so schwer? Das sagen Sie, der sie im Holocaust gelitten haben?"

Elijah senkte den Blick und schwieg.

„Er ist nicht offen gegen uns, jedenfalls bisher nicht", sagte der Papst. „Aber er bereitet es vor. Vielleicht dauert es noch – Hoffnung jenseits aller Hoffnung. Ich nenne niemanden Antichrist, dessen Seele noch in der Schwebe hängt, der noch die Freiheit hat, sich für das Gute zu entscheiden. Aber ich habe nicht den geringsten Zweifel, daß seine Ideen sich im Bereich des Antichrist bewegen. Und doch starb Christus auch für diesen Mann. Er wäre für einen einzigen Menschen gekommen."

„Wollen Sie mich zu ihm schicken?"

„Ja."

„Ich habe Angst."

„Es würde mich sehr beunruhigen, wenn Sie keine Angst hätten."

„Ich bin nicht klug genug, um gegen so jemand ..."

„*Stato* warf ein: „Für die ganze Welt erscheint der Präsident als die Verkörperung des Besten im Menschen. Auf dieses Bild stützt er sich. Er hat eine ganz andere, verborgene Seite, aber noch befinden wir uns glücklicherweise in einer Periode, in der er das Bild des Guten in der Öffentlichkeit aufrechterhält. Das ist der Augenblick, in dem Sie ihm vielleicht noch die Wahrheit sagen können. In einem Jahr oder in zwei kann es zu spät sein. Er würde unzählige Seelen mit in den Abgrund reißen."

„Wenn nur eine einzige Seele verloren geht, ist es eine Katastrophe", sagte der Papst. „Das ist eine furchtbare Verantwortung, Pater. Ich verlange keinen Gehorsam von Ihnen. Ich bitte Sie darum. Werden Sie der Überbringer meiner Botschaft an diesen Mann sein?"

Elijah zögerte. Er wußte, daß er die Freiheit hatte, abzulehnen. Er könnte morgen nach Israel zurückfliegen, sich im Karmel verbergen, für die gefährdeten Seelen beten, für die Bekehrung des falschen Herrn der Welt, für den Papst – und den Rest seines Lebens darüber nachdenken, was wohl gewesen wäre, wenn er angenommen hätte.

„Ich bitte Sie, zu gehen und vor ihm Zeugnis abzulegen, solange noch Zeit ist."

„Ich werde gehen."

„Danke", sagte der Papst.

Stato eröffnete ihm nun die Einzelheiten des Plans:

„Pater Elijah, Sie werden dem Präsidenten einen Bericht der Päpstlichen Kommission für biblische Archäologie über die Endeckungen in den Höhlen bei Ephesus und am Toten Meer überbringen. Aufgrund der Schriftrollen können die Evangelien eindeutig auf die Zeit der Apostel datiert werden; sie belegen die Korrektheit der orthodoxen Übersetzungen, wodurch die modernistische Bibelkritik aus den Angeln gehoben wird. Der Präsident ist sehr beschlagen in Archäologie und der Geschichte des klassischen Altertums. Dieser Bericht soll eine Geste des Wohlwollens gegenüber dem neuen Präsidenten des Europäischen Parlaments sein und die Bereitschaft zum Dialog zwischen dem Vatikanstaat und der neuen Regierung zum Ausdruck bringen. Der vordergründige Zweck der Begegnung ist ein Austausch von Höflichkeiten. Im privaten Gespräch mit dem Präsidenten werden Sie jedoch versuchen, seine verborgenen Absichten in Erfahrung zu bringen und ihm die geistliche Botschaft des Heiligen Vaters zu überbringen. Sie müssen ihm so herzlich wie nur möglich begegnen und äußerste Diskretion walten lassen. Wenn es Ihnen bei der ersten Begegnung nicht gelingt, die Warnung des Heiligen Vaters wirksam zu übermitteln, sei es durch störende Umstände oder mangelnde Empfänglichkeit auf seiner Seite, dann müssen Sie versuchen, einen Weg zu finden, wie der Dialog fortgesetzt werden kann."

„Ist das klar?", fragte *Dottrina.*

„Ich sehe", sagte Elijah, „daß Sie die Parameter festgelegt und dabei viel Raum für Kreativität gelassen haben."

„Natürlich. Wir bauen auf Ihre persönlichen Fähigkeiten, Pater. Wir könnten auch eine diplomatische Note senden. Stattdessen schicken wir ihm einen Gesandten Gottes. Die Qualität des Botschafters ist ein wesentlicher Aspekt der Botschaft."

„Ihre Auswahlkriterien sind mir immer noch ein Rätsel."

„Ihre vielfältigen hervorragenden Qualifikationen sind nicht der entscheidende Faktor", sagte *Stato.* „Auch Monsignore Stangsby kann man nicht für Ihre Berufung verantwortlich machen."

„Wie kommt es dann, daß ich hier sitze?"

„Sie können ihrem Prior die Schuld geben", sagte *Stato.* „Er und ich sind alte Freunde. Seit Jahren hat er Sie sehr genau beobachtet. Er glaubt, daß Sie eine einzigartige Einsicht in die innere Verfassung von Machtmenschen besitzen."

„Weiß er denn, was die Natur dieser Sendung ist?"

„Er weiß nur, daß es dringend ist und daß Sie einem politisch sensiblen Empfänger eine Botschaft des Heiligen Vaters zu überbringen haben."

„Sie waren selbst einmal ein Mann der Macht", sagte *Dottrina.* „Warum sind Sie ausgestiegen?"

„Ich habe eine Botschaft empfangen", sagte Elijah langsam.

„Eine Botschaft? So ähnlich wie diese?"

„Anders. Gänzlich anders. Aber sie hat mich von einem Weg abgebracht, der zu ähnlichen Fehlern hätte führen können wie die des Präsidenten. Ich strebte eine Zukunft an, in der ich Macht haben würde, Macht, Gutes für die Menschheit zu tun. Darin lag eine unglaubliche magnetische Kraft. Ich mußte meine äußerste Willenskraft aufbieten, dem abzusagen."

„Wenn das Ziel gut war, warum haben Sie es dann getan?"

„Weil ich sah, daß wir Dinge taten, die auch die Nazis getan hatten. Es gab Menschenrechtsverletzungen, die von unseren eigenen Leuten begangen wurden. Ich hatte darüber hinweggesehen. Ich hatte begonnen, Unentschuldbares zu entschuldigen – im Namen der gerechten Sache."

Der Papst und seine zwei Kardinäle hörten sehr aufmerksam zu.

„Die Grundlage meines Denkens war falsch", sagte Elijah. „Ich hasste. Ich hasste jene, die meine Familie zerstört hatten. Ich wollte so viel Macht wie möglich, weil ich glaubte, dann würde ich das gesamte Universum rehabilitieren können. Heute staune ich, daß ich dieser Versuchung fast erlegen bin. Aber damals schien es mir das höchste Gut schlechthin: die Menschheit zu retten."

„Hielten Sie sich für einen Erlöser?"

„Ja. Es ist ein furchtbarer Gedanke, was aus mir hätte werden können, wenn tatsächlich Macht in meine Hände gelegt worden wäre."

„Aber Sie wählten einen anderen Weg", sagte der Papst, „und für diese Entscheidung werden wir immer dankbar sein. Sie werden deswegen die innere Dynamik dieses Mannes durchschauen können, wie es keiner von uns könnte. Sie müssen intensiv um den Heiligen Geist beten. Bitten Sie ihn, Ihnen die Worte einzugeben, die das Herz dieses Menschen aufschließen können.

„Ich brauche Ihr Gebet, Heiliger Vater."

„Ich werde für Sie beten, täglich, stündlich, unaufhörlich."

„Wann beginnt meine Mission?"

„In einer Woche wird der Präsident wieder Besucher auf seinem Sitz auf Capri empfangen. Er überwacht derzeit die Rekonstruktion des Tiberius-Palastes. Es ist eine vorläufige Übereinkunft erzielt worden, daß ihm ein Botschafter des Vatikans am Montag nächster Woche dort eine päpstliche Botschaft überbringen wird. Heute ist Dienstag. Ich bitte Sie, die Tage bis dahin zu nutzen, um sich in einem franziskanischen Konvent in Assisi darauf vorzubereiten. Einer der Brüder dort ist ein Freund von mir. Er wird Sie stärken."

Der Papst erhob sich.

„Bitte geben Sie Don Matteo meinen Apostolischen Segen, und sagen Sie ihm, daß der Papst ihn um sein Gebet bittet."

Er umarmte Elijah. Der Priester schloß die Augen und saugte die väterliche Stärke in sich auf, die von ihm ausging. Es war ein zeitloses Gefühl, als wenn es im Strudel des Erdenlebens einen Ruhepol der Harmonie und der Hoffnung gäbe.

Der Papst zeichnete das Zeichen des Kreuzes auf Elijahs Stirn, wünschte jedem eine gute Nacht und zog sich zurück.

„Nun denn", sagte *Stato*, „suchen wir William. Wir haben ihm viel zu erzählen."

„Was von all dem darf ich mit ihm besprechen?"

„Sie dürfen über den allgemeinen Auftrag der Mission mit ihm sprechen. Er weiß durch mich bereits davon. Er soll Sie nach Capri begleiten."

Elijah sah den Kardinal nachdenklich an.

„Ich verstehe Ihr Zögern", sagte *Stato*, „William ist ein verläßlicher Bursche, aber seine Zunge ... ja, die kann ein Problem sein. Ich habe ihm klargemacht, daß absolute Vertraulichkeit erforderlich ist."

Elijah nickte.

„Vielleicht müssen Sie ihn daran erinnern", sagte *Stato*.

* * *

„Vorwärts nach Mordor!", rief Billy und zog ein unsichtbares Schwert aus der Scheide.

„Mordor? Wir gehen nach Capri."

„Nur so eine Redensart, Davy, literarische Anspielung, wie sie englische Schulbuben lieben."

„Aha!"

„Meine mentalen Schnörkel sind dir nie ganz geheuer, nicht wahr?"

„Ich glaube einfach, daß du weißt, worüber du redest."

„Ich weiß immer, worüber ich rede. Es ist das *Bild*, welches das andere Team verwirrt."

„Ich bin nicht sicher, ob ich dich verstehe."

„Der Trick von Billy the Kid. Du wirst überrascht sein, wie nützlich er ist. Wenn die Leute denken, daß du ein unbedarfter Ehrgeizling bist, dann sagen sie alles Mögliche vor dir, offenbaren, wer sie sind, was sie vorhaben und an was sie selbst gebunden sind."

„Du bist also eine Art Vatikan-Spion."

Billy schnaubte durch die Nase. „Solche Typen gibt es hier nicht. Aber es lohnt sich, deinen Gegner zu kennen. Und ich würde sagen, daß einige von deinen schlimmsten Gegnern im eigenen Nest sitzen."

„Ist es so ernst, wie manche meinen?"

Billy lehnte sich auf dem Sofa zurück und schaute aus dem Fenster seiner Wohnung in den tiefblauen römischen Nachthimmel. Er seufzte.

„Man braucht nur einen Judas. Nur einen Judas!" Er schaute in sein Glas und leerte es mit einem Schluck.

„Weißt du, ob gegenwärtig ein Judas in der Kirche aktiv ist?"

„Mehr als einer."

„In der Nähe des Heiligen Vaters?"

„Ich fürchte, ja. Auf jeden Fall gibt es innerhalb der Kurie einige, die über die Wahl dieses Papstes nie glücklich waren. Der Papst bremste ihre Interpretation des Zweiten Vatikanums. Das geht vielen gegen den Strich."

„Und was ist mit dem Geist des Gehorsams ... und der Demut?"

„Gute Frage."

„Erkennen sie nicht die Versuchung?"

„Es beginnt mit kleinen Dingen, Davy, Dinge, die zuerst ganz harmlos aussehen, Irritation, Murren, Groll. Dann ziehen sich gleichgesinnte Individuen allmählich an. Sie verstärken wechselseitig ihre kritische Haltung, gewinnen an Selbstvertrauen, werden mutiger. Sie sagen zueinander, daß *sie* das Konzil richtig interpretieren, während die Linie des Papstes ein Rückschlag sei und er durch einen bedauernswerten Ausrutscher kirchlicher Politik auf dem Stuhl Petri gelandet sei. Nach einer Weile überzeugen sie sich gegenseitig, daß sie die Kirche *retten* und sie fit machen fürs 21. Jahrhundert, am Papst vorbei."

„Erkennen sie denn nicht den diabolischen Stolz in einer solchen Haltung?"

„Sie sind Prälaten, die von der *Romanità* befallen sind. Nach und nach sind sie zu der Überzeugung gekommen, daß die Kirche durch Manipulation regiert wird."

„Und wo bleibt da der Heilige Geist?"

„Sie glauben, der Heilige Geist arbeite durch ihre politischen Manöver."

„Eine starke Droge."

„Sie kennen nur noch ihre eigenen Meinungen und Absichten."

„Weißt du, wer diese Männer sind?"

„Billys Gesicht wurde ausdruckslos. Er schaute Elijah intensiv an und deutete an die Decke. Er stand auf und klopfte an jede der vier Wände.

„Was willst du mir sagen?"

„Ich glaube, ich will diese Unterhaltung im Augenblick nicht fortsetzen."

„Warum nicht? Wo ist das Problem?"

„Laß uns einen Spaziergang machen."

Sie schlenderten über den Rasen des kleinen Parks und Billy sagte: „Es deutet einiges darauf hin, daß die Gegner Leute in hohen Positionen im Vatikan elektronisch überwachen. Der Präfekt hat letzten Monat eine Wanze in seinem Büro entdeckt, und ein paar weitere Büros scheinen verseucht zu sein. Ich denke, wir sollten besser davon ausgehen, daß meine Wohnung Mithörer hat. Über meinen Schreibtisch geht viel sensibles Material. Und wie du schon erraten hast, war ich in meinen Gesprächen nicht immer übermäßig diskret. Ich muß auf meine Zunge besser aufpassen."

„Besteht die Möglichkeit, daß die Büros des Heiligen Vaters nicht clean sind?"

„Die Sicherheit hat jeden päpstlichen Raum durchgekämmt. Im Schreibtisch seines Sekretärs fanden wir eine Wanze. Aber die Wohnung des Papstes ist sauber."

„Gott sei Dank! Unsere Unterhaltung gestern Abend betraf ein höchst sensibles Thema."

„Er hat dich vielleicht deswegen in seine Wohnung gebeten, weil es der sicherste Platz von allen ist. Im Übrigen, wenn sie den Heiligen Vater abhörten, würden sie eh nicht viel anderes bekommen als Evangelisation. Innerhalb einer Woche würden sie um die Taufe bitten."

„Du hast von einem Judas gesprochen?"

„Judasse wäre zutreffender."

„Kennst du ihre Namen?"

„Ich glaube, daß der Heilige Vater weiß, wer sie sind. Aber du mußt ihn verstehen. Er ist wirklich ein Heiliger, Davy. Er beschuldigt niemanden, ist zu jedem liebenswürdig, selbst zu jenen, von denen er weiß, daß sie zu seinen stärksten Gegnern in der Kurie gehören."

„Sind der Präfekt des Glaubenskongregation und der Staatsekretär loyal?"

„Absolut. Er hat sie beide persönlich ausgewählt. *Stato* und *Dottrina* sind völlig unterschiedliche Persönlichkeiten. Aber beide lieben die Kirche und beide lieben den Heiligen Vater."

„Besonders *Dottrina* ist nicht gerade beliebt. In seiner Position braucht er viel Mut."

„Das ist dir schon aufgefallen? Es ist wahr. Er ist wahrscheinlich der unbeliebteste Mensch der Welt. Hinter seinem Rücken nennen sie ihn den Großinquisitor. Die Presse macht aus ihm die *Graue Eminenz*, den Strippenzieher, die dunkle Kraft hinter dem Thron. Aber das ist nicht wahr. Er ist ein demütiger Mann mit Nerven wie Stahl. Er erfüllt die Aufgabe, die ihm übertragen wurde, und verlangt von den Leuten Rechenschaft, wenn sie im Namen der Kirche falsche Lehren verbreiten. Er hat heutzutage alle Hände voll zu tun. Ich habe noch nie erlebt, daß er die Beherrschung verloren hat. Er ist ein erstaunlicher Mensch. Er ist auch ein Heiliger, aber vielleicht aus härterem Holz geschnitzt als der Papst. Ich glaube, daß er sich von Anfang an damit abgefunden hat, daß er von jedem bekämpft werden würde, der die Axt an den Glauben legen will, und er wußte auch, daß er zum Prügelknaben der Medien werden würde."

„Er war mir sehr sympathisch."

„Das wußte ich. Er ist ohne Arglist, wie klares Wasser. Er haßt *Romanità* und macht nie davon Gebrauch."

„Und *Stato*?"

„Mein Boss ist eine Art Prinz der Kirche, den jeder bewundert. Selbst seine Kritiker respektieren ihn. Er ist ein Genie, was internationale Diplomatie angeht, und er ist ein Meister der *Romanità*. Er ist nicht unbedingt ein Freund davon, aber manövriert damit und schafft es auf diese Weise oft, sich durchzusetzen. Der Heilige Vater wußte, mit wem er es zu tun hatte, als er ihn bat, das Staatsekretariat zu übernehmen."

„Vertraust du ihm?"

„Vollständig. Er ist ein brillanter Verwalter, unglaublich gescheit. Ich würde ihn nicht einen Heiligen nennen – er kann auch zornig werden. Aber er ist durch und durch rechtschaffen."

„Warum hat der Heilige Vater nicht ihn ausgewählt, um mit dem Mann in Capri in Kontakt zu treten?"

„Da bist du naiv. Der neue Präsident beherrscht *Romanità*. Er erwartet Besuchsdelegationen, die auf sein Spiel einsteigen. Das Letzte, worauf er gefaßt ist, ist ein Missionar, der seine Seele bekehren will."

Elijah setzte sich auf eine Parkbank. Es war schon fast dunkel.

„Es ist zu viel für mich, Billy. Die Sache ist zu groß."

Billy setzte sich neben ihn.

„Natürlich ist sie zu groß. Glaubst du, der Heilige Vater wäre so dumm, sich jemanden auszusuchen, der denkt, er würde damit schon fertig? Nein, er wußte, daß du ziemlich schnell mit deiner Schwäche konfrontiert sein würdest. Da fängt die eigentliche Arbeit an, nicht wahr? Wenn wir feststellen, daß etwas zu groß für uns ist."

„Ich würde jetzt gerne mit unserem Freund Petrus sprechen, Billy."

„Er betet für dich, Junge. Der Heilige Geist ist schließlich auch noch mit von der Partie. Im Übrigen gibt es noch jemand anderen, der dir hilft."

„Wer?"

„Ich!", rief Billy und durchschnitt die Luft mit seinem unsichtbaren Schwert.

Elijah lächelte nicht.

„Vorwärts nach Mordor!", rief Billy lachend im Dunkeln.

IV

Assisi

Elijah meditierte über das umbrische Grün und versuchte, die quietschenden Reifen des Jaguars zu ignorieren. Billys Fähigkeit, den Wagen durch die engen Kurven in der hügeligen Landschaft zu manövrieren, war bewundernswert, blieb aber nicht ohne Wirkung auf den Adrenalinspiegel.

„Hier siehst du den Subasio", rief Billy, als sie um eine scharfe Kurve bogen. „Auf halber Höhe liegt die Stadt. „Da, die Basilika und der Konvent!"

„Sieht aus wie eine Festung."

„Es hat etwas Museales. Aber laß dich nicht täuschen. Hinter diesen Mauern befindet sich eine blühende moderne Stadt – Häuser, Restaurants, Theater, Klöster, Touristen, Pilger, sogar ganz normales Volk – nicht viel anders als zu Zeiten von Franziskus und Klara."

„Ich habe das Gefühl, ich komme in eine Stadt Gottes."

„Jeder fühlt etwas, wenn er zum ersten Mal nach Assisi kommt. Aber es ist ein ganz normaler Ort."

„Billy, es ist aber etwas ganz Besonderes hier."

Billy warf ihm einen prüfenden Blick zu.

„Du bist nicht der Erste auf diesem Beifahrersitz, der das sagt."

„Und woran liegt das?"

„Es ist schön, nicht wahr?"

„Ja, aber der Berg Karmel ist auch schön. Viele Orte können sich mit ihrer Schönheit brüsten, manche sind für das Auge viel spektakulärer als dieser hier."

„Es ist das Licht von Umbrien. Wenn es oben auf das Dorf auf dem Felsen fällt, dann nimm noch ein paar Lerchen, Olivenhaine und den Fluß, und du hast das Rezept für mittelalterliche Romantik. Dich hat gerade der Virus erwischt, alter Freund."

„Es ist mehr als das, aber ich kann nicht sagen, was es ist."

„Ich erwarte immer, daß ich Dante und Beatrice hier treffe. Es ist wie eine Zeitreise durch die Jahrhunderte, und man stellt fest, daß die Vergangenheit real war, daß sie für jemanden Gegenwart war. Franziskus und Klara gingen durch diese Straßen und liebten ihr Assisi. Ihre Welt war für sie realer, als sie es heute für uns ist."

„Wie meinst du das?"

„Ich meine, ihre Welt war so schön und so gefährlich."

„Wie unsere."

„Unsere Welt ist verdammt häßlich, wenn du mich fragst. Schau doch, was wir aus ihr gemacht haben. Wir glauben, wir haben mit unserer fabelhaften Technologie alle Unbequemlichkeit beseitigt. Stimmt eigentlich das Klima im Wagen für dich?"

„Genau richtig, Billy."

„Es lebe die Technologie."

„Ich glaube, daß wir in der häßlichsten und gefährlichsten Zeit überhaupt leben."

„Sie ist häßlich und hat eine gespenstische Unwirklichkeit, aber ist das gefährlich?"

„Ist nicht die Zeit des trügerischen Friedens die gefährlichste?"

„Wenn der Frieden wirklich trügerisch ist. Wenn es aber eine Zeit echten Friedens ist, dann sollte der Typ, der herumrennt und schreit ‚Das Ende ist nahe!' mal einen Psychiater zu Rate ziehen."

„Dann hängt viel davon ab, wie gut der Prophet auf Gott hört und wie gut er die Zeichen der Zeit erkennt."

„Richtig. Wie der bekannte Prophet Chicken Little einmal sagte: *Der Himmel stürzt ein, der Himmel stürzt ein.*"

„Du nimmst mich mit deinem englischen Humor mal wieder auf den Arm."

„Möchte dich nur ein bißchen aufheitern, Davy. Du schaust etwas zu ernst aus der Wäsche für meinen Geschmack. Assisi ist genau die richtige Medizin. Warte nur."

„Sie wirkt schon."

„Es ist eine Romanze mit der Vergangenheit. Für Touristen ist es eine historische Romanze. Für religiöse Typen wie dich und mich ist es eine religiöse Romanze."

„Das sehe ich anders. Ich jedenfalls habe kein romantisches Gefühl. Erinnerst du dich, daß wir kürzlich von einem großen Verbrechen gesprochen haben? Ein Verbrechen, das keiner beim Namen nennt?"

„Ja?"

„Es ist, als wenn hier die Antithese zu diesem Verbrechen geschehen wäre, ein großer Segen, der auf die Menschheit gekommen ist, der aber jetzt in tiefe Vergessenheit gerät."

Billy antwortete nicht gleich. Dann sagte er: „Vielleicht hast du Recht. Vielleicht habe ich zu viele Touristenprospekte gelesen."

„Man spürt hier einfach die Gegenwart des heiligen Franziskus, nicht wie eine versteinerte Erinnerung, die irgendwo im Unbewußten lagert, sondern als könnte dieser kleine Mann in seinem rauen Kittel jederzeit um die Ecke kommen und uns seine Arme entgegenstrecken. Er hat Löcher in den Händen und den Füßen. Er ist hier. Ich spüre es."

„Halt dich fest, Davy, jetzt kommen ein paar Haarnadelkurven. Wenn du den heiligen Franz siehst, sag ihm, daß ich bei diesem Tempo nicht halten kann. Außerdem nehme ich nie Anhalter mit."

„Nie?"

Billys Gesicht verdunkelte sich. „Falsch! Einen gab es. Ich erzähle dir später davon."

Er bog auf den Parkplatz der Basilika ein, sprang aus dem Auto und streckte sich.

„*Buon giorno*, Assisi!", rief er freudig, schob die Sonnenbrille über die Haare und rieb sich die Augen. Sein goldfarbenes Seidenhemd war nicht verknittert und sah kühl aus. Elijah hatte einen Schweißausbruch in seinem braunen Karmeliten-Habit.

Hinter der Klosterpforte war es kühler. Sie stellten sich dem Gästebruder vor, einem runzeligen kleinen Italiener, der grinste, als er die Notiz an den Prior sah, unterschrieben vom Kardinal-Staatssekretär.

„Wir haben Sie erwartet. Bitte hier entlang. Ich bringe Sie zu Ihren Zimmern."

Mit raschem Schritt ging er durch die langen Gänge voraus zu einem abgelegenen Flügel, von dem aus man über die Ebene zwischen Perugia und Foligno schauen konnte. Eine warme Brise wehte durch die offenen Fenster.

„Wir bringen Sie im Anbau unter. Hier ist es besonders ruhig und ab vom

Schuss. Sie können kommen und gehen, wann Sie wollen. Bestimmt wollen Sie die Giotto-Fresken sehen und das Grab des Heiligen? Jeder will dorthin. Monsignore Stangsby sollte nicht vergessen, Ihnen die kleine Kirche von San Damiano zu zeigen. Dort hat das Kruzifix zu Franziskus gesprochen. Und versäumen Sie nicht, die *Portiuncula* in Santa Maria degli Angeli zu besuchen! Das ist die kleine Kirche, wo Klara ihr Armutsgelübde ablegte. Es gibt hier so viel zu sehen, außerdem ist Hochsaison. Die Touristenflut überschwemmt alles. Wenn Sie sich in Ruhe umschauen wollen, dann am besten erst nach den Öffnungszeiten. Ich gebe Monsignore die Schlüssel. Sagen Sie mir nur, wenn Sie so weit sind. Hier ist Ihr Eßzimmer. Es ist ganz schlicht, aber auch der Papst ißt hier, wenn er zu Besuch kommt. *Einfach*, sagt er, *einfach mag ich es am liebsten.* Er ist ein so besonderer Mensch, unser Heiliger Vater. Wie geht es ihm? Wie steht es mit seiner Gesundheit? Gut? Da bin ich aber froh! Richten Sie ihm schöne Grüße von mir aus."

Er führte Billy ins Gästezimmer neben dem Speiseraum und Elijah in das daneben.

„Verzeihen Sie, Pater, wie war noch mal Ihr Name? Nun, Monsignore Stangsby bekommt das Zimmer des Papstes, weil er eine Stufe höher steht, aber Sie bekommen das Eckzimmer mit der Aussicht, ich würde also sagen, Sie haben es besser getroffen. Gestatten Sie, Monsignore, hier ist der Kühlschrank und hier Obst, Kaffee und Brot. Fühlen Sie sich ganz zu Hause. Am Ende des Gangs finden Sie die Privatkapelle. In diesem Flügel wohnt sonst niemand. *Pax et bonum*. Auf Wiedersehen. Klingeln Sie nach mir, wenn Sie etwas brauchen. *Pax et bonum.*"

Der Mönch entfernte sich lächelnd mit Segenswünschen und Verbeugungen, bis er durch die Doppeltür verschwunden war und die beiden Besucher in der Stille zurückließ.

Der Wind trug den Gesang von Lerchen herein. Elijah war plötzlich unsagbar glücklich.

„Ich hau mich ein bißchen aufs Ohr", sagte Billy. „Aber schau dir vorher noch die päpstliche Suite an."

Elijah steckte den Kopf durch die Tür in Billys Zimmer, eine kleine Zelle mit einer Liege, einem Schreibtisch und einem Stuhl. Im Badezimmer war eine Dusche, ein Waschbecken und eine Toilette. Der einzige Schmuck war eine Ikone über dem Bett – eine Abbildung des Kreuzes von San Damiano, das zum heiligen Franziskus gesprochen hatte.

„Sehr luxuriös, nicht wahr?“, seufzte Billy.

„Und so romantisch!“, ergänzte Elijah.

„Du glaubst, du könntest mich mit israelischem Humor auf den Arm nehmen. Kein Glück! Adieu!“

„Schlaf gut, Billy.“

„Danke, du auch.“

Elijah ging in sein Zimmer und legte sich aufs Bett. Plötzlich spürte er, wie erschöpft er war, eine Müdigkeit, die bis in die Knochen ging. Er schlief sofort ein und wachte erst wieder auf, als eine Glocke zum Abendessen rief.

Ein kräftiger junger Bruder in einem abgewetzten Habit rollte einen Teewagen ins Speisezimmer und stellte ein Tablett neben das Gedeck für eine Person.

Elijah stellte sich vor.

„Ich bin Jakov“, antwortete der Bruder.

Nach dem Austausch einiger Höflichkeiten brachte Elijah in Erfahrung, daß Jakov ein kroatischer Franziskaner war, ein Flüchtling aus dem Balkankrieg.

„Reine Freude“, sagte er mit einem rätselhaftem Blick.

„Reine Freude?“, fragte Elijah und versuchte zu verstehen, was er wohl meinen könnte.

Der Bruder nickte heftig. Er sei allein auf der Welt, erklärte er, seine Familie sei massakriert worden.

Er deutete zum Himmel und sagte: „Bruder Franziskus ist jetzt meine Familie.“

„Dein Vater und dein Bruder“, schlug Elijah vor.

Der Bruder stand bewegungslos im Raum und starrte in die Ferne. Er schien eine alte Erfahrung zu durchleben.

„Kommt Monsignore Stangsby nicht zum Essen?“, fragte Elijah.

„Oh, ich vergesse es zu viel. Er läßt einen Brief für Sie, Pater. Er geht Freunde Besuch machen bei San Crispino. Er spricht Ihnen morgen.“

Der Bruder zog einen Brief hervor, der in seiner Schürzentasche erheblich gelitten hatte. Er versuchte ihn zu entfalten und mit dem Ärmel die Flecken zu entfernen, bevor er ihn neben den Teller legte. Elijah dankte ihm, und der Bruder verschwand.

Lieber Davy!

Ich treffe ein paar Freunde bei S. Crispino in der via Agnes. Wir gehen dann zum Essen in ein echtes Restaurant. Sorry, daß ich dich allein lasse, aber du weißt ja, das ist gut für deine Seele. Der Freund des Papstes, Pater Matteo, wird dich irgendwann nach sieben Uhr aufsuchen. Entspanne dich. Zeit gibt es in Assisi nicht. Pax et Bonum!

Dein B.

Elijah verzehrte eine Mahlzeit aus Käse, Stangensellerie, harten Eiern und krossen Brötchen, leerte dazu eine winzige Karaffe trockensten Weins und aß zum Nachtisch süße Trauben.

Als er aus dem Eßzimmer trat, war die Sonne schon nah am Horizont und strahlte durch das Fenster am Ende des Gangs. Er ging in die Kapelle und kniete vor dem Allerheiligsten. Der Frieden, den er hier fühlte, war anders als im Karmel oder in Rom. Er war erfüllt mit dem Charisma dieses außergewöhnlichen Heiligtums, das er nur in ganz unzureichenden Bildern beschreiben konnte: wie ein Duft, der in der Luft lag; wie die wiedergefundene Kindheit; wie der Gesang einer Jungfrau in der Dämmerung. Es war wie eine Ode an die Schönheit, die selbst Schönheit ist, die Inkarnation von Schönheit, nicht das Reden *über* Schönheit. Assisi war *wie* etwas, aber wie was? Wie etwas, das man immer schon kannte, aber nie gesehen hat. Etwas, das man von der Ferne wahrnimmt, wie ein Wind aus dem Gelobten Land, der dem Fremden und Gast, der sich aus den Fesseln Ägyptens gelöst hat, entgegenweht.

Es war Freude, keine Frage. Aber eine Freude, wie er sie nie zuvor erlebt hatte. Unerwartete Freude in finsterer Zeit, seltsame Freude. Eine Süße, wie die Fruchtbarkeit der Weingärten auf den Terrassen unten am Berghang, Süße auf der Zunge und die Verheißung einer duftenden Nacht. Es war eine sinnliche Freude im besten Sinn dieses Wortes, eine, die alle Sinne gleichzeitig befriedigte, so daß der Mensch seinen Schöpfer vom Morgen bis zum Abend dafür pries, daß er ihn geschaffen hatte. Hier, in dieser mittelalterlichen Stadt, wo einst aus dem Herzen eines außergewöhnlichen kleinen Burschen Liebeslieder zu Gott emporgestiegen waren, so leidenschaftlich, wie ein Liebender seine Braut besingt, hier war die Rückkehr des Menschen zu seiner wahren Heimat nicht länger ein Traum von Heiligen. Es war das Hochzeitsmahl, ein Wort, das Fleisch geworden war.

Er schloß die Augen und sagte Dank. Als er sie wieder öffnete, war die Kapelle dunkel und die Nacht war hereingebrochen. Nur das ewige Licht erhellte den Raum. Er spürte, daß eine Person anwesend war, bewegungslos in der letzten Bank.

Er vermutete, es müßte der Gästebruder oder der junge Kroate sein; als er aber an der knienden Gestalt vorbeiging, schaute sie auf. Elijah sah, es war ein Mönch in fortgeschrittenem Alter.

Er stand auf und folgte Elijah hinaus auf den Gang. „Pater Elijah?" sagte er mit zerbrechlicher Stimme.

„Ja?"

„Ich bin Don Matteo."

Der Mönch verneigte sich und schien die ausgestreckte Hand Elijahs nicht zu bemerken.

Elijah erwiderte die Verbeugung.

„Don Matteo, der Heilige Vater schickt Ihnen seine Umarmung und seinen Apostolischen Segen. Er bittet sie um Ihr Gebet für ein dringendes Anliegen."

„Ich werde beten", sagte der Mönch. Er war von unscheinbarer Gestalt, blaß, kränklich, seine Hände waren in den Falten des geflickten dunkelbraunen Habits vergraben, der einige Nummern zu groß schien.

Elijah wartete schweigend. Er wußte nicht, was er sagen sollte. Er merkte plötzlich, daß der Sinn und Zweck seines Aufenthalts im Kloster von Assisi ihm nicht genau mitgeteilt worden war.

Er wird Sie stärken, hatte der Papst gesagt.

„Der Heilige Vater wünscht, daß Sie sich hier ausruhen", sagte Don Matteo.

„Hat der Heilige Vater Ihnen den Sinn meiner Mission eröffnet?"

„Ich kenne den Sinn Ihrer Mission."

„Er sagte, daß Sie mich stärken würden."

„Der Herr wird Sie stärken. Verbringen Sie viel Zeit vor Ihm im allerheiligsten Sakrament. Sonnen Sie sich in den Strahlen des Tabernakels. Morgen, vor dem Frühstück, werden wir die Messe in der Kapelle feiern, verborgen vor den Augen der Neugierigen."

„Gibt es sonst noch etwas, das ich tun sollte?"

„Fasten Sie ein wenig, wenn Sie wollen. Denken Sie daran, daß Gehorsam das große Fasten ist. Üben Sie in den Tagen, die Sie bei uns sind, häufig innere Selbstverleugnung. Das ist besser, als auf Schokolade zu verzichten." Pater Matteo lächelte sanft.

„Darf ich lesen?"

„Lesen Sie Matthäus 24 und was immer sonst der Heilige Geist Ihnen in der Heiligen Schrift zeigen wird. Ich empfehle Ihnen, Ihren Geist frei zu halten und still zu werden. Harren Sie auf Gott."

„Ich sehne mich nach Stille, Pater. Seit ich Israel vor drei Tagen verlassen habe, war immer Lärm und Unruhe. Meine Gedanken rotieren."

„Die Welt ist ein lauter Ort. Ja, bleiben Sie in der Stille. Wenn Sie ausgeruht sind, gehen Sie zum Grab des Franziskus und beten Sie vor seinem Kruzifix."

„Es wäre eine große Freude für mich, wenn Sie mich zu diesen Orten begleiten würden."

„Wir werden zusammen hingehen. Aber ich sehe, daß Sie sehr müde sind. Heute und morgen müssen Sie sich ausruhen. Beten und ausruhen."

Damit wünschte ihm der Mönch eine gute Nacht und verschwand hinter der Tür zur Klausur.

Elijah lauschte nur noch kurz auf das Summen der Insekten und die vereinzelten Schreie der Nachtvögel, bevor er in den Schlaf fiel.

* * *

Don Matteo erschien bereits in der Morgendämmerung. Wie sehr man auch an Billys Tür klopfen mochte, er war nicht zu wecken, und so zelebrierte Elijah allein mit dem Mönch die Messe. In all den Jahren seines Priestertums hatte er nie eine Messe erlebt, die mit solcher Präsenz dargebracht wurde. Der Mönch sprach jedes Wort wie zum ersten Mal. Bei der Konsekration fragte sich Elijah, ob Don Matteo das Bewußtsein verloren hatte, denn er stand minutenlang reglos mit der erhobenen Hostie da. Als dabei die Ärmel seines Habits zurückrutschten, kamen seine Hände zum Vorschein. Elijah sah, daß er schwarze, abgeschnittene Wollhandschuhe trug. Die Finger, die daraus hervorschauten, waren lang, weiß und überaus feingliedrig, während die im Handschuh verborgenen Handballen dick erschienen, als wären sie geschwollen.

Im Augenblick der Elevation ging die Sonne auf, brach durch das Kirchenfenster und warf leuchtende Farben in den Raum. Don Matteos Augen waren geschlossen, sein Gesicht nach oben gewandt; er schien die Lichtflut nicht zu bemerken. Es war, als wäre die Zeit zum Stillstand gekommen, als hielte er sie in seinen Händen. Die Farbtupfer wanderten über die Fliesen des Mittelgangs, als er schließlich die Arme sinken ließ und die Worte des Kanons wieder aufnahm.

Während des stillen Dankgebets nach der Messe bemerkte Elijah, daß der Mönch wieder in diesem Zustand vollkommener Sammlung war, der an Unbeweglichkeit grenzte. Seine Augen waren geschlossen, die Aufmerksamkeit ganz nach innen gekehrt. Er kniete so lange, daß Elijah nicht mehr länger in dieser Haltung bleiben konnte, seine Gelenke schmerzten. Er verließ die Kapelle, trat ans Fenster und ließ den Blick über die Ebene schweifen. Als er nach Don Matteo schaute, war er verschwunden.

Den Rest des Tages verbrachte Elijah in der Stille mit Lesen, Schlafen und Anbetung vor dem Allerheiligsten. Er spürte, wie die Spannung der letzten Tage von ihm abfiel.

Vor dem Abendessen las er langsam und meditativ Matthäus 24 und wurde von der Warnung Christi ins Herz getroffen: *Wie die Menschen in den Tagen vor der Flut aßen und tranken und heirateten, bis zu dem Tag, an dem Noach in die Arche ging, und nichts ahnten, bis die Flut hereinbrach und alle wegraffte, so wird es auch bei der Ankunft des Menschensohnes sein.*

Die Glocke rief zum Abendessen und unterbrach ihn in seinen Betrachtungen. Der Kroate brachte ein Tablett mit Gorgonzola, Schinken, Oliven, knusprigem Weißbrot, Trauben und einer Schokoladencreme. Ein Krug Eistee stand neben einem Glas mit einer Viertelzitrone.

Jakov schien ungewöhnlich ernst zu sein.

Elijah sah den Kummer in den Augen des Kroaten. Zu seinem Erstaunen setzte sich Jakov auf den Stuhl neben ihm, legte den Kopf auf die Arme und begann zu schluchzen.

„Was ist mit dir, Bruder?“, fragte Elijah und legte die Hand auf seine Schulter.

„Ich mich entschuldige, Vater. Ich nicht weinen wollen. Will Abendessen bringen, weggehen und beten. Besser nicht sehen, wenn weinen muß."

„Sag mir, was ist?"

„Heute ist Fest meiner Familie, alle tot in Kroatien."

„Wie lange ist das her?"

„Vier Jahre, heute."

„Es tut mir leid, Jakov. Du trägst sehr schweres Leid. Ich werde für ihre Seelen in der Messe beten."

„Ich bete. Ich vergebe Mördern. Und wieder ich sie töten will im Herz. Ich hasse sie!", stieß er durch seine zusammengebissenen Zähne hervor.

„Ich kenne dieses Gefühl. Meine eigene Familie ..."

„Niemand weiß, was ich fühle. Sie haben uns in Kirche gesperrt. Ich sehe, wie Mutter geschossen wird. Mein Vater geschossen, meine kleinen Brüder geschossen. Meine Schwester vergewaltigen, viele Soldaten, dann sie auch geschossen. Das sie tun alles vor Gott. Sie schießen Jesus auf dem Altar. So schlimm, ich kann nicht sagen."

„Wie bist du entkommen?"

„Soldaten schlagen mich mit Hammer überall, schneiden und brennen. Sie schießen Priester, aber mich foltern wollen. Unsere Armee kommt nächsten Tag, wirft Bombe in Haus. Fast ich tot. Die schlechten Soldaten wegrennen. Ich lange in Krankenhaus."

„Gott wird diese Männer zur Rechenschaft ziehen, Jakov. Laß nicht zu, daß dich der Hass vergiftet."

„Ich vergebe, dann ich hasse, dann ich vergebe. Hassen, vergeben, hassen, vergeben."

„Deine Familie ist im Paradies."

„Ich das hoffe."

„Sie sind jetzt glücklich. Sie lächeln zu dir herunter. Sie lieben dich. Sie sehen, wie unglücklich du bist, und wollen, daß du getröstet wirst."

„Pater, ich Frage habe, und du mir sagen."

„Was willst du fragen, Jakov?"

„Wo Gott?", sagte er mit kleiner Stimme.

„Er hat in ihnen gelitten. Sie haben mit Ihm am Kreuz gelitten. Ihr Lohn im Himmel wird groß sein."

„Ich will, daß wahr ist. Aber heute zu schwer. Heute zu schwer glauben, daß wahr. Vielleicht morgen besser."

„Ich werde dafür beten, daß du weißt, daß es wahr ist.“

„Mir leid tun, Pater, ich zu viel sprechen, du nicht essen.“

„Heute Abend will ich für dich und deine Familie fasten. Bitte nimm das Essen wieder mit.“

Bruder Jakov war entsetzt.

„Ich habe gemacht, und du nicht hungrig.“

„Doch, ich bin hungrig. Aber ich faste gerne für dich.“

„Nein, nein“, rief er. „Du essen und stark werden.“

„Wenn ich heute Abend nicht esse, werde ich stärker sein, als wenn ich essen würde.“

„Nein. Ich schlecht. Ich schuld.“

„Du hast keine Schuld. Du bist ein Botschafter, ein guter Botschafter.“

Elijah stellte alles aufs Tablett zurück, während Jakov mit dem Ärmel die Tränen vom Gesicht wischte. Er nahm den Bruder am Arm und führte ihn durch die Tür des Refektoriums in die Küche. Er stellte das Essen in den Kühlschrank.

„Du siehst, ich weiß, wo es ist, wenn ich sehr hungrig werde.“

„Versprechen, Vater, du essen, wenn schwach werden.“

„Ich verspreche es. Komm hierher, Jakov.“

Jakov kam einen Schritt näher.

„Ich möchte für dich beten. Darf ich für dich beten?“

„Ja.“

Der Riese neigte seinen Kopf. Elijah legte beide Hände darauf und betete um Heilung seiner qualvollen Erinnerungen. Er spürte, wie ein warmer Strom durch seine Hände ging. Er rief die Barmherzigkeit Christi an, der einst am Kreuz unermeßlich litt. Er flehte um göttliche Heilung für dieses gequälte Herz. Ein warmer Strom ging durch seine Hände.

Jakob begann zu seufzen und zu stöhnen. Tränen strömten über sein Gesicht, aber es war kein lautes Schluchzen mehr. Nach und nach umhüllte Frieden die beiden Männer, und Elijah spürte, wie der warme Strom durch seine Hände nachließ.

„Jesus leidet in uns, mein Bruder, und er heilt uns.“

„Ich weiß. Don Matteo auch manchmal seine Hände auf mein Kopf legen. Ich fühlen Wärme in Kopf und geht zu Herz. Seine Hände haben Loch und Gott kommt durch diese Löcher. Genau wie du. Er mir hilft.“

Elijah nickte, obwohl er die Bedeutung der letzten Sätze nicht recht verstand. Ja, vielleicht waren die Hände eines Heilers so, ein Instrument, ein Kanal oder ein Loch, durch das sich die Kraft der Himmels in ein gebrochenes Herz ergießen konnte.

Jakov nahm Elijahs Hände in seine, beugte sich darüber und küßte sie. Aber sogleich wurde er verlegen und verließ den Raum, nicht ohne sich vorher noch einmal von Elijah versichern zu lassen, daß er essen würde, wenn er schwach würde.

Elijah ging noch in die Kapelle, bevor er sich hinlegte. ohne Gedanken, ohne Worte. Er löschte das Licht vor neun Uhr, aber wälzte sich lange hin und her, bis ihn der Schlaf überwältigte.

* * *

Am nächsten Morgen zelebrierte Elijah die Messe. Kurz danach servierte Jakov das Frühstück im Speisezimmer. Sein Gesicht war gefasst.

„Wie geht es dir heute, mein Freund?“

„Ich gut, Pater Elijah. Monsignore sagt, er zurückkommen zum Abendessen. Er fahren mit Freunden nach Spoleto.“

„Danke, Jakov.“

Don Matteo kam nach dem Frühstück und fragte, ob er das Bild sehen wolle, das zum Heiligen Franziskus „gesprochen“ hätte. Ein kurzer Spaziergang führte sie zu dem Steingebäude, das Franziskus und seine Gefährten wiederaufgebaut hatten, nachdem sie die Worte Christi gehört hatten.

Durch ein Rosettenfenster über dem Hauptbogen fiel mattes Licht ins Innere. Die grauen Wände des Kirchenschiffs erzeugten den Eindruck einer Höhle. Über dem Altar schwebte das berühmte Kreuz. Es war ganz schlicht, byzantinisch, im zwölften Jahrhundert auf Holz gemalt.

„Franziskus verliebte sich in Gott“, sagte Don Matteo. „Er sah das Herz Gottes in der Schönheit der ganzen Schöpfung. Einmal ritt er über die Ebene unterhalb von Assisi. Er begegnete einem Leprakranken, dessen Geschwüre so abstoßend waren, daß Franziskus vor Entsetzen am liebsten geflohen wäre. Aber dieser verwöhnte junge Mann, der Sohn eines reichen Tuchhändlers, hatte verstanden, daß der geistliche Kampf für Christus mit dem Sieg über sich selbst beginnt. Er stieg vom Pferd, und als der Aussätzige seine Hand vorstreckte und um Almosen bettelte, umarmte in Franziskus und küßte ihn. Seinen Ekel hatte er durch die Liebe, die in seinem Herzen hervorbrach, überwunden.

Es wird erzählt, Franziskus habe sich vom Pferd noch einmal umgewandt, um zum Abschied zu grüßen, da sei der arme Mann verschwunden gewesen. Christus hatte die Gestalt des Aussätzigen angenommen, verstehen Sie? Es heißt, dies sei eine fromme Legende. Wie dem auch sei, sie verhilft zu einer theologischen Einsicht."

„Pater Matteo, glauben Sie, daß es Christus war?"

„Ich bin ganz sicher."

„Warum sind Sie so sicher?"

„Weil ich mit meinen eigenen Augen noch größere Wunder als das gesehen habe. Und weil es so zum Charakter unseres Herrn paßt, daß er sich verbirgt, damit die Menschen lieben lernen *mit dem Auge, das nicht gesehen hat.*"

„Eine Liebe, die einem inneren Sehen entspringt?"

„*Sì.* Diese Begegnung war für Franziskus erst der Anfang. Einmal hielt er an, um genau in dieser Kirche zu beten. Sie war baufällig, verwahrlost. Franziskus kniete vor dem Kreuz, vielleicht genau da, wo wir jetzt stehen. Da hörte er eine Stimme vom Kreuz her sprechen. Dreimal forderte sie ihn auf: *Franziskus, baue meine Kirche wieder auf!*

Franziskus war überwältigt und entschloß sich zu tun, was ihm aufgetragen worden war. Er dachte, der Herr wolle, daß dieses Gebäude wiederhergestellt würde. Er kehrte nach Hause zurück, belud sein Pferd mit Stoffballen seines Vaters und verkaufte Stoff und Pferd, um Geld für den Wiederaufbau zu haben. Er gab das Geld dem armen Priester von San Damiano und fragte, ob er bei ihm wohnen dürfe. Nachdem sein Vater erfahren hatte, was sein Sohn getan hatte, tauchte er wutschnaubend auf, brachte ihn nach Hause und schloß ihn ein, um ihn wieder zu Verstand zu bringen. Franziskus rannte fort. Der Bischof schaltete sich zu Gunsten des Vaters ein und erklärte, gestohlene Güter würden der Kirche keinen Segen bringen. Aber Franziskus gab nicht nur das Geld zurück, sondern zog sich nackt aus und warf dem Vater die feinen Kleider, die er am Leib trug, vor die Füße.

Fortan war er der „Poverello", der sich wie die Armen kleidete. Er wurde ein pilgernder Bettler. Alle, die den reichen jungen Mann kannten, hielten ihn für verrückt und schmähten ihn wegen der Schande, die er über das Haus seines Vaters gebracht hatte. Er kehrte nach San Damiano zurück und begann mit nackten Händen, Stein auf Stein zu setzen. Er tat dasselbe für eine andere kleine Kirche, dann für eine kleine Kapelle namens Portiuncula, die ebenfalls ganz heruntergekommen war. Er nahm zu an Heiligkeit. Nach und nach kamen andere junge Männer und arbeiteten mit. Sie lebten von Nahrungsresten, die ihnen die Leute aus der Stadt zuwarfen. Franziskus empfing die Gabe der Prophetie und wirkte Wunder. Ein Mann aus Spoleto war von einem schrecklichen Krebs befallen. Er hatte von dem heiligen jungen Mann gehört und besuchte ihn, um ihn um sein Gebet zu bitten. Als er Franziskus sah, wollte er sich ihm zu Füßen werfen. Aber Franziskus hielt ihn auf, küßte sein entstelltes Gesicht, und er war augenblicklich geheilt."

„Pater Matteo, ist das eine schöne Legende?"

„Ah, Sie meinen, es sei romantische Hagiographie?"

„Glauben Sie, daß es genauso geschehen ist?"

„Ja, das glaube ich", sagte der Mönch schlicht.

„Weil Sie mit eigenen Augen Wunder gesehen haben?"

„Noch einmal sage ich: Ich habe größere Wunder gesehen als dieses. Wissen Sie, was der heilige Bonaventura über dieses Ereignis gesagt hat? ‚Ich weiß nicht, worüber ich mehr staunen soll, über eine solche Heilung oder über einen solchen Kuß.'"

Elijah nickte. „Bonaventura brachte das ganze Problem auf den Punkt. Was ist das größere Wunder, die Überwindung der Naturgesetze durch körperliche Heilung oder die Bekehrung des menschlichen Herzens durch absolute Liebe?"

Der Mönch sagte nichts mehr. Sie kehrten zum Kloster zurück. Am Neuen Tor blieb Don Matteo stehen und nahm Elijahs Hand in seine.

„Es gibt noch etwas, das Ihnen Franziskus zeigen würde."

„Und zwar?"

„Am Anfang dachte er, er wäre dazu berufen, ein paar kleine, zerfallene Kirchen in den umbrischen Hügeln wiederaufzubauen. Er sah nicht, daß die universelle Kirche im Begriff war, durch die Sünden ihrer Mitglieder, insbesondere des damaligen Klerus, zu zerfallen. Als ihm immer mehr Menschen zuströmten, erkannte er allmählich, daß er dazu berufen war, das Haus Gottes in den Stand der Gnade zurückzuführen. Sein Orden breitete sich in Italien und darüber hinaus rapide aus. Es gab fünftausend geweihte Brüder, als Franziskus erst Mitte dreißig war. Sie predigten in ganz Europa, lebten in radikaler Armut und erneuerten fast im Alleingang den Glauben der Christenheit."

„Sie sagten, Franziskus wolle mir damit etwas zeigen?"

„Er zeigt Ihnen etwas Einfaches, aber etwas, das Menschen, die nach Heiligkeit streben, oft übersehen. Gott verlangt von der Seele zunächst oft etwas ganz Unbedeutendes. Wenn die Seele das treu erfüllt, dann führt er sie zu anderen Aufgaben. Er beginnt mit dem Besonderen und vollendet es im Universellen."

„Ich verstehe, aber ich muß gestehen, daß ich nicht sehe, wie es auf mein eigenes Leben anwendbar wäre."

„Das sehen Sie nicht?", sagte der Mönch mit einem feinen Lächeln, klopfte Elijah auf den Arm und ging in die Klausur.

V

Ruth

In der Stille des Konvents konnte Elijah eine bestimmte Erinnerung nicht aus seinen Gedanken verbannen.

Jerusalem im Winter. Morgenlicht. In diesem Jahr war Schnee gefallen, was nur etwa alle sechs Jahre geschah. Arabische Kinder sangen Weihnachtslieder. Schieferfarbene Wolken zogen über den gelben Himmel. *The Shrine of the Book* im Israel Museum mit den Schriftrollen vom Toten Meer war fast menschenleer. Eine große Frau Ende zwanzig trat neben ihn und schaute wie er in die Glasvitrine, in der die Jesaia-Schriftrolle ausgestellt war. Die Frau blinzelte, um den Text entziffern zu können. Elijah merkte, daß er ihr Gesicht, das sich im Glas spiegelte, anstarrte. Selbstvertrauen und Intelligenz leuchteten aus ihren Augen. Sie war attraktiv. Aber da war noch etwas anderes – eine Mischung aus Süße und Stärke – nichts von dieser Schärfe, die so viele junge Israelis an sich hatten.

„*Blickt auf Abraham, euren Vater, und auf Sara, die euch gebar*", sagte sie, ohne ihn anzuschauen, als würden sie sich schon lange kennen. „*Als er allein war, rief ich ihn; doch ich habe ihn gesegnet und ihm viele Nachkommen geschenkt.*" Elijah räusperte sich.

„Ich glaube, der Prophet will sagen, *er war alleinstehend, als ich ihn rief ...*"

Sie wandte sich ihm zu und schaute ihn an.

„Sie haben Recht. Es war ein Fehler."

„Sie waren ganz nah dran."

„Ich habe diese Schriftrollen sorgfältig studiert. Sie setzen jene Gelehrten ins Unrecht, die behaupten, die Heiligen Schriften wären seit ihrem Ursprung verändert worden. Diese Schriftrollen beweisen, daß die Texte ohne Entstellung überliefert wurden."

„Sind sie Wissenschaftlerin, Miss?"

„Nicht auf diesem Gebiet. Ich lehre an der Universität, aber ein anderes Fach. Das ist meine Nebenbeschäftigung."

„Was lehren Sie?"

„Moderne europäische Literatur."

„Nachkriegsliteratur?"

„Auch Vorkriegsliteratur."

Ihm gingen die Fragen aus und er geriet in Panik, weil ihm nichts mehr einfiel. Er wollte nicht, daß diese Unterhaltung schon zu Ende wäre.

„Und Sie? Sind Sie Spezialist für biblische Schriftrollen?"

„Ich bin Rechtsanwalt", sagte er und senkte den Blick.

„Sie kennen den Text sehr gut."

„Ich habe ihn als Kind studiert."

„Sie sind Pole, nicht wahr?"

Er hatte sich nie als Polen gesehen.

„Ich bin nach dem Krieg aus Polen eingewandert."

„Waren Sie eines jener Wunderkinder, das die Chassidim hervorbrachten?"

„Genau das."

„Wo sind Ihre Stirnlocken?"

„Die Nazis haben sie abgeschnitten. Später, als ich nach Israel kam, bin ich ein anderer geworden. Da habe ich sie selbst abgeschnitten."

Sie antwortete nicht, was er als Mißbilligung verstand.

„Sie tragen keine *Kipah*, kein *Jarmulke*. Warum nicht?"

„Ich bin kein Gläubiger mehr."

„Oh", sagte sie traurig, „wie so viele Nachkriegsschriftsteller."

„Sind Sie gläubig?"

„Ja, in gewisser Hinsicht."

„Die *Shoah* hat den Glauben aus uns herausgebrannt."

„Die *Shoah* hat bei manchen den Glauben verstärkt, bei anderen geschwächt, und bei manchen ist er ganz verschwunden."

„Und warum?"

„Es wäre nicht fair, darüber zu spekulieren. Ich habe nicht gelitten, wie so viele andere. Meine Familie ist schon seit dem neunzehnten Jahrhundert hier in Israel. Wir kamen von Deutschland und gehörten zu den ersten bäuerlichen Siedlern."

„Und doch haben Sie feste Urteile. Ich höre sie hinter Ihren höflichen Worten."

„Sie sind wirklich ein Rechtsanwalt", sagte sie.

„Meine erste Liebe sind die Heiligen Schriften. Aber sie ist zu einem literarischen Interesse geworden. Als ich noch ein Junge war, dachte ich, die Welt wäre auf das Fundament der Torah gebaut worden."

„Und Sie meinen, das wäre nicht so?"

Ihre Frage überraschte ihn. Einer Intellektuellen zu begegnen, die auch nur minimale Spuren biblischen Glaubens aufwies, war sehr ungewöhnlich. Er wußte nicht, was er von ihr halten sollte.

„Von vielen wurde der Körper verbrannt, und sie starben", sagte sie. „Bei anderen wurde die Seele verbrannt, und sie leben. Sind Sie einer von diesen?"

Er zuckte die Schultern. „Könnte sein."

„Ich glaube, daß Sie das sind. Und ich glaube, daß Sie einen Schluck Wein gebrauchen könnten. Was Ihnen fehlt, ist Tanzen und Lachen. Ich wette, daß Sie nicht viel lachen."

Ihre Treffsicherheit irritierte ihn.

„Ich habe in meinem Leben nicht sehr viele lustige Erfahrungen gemacht."

„Das tut mir leid", sagte sie. „Ich war aufdringlich. Bitte verzeihen Sie mir!"

„Wie kann ich Ihnen verzeihen, wenn ich Ihren Namen nicht kenne?"

„Mein Name ist Ruth Sonnenberg."

„Ich vergebe Ihnen, Ruth."

„Und wie heißen Sie?"

Er antwortete nicht sofort, weil er eine ganze Reihe von Namen hatte. Es gab den Namen des Jungen, der auf der Zamenhofa-Straße in Warschau wohnte. Es gab den Namen, den er sich bei den Engländern gab, damit sie ihm glaubten, er sei ein jüdischer Palästinenser, der zufällig auf der falschen Seite der Grenze gelandet war und repatriiert werden mußte. Sie haben diesen Unsinn sofort erkannt und ihn in ein Internierungslager auf Zypern gesteckt. Dann gab es den Namen, den er von der Hagana bekommen hatte, als er Agent wurde, vor der Unabhängigkeitserklärung. Diesen Namen hatte er behalten. Es war seine öffentliche Person im neuen Israel seit den letzten zwölf Jahren.

Plötzlich merkte er, daß sie ihn ansah und gespannt auf seine Antwort wartete.

„Hat der *payos*-Junge keinen Namen?"

„Ich habe einen Namen."

„Wollen Sie ihn mir nicht sagen?"

„David..." Als Nachnamen benutzte er den, den ihm die Hagana gegeben hatte.

„David. König David." Sie lachte. Ihm gefiel ihr Lachen, denn es zeigte, wer sie war. Es war ein sanfter, freudiger Ton. Entzücken schwang darin mit. Er verliebte sich in dieses Lachen und bat sie, mit ihm eine Tasse Tee trinken zu gehen, damit er sich von diesem Ton nicht trennen mußte. Sie verbrachten mehrere Stunden zusammen im Café und unterhielten sich über Gott und die Welt. Er saß einfach da, plante nichts, hoffte nichts, genoß nur ihre Gegenwart. Es waren nicht so sehr ihre großen dunklen Augen und ihre körperliche Anmut, die ihn gefangen nahmen. Es war nicht ihre Intelligenz, obwohl sie damit reichlich ausgestattet war.

Er liebte ihre Süße und rätselte über ihre Stärke. Die Kombination war irritierend. Er sagte sich, dies sei nur eine vorübergehende Ablenkung. Er würde sie nie wiedersehen. Es sei eben interessant, einer Person zu begegnen, die auf einem anderen Planeten lebte.

Dann gestand er sich ein, daß er sich belog. Er wußte, daß er um keinen Preis aus ihrer Gegenwart weichen wollte. Keine zehn Pferde hätten ihn von hier wegbringen können. Aber das konnte er ihr nicht sagen. Obwohl er ein Meister der Worte war – juristischer Worte –, brachte er kaum etwas Zusammenhängendes heraus. Er begann einen Satz und brachte ihn nicht zu Ende. Er stotterte. In seinem Gehirn war eine Leere, die darauf wartete, gefüllt zu werden. Sie spürte das und übernahm weitgehend das Reden, wobei sie ihm reichlich Raum zu Einwürfen ließ. Sie blieben zusammen, bis das Café schloß. Er räusperte sich immer wieder, wollte etwas sagen und tat es dann doch nicht. Sie schaute ihn mit einer beunruhigenden Mischung von Neugier und Zuneigung an, in die eine Spur Mitgefühl für seine unausgesprochenen Leiden gemischt war. Sie sprach über alles Mögliche: Bücher und Politiker, die ständige Kriegsgefahr, Blumen, das Meer. Sie liebte das Meer. Sie liebte jede Art von Wasser. Sie erzählte von ihrem Vergnügen, im Toten Meer zu schwimmen. Ob er in Masada gewesen sei? Nein? Dann müßten sie da einmal zusammen hinfahren. Ja, zusammen, sagte er.

Drei Monate später standen sie unter dem Baldachin und zerschlugen die Gläser. Er tanzte und das Tanzen brachte ihn zum Weinen – auf seiner eigenen Hochzeit. Niemand nahm daran Anstoß, denn sie wußten, daß er ein Überlebender war.

Ein Frühlingsabend. Das rosa Haus in Ramat Gan. Am Himmel im Westen schillernde Farben. Eine Brise vom Meer. Der Duft von frischgebackenem Brot aus der Nachbarschaft. Kindergeschrei unten auf der Straße. Jüdische Kinder, die sich auf Hebräisch zurufen, als wäre es keine wiederbelebte Sprache.

Er lag im Liegestuhl im Schatten eines Mandelbaums. Ruth kam über die Terrasse mit zwei hellgrünen Teegläsern, in denen das Eis klimperte. Er hob den Arm und winkte ihr. Es war ein düsterer Tag im Büro gewesen. Der Eichmann-Prozeß stand bevor, und er war Assistent der Staatsanwaltschaft mit der schweren Aufgabe, den Fall vorzubereiten. Er mußte das Bildmaterial zusammentragen.

Sie ging auf ihn zu, die leibhaftige Antithese der Horrorfotos: Haufen starrer Gesichter, Gliedmaßen, Rümpfe, gebannt auf glänzendes Fotopapier 8x10, der Tod in schwarz-weiß. Sie war braun gebrannt, Rock und Bluse hatten die Farbe von Muscheln, ihre Lippen voll, ihr zärtlicher und humorvoller Blick ruhte auf ihm. Sie reichte ihm ein Glas. Er lehnte sich im Liegestuhl zurück und schloß die Augen. Sie strich ihm das Haar aus der Stirn, öffnete seine Krawatte und zog ihm die Schuhe aus. Sie nahm die Jadeperlen aus ihren Ohrläppchen. „Das Abendessen ist fast fertig."

„Was gibt es?"

„Fisch, Kartoffelpfannkuchen und Melone. Miriam hat brasilianischen Kaffee geschickt. Er ist heute angekommen, gerade rechtzeitig für einen müden Mann."

„Gerade rechtzeitig."

„Was ist das für einer, dieser Eichmann?"

„Er ist der normalste Mensch, den du dir vorstellen kannst."

„Hat er nicht Schaum vor dem Mund?"

„Ein nachdenklicher Typ. Er spricht sehr beherrscht."

„Hast du mit ihm gesprochen?"

„Ich habe ihn heute zum ersten Mal gesehen. Wir mußten bestimmte Fotos verifizieren, die die Amerikaner in Wobbelin aufgenommen haben. Die Engländer haben noch Fotos aus Bergen-Belsen zur Verfügung gestellt. Er hat sie alle bestätigt."

„Mußtest du Fotos von Treblinka anschauen?"

„Ja."

„O David", sagte sie und streichelte seinen Arm.

„Treblinka und Auschwitz und Belzec und andere. Die Liste ist lang. Neue deutsche Archivfotos wurden in einem Lagerhaus vom U.S.-Geheimdienst gefunden. Sie wurden uns von der Botschaft überstellt. Ganze Kartons voll. Die SS hatte anscheinend Spaß daran, Fotoalben anzulegen."

„Die Treblinka-Bilder. Hast du ... irgendwelche Opfer erkannt?"

„Meine Mutter? Meinen Vater? Meine Brüder? Meine Schwestern? Nein. Die Gesichter waren fremd. Es war unfaßlich, Ruth, sie sahen alle gleich aus, als hätten sie ihre Persönlichkeit verloren. Menschliche Masken im Leben und im Tod."

„Das ist furchtbar."

„Ich habe nichts gefühlt. Sehr merkwürdig, so etwas anzuschauen und nichts zu fühlen. Es scheint unmöglich zu sein, das Böse in dieser Größenordnung zu erfassen. Das Gefühl schaltet sich aus, wenn bestimmte Grenzen überschritten sind. In gewisser Hinsicht haben die Nazis gewonnen. Sie haben die Opfer in Statistik verwandelt, selbst für uns."

„Sag das nicht. Es ist nicht wahr."

„Intellektuell bin ich deiner Meinung, es ist nicht wahr. Und philosophisch bleibt die Empörung. Aber du kannst sie nicht immer fühlen, sonst frißt sie dich von innen auf."

„Vielleicht solltest du diese Arbeit einem anderen übergeben. Für einen Juristen deines Kalibers gibt es viele Jobs. Ich habe Gerüchte über dich gehört." Sie drohte ihm zum Spaß mit dem Zeigefinger.

„Was für Gerüchte?"

„Man hat ein Auge auf dich geworfen. Meine Abteilungschefin ist mit der Frau des Justizministers befreundet. Sie sagt, in zehn Jahren könntest du für das Kabinett in Frage kommen."

„Ich möchte bei dem Prozeß bleiben, Ruth. Ich möchte, daß dieses Monster gehängt wird. Wenn Gott in Auschwitz gestorben ist, dann soll ihm Eichmann am Galgen in Jerusalem folgen."

„Sch, sch!“, sagte sie und legte ihren Finger auf seine Lippen. Sie war eine jener *sabra*, die einen diffusen Glauben an Gott hatte und dachte, daß der Zionismus die Form sei, in der Gott in diesem Jahrhundert handeln müßte. Dennoch hatte sie einen gewissen Respekt für ihre sephardischen Vorfahren bewahrt.

Ihr Schlafzimmer war in der Nacht ein tropischer Garten. Trost des Fleisches, Einswerden im Fleisch, Freude des Fleisches, gestillter Hunger. Keine Abgründe mehr voll totem Fleisch.

Schreiend und nach Luft ringend fuhr er in dem kleinen heißen Schlafzimmer in Ramat Gan aus dem Schlaf.

„Sch, sch, sch!“, versuchte sie ihn zu beruhigen.

„Sie haben gewonnen, Ruth.“

„Sie haben verloren. Wir haben sie geschlagen. Gott hat sie geschlagen.“

„Wo ist Gott?“

Sie nahm seine Hand und legte sie auf ihren Bauch.

„Der Herr legte im Osten den Garten Eden an“, flüsterte sie. „Dorthin setzte er den Menschen, den er geformt hatte. Gott, der Herr, ließ einen tiefen Schlaf auf den Menschen fallen, und während er schlief, nahm er eine seiner Rippen und verschloß die Stelle mit Fleisch. Dann schuf er aus der Rippe des Mannes eine Frau. Er weckte den Mann auf und schenkte ihm die Frau und ihr den Mann.“

Der Wind trug den Duft von Meer und Zitronenblüten in die Kammer.

„Wir sind ein *zivig*“, sagte sie. „Wir sind auserwählt, ein vom Himmel gesegnetes Paar. Laß uns ein Kind in diese Welt bringen, du und ich. Wir beide.“

Obwohl sie schon einige Jahre verheiratet waren, erfahrene Liebhaber, vertraut mit dem Fleisch des anderen, küßte er sie in dieser Nacht mit einem Kuß, als wäre es der erste Kuß im Universum. Mann und Frau wurden ein Fleisch mit einer lodernden Leidenschaft, die alle früheren Leidenschaften überstrahlte. Sie waren nackt und kannten keine Scham.

Einen Monat später nahm sie wieder seine Hand und legte sie auf ihren Bauch.

„Hier ist Gottes Antwort für dich, David. Hier drinnen lebt ein Kind. Wir haben es zusammen geschaffen aus deinem Fleisch und meinem Fleisch.“

Er hielt sie in den Armen und wußte, daß es gut war. Freude des Fleisches.

Freude des Herzens. Freude der Seele. Alle Freude gehörte ihm in Ramat Gan.

„Wir haben gewonnen", sagte sie.

Ein paar Wochen später explodierte die Terroristenbombe auf dem Marktplatz, und die unerbittlich leeren Jahre begannen.

Elijah schüttelte sich.

So viel Zeit war seitdem vergangen. Die süßesten Erinnerungen und jene, die bis zum Tod bitter bleiben würden, waren durch den Glauben Teil seiner Person geworden. Aber die Heilung hatte das Verlustgefühl nicht ausgelöscht, die Lücke, welche die amputierte Ehe hinterlassen hatte, das Bewußtsein, daß die gesamte Welt unter dem Schmerz der Verlassenheit stöhnt. Der Glaube hatte die Tyrannei der Gefühle gezähmt. Er hatte ihnen die Macht genommen, ihn in Verzweiflung zu stürzen. Aber die Trauer blieb.

In jener Nacht in Assisi packte ihn die Verlassenheit wieder mit einer Schärfe, die er seit Jahren nicht gefühlt hatte. Er stand auf und ging zum Fenster. Ein paar Sterne waren über den Himmel gestreut. Ein leichter Wind trug ihm den Duft der umbrischen Erde zu. Wassersprinkler zischten in den Weingärten. Die Einsamkeit biß in seine Seele wie ein Schrei im Dunkeln. Er suchte in sich nach einem Wort, das auf diesen Schrei antworten könnte, fand aber nur Leere. Er starrte in die Nacht, als könnte er mit seiner Willenskraft das Rätsel lösen. Enthielt die Abwesenheit von Licht Antworten? Nur insoweit, als sie auf das fehlende Licht hindeutete und still dafür Zeugnis gab, was mit der Morgendämmerung zurückkehren würde. Vielleicht wollte er sich nur versichern, daß er der Illusion widerstehen würde, als würde er sagen: *Ich werde dich so lange anstarren, bis du nicht mehr bist.*

„Du hast nicht gewonnen", sagte er schließlich, laut, und ging zurück ins Bett.

* * *

In dieser Nacht kam sie in einem Traum zu ihm. Sie sagte nichts. Sie sah ihn nur an, und aus ihren Augen kam Liebe. Sie war glücklich. Sie stand in einem niedrigen Fluß, in sprudelndem, blauen Wasser. Im Hintergrund standen reich tragende Feigenbäume, Mandelbäume, Zitronenbäume, Limonen, Orangen, Grapefruits und Granatäpfel.

Sie legte beide Hände auf ihren Bauch, formte mit ihnen eine Schale und reichte sie ihm. Darin sah er ein schlafendes Kind.

„Das ist unsere Tochter", sagte sie mit tonlosen Worten.

„Ich kenne sie nicht", antwortete er bang.

„Du kennst sie. Sie schläft, aber ihr Herz ist wach."

„Wo ist meine Mutter?", rief er.

„Deine Mutter und dein Vater schlafen, aber ihr Herz ist wach. Sie werden am Jüngsten Tag auferstehen."

„Wo ist sie, meine Mutter?"

Ruth schaute nach rechts und dann nach oben. Seine Augen suchten nach dem Ort, auf den ihr Blick gerichtet war.

„Dort ist deine Mutter", sagte Ruth. „Deine neue Mutter. Sie wird dir heute an die Seite gestellt für die Arbeit, die vor dir liegt."

Er schaute hinauf und sah eine Frau mit der Sonne bekleidet, den Mond unter ihren Füßen und ein Kranz von zwölf Sternen auf ihrem Haupt. Weil sie schwanger war, schrie sie vor Schmerz in ihren Geburtswehen.

Dann erschien ein anderes Zeichen am Himmel: ein Drache, groß und feuerrot, mit sieben Köpfen und zehn Hörnern und mit sieben Diademen auf seinen Köpfen. Sein Schwanz fegte ein Drittel der Sterne vom Himmel und warf sie auf die Erde herab. Der Drache stand vor der Frau, die gebären sollte. Er wollte ihr Kind verschlingen, sobald es geboren war.

Sie gebar ein Kind, einen Sohn, der Hirte aller Völker sein sollte. Ihr Kind wurde zu Gott und zu Seinem Thron entrückt. Die Frau aber floh in die Wüste, wo Gott ihr einen Zufluchtsort geschaffen hatte; dort wurde für sie gesorgt, zwölfhundertsechzig Tage lang.

Da entbrannte im Himmel ein Kampf; Michael und seine Engel erhoben sich, um mit dem Drachen zu kämpfen. Der Drache und seine Engel kämpften, aber sie konnten sich nicht halten, und sie verloren ihren Platz im Himmel. Er wurde gestürzt, der große Drache, die alte Schlange, die Teufel oder Satan heißt und die ganze Welt verführt; der Drache wurde auf die Erde gestürzt; und mit ihm wurden seine Engel hinabgeworfen.

Da hörte er eine laute Stimme im Himmel rufen:

„Jetzt ist er da, der rettende Sieg, die Macht und die Herrschaft unseres Gottes und die Vollmacht seines Gesalbten; denn gestürzt wurde der Ankläger unserer Brüder, der sie bei Tag und bei Nacht vor unserem Gott verklagte. Sie haben ihn besiegt durch das Blut des Lammes und durch ihr Wort und Zeugnis; sie hielten ihr Leben nicht fest, bis hinein in den Tod. Darum jubelt, ihr Himmel, und alle, die darin wohnen. Weh aber euch, Land und Meer! Denn der Teufel ist zu euch hinabgekommen; seine Wut ist groß, weil er weiß, daß ihm nur noch eine kurze Frist bleibt."

Elijah schaute in das Gesicht der Frau, die mit der Sonne bekleidet war, und alle Angst wich von ihm.

„Der ganze Himmel wartet auf die Vollzahl der Märtyrer", sagte sie.

Plötzlich stoben Wolken wie wild gewordene Pferde über den Himmel, die Blätter und auch die Früchte fielen von den Bäumen ab, und das Meer tobte.

Danach konnte er sich an nichts mehr erinnern.

* * *

Elijah erwachte beim ersten Lichtstrahl.

Als Don Matteo nicht zu vereinbarten Zeit erschien, suchte er nach dem Gästebruder.

„Wo ist Don Matteo?"

„Oh", sagte der runzelige Italiener, „er hat wieder mit dem Teufel gerungen."

„Dem Teufel?"

„Der Prior hat Don Matteo befohlen, daß er im Bett bleiben muß, bis seine Blutergüsse geheilt sind."

„Blutergüsse? Ist er gestürzt?"

„Nein, nein", sagte der Gästebruder. „Die Blutergüsse hat ihm der Teufel letzte Nacht zugefügt."

Irritiert suchte Elijah das Arbeitszimmer des Priors auf und klopfte an die Tür. *Amesso!* rief eine Stimme. Er trat ein und stand einem sympathischen Mann in den Fünfzigern gegenüber, der ihn durch dicke Brillengläser anschaute.

„*Buon giorno*, Pater. Sie sind der Gast aus dem Vatikan?"

„Das bin ich."

„Was kann ich für Sie tun?"

„Ich mache mir Sorgen um Don Matteo. Wir hatten vereinbart, daß wir heute früh zusammen die Messe lesen, aber er ist nicht gekommen. Der Gästebruder sagt, er ...“

„Es geht ihm nicht gut. Er darf einige Tage lang keinen Besuch empfangen.“

„Aber ich muß heute Vormittag abreisen. Darf ich mich nicht wenigstens von ihm verabschieden?“

„Ich bedauere ...“

„Es ist überaus wichtig, daß ich mit ihm spreche. Gestern Abend sagte er, unsere Begegnung heute früh wäre für meine Mission von entscheidender Bedeutung.“

„Hat er sich näher geäußert?“

„Nein.“

„Es tut mir aufrichtig leid, Pater. Aber es ist unmöglich.“

„Ist er dem Tode nah?“

„Nein.“

„Dann muß ich ihn sehen. Es geht um einen päpstlichen Auftrag.“

„Der Prior richtete sich kerzengerade auf, und seine Brillengläser funkelten.

„Ich bin für die ganze Gemeinschaft verantwortlich. Ich kann nicht zulassen, daß wegen eines einzelnen Bruders die Ordnung in diesem Haus zusammenbricht, selbst wenn er außerordentlich von Gott begnadet ist. Er tut seine Arbeit für Gott und ich die meine. Bitte akzeptieren Sie das. Ich kann keine weiteren Erklärungen geben.“

Elijah verließ das Zimmer des Priors. Er stand vor einem Rätsel. Nachdem er allein die Messe zelebriert hatte, ging er ins Speisezimmer.

Jakov brachte ihm das Frühstück.

„Sie heute gehen?“

„Ja, wir fahren nach dem Frühstück.“

Jakov streckte ihm die Hand entgegen, und Elijah schüttelte sie.

„Auf Wiedersehen, Pater. Ich dankbar, wenn für mich beten. Ich besser. Ich glaube meine Familie im Himmel.“

„Ich bin froh, wenn du dich besser fühlst. Wir wollen weiterhin füreinander beten.“

Der Riese nickte eifrig, machte aber keine Anstalten, den Raum zu verlassen.

„Jakov, weißt du, was mit Don Matteo passiert ist?"

„Ich höre, er wehgetan. Doktor kommen. Don Matteo in Bett."

„Ich möchte ihn sehen."

„Niemand kann ihn sehen."

„Warum nicht?"

„Prior verbieten."

„Wo ist die Zelle von Don Matteo?"

„Weit weg", sagte der Bruder und sah ihn verwundert an.

„Ich weiß, daß du den Gehorsam nicht brechen darfst. Aber auch ich stehe unter Gehorsam. Der Papst hat mir aufgetragen, Don Matteo zu sehen."

„Das ist gut", sagte Jakov mit einem zwiespältigem Gesichtsausdruck.

„Kannst du dich erinnern, was du gefühlt hast, als ich meine Hände auf deinen Kopf legte und wir beteten?"

„Ich nie vergessen."

„Meine Seele braucht jetzt Don Matteo genauso. Ich brauche seine Hände auf meinem Kopf."

Jakov zog die Stirn in Falten.

„Heiliger Vater hat Ihnen gesagt?"

„Ich glaube, der Heilige Vater will, daß dies geschieht."

„Das schwer. Ich habe heilige Gehorsam. Sie auch. Aber beide bumm" – er stieß seine zwei Fäuste aneinander.

„Sie stoßen nur zusammen, wenn sie direkt aufeinander zusteuern. Wenn mein Gehorsam Deinen Gehorsam umgeht, dann gibt es keinen Zusammenstoß."

„Ich darüber nachdenken, Vater."

Er ging fort in Richtung Kapelle. Nach fünf Minuten kam er wieder und sagte ernst: „Ich Sie bringe zu seiner Zelle."

Elijah konnte mit dem raschen Schritt des jungen Bruders, der den langen Weg durch Gänge und Seitenflügel offensichtlich möglichst schnell hinter sich bringen wollte, kaum mithalten. Sie begegneten keiner Seele. Schließlich blieb Jakov am äußersten Ende des ganzen Komplexes vor einer Tür stehen. Es roch nach Alter und Verlassenheit.

„Sie hier bleiben, ich gehen. So kein Bumm."

„Kein Zusammenstoß, Jakov. Ich danke dir, Gott segne dich."

„Mir Freude, Pater!"

Er klopfte leise an die Tür. Eine schwache Stimme rief „herein", und er trat ein.

Elijah war schockiert. Es war eine winzige Zelle mit einem Waschtisch, einer Gebetsbank, einer Nische mit einer Statue der heiligen Jungfrau und einem Kruzifix. Hinter der Tür stand ein Krankenbett, von dem der Lack abblätterte. Darauf lag ein regloser Körper. Als er ihm sehr langsam das Gesicht zuwandte, verschlug es Elijah beinahe den Atem.

Von den Augenbrauen bis zum Kinn war er mit violetten Blutergüssen übersäht, ebenso die Arme, die aus den Ärmeln des Krankenkittels hervorschauten. Seine Handflächen waren verbunden, und auf dem Verband waren braune Flecken zu sehen.

„Mein Schutzengel hat mir gesagt, daß Jakov dich hierher bringen würde."

„Don Matteo, was ist Ihnen passiert?"

„Es ist nichts."

„So sieht es aber nicht aus."

Er zog einen Stuhl neben sein Bett.

„Es ist das Übliche. Ich hätte wissen sollen, daß es kommt."

„Ich verstehe nicht."

„Es ist ein gutes Zeichen. Mach dir keine Sorgen, mein Sohn."

„Pater Matteo, ich frage noch einmal, was ist Ihnen zugestoßen? Hatten Sie einen Unfall? Sind sie gestürzt?"

„Ja, ich bin gestürzt."

„Aber das ist nicht alles. Bitte, Don Matteo, sagen Sie mir, was los ist."

„Da gibt es nichts zu sagen. Es genügt, daß Gott Sie hierher gebracht hat. Alles ist gut."

„Hat Sie jemand angegriffen?"

„Ja, jemand hat mich angegriffen. Aber jetzt ist es vorbei."

„Wer war das? Ein Verrückter? Hat man den Übeltäter bestraft?"

„Der Übeltäter wird am Jüngsten Tag bestraft werden."

Elijah starrte Matteo an und atmete schwer. Er schaute ihm ins Gesicht und sah darin lebenslang gewachsene Weisheit – wie die Jahresringe eines Baumes. Sein Blick fiel auf die alten Hände mit den blutbefleckten Verbänden, an den Füßen das Gleiche.

Endlich begriff er.

„Warum sprichst du nicht, mein Sohn?"
Elijah konnte nicht antworten.
„Hast du Angst?"
„Ja."
„Hast du Angst vor der Aufgabe, die dir der Herr gegeben hat?"
„Ja."
„Du fürchtest, getäuscht zu werden?"
„Ja."
„... daß du vielleicht sogar verführt werden könntest, dem Feind zu dienen?"
„Ja."
Elijah merkte, daß Matteo in seiner Seele las wie in einem offenen Buch.
„Meinst Du, Du wärst nicht stark genug?", fragte der Priester zuletzt.
„Ja, ja, das meine ich. Rom hat einen Fehler gemacht. Diese Mission braucht einen Heiligen."
„Rom hat keinen Fehler gemacht."
„Ich bin die Schwäche selbst. Ich habe mein Selbstvertrauen verloren. Ich werde tun, was ich kann, aber ich bin nicht sicher, daß ich irgendetwas erreichen kann, ganz im Gegenteil, ich fürchte, daß ich noch mehr Schaden anrichten könnte."
„Warum fürchtest du das?"
„Ich weiß es nicht."
„Du bist seit so vielen Jahren Priester und du weißt es nicht?"
„Wirklich, Pater Matteo, ich verstehe nicht, was in diesen Tagen in meiner Seele vor sich gegangen ist. Ich fühle mich weniger vorbereitet denn je."
„Es ist gut, wenn du deine Schwäche fühlst."
„Für diese Aufgabe ist Stärke notwendig."
„Nein. Schwäche ist notwendig."
„Was meinen Sie damit. Ich verstehe nicht ..."
„Das ist es, was dir Franziskus zeigen wollte. Schwäche ist deine Stärke."
Wieder konnte Elijah nicht antworten.
„Du bist ein Mann, der sehr viele Bedrängnisse ertragen hat. Von Kindheit an hast du unter bösen Menschen gelitten. Ich sehe ein Bild von einem kleinen Jungen in einem schwarzen Anzug. Er tanzt für Gott. Er ist voller Freude. Das Feuer will ihn auffressen. Aber er rennt weg, und ein Mann ret-

tet ihn. Dann rennt er über die Welt. Aber er vergisst zu tanzen. Er verliert die Freude."

„Genauso war es."

„Dann trifft ihn wieder ein Schicksalsschlag. Er liebt eine Frau. Sie ist die große Liebe seines Lebens. Sie ist für ihn das Leben selbst. Er glaubt nicht mehr an Gott. Er glaubt nur noch an diese Frau. Sie ist gut, aber ihre Erkenntnis der Wahrheit ist begrenzt. Sie liebt ihn. In ihrem Schoß ist ein Kind, das sie gemeinsam empfangen haben, Ehemann und Ehefrau."

Elijah war sprachlos.

„Die Frau stirbt. Das Kind stirbt mit ihr. Sie gelangen an einen Ort der Freude, aber der junge Ehemann und Vater spürt, wie die Dunkelheit der Welt noch tiefer in seine Seele einsickert. Er ist böse auf Gott. Er glaubt, diesen Gott zu hassen, von dem er behauptet, daß er nicht existiere. Er vollbringt Heldentaten. Er bekommt Macht. Genau in dem Augenblick, als ihm noch mehr Macht angeboten wird, empfängt er eine Botschaft."

„Und welche?"

„Ein Wort der Liebe aus der Vergangenheit. Ein Wort aufgeopferter Liebe. Es trifft ihn völlig unerwartet, wie ein Stock, der in die Speichen seines Lebens gesteckt wird. Es erschüttert sein Vertrauen auf sein eigenes Urteil. Er verläßt den Weg der Macht. Er wandert ziellos und einsam umher. Er ist eine leere Hülle. Schließlich kommt er zum Berg Karmel und möchte am liebsten eine Felswand hinunterspringen. Auf der Höhe sieht er ein Gebäude, das wie eine einsame Festung aussieht. Es erscheint ihm wie die letzte Zuflucht in einem Meer von Elend und Sinnlosigkeit. Plötzlich steigt eine Erinnerung an den kleinen Jungen, der er einst war, in ihm hoch. Einen Augenblick lang – oh, nur so einen kurzen Augenblick – bricht die Freude in ihm hervor. Er denkt an seinen Tanz vor dem Thron Gottes.

Er entscheidet sich, dem abwesenden Gott eine letzte Chance zu geben. Er klopft an die Pforte des Gebäudes und findet einen Ort, wo Männer in Frieden zusammenleben. Männer aller Art, arme, reiche, tapfere, feige, intelligente, dumme, Heilige und Sünder. Sie bearbeiten den Boden und beten. Sie säen und sie ernten. Sie lauschen auf die Stimme Gottes. Sie horchen in die Dunkelheit hinein. Sie sind Männer, die glauben jenseits allen Glaubens, wenn es nicht mehr möglich ist zu glauben.

Sie bitten ihn herein. Er bleibt einen Tag, zwei Tage, eine Woche, einen

Monat. Er will sich nicht mehr die Felswand hinunterstürzen. Er stellt neue Fragen. Er erkennt, daß er bis jetzt nur einen Teil der Schöpfung gesehen hat. Jahrelang hat er in die Dunkelheit gestarrt und alle Hoffnung auf den Morgen verloren. Jetzt bekommt er flüchtige Einblicke in die Liebe, in die Quelle der Liebe – nur flüchtig, er ist noch zu zerbrechlich. Er wird gewahr, daß es mit der Existenz viel, viel mehr auf sich hat, als er ahnte. Er widerspricht, er zweifelt, er denkt und er ringt mit Gott."

„Pater Matteo, sagen Sie nicht mehr." Elijah liefen die Tränen übers Gesicht. Eine Welle der Liebe strömte von dem alten Mann zu ihm.

„Der kleine tanzende Junge mit dem schwarzen Anzug und dem Pelzhut ist ein von Gott Erwählter", fuhr der Mönch fort. „Er ist einer, der dem Feuer entrissen wurde. Er ist eine Seele, die schon in der Kindheit nach Wahrheit gehungert hat. Wegen dieses Hungers hat er für Gott viele Verletzungen erlitten, ohne es zu wissen."

„Jetzt weiß ich es."

„Du wirst noch viele weitere Wunden um Seinetwillen tragen."

„Ich habe keine Kraft."

„So muß es sein."

„Letztes Jahr hat mich eine Seelenqual überfallen wie seit Jahren nicht mehr. Ich habe ganz klar alles gesehen, was ich verloren habe: meine Familie, meine Frau, mein Kind. Es war, als würde ich in einen bodenlosen Abgrund der Trauer fallen."

„Über uns ist ein Meer der Freude. Sei gewiß, du wirst es sehen. Du wirst hinaufsteigen ‚und es wird dir entgegenkommen. Hat nicht die mit der Sonne bekleidete Frau zu dir gesprochen? Ich sah, daß sie dir im Traum erschienen ist."

„Ja", sagte er mit erstickter Stimme.

„Warum hast du solche Angst? Sie ist an deiner Seite. Deine Mission ist ein Teil ihrer Mission, den Kopf der Schlange, die sich um die Erde windet, zu zertreten. Du bist ein Instrument, um die Pläne der Schlange, die in das Haus Gottes eindringen will, zu vereiteln. Aber keiner kann ihr ohne göttlichen Beistand widerstehen. Der Herr hat der Frau eine Aufgabe für die Letzten Tage gegeben, die kein anderer erfüllen könnte, nicht einmal unser heiligmäßiger Papst. Sie hält ihre Hand über dich wie auch über den Papst. Sie schenkt dir Gnade, die sie aus der Hand ihres Sohnes empfängt. Sie wird für dich bei Gott eintreten und dich beschützen. Sie ist die größte aller Diener und Dienerinnen, denn sie hat das Lamm in ihrem Schoß getragen."

„Der Feind hat das Lamm getötet."

„Und das Lamm überwand den Tod. Aber erst mußte es sterben."

„Warum mußte es sterben? Warum mußte meine Frau sterben? Warum sind Sie mit Blutergüssen übersät?"

„Weil wir uns in einem wirklichen Krieg befinden."

„Das ist Unrecht."

„Seit so vielen Jahren bist du Priester und sagst so etwas? Natürlich ist es Unrecht. Das Kreuz ist Unrecht. Aber der Herr nahm es auf sich und verwandelte es in das große Zeichen, das der Teufel mehr haßt als alle anderen Zeichen. Jedesmal, wenn wir das Kreuz annehmen und uns ans Kreuz nageln lassen, wenn wir glauben gegen allen Glauben, weil es vor lauter Schmerz unmöglich ist zu glauben, dann besiegen wir ihn. Durch das Blut des Lammes!"

„Woher die Blutergüsse?"

„Frage nicht, mein Bruder."

„Leiden Sie um meinetwillen? Sagen Sie mir die Wahrheit."

Der alte Mönch seufzte.

„Du warst erschöpft, als du hier ankamst. Der Feind kennt dich und sieht, was du vorhast, auch wenn er den Geist Christi in dieser Mission nicht begreift. Was er sieht, ist nur die Bedrohung seiner Pläne, obwohl er nicht weiß, worin sie besteht. Er ist unfähig zu lernen."

„Sie haben diese Schläge stellvertretend für mich angenommen."

„Ich habe den Herrn um eine Gnade gebeten. Ich bat ihn, daß ein Teil des Angriffs, der auf dich zielte, mich treffen würde."

„Aber sie körperlich zu verletzen – welchem Zweck dient das?"

„Der Feind wütet. Er versucht, Angst einzujagen. Er möchte dich abschrecken. Normalerweise ist es ihm nicht erlaubt, Seelen mit seiner physischen Erscheinung in Schrecken zu versetzen. Er arbeitet überwiegend in der Stille, am effektivsten ist er im Verborgenen. Gelegentlich läßt Gott zu, daß der Teufel mit groben Waffen kämpft und sich so offenbart. Er greift nach der Gelegenheit, obwohl er weiß, daß er an Boden verliert, wenn er sich zeigt. Aber seine Bosheit ist so groß, daß er nicht widerstehen kann."

„Ich bitte Sie, für mich zu beten", sagte Elijah mit gebrochener Stimme.

„Ich habe Angst."

„Siehst du diese Wunden? Diese Blutergüsse?"

„Ja."

„Sie sind meine Freude."

„Schmerz ist Ihre Freude?"

„Der Schmerz als solcher ist keine Freude. Es ist einfach Schmerz. Aber der *Sinn* der Schmerzen – das ist Freude."

Elijah legte seine Stirn auf die Bettkante.

„Bitte beten Sie für mich."

Mit großer Mühe drehte sich Don Matteo auf die Seite und legte seine Hände auf Elijahs Kopf. Er betete, und Elijah fühlte einen warmen Strom durch sich hindurchfließen.

„Du gehst in den Rachen des Löwen", sagte der alte Mann. „Du darfst dich nicht fürchten. Bewahre den inneren Frieden und vertraue auf Gott. Vertraue auf den Vater, auf Jesus und auf den Heiligen Geist."

Reglos verharrten sie eine Weile. Dann deutete Don Matteo auf die Nische in der Wand.

„Nimm die Reliquie, dort drüben bei der heiligen Jungfrau. Sie ist in der Messingdose."

Er fand das Reliquiar am Fuß der Statue, ein rundes Gefäß wie eine Pillendose, und brachte es Don Matteo.

„Öffne es."

Elijah sah einen dunkelbraunen Holzsplitter.

„Das ist eine Reliquie vom wahren Kreuz. Ich schenke sie dir. Sie gehört jetzt dir."

„Das ist ein zu großes Geschenk!"

„Das ist wahr", sagte der Mönch. „Es ist eine so große Gabe, daß wir ihr nicht gewachsen sind. Dennoch, mein Sohn, trage sie bei dir."

„Ich werde sie am Herzen tragen. Ich danke Ihnen, Pater Matteo."

„Weißt du, was die Spötter sagen? Wenn alle angeblichen Reliquien des Kreuzes zusammengetragen würden, dann wären das zehn Kreuze. Wußtest du, daß das eine Lüge ist? Alle bekannten Reliquien des wahren Kreuzes würden zusammen nicht einmal ein einziges Kreuz ergeben. Die Spötter hassen das Kreuz, verstehst du? Das Kreuz ist ein Skandal. Sie können es nicht verstehen. Deswegen glauben sie, es sei nichts weiter als Aberglaube von leichtgläubigen Christen."

„Dieser Holzsplitter, mein Sohn, wurde im Blut des Lammes getränkt. Ich habe diese Reliquie unheilbar kranken Menschen aufgelegt, und sie wurden gesund. Dämonen kreischen und fliehen, wenn sie sie sehen."

„Pater Matteo, warum hat diese Reliquie vom Kreuz des Herrn Sie nicht vor dem Teufel geschützt?"

„Normalerweise hasst er das Zeichen des Kreuzes und am allermeisten diese Splitter vom wahren Kreuz. Aber er ist kein gewöhnlicher Dämon, der leicht vertrieben werden könnte. Der Herr hat zugelassen, daß ich etwas von den Schlägen fühle, die ihm zuteil wurden."

In diesem Augenblick quietschte die Flurtür, und ein Mönchsbruder trat ein. Er trug ein Stethoskop um den Hals und ein Tablett mit Medizin. Sein Gesicht verfinsterte sich.

„Es ist nicht erlaubt", zischte er, „er muß Ruhe haben! Don Matteo, der Prior hat ausdrücklich verboten …"

Don Matteo bezeichnete Elijahs Stirn mit dem Kreuz und beobachtete mit einer gewissen Belustigung, wie der Arztbruder Elijah ohne eine Spur von Höflichkeit aus dem Zimmer wies.

„Geh in die Kathedrale von Orvieto!", rief ihm Don Matteo hinterher. „Und schreibe mir, mein Sohn."

VI
Neapel

Er klopfte wiederholt an Billys Tür, bevor eine klägliche Stimme antwortete: „Billy geht's nicht gut. Billy hat verdammt Kopfweh. Billy wird viel Kaffee trinken und um neun Uhr am Auto sein."

Elijah hinterließ eine Abschiedskarte an Don Matteo und einen Brief für den Riesen.

Lieber Bruder Jakov,

dieses Kruzifix hat ein Mitglied meiner Gemeinschaft geschnitzt und mir zur Priesterweihe geschenkt. Er ist ein arabischer Christ, der eine ganze Familie bei der Bombardierung eines palästinensischen Lagers durch die israelische Armee verloren hat. Jene, die alles verloren haben, gehören einer geistlichen Bruderschaft an. Zu überleben bedeutet leiden, ein Leiden, das nur wir Überlebende kennen. Auch ich habe meine Familie verloren. Sie wurden in Polen während des Krieges massakriert. Keiner hat überlebt. Nur ich. Ich bin ein christlicher Jude. Mein Leben lang habe ich mich gefragt, warum hat Gott mich gerettet und nicht sie? Das ist die schwerste aller Fragen. Aber Gott wird sie beantworten. Vertraue darauf. Gott wird antworten. Ich glaube, daß unser Leiden, vereint mit dem Leiden Jesu am Kreuz, helfen kann, Seelen zu retten. Ich bete für dich. Bitte bete auch du für mich.

In Christo, dem wahren Erlöser der Welt,

Pater Elijah

Das Kreuz war kein Kunstwerk, aber Bruder Esel hatte es mit Liebe geschnitzt. Er war der erste der palästinensischen Brüder gewesen, der ihn akzeptiert hatte.

„Pater, schauen Sie, dieses Kreuz habe ich für Sie gemacht. Es stammt von einem Baum aus Bethlehem. Ich habe den Ast selbst abgesägt. Oh, Sie würden nicht glauben, wie viel ich dem reichen Olivenhändler dafür bezahlen mußte. Er behauptete, der Baum gehöre ihm. Sagen Sie, wie kann jemand einen Baum besitzen, der dem Herrn gehört? Dieser Baum stammt aus dem Samen des Samens des Samens eines Baumes, der neben dem Stall in Bethlehem wuchs. Klein Jesus segnete diesen Baum in der Nacht, als er mit seinen Eltern vor Herodes flüchten mußte. Er wurde mit dem Blut der Säuglinge begossen, die getötet wurden. Es ist heiliges Holz!"

Der Glaube des kleinen Bruders, stark wie ein Esel und ebenso unberechenbar, ließ sich von gewissen Ausschmückungen der Überlieferung nicht abbringen. War das Geheimnis dieses Kruzifixes nur Aberglaube? Eine fromme Mär? Oder war dies die Methode der einfachen Leute, die nicht schreiben und lesen konnten, durch all die Jahrhunderte die Hoffnung hochzuhalten, Jahrhunderte, in denen immer neue „Soldaten des Herodes" ihre Blutspur in der Geschichte hinterlassen haben? Das geschnitzte Kruzifix war eine Ikone der Erlösung, die wie die Summe des ganzen Evangeliums in seiner Hand lag. Dieses rohe Schnitzwerk war sein größter irdischer Schatz. Er steckte es in ein wattiertes Couvert, schrieb in Druckbuchstaben den Namen des kroatischen Bruders darauf und legte es auf den Tisch des Pförtners.

Als Billy auf dem Parkplatz auftauchte, sah er ziemlich elend aus.

„Guten Morgen, Monsignore."

„Nicht doch, nicht doch!"

„Du siehst krank aus. Hast du Fieber? Hast du dich erkältet?"

„Grappa", murmelte Billy kleinlaut.

„Grappa?"

„Meine lieben neuen Freunde ... nachdem Frankie's Bar geschlossen hatte, haben sie mich nach Hause eingeladen. Sie haben selbst gebrannten Grappa serviert, und ich Idiot habe ihn getrunken."

„Und heute zahlst du den Preis dafür."

„Schau mich nicht so mitleidig an. Wenn du so einen Brummschädel hättest, würdest du das gar nicht lustig finden."

„Möchtest du, daß ich fahre? Es ist weit nach Neapel."

„Ja, bitte fahr du!", stöhnte er und hielt sich den Kopf.

Elijah steuerte den Wagen behutsam aus der Stadt heraus und bog nach Süden ab.

„Nicht daß du denkst, ich hätte mich besoffen. Ich habe nur ein oder zwei Gläser getrunken, aber die hatten's in sich."

„Hast du Kopfweh?"

„Allerdings!"

„Was war los?"

„Bin mit dem Ehepaar bei Frankie's ins Gespräch gekommen. Sympathie auf beiden Seiten. Sie ist Engländerin und hat einen Italiener geheiratet. Sie haben eine Villa auf der anderen Seite des Berges. Wir hatten den höchsten Spaß miteinander, aber sie mußten nach Hause zu den Kindern, um den Babysitter abzulösen, damit aus der Kutsche kein Kürbis wird."

Elijah warf einen prüfenden Blick auf Billy. Er konnte seinen Gedanken nicht immer folgen.

„Sie luden mich also zu einem Gläschen in ihre Villa ein. Während Mum den Babysitter nach Hause fährt, köpft Dad eine Flasche mit diesem Zeug, das aussieht wie reines Kerosin. *Probieren Sie einen Schluck, Monsignore*, sagt er unschuldig wie ein Lamm!"

„Was ist Grappa?"

„Es ist ein phantastischer Schnaps, den nur die alten Römer erfinden konnten. Der Kerl geht mit mir in den Keller und zeigt mir seine private Schnapsbrennerei: einen Glasballon mit neuem Wein, aus dem zwei Drähte herausragen, die Reste von einer elektrischen Glühbirne. Er steckt sie ein, und Funken sprühen im Glas, Dampf blubbert an die Oberfläche und rucki zucki tropft destillierter Alkohol aus ein paar Kupferröhren."

„Erstaunlich."

„Ja wirklich, was den Leuten alles einfällt! Es sah da unten aus wie im Laboratorium von Dr. Frankenstein. Das Zeug schmeckte auch so."

„Könntest du eventuell mehr davon getrunken haben, als du vorhattest?"

„Das ist eine sehr einfühlsame Frage. Die Antwort ist ja."

„Es tut mir leid, daß es dir schlecht geht."

„Mein Kopf tut bereits Buße. Jede Sünde hat ihre Folgen, nicht wahr?"

Sie fuhren weiter, ohne sich zu unterhalten, bis Elijah Richtung Westen nach Orvieto abbog.

„Wohin fährst du? Neapel ist die andere Strecke."

„Don Matteo hat uns empfohlen, einen Umweg über Orvieto zu machen und die Kathedrale anzuschauen."

„Wozu? Es gibt Dutzende von Kathedralen auf dem Weg nach Süden, die meisten nicht weniger eindrucksvoll als die von Orvieto."

„Warst du schon drinnen?"

„Nein. Ich bin ein- oder zweimal daran vorbeigefahren. Hat er gesagt, warum du hineingehen sollst?"

„Er will, daß ich etwas anschaue. Aber ich hatte keine Zeit mehr, ihn danach zu fragen."

Am späten Vormittag kamen sie in Orvieto an. Das Pflaster vor der Kathedrale war ein wenig naß vom Regen. Es war kühler als am Tag zuvor, aber die Luftfeuchtigkeit war sehr hoch, und über der grauen Wolkendecke hörte man Donnergrollen.

Es dauerte einige Augenblicke, bis sich ihre Augen an die Dunkelheit in der Kathedrale gewöhnt hatten. Es roch nach Weihrauch und Kerzenwachs. Ein paar alte Frauen beteten den Rosenkranz.

Elijah und Billy machten eine Kniebeuge zum Tabernakel hin und schauten sich um.

Die Kirche war schön wie viele andere Kirchen in Italien.

„Und was ist nun das große Geheimnis?"

„Sei sicher, es gibt eines. Sonst hätte Don Matteo uns nicht hierher geschickt."

Sie betraten eine Seitenkapelle.

Vier monumentale Fresken in leuchtenden Farben, die das Ende der Welt darstellten, bedeckten die Wände. Die epische Breite der Gemälde war damals sicherlich etwas ganz Neues.

„Gemalt zwischen 1499 und 1500", las Billy auf einer Bronzetafel, „von Luca Signorelli."

„Wer war das?"

„Ein Schüler von Piero della Francesca. Michelangelo hat seine Werke bewundert."

„Es ist eine Darstellung der Apokalypse."

„Ziemlich abstoßend, findest du nicht? Hier *der Höllensturz der Verdammten*. Uuh! Ich mag einfach keine Massen. Die hier gehen jedenfalls nicht zu einem Fußballspiel. Die Phantasie dieses Künstlers möchte ich jedenfalls nicht haben, selbst wenn man mir eine Million Pfund dafür bieten würde. Es ist grauenhaft."

„Ja, das wollte er uns wohl bewußt machen: das Grauen der Verdammnis."

„Sieht so aus, als wären hier alle Todsünden versammelt. Mal sehen, ob wir den Säufer finden. Natürlich, hier ist er, direkt neben der Lust. Schau dir sein Gesicht an, ich wußte es, er sieht genauso aus wie ich."

So sehr sich Billy auch bemühte, seine Späßchen konnten das Bedrückende dieser Szene nicht mildern.

„Sie sehen für meinen Geschmack verdammt menschlich aus. Und die Teufel auch."

Elijah ging zur nächsten Wand.

Sein Blick wurde von der zentralen Figur des Bildes angezogen, einer Darstellung Christi. Wie merkwürdig, dachte er, daß der Herr so dargestellt wird, neben ihm Satan, der Ihm ins Ohr flüstert und seinen Arm in Sein Gewand steckt. Ist das die Hand Christi oder die des Teufels, die aus den Falten hervorkommt?

Es war keine direkte Darstellung einer biblischen Szene; handelte es sich vielleicht um die phantasievolle Interpretation des Künstlers von der Versuchung Jesu in der Wüste? Aber da stimmte etwas nicht, Christus gab der Umarmung Satans nach und lauschte höchst aufmerksam.

Er starrte lange auf das Bild. Plötzlich, als würde ein Fernglas scharf gestellt, ging ihm der Sinn auf. Die verwischten Umrisse der Realität offenbarten mit einem Schlag die gestochen scharfe Landschaft einer moralischen Katastrophe.

Die Gestalt, die der Teufel in seinen Armen hielt, war nicht Christus, sondern – der Antichrist.

Elijah verstand jetzt, warum Don Matteo ihm dieses Bild zeigen wollte. Und er wußte auch, warum der alte Bruder ihm nicht mehr gesagt hatte. Matteo wollte, daß Elijah das Geheimnis des Gemäldes selbst entdeckte.

„Warum starrst du das Bild so an?", fragte Billy.

„Der Antichrist."

„Das ist nicht der Antichrist. Es ist der Herr."

„Schau genau hin. Bete dabei."

Billy gehorchte, und ein paar Augenblicke später schüttelte er sich.

„Aha!", sagte er nur.

„Das Gemälde wirkt auf verschiedenen Ebenen", erklärte Elijah. „An der Oberfläche wird eine dramatische Geschichte erzählt. Auf einer anderen Ebene ist es eine moralische Katechese über Sünde und Verrat. Auf einer noch tieferen Ebene spricht der Künstler die tiefste Wahrnehmung der Seele an. Er will, daß wir den stummen Schrei hören, einen Alarmruf, eine Warnung."

„Naja, das überzieht es vielleicht ein wenig. Waren diese Maler des fünfzehnten Jahrhunderts so gebildete Theologen?"

„Einige ja. Manche waren auch Mystiker. Damals war die zivilisierte Welt katholisch. Das Leben war kurz, die Ewigkeit immer nur einen Atemzug weit entfernt. Erlösung und Verdammnis bestimmten die Atmosphäre des Alltags. Dennoch hielt es der Maler für notwendig, eine dringende Warnung auszusprechen. Ich glaube, er will sagen, wenn wir durch ein paar Pinselstriche so leicht getäuscht werden können – und Kunst ist ja ihrem Wesen nach ein Medium der Illusion –, wie sehr können wir dann erst durch die Macht der Sinne in die Irre geführt werden! Könnte nicht ein Antichrist aus Fleisch und Blut den *Anschein* von Güte viel wirksamer erzeugen und seine Bindung an das Böse verbergen?"

„Theoretisch ja. Aber er müßte schon ein Zauberer sein."

„Dieser Antichrist ähnelt unseren traditionellen Vorstellungen von Christus. Was wäre, wenn er Christus auch in seinem öffentlichen Handeln imitierte?"

„Ich gebe zu, möglich ist es. Aber ich glaube nicht, daß ein Mann, der so böse ist, die ganze Welt sehr lange an der Nase herumführen könnte."

„Aber wenn die Welt genau das will?"

„Es gäbe immer noch Hunderte Millionen von Gläubigen. Die würden ihn erkennen."

„Meinst du? Wir befinden uns mitten im Glaubensabfall. In der gesamten Kirchengeschichte hat es niemals einen so globalen Glaubensabfall gegeben. Wird es in ein paar Jahren noch Glauben auf der Erde geben?"

„Du bist heute ziemlich pessimistisch, Davy."

„Die Schrift sagt, wenn jene Zeit nicht verkürzt würde, würden sogar die Auserwählten zu Fall kommen."

„Vielleicht könnte das Auge getäuscht werden, aber nicht der Verstand. Jeder Christ, der des Namens wert ist, würde doch erkennen, wenn dein hypothetischer Antichrist Irrlehren predigt. Oder nicht?"

„Aber was, wenn ein oder zwei Generationen vor seinem Erscheinen die Katechese in die Irre geht? Was, wenn eine Generation von religiösen Analphabeten herangebildet wird, die zwischen religiöser Wahrheit und religiösem Gefühl nicht mehr unterscheiden kann?"

„Ja, es könnte dazu kommen. Ich verstehe, was du sagen willst. Und du glaubst, wir sind diese Generation."

„In der Tat. Aber in diesem Bild steckt noch eine weitere sehr wichtige Botschaft."

„Wart' einen Augenblick! Die Seele kann Dinge wahrnehmen, die der Verstand nicht erkennt, nicht wahr? Selbst wenn der Antichrist uns durch seine Erscheinung blenden und den Verstand durch überzeugende Lügen für sich einnehmen könnte, gäbe es nicht dennoch in der Tiefe ein Gespür dafür, daß etwas nicht stimmt, eine leise Warnglocke, die solange läutet, bis wir antworten?"

„Mag sein. Aber du weißt so gut wie ich, daß dieses Warnsystem außer Kraft gesetzt werden kann. Die Sünde kann es Schicht um Schicht unter sich begraben, bis wir nichts mehr hören. Wir vergessen, daß es diese Glocke je gegeben hat."

Billy seufzte tief. „Ich brauche jetzt einen Kaffee", verkündete er feierlich, ging hinaus und ließ Elijah allein vor dem Gemälde.

* * *

Billy fegte mit 180 Sachen über die Autostrada nach Neapel. Elijah vermied es, auf den Tacho zu schauen. Er vertiefte sich in sein Brevier und betete das Stundengebet.

Als er fertig war, klappte er das Buch zu.

„Eine halbe Stunde bis Neapel", sagte Billy mit aufgesetzter Fröhlichkeit.

Elijah schwieg.

Als sie über Capua hinaus waren, sagte Billy: „Da stimmt etwas nicht!"

„Mit dem Auto?"

„Nein, mit dem Monsignore."

„Was ist los, Billy?"

„Ganz eigenartig, Davy. Ich war nicht ich selbst in Assisi. Nein, anders: ich war mein *altes* Selbst, mein altes, schlechtes Selbst."

„Ich habe gemerkt, daß du mit etwas gekämpft hast."

„Es war nicht mein echtes Selbst. Das macht mir Angst."

„Warst du in Versuchung?"

„Ja, aber anders als sonst. Normalerweise ist es wie ein Tennismatch: ding-dong. Heute mußte ich mich zehnmal dagegen wehren, zu viel zu essen, fünf Einladungen zu unreinen Gedanken ausschlagen und den Impuls, über jemanden schlecht zu reden. Manche Tage sind besser, andere schlechter, aber ich arbeite daran, treu zu sein. Das tue ich wirklich."

„Du bist ein guter Priester, Billy, das weiß ich."

„Der Heilige Vater ist ein guter Priester. *Stato* und *Dottrina* sind gute Priester. Du bist ein guter Priester. Ich weiß, was ich bin!"

„Bist du deprimiert?"

„Ja, verdammt noch mal, das bin ich. Aber das ist nicht das Problem. Ich bin ein dicker, verwöhnter Mann in seinen besten Jahren, der nicht erwachsen geworden ist. Ich bemühe mich, gut zu sein. Meistens bin ich es auch. Aber ich bin nicht aus dem Holz von Märtyrern geschnitzt."

„Das ist niemand."

„Komm, hör auf. Ich kenne mich. Ich bin schwach."

„Und warum glaubst du das?"

„Ich bin nach Assisi gefahren, wollte dort Buße tun, jeden Tag stundenlang beten, in deiner Nähe sein und dich ermutigen. Ich sagte mir, Davy hat eine große Last auf den Schultern, und er braucht einen Kumpel, der ihm tragen hilft. Jetzt wirst du gebraucht, Billy! Weißt du, wie lange das vorgehalten hat?"

„Wie lange?"

„Ungefähr so lange, wie man braucht, um in eine Bar zu gehen und einen Drink zu bestellen. Ich war schon öfter bei Frankie's. Das hat Atmosphäre. Du gehst nicht hin, um zu sündigen. Du gehst rein für einen Scotch on the rocks und weil du da gute Leute triffst, sympathische Katholiken. Alles ganz maßvoll, natürlich. Assisi ist heiliger Boden, verstehst Du? Du kommst mit ein paar reichen frommen Amerikanern ins Gespräch, die dir von den neuesten Erscheinungen berichten und was in den regionalen Kirchen so los ist – immer jede Menge schlechte Nachrichten in dieser Sparte – verstehst du? Ich habe kein Mädchen gesucht, wollte mich nicht besaufen und so tun, als wäre ich kein Priester. Ich wollte einfach Spaß haben, Musik hören und über gute Witze lachen."

„Ist das so falsch?"

„Nein, eigentlich nicht. Ich bin ein großer Fan von Chesterton, wie du weißt. Er sagte einmal, er wurde katholisch, weil es die einzige Religion ist, die keinen Widerspruch zwischen einem Bierglas, einer Pfeife und dem Kreuz sieht."

Elijah lächelte.

„Es war ein Witz, aber doch mit einem Körnchen Wahrheit. Der alte G. K. wußte, wann Fasten dran war und wann ein gutes Bier. Alles eine Frage des richtigen Zeitpunktes."

„Es gibt Weihnachten und es gibt die Fastenzeit."

„Genau! Was mir zu schaffen macht, ist, ich habe darauf gepfiffen, daß Fastenzeit ist und nicht Weihnachten. Wir gingen nach Assisi für eine Minifastenzeit, um uns vorzubereiten. Wir wollten stark werden, weil sich etwas verdammt Ernstes zusammenbraut. Aber als wir den Berg hinauffuhren und über den Geist des heiligen Franziskus sprachen – ich weiß nicht warum, aber es ging mir gegen den Strich. Das paßt aber gar nicht zu mir, weil ich den heiligen Franziskus liebe."

„Du warst genauso erschöpft wie ich."

„Ich weiß, ich weiß. Und wir hatten viel Streß in letzter Zeit. Das Büro wird mit Papier überflutet, wir sind unterbesetzt, der diplomatische Dienst ist vermintes Gelände. Aber das alles ist keine Erklärung."

„Ich vermute, daß es eine Versuchung war."

„Ja, und ob. Als ich aus dem Auto stieg, wollte ich nur noch eins: ab zu Frankie's, fünf gerade sein lassen, ein bißchen auf dem Tanzboden herumhüpfen und bis in die frühen Morgenstunden für bewundernde Touristen Hof halten. Ich wollte, daß sie sich vor Lachen nicht mehr halten konnten. Alles gelungen. Ich habe keine einzige Sünde begangen, die ich beichten müßte, technisch gesprochen. Aber worauf es hinausläuft, ist, daß ich nicht da war für dich, Davy, und das finde ich einfach erbärmlich."

„Gott hat vielleicht einen Grund, warum er das zugelassen hat."

„Und welchen?"

„Ich mußte Dinge in mir erkennen, die ich vielleicht nicht hätte erkennen können, wenn du da gewesen wärst."

„Danke vielmals!"

„Ich meine, wenn mir der lachende Schwertträger zur Seite gestanden hätte, dann hätte mich das zu falschem Selbstvertrauen verführen können."

„Hm, so kann man's auch sehen.

„Ich glaube, du bist ein bißchen zu streng mit dir."

„Falsch. Es ist höchste Zeit, daß ich endlich mal streng mit mir werde. Mein ganzes Leben war ich immer nur nett zu mir. Seit ich glaube, hält sich das Nett-zu-sich-Sein zwar in Grenzen, aber verhätscheln tu ich mich immer noch. Es geht nicht mehr um Ehebruch, um Saufen und um Träumereien, wie man die Bank of England über's Ohr hauen könnte. Aber wehe, ich bekomme keine dritte Portion Lasagne oder man verweigert mir eine staubige Flasche Rotwein!"

Elijah mußte lachen.

„Ja, lach nur! Lach, wenn du willst! Aber ich muß mit diesem schwachen Charakter leben, in diesem massigen Körper, der so gar nicht bewundernswert ist. Gehört alles mir. Das bin ich, und ich mag mich nicht."

„Billy, Billy", sagte Elijah besänftigend, „du kannst mich nicht davon überzeugen, daß du ein übler Strolch bist. Ich habe Massenmörder kennengelernt."

„Wirklich?", fragte Billy. „Wen denn?"

„Ich habe ein paar Mal mit Adolf Eichmann gesprochen."

„Ist das dein Ernst?"

„Ja, es ist mein Ernst. Ich will dir sagen, was das für ein Mann war. Er war sehr diszipliniert. Er aß und trank maßvoll. Er war intelligent, zurückhaltend, manche sagen, sogar charmant. Er hatte eine Vorliebe für Mozart und Rosen. Er organisierte den Tod von ein paar Millionen Menschen. Er hat Charakter."

„Du willst also sagen, Charakter kann guten und schlechten Zielen dienen, stimmt's?"

„Die meisten menschlichen Qualitäten können mißbraucht werden."

„Und was heißt das für mich? Bei mir reicht es weder zum einen noch zum anderen."

Elijah schaute ihn an und sagte mit einer Spur Strenge: „Das ist nicht wahr."

Billy schwieg ein paar Minuten. Als er schließlich den Mund wieder aufmachte, standen ihm Tränen in den Augen. „Ich hasse es, ein schwacher, fetter Mann zu sein."

„Wir sind alle schwach. Ich bin auch schwach, anders als du. Du bist anders schwach als ich. Das sind die Dornen im Fleisch, die uns davor bewahren, eingebildet zu werden."

„Du hättest auf dieser Reise einen Heiligen gebraucht", sagte Billy bitter.

„Ich habe einen Freund an meiner Seite. Du bist dafür ausgewählt worden. Glaubst du, Rom hat sich in seinem Urteil geirrt?"

„Rom hat einen großen Fehler gemacht."

„Rom hat keinen Fehler gemacht."

Billy schüttelte verdrießlich den Kopf.

„Du weißt es nicht, aber du bist ein Bote Gottes. Du hast viele Dinge bestätigt, die er mir in dieser Woche gezeigt hat."

„Sehr schön! Vermutlich habe ich dich daran erinnert, wie man *nicht* sein soll."

„Du verstehst mich falsch."

„Dann erkläre es mir."

„Du willst ein Heiliger sein, Billy. Aber du willst ein Heiliger nach eigenem Gusto sein. Du möchtest mit deinem Schwert großartige Siege erringen; vor allem willst du über deine persönlichen Schwächen und Fehler siegen."

„Ist daran etwas Falsches?"

„Es ist schön und gut, aber es kann auch eine Art Idealismus sein, hinter dem sich Stolz verbirgt."

„Das ist zu kompliziert für mich."

„Wer ist heilig? Jener, der bei aller Schwäche Gott gehorcht, oder jener, der fordert, daß er erst lauter bewundernswerte Eigenschaften haben muß, bevor er sich auf den Weg macht?"

„Wenn man es so sieht, dann ist es ganz klar."

„Du hast mir vor ein paar Tagen Romantizismus vorgeworfen. Sind wir nicht alle Romantiker, die sich wünschen, daß ihre Rüstung glänzt und ihr Schwert blinkt und sie eine *bella figura* machen und bewundernde Blicke auf sich ziehen, während sie für Gott kämpfen?"

„Du kannst ganz schön gemein sein, alter Junge."

„Was ich sage, ist wahr. Ich weiß, daß es wahr ist, weil ich mich selbst beschreibe."

„Ach so", sagte Billy kleinlaut.

„Zu deinen außergewöhnlichen Talenten gehört außerdem die Gabe des Humors. Du bringst mich zum Lachen. Ich bin ein ernster Mensch, wie dir vielleicht aufgefallen ist."

„Ein Witzbold bist du nicht gerade, Davy, das stimmt."

„Siehst du, du kannst nicht anders. Dir fällt immer irgendetwas Witziges ein. Das ist eine Gabe Gottes. Sie erfreut das Herz."

„Ich habe sogar den Kardinal-Primas von England zum Lachen gebracht. Ich habe den Hofnarren gemacht. Er hat es bedauert, daß er mich an den Vatikan abgeben mußte, aber er wußte, daß die Leute im Staatssekretariat auch mal aufgemuntert werden mußten."

„Du darfst dich nicht runtermachen. Der Kardinalstaatssekretär hat dich wegen deiner Intelligenz und deiner Ehrlichkeit ausgewählt. Er weiß, daß du Christus und Seine Kirche liebst. Er vertraut dir. Glaubst du, er würde einem Blödmann trauen?"

„Vielleicht hast du Recht", sagte Billy nachdenklich.

„In der letzten Woche ist dir mehr als eine Versuchung über den Weg gelaufen, nicht wahr? Zuerst hast du dich vom Gebet abbringen lassen. Es waren keine gravierenden Dinge, denn der Feind weiß, daß damit bei dir nichts mehr zu holen ist. Er hat dich mit erlaubten Genüssen geködert."

„Erlaubt, aber zur falschen Zeit und nicht maßvoll."

„Korrekt. Das war Schwäche, einfach menschliche Schwäche."

„Du sagst es. Ich hätte es besser wissen müssen."

„Mein Freund, wir hätten darauf vorbereitet sein müssen, aber das waren wir nicht. Und so haben wir ein kleines Scharmützel verloren. Aber wir haben eine wichtige Lektion gelernt, und zwar genau zur rechten Zeit, denn vor uns liegt eine Schlacht."

„Gut gesprochen. Und was waren meine anderen Versuchungen?"

„Die zweite Versuchung ist ernster, nämlich dich zu hassen, weil du deinem eigenen Ideal nicht entsprichst. Das ist Stolz, und Stolz ist sehr gefährlich. Er öffnet die Tür zu viel schlimmeren Dingen."

„Okay, ich bereue den ganzen Kladderadatsch und werfe mich in Sack und Asche. Was für eine Buße schlägst du mir vor?"

„Ich schlage vor, daß wir da drüben bei dem Restaurant Halt machen. Wir werden beide eine Portion Lasagne essen und ein Glas Bier trinken."

„Reine Folter. Aber ich verdiene sie."

Als sie am Tisch saßen, rieb sich Elijah die Augen und gähnte.

„Du bist müde, nicht wahr?", sagte Billy.

„Es war eine lange Nacht."

„Versuchungen?"

„Ja, meine Sorte."
„Und zwar welche?"
„Die Vergangenheit. Das alte Lamento."
„Erzähl mir davon."
„Eines Tages werde ich das tun. Aber jetzt ist der Schmerz zu sehr an der Oberfläche, und das hier ist nicht der beste Ort dafür."
„Dann also später."
„Ja, später."
Sie schauten auf den Golf von Salerno. Das Meer war schwarz und unruhig, die Wolken hingen tief.
„Wie weit ist es bis zum Jachthafen, Billy? Sind wir rechtzeitig am Boot des Präsidenten?"
„Locker! Wir sind schon fast da. Während du dich um meine Seele gekümmert hast, sind wir an Neapel vorbeigerauscht."
„Das habe ich gar nicht gemerkt."
„Napoli hast du nicht gesehen? Da mußt du aber wirklich sehr müde sein."
„Und welche Stadt ist das?"
„Salerno. Die Yacht des großen Mannes liegt hinter dieser Kurve. Sie erwarten uns um sieben Uhr am Hafen. Normalerweise dauert die Überfahrt eine Stunde. Aber wie es aussieht, könnten wir länger brauchen. Wahrscheinlich läuft heute Abend nichts mehr."
Sie aßen und plauderten über Belanglosigkeiten. Das Meer begann sehr laut zu werden, und es regnete in Strömen. Billy zog einen kleinen Apparat aus der Westentasche, drückte ein paar Knöpfe und sprach auf Italienisch hinein. Elijah vermutete, daß es sich um eine der erstaunlichen Erfindungen handeln mußte, die seit seinem Eintritt in den Karmel die Welt verändert hatten. Als er sich im Restaurant umschaute, sah er, daß andere Gäste das Gleiche taten wie Billy. Er steckte das Ding wieder in die Tasche und sagte:
„Ich habe den Empfangschef erreicht. Er meint, das Boot sei zu klein, um es zu riskieren. Wir sollen hier bleiben und warten, wie es morgen aussieht."
„Weißt du ein günstiges Hotel in der Nähe?"
„Alle möglichen. Aber er sagt, wir sollten im Bootshaus übernachten, ungefähr fünf Minuten von hier. Es gehört dem Präsidenten. Er hat mir den

Weg erklärt, eine Seitenstraße über der Marina. Es ist niemand dort außer ein paar Bediensteten. Wir werden erwartet."

Der Jaguar kurvte langsam durch den klatschenden Regen, bis die Scheinwerfer auf eine Tafel fielen, auf der stand: *Kein Zutritt! Eigentum des Welthandelszentrums.* Zu ihrer Überraschung öffnete sich das Tor automatisch, als sie näherkamen. Sie fuhren durch und weiter die Auffahrt hinauf, die mit Pinien und indirektem Licht gesäumt war. Das Haus stand oben auf dem Hügel, davor makelloser Rasen. Es war größer, als sie erwartet hatten, ein ultramodernes Bauwerk aus Stein und Glas, das gut von Frank Lloyd Wright hätte stammen können. Der Außenbereich war durch indirektes Flutlicht erleuchtet.

Billy pfiff anerkennend. „Hier haben wir also das Bootshaus."

Die Haustür öffnete sich, während sie den Wagen parkten, und ein Mann trat auf die überdeckte Veranda. Er war schlank, hatte silbergraues Haar und grüßte sie mit entspannter Eleganz.

„Signore Stangsby? Signore Schäfer? Bitte treten Sie ein. Das Wetter ist leider fürchterlich!"

„Und Sie sind ...?"

„Ich bin Roberto und stehe ganz zu Ihren Diensten. Der Präsident bittet mich, Ihnen auszurichten, daß er diese Unpäßlichkeit sehr bedauert. Er hofft, Sie morgen auf Capri zu begrüßen."

„Besten Dank."

„Wie ich höre, haben Sie bereits gegessen. Aber darf ich Ihnen eine Tasse Kaffee in den Salon bringen, oder englischen Tee? Cognac? Vielleicht ein Glas Milch?"

„Danke, für mich nichts", sagte Elijah.

„Ich bin bestürzt", sagte Roberto mit übertriebenem Bedauern.

„Wir hatten einen sehr langen Tag", erklärte Billy. „Deswegen würden wir uns gerne gleich zurückziehen."

„Aber selbstverständlich. Ich werde Sie zu Ihren Zimmern bringen. Falls die Herren es wünschen, können Sie von unserem Swimmingpool oder der Sauna Gebrauch machen oder dem Whirlpool. Nein? Es gäbe auch Videos vom Filmfestival in Cannes."

„Besten Dank", sagte Elijah verneinend.

„Nein? Mein guter Ruf, für die Unterhaltung der Gäste zu sorgen, wird darunter leiden. Ich kann Sie nicht überzeugen? Nun so sei es", sagte er mit einem charmanten Lächeln und wollte sich entfernen.

„Roberto", sagte Billy und faßte ihn am Arm, „ich möchte wirklich nicht, daß Sie Ihren Job verlieren, Sie könnten mir einen Cognac bringen und ein Stück Kuchen, falls Sie das da haben."

„Was immer Sie wünschen, Kuchen, Kekse, Pralinen …"

„Wunderbar, Roberto, nur einen Schlaftrunk, damit unser Magen nicht knurrt."

Der Butler kam mit zufriedenem Gesicht und einem Tablett zurück. Er führte sie eine Wendeltreppe hinauf in den Schlafzimmerflügel, an dessen Ende sich ein privater Salon mit Blick aufs Meer befand. Durch die dicken Scheiben, die vom Boden bis zur Decke reichten, hörte man den Sturm pfeifen. Im offenen Kamin der beiden Schlafzimmer prasselte ein Feuer.

„Es ist großartig, Roberto. Ich hoffe, daß Sie mir noch öfter auf diese Weise lästig werden."

„Sie nehmen mich auf den Arm, Signore Stangsby!"

„Ganz richtig. Wo ich herkomme, nehmen wir uns ständig auf den Arm, eine miserable Angewohnheit."

Der Butler lachte laut heraus.

„Hier ist Ihr Zimmer. Signore Schäfer schläft auf der anderen Seite, bitte sehr. Mein Meister wäre ungehalten, wenn ich es versäumte, Sie auf seine Kunstsammlung aufmerksam zu machen. Es sind keine ganz unbedeutenden Werke, die Sie hier finden. Fühlen Sie sich bitte ganz zu Hause und bewegen Sie sich völlig frei. Meine Frau und ich sind nur tagsüber da und verlassen das Haus in Kürze. Wir leben dort drüben im Cottage. Bitte benutzen Sie das Haustelefon, wenn Sie irgendetwas brauchen. Ich wünsche Ihnen einen erholsamen Abend und werde morgen früh wieder zur Stelle sein. Meine Frau wird Ihnen das Frühstück bereiten."

„Besten Dank", sagte Billy und streckte ihm die Hand entgegen. „Es war eine Freude mit Ihnen. Ich werde in Capri ein gutes Wort über Sie fallen lassen."

Roberto lachte wieder.

„Oh, die Engländer! Immer einen Witz auf den Lippen. *Buona notte*, meine Herren. Das Haus gehört Ihnen. *A domani!*"

Sie wünschten ihm eine gute Nacht, und er verschwand.

„Nicht schlecht, Davy, eine Villa ganz für uns allein."

„Bist du nicht an große Gebäude gewöhnt, Billy?"

„Der Vatikan ist kleiner, als du denkst, besonders wenn du ein alter Hase bist. Mir gefällt's hier. Erste Sahne!"

„Kann man wohl sagen!"

„Ob sein Meister oft hier ist, was meinst du?"

„Bestimmt nicht. Bei aller Pracht, irgendwie ist es steril, so als würde hier niemand leben. Das ist eine Zwischenstation zwischen Capri und Brüssel."

„Wenn dies hier das Bootshaus ist, dann bin ich gespannt auf das Boot."

„Hast du auch ein komisches Gefühl?"

„Nein, wieso?"

„Ich weiß nicht …"

„Dieser Roberto machte einen ganz freundlichen Eindruck, eher wie ein Familienfaktotum als ein Angestellter. Wenn du auf diesem Niveau lebst, dann erwecken anscheinend selbst die Dienstboten Ehrfurcht."

„Dieses Wort wäre mir jetzt nicht eingefallen."

„Du bist müde, und das drückt die Stimmung. Am besten, du schläfst dich richtig aus, alter Junge."

„Komm, laß uns noch ein bißchen reden. Ich fühle mich plötzlich so eigenartig. Es ist sehr frostig in diesem Gebäude."

„Tatsche ist, daß es hier ziemlich warm ist. Ein phantastischer Ort. Wer das hier entworfen hat, der hat wirklich erlesenen Geschmack. Sieh da drüben, ein früher Picasso und hier ein Modigliani! Eine Giacometti Bronze neben dem Kamin. Wetten, daß wir im Schlafzimmer religiöse Kunst finden – speziell für uns?"

„Da, am Ende des Flurs, die Marmorstatue. Ich glaube, es ist der Heilige Sebastian."

„Jedenfalls sieht er aus wie ein Nadelkissen. Sag die Wahrheit, hat er einen Ausdruck von Todesagonie im Gesicht oder einen Orgasmus?"

„Der Geschmack des Sammlers ist eklektisch", bemerkte Elijah und schaute hierhin und dorthin.

„Davy, die Aphrodite ist nichts für deine Augen!"

Sein Geist war angreifbar geworden durch die Macht der Bilder. Das Kloster hatte ihn für gewisse Kämpfe gestärkt, für andere jedoch geschwächt – insbesondere die visuellen. Das Klosterleben baute darauf, daß man die

Welt für immer verließ, um in der Stille Gottes zu leben. Die Klostermauern dienten dazu, das Auge und das Herz zu hüten und so einige der vielen Tore zu schließen, durch welche die Versuchung eintritt. Es gab im Karmel kein Fernsehen, und die Zeitschriften, die sie erreichten, enthielten nur wenige Fotos. Frauen wurden zu einem Bild im Kopf.

„Keine Sorge, Billy, mit Marmor-Aphroditen kann ich umgehen."

„Alle Achtung vor unserem unsichtbaren Gastgeber! Was sagen dir all diese exquisiten Dinge über ihn?"

„Ich weiß nicht. Oberflächlich betrachtet, ist es ein schöner Ort. Man könnte nicht angenehmer empfangen werden. Aber irgendwie ist mir unwohl zumute. Was mag sich in diesen Räumen ereignet haben?"

„Wenn du willst, dann beten wir um geistlichen Schutz."

Billy zog eine lila Stola aus der Jackentasche, rollte sie auf und legte sie um den Hals.

Ganz langsam, als müßte er sich gegen einen mächtigen Widerstand behaupten, tat Elijah das Gleiche.

Die beiden Priester hoben ihre Arme zum Himmel, erflehten den Segen Christi und den Schutz der heiligen Engel und beteten den Exorzismus gegen die drückende Atmosphäre dieses Hauses.

„Fühlst du dich besser?"

„Ja."

„Es ist erst acht Uhr. Solln wir uns einen Film anschauen vom letzten Cannes-Festival? Sieh dir diesen riesigen Bildschirm an."

„Ich würde mich lieber mit dir unterhalten, Billy, ich spüre …"

„Nicht schon wieder! Was spürst du?"

„Als würden wir am Rand eines Felsenkliffs stehen."

„Genau da befinden wir uns. Der Architekt hat es so entworfen. Und wenn Vesuvius da hinten sich heute Nacht entscheidet, Feuer zu spucken, dann versinken wir einfach im Tyrrhenischen Meer. Wir schweben in größter Gefahr."

Elijah lächelte.

„Vielleicht hast du Recht. Ich bin übermüdet und bilde mir alles Mögliche ein."

„Du brauchst etwas *divertimento.* Ich wette, daß ein Mönch wie du nicht allzu viel Spaß in seinem Leben hat, oder?"

„Billy, du bist unwiderstehlich. Nicht alles, was für dich Spaß ist, ist es auch für mich. Aber ich habe eine Idee."

„Und das wäre? Ich bin ganz Ohr."

„Ich schlage vor, wir ziehen unseren Pyjama und Bademantel an, und einer erzählt dem anderen eine Geschichte."

„Was für ein fabelhafter Vorschlag!", rief Billy und klatschte in die Hände. „Hätte ich doch Andy mitgenommen, der wäre begeistert. Na ja, macht nichts, ich erzähl es ihm, wenn ich wieder zu Hause bin."

Billy hatte es sich mit einem Kissenberg im Bett gemütlich gemacht, nippte an seinem Cognac und mümmelte Schokoladenkuchen.

Elijah erschien in einem alten Morgenmantel und zog sich einen Stuhl ans Fußende, neben das knisternde Feuer.

„Hast du Rembrandts in deinem Zimmer entdeckt?" fragte Billy.

„Nur eine Landschaft von Watteau. Und du?"

„Etwas furchtbar Avantgardistisches von einem Rumänen, einem Surrealisten. Hier, schau."

„Von hier sieht es aus wie eine Madonna mit Kind. Warum nennst du es surrealistisch?"

„Schau genau hin."

Elijah ging zu dem Bild, blieb stehen und prallte zurück.

„Siehst du das? Teuflisch, nicht wahr?"

„Er hat das Bild der Jungfrau und des Jesuskindes aus Miniaturen sämtlicher Sünden zusammengesetzt. Das ist diabolisch."

„Die Ausgeburt einer kranken Phantasie. Jetzt schau es dir aus der Entfernung an."

Elijah ging auf die andere Seite des Zimmers. Er schaute auf das Bild, und sein Blick verfinsterte sich.

„Hast du es gesehen?"

„Ja, habe ich. Er hat wieder eine optische Illusion produziert durch Schatten und Licht, eine dritte Ebene des Bildes. Jetzt ist es die Fratze eines Dämons, der seinen Rachen öffnet, um das Kind und die Mutter zu verschlingen."

„Wer immer dieses Bild gemalt haben mag, ein netter Mensch ist er nicht", sagte Billy.

„Und wer es aufhängt, auch nicht."

Elijah nahm das Bild von der Wand und verließ das Zimmer.

„Wo hast du es hingestellt?", fragte Billy, als er zurückkam.

„Ich habe da hinten eine Kammer gefunden. Da kann es die Nacht über bleiben."

Elijah setzte sich auf den Sessel neben dem Kamin und starrte ins Feuer.

„Gut, Davy. Dann erzähl mir jetzt eine Geschichte."

„Gib mir einen Augenblick, um mich zu sammeln."

„Du wirst dich doch nicht von einem Bild ins Boxhorn jagen lassen! Es ist nichts weiter als Öl auf Leinwand."

„Es verkündet eine Botschaft aus der Welt der Finsternis."

„Aber Davy! Du steigerst dich einfach in die Stimmung hinein, mit der du schon hier angekommen bist. Schüttle sie ab!"

Elijah rieb sein Gesicht mit beiden Händen.

„Wahrscheinlich hast du Recht."

„Deine Nerven liegen blank, alter Junge. Warum erzählst du mir nicht eine Geschichte, dann geht es uns beiden besser. Wie wäre es mit einem polnischen Märchen?"

„Gute Idee. Ich weiß sogar eines. Ein Freund hat es mir vor vielen Jahren erzählt. Versprichst du, daß du dich nicht fürchten wirst?"

„Ich verspreche es."

„Versprichst du, daß du mich nicht unterbrechen wirst?"

„Ich will es versuchen."

„Es handelt von einem Drachen und einem Prinzen und einer Prinzessin."

„Wie schön! Geht es gut aus?"

„Gut für die Menschen, nicht so gut für den Drachen."

„Wie es sich gehört. Also fang an."

Und so erzählte Elijah die Geschichte, die ihm Pawel Tarnowski an einem bitterkalten Winterabend 1943 erzählt hatte, um sie von ihrem Hunger abzulenken.

„Es war einmal ein Junge", begann Elijah, „ein Prinz in einem Königreich in den Bergen. Sein Vater, der König, war fortgegangen, als das Kind noch klein war und noch nicht laufen konnte. Die Königin war gestorben, und er brachte es nicht über sich, im Haus seiner ersten und einzigen Liebe zu bleiben."

„Weiter, weiter", drängte Billy mit leiser Stimme und großen Augen. Er hatte die Knie unter der Decke hochgezogen.

Elijah räusperte sich und fuhr fort, die Geschichte vom Prinzen zu erzählen, der sein Herz verloren hatte, von der Lerche *zabawa*, die es ihm zurückgab und vom Drachen *smok*, den er bei der Burg im toten Land besiegte.

„Nicht schlecht", sagte Billy.

Elijah starrte ins Feuer, und die Erinnerungen an Warschau stiegen in ihm auf. Er sah das Gesicht von Pawel, den das Fieber schüttelte. Er fühlte den Stein, der Pawel auf dem Herzen lag.

„So, Billy, und jetzt bist du dran."

„Ich muß dir leider gestehen, ich habe keine Geschichten, nur einen Kopf voller Klatsch und den Examensfragen in englischer Literatur."

„Das glaube ich dir nicht. Dann erfinde eine."

Billy machte ein verzagtes Gesicht.

„Das kann ich nicht. Ich habe es noch nie versucht."

„Aber du hast doch gesagt, du weißt eine Geschichte."

„Bestimmt nicht."

„Letzte Woche hast du gesagt, du wolltest mir was von einem Tramper erzählen."

„Ach das meinst du. Das ist aber keine richtige Geschichte. Sie ist nicht ausgedacht. Es ist wirklich passiert."

„Umso besser. Bitte fang an!"

„Versprichst du, daß du dich nicht fürchten wirst?"

„Ich verspreche es."

„Versprichst du, daß du mich nicht unterbrechen wirst?"

„Ich will es versuchen."

„Nein, ich werde sie nicht erzählen. Du würdest mir das nie glauben."

„Ich werde es glauben. Versprochen! Wenn du versprichst, daß die Geschichte wirklich wahr ist, dann werde ich sie glauben."

Er sah, daß Billy keinen Witz machte.

„Sie *ist* wahr", sagte er leise. „Ich habe es erlebt, und ich schwöre, daß es genauso war, wie ich es erzähle."

„Also los!"

„Vor acht Monaten fuhr ich auf der M40 Richtung Birmingham. Ich wollte Leute besuchen, die ich dort oben kenne. Sie leiten ein katechetisches Institut, das die waschechte Lehre der Kirche verbreitet, hauptsächlich für Kinder. Ich betete gerade den Rosenkranz, der Tacho stand auf hundertachtzig, als ich eine Stimme hörte.

Ich war allein im Auto. Das Radio war aus. Woher kam dann die Stimme? Bitte schau nicht so besorgt! Ich bin nicht der Typ, der Stimmen hört, wenn du das meinst."

„Ich bin nicht besorgt."

„Meine Kusine Winnie hört auch Stimmen, aber sie ist in der Schizo-Abteilung in Netherne. Du und ich wissen, daß ich kein Schizo und auch kein Mystiker bin, verlange also nicht, daß ich dir erkläre, was ich dir jetzt erzähle. Ich sage nur, ich hörte eine Stimme.

Es ist schwer zu beschreiben. Jemand oder etwas sprach zu mir. Aber es kam nicht wirklich von außen. Es waren keine Tonwellen, die an mein Trommelfell stießen. Ich hörte es in mir, und doch kam es von außen."

„Was sagte die Stimme?"

„Sie sagte – du wirst bestimmt lachen –, ich soll beim nächsten Tramper anhalten und ihn mitnehmen. Ich hab es erst ignoriert. Kommt nicht in Frage, sagte ich. Das ist verrückt. Ich nehme nie Tramper mit. Das ist heutzutage gefährlich, außerdem fahre ich viel zu schnell. Ich hielt es für Einbildung und betete weiter meinen Rosenkranz, bin ja ein guter Junge, aber die Stimme kam zum zweiten Mal.

‚Du mußt anhalten und den nächsten Tramper mitnehmen', sagte sie.

Allmählich wurde ich nervös und fragte mich, was ich zum Frühstück gegessen hatte und ob ich in der letzten Zeit genügend Spaß hatte, die übliche Checkliste bei Neurosen. Dann kam die Stimme ein drittes Mal, als ich gerade über eine Kuppe fuhr, und tatsächlich, dort unten, einen halben Kilometer vor mir, stand ein Autostopper mit ausgestrecktem Daumen.

‚Na gut', willigte ich zähneknirschend ein.

Ich hielt auf dem Seitenstreifen, und dieser nette Junge stieg ein. Es war nichts Ungewöhnliches an ihm, er war nur besonders sympathisch.

Wir machten ein bißchen Small Talk, und als ich den Wagen wieder auf 180 hatte, drehte er sich zu mir und sagte: ‚*Die erste Posaune ist erschallt.*'

Alles klar, sagte ich mir, ich habe einen Irren mitgenommen.

Ich nahm die Geschwindigkeit zurück und hielt nach einer Ausfahrt Ausschau, in der Hoffnung, eine Polizeistation zu finden. Ich war auf hundert runter, als er es nochmals sagte: ‚*Die erste Posaune ist erschallt.*‘

‚Was soll das mit der Posaune? Bist du ein Musiker?‘ sagte ich.

Er wiederholte es ein drittes Mal: ‚Die erste Posaune ist erschallt.‘

‚Wer bist du?‘, fragte ich ihn.

‚Mein Name ist Gabriel‘, antwortete er.

Mittlerweile war mir ziemlich mulmig zumute. Ich starrte geradeaus auf den Asphalt und fuhr mit Hundert weiter. Dann wurde mir klar, daß er mich auf die Schippe nahm.“

Billys Stimme zitterte, und er schaute Elijah direkt in die Augen.

„Was ist los, Billy? Wie ging es weiter?“

„Ich schaute auf den Beifahrersitz, und er war nicht mehr da.“

„Nicht mehr da?“

„Erst war er da. Und jetzt war er nicht mehr da.“

„Im Ernst?“

„Ernster kann ich gar nicht sein. Ich hätte die Hand ausstrecken und ihn berühren können. Seine Jacke raschelte, ich konnte ihn atmen hören. Seine Stimme kam von außen in mein Ohr, anders als die erste Stimme.“

„Und dann? Was hast du getan?“

„Ich war so erschüttert, daß ich kaum mehr richtig lenken konnte. Ich hielt auf dem Seitenstreifen und saß einfach wie benommen da. Ich konnte nicht denken, ich konnte überhaupt nichts tun. Ich ließ das Ganze nur immer wieder vor meinem Geist ablaufen. Meine Hände hörten nicht auf zu zittern. Dann hielt eine Polizeistreife hinter mir und der Typ kam an mein Fenster.

‚Haben Sie ein Problem?‘, fragte er.

‚Nein, wieso?‘, antwortete ich.

‚Aber Sie wissen ja‘, sagte er, ‚Cops können Gedanken lesen. Sie sehen aus, als wäre Ihnen ein Geist erschienen.‘

‚Gar nicht so verkehrt, Constable. Wenn ich Ihnen sagen würde, was los war, würden Sie's nicht glauben.‘

‚Warum probieren Sie's nicht?‘, sagte er. Also erzählte ich ihm, was passiert war.“

„Und wie hat er reagiert?“

„Er hat seine Mütze zurückgeschoben und sich am Kopf gekratzt. Dann sagte er: ‚Sir, wenn Sie mir das gestern gesagt hätten, dann hätte ich gedacht, daß Sie durchgeknallt sind, aber Sie sind heute Vormittag die vierte Person, die mir genau diese Geschichte erzählt.' "

„Ach nein!"

„Glaub mir, Davy. Ich habe nichts erfunden. Es war ganz genauso."

„Ich glaube dir."

„Ich habe auch nichts übertrieben."

„Ich glaube dir. Wie vielen Leuten hast du das schon erzählt?"

„Glaubst du, ich will meinen Ruf verlieren - in der Position, in der ich bin? Ich habe es *Stato* gesagt. Er hat Augen wie ein Falke und hat es mir aus der Nase gezogen. Er glaubt mir. Wahrscheinlich hat er es dem Heiligen Vater berichtet, aber ich habe keine Ahnung, wie er es versteht."

„Das ist ein ganz wichtiger Fingerzeig."

„Meinst Du? Warum?"

„In der letzten Zeit verfolgt mich geradezu das Buch der Offenbarung. Dein Erlebnis ist ein Puzzlestein in dem Ganzen."

„Darf ich Näheres erfahren?"

„Morgen früh. Wenn wir mit diesem Thema anfangen, hören wir nicht mehr auf. Wir brauchen Schlaf, wenn wir morgen unseren Kopf in den Rachen des Löwen stecken. Einverstanden?"

„Einverstanden. Gott segne dich, Davy."

„Gott segne dich, Billy."

„Gute Nacht."

VII
Capri

Er warf sich stundenlang im Bett herum, richtig schlafen konnte er nicht. Ab und zu hörte er Billy laut stöhnen. Offenbar hatte der Monsignore Albträume. Aus dem Stöhnen wurde Ächzen und dann plötzlich ein gellender Schrei nach Hilfe.

Elijah stürzte in sein Zimmer und fand ihn mit verzerrtem Gesicht im Bett sitzen. Er umklammerte seinen Leib und schaukelte hin und her. Er warf sich zurück, rollte zur Seite und versuchte aufzustehen.

„Schnell! Schnell!“ Er rannte zur Toilette. Zwanzig Minuten später taumelte er bleich wieder heraus.

„Irgendwas stimmt hier ganz und gar nicht. Ich würge und würge, obwohl mein Magen leer ist. Anfälle von Durchfall. Das ist keine Magenverstimmung. Ich habe noch nie solche Krämpfe gehabt.“

Er stöhnte wieder auf, und Tränen standen ihm vor Schmerz in den Augen.

„Es scheint etwas Schlimmes zu sein“, sagte Elijah. „Ich fahre dich ins Krankenhaus.“

Er rief Roberto auf dem Haustelefon an und bat ihn, ihm den Weg zum nächsten Krankenhaus zu beschreiben. Eine Viertelstunde später standen sie in der Notfallaufnahme von Salerno. Billy bekam immer wieder Würganfälle.

Mit seinem starken englischen Akzent beschrieb Billy dem Arzt seine Symptome.

Der junge Doktor fragte, was sie am Abend zuvor gegessen hätten, und als sie beide gleichzeitig sagten *Lasagne,* fragte er, ob Billy noch irgendetwas anderes als Elijah gegessen hätte.

„Schokoladenkuchen und Cognac“, sagte Billy mit gequältem Grinsen. Der Doktor fand es nicht komisch.

„Sie sind nicht im Schock", sagte er ernst, „deshalb besteht keine Lebensgefahr."

„Danke, sehr beruhigend", sagte Billy auf Englisch.

„Es ist möglich, daß Sie etwas gegessen haben, das ein Neurotoxin produziert, vielleicht Erbsen aus der Dose?"

Billy schüttelte den Kopf.

„Fisch, Hühnchen, Mayonnaise?"

„Nein, nein, nein."

„Irgendetwas haben Sie sich geholt. Vielleicht haben Sie Staphylokokken oder Salmonellen – eine gewöhnliche Lebensmittelvergiftung. Ich will Sie bis zum Morgen hierbehalten. Wir werden Sie beobachten und einige Tests machen. Es könnte auch etwas Schlimmeres sein."

„Sein Einfühlungsvermögen läßt zu wünschen übrig", sagte Billy, „aber er ist ein heller Junge und wird mich vielleicht durchbringen." Er wollte eine ironische Miene aufsetzen, aber da krümmte er sich schon wieder zusammen und wankte zur Toilette.

Der Arzt wandte sich an Elijah und sagte: „Er dehydriert. Wir müssen ihn an den Tropf hängen und beobachten."

„Haben Sie eine Vermutung, was die Ursache sein könnte?"

„Leider nein. Das Leben ist voller Geheimnisse."

„Wird es ihm am Morgen besser gehen? Wir müssen in ein paar Stunden bei einem wichtigen Treffen sein."

„Es wäre nicht ratsam, wenn er das Krankenhaus so schnell wieder verlassen würde. Seine Symptome sind zwar nicht lebensbedrohend, aber doch sehr ernst. Eine Salmonelleninfektion kann einige Tage dauern und schwächt sehr. In ein paar Stunden ist er noch nicht entlassungsfähig."

Billy kam schwankend aus der Toilette. Eine Krankenschwester setzte ihn in einen Rollstuhl. Elijah begleitete ihn bis ins Krankenzimmer.

Als der Patient im Bett lag und sie allein waren, sagte Elijah: „Du sollst ein paar Tage hier bleiben. Wenn ich nachmittags von Capri zurück bin, komme ich gleich vorbei."

„Verdammt noch mal! So etwas Idiotisches! Du kannst nicht allein gehen."

„Doch, ich kann."

„Nach Mordor ohne Billy? Das überleg dir gut, Junge!"

„Ich will nicht allein gehen, mein Freund. Ich habe dich bitter nötig. Aber Christus wird bei mir sein."

„Du brauchst außerdem eine Legion Engel, von der Rüstung ganz zu schweigen!"

„Du mußt für mich beten."

„Natürlich, aber die Sache gefällt mir nicht. Ich glaube, du solltest warten."

„Es gibt vielleicht keine andere Gelegenheit. Das ist der Augenblick, den die Vorsehung herbeigeführt hat."

„Kann sein. Aber irgendetwas ist faul an der Sache. Vielleicht will der Feind, daß du allein in den Rachen des Löwen gehst."

„Ich werde nicht allein sein."

Wieder übermannte ihn der Schmerz, und er fing erneut an zu würgen. Eine Krankenschwester kam mit Flaschen und Schläuchen und setzte eine Kanüle am Arm. Billy drehte den Kopf zur Wand, während sie in die Vene stach.

„Bin kein Märtyrer. Billy haßt Schmerz!"

„Es wird Ihnen bald besser gehen", sagte die Schwester.

„Konntest du etwas schlafen?", erkundigte sich Billy.

„So gut wie gar nicht."

„Hab ich mir gedacht. Du siehst so aus, wie ich mich fühle. Warum fährst du nicht ins Bootshaus zurück und versuchst nochmals zu schlafen? Es ist drei Uhr. Ein paar Stunden sind noch drin, bevor sie dich zur Marina bringen. Von diesen drei Stunden könnte die Zukunft der Welt abhängen. „Au, au, au!" Billy hielt sich den Bauch. „Billy will heim!"

„Ich kann dich doch nicht so hierlassen."

„Und ob du das kannst. Ich stehe über dir. Ich bin ein Monsignore und du bist ein kleiner Mönch. Heiliger Gehorsam, du weißt schon. Also mach dich auf die Socken!"

Elijah gehorchte und fuhr zurück zum Bootshaus. Aber er konnte nicht schlafen, er lag im Bett, starrte an die Decke und lauschte auf die ersten Vogelstimmen. Er stand auf und betete die Laudes, Beten im Glauben, ganz ohne geistlichen Trost. Wollte der Herr, daß er sich, übermüdet und geschwächt, mutterseelenallein in die Höhle des Löwen begab? Sollte er im reinen Glauben vorwärtsgehen, im Bewußtsein seiner Schwäche?

„Mein Erlöser", flüsterte er, „ich bitte dich nicht um menschliche Stärke. Aber ich bitte dich um die Gnade, daß ich nur das zu ihm sage, was du von mir willst. Gib mir ein lauteres Herz. Gürte mich mit Wahrheit. Gib mir die Rüstung des Glaubens. Beschütze meine Seele vor den Mächten und Gewalten, die diesen Mann beherrschen, auch vor jenen, von denen er selbst nichts weiß. Gewähre mir das Schwert des Geistes, daß die Worte meines Mundes die Gedanken seines Herzens bewegen mögen, daß er nicht länger auf seiten Deines Feindes kämpft, sondern die Gerechtigkeit in ihm aufgerichtet wird. Zur Ehre des Lammes!"

Stille erfüllte ihn, der Friede des Armen, der Trost der Erwählten. Er kniete am Fußende des Bettes und hielt den Holzsplitter Don Matteos in der Hand, als wäre es der einzige Anker im kosmischen Karussell. So verharrte er reglos, bis es hell wurde.

Er rief im Krankenhaus an. Der diensthabende Arzt sagte, sein Zustand sei stabil, der Patient schlafe. Er sei noch nicht über den Berg, aber der Zustand sei nicht kritisch. Man müsse Geduld haben. Elijah solle am Abend wieder anrufen. Der Patient könne dann Besuch empfangen.

Er bat den Arzt, Billy zu sagen, daß er auf dem Weg nach Capri sei und am späten Nachmittag zurückkäme, falls nichts Unvorhergesehenes geschehe. Er würde am frühen Abend ins Krankenhaus kommen.

Robertos Frau machte ihm ein üppiges Frühstück mit gebratenen Würstchen und Rührei. Trotz ihres Protests frühstückte er nicht im Speisezimmer, sondern in der Eßecke der Küche. Während sie ihm Kaffee nachschenkte, murmelte sie „armer Signore Stangsby". Sie schlug sich auf die Brust und flehte laut, daß doch hoffentlich nicht ihr Schokoladenkuchen daran schuld sei. Sie fragte, wo sie zuvor zu Abend gegessen hätten. „Da haben wir's", rief sie Hände ringend. „Diese kleinen Restaurants achten nicht auf die Hitze. Letztes Jahr sind zwei Touristen an Fischvergiftung gestorben. Und jetzt das!"

„Wir haben beide dasselbe gegessen", sagte Elijah, „Lasagne."

Sie zuckte mit den Achseln. „Vielleicht haben Sie einen stärkeren Magen."

„Wenn irgendjemand einen starken Magen hat, dann ist es Signore Stangsby."

„*Allora!*" Sie zuckte die Schultern, seufzte und murmelte etwas vor sich hin.

Roberto steckte den Kopf durch die Tür und sagte, die Marina erwarte ihn in einer Stunde. Der Empfangssekretär habe angerufen und gesagt, der Präsident hoffe ihn zwischen neun und zehn Uhr zu sehen.

Elijah lenkte den Jaguar die Kurven der Auffahrt hinunter zur Hauptstraße. Er folgte Roberto, der einen gelben Landrover steuerte, als wollte er den Grand Prix gewinnen. Fünf Minuten später bogen sie in eine Privatstraße ein, die zum Hafen führte. Unten lag eine Motorjacht neben der Mole, die sich mit dem Auf und Ab der Wellen hob und senkte.

Roberto winkte, drückte auf die Hupe und brauste den Berg hinauf.

Die Schiffsbesatzung kam ihm auf dem Parkplatz entgegen. Der Kapitän, ein älterer Mann mit rot gefärbten Haaren, begrüßte ihn höflich und stellte ihm den zweiten Steuermann vor, einen Mann von ungefähr dreißig Jahren, den man sich besser als Angestellten eines Familienunternehmens in Sizilien vorstellen konnte.

„Mein Schwiegersohn", erläuterte der Kapitän.

Keiner der beiden würdigte ihn eines zweiten Blickes. Sie gingen sofort an Bord, lösten die Leinen, und schon sprangen die Motoren an. Innerhalb von Sekunden donnerten sie mit voller Geschwindigkeit über das blaue Wasser. Elijah saß im Heck und genoß den Wind und die salzige Gischt.

Das Boot zog eine leichte Kurve nach rechts, und schon tauchte ein massives Felsenkliff vor ihnen auf.

Der Kapitän kam nach hinten und rief Elijah zu: „Isola di Capri! Wir sind gleich da. Dort oben, das ist der Monte Tiberio. Das weiße Gebäude ist der Palazzo des Präsidenten. Daneben ist der Palast des Tiberius, die Villa Jovis. Der alte Kaiser ließ Leute, die ihm nicht paßten, von dieser Klippe stürzen."

Der Kapitän lachte schallend, ging zur Kajüte zurück und übernahm das Ruder. Kurz darauf legte das Boot an. Der zweite Offizier machte es an den Böllern fest und winkte Elijah an Land.

Er führte ihn auf einen Landeplatz. Dort stand ein schlanker, roter Hubschrauber, der die Motoren warmlaufen ließ.

Er war Elijah beim Einsteigen behilflich und nickte dem Piloten zu. Die Motoren brausten auf, und im nächsten Augenblick hob sich die Maschine reibungslos wie ein Fahrstuhl in die Höhe, nahm Kurs auf Monte Tiberio, und wenige Minuten später landete Elijah in unmittelbarer Nähe des Palazzos. Es war so hell, daß er seine Augen schützen mußte. Er hörte den Hubschrauber abheben und versuchte sich zu orientieren.

„Professor Schäfer, willkommen", sagte eine Stimme. Eine Hand schüttelte die seine, faßte ihn am Ellbogen und führte ihn vom Landeplatz weg zu einem Gebäude, das große Ähnlichkeit mit dem Bootshaus in Salerno hatte. Er stellte sich als Empfangssekretär vor, ein Mann um die sechzig, penibel, aber bequem gekleidet. Er sah aus, als wäre er der Manager eines internationalen Unternehmens. Wie Roberto war er gelassen, freundlich, von vollendeter Höflichkeit und immer bereit zu lächeln.

„Bitte, Sir, treten Sie ein. Im Empfangsgebäude ist es wesentlich kühler. Sie können sich frisch machen, wenn Sie wünschen. Ich werde Ihnen Tee servieren lassen – mit Zitrone ohne Zucker, nicht wahr?

„Korrekt", sagte Elijah, „woher wissen Sie das?"

Der Sekretär lächelte nur und geleitete ihn durch einen Glaskorridor in einen halbkreisförmigen Raum mit Blick auf den Golf von Neapel im Norden und auf den Golf von Salerno im Osten. Die Rückwand war mit Rosenholz getäfelt. Tief unten zogen Motorboote weiße Linien ins tiefblaue Meer.

„Der Präsident wird um 9.30 Uhr zu Ihrer Verfügung stehen. Er freut sich, Sie im *studiolo*, der Privatbibliothek seiner Residenz empfangen zu dürfen. Er besitzt eine außergewöhnliche Sammlung alter Dokumente. Viele sind, wie Sie feststellen werden, Unikate. Beim Cordoba-Codex handelt es sich zum Beispiel um die einzige existierende Abschrift einer Handschrift des Aristoteles, von der man lange glaubte, sie sei dem großen Brand von Alexandrien zum Opfer gefallen. Da Sie Archäologe sind, wissen Sie die Bedeutung dieser Entdeckung sicherlich zu schätzen."

„Das ist eine erstaunliche Neuigkeit", sagte Elijah erregt. „Welches der verlorenen Bücher ist gefunden worden?"

„Ich will es dem Präsidenten überlassen, diese Frage zu beantworten. Archäologie ist eine seiner großen Leidenschaften, und es macht ihm große Freude, andere persönlich an den Entdeckungen teilhaben zu lassen, die seine Altertumsstiftung möglich macht."

„Hochinteressant", sagte Elijah.

„Bitte machen Sie es sich bequem, bis ich zurück bin. Dann gehen wir direkt in die Residenz."

Er ließ seinen Blick über den Horizont streifen. Wilde Rosen umsäumten die Fenster, Möwen glitten durch die Luft. Ein Bronzepferd lud mit seinen glatten Formen die Hand dazu ein, es zu streicheln. Elijah trank den Tee in kleinen Schlucken und genoß das erlesene Ambiente.

Ab und zu gab es ihm einen Stich ins Herz, wenn er sich klar machte, wem er in Kürze gegenüberstehen würde. Vermutlich dem mächtigsten Gegner, mit dem es die Kirche je zu tun hatte. Es war ein Gefühl von milder Angst, gemischt mit Neugierde, ja sogar – zu seiner eigenen Überraschung – einer gewissen Vorfreude. Als er das bemerkte, begann er sofort zu beten. Er mußte auf der Hut sein. Hatte er sich durch die Kombination von der Erschöpfung, den Sorgen um Billys Gesundheit und die verführerische Umgebung einschläfern lassen?

Er rief sich zur Ordnung und wurde sich seines Auftrages wieder ganz bewußt. Der Geist des Gebetes verdrängte das Empfinden lauernder Schatten. In diesem Zustand blieb er einige Minuten, bis der Sekretär zurückkam und verkündete: „Er ist bereit. Bitte kommen Sie, Professor Schäfer."

Man führte ihn durch Ziergärten einen mit Glas überdeckten Weg entlang, hinüber zu einem größeren Gebäude, das im Design dem Besucher-Pavillon ähnelte. Sie gingen durch zwei Sicherheitschecks und betraten eine Eingangshalle, die sich zu einem Salon mit hoher gewölbter Decke öffnete. Der Raum war fast kreisrund mit Glasfenstern vom Boden bis zur Decke. Die Luft war kühl und duftete leicht nach Jasmin. Elijah hatte keine Zeit, die Kunstwerke zu würdigen, denn der Sekretär komplimentierte ihn mit ausholender Geste und breitem Lächeln in das angrenzende Zimmer. „Elijah Schäfer, Sir."

Ein großer Herr mit silbrigem Haar erhob sich aus einem Lehnstuhl und schritt ihm mit ausgestreckter Hand entgegen. Er trug einen cremefarbenen Sommeranzug, darunter ein dunkelblaues Polohemd und weinrote Slipper. Sein markantes Gesicht war ernst und freundlich. Es strahlte Offenheit aus. Sein Händedruck war warm und fest.

„Pater Schäfer, was für eine Freude", begrüßte er ihn mit tiefer, sonorer Stimme.

„Herr Präsident, ich darf Ihnen Grüße von Seiner Heiligkeit überbringen mit den besten Wünschen für Ihre Gesundheit."

„Bitte richten Sie Seiner Heiligkeit meinen Dank aus und meine wärmsten Empfehlungen."

„Er hat mir aufgetragen, Ihnen zu sagen, wie dankbar er für Ihren Einsatz für den Weltfrieden ist, und versichert Sie Seiner Gebete."

„Das ist sehr gütig. Bitte überbringen Sie Seiner Heiligkeit meinen Dank und meine hohe Wertschätzung."

Er nahm seine Lesebrille ab, schaute Elijah in die Augen und lächelte.

„Nachdem wir nun die Formalitäten erledigt haben, wollen wir es uns bequem machen."

Er führte Elijah zu einem schweren Ledersessel mit Blick aufs Meer. Der Präsident nahm ihm gegenüber Platz, schlug die Beine übereinander und musterte Elijahs Erscheinung.

„Sie haben es vorgezogen, in Zivil zu reisen?"

„Auf Bitten des Heiligen Stuhls. Der Heilige Stuhl wäre dankbar für eine gewisse Formlosigkeit und Diskretion über unsere Begegnung."

„Aber gerne", sagte der Präsident. „Ich kenne Ihren Kardinalstaatssekretär recht gut, wenn auch nur durch den Ruf, der ihm vorauseilt. Wie ich höre, hat er ein hervorragendes Urteil über politische Hintergründe."

„Ich bin sicher, daß er zu jenen gehört, die Ihre Bemühungen um den Frieden zwischen den Nationen begrüßen. Aber bedauerlicherweise herrscht in der gegenwärtigen Welt sehr viel Verwirrung. Die Kirche ist alt. Sie hat den Aufstieg und den Fall von Zivilisationen gesehen. Sie muß Vorsicht walten lassen."

„Durchaus verständlich. Auch wir müssen gegenüber Regierungen und Bewegungen Vorsicht walten lassen. Nicht alle Menschen dieser Welt teilen die Ideale, nach denen wir beide streben."

„Es freut mich, daß Sie an unserem Ansatz keinerlei Anstoß nehmen."

„Wir befinden uns erst am Beginn unserer Beziehungen, von denen ich hoffe, daß sie sich zu einer Freundschaft zwischen unserer Regierung und der Ihren entwickelt. Ihre Vorsicht erhöht nur meinen Respekt für Ihren Papst und die Kirche."

In diesem Augenblick trat der Sekretär ein, so daß eine Antwort nicht möglich war. Er bat darum, den Präsidenten unter vier Augen sprechen zu dürfen. Er entschuldigte sich und verließ den Raum. Elijah sah sich um. Die Wände waren mit Büchern bedeckt, sicherlich einige Tausend Bände. In eingebauten Glasvitrinen befanden sich alte Münzen, Amphoren, Keramik und römische Bronzen.

„Wie ich sehe, bewundern Sie meine Sammlung", sagte der Präsident, als er zurückkam. „Diese Stücke wurden bei der Rekonstruktion der Villa Jovis ausgegraben. Sie stammen aus dem ersten Jahrhundert, höchstwahrscheinlich aus den Jahren, als Tiberius das Reich von genau diesem Ort aus regierte."

„Der Platz vibriert nur so von Geschichte."

„In der Tat eine Flut von Geschichte."

„Wenn ich mich recht erinnere, war Tiberius einer der blutigsten Tyrannen Roms?"

„Das ist der Mythos, der sich um ihn gebildet hat. Neueste Forschungen zeigen, daß ihn die frühe Kirche in Verruf gebracht haben könnte in ihrem Bestreben, die Stellung der Religion gegenüber dem Staat zu stärken. In den letzten sechzig Jahren ist man ihm eher gerecht geworden. Bei den heutigen Gelehrten überwiegt die Sicht, Tiberius sei ein pflichtbewußter Herrscher gewesen, klug, gerecht und unabhängig. Wußten Sie, daß er in den letzten zehn Jahren seines Lebens Capri nicht verlassen hat?"

„Das ist nur allzu verständlich. Capri ist eine bezaubernde Insel."

„Hinzukommt, daß Rom eine Intrigenküche war."

„Dieses Anwesen mit seinen Gärten muß Ihnen große Genugtuung bereiten."

„Es ist eine Insel des Friedens in einem Meer von Schwierigkeiten. Die Welt hat sich seit den Zeiten des Tiberius nicht viel verändert."

„Ganz meine Meinung. Die menschliche Natur ändert sich wenig von einem Zeitalter zum nächsten."

„Der Grund ist, daß der Mensch bisher nicht die Möglichkeit hatte, die Ursachen seiner Angst zu beseitigen. Krieg, Gier, Angst, Hass – entspringen sie nicht alle aus der Ungleichheit unter den Menschen? Wie kann jemand in Frieden sein, der kaum genug zu essen hat, wenn sein Nachbar wie …"

„… ein römischer Kaiser lebt?"

„Genau", sagte der Präsident. Er ließ seinen Blick durch den Raum schweifen. „Alle Leute sollten so leben können. Und irgendwann werden sie das auch tun. In der Zwischenzeit haben einige das Privileg vorauszugehen. Wir schaffen ein neues Paradigma, ein Modell des Menschen des New Age."

„Sir, es sieht nicht so aus, als würde der Mensch in ein neues Zeitalter eintreten. Die Verbrechen des letzten Jahrhunderts sind unübertroffen. Wenn es nicht in vielen Nationen zu einem Gesinnungswandel kommt, müssen wir auf entsetzliche Entwicklungen gefaßt sein."

„Richtig, sofern es nicht, wie Sie sagen, zu einem Gesinnungswandel kommt. Genau für diesen Bewußtseinswandel arbeiten wir. Wir nähern uns einem Omegapunkt in der Geschichte. Während dieser Phase droht alles, was in der menschlichen Natur deformiert ist, hervorzubrechen und die Zivilisation in den Abgrund zu reißen. Diese schreckliche Möglichkeit tut sich genau dann auf, wenn das Beste im Menschen für einen Quantensprung vorbereitet wird. Wir dürfen nicht zulassen, daß die atavistischen Instinkte im Menschen den Durchbruch zur nächsten Stufe der Evolution verhindern."

Der Sekretär betrat das Zimmer mit einer Schatulle, die mit grünem Leder bezogen war, und stellte sie auf den Couchtisch vor dem Präsidenten. Er öffnete sie und stellte ein ockerfarbenes Tongefäß mit breiter Öffnung auf den Tisch.

„Bitte, Pater Schäfer, ich habe hier ein Geschenk für Seine Heiligkeit. Würden Sie es in Seinem Namen annehmen?"

„Es ist mir eine Ehre, Sir."

„Kommen Sie, schauen Sie es sich an. Es ist eine Kostbarkeit von unschätzbarem Wert. Ich übergebe dieses einzigartige Erbe der menschlichen Gemeinschaft in die Obhut der Kirche."

Aus dem Tongefäß entnahm er eine Pergamentrolle.

„Es ist der letzte Dialog des Aristoteles: *Über die Gerechtigkeit*."

Elijahs Herz schlug schneller.

„Herr Präsident, wie außerordentlich!"

„Ich hoffe, daß die Kirche dieses Geschenk als Zeichen unseres guten Willens annehmen wird."

„Im Namen der Kirche danke ich Ihnen, Sir. Ich weiß, daß es ein besonderer Schatz in der vatikanischen Bibliothek sein wird."

„Es ist ein unbezahlbares Kulturobjekt. Aber es hat einen noch größeren akademischen Wert – ein Eckstein in der Geschichte des menschlichen Denkens. Lange hatte man geglaubt, dieses verloren gegangene Buch habe Ähnlichkeit mit Platons *Staat*. Darin wird über die Gerechtigkeit diskutiert, und so heißt ja auch der Untertitel dieses Werkes: *Über die Gerechtigkeit*."

„Wollen Sie sagen, daß dieses Werk eines der großen Bücher des westlichen Abendlandes ist – aber ein unbekanntes?"

„Es wird bald allgemein bekannt sein. Es erfüllt unsere kühnsten Hoffnungen. In manchen Aspekten übertrifft es an Großartigkeit der Vision sogar Plato."

„Das ist unglaublich. Wie können wir ihnen danken?"

„Es gibt keinen Grund zu danken. Es ist ein Unterpfand meines Engagements für unsere gemeinsamen Werte."

Die beiden Männer setzten sich wieder.

„Darf ich fragen, wie es entdeckt wurde?"

„Vielleicht ist Ihnen bekannt, daß ich ein Liebhaber von Antiquitäten bin – nicht mehr als ein Amateur, wohlgemerkt. Meine Stiftung für die Entwicklung der Archäologie hat früh erkannt, daß viele der großen verlorenen Werke der Welt in Wirklichkeit in irgendwelchen Nischen von bibliophilen Ignoranten, die an überholten Philosophien festhalten, eifersüchtig gehütet werden. Nach meiner Theorie mußten wir auf der historischen Spur untergegangener Zivilisationen fündig werden.

Nehmen Sie zum Beispiel diesen Kodex. Ich wußte, daß Cordoba im elften Jahrhundert das Zentrum arabischer Gelehrsamkeit war und daß dazu das Studium aristotelischer Abhandlungen gehörte, insbesondere jener Werke, die sich mit Psychologie, Physik und Metaphysik befaßten. Ich entdeckte außerdem, daß die Tradition des Aristoteles bei den Syrern überlebt hatte, und spekulierte, daß die Araber das Buch in ihren Besitz gebracht haben könnten, als sie Syrien im elften Jahrhundert besiegten. Das hätte bedeutet, daß die Bücher nicht im Großen Feuer verbrannt sind, sondern damals oder schon in einer früheren Periode gerettet worden waren. Daß sie später verschwanden, beruhte auf der Notwendigkeit, sie vor Fundamentalisten, sowohl islamischer wie christlicher Couleur, zu verstecken.

Dann erkannte ich, daß die großen Kommentatoren des Aristoteles, insbesondere Ibn Rushd, bekannt als Averroes, der 1198 im arabischen Spanien starb, den Meister in einer Tiefe verstanden, die dem lateinischen Westen mangelte. Ihre Exegese muß auf arabischen Versionen der Werke des Aristoteles gründen, die ihrerseits auf syrischen Versionen des originalen Textes beruhten. Der Rest war schlichte Detektivarbeit. In einer versiegelten Krypta eines heute verlassenen Klosters, das einst eine maurische Moschee gewesen war, fand ich einen geheimen Aufbewahrungsort der Kodizes. Es ist klar, daß die Mönche, nicht die Araber, diese kostbaren Werke vor den Kirchenautoritäten verbargen, denn die Interpretation aristotelischen Denkens durch die Averroëisten wurde für eine gefährliche Irrlehre gehalten.

Unter diesen Kodizes befand sich das verlorene Buch zusammen mit einigen anderen, bis dahin unbekannten Werken alter Philosophen. Die Araber hatten die Bücher in das bergige Wüstengebiet Spaniens gebracht. Aus Gründen, die zu den Geheimnissen der Geschichte gehören, gelangte die Sammlung in die Hände christlicher Mönche, die ihrerseits wieder dafür sorgten, daß dieser Wissensschatz dem Vergessen anheimfiel."

„Herr Präsident, soweit mein begrenztes Wissen von Aristoteles reicht, besteht die allgemeine Auffassung darin, daß die im Westen bekannten Werke über Konstantinopel zu uns gekommen sind."

„Das ist korrekt", sagte der Präsident mit nachdenklich geneigtem Kopf. „Aber die Übersetzungen von westlichen Gelehrten interpretierten den Text in einem spezifisch lateinischen Geist. Das hat, um das mindeste zu sagen, die Absicht des Aristoteles verändert. Die Entdeckungen im maurischen Spanien werden, so glaube ich, ein gesundes Gegengewicht zum exzessiven Rationalismus des Westens darstellen. Aus diesen neuen Büchern atmet die Seele des mystischen Ostens, aber in einem Geist, der sowohl den Westen wie den Osten transzendiert. Die Entdeckung wird einen Meilenstein in der Ideengeschichte sein."

„Seine Bedeutung kann gar nicht hoch genug eingeschätzt werden. Ich weiß, daß der Vatikan von Ihrer Großzügigkeit überwältigt sein wird."

„Dann bin ich zufrieden."

„Sir", sagte Elijah und öffnete seinen Aktenkoffer, „auch ich bringe ein Geschenk. Seine Heiligkeit weiß um Ihre Liebe zur Archäologie und Geschichte. Er hat gebeten, Ihnen den Bericht der Päpstlichen Kommission für biblische Archäologie zu überbringen, der sich mit den Funden in Ephesus und in den neu entdeckten Höhlen am Toten Meer befaßt."

„Aha! Ja, ich habe darüber gelesen – auch Ihre Artikel zu diesem Thema. Sehr beeindruckend!"

Der Präsident nahm den in rotes Leder gebundenen Folianten, blätterte durch die Seiten und legte ihn achtsam auf den Tisch.

„Pater Schäfer, Sie müssen Seiner Heiligkeit persönlich meinen Dank überbringen und ihm sagen, daß ich diese Geste der Höflichkeit sehr schätze. Ich sehe in ihr einen ersten Schritt zu einem offenen Dialog."

„Seine Heiligkeit wünscht diesen Dialog sehr. Darüber hinaus darf ich Ihnen seine wärmste persönliche Einladung zu einem Treffen mit ihm überbringen zum frühestmöglichen Zeitpunkt. Er bittet Sie um Ihren Vorschlag, welcher Ort für die Begegnung in Frage kommt. Seine erste Wahl wäre der Vatikan oder die Sommerresidenz Castel Gandolfo."

Der Blick des Präsidenten verdunkelte sich und schweifte in die Ferne. Er schien sich einen Augenblick lang in Gedanken zu verlieren, atmete dann scharf ein und richtete sich im Sessel auf.

„Das ist eine willkommene Einladung. Der Dialog muß zweifellos fortgesetzt werden. Jedoch bin ich sicher, daß Seine Heiligkeit ermessen kann, welch immense Last der Verantwortung ich gegenwärtig trage. Das Europaparlament befindet sich in Schwierigkeiten, die Weltwirtschaft ist bedrohlich instabil, die Vereinten Nationen senden mich hierhin und dorthin, um zwischen verschiedenen Kriegsparteien den Streit beizulegen. Diesen Morgen, um nur ein Beispiel zu nennen, baten mich die Japaner, in ihrem Handelskrieg mit den Amerikanern zu vermitteln. Gegenwärtig ist es schwierig, auch nur einen halben Tag zu finden, an dem persönliche Interessen verfolgt werden können. Ich gehe doch richtig in der Annahme, daß dies der Vorschlag Seiner Heiligkeit ist – eine persönliche Begegnung, nicht ein Staatsbesuch?"

„Genau dies."

„Dann bedauere ich es doppelt. Leider ist es zu diesem Zeitpunkt nicht möglich."

„Sir, ich bin sicher, daß er dem Tag mit Freude entgegensieht, an dem es möglich sein wird."

Ein Lächeln legte sich über das Gesicht des Präsidenten. „Man hört gelegentlich, der Papst sei ein Gefangener des Vatikans. Bitte sagen Sie ihm, daß auch ich ein Gefangener bin – ein Gefangener der Zivilisation."

Elijah suchte nach einer Möglichkeit, wie er die Unterhaltung wieder in Gang bringen und auf das Ziel hinlenken könnte, einen fortlaufenden Dialog zu etablieren.

„Es gibt eine Alternative", sagte der Präsident.

„Sir?"

„Es wäre uns eine Ehre, wenn der Heilige Vater eine Einladung nach Capri in Erwägung ziehen wollte. Sollte er zustimmen, so würde ich meinen Hubschrauber zum Vatikan schicken, ihn für eine informelle Begegnung hierher bringen und sicher nach Sankt Peter zurückfliegen, alles innerhalb weniger Stunden. Ich habe nächste Woche eine freie Stunde in meinem Terminplan, eines jener seltenen Mittagessen, für das noch kein Gast vorgesehen ist."

Der Präsident blickte Elijah erwartungsvoll an.

„Bedauerlicherweise ist das nicht möglich, da seine Reise in den Fernen Osten bevorsteht. Nächste Woche wird er in Japan und Korea sein."

„Aber natürlich! Ich hatte es vergessen. Bitte verzeihen Sie, mein Gehirn muß einfach zu viele Informationen aufnehmen. Vielleicht irgendwann in der Zukunft, an einem Ort und zu einer Zeit, die für beide Seiten angenehm sind ..."

„Ich bin sicher, daß Seine Heiligkeit das in Betracht ziehen wird."

„Sehr gut. Wir bleiben in Kontakt."

Der Präsident erhob sich und streckte seine Hand aus.

„Pater Elijah, unsere kleine Unterhaltung war mir eine Freude. Vielleicht werden wir uns einmal wieder treffen."

„Das hoffe ich, Sir."

„Es wird Sie überraschen, daß ich Ihre Karriere seit einigen Jahren verfolge. Kommen Sie, ich begleite Sie zum Hubschrauber. Dann können wir noch ein wenig sprechen."

„Meine Karriere ist die jedes Karmeliten, im verborgenen Leben begraben zu sein."

Der Präsident lächelte vielsagend. Die Sicherheitskräfte nahmen Haltung an und verneigten sich leicht, als die beiden Männer durch die Kontrollpunkte gingen.

„Ich wäre erschüttert, wenn es anders wäre", sagte der Präsident. „Aber Ihr Leben vor Ihrer Konversion zum Katholizismus war ja keineswegs verborgen. Ihre politische Karriere trug zu gewissen Zeiten alle Anzeichen einer großen Zukunft. Es ist meiner Aufmerksamkeit nicht entgangen, daß Sie, wenn Sie einen anderen Lebensweg gewählt hätten, nun an meiner Stelle stehen könnten, in der Position maximalen Einflusses. Wieviel Gutes hätten Sie im *parlement des nations* für die Menschheit erwirken können!"

„Das Leben ist geheimnisvoll und nimmt sonderbare Wendungen", sagte Elijah.

„Wie viel Gutes!“, wiederholte der Präsident halblaut.

„Gott allein sieht alles. Ich glaube, daß er durch mein Leben als Mönch auf andere Weise Gutes bewirkt.“

„Und dennoch: was für ein Verlust!“

„Ich glaube, daß Sie meine Bedeutung übertreiben, Sir.“

„Nein“, sagte der Präsident mit Bestimmtheit und schüttelte den Kopf. „Nein, das tue ich nicht. Sie sind ein außerordentlicher Mensch. Mit zwölf Jahren waren Sie ein *zaddik*.“

„Nein“, sagte Elijah entsetzt, „ich war nie ein *zaddik*.“

„Nein? Dann wollen wir Ihrer Bescheidenheit zuliebe sagen, daß Sie nie ein Heiliger waren, sondern ein weises Kind. Ist das annehmbar?“

„Es ist nicht zutreffend.“

„Können wir wenigstens darin übereinstimmen, daß Sie mit dreizehn Jahren ein talmudisches Wunderkind waren? Sie führten eine gelehrte Korrespondenz mit dem großen Debrova Rev, als die Nazis Polen überfielen. Das können sie nicht leugnen“, sagte der Präsident amüsiert. „Spuren dieser Begabung ziehen sich durch Ihre Artikel.“

„Woher wissen Sie das alles?“

Der Präsident antwortete nicht. Er schaute Elijah mit Wärme und Respekt in die Augen. Einen Augenblick lang verschwamm alles im Kopf von Elijah. Er fühlte sich verwirrt und erhoben durch das Lob, eine merkwürdige Gefühlsmischung: Freude und Angst zur gleichen Zeit.

„Ich habe auch von Ihrer Arbeit für die Regierung von Israel gelesen. Ihre Dossiers über Eichmann waren hervorragend. Ihre Karriere als Staatsanwalt für Kriegsverbrecher war vielversprechend, um das Mindeste zu sagen. Ihr Aufstieg in der Partei, Ihre Reden bei internationalen Kongressen. Auf dieses Fundament hätte ein großes Werk aufgebaut werden können.“

„Ich war ein tönernes Gefäß mit idealistischen Leidenschaften; ich habe sie nur ausgelebt, um meine Leere zu füllen.“

„Sie wurden sehr bewundert.“

„Und sehr gehaßt.“

„Das auch. Ja, das ist ein Teil der Last der Vorsehung. Jene, die Geschichte machen, müssen sich damit abfinden, daß sie von ihren Zeitgenossen mißverstanden werden.“

„Ich habe etwas viel Größeres gefunden.“

In diesem Moment wurde die Aufmerksamkeit des Präsidenten durch die Landung eines zweiten Hubschraubers abgelenkt, eine dunkelblaue, zweisitzige Maschine. Ein Sicherheitsmann rannte über den Platz und schrie dem Piloten etwas zu.

Elijah konnte ein paar Worte aufschnappen.

„Sie sind eine Stunde zu früh! Das ist nicht nach Plan!"

„Sorry! Aber er sagte, es sei oberste Priorität", rief der Pilot durchs Fenster und deutete auf seinen Passagier.

Ein Mann in schwarzem Anzug, weißem Hemd und schwarzer Krawatte kletterte aus dem Hubschrauber und ging auf den Eingang zu. Der Sicherheitsmann trat zu ihm, verbeugte sich und sprach schnell auf ihn ein. Der Mann ignorierte ihn und ging weiter zum Foyer. Als er den Präsidenten sah, blieb er abrupt stehen.

„Ich bitte vielmals um Verzeihung. Mir ist bewußt, daß ich zu früh bin, aber es ist überaus dringend ..." Er musterte Elijah mit unfreundlicher Neugierde.

„Lassen Sie uns darüber im Arbeitszimmer sprechen", sagte der Präsident mit Bestimmtheit.

Der Besucher nickte kühl und hielt den Aktenkoffer fest umklammert.

„Ich muß mich von Ihnen verabschieden, mein Freund", sagte der Präsident, indem er sich Elijah zuwandte. „Ich hoffe, daß wir uns bald wieder begegnen werden."

Sie schüttelten sich noch einmal die Hand. Ohne ein weiteres Wort ging der Präsident zu seinem neuen Besucher hinüber und betrat mit ihm die Residenz.

Elijah starrte ihnen nach und suchte fieberhaft, woher er das Gesicht kannte. Dann kam es ihm: es war der Mann aus seinem Traum, das Gesicht, das er in Billys Wohnung gesehen hatte.

* * *

„Nun, wie war Mister Big?", fragte Billy, der mit einem Grinsen in seinem Bett saß.

Eine Krankenschwester erinnerte Elijah daran, daß Monsignore Stangsby noch nicht über den Berg sei und Ruhe brauche.

„Sie dürfen fünf Minuten bleiben", sagte sie, „fünf Minuten und kein bißchen länger."

Billy war gräßlich blaß, seine Augen lagen tief in den Höhlen, aber der Humor blitzte schon wieder auf, als hätte er den Todesengel zum Narren gehalten.

„Du wirst es nicht glauben, aber ‚Mister Big', wie du ihn nennst, war durchaus sympathisch, keineswegs einschüchternd. Ich muß sagen, ich war beeindruckt von ihm."

„Beeindruckt? Das beunruhigt mich, Davy."

„Nicht nötig. Ich war mir der Gefahr bewußt. Der spirituelle Angriff war subtil, aber sehr mächtig. Ich spürte an bestimmten Punkten, daß etwas Unsichtbares meinen Geist beugen wollte. Er schmeichelt, aber auf eine Weise, daß man sich wirklich geachtet fühlt. Er strahlt Aufrichtigkeit aus."

„Jetzt bin ich wirklich beunruhigt. Was hat er gesagt?"

„Er sagte, er hoffe, daß wir für den Weltfrieden zusammenarbeiten. Er war für einen fortlaufenden Dialog mit dem Vatikan offen. Es war ein erster protokollarischer Austausch."

„Nichts Spannendes?"

„Er machte uns ein Geschenk, das er für etwas Außerordentliches hält. Ein Originalmanuskript eines bislang verschollenen Werks des Aristoteles *Über die Gerechtigkeit*."

„Zu intellektuell für mich. Tut mir leid, wenn ich darüber nicht in Begeisterung ausbrechen kann. Jetzt erzähl mir die Einzelheiten. Hatte er ein schwarzes Cape und waren seine Schneidezähne nicht eine Spur länger als normal?"

„Leider muß ich dir sagen, daß er wie ein ganz normaler Mensch aussah."

„Wie enttäuschend! Wenn ich mit meinem Orkkiller da gewesen wäre, das kannst du mir glauben, ich hätte die Dämonen schon vertrieben."

„Sie waren durchaus präsent, aber sie hielten sich bedeckt."

„Hattest du keine Angst?"

„Am Anfang ein wenig. Aber es war nicht dieses scheußliche Gefühl, das man hat, wenn ein Besessener von einem bösen Geist befreit wird oder man haarscharf einer physischen Gefahr entronnen ist. Es war, als würde sich immer mehr Druck aufbauen, wie wenn sich schwarze Wolken zusammenziehen, der Sturm aber noch nicht losbricht. Der Mann war von einer solchen Wolke umgeben.“

„Jetzt wird's gespenstisch. Komm, erzähl mir mehr!“

„Die Wolke war unsichtbar. Der kommende Sturm war auch unsichtbar, aber am Rande des Bewußtseins war er doch immer da.“

„Also ist er doch ein finsterer Geselle.“

„Nein, von ihm persönlich kann man das nicht sagen. An seinem Charakter oder seinem Temperament waren die Anzeichen des Bösen nicht zu entdecken. Er strahlt eine bewunderungswürdige Festigkeit aus, eine freundliche, aber bestimmte Autorität. Es war schwer, die Unterhaltung auf das Ziel zu lenken, um das es dem Heiligen Vater geht – auf das Thema Bekehrung. Er hatte bei unserer Begegnung eindeutig das Heft in der Hand, aber ohne sich der üblichen Mechanismen der Kontrolle zu bedienen. Es war höchst interessant. Ich werde eine Weile brauchen, um herauszufinden, wie er das macht.“

„Mesmerismus?“

„Nichts dergleichen.“

„Hat er dir etwas ins Glas gemischt?“, erkundigte sich Billy.

„An meiner Tasse Tee – mehr habe ich nicht getrunken – war nichts zu beanstanden, keine Nachwirkungen.“

„Dann verstehe ich dich nicht, alter Junge. In deiner Stimme ist ein Zögern, als wäre etwas geschehen, was dann doch nicht geschehen ist. Etwas, das dich irritiert hat, aber es schien so nebensächlich, daß du es beiseite geschoben hast.“

„Ja, das kommt der Sache näher.“

„Deine bewußte Wahrnehmung ist die eine Seite, aber ich wette, dein Geist hat auf einer anderen Ebene Zeichen wahrgenommen; aber welche – das ist die Frage.“

„Vielleicht habe ich gespürt, daß ich es mit einem Meister der Manipulation zu tun hatte, einer, bei dem du dich wohlfühlst und jeden Verdacht verlierst, daß du gelenkt wirst. Er gibt dir das Gefühl von Verständnis, Ebenbürtigkeit, ja von Vertrautheit.“

„Und das war der Meister der Welt?“

Elijah nickte. „Es war eine Überraschung. Ich hätte wissen sollen, daß es so sein würde. Die Apokalypse ist kein Melodrama. Die eigene Zeit erscheint einem wie die *Idee* der Wirklichkeit, wie groß die Bedrängnis auch sein mag. Es ist so gut wie unmöglich, einen Standpunkt außerhalb zu gewinnen und sie in ihrem Wesen zu erkennen."

„Ich verstehe. Es ist *unsere* Welt. Andere Zeiten und Orte können nur im Intellekt oder in der Phantasie wahrgenommen werden."

„Genau. Die reale Apokalypse erscheint als Normalität, weil wir mittendrin sind."

Billy starrte auf seine Hände, die wie herabgefallene Blätter offen auf seinem Schoß lagen.

„Wo ist mein kleines Schwert?", sagte er mit schwacher Stimme. „Wo ist mein Stich?"

„Dein Stich?"

„Märchen. Hobbits, Orks ..."

„Ist alles in Ordnung, Billy?"

„Alles gut, alles gut", murmelte Billy und starrte immer noch auf seine leeren Hände.

„Was ist? Woran denkst du?"

„Ich denke, daß ich bei dir hätte sein sollen, Davy. Ich denke, daß es gefährlich ist, allein nach Mordor zu gehen. Dein Kopf könnte gebeugt werden."

„Ich verstehe nicht."

„Das mußt du auch nicht. Erzähl mir noch was. Wie war er denn wirklich?"

„Ich hatte ein Empfinden von Größe. Das Wort *Vorsehung* kommt mir in den Sinn. Es war nichts Anmaßendes oder Aufgeblasenes an ihm. Er hatte etwas Nobles, ja sogar Spirituelles an sich."

„Ich wette, daß er sogar ... demütig war", sagte Billy und schaute Elijah forschend an.

„Genau, du sagst es. Eine bestimmte Art von Demut. Ich war beeindruckt."

„Das hast du schon mal gesagt."

„Habe ich das?"

„Man möchte meinen, jemand wie er sei ein Egomane. Ich habe gelesen, daß ihn Leute, die ihn zum ersten Mal treffen und nicht wissen, wer er ist, für einen Professor an einem kleinen College in den Midlands halten. Man würde nie denken, daß er universal gebildet ist, viele Sprachen spricht, ungefähr sieben akademische Abschlüsse hat und wahrscheinlich den nächsten Friedensnobelpreis bekommen wird. Ganz zu schweigen von der Macht, die er auf sich vereinigt. Wie schafft es so jemand, nicht eingebildet zu werden?"

„Es heißt, er sei bescheiden."

„Ja, das habe ich auch gelesen. Vielleicht ist es wahr, vielleicht auch nicht. Glaubst du alles, was uns die Medien eintrichtern?"

„Natürlich nicht."

Billy fuhrt fort: „In seinen Vorträgen über Spiritualität soll er angeblich oft über die Demut sprechen als eine der großen Tugenden."

„Was sie zweifellos ist. Die grundlegende Tugend."

„Mir ist nicht wohl, wenn große Männer allzu viel über Demut sprechen."

„Und warum?"

„Sie erinnern mich ein ganz klein bißchen an Uriah Heep."

„Was für ein komischer Name! Wer ist Uriah Heep?"

„Eine Gestalt in einem Roman von Dickens. Er war immer demütig, ach so demütig, und am Schluß zeigte sich, daß er ein gerissener Halunke war."

An diesem Punkt mußten sie ihre Unterhaltung beenden, weil eine tyrannische Oberschwester das Zimmer betrat und Elijah befahl zu gehen.

„Mach dir keine Sorgen um mich, Davy. Ich nehme in ein paar Tagen den Zug nach Rom, wenn ich meine Strafe abgebüßt habe. Sag dem Chef, es täte mir leid, daß ich den Ball habe fallen lassen. Anfang nächster Woche bin ich wieder auf dem Posten. Und … Davy, es tut mir wirklich leid, daß ich dich wieder im Stich gelassen habe."

„Du hast mich nicht im Stich gelassen, Billy. Du bist ja nicht freiwillig krank geworden."

„Trotzdem hätte ich dieses Mal wirklich da sein müssen."

„Die Mission ist eingeläutet. Es ist nichts schiefgegangen."

„Hoffentlich hast du Recht. Dann also Gottes Segen und bis bald! Fort mit dir, alter Junge!"

VIII

Ein Unfall

Zurück in Rom rief Elijah das Staatssekretariat an. Nachdem er eine Befragung durch einen übereifrigen Beamten über sich hatte ergehen lassen, wurde er zum Kardinal durchgestellt. *Stato* wollte am Telefon keine Einzelheiten über seine Reise nach Capri hören und bat Elijah, am nächsten Morgen in den Vatikan zu kommen. Um zehn Uhr würde er ein Treffen mit dem Heiligen Vater arrangieren.

Elijah näherte sich den päpstlichen Räumlichkeiten mit einer Mischung aus Hochgefühl und Beklemmung, denn er konnte nichts anderes berichten, als daß seine Mission mißlungen war. Der Privatsekretär des Papstes öffnete eine hohe Eichentür, und Elijah trat ein.

„Pater Schäfer, Seine Heiligkeit", sagte der Sekretär und zog sich zurück.

Der alte Herr erhob sich von seinem Schreibtisch und ging mit ausgestreckter Hand auf ihn zu. Elijah beugte das Knie, um den Ring des Pontifex zu küssen. Wieder ließ der Papst das nicht zu, sondern umarmte ihn mit beiden Armen.

Er trat einen Schritt zurück und schaute dem Priester tief in die Augen. Ein besorgter Blick streifte sein Gesicht. Er faßte Elijah an den Schultern und fragte:

„Sind Sie bei dieser Begegnung verletzt worden?"

„Nicht daß ich wüßte. Natürlich bedrückt mich die Begegnung, aber er hat meinen Glauben nicht erschüttert."

„Vielleicht sind es Wunden, die sogar Ihnen selbst verborgen sind, mein Sohn."

Der Papst zog Elijah zum Fenster, und beide blickten schweigend auf den Petersplatz hinunter. Massen von Pilgern bewegten sich über den Platz.

„Pater Elijah, unser Gegenspieler ist raffiniert. Er schießt seine Pfeile tief ins Herz seines Gegners, so tief, daß sie fast unsichtbar sind."

„Was sind das für Pfeile?"

„Sie zielen auf den Punkt, an dem die größte menschliche Schwäche besteht. Ich kann die Seele nicht so klar erkennen wie Don Matteo, aber ich sehe doch, daß Sie in der Vergangenheit unter dieser großen Wunde gelitten haben, die der moderne Mensch in sich trägt."

„Und zwar?"

„Die Versuchung absoluter Verzweiflung."

„Es ist wahr, daß ich in der Vergangenheit damit zu kämpfen hatte, aber ich bin darüber hinweg."

„Auch dann, wenn der Trost Gottes nicht zu spüren ist? Auch in Zeiten der Trockenheit? Wenn Sie erschöpft sind, wenn all Ihre Opfer wenig oder keine Frucht hervorgebracht zu haben scheinen?"

„Auch dann. Aber es gibt Augenblicke, in denen ich um meine Frau und mein Kind trauere und meine ermordete Familie."

„Sie trauern mit dem Herzen eines Ehemanns und eines Vaters. Ich trauere auch."

„Sie, Heiliger Vater?"

„Ich trauere über den Zustand der Menschheit. Das Herz eines Vaters trauert. Die Liebe leidet, nicht wahr?"

„Manchmal leide ich, das gestehe ich. Aber das würde mich niemals in die Arme unseres Gegners treiben."

„Das glaube ich Ihnen. Aber ich muß Sie warnen, wie ich mich selbst täglich warne und wiederholt unsere Hirten: Kein Mensch kennt seine eigene Seele so gut, daß er vor den Ränken des Feindes sicher ist. Kein Mensch."

Die Sitzreihen vor dem Altar unten auf dem Platz füllten sich mit Menschen.

„Sie kommen schon früh", sagte der Papst. „Heute Nachmittag, wenn ich die Kanonisierung der neuen afrikanischen Märtyrer feiern werde, will ich über die Frage der Wachsamkeit sprechen. Die Presse sagt, dies sei eine politische Heiligsprechung. Das ist nicht der Fall. Jene, die als Opfer von Stammesfehden sterben, sind nicht gleichzusetzen mit jenen, die mit ihrem Tod für Christus Zeugnis gegeben haben. Die Fluchtmöglichkeit, die ihnen angeboten wurde, haben sie ausgeschlagen. Sie haben sich geweigert, den Glauben zu verleugnen. Priester, Bischöfe, Nonnen und die gläubigen Laien – all jene, die das Kreuz unter der heißen afrikanischen Sonne getragen haben – brachten ihr Leben als Opfer dar. Sie waren vorbereitet, als für sie der Augenblick der Entscheidung kam."

„Es gab auch Kinder unter ihnen. Haben diese Kleinen eine eigene Entscheidung getroffen?"

„Haben Sie je gesehen, daß Kinder gekreuzigt wurden, Vater?"

„Ich habe gesehen, wie Kinder totgeschlagen wurden. Im Ghetto, als ich selbst noch ein Kind war."

„Es ist unvorstellbar. Man kann es nicht fassen. Wir meinen, so etwas kann nicht geschehen. Und doch geschieht es. In dieser Stadt, vor nicht gar so vielen Jahrhunderten, wurden unsere Brüder und Schwestern vor dieselbe Entscheidung gestellt: dem Kaiser opfern oder sterben. Nur ein Krümel Räucherwerk, das ist alles. Nur ein Krümel, und du bist frei. Kein Tod. Keine Zerstückelung. Geh nach Hause und lebe. Sei ein guter Bürger. Aber sie verweigerten es. Wußten Sie, Pater, daß es Berichte von christlichen Kindern gibt, die das Flehen ihrer Eltern ignoriert haben und zum Kreuz oder zum Kolosseum gegangen sind? Sie waren noch so jung und hatten doch schon das Wichtigste gelernt, was man lernen muß. Sie hatten etwas erkannt, das wir, die wir uns endlos mit unserem großartigen Intellekt und unseren komplizierten Emotionen herumschlagen, nur selten erfassen. Sie fragen mich, ob sie eine Wahl hatten? Ich glaube ja. Sie hatten Klarheit. Sie hatten das Auge der Kindheit."

„Ich habe oft das Gefühl, Heiliger Vater, als würden sich die Menschen unserer Generation in einer dicken, aber unsichtbaren Wolke bewegen. Alle Wahrnehmungsfähigkeiten scheinen beschädigt zu sein."

„Die Atmosphäre wirkt sich auf uns alle aus, mein Sohn. Deswegen frage ich Sie, hat unser Gegner Sie angesteckt?"

Elijah dachte nach. „Wenn der Feind in mich eingedrungen sein sollte, dann nur auf einer Ebene jenseits meiner Selbstwahrnehmung. Aber falls es geschehen sein sollte, dann bitte ich Gott, es aus mir herauszureißen, was immer es sein mag."

„Kränkt Sie meine Frage nicht?"

„Nein, ich verstehe sie."

„Gut. Sie wissen, daß selbst die größte Tugend nicht gegen Versuchung gefeit ist?"

„Ja. Ich habe gesehen, wie ehrenhafte Männer auf die Ebene von Tieren abgesunken sind. Ich habe Sterne vom Himmel fallen und die Säulen des Firmaments wanken sehen."

„Sie kennen sich also aus in der Offenbarung. Dann wissen Sie, daß wir in die letzte Phase der Geschichte eingetreten sind."

„Ja, wir sprachen bereits darüber."

„Bei unserer letzten Begegnung sprachen wir über die allgemeinen Anzeichen einer Apokalypse. In apokalyptischen Zeiten leben reale Männer und Frauen und Kinder, auch in der letzten Apokalypse. Ist Ihnen klar, daß in jenen Tagen jeder Mensch geprüft wird? Jeder wird über sich Rechenschaft geben müssen. Ist Ihnen bewußt, daß diese Prüfung universal sein wird und die Treue einen furchtbaren Preis verlangen wird?"

„Ich spürte etwas davon, als ich mit dem Präsidenten sprach. Nichts an seinen Worten oder seinem Verhalten war offenkundig bedrohlich, und doch fühlte ich, daß sich hinter ihm etwas zusammenbraut, als würde sich der ganze Himmel verfinstern und fernes Donnergrollen Unheil ankündigen. Wenn der Sturm losbricht, dann wird es kein Zurück mehr geben und niemand wird sich seiner Wucht entziehen können."

„Dann haben Sie recht gesehen, mein Sohn."

„Heiliger Vater, ich muß gestehen, daß ich das Gefühl habe, in meiner Mission versagt zu haben. Trotz meiner guten Absichten, einen spirituellen Dialog zu eröffnen, trotz meines Bemühens, seine Seele mit der Wahrheit in Berührung zu bringen, ist es mir nicht gelungen."

Der Papst nickte. „Sie werden eine weitere Gelegenheit haben. Er kommt nächsten Monat nach Rom zu einer Versammlung des Club of Rome. Ich bin sicher, daß er die Begegnung mit Ihnen suchen wird."

„Meinen Sie?"

„Ja. Er glaubt, daß er Sie auf seine Seite bringen kann."

„Warum meinen Sie das?", fragte Elijah kaum hörbar.

„Er weiß, daß jeder fallen kann. Denken Sie an die Apostel. Es war kein rühmliches Verhalten, das sie am Abend der Gefangennahme Jesu an den Tag legten. Sind wir aus anderem Holz geschnitzt als unsere Vorläufer?"

„Gibt es nicht einen entscheidenden Unterschied, Heiliger Vater? Wir können auf zweitausend Jahre zurückschauen. Vor allem sind wir Kinder Gottes, die *nach* der Ausgießung des Heiligen Geistes leben."

„Ein guter Einwand, mein Sohn. Aber das betont nur die Tatsache, daß jene, die nicht in der Kraft des Heiligen Geistes leben, äußerst angreifbar sind. Selbst Getaufte können den Glauben auf ein philosophisches System reduzieren. Sie halten die äußeren Formen aufrecht und verlieren das Herz."

„Glauben sie das von mir?"

„Nein. Aber als Ihr geistlicher Vater muß ich Sie daran erinnern, daß Sie überaus wachsam sein müssen. Hüten Sie Ihr Herz bei allem. In Zeiten wie diesen sind wir alle in Gefahr. In Ihrem Fall weiß unser Gegenspieler, daß Sie mit Ihrer Geschichte und Ihren persönlichen Gaben ein großer Gewinn für ihn wären. Sie würden seinem Bemühen, eine neue Ära heraufzuführen, von größtem Nutzen sein."

„Wenn die Gefahr so groß ist, ist es dann weise, wenn ich mich ihm aussetze?"

„Gerade Sie, mehr als irgendein anderer in meiner Herde, sind in der Lage, die Täuschung zu durchschauen. Sie haben Erfahrungen wie nur wenige andere. Stand Ihnen nicht vor langer Zeit der Weg zu den höheren Ebenen der Macht offen?"

„Jedenfalls schien es damals so, Heiliger Vater. Man machte mir Versprechen, von denen einige mehr waren als die üblichen Versuchungen, die ehrgeizigen Männern angeboten werden, hohe politische Ämter, wachsende Macht über Menschen, Macht über eine Nation. Es gab Andeutungen, daß auch dies nur Schritte zu höheren Einflußsphären wären."

Er schüttelte den Kopf. „Sonderbar, es war damals eine spirituelle Kraft zu spüren, ein dunkler Geist, der mich zur Zustimmung drängte, ja mehr noch, der versuchte, mich zu beherrschen. Heute weiß ich, daß diese böse Kraft ein viel schlimmerer Täuscher war als seine menschlichen Instrumente."

„Sie haben das Angebot abgelehnt. Das war eine Art Impfung. Sie müssen sich fragen, warum Sie das getan haben."

„Ich bin nicht sicher, was mein Herz in dieser Phase meines Lebens wirklich bewegt hat. Es muß etwas ganz Tiefes in meiner Seele gewesen sein. Vielleicht hat sich der Vorhang, der den Sinn der Dinge verhüllt, einen Augenblick lang gelüftet. Vielleicht war es ein Wort reiner Liebe, ein Leben, das für mich geopfert wurde, das die Illusion zerbrach. Mehr kann ich darüber nicht sagen."

„Sie haben gut geantwortet. Es wäre mehr zu sagen, aber ich will es dem

Herrn überlassen, Ihnen das zu offenbaren. Sie sind nicht weit von der Erkenntnis entfernt."

„Ich verstehe immer weniger, Heiligkeit."

„Ja, ja", sagte der alte Mann lächelnd, „so soll es sein."

„Das läßt mich im Ungewissen über die Konstanten meiner eigenen Seele. Was, wenn ich doch getäuscht würde?"

„Ich glaube, daß man Sie nicht leicht täuschen kann, aber natürlich dürfen Sie in Ihrer Wachsamkeit keinen Augenblick nachlassen. Ich vermute, Pater, daß Sie in Ihrem Leben oft bedrohliche Situationen aushalten mußten. Da ist immer noch eine große Unsicherheit in Ihrem Herzen."

„Ich dachte, ich hätte sie ein für allemal überwunden. Diese Gefühle sind mit dem Wachstum im Glauben allmählich verschwunden. Ich dachte, ich würde nie mehr Angst haben."

„Aber sie haben Angst?"

„Ja, ich habe Angst."

„Warum?"

„In letzter Zeit habe ich mich sehr einsam gefühlt. Als wäre ich auf meine eigenen schwachen Kräfte zurückgeworfen, wie in der Jugend, als ich mich nur auf mich selbst verlassen konnte. Ich wurde verraten. Ich wurde gejagt. Es verändert das Herz eines Kindes, wenn es weiß, daß es Mächtige gibt, die es töten wollen. Sehr lange habe ich geglaubt, daß man keinem einzigen Menschen trauen kann. Keinem . . . außer einem. Jenem, der mich gerettet hat. Und der ist tot."

„War Gott nicht mit Ihnen?"

„Jetzt weiß ich, daß er es war. Ich sehe seine Hand über meinem Leben während dieser Zeit. Aber damals fühlte ich mich vollständig verlassen. Ich hatte Wut. Die Wut kam durch eine grenzenlose Angst, eine Art kosmischer Terror, der immer größer wurde. Daraus entwickelte sich Haß."

„Das ist lange her."

„Ja, so lange, daß ich glaubte, es wäre ganz und gar vorbei."

„Und jetzt ist sie doch wieder da, die Angst vor Ihrer eigenen Angst, ist es nicht so?"

„Ja."

„Haben Sie keine Angst. Sie sind beschützt."

„Aber, Heiliger Vater, ich habe während der Begegnung mit dem Präsidenten keinerlei göttlichen Beistand gefühlt."

„Sie wissen doch sicher, daß die stärksten Gnaden sich der Wahrnehmung der Sinne oder des Gefühls entziehen."

„Diese Wahrheit habe ich in seiner Gegenwart vergessen. Merkwürdig, daß mir so wichtige Dinge entfallen sind. Ich habe versagt. Ich wurde auf subtile Weise manipuliert, so daß die Worte, die den Sturm hätten beeinflussen können, sich auf meiner Zunge einfach nicht bilden wollten. In dieser Atmosphäre, in dieser herzlichen und vernünftigen Atmosphäre, wären warnende Worte ganz unpassend gewesen. Trotz meines Studiums, trotz des Reichtums des intellektuellen katholischen Lebens, gab es einen Augenblick, an dem ich merkte, daß ... daß ich zu einem Verteidiger des Irrationalen wurde."

„Hatten Sie vielleicht das Gefühl, Botschafter eines Mythos zu sein?"

„Ja, so ähnlich. Verfechter einer rührenden Legende."

„Das war zu erwarten. Es gehört zu seiner Kosmologie, alle Religionen als gleichwertig zu erachten, als einen kulturell konditionierten Komplex von Symbolen, jede in ihrer begrenzten Weise ein Weg zum göttlichen Prinzip."

„Ja, das hat er angedeutet. In einem seiner Bücher sagt er, alle Religionen seien nur mißverstandene Mythologien. Deswegen kann er Ihnen Geschenke schicken, als gäbe es keinen Widerspruch zwischen seinen Überzeugungen und unserem Glauben."

„Gestern ist der Kodex in der vatikanischen Bibliothek durch einen Sonderkurier überbracht worden."

„Zeigt es nicht wirklich eine enorme Großzügigkeit von seiner Seite?"

„Oh ja, es ist ein prächtiges Geschenk", sagte der Papst nachdenklich. „Aber es hat einen Pferdefuß. Er tut nichts ohne Berechnung. Das Geschenk soll unsere Wachsamkeit einschläfern. Gleichzeitig treibt es die Subjektivierung der Wissenschaft voran. Es ist ein Schatz, aber dieser Schatz wird seltsamerweise den Geist der Vernunft im Westen noch mehr schwächen."

„Aber es ist doch Aristoteles!"

„Es ist eine Interpretation von Aristoteles – *Gerechtigkeit*, wie sie der orientalische Geist sieht."

„Sie glauben nicht, daß es echt ist?"

„Es ist zweifelsohne echt. Es ist das, was der Präsident sagt, daß es ist, eine Averroes-Kopie einer syrischen Übersetzung des Buches. Als solches ist es ein unschätzbares Kulturgut. Aber in dieser Version wird die Gestalt der Wirklichkeit selbst verbogen. Die Verfälschung werden nur jene Gelehrten erkennen, die Aristoteles durch und durch kennen und die Ideengeschichte in ihrer ganzen Höhe und Breite. Die gewöhnlichen Wissenschaftler, insbesondere die jungen, werden zu einem Begriff von Staat und Kosmos kommen, der kultisch ist. In diesem Manuskript atmet ein Geist, der weit entfernt ist von der Weisheit des Aristoteles und anderer vorchristlicher Philosophen. Wir könnten ihn ‚natürliche Theologie' nennen."

„Ich bin sehr gespannt darauf, es zu lesen."

„Ich habe die ganze Nacht damit verbracht, es zu lesen. Das Buch ist nicht auf die gleiche Weise gefährlich, wie es der Faschismus und der Marxismus waren, die über den Westen hinwegfegten. Diese Raubtiere haben ihre Gefräßigkeit offen gezeigt. Es ist auch nicht wie der postkommunistische Materialismus, diese finstere und unersättliche Macht, die sich um die Lebensorgane der Welt schlingt und sie langsam zu erdrosseln sucht. Die Gefahr dieses Buches ist seine *Spiritualität*. Es führt das Konzept des Göttlichen wieder in die bürgerliche Ordnung ein, genau zu dem Zeitpunkt in der Geschichte, an dem die Masse der Menschen ihre Orientierung verloren und alle Hoffnung aufgegeben hat, daß es jenseits dieser materiellen Welt noch etwas anderes gibt. Mehr und mehr verlangen sie nach politischen Lösungen für ‚das Problem des Menschen'. Sie wollen Totalitarismus ohne Brutalität. Dieses Buch ist ein sanfter, ein subtiler, aber sehr machtvoller Stoß in Richtung eines solchen Weltsystems, durchsetzt mit den heidnischen Verführungen des Ostens. Obwohl es im Text keinen Beweis gibt, ist sein gnostischer Ursprung doch offensichtlich. Als würde der erhabene Intellekt des Aristoteles mit dem eines Geisterbeschwörers oder Schamanen vermischt! Es kann die philosophische Motivation für das New Age liefern, das der Präsident herbeizuführen sucht."

„Durch Aristoteles?"

„Nicht durch Aristoteles, wie wir ihn kennen. Ein Aristoteles, den man gestohlen und durch einen Filter gepreßt hat. Ein Aristoteles mit verführerischen spirituellen Verzerrungen, ohne die absoluten Forderungen des einen wahren Gottes, philosophische Schützenhilfe für die pseudomystischen sozialen Schriften des Präsidenten. Gestützt auf Averroes und andere nichtchristliche Mystiker glaubt er, Religion und Vernunft könnten im Konflikt miteinander liegen und doch beide Recht haben."

„Mit anderen Worten, das Konzept, daß alle Unterteilungen und alle Unterscheidungen letztlich nur Illusionen sind."

„Richtig. Und so entsteht eine Philosophie, die die Einheit über die Wahrheit stellt. Aber Einheit kann nur dann echt sein, wenn sie auf Wahrheit gegründet ist. Wir können nicht so tun, als gäbe es zwei widersprüchliche Wahrheiten, die beide Recht haben. Das ist Wahnsinn. Es zerstört die Integrität der menschlichen Person und die Bedeutung der Person."

„Heiliger Vater, darf ich fragen, lauert denn wirklich eine so große Gefahr in diesem Kodex? Würde er nicht einfach ein Gegenstand akademischer Diskussion unter Gelehrten sein?"

„Philosophen haben Schüler, und Schüler, die ihre Lehrer lieben, verbreiten ihre Ideen in jeden Bereich menschlicher Bestrebungen. Scheinbar akademische Diskussionen vermögen ganzen Zivilisationen ihren Stempel aufzudrücken. In einem anderen Zeitalter wäre dieser Kodex relativ harmlos gewesen, insbesondere dann, wenn wir das griechische Original besäßen, an dem wir ihn messen könnten. Aber der wahre Text steht uns nicht zur Verfügung, und so müssen wir uns mit einer Schimäre zufriedengeben, die von den Toten zurückgekommen ist und den großen Namen des Aristoteles als Zaubermittel und Sesam-öffne-dich für den Geist der Menschen benutzt."

Immer noch fragte sich Elijah, ob der Papst die Gefahr nicht größer machte, als sie wirklich war.

„Ich höre Ihre unausgesprochenen Einwände, Pater Elijah. Aber es muß Ihnen klar sein, daß die Ankunft dieses Dokuments kein Zufall ist. Man kann es nur im größeren Zusammenhang des gegenwärtigen Kampfes richtig verstehen. Ihr Zweck ist es, die Menschen mit etwas zu versöhnen, das nicht versöhnt werden darf. Der Kampf zwischen Gut und Böse darf nie durch einen falschen Frieden beendet werden, indem man erklärt, es gebe Gut und Böse gar nicht, also auch keine Notwendigkeit des Kampfes. Solche Vorstellungen führen den Menschen nicht in die Freiheit, vielmehr in Knechtschaft, und zwar – oh welch bittere Ironie – im Namen der Freiheit."

„Sie stehen also vor einer schwierigen Entscheidung."

„In der Tat. Soll das Manuskript in den Archiven verschwinden und auf einen besseren Zeitpunkt in der Geschichte warten? Oder sollen wir es für alle Welt zugänglich machen, obwohl wir wissen, daß manche Seelen dadurch in die Irre geführt werden?"

„Haben sie eine Entscheidung getroffen?"

„Das habe ich. Das Manuskript wird für die Forschung zugänglich gemacht. Wir werden es in verschiedene Sprachen übersetzen lassen und veröffentlichen mit Hinweisen auf seine Entstehung, seine Mängel und die Gefahr der Fehlinterpretation."

„Wenn ich das sagen darf, Eure Heiligkeit, ich glaube, Ihre Entscheidung ist weise. Das moderne Zeitalter stellt uns ja als anti-intellektuell hin."

„Die Moderne ignoriert die Tatsche, daß die Kirche so gut wie im Alleingang das intellektuelle Erbe des Westens durch die dunklen Zeitalter bewahrt hat."

„Feinde der Kirche würden die Entscheidung, das Manuskript diskret in den Archiven zu verwahren, zur Propaganda gegen uns ausschlachten."

„Deren Terminologie wäre weniger schonend als die Ihre. Sie würden von Verbergen sprechen und von Betrug."

„Man könnte es Klugheit nennen."

Der Papst seufzte.

„Wir leben am Ende einer Zivilisation, die schwer belastet ist mit Ideologie. Jahr für Jahr werden Hunderttausende von Büchern publiziert, von denen die meisten sehr weit vom Geist Christi entfernt sind. Es wäre sinnlos, ein fragwürdiges Werk vor dem Volk zurückzuhalten, das nicht versteht, was es liest und sich weigert, denken zu lernen. Es wird jedoch einige geben, die daraus Nutzen ziehen. Es ist immer im Interesse der Wahrheit, ein Stück kulturelles Erbe zugänglich zu machen, das den Menschen in seinem Verständnis der Vergangenheit bereichern kann. Die Veröffentlichung des Werkes *Über die Gerechtigkeit* muß in diesem Licht gesehen werden."

„Die Fundamentalisten werden uns Liberalismus vorwerfen."

„Ja, und die Liberalen werden uns des Fundamentalismus bezichtigen, wenn sie die warnende Einleitung lesen. Sie werden darin wieder nur einen Beleg dafür sehen, daß sich die überalterte Institution Kirche gegen die Evolution des menschlichen Denkens stemmt."

„Man hat uns schon Schlimmeres nachgesagt, Heiliger Vater."

Der Papst lächelte.

Er wandte sich zu Elijah und faßte ihn am Arm.

„Kommen Sie, mein Sohn, setzen wir uns, und ich werde hören, was Sie mir zu sagen haben. Berichten Sie mir von der Begegnung mit dem Präsidenten. Lassen Sie nichts aus."

* * *

Leichter Nieselregen fiel auf die Menge nieder. In ein paar Minuten sollte die Messe für die Heiligsprechungen beginnen. Achtzehntausend Menschen beteten, redeten und sangen, während sie auf den Papst warteten. Die Kardinäle und Bischöfe saßen seitwärts am Altar, der von einem Baldachin geschützt war. Unter ihnen befanden sich einige Dutzend Würdenträger verschiedener afrikanischer Staaten. In der Menge waren Tausende schwarze Gesichter.

Elijah fand ziemlich weit hinten einen Stehplatz neben einer Gruppe von Nonnen aus Zaire. Jede hatte eine kleine Landesflagge und eine Vatikanflagge in der Hand, die eher eine symbolische als eine reale Einheit darstellten.

Zwei elegant gekleidete österreichische Damen standen vor den Nonnen und diskutierten laut über die Ereignisse des Tages.

„Das ist ein Fehler", sagte die eine. „Der Prozeß ist zu schnell durchgezogen worden. Wurde denn überhaupt die Lebensführung der *beati* untersucht? Haben die so genannten *Märtyrer* die Realpolitik des afrikanischen Sozialkampfes wirklich verstanden?"

„Hätte das eine Rolle gespielt?", fragte ihre Begleiterin. „Dieser Papst spricht jeden so schnell wie möglich heilig, der seine Kirchenpolitik teilt."

„Er wird alt. Ich sah ihn gestern Abend im Fernsehen. Ich glaube, meine Liebe, daß wir bald einen neuen Papst haben werden, einen, der das dritte Jahrtausend versteht."

Elijah kämpfte gegen ein Gefühl von Ablehnung. Am liebsten hätte er sich vorgebeugt und gesagt: „Der Heilige Geist hat Ihnen einen Papst geschenkt, der diese Zeit besser versteht als irgendjemand sonst." Aber er biß sich auf die Zunge und betete für sie.

Es war nicht leicht, ihre Besserwisserei zu ignorieren.

„Es geht mir einfach gegen de Strich", fuhr eine der Damen mit gereizter Stimme fort.

„Mir auch", sagte die andere. „Ich hörte Professor – wie heißt er noch, der berühmte Theologe? – sagen, der Glaube in Afrika sei wie ein Fluß, der einen Kilometer breit sei und zehn Zentimeter tief."

Elijah ging ein paar Schritt weiter und wandte sich den schwarzen Schwestern zu. Ob sie wohl die Unterhaltung der beiden Damen verstanden hatten? Hoffentlich nicht. Er fragte die Schwestern, ob sie einen der Seligen gekannt hätten, die heute kanonisiert würden. Sie nickten heftig mit dem Kopf, und ihre Lippen öffneten sich zu einem großen, strahlenden Lächeln, Tränen standen ihnen in den Augen.

Die Größte unter ihnen, eine Frau mit Narben im Gesicht, sagte: „Unsere Mutter – meine Vorgängerin – wurde umgebracht. Sie wurde mit einer Axt erschlagen. Aber sie rief den Namen Jesus bis zur letzten Minute an. Sie lächelte. Ich war bei ihr, als sie starb. Ich sah eine Taube zum Himmel fliegen. Sie vergab den Soldaten im Sterben."

Alle Schwestern begannen zu schluchzen und in ihrer Muttersprache auf Elijah einzureden. Er schüttelte den Kopf, um ihnen zu signalisieren, daß er nichts verstand. Da legten sich von hinten zwei Hände fest auf seine Schultern.

„Davy! Dein Silbeschopf ist in der Menge unübersehbar."

„Billy!"

„Ich bin's. Und fit wie ein Turnschuh. Komm mit nach oben. Da gibt es zwei Plätze für uns in der ersten Reihe direkt neben dem Altar für Freunde des Sekretariats."

„Ich würde lieber hier bleiben bei den Schwestern. Danke, Billy. Sie haben ihre Mutter-Oberin in einem Massaker verloren."

Billy kratzte sich am Kopf: „Hm."

„Hm?"

„Billy hat eine Idee."

„Und welche?"

Billy sprach auf die schwarzen Nonnen ein. Sie schienen überrascht und schauten fragend zu ihrer Mutter-Oberin, die zustimmend nickte.

Billy nahm sie am Arm, gab Elijah ein Zeichen und führte die kleine Herde durch die Menge, passierte die Sicherheitskontrollen, erklomm die Stufen zu Sankt Peter bis zum obersten Absatz und führte sie zu der freien Stuhlreihe rechts vom Altar.

„Die besten Plätze des Hauses, meine Damen."

Die Nonnen dankten Billy überschwänglich. Er lächelte und winkte ab.

Als sie sich gesetzt hatten, stellte sich heraus, daß zwei Plätze fehlten. Elijah und Mutter-Oberin blieben stehen. Billy lief rot an und schien einen Augenblick ratlos.

Zwei alte Herren in Scharlachrot erhoben sich und sagten auf Italienisch: „Entschuldigen Sie, Monsignore, Sie brauchen offenbar noch zwei Plätze. Es wäre uns eine Ehre, wenn Mutter-Oberin und der Priester unsere Plätze einnähmen. Wir finden dort hinten noch einen Stuhl."

Nach diplomatischen Protesten und komplizierten Verhandlungen, die nach den Regeln der *romanità* meisterhaft geführt wurden, nahm Billy das Angebot an und bedeutete der Oberin und Elijah, sich zu setzen. Er selbst nahm den Stuhl zwischen Elijah und dem Kardinalstaatssekretär.

Mutter-Oberin wandte ihr schwarzes, vernarbtes Gesicht zu Elijah. Es erschien ihm so alt und so weise wie die Menschheit selbst. Vor ihm war Heiligkeit. Die Frau zog einen Rosenkranz aus der Tasche ihrer Tracht. Er bestand aus weißen Samen, auf denen in unregelmäßigen Abständen braune Flecken waren.

„Es ist wahr, der Glaube in Afrika ist manchmal wie ein seichter Fluß", sagte sie. „Aber Sie sollten unsere afrikanischen Flüsse bei Hochwasser sehen. Sie sind stark und fließen sehr schnell. Sie reißen Bäume weg und Hügel und große Felsen. Dieser Fluß", und sie deutete auf den Rosenkranz in ihrer rosaroten Handfläche, „ist der größte Fluß in Afrika. Es ist der Fluß des Blutes, der ist tief und machtvoll. Diese Flecken sind das Blut meiner Mutter-Schwester. Er ist für Sie."

Er schaute auf die Reliquie und sagte nichts. Sie nahm seine Hand und legte den Rosenkranz hinein, schloß die Finger zu einer Faust und streichelte sie.

Warum bekomme ich das?, fragte er sich. *Warum nicht Billy? Er hat uns hier hinaufgebracht. Warum schenkt sie den Rosenkranz nicht ihm?*

„Meine Mutter hat in meinem Herzen gesprochen, als ich Sie unten in der Menge sah. Sie sagte, gib meine Reliquie diesem Priester. Ich weiß nicht warum."

Elijah war sprachlos. Er schaute ihr in die Augen, und sie konnte seine Dankbarkeit sehen.

Die Schwester schlug ihr Brevier auf und begann leise zu beten.

Elijah blieb einige Minuten reglos sitzen. Sogar seine Gedanken waren zum Stillstand gekommen. Zu seiner Linken plauderte Billy drauflos, aber es erreichte Elijah nicht.

Schließlich wurde ihm wieder bewußt, wo er war, und seine Augen wanderten über die Reihen der Prälaten und Würdenträger jenseits des Altars. Die afrikanischen Kardinäle und Bischöfe saßen dort. Er erkannte einige, weil er Artikel über sie oder von ihnen gelesen hatte. Unter den Kurienkardinälen sah er auch den Präfekten der Glaubenskongregation – *Dottrina*, wie ihn Billy nannte. Seine Augen wanderten weiter ziellos durch die Reihen, bis sie plötzlich bei einer Person Halt machten.

Das Gesicht dieses Kardinals bannte seine Aufmerksamkeit, aber er hätte nicht sagen können, warum. Ein Mann mit beginnender Glatze, Ende fünfzig. Das übrige Haar war noch dunkel. Er blickte nach unten, las etwas, aber immer wieder schaute er auf und glitt mit den Augen über die Reihen. Sein Gesicht war sensibel, intelligent, mit einigen tiefen Falten, aber doch noch jung. Sein Ausdruck war sehr ernst, die Augen lagen in dunklen Höhlen, die dünnen Lippen verrieten kein Gefühl.

„Billy, wer ist dieser Kardinal?"

„Welcher? Da drüben sitzen eine ganze Menge."

„Zwei Reihen hinter dem Erzbischof von Wien und drei Sitze zur Linken."

„Wo ist Wien? Ach ja, neben Nairobi und Paris. Okay, jetzt zwei Reihen nach hinten und drei Sitze zur Linken. Oh, das ist Kardinal Vettore. Er ist einer von den Jungs in der Kurie."

„Kannst du mir etwas über ihn sagen?"

„Nicht viel. Ein gescheiter Kopf auf der Karriereleiter. Die Gerüchteküche sagt, er wäre ein Kandidat für *Stato*s Job, wenn der Boss eines Tages in den Ruhestand geht."

„Glaubst du, daß er dafür geeignet wäre?"

Billy dachte einen Augenblick nach.

„Ich weiß nicht. Er hat Verbindungen zu wichtigen Europolitikern und zu den früheren Ostblockstaaten. Jetzt hat er einen wichtigen Job im Päpstlichen Rat für den Interreligiösen Dialog. Er arbeitet mit einen ganzen Reihe von Vatikan-Büros als eine Art Networker. Er ist nicht gerade mein Fall, ein kalter intellektueller Typ. Man fühlt sich dumm, wenn man ihm eine direkte Frage stellt."

„Ist er einer von den modernistischen Bischöfen?"

„Nein, er gehört nicht zu ihrem Lager. Er ist von der unauffälligen Art. Wenn du mit ihm redest oder liest, was er schreibt, könntest du nie sagen, ob er ein Liberaler oder ein Konservativer ist. Das Ergebnis ist, daß man ihn für gemäßigt hält. Man könnte sagen, er ist eine Klasse für sich."

„Wie würdest du diese Klasse beschreiben?"

Billy zog die Stirn in Falten.

„Ich weiß nicht, woran ich es festmachen kann. Es gibt hier ein paar Leute von seinem Schlag. Eindeutig eine Subkultur. Es sind äußerst begabte Männer, hervorragende Verwalter, sehr geschickt im Umgang mit den verschiedensten Menschen. Aber sie zeigen nie ihre Karten. Sie sind sauber, makellos. Aber irgendwie sind sie auch herzlos."

„Herzlos?"

„Ich meine nicht grausam oder so was. Ich spüre einfach eine eisige Welle, wenn einer im Flur an mir vorbei geht. Sie sind immer von vollendeter Höflichkeit. Sie fragen nach deiner Gesundheit, aber du hast das Gefühl, daß im Hintergrund irgendetwas anderes abläuft. Mein Barometer zittert, und ich habe noch nicht herausgefunden, was das bedeutet."

Billy senkte seine Stimme: „Nimm den Boss hier zu meiner Linken. Der zweitmächtigste Mann in der Kirche. Von früh bis abends schlägt er sich mit politischen Piraten herum. *Romanità* kommt ihm aus den Ohren heraus, aber er hat auch ein Herz. Den größten Teil seines Einkommens spendet er für die Armen, lebt in einer eher dürftigen Wohnung, fährt einen zwanzig Jahre alten Fiat und muß gelegentlich daran erinnert werden, daß er sich neue Schuhe kaufen muß. Er betet, wenn es niemand sieht – ich habe ihn ein paarmal erwischt –, und das sagt viel über einen Menschen. Er hat mir einmal gesagt, er wäre am liebsten Kartäuser geworden, aber wie du siehst, hatte Gott andere Pläne. Er liebt italienische Romane aus dem 19. Jahrhundert und süßen Wein – worin man ihm nicht folgen muß. Bei traurigen Arien kommen ihm die Tränen in die Augen, und er wird ganz niedergedrückt, wenn er in der Presse liest, daß ein Bischof über die „Inquisitions-Kirche des gegenwärtigen Papstes" geifert. Er lacht herzlich über einen guten Witz, aber ich glaube, er leidet sehr im Innern. Er ist intelligent und großherzig, ein treuer Priester, aber natürlich hat er auch seine Schwächen, besonders sein Temperament, das manchmal mit ihm durchgeht. Aber er liebt den Herrn und die Kirche mit kindlicher Hingabe. Du kannst in ihm lesen wie in einem

Buch. Er ist, was er ist, verstehst du?"

„Er ist der, der er zu sein scheint – fast schon eine Seltenheit."

„Genau. Von den Leuten, die hier um den Altar herumsitzen, könnte ich dir noch ein paar mehr vorstellen. Eine lustige Truppe, die der Papst um sich geschart hat, Versager und Heilige, alles was du willst. Aber Typen wie Vettore sind ein echtes Rätsel für mich."

„Gibt es viele von seiner Couleur?"

„Nein."

Elijah schaute auf den blutbefleckten Rosenkranz in seiner Hand und begann leise für die Kirche zu beten.

„Woher das plötzliche Interesse an Vettore?", fragte Billy.

„Kannst du dich an den Nachmittag erinnern, als ich in Rom ankam?"

„Klar."

„Weißt du noch, daß ich eingeschlafen bin, und als ich aufwachte, ging der Traum noch ein paar Sekunden weiter und wurde zu . . . ich will es nicht eine Vision nennen. Ich kann nur sagen, daß ich wach war und ein Gesicht gesehen habe. Ich habe es dir erzählt."

„Ich erinnere mich dunkel."

„Dieser Kardinal hat eine unheimliche Ähnlichkeit mit dem Mann aus meinem Traum."

„Ein Traum, Davy? Sei mir nicht böse, alter Junge, aber *Träume regen nur Törichte auf*, wie die Bibel sagt."

„Stimmt, die meisten Träume sind so. Aber gelegentlich spricht Gott auch durch Träume."

„Und was glaubst du, hat er gesagt?"

„Ich weiß es nicht."

„Heraus mit der Sprache. Du siehst viel zu besorgt aus, als wenn es nur ein Traum gewesen wäre. Da ist doch noch etwas im Busch?"

„Du hast Recht. Aber ich weiß nicht, ob ich es sagen soll."

„Sprich!"

„Ich sah den Kardinal in Capri."

Billys Gesicht wurde ausdruckslos, und er starrte Elijah an.

„Das ist nicht dein Ernst!"

„Ich sah ihn in der Villa des Präsidenten."

Billy schaute langsam über den Altar hinüber zum Kardinal. Dann wieder auf Elijah. Er war schockiert.

„Ich werde es dem Boss sagen. Außerdem solltest du dich noch einmal mit dem Heiligen Vater treffen. Ich sorge dafür. Es wäre besser, wenn er das von dir direkt hört."

* * *

In den folgenden Tagen wartete Elijah auf eine Einbestellung in den Vatikan. Er war jetzt dem Internationalen Karmeliten-Kolleg in Rom zugeteilt mit der Aufgabe, ein philosophisch-theologisches Propädeutikum für die Novizen zu halten. Das stellte keine hohen Anforderungen an ihn, so daß er viel Zeit fürs Gebet und für persönliche Studien hatte. Die Fülle der apokalyptischen Literatur, die seit dem neunzehnten Jahrhundert immer mehr angewachsen war, war mehr als genug für ihn. Von den Predigten Kardinal Newmans über den Antichrist bis hin zu den Visionen zahlreicher Heiliger und Mystiker war er voll ausgelastet.

Eine Woche verging. Dann eine zweite. Kein Anruf vom Vatikan. Schließlich rief er im Büro des Staatssekretariats an und erfuhr von einem Angestellten, daß Monsignore Stangsby in Staatsangelegenheiten außer Landes sei. Eine weitere Woche verstrich. Er rief wieder an, aber der Mann in der Telefonvermittlung sagte, der Monsignore sei noch immer verreist und könne nicht erreicht werden. Elijah fragte, ob er eine Nachricht hinterlassen könne. Ja, antwortete er ohne große Begeisterung.

Elijah gab ihm die Telefonnummer des Karmeliten-Kollegs und bat ihn, Monsignore Stangsby auszurichten, ihn sofort anzurufen, wenn er zurück sei. In welchem Land er sich aufhalte? Der Sprecher bat höflich um Verständnis, daß er das nicht preisgeben dürfe.

„Aber Monsignore Stangsby und ich sind nahe Freunde", insistierte er. „Gewiß …"

„Würde Pater Schäfer bitte in der Privatwohnung des Monsignores anrufen und dort die Nachricht hinterlassen?", antwortete er und hing auf.

Auf dem Anrufbeantworter sagte eine metallische Stimme: „Hallo Leute, bin geschäftlich unterwegs. Am Dienstag bin ich wieder da. Bitte hinterlassen Sie eine Nachricht nach dem Piepston. Ich werde Sie so bald wie möglich zurückrufen."

Der Dienstag kam und ging.

Am Mittwochmorgen rief Elijah wieder im Sekretariat an und hörte von dem Telefonvermittler, leider habe Monsignore Stangsby einen Autounfall gehabt und befinde sich in der Gemelli-Klinik.

Elijah fuhr sofort hin.

Beim Empfang wurde ihm mitgeteilt, Monsignore Stangsby sei in der Intensivstation und dürfe keinen Besuch empfangen. Nein, bedauerlicherweise könne keine Ausnahme gemacht werden. Der Monsignore sei noch nicht außer Gefahr. Er solle in einer Woche wiederkommen.

Ratlos und bedrückt ging Elijah zur Busstation zurück. Der Bus kam und fuhr – ohne ihn. Er starrte aufs Pflaster. Plötzlich kam ihm eine Idee. Er dankte Gott für seine Erfahrung als Ghettoratte, kehrte um, betrat die Klinik durch den Personaleingang und suchte so lange, bis er den Hintereingang zur Intensivstation gefunden hatte.

Er wartete, bis die Schwestern abgelenkt waren, und trat leise und rasch ein. Billy lag in einer Nische hinter einem Vorhang. Er konnte ihn nur durch das Namensschild am Fußende seines Bettes identifizieren. Sein Gesicht war verbunden, seine Arme in Gips und ein Bein in einem Streckverband. An den sichtbaren Körperstellen waren violette Blutergüsse. Er hing an allen möglichen Geräten und Schläuchen.

„Billy", flüsterte Elijah.

Billys Augen öffneten sich einen Spalt, die Augäpfel glitten zur Seite und kamen zur Mitte zurück.

Er erkannte Elijah, und ein Ächzen kam von seinen geschwollenen Lippen.

„Davy?"

„Was ist passiert, mein Freund?"

„Auto Echploson, Feuer. Sieh den seiß Slauch aus!"

Mühsam deutete er mit der verbundenen Hand auf den Schlauch.

„Slauch aus!!"

„Soll ich wirklich den Schlauch rausziehen? Du brauchst ihn bestimmt."

„Nur su Asaugen."

„Es tut mir leid, Billy, ich verstehe dich nicht. Es könnte gefährlich sein, den Schlauch wegzunehmen. Wir reden an einem anderen Tag, wenn es dir besser geht."

„Nein, setzt!“

Billy sah ihn zornig an und schüttelte heftig den Kopf. Elijah zog widerstrebend den Schlauch heraus, darauf bedacht, ihn sofort wieder einzuführen, wenn es irgendwelche Anzeichen dafür gab.

„Endlich! Gott sei Dank!“, seufzte Billy mit heiserer Stimme. „Es ist nur ein Absaugschlauch für das Blut.“ Er schüttelte sich, und spuckte blutigen Schleim aus.

„Was ist denn passiert, Billy?“

„Ich weiß es nicht.“

„Hat man dich auf der Straße zusammengeschlagen?“

„Ich bin in meiner Wohnung eingeschlafen. Ich hatte die Pralinen gegessen, die mit der Post gekommen waren. Ich war gerade aus Helsinki zurückgekommen und todmüde. Das Nächste, was ich weiß, ist, daß ein Haufen Sanitäter um mich herumstanden und mich von meinem Jaguar weggetragen haben, der ein Schrotthaufen war. Er brannte und sah aus wie ein Akkordeon. Ich sagte zu den Jungs, ich bin gar nicht da, ich mache gerade ein Nickerchen, und ihr alle seid ein schlechter Traum. Aber sie haben den armen alten Billy einfach ignoriert.“

„Erinnerst du dich, daß du ins Auto gestiegen bist?“

„Nein! Nicht ein Schatten von einer Erinnerung.“

„Ans Fahren?“

„Nein, nein, nein! Kein bißchen! Davy, das ist verrückt. Ich nicke in meiner Wohnung ein und wache in einem Sanka mit wahnsinnigen Schmerzen auf. Und das Auto brennt. Was das Schlimmste ist: diese Kerle, die sich da über mich beugen, stinken nach Knoblauch.“

„Was könnte denn geschehen sein?“

„Ich habe da so meine Vermutungen.“

„Und die wären?“

„Die Pralinen. Ich glaube, jemand wollte, daß ich einen schweren Autounfall habe – mit permanenten Folgen.“

„Was sagt die Polizei?“

„Sie sagen, ich sei betrunken gewesen.“

„Warst du's?“

Billy sah ihn grimmig an.

„Kein kleinstes bißchen, verdammt noch mal“, sagte er in einem Ton, daß

Elijah sich entschuldigen wollte.

„Aber wieso haben sie dann auf Alkohol getippt?"

„Im Auto waren leere Schnapsflaschen, und meine Kleider rochen nach Gin. Das ist für mich der schlagende Beweis, daß das Ganze getürkt ist."

Elijah zog die Brauen zusammen.

„Verstehst du, alter Junge, ich hasse Gin. Ich trinke dieses Zeug nie, und damit meine ich *niemals*. Als ich noch ein Alkoholexperte war, habe ich zu viel davon erwischt, aber in den letzten Jahrzehnten habe ich von diesem üblen Fusel keinen Schluck heruntergebracht. Mir wird schon schlecht, wenn ich nur einen Wacholderbusch rieche. Ab und zu trinke ich ein Glas Wein oder ein Bier, wie Du weißt, das ist alles."

„Und Grappa?"

„Schon gut, schon gut. Aber *Gin* – niemals!"

„Du willst also sagen, jemand hat versucht, dich umzubringen?"

„Genau! Und es sollte wie ein Unfall aussehen."

„Es ist ein Wunder, daß du das überlebt hast."

„Vermutlich."

Er spuckte wieder Blut.

„Ich habe ein paar Backenzähne verloren. Frage nicht, warum die Schneidezähne noch da sind. Im Mund habe ich einen großen Riss. Keine Ahnung woher. Das Ganze ist verdammt rätselhaft."

„Fällt dir irgendetwas Ungewöhnliches ein, was dazu geführt haben könnte?"

„Jede Menge, Junge. Mein ganzes Leben ist ungewöhnlich. Alles, womit wir es im Büro zu tun haben, ist ungewöhnlich. Frag mich was anderes."

„Hast du mit dem Sekretär oder dem Heiligen Vater über Vettore gesprochen?"

„Nein, noch nicht. Ich hatte es vor. Aber nach der afrikanischen Messe war Krisenmanagement angesagt."

Billy hustete und spuckte wieder aus.

„Sprich nicht mehr, du mußt dich ausruhen", sagte Elijah.

„Reden ist meine größte Freude im Leben, und die hat man mir genommen mit diesem Schlauch."

„Ich rufe eine Schwester."

„Bloß nicht, Davy! Hör zu. Da gibt es Dinge, die du wissen mußt."

„Und zwar?“

„Ich wollte mit dem Boss allein sprechen. Aber an diesem Vormittag kam Großbritannien und sofort danach Rußland, das dagegen protestierte, daß es durch unsere Missionare so viele Konversionen gibt. *Stato* vertröstete mich, *Später William, egal worum es geht, es kann warten.* Wenn er mich doch nicht William nennen würde. Am Abend mußte er schnell weg, um den Heiligen Vater zu treffen und danach noch zu einem Gespräch mit Außenministern, um Vorlagen für den Club of Rome zu diskutieren.

Am nächsten Morgen fuhr ich nach Helsinki, *Stato* flog zu einem Krisengespräch der UNO. Ich kam am Abend vor meiner Abreise spät nach Hause, aber bevor ich ins Bett ging, diktierte ich noch eine Aktennotiz über unser Gespräch über Vettore, das meine Sekretärin abschreiben sollte. Am nächsten Morgen wollte ich die Kassette per Kurier ins Büro schicken mit der Anweisung, daß sie *Stato* persönlich übergeben wird, sobald er aus New York zurück ist. Aber ich verschlief und mußte zum Flughafen rasen. Als ich von Helsinki zurückkam, war es spät, und *Stato* war schon nach Hause gegangen mit der Anweisung, man dürfe ihn nicht stören. Sein Sekretär sagte, er hätte einen Grippeanfall. Fast wäre ich trotzdem zu ihm gefahren und hätte ihn aus dem Bett geholt, denn in Finnland habe ich etwas erfahren, das er unbedingt wissen mußte. Ich hätte alles ignorieren müssen, aber ich wollte nicht riskieren, daß er mich anknurrt, wenn ich seinen Schönheitsschlaf störe. Außerdem rechnete ich damit, daß ich ihn am nächsten Morgen im Büro sehen würde. Was für eine verrückte Verkettung von Ereignissen. Ich ging also nach Hause und öffnete meinen Briefkasten. Belgische Pralinen, die besten, die es gibt. Ich aß ein paar, während ich ein Memo über Helsinki diktierte. Und dann verließen sie ihn.“

„Wer hat dir die Pralinen geschickt?“

„Ein paar Nonnen aus England. Freundinnen meiner Mum.“

„Hast du noch die Verpackung?“

„Vermutlich liegt sie auf dem Couchtisch.“

„Und die Kassette?“

„Im Diktiergerät.“

„Wenn sie nicht da ist, was sollen wir dann tun?“

„Sorge einfach dafür, daß *Stato* mich besucht, *pronto*.“

„Jetzt sofort, in deinem Zustand?“

„Die Sache ist wichtig, sehr wichtig."

„Um was geht es?"

„Es ist alles auf der Kassette. Ich verstehe nicht, warum der Boss noch nicht hier war. Kannst du ihn fragen, was los ist?"

„Ja, werde ich tun. Kannst du mir sagen, was in Helsinki war?"

„Gleich. Ich muß erstmal durchatmen."

„Billy, welche Information könnte so wichtig sein, daß man dich deswegen umbringen will? Doch sicher nicht die Vettore-connection?"

„Ich glaube, es hat nichts mit ihm zu tun, jedenfalls nicht direkt. Das ist wahrscheinlich der Grund, warum sie nicht auch für dich einen kleinen Unfall arrangiert haben. Wir wissen schließlich beide von Capri, nicht wahr?"

„Richtig. Aber es ist nur mein Wort gegen das Wort des Kardinals."

„Stimmt."

„Man tut so etwas nicht, nur um ein Gerücht gegen einen Kardinal zum Schweigen zu bringen."

„Vettore ist ehrgeizig und blind wie eine Fledermaus. Aber er ist kein Killer. Ich glaube, sie benutzen ihn irgendwie. Vermutlich hat er keinen Schimmer, was sie vorhaben."

„Wer sind sie?"

„Seine Meister? Ich habe ein paar Namen, aber die Sache ist noch viel größer."

„Was weißt du?"

„Einer von ihnen hat kalte Füße bekommen. Ich will nicht behaupten, daß er sich bekehrt hat, aber er ist einer von denen, die Ideale haben. Sein Gewissen hat ihm keine Ruhe gelassen, und so kam er zu dem Schluß, daß er nicht mittragen kann, was sie vorhaben. Vor zwei Wochen hat er mich angerufen und um ein Geheimtreffen in Helsinki gebeten. Ich kann dir nicht sagen, wer es ist. Wenn sein Name herauskommt, ist er ein toter Mann. Er hat mir den ganzen Schlachtplan zur Zerstörung der Kirche erzählt."

„Wer sind *sie?*"

„Sie sind ..."

Billy hustete und spuckte Blut.

„Das reicht jetzt, Billy, ich rufe die Schwester."

„Bloß nicht! Geh einfach in meine Wohnung. Hole die Kassette und lege sie *Stato* persönlich in die Hand. Und bitte ihn, mich so bald wie irgend möglich zu besuchen."

„Kann ich deine Wohnungsschlüssel haben?"

„Ich weiß nicht, wo sie sind. Schau mal hier in der Nachttischschublade."

„Nichts da."

„Wahrscheinlich hat das Krankenhaus sie in Verwahrung. Sag einfach dem Hausbesitzer, daß ich gesagt habe, er soll dich reinlassen."

„Wird er mir glauben?"

„Sag ihm, daß du Andy füttern mußt. Dann weiß er, daß du von mir kommst."

„Ich bete für dich, Billy, daß du bald wieder auf die Beine kommst."

„Mach dir keine Sorgen. Unkraut vergeht nicht!"

„Und bete, daß wir die Kassette finden."

„Geh persönlich zu *Stato*. Er wird dir glauben. Er wird dich bestimmt zum Heiligen Vater bringen."

Elijah steckte Billy wieder den Schlauch in den Mund, segnete ihn und ging.

* * *

Die Wohnung war pico bello. Keine Verpackung, keine Pralinenschachtel, keine Kassette. Es gab keine Anzeichen von irgendeinem Kampf. Nur in der Küche standen neben der Spüle drei leere Ginflaschen.

Elijah starrte die Flaschen eine Weile an, bis ihm auffiel, daß sie wie Soldaten dastanden, die gegen die Nüchternheit eines gewissen Billy Stangsby aussagen sollten, der bekanntermaßen gerne dem Alkohol zusprach. Die Akkuratheit stach Elijah in die Augen. Das allein deutete auf Regie. Außerdem kannte er Billy gut genug, um zu wissen, daß seine Abneigung gegen Gin keine Lüge war. Billy machte nie einen Hehl aus seinen Fehlern. Außerdem war der Monsignore wütend, ratlos und nicht ohne Furcht – eine Reaktion, die völlig anders war als Scham.

Er nahm den Telefonhörer in die Hand und wählte die Nummer des Staatssekretariats.

Es klingelte zweimal. Als eine Stimme antwortete, hängte er auf, ohne ein Wort zu sagen. Er schaute sich die Decke und die Wände genau an und ging.

Elijah entschloß sich, direkt zum Vatikan zu gehen. Es war ein später Septembernachmittag. Der Tag war kühl, und der Himmel strahlend blau, die Art von Wetter, die ihm immer ein Hochgefühl gab. Selbst als Ghettokind war er an solchen Tagen glücklich gewesen, und wenn er noch so hungrig war.

Er ging am Tiber entlang und über die Sankt Angelo-Brücke auf die andere Seite. Er nahm den Weg über die Via Crescenzo, um den Vatikan unauffällig zu betreten.

Wenn eine Individuum oder eine Gruppe Billy nach dem Leben trachteten, dann deswegen, weil er etwas wußte, das ihre Ziele gefährden könnte. Warum haben sie ihn dann in dieser Stadt mit florierender Kriminalität und täglichen Morden, von denen die meisten unaufgeklärt blieben, nicht einfach umgebracht? Tödliches Gift oder eine Kugel wären schnell und effizient gewesen. Warum hatten die Attentäter es für nötig befunden, einen Unfall zu simulieren? Die einzige Erklärung war, daß es für sie höchste Priorität hatte, unangenehmen Fragen aus dem Weg zu gehen. Ein ermordeter Monsignore im Staatssekretariat des Vatikans hätte vielerorts Neugierde erzeugt. Es hätte Verhöre nach sich gezogen mit ungewissem Ausgang. Die unvermeidliche Frage wäre gewesen: Welche sensible Information ist in jüngster Zeit beim Monsignore angekommen?

Wurde der „Unfall" von der Stelle befohlen, die die Vatikan-Angestellten elektronisch überwachte? War es ein äußerer Feind oder ein innerer? Es war grotesk anzunehmen, daß jemand aus dem Vatikan dafür verantwortlich sein könnte. Es gab alle möglichen Arten der Verderbnis in der Welt, aber innerhalb der Kirche hatte sie normalerweise die Form von Laster oder ideologischer Abweichung. Beide ergaben keine Motivation für Mord.

Was gab es sonst noch für mögliche Szenarios?

Immer wieder hatte er von Alarmmeldungen über die Unterwanderung des Vatikans durch Freimaurer gehört. Mafia Manipulationen. Marxistische Infiltration. Es gab die Theorie, daß Tausende von Agenten in die Priesterseminare der ganzen Welt eingeschleust worden wären und daß einige von ihnen jetzt in dem Alter wären, Bischofsämter und sensible Positionen in der Verwaltung der Weltkirche zu übernehmen. Er hatte von faschistischen Maulwürfen gehört, von satanischen Maulwürfen, von eurokommunistischen Maulwürfen, von Eindringlingen aus dem Universum, sogar von kapitalistischen amerikanischen Maulwürfen. Jeder hatte „Beweise", welche seine Verschwörungstheorie unabweisbar machten.

Er hatte keinen Zweifel, daß es im Kardinalskollegium Sünder und Verräter gab, ebenso unter den Tausenden von Bischöfen auf der ganzen Welt. Die Presse ergötzte sich an ihren Fehltritten und Skandalen. Er wußte, daß die Kirche genau das war, was der Herr gesagt hatte, ein Netz, das im Menschenmeer ausgeworfen war und alle möglichen Fänge machte, bessere und schlechtere. So war es immer gewesen.

Wie gern hätte er diese Fragen mit Don Matteo besprochen. Der Mönch hätte übernatürliches Licht darauf werfen können.

Elijah fühlte sich unsicher und bedroht. Immer hatte sich ihm die Welt als Katastrophenzone präsentiert: Warschau, Zypern, Israel. Und jetzt die Kirche? Nein. Sie war auf einen Felsen gebaut, einen Eckstein, ein sicheres Fundament.

Aber der Herr, der durch das Kreuz in San Damiano gesprochen hatte, hatte gesagt: „Baue meine Kirche wieder auf." Vor siebenhundert Jahren hatte Franziskus einen Stein auf den anderen gelegt. Dann noch einen. Und noch einen. Er hatte mit dem Konkreten begonnen und war zum Universalen fortgeschritten. Der kleine arme Mann von Assisi hätte niemals ahnen können, was die Folgen seines heiligen Gehorsams waren.

Jetzt war die Kirche wieder im Begriff, in Unordnung zu geraten, aber doch längst nicht so schlimm wie im dreizehnten Jahrhundert oder in der Zeit der Borgias oder während des Papsttums in Avignon. Auch die dunkle Zeit der Nazi-Besetzung in Rom war schlimm gewesen. Und während der Sowjetherrschaft schien es, als stünde ganz Europa vor einer Invasion, die der Herrschaft des Antichrist näherkam als irgendeine andere Tyrannei, der die Kirche in ihrer zweitausendjährigen Geschichte ausgesetzt gewesen war.

Aber diese Periode war jetzt vorbei. Der Kommunismus und der Faschismus waren tot. Die Welt war in eine Periode relativen Friedens eingetreten, auch wenn es in regionalen Konflikten von Zeit zu Zeit kriegerische Auseinandersetzungen gab.

Ja, die Weltmächte waren säkularisiert und die Zahl der Gläubigen nahm ständig ab, aber mußte das heißen, daß es zum Schlimmsten käme? Bedeutete dies, daß die Kirche einzustürzen drohte? Stammten ihre inneren Konflikte wirklich aus den Aktivitäten einiger Geheimagenten, teuflischer Umtriebe oder dem Getöse einiger Rebellen, die sich als heroische Abweichler in Pose setzten?

Elijah war in Versuchung, bitter aufzulachen. Er hatte unter wirklichen Tyrannen gelitten. Welche Ahnung hatten diese törichten westlichen Prälaten und wohl dotierten akademischen Theologen von wirklicher Tyrannei? Sie müßten nur einen Tag in einem Gulag verbringen, um augenblicklich ihre Hetze gegen Rom einzustellen. Sie würden erkennen, was ihre Feindseligkeit in Wahrheit war, eine pubertäre Rebellion. „Inquisitionskirche“ haben sie sie genant. Aber dieser Diktator besaß keine Polizei, keine Armee, keine weltliche Macht, nur die Stimme der Wahrheit, mit der er der Welt ins Gewissen redete.

Wurde sie deswegen so gehaßt? Wenn die Schuldigen ihre Schuldgefühle nicht ertragen können, dann trachten sie danach, den zum Schweigen zu bringen, der das Gewissen zum Sprechen bringt.

Aber deswegen Billy töten? Billy, der sich mehr als irgendein anderer im Vatikan zu seinen Schwächen bekannte und niemanden wegen seiner Sünden oder menschlichen Fehler an den Pranger stellte, auch wenn er bissige Bemerkungen über Männer in hohen Positionen, die Irrtümer verbreiteten, fallenlassen konnte? Nein, es war offensichtlich, der Anschlag auf sein Leben hatte eine andere Dimension. War er rein politisch? Vielleicht war es ein Warnschuß, der eigentlich *Stato* galt, daß ihn ein ähnliches Schicksal treffen könnte, wenn er mit der ihm eigentümlichen Sturheit weiterhin gewisse Strategien verfolgte. Möglicherweise hatte der „Unfall“ überhaupt nichts mit Elijah und Kardinal Vettore zu tun und war das Ergebnis komplexer internationaler Verstrickungen, von denen Elijah sich kein Bild machen konnte.

Was immer Billy in Helsinki in Erfahrung gebracht hatte, war offenbar der fehlende Puzzlestein. Plötzlich ging ihm auf, daß Billy der einzige Mensch in der Kirche war, der das wußte. Angst packte ihn um seinen Freund, und er bedauerte, daß er nicht darauf bestanden hatte, mehr zu hören. Dann beruhigte er sich mit dem Gedanken, daß Billy die Information direkt und in allen Einzelheiten an *Stato* weitergeben würde.

Elijah stand am Eingang des Staatssekretariats und bat darum, den Kardinal sprechen zu dürfen.

„Dafür brauchen Sie einen Termin“, antwortete der Priester am Empfang.

„Es ist sehr wichtig“, antwortete er.

„Der Kardinal hat einen äußerst strengen Terminplan."

„Könnten Sie ihm bitte eine Nachricht überbringen? Sie ist von größter Dringlichkeit."

Der beamtete Priester machte ein abweisendes Gesicht, schob ihm aber dennoch einen Block und einen Bleistift zu. Elijah schrieb seinen Namen darauf, seine Telefonnummer im Karmeliten-Kolleg und die Botschaft: „Betrifft William. Dringende und sensible Angelegenheit."

„Werden Sie dafür sorgen, daß er die Nachricht schnell bekommt?"

Der Priester gehörte zu jenen Bürokraten, die makellose Kälte als Berufskunst kultivieren.

„Sehen Sie das?", fragte er und deutete auf einen vollen Postkorb auf seinem Schreibtisch. Das ist die heutige persönliche Post für Seine Eminenz. Ich habe noch einen größeren Stapel mit Sekretariats-Korrespondenz, die er ebenfalls lesen muß. Zusätzlich muß er auf eine Handvoll telefonischer Botschaften antworten. Das Büro des Heiligen Vaters hat ein ungeplantes Treffen für heute Nachmittag anberaumt, und Sie sind der vierte Kleriker, der heute Vormittag ohne Termin kommt und ihn wegen *dringender und sensibler* Angelegenheiten sprechen will. Was soll ich machen?"

„Ich bin überzeugt, der Kardinal würde alle anderen Angelegenheiten beiseite stellen, wenn er wüßte, was ich ihm zu sagen habe."

„Zweifellos auch den Heiligen Vater, nicht wahr?"

Elijah seufzte und breitete die Hände aus.

„Bitte. In Namen Gottes."

„Ich bin beschäftigt. Ebenso der Kardinal. Wenn er einen Augenblick Zeit hat, wird er Sie kontaktieren. Mehr kann ich nicht für Sie tun."

Elijah ging schweren Herzens weg und nahm ein Taxi, das ihn zum Kolleg brachte.

* * *

Nach dem Abendessen hatte er noch eine Lehrveranstaltung zu halten, mußte aber feststellen, daß der Seminarraum nur halbvoll war. Alle Novizen waren anwesend, aber keiner der externen Studenten.

„Wo sind die anderen?", fragte er.

Die Novizen schauten sich an und kicherten.

„Pater, wußten Sie nicht, daß heute Abend ein großes Fußballspiel ist, das Viertelfinale der Weltmeisterschaft?“

„Ich verstehe“, sagte Elijah. „Dann hat es wohl wenig Sinn, die Auffassung von Johannes vom Kreuz und Thomas von Aquin über das Kreuz zu vergleichen.“

Die Studenten unterdrückten ihr Grinsen und warteten darauf, was er nun tun würde.

„Versuchen wir's mit der Theologie an einem anderen Abend, wenn das Spiel vorbei ist. Kein Unterricht heute Abend, meine Herren.“

Sie stürmten hinaus, und Elijah fragte sich, wo sie im Karmel wohl ein Fernsehgerät finden würden.

Niedergeschlagen, wie er war, ging er in die Kapelle und betete eine Stunde lang. Die Anspannung ließ etwas nach, aber die Sorge um Billy wich nicht von ihm.

Er rief in der Gemelli-Klinik an und verlangte die Intensivstation. Der Zustand von Monsignore Stangsby habe sich stabilisiert, sagte die Krankenschwester. In ein paar Tagen könne er vielleicht Besuch empfangen.

Elijah wußte nicht, was er tun sollte. Er machte einen Spaziergang in der Abenddämmerung.

Die Nacht war kühl, und ein paar Sterne leuchteten am messingfarbenen Himmel über der Stadt auf. Der Verkehrslärm auf den Hauptverkehrsadern war zwar etwas zurückgegangen, zehrte aber immer noch an seinen Nerven. Er bog in Seitenstraßen ein, die er nicht kannte, und verlor die Orientierung. Irgendwie wollte er einen großen Kreis um das Kolleg schlagen und in einer Stunde zurück sein. Er kam durch ein heruntergekommenes Viertel, wo Frauen vom Balkon nach ihren Kindern schrieen und Abfall auf den Straßen herumlag. Hunde kläfften ihn an, eine Ratte huschte vor seinen Füßen vorbei. Der Gestank der Gullys und des Abfalls mischte sich mit dem Geruch von Pasta.

In einer düsteren Straße, in der die meisten Straßenlaternen kaputt waren, umringte ihn eine Gruppe von Straßenjungen. Er fand es zugleich traurig und komisch, Teenagern zu begegnen, die Gossenitalienisch sprachen, wie Nazis angezogen waren und die Frisur den Irokesen abgeschaut hatten. Sie johlten und verhöhnten ihn und durchsuchten seine Taschen nach Bargeld, fanden aber nur ein paar Münzen und den befleckten Rosenkranz. Sie warfen den Rosenkranz auf den Boden, trampelten darauf, stießen ihn im Kreis herum und entfernten sich mit Fluchen und höhnischem Gelächter, ohne ihm ernsthaft etwas anzutun. Er schickte ihnen seinen Segen nach.

Der Rosenkranz war zerrissen. Er sammelte die Teile ein und steckte sie in die Tasche, betete für die Jugendlichen und setzte seinen Spaziergang fort.

Ein paar Häuserblocks weiter ging er an einem schmalen Gang vorbei und sah aus dem Augenwinkel ein Feuer. In Sorge, daß es in einer Wohnung brennen könnte, ging er in die enge dunkle Passage hinein und stieß am Ende auf eine Gruppe von Kindern und Jugendlichen, die um ein Feuer herumhockten.

Als sie ihn sahen, schrie der Kleinste: „Haut ab! Haut ab! Ein Priester!" Sie stoben auseinander. Die Älteren schleuderten ihm im Vorbeilaufen dreckige Schimpfworte entgegen. Er staunte über ihren obszönen Wortschatz. Merkwürdig, daß sie ihn in dem fahlen Licht gleich als Priester erkannt hatten. Über der glimmenden Glut sah er auf einem Rost etwas Schwarzes, Rauchendes. Plötzlich bewegte sich das Ding. Elijah sprang entsetzt zurück, kam wieder näher und stieß den Rost mit dem Fuß von der Glut. Das zuckende Etwas rollte auf das Kopfsteinpflaster und wand sich lautlos.

Es war eine Katze. Ihre Pfoten waren abgehackt, und ihr Maul mit schwarzem Band verklebt. Ihr Fell war zum größten Teil verbrannt. Die im Schein der Glut flackernden Augen starrten ihn an. Elijah war fassungslos.

Er fand einen losen Backstein und schlug ihr damit über den Kopf. Er mußte mehrmals zuschlagen, bis der Körper endlich reglos dalag.

Dann stand er auf und sah sich um. Um das Feuer war mit Kreide ein weißer Kreis gezeichnet, innerhalb des Kreises und auf die Hauswände magische Symbole. Elijah betete einen Exorzismus, segnete den Ort und ging fort.

In der nächsten Stunde, auf der Suche nach dem Rückweg zum Kolleg, präsentierte ihm die Stadt Abgründe es Menschenlebens, von denen er im Karmel nichts wußte.

Er stieg über die Beine mehrerer Säufer, die auf dem Pflaster schliefen. Zwei alte Frauen ohrfeigten einen dicken Mann, der hysterisch lachte und mit einer Weinflasche in der Hand über den Gehsteig torkelte. Ein kleines weinendes Mädchen zog ihn am Arm und rief: „Nonno! Komm heim, Nonno!"

Ein paar abgerissene Jugendliche hockten hinter einer Mülltonne und saugten gierig an einem Joint. Männer in den besten Jahren röhrten mit ihren Porsches und BMWs durch die engen Straßen. Sie trugen schwarze, glänzende Lederjacken und dicke Sonnenbrillen und schienen sich für die Krone der Schöpfung zu halten. Im Vorbeifahren machten sie unanständige Gesten zu Elijah.

Er kam an einer alten Kirche vorbei, wo junge Frauen rauchend im Eingang standen. Sie forderten ihn lautstark auf, ihre Dienste anzunehmen, und riefen ihm Preise zu. Elijah ging zu ihnen hinüber und beschwor sie, dieses Leben zu verlassen, aber sie prusteten nur vor Lachen, als er etwas von Seelenheil und dem ewigen Leben sagte. Ihr Lachen war nicht bösartig, aber sie machten ihm unmißverständlich klar, daß er sie in Ruhe lassen sollte. Er versuchte, sie wenigstens dazu zu bringen, ihrer Arbeit nicht gerade vor einer Kirche nachzugehen. Sie hörten auf zu lachen und erklärten ihm ernsthaft und mit einer gewissen Höflichkeit, daß die Kirche nicht mehr in Betrieb und das Allerheiligste nicht darin sei. Offenbar hatte ihre katholische Herkunft Spuren hinterlassen. Er betete still für sie zu Maria Magdalena, und siehe da, sie gingen ohne ein weiteres Wort weg. Ein kleiner Sieg, aber er war erschüttert.

Nachdem er sich durch das Straßengewirr gekämpft hatte, kam er schließlich wieder im Kolleg an. Er ging direkt in die Kapelle und kniete nieder. Hier in der Stille merkte er, daß seine Hände zitterten.

„Mein Gott“, rief er, „mein Gott, wo bist du? Warum können wir sie nicht erreichen?“

Als seine Hände aufgehört hatten zu zittern, hörte er eine Stimme, von der er nicht wußte, ob sie aus dem Tabernakel kam oder aus seinem Inneren.

Mein Sohn, ich bitte dich, zu den verlorenen Orten zu gehen. Geh ohne Furcht.

„Ich habe keine Kraft, Herr. Ich kann sie nicht retten!“

Kein Mensch kann einen anderen retten. Nur ich kann retten. Doch meine Kraft ist in dir. Meine Kraft braucht deine Schwäche. Wann wirst du mir vertrauen?

„Herr, deine Kirche wankt unter unzähligen Schlägen und blutet aus Millionen Wunden.“

Hab keine Angst. Geh in die Dunkelheit und bringe Seelen daraus zurück.

Ich bin immer bei dir.

„Was soll ich tun, Herr? Was ist mit Billy? Wie kann ich den Papst warnen? Ich kann mich nicht bewegen, ich kann nicht dorthin gehen, wohin ich muß. Was soll ich tun?“

Du sollst nur das tun: schau weder links noch rechts. Geh weder vor mir, noch hinter mir. Warte auf mich, und ich werde handeln.

Elijah wurde sich wieder bewußt, daß er vor dem Tabernakel kniete. Es war wie ein süßes Feuer, das ihn umhüllte und allmählich seine Qual linderte. Ein Feuer, das sich von dem Feuer, über dem die Katze massakriert wurde, so total unterschied, daß er sich wunderte, wie dafür dasselbe Wort benutzt werden konnte. Das Feuer der heiligen Präsenz in dieser Kapelle war die Umarmung der vollkommenen Liebe; es brannte, aber verzehrte nicht. Es schenkte Freude, nicht Schmerz. Es fesselte seine Geschöpfe nicht und verstümmelte nicht ihr Fleisch. Warum haßten die Menschen so sehr?

Er ging ins Bett und schlief.

IX
Die Katakombe

Elijah wartete Geduldig darauf, daß der Kardinal mit ihm Kontakt aufnehmen würde. Aber weder an diesem Tag, noch am nächsten kam eine Botschaft. Er hielt seine Vorlesungen und ging seinen privaten Forschungen nach. Er betete und las und machte seinen Spaziergang durch die sauberen Straßen rund um das Kolleg. Als er eines Abends Billy im Gemelli Krankenhaus besuchte, fand er ihn schlafend. Gott sei Dank sah er besser aus. Da er den Schlaf des Monsignores nicht stören wollte, entfernte er sich so leise, wie er gekommen war.

Obwohl er betete und sich ständig im Vertrauen übte, stieg die Spannung durch das Schweigen des Vatikans immer mehr an. Es war schwer, tatenlos zu vertrauen, wenn alles in ihm schrie: *Avanti! Schlage Alarm!*

Aber er tat, was man ihm gesagt hatte, und wartete. Wenn er nicht die apokalyptische Literatur gehabt hätte, in der er sich täglich stundenlang vergrub, dann wäre die Spannung unerträglich geworden.

Seine Bewunderung für den berühmten Kardinal Newman, der Ende des neunzehnten Jahrhunderts als Anglikaner zum katholischen Glauben konvertiert war, wurde immer größer. Ein ungewöhnlicher Charakter, ein Mann, der mit fast allen Ebenen der Gesellschaft überkreuz war. Seine Einsamkeit, die an Entfremdung grenzte, gab ihm eine einzigartige Perspektive. Er war in der Lage, aus dem Zeitgeist seiner Epoche herauszutreten und sie mit einem objektiven Blick zu mustern. Er war ernst bis zur Melancholie, brillant, sensibel, und – wie viele sagten – ein wahrhafter Prophet. Er schrieb und predigte ausführlich über den Geist des Antichrist. Dieser perverse Geist verbreite sich immer mehr in der Welt, und ein großer Glaubensabfall stehe bevor. Er zitierte den Propheten Daniel, der davor warnte, daß der Widersacher auf friedlichem Wege und durch Schmeicheleien Macht über alle Nationen gewinnen würde.

Newman zeigte auf, daß zu verschiedensten Zeiten und Orten dem Aufstieg des Antichrist der Glaubensabfall des Volkes Gottes vorausging, sei es Antiochus, Nero, Julian der Apostat, der falsche Prophet Muhammad oder die atheistischen Führer der Französischen Revolution – jeder von ihnen ein Vorläufer des Antichrist, der am Ende der Zeiten erscheinen würde, wenn das Geheimnis des Bösen seine endgültige, furchtbare Unvernunft offenbarte. Das Versagen der Gläubigen, ihren Glauben zu leben – so die Warnung Newmans – würde wie schon in früheren Zeitaltern „die Herrschaft des Mannes der Sünde" heraufbeschwören, der die Göttlichkeit Christi leugnen und sich an Seine Stelle setzen würde, ohne davor zurückzuschrecken, den Tempel Gottes zu betreten und seine eigene Anbetung zu fordern.

Elijah las: *Sie werden das Heiligtum der Kraft verunreinigen und sie werden das tägliche Opfer beseitigen. Sie werden das Abscheuliche, das zur Verzweiflung treibt, an seine Stelle setzen. Sie werden sich durch Schmeicheleien korrumpieren lassen und den Bund hintertreiben ...*

Seine Konzentration wurde durch heftiges Klopfen an der Tür unterbrochen. Der Portier rief:

„Pater, eine Botschaft vom Vatikan! Sie schicken Ihnen einen Wagen. Er wird in zehn Minuten hier sein. Sie werden erwartet."

„Ich bin gleich fertig, Bruder. Danke."

Er spritze sich kaltes Wasser ins Gesicht, strich seinen Habit glatt und eilte in die Kapelle. Dort betete er einige Minuten, bevor der Portier hereinkam und ihm signalisierte, er werde abgeholt.

„Schnell, schnell, er kreist um den Block."

Elijah trat vor das Gebäude und schaute die Straße auf und ab, aber keine Limousine war zu sehen. Er wollte gerade wieder hineingehen und beim Portier nachfragen, als ein rostiger, grüner Fiat mit quietschenden Bremsen anhielt. Ein Arm schoss aus dem Fahrerfenster und winkte ihn heran.

„Springen Sie herein, Pater", sagte der Kardinalstaatssekretär.

Elijah schnallte sich an, und der Kardinal trat aufs Gaspedal und hinterließ eine Wolke schwarzer Auspuffgase. Mit lautem Hupen zwängte er sich in den Strom des Nachtverkehrs und fuhr wie ein typischer Römer in Richtung Petersplatz.

„Ich komme gerade von Gemelli", sagte er mit einem sehr ernsten Gesicht.

„Wie erleichtert bin ich! Sie haben also meine Nachricht erhalten."

„Nachricht? Nicht das Geringste!"

„Aber ich versuche ständig mit Ihnen in Kontakt zu kommen seit dem Unfall von Monsignore Stangsby."

Der Kardinal schien hinunterzuschlucken, was er gerade sagen wollte. Nach einer langen Pause wandte er sich zu Elijah und sagte: „Ich habe eine sehr schlimme Nachricht, Pater. Unser William ist tot."

Augenblicklich schien sich der Verkehr zu verlangsamen und die Geräusche verschwanden. Sein Herz machte einen Sprung, und ein alter Schmerz kehrte in seine Brust zurück. Er starrte durch die Windschutzscheibe, wie im Zeitlupentempo fuhren sie durch die ewige Stadt.

Die Stimme des Kardinals brach den Bann.

„Es tut mir leid. Er war Ihr Freund."

Elijah nickte und schlug die Hände vors Gesicht.

Sie fuhren schweigend weiter. Die Stadt drehte sich, die Architektur der Welt schien sich bis zur Unkenntlichkeit zu verkrümmen, es war Elijah, als hätte sie sich aus der göttlichen Ordnung gelöst.

Als die Tränen lautlos über sein Gesicht zu laufen begannen, wich allmählich die bedrohliche Desorientierung dem Schmerz der Trauer.

„Die Leute im Gemelli sagen, sie wissen nicht, warum er gestorben ist. Bis zur Autopsie können sie nur Vermutungen anstellen. Sein Arzt meint, es gab einen inneren Bluterguß, den sie nicht erwischt haben. Ein großer Blutklumpen könnte das Herz zum Stillstand gebracht haben. Es ist mitten in der Nacht passiert. Die Nachtschwestern haben den Notruf nicht gehört. Offenbar mußte man sich noch um ein anderes Problem auf der Station kümmern, obwohl sich das als falscher Alarm herausstellte. Als sie schließlich zu William kamen, war er tot."

„Das ist sehr schlimm", sagte Elijah.

„Ich weiß, er wird uns sehr fehlen. Er hat uns alle zum Lachen gebracht, wo es doch meist so ernst bei uns zugeht. Er war ein hervorragender Organisator."

„Es ist schlimmer als unser persönlicher Verlust, viel schlimmer."

Der Kardinal schaute ihn an.

„Was soll das heißen?"

„Es ist sehr ernst. Die Fahrt reicht nicht, um Ihnen alles zu sagen."

„*Bene!* Wir können in meinem Büro sprechen."

„Ich glaube, das wäre unklug. Wir können nicht davon ausgehen, daß irgendein Ort sicher ist."

„Pater", sagte der Kardinal sanft, „Williams Tod ist ein Schock für Sie. Wäre es nicht das Beste, ich fahre Sie in den Karmel zurück? Sie haben Zeit für sich, und wir reden morgen."

„Wenn ich Ihnen sage, was in den letzten Wochen geschehen ist, dann werden Sie wissen, daß meine Sorge keine Folge des Schocks ist. William und ich haben einen Großangriff auf das Papsttum und die Kirche entdeckt. Ihr Fundament ist in Gefahr."

„Ihr Fundament?", fragte der Kardinal zweifelnd.

„Können wir das Auto abstellen und zu Fuß gehen?"

Der Kardinal antwortete nicht sofort. Elijah sah, daß er den Ernst der Lage zu begreifen begann.

„In Ordnung", sagte er mit leiser Stimme. „Wir besuchen Freunde. Dort wird es keine ungebetenen Gäste geben" – womit er Elijah zu verstehen gab, daß auch er seine Zweifel an der Sicherheit der Kurienbüros hatte.

„Wir wollen jetzt nicht mehr darüber sprechen", sagte er. „Die elektronische Überwachung ist heutzutage höchst raffiniert. Eine Wanze könnte sich sogar in einen kleinen Fiat verirren", sagte er und bog auf die Via Appia ein. Er seufzte: „Es ist für uns alle ein furchtbarer Verlust. Wie oft habe ich ihm schon gesagt: *William, Sie beten wie ein Engel, aber Sie fahren wie ein Teufel.*"

Das sagte ein Mann, der mit achtzig Stundekilometer über das Kopfsteinpflaster bretterte.

Fünfzehn Minuten später zweigten sie auf eine schmale kurvige Straße ab, die mit Büschen und Bäumen gesäumt war.

Der Kardinal parkte das Auto auf der Wiese neben der Straße. Die Scheinwerfer des Autos beleuchteten ein kleines Steinhaus, das aussah, als wäre es eine Friedhofskapelle aus dem fünften oder sechsten Jahrhundert. Er schloß die Bronzetür auf, trat ein und knipste das Licht an. Elijah drehte das Autolicht ab und folgte ihm.

Der Kardinal ging durch einen Gang am Ende des Raums, schloß eine weitere Tür auf und stieg eine lange Steintreppe hinunter. Die Treppe war offenbar uralt, an der Seite zeigten sich Schichten von Schwemmerde, Tuff gemischt mit Kies und Stein. Der Treppengang endete ungefähr 15 Meter unter der Erde. Dort erstreckte sich eine in den Stein geschlagene, unregelmäßige Galerie, die sich in der Dunkelheit verlor.

„Das ist mein einziger Luxus", sagte der Kardinal und schüttelte den Schlüssel in seiner Hand. „Kommen Sie, ich möchte Sie meinen Freunden vorstellen."

Er führte Elijah tiefer in das Gewirr der Gänge hinein, die von der Hauptgalerie abzweigten.

„Sie wissen natürlich, wo wir sind?"

„In den Katakomben."

„Ja. Sie ziehen sich über viele Kilometer unter der Oberfläche hin. Wir befinden uns in der Sankt-Callistus-Katakombe, in einem wenig bekannten Seitengang. Von hier aus geht nie jemand weiter. Nur der verrückte Kardinal."

Er blieb vor einer sehr alten Holztüre stehen, entriegelte sie und trat ein. Im Dunklen hörte Elijah das Kratzen eines Streichholzes. Plötzlich wurde es hell. Der Kardinal hatte eine Kerosinlampe angezündet. Er schloß die Tür von innen und schob den Riegel vor.

„Ich komme gern hierher. Ich setze mich zwischen die Gräber meiner Brüder und Schwestern. Das gibt einem die richtige Perspektive. Wenn die Korruption in Rom besonders groß ist und der Vatikan einem Bienenstock gleicht, in dem die Bienen Papier kauen, um daraus Honig zu machen, dann gehe ich hier herunter und bete zum Herrn: Herr, laß mich einfach bleiben. Bewahre mich davor, ein Prinz zu werden, eingebildet und hochmütig. Laß mich so werden wie diese Kleinen, deine wahren Diener."

Elijah nickte. Er spürte, daß der Kardinal sich bemühte, die Leere mit Worten zu füllen, aber Stille wäre ihm lieber gewesen, um zu fassen, was geschehen war. Elijah schaute sich in den Regalen um, die in die Wände eingehauen waren.

„Schauen Sie, Pater. Lesen Sie, was steht hier?"

„Praetexatus, *clarissimus*."

„*Clarissimus* bedeutet, daß er Senator war. Wir sind nicht weit vom Grab der heiligen Cäcilia entfernt, die große frühe Märtyrerin von adeliger Geburt. Vielleicht war er ein Angehöriger ihrer Familie. Und hier, schauen Sie, was steht da?

„Osimus, *servus.*"

„Ein Sklave. Diese beiden Männer waren Brüder in Christus. Sie ruhen nebeneinander und warten auf den Jüngsten Tag."

Elijah antwortete nicht. Billys zerschlagenes Gesicht stand ihm vor Augen und ebenso sein fröhliches Gesicht aus den Tagen in Assisi.

„Hier wohnen die Heiligen, die meisten von ihnen kennt niemand. Sie sind das wahre Fundament der Kirche. Viele von ihnen haben einen qualvollen Tod erlitten, wurden in der Arena in Stücke gerissen, lebendig verbrannt, geköpft. Einige wurden sogar gekreuzigt. Schauen Sie hier. Sie ist mein Liebling, ein Mädchen. Eine von vielen Tausenden unbekannter Märtyrer. Sie ist meine kleine Tochter. Fragen Sie sich, ob ich ein wenig verrückt bin?"

„Nein, Eminenz."

„Ein Christ lebt in zwei Welten, in der Zeit und jenseits der Zeit. Ich fühle mich ihr näher als den meisten, die dort oben über die Erde gehen. Ja, wir kennen uns gut. Sie heißt Severa. Sie ist während einer Verfolgung im dritten Jahrhundert umgekommen, eine Märtyrerin mit dreizehn Jahren. Sie wollte lieber den Löwen vorgeworfen werden, als sich sexueller Verführung zu beugen. Die Familie hat die Worte für ihr Gedenken sehr sorgfältig ausgewählt – *eine Märtyrerin der heiligen Jungfräulichkeit, sieghaft über den Löwen,* heißt es hier. Können Sie entziffern, was noch darunter steht, Pater?"

Eine Taube ohne Bitterkeit. Ruhe, Severa, und juble im Heiligen Geist.

„Eine kleine Heilige. Siebzehnhundert Jahre alt. Sie ist unsere Tochter – und unsere Mutter."

Elijah fand keine Worte. Sein Blick war in die Ferne gerichtet, als würde er auf eine Szene oder ein Gesicht schauen, das er nicht klar erkennen konnte.

„Woran denken Sie?"

„Eine Erinnerung. Meine Frau starb jung und hat unser Kind mit in die Ewigkeit genommen, ungeboren, ein kleines Mädchen. Ich sah sie kürzlich in einem Traum. Ihre Severa gibt mir Hoffnung, daß ich sie eines Tages wirklich sehen werde."

„Wenn uns hier jemand reden hörte! Hätten Protestanten hier eine *Wanze*, dann würden sie meinen, wir seien von Dämonen besessene Totenbeschwörer, die im Hause der Toten Visionen und Stimmen hinterher jagen. Aber unsere Gemeinschaft gehört in eine andere Ordnung. Es ist eine Einheit im Geiste, die kein Medium und keine Séancen braucht."

Das Wort Wanze erinnerte Elijah an den Grund ihres Treffens.

„Eminenz, ich habe Ihnen etwas sehr Ernstes mitzuteilen."

„*Bene!* Sprechen Sie!"

Angefangen von Assisi über Neapel und Capri berichtete Elijah von den Ereignissen der letzten Wochen.

Er kam auf die Entdeckung des Besuchs von Kardinal Vettore in Capri zu sprechen und seine Verbindung mit dem Präsidenten.

Selbst im trüben Licht der Kerosinlampe sah Elijah, daß der Kardinal blaß wurde. Zwar änderte sich sein Gesichtsausdruck nicht, aber die Augen hörten auf zu blinzeln.

Als Elijah fertig war, seufzte der Kardinal tief und setzte sich auf einen Stein.

„Es ist schwer zu glauben. Sind Sie ganz sicher, daß es Vettore war?"

„Absolut sicher."

„Das ist überaus besorgniserregend. Er gilt als ein guter Mann."

„Vielleicht hatte der Kardinal eine andere Mission im Auftrag des Heiligen Stuhls zu erfüllen."

„Es ist unwahrscheinlich, daß der Heilige Vater das ohne mein Wissen getan hätte. Diese Art von Verhandlung liegt völlig außerhalb seines Gebiets. Sie sind ein Novize in der Arbeit des Vatikans, wenn Sie meinen, solch eine Mission könnte im Alleingang, ohne Beratungen, unternommen werden. Was Sie mir gesagt haben, hat eine Tragweite, die Sie gar nicht ermessen können."

„Ich hätte Ihnen gerne sofort davon berichtet, aber es scheint, als wäre Ihr Empfangschef, der die Besucher empfängt und die Post verteilt, nicht sehr hilfreich."

„Das ist der Gipfel!", sagte der Kardinal aufgebracht. „Seit dem Unfall geht es rund. Ich vermute, daß meine Leute die Nachrichten ausgesiebt haben, die durch das Büro gelaufen sind. Es ist eine Flut, wir kommen nicht nach. Ich muß mich entschuldigen. Ohne William im Büro ..." Der Kardinal schluckte und schüttelte bestürzt den Kopf. „Sie sagen, Sie hätten am Empfang eine Botschaft für mich hinterlassen?"

„Ja, eine handschriftliche Notiz, auf der *dringend* steht. Ich habe auch mehrmals angerufen und mündliche Nachrichten für Sie hinterlassen."

„Ich verstehe."

„Eminenz, ich bin überzeugt, daß Monsignore Stangsby ermordet wurde. Bei unserem letzten Gespräch äußerte er starke Zweifel daran, daß es sich um einen Unfall gehandelt hatte. Er war sicher, daß man ihn betäubt hatte und der Autounfall inszeniert war."

„Das hat er zu Ihnen gesagt?"

„Ja, und andres mehr."

„Und zwar ...?"

„Er war überzeugt, daß seine Wohnung verwanzt war, aber wegen der überstürzten Abreise nach Helsinki war er unvorsichtig und diktierte noch schnell die Geschichte mit Kardinal Vettore in ein Aufnahmegerät mit der Absicht, Ihnen die Information zukommen zu lassen."

„William war nicht immer diskret."

„Er sagte mir außerdem, daß er Dinge wisse, die noch viel schlimmer wären als die Vettore-Verbindung. In Helsinki hätte man ihn über die Pläne des Feindes zur Zerstörung der Kirche informiert."

„Hat er Ihnen Einzelheiten mitgeteilt?"

„Nein."

„Deswegen leben Sie wahrscheinlich noch."

„Er sagte, es sei alles auf der Kassette. Aber durch eine tragische Verkettung von Umständen war er nicht in der Lage, sie in ihre Hände zu legen. Sie ist verschwunden."

„Aha!"

„Und damit jeder Beweis, daß das, was ich Ihnen gesagt habe, wahr ist."

„Wir haben also nur Ihr Zeugnis", sagte der Kardinal nachdenklich, den Blick auf den Boden gerichtet.

Elijah stand schweigend da und betete.

Der Kardinal schaute auf und sagte: „Ich glaube Ihnen."

Einige Minuten sagten die beiden Männer gar nichts. Schließlich, als würde er mit sich selbst sprechen, sagte der Kardinal:

„Vielleicht ist die Situation nicht so kompromittierend, wie sie scheint. Es ist nicht auszuschließen, daß Vettore unschuldig ist. Ach wäre es doch nur so! Aber ich habe das dumpfe Gefühl, daß sich diese Hoffnung zerschlägt. Was Sie mir gesagt haben, erklärt vieles – kleine Unregelmäßigkeiten, die man in so großen Verwaltungen wie der unseren für normal halten kann. Das tägliche Leben im Vatikan besteht aus Hunderttausenden von Vorgängen ohne besondere Bedeutung. Manchmal haben sie aber doch Bedeutung – zum Beispiel die Tatsache, daß ich meinen Empfangschef, einen durchaus fähigen Mann, erst kürzlich vom Päpstlichen Rat für den Interreligiösen Dialog übernommen habe."

„Das Büro von Kardinal Vettore."

„Ja. Es gibt noch andere kleinere Ereignisse, die jetzt in einem ganz anderen Licht erscheinen. Beziehungen, Konferenzen, Blicke, hier ein Wort und da ein Wort, eine Anspielung … aber das alles erklärt keinen Mord."

„Eminenz, bedenken Sie, der Unfall geschah genau in dem Moment, als Billy versuchte, extrem sensible Informationen mitzuteilen. Sein Tod eliminierte die einzige Person im Vatikan, die etwas über Helsinki wußte, das heißt, die einzige Person außerhalb jenes Netzwerkes."

„Ich fürchte, Sie könnten Recht haben. Das wäre ein Motiv. Wenn Ihre Überlegungen zutreffend sind, selbst wenn sie weit hergeholt erscheinen, dann sind Sie in Gefahr."

„Wenn ich etwas hinzufügen darf: falls irgendjemand von unserer Begegnung heute Abend erfährt, dann sind auch Sie in Gefahr."

„Niemand weiß etwas davon, außer Ihr Portier, und so wie er aussieht, halte ich ihn nicht für subversiv."

„Nein, das ist er wirklich nicht. Er ist ein schlichtes Gemüt. Er kennt nicht einmal den Namen des Vatikan-Vertreters, der mich heute Abend abgeholt hat."

„Es hat mich also keine Nachricht von Ihnen erreicht und folglich auch nicht den Heiligen Vater." Der Kardinal zog die Brauen zusammen und dachte nach. „Nachrichten, Nachrichten, die nicht zu mir kommen! Ich glaube, wir sollten die Verbindung von Vettore mit Capri nicht unterschätzen. Ob der Kardinal nun mit dem Tod Williams etwas zu tun hat oder nicht, jedenfalls ist sein Besuch in Capri kein gutes Zeichen."

„Eminenz, warum rufe ich morgen nicht bei Ihrem Empfangschef an und frage, ob er Ihnen meine Nachricht weitergeleitet hat? Ich könnte um einen Termin mit Ihnen bitten. Wenn er absichtlich täuscht, wird er mir etwas anderes sagen, als was er tut. Er wird die Information seinen Freunden weitergeben, aber nicht an Sie. Wenn sich das herausstellt, dann haben wir jedenfalls ein Indiz dafür, daß hier eine Verschwörung im Gange ist."

„Mein lieber Pater Schäfer, ich habe nicht erwartet, daß Sie zu solchen

Intrigen fähig sind.“

„In verschiedenen Phasen meines Lebens war ich unter anderem eine Straßenratte, Mitglied einer Untergrundarmee und Staatsanwalt der Regierung.“

„Wie ich sehe“, sagte der Kardinal, „hat dieser Priester verborgene Fähigkeiten, auf die er jetzt zurückgreifen kann. *Bravissimo!*“

„Werden Sie den Heiligen Vater warnen?“

„Ich werde mich bemühen, ihn morgen Vormittag zu sehen.“

„Wenn ich einen Vorschlag machen darf, Eminenz, so wäre es wohl das Beste, Sie würden dieses Gespräch im privaten Teil der Vatikanischen Gärten führen.“

„Daran habe ich auch gedacht.“

„Wie werden wir uns verständigen, ob Ihr Empfangschef den Test bestanden hat oder durchgefallen ist?“

„Rufen Sie morgen um elf Uhr im Büro an. Detektivische Arbeit ist mir nicht ganz fremd. Ich werde die Geschehnisse des morgigen Vormittags aufmerksam beobachten.“

Damit erhoben sie sich und stiegen wieder an die Oberfläche empor.

Der Kardinal fuhr ohne Rücksicht auf Geschwindigkeitsbegrenzungen zur Stadt zurück und ließ Elijah einige Ecken vor dem Kolleg aussteigen.

* * *

Um Punkt elf Uhr rief er im Staatssekretariat an und hörte die vertraute Stimme des Empfangschefs.

Elijah bat darum, mit dem Kardinal sprechen zu dürfen.

„Ich muß Sie leider wieder darauf hinweisen, daß der Kardinalstaatssekretär überaus beschäftigt ist. Wir können einfach nicht jede Botschaft so schnell übermitteln, wie das gewünscht wird.“

„Haben sie ihm meine Nachricht weitergegeben?“

„Selbstverständlich habe ich das getan! Ich habe ihm ausgerichtet, daß Sie mehrmals angerufen haben, und ich habe ihm Ihre schriftliche Notiz vorgelegt.“

„Aha.“

„Pater, ich muß Sie wirklich bitten, Geduld zu haben. Wenn der Kardinal

Ihnen in dieser Sache helfen kann, wird er es gewiß tun, aber alles zu seiner Zeit. Man darf ihn nicht unter Druck setzen. Man darf ihm nicht auf die Nerven gehen."

„Es tut mir leid, wenn ich ihn bedrängt habe. Werden Sie ihm sagen, daß ich ihn sprechen möchte?"

„Ich werde gleich zu seinem Büro gehen und ihm mitteilen, daß Sie zum wiederholten Mal angerufen haben", antwortete er säuerlich.

„Danke."

„Noch etwas, Pater, darf ich Sie bitten, nicht noch einmal anzurufen. Falls Sie nichts vom Kardinal hören, dann heißt das, er hat die Angelegenheit geprüft und ist zu dem Schluß gekommen ist, daß er Ihnen nicht helfen kann."

„Ja, natürlich. Ich verstehe."

„Und noch etwas, Pater, was immer so dringlich sein mag, ich schlage vor, daß Sie es der göttlichen Vorsehung überlassen. Ich kenne Ihren Namen. Sie sind Professor bei den Karmeliten, nicht wahr?"

„Ja, das bin ich."

„Dann schlage ich vor, daß Sie sich auf Ihre Pflichten konzentrieren und das Management der Kirche denen überlassen, die dafür besser ausgerüstet sind."

„Ich werde darüber nachdenken", sagte Elijah in versöhnlichem Ton. „Danke. Es ist ein guter Rat."

„Es ist ein sehr guter Rat."

„Sie haben Recht. Ich bin in letzter Zeit recht übermüdet. Vielleicht habe ich mir etwas eingebildet. Wahrscheinlich ist es am besten, die Sache zu vergessen."

„Wir müssen uns in diesem Büro mit vielen realen Krisen auseinandersetzen, Pater. Wir können uns nicht mit den Zweifeln und Vermutungen jedes Klerikers in Rom befassen. Nur wenige Dinge im Leben sind wirklich so dringend, wie man meint."

„Das ist wahr. Ich werde Sie nicht weiter belästigen. Bitte verzeihen Sie."

„Aber natürlich. *Buon giorno,* Pater Schäfer."

„Buon giorno."

Beim Mittagessen wurde Elijah vom Portier aus dem Refektorium herausgerufen.

„Ein Anruf für Sie zu dieser Tageszeit. In Rom ist jetzt *Siesta!*"

Es war die Stimme des Kardinals.

„Wir brauchen keine Namen zu nennen. Ich rufe von außerhalb an, weil wir nicht wissen, in welchem Zustand die normale Verbindung ist."

„Ich verstehe."

„Die Sache ist so, wie wir vermutet haben. Der Garten ist von Parasiten befallen, aber nicht tödlich, soweit wir sehen."

„Haben Sie keine Nachricht bekommen?"

„Nichts. Ich stand neben der Tür. Ich hörte seine Seite der Unterhaltung."

„Hat er Ihnen danach etwas darüber gesagt?"

„Kein Wort. Stattdessen rief er ein bestimmtes Büro an, über das wir gesprochen haben. Er teilte der anderen Seite mit, daß nun alle Schwierigkeiten abgewendet seien."

„Dann haben wir also den Beweis."

„Ja, in der Tat. Ich habe mit Papa beim Frühstück gesprochen. Er fühlte sich schlecht und wollte einen Spaziergang im Garten machen, um sich an den Blumen zu erfreuen."

„Wie geht es seinen roten Rosen?"

„Sie sind schon fast verblüht. Einige sind verlaust. Aber die Mehrheit ist gesund."

„Haben Sie es ihm gesagt?"

„Ja, alles. Papa versteht. Er hat es kommen sehen."

„Was sagt er? Wie sollten wir die Pflanzen retten?"

„Er meint, wir müssen den Dingen ihren Lauf lassen. Wir dürfen nichts überstürzen. Unauffällig beschneiden, die Erde düngen. Es wird einen nächsten Frühling geben und dann wird eine neue Generation von Rosen blühen."

„Er ist sehr weise, unser Papa."

Nach dem Abendessen lieh sich Elijah das Auto des Hauses und fuhr durch die Stadt nach Norden, in die Gegenrichtung der Katakomben von Sankt Callistus. Er fuhr eine Stunde lang ziellos im Kreis herum, bis er sicher war, daß ihm niemand folgte. Dann drehte er um in Richtung Via Appia.

Der Kardinal saß in seinem Fiat mit abgeschaltetem Licht. Sie gingen in die Krypta hinunter und standen bald an der Gruft der Taube.

Sie sprachen kein Wort.

Der Kardinal öffnete den Koffer mit Kelch und Patene. Sie legten die

Priestergewänder an, die sie mitgebracht hatten. Die absolute Stille, die sie umgebenden Gebeine der Heiligen und Märtyrer, das ruhig brennende Kerzenlicht schufen eine Atmosphäre von Zeitlosigkeit. Nach der Kommunion knieten sie lange, und jeder betete auf seine Weise für Billys Seele.

Der Kardinal stand als erster auf. Er schaute auf das Gesicht Elijahs, der ganz in sich gekehrt war, und fragte sich, wer dieser ungewöhnliche Priester wirklich war. Er kannte seine biographischen Daten, aber jetzt spürte er etwas von seinem Charakter, vom Wesen seiner Seele. Er sah, wie tief ihn dieser Verlust traf, auch wenn er kaum etwas davon zum Ausdruck brachte.

Als die Messe zu Ende war und sie ihre Gewänder abgelegt hatten, standen sie noch lange schweigend am Grabmal.

„William, William, William", seufzte der Kardinal.

Elijah räusperte sich und fragte: „Stecken viele mit drin?"

Da verstand *Stato*, daß Elijah seine tiefen Gefühle für sich behalten wollte.

„Auf den ersten Blick scheint es sich nur um den Kreis der Freunde Kardinal Vettores zu handeln. Es ist keine große Gruppe, vielleicht ein Dutzend Kardinäle und ebenso viele Bischöfe. Vielleicht ist sie auch viel größter. Es ist auf dieser Stufe schwierig, die Verbindungen, die aus seiner offiziellen Arbeit stammen, von denen zu unterscheiden, die freiwillig sind und mit etwas Verborgenem in Zusammenhang stehen."

„Was, glauben Sie, ist ihr Ziel?"

„Ich bin nicht sicher. Ich stehe vor einem Rätsel."

„Sind sie ehrgeizig?"

„Einige sind es, andere nicht."

„Persönliche Feinde des Papstes?"

„Keiner, so weit ich sehe. Zwei oder drei sprechen gut über ihn."

„Vielleicht ist das nur Kosmetik."

„Möglich. Ich kann einfach nicht erkennen, welcher Faktor sie eint, keine gemeinsame Leidenschaft. Sie haben unterschiedliche Meinungen über das Wesen der Kirche."

„Das deutet nicht auf eine ideologische Komponente hin."

„Aber was könnte so unterschiedliche Männer zusammenbringen?

„Vielleicht eine spirituelle Verbindung?"

„Spirituell?"

„Es ist nur eine Spekulation, aber nehmen wir einmal an, diese Männer mit so verschiedenem Hintergrund innerhalb der Kirche haben sich alle auf ein bestimmtes, sagen wir *Angebot* eingelassen. Nehmen wir an, daß der Kern dieses Angebots so verschleiert war, daß es *gut* erschien, daß sie ihre Gefahr nicht erkannten. Irgendwann gaben sie innerlich ihre Zustimmung, eine fast unmerkliche Abwendung von Christus, weg von der geschichtlichen Vision der universalen Kirche. Allmählich wurde ihre Wahrnehmung der katholischen Eschatologie entfremdet."

„Sie meinen die Letzten Dinge, die Endzeit?" fragte der Kardinal zweifelnd. „Warum sollte das irgendetwas mit Verschwörung zu tun haben? Ah, Moment mal, vielleicht ahne ich, was Sie meinen."

„Das könnte das Gemeinsame sein, das sie vereinigt. Vielleicht haben sie sich von einer wunderbaren Vision der Zukunft verführen lassen – einer spirituellen Vision."

„Sie meinen eine Art von Erlösung."

„Etwas in dieser Richtung. Ich sage nicht, daß es so ist, aber es könnte vieles erklären."

„Es erklärt keinen Mord."

„Die Situation ist vielleicht komplexer, als wir meinen. Diese armen Kirchenmänner könnten auch naiv sein und von Organisationen oder Kräften, die mit der menschlichen Natur umzugehen wissen, manipuliert werden. Jemand anders kann für Billys Tod verantwortlich sein."

„Ja, das könnte sein. Es ist nicht leicht, einen Mann Gottes in einen Mörder zu verwandeln."

„Daß Sie von *Parasiten* reden, ist treffend. Ich glaube nicht, daß diese armen Bischöfe Parasiten sind. Die Parasiten sind Männer oder Mächte hinter den Kulissen, die auf dem Rücken dieser Prälaten in das Haus Gottes eindringen."

„Das wäre furchtbar! Es muß gestoppt werden."

„Wie stoppt man eine Schimäre?"

„So, wie wir das immer gemacht haben – durch Gebet und Fasten. Wir müssen das ganze Volk der Gläubigen aufwecken. Sie schlafen schon viel zu lange!"

„Eminenz, Propheten und Heilige, Päpste und Lehrer versuchen schon über ein Jahrhundert lang, die Gläubigen aufzuwecken. Sie weigern sich, aufzustehen."

„Ich weiß, ich weiß", seufzte der Kardinal. „Aber einige werden reagieren. Wir müssen retten, was zu retten ist. Im Übrigen hat der Heilige Vater Recht. Der Garten ist immer jung. Eine neue Generation von Seelen muß kultiviert werden. Wir haben auch Verantwortung für jene, die noch nicht geboren sind, die nach uns kommen werden."

„Auf der praktischen Ebene, wie kann ich da helfen?"

„Der Heilige Vater möchte, daß Sie einige Zeit in Rom bleiben. Er bittet Sie, auf seine Weisung zu warten, denn er möchte, daß Sie da weitermachen, wo Sie begonnen haben. Sie sollen für ihn im Lager des Feindes gegenwärtig sein. Er weiß, daß der Präsident seinen Blick auf Sie gerichtet hat und glaubt, daß er Sie für seine Zwecke instrumentalisieren kann."

„Wollen Sie damit sagen, daß ich seine Einladungen annehmen soll?"

„Nur in einer gewissen Hinsicht. Gehen Sie auf seine Einladungen ein, soweit das moralisch möglich ist. Sie werden wissen, wo die Grenze liegt."

„Ich kann nicht so tun, als sei ich ein weiterer Kardinal Vettore."

„Aber Sie können im Interesse einer höheren Nächstenliebe mit einer gewissen inneren Reservierung darauf eingehen."

„Ich kann nicht lügen."

„Ich habe nicht verlangt, daß Sie lügen."

„Und was verlangen Sie?"

„In sein Lager zu gehen, so wie David in das Lager Sauls ging, als dieser ihm nach dem Leben trachtete. Sie werden von Feinden umgeben sein; sie werden vielleicht sogar denen begegnen, die für den Tod Williams verantwortlich sind. Wir bitten Sie, ein Wort der Wahrheit in dem Meer von Falschheit zu sein, mit dem sich der Präsident umgibt. Sie müssen, wie der Herr sagt, so klug wie eine Schlange sein und so sanft wie eine Taube. Sie müssen mit Weisheit den richtigen Augenblick wählen. Bis dahin werden Sie viel lernen und ihre Bedeutung für den Präsidenten wird wachsen bis zu dem Augenblick, wenn er die Worte Christi von Ihren Lippen hören wird."

„Könnte das nicht viel eher durch eine Begegnung mit dem Papst erreicht werden?"

„Wie ich Ihnen schon sagte, würde der Präsident eine direkte Begegnung mit dem Papst nur zu Propagandazwecken ausschlachten. Er würde nicht zuhören. Ihre Aufgabe ist es, durch seine Abwehr hindurchzudringen bis zu jener geheimnisvollen Seelenebene, auf der ein Mensch dem anderen zuhört."

„Ist er zu solcher Empfänglichkeit überhaupt fähig?"

„Das wissen wir nicht. Es besteht die Möglichkeit, daß er noch nicht vollständig gefangen ist, und deswegen müssen wir versuchen, ihn zu erreichen."

„Das ist spirituell gefährlich."

„Ja, sehr gefährlich. Aber wir wissen nicht, wen wir außer Ihnen damit betrauen könnten. Sie haben die Freiheit, abzulehnen. Weder der Papst noch ich würden Ihnen deswegen einen Vorwurf machen."

„Was würde unsere Freundin Severa zu mir sagen?"

Der Kardinal schaute wehmütig auf das Grabmal und berührte den Stein mit seinem Zeigefinger. Er fuhr die eingemeißelten Buchstaben nach – COLUMBA – *Taube*.

„Dieses Kind stand einem Löwen gegenüber und hat gesiegt", sagte der Kardinal.

„Und ich?"

„Das können Sie nur selbst beantworten."

Elijah schaute aufs Kreuz, den Anker und die Taube, die in den Marmor gemeißelt waren.

„Ich bin bereit."

„Danke", sagte der Kardinal. „Im Namen Jesu Christi danke ich Ihnen."

* * *

Trotz allem hatte die Karte, die auf seiner Hand lag, etwas Unwirkliches.

Es war eine gedruckte Einladung zu einem privaten Bankett im Palazzo Giancarlo Galéone auf der Piazza Navona.

Eine Feier zum erfolgreichen Abschluß der Konferenz des Club of Rome.

Die Einladung war vom Präsidenten unterzeichnet.

Als Elijah sich für das Bankett fertig machte, zog er seinen Karmel-Habit aus, strich über das Tuch und fragte sich, wie oft er ihn wohl noch in Rom tragen würde. Er hängte ihn in den Schrank seiner Zelle. Der Kardinalstaatssekretär hatte ihm gesagt, daß er sich ein neues Image geben müsse, wenn er tiefer in das Missionsland eindringen wolle.

„Ein neues Image? Aber sie wissen, wer ich bin."

„Sie wissen, daß Sie Priester sind und daß Sie einmal als Botschafter des

Vatikans eingesetzt waren. Sie werden annehmen, daß sie deswegen dafür ausgewählt wurden, weil Sie an Archäologie interessiert sind, ein Hobby, das Sie mit dem Präsidenten teilen. Sie wissen auch, daß Sie von ihm beeindruckt waren. Was Ihre Motivation angeht, so vermuten sie wahrscheinlich, daß Sie ein Mönch sind, der aus der Wüste nach Rom kommt, weil er sich nach den Anregungen eines kultivierten urbanen Lebens in der Welt sehnt. Sie wissen, daß Sie ein Seminar für Philosophie leiten und ein Propädeutikum für Theologie. Sie werden annehmen, daß Sie, wie so viele andere, ein Akademiker mit einem Quantum Ehrgeiz und einer milden Ablehnung der orthodoxen Lehre sind, ohne wirklich in Häresie zu verfallen. Ein offener Häretiker nützt ihnen nichts. Sie sind ein besserer Fang, ja mehr noch, eine Trophäe."

„Aber Sie wissen auch, daß ich von der Verbindung zwischen Kardinal Vettore und dem Präsidenten weiß."

„Wer immer die Kassette gestohlen haben mag, der weiß es. Aber die Vettore-Verbindung muß nichts mit dem zu tun haben, was William in Helsinki in Erfahrung gebracht hat. Lesen Sie die Zeitungen, Pater?"

„Selten. Warum?"

„Ein bekannter italienischer Diplomat erhängte sich in Helsinki am Tag von Williams Unfall."

„Oh!"

„Ich wünschte, wir hätten Klarheit", seufzte der Kardinal. „Die Leute müssen nichts mit dem Präsidenten und seinem Kreis zu tun haben. Es gibt viele Dämonen in Rom. Wir sollten keine voreiligen Schlüsse ziehen."

„Aber das Schlimmste ins Auge fassen, wenigstens als eine Möglichkeit."

„Natürlich. Aber ein Dutzend Szenarios sind denkbar mit Hunderten von Charakteren, die sich in unterschiedlichen Jauchegruben herumtreiben."

„Eure Eminenz, wenn jemand in der Partei des Präsidenten für den Tod Billys verantwortlich ist und wenn sie wissen, daß ich über die Verbindung im Bilde bin, warum sollten sie mich dann nicht auch eliminieren?"

„Ich weiß nicht. Wenn dieses Szenario zutreffend ist, dann stehen wir vor neuen Rätseln. Sie hätten auch für Sie einen Unfall inszenieren können, der weniger Aufsehen erregt hätte als der Tod eines Monsignores der Kurie."

„Da ich noch am Leben bin, heißt das, sie nehmen an, Billy habe sein Wissen niemandem mehr mitteilen können."

„Ja, bestimmt glauben Sie, daß Sie nichts von ihren weitreichenden Plänen wissen. Die Intensivstation war völlig abgeschirmt, und das Krankenhauspersonal hat aus medizinischen Gründen sichergestellt, daß Billy mit niemandem kommuniziert hat."

„Aber warum dann diese Einladung?"

„Sie rechnen wahrscheinlich damit, daß der Präsident Sie auf seine Seite ziehen kann. Sie sehen in Ihnen einen wertvollen Spieler in diesem Feld und sind hinter Ihnen aus Gründen her, die wir gegenwärtig nicht durchschauen."

„Es macht keinen Sinn. Es gibt Hunderte von Lehrern der Theologie, von denen viele sehr viel mehr Einfluß haben als ich."

„Wie viele von ihnen haben Verbindungen mit Israel, mit Osteuropa und mit einigen Größen des Westens?"

„Wenn das ihr Motiv ist, dann sind sie auf dem Holzweg. Sie überschätzen meinen taktischen Wert. Fast alle meine Kontakte sind weggefallen, als ich Katholik wurde – vor einem viertel Jahrhundert."

„Das schon. Aber viele Kontakte könnten wiederbelebt werden. Sie wurden damals sehr bewundert. Wenn Sie heute aus der Kirche austreten würden oder sich zu einem Fürsprecher für die Einheit zwischen dem jüdisch-christlichen Glauben und der Spiritualität des New Age machen würden, dann würde man sie als den verlorenen Sohn willkommen heißen, der das Licht gesehen hat. Man würde Ihnen den Lorbeerkranz aufsetzen!"

„Jeder, der mich kennt, wüßte, wie lächerlich ein solches Ansinnen wäre."

„Zweifellos, aber wie viele Leute auf der Welt kennen die Ansichten eines unbekannten Mönchs aus einer Wüste in der Nähe von Haifa?"

„Und ebenso wenige sind an den Meinungen eines Mannes interessiert, der einmal während der sechziger Jahre berühmt war. Ich bin alt. Meine Zeit ist vorbei."

„Meinen Sie? Hören Sie, Pater Elijah, sie versuchen jeden Akteur im Feld der Kunst, der Politik und der Religion auf ihre Seite zu bringen. Sie streben die Umwandlung der Weltkultur an. Sie haben schon sehr viel erreicht. Natürlich sind Sie für sie wichtig. Nicht nur Ihre Vergangenheit ist von Bedeutung. Stehen Sie nicht in Korrespondenz mit dem obersten Rabbi von Frankreich, einem Ihrer persönlichen Freunde? Ebenso mit einem ehemaligen Justizminister der Vereinigten Staaten? Und der neue Erzbischof von Sankt Petersburg – sind Sie nicht dessen geistlicher Begleiter?"

„Ja."

„Sehen Sie, Sie sind ein höchst nützlicher Mann für die andere Seite."

„Ich fände es moralisch unentschuldbar, wenn ich jemand täuschen würde, selbst wenn es sich um einen Feind dieser Größenordnung handelt."

„Wie ich schon sagte, ich verlange nicht von Ihnen zu lügen, nicht einmal, daß Sie falsche Illusionen erzeugen. Sie brauchen nichts weiter, als Sie selbst zu sein – ein Mann Gottes, der einer Einladung, ihr Lager zu betreten, folgt. Was sie sich für einen Reim darauf machen, ist gänzlich ihre Sache. Sie müssen sich wie Paulus in Athen verhalten. Erinnern Sie sich, wie er den Sophisten gegenübersteht und den Altar für einen unbekannten Gott zum Zeugen für den einen wahren Gott macht?"

„Durchaus."

„Seien Sie wie Paulus, Pater. Gehen Sie in das Territorium, das vom Feind erobert wurde, und gewinnen Sie zurück, was möglich ist. Gott wendet für jene, die ihn lieben, alles zum Guten. Sie werden vielleicht sogar arme Seelen in Ketten entdecken, die gerettet werden müssen. Ist das nicht Grund genug für eine solche Mission?"

Elijah lächelte. „Eure Eminenz, es ist mir jetzt ganz klar, warum der Heilige Vater Sie zu seinem ersten Diplomaten gemacht hat."

Der Kardinal lachte. „Genug! Sie überschätzen meinen taktischen Künste."

* * *

Das Bankett begann um acht Uhr. Elijah schaute auf seine Armbanduhr. Mit Unbehagen zog er einen dunkelblauen Anzug an, ein weißes Hemd und eine gestreifte Seidenkrawatte. Er schlüpfte in teure, weiche Lederschuhe. Er kämmte sich die Haare und warf einen Blick in den Spiegel, schaute aber schnell wieder weg.

Ein Herr mit silbergrauem Haar hatte ihm da entgegengeschaut. Ein Fremder, der ein angesehener Universitätsprofessor, ein Bankier oder ein reicher Unternehmer hätte sein können. Nur die Augen paßten nicht zum Kostüm. Sie waren traurig und wissend, belastet mit Erinnerungen und Wahrnehmungen, die zu weit in die Vergangenheit und in die Zukunft reichten.

Er schaute sich wieder an und versuchte, weniger düster dreinzublicken, mühte sich, seinen Augen Freude aufzuzwingen. Die Wirkung war gräßlich. Damit konnte er niemanden überzeugen.

Zögerlich nahm er ein paar Tropfen von dem Eau de Toilette, das ihm der Kardinal aus Billys Beständen gegeben hatte.

Armer William. Er fehlte ihm so sehr.

Sein Martyrium hatte eine Form angenommen, die er nie gewählt hätte – in einem Krankenhausbett sterben, ohne Schwert in der Hand.

Kurz nach sieben Uhr ging er hinaus und fuhr mit einem öffentlichen Bus zur Piazza Navona. Der Bus war voll mit müden Arbeitern, Universitätsstudenten, die sich über Politik stritten, alten Frauen mit Einkaufstaschen, Kindern, die auf dem Schoß ihrer Mütter eingeschlafen waren und mürrischen Jugendlichen mit Kopfhörern in den Ohren. Als er den Bus bestieg, wurde es mit einem Schlag still, und alle Augen folgten ihm bei seinem Gang zum letzten freien Platz.

„Ein Prinz besucht das arme Volk", zischelte jemand halblaut und stieß ihn an der Schulter. Er ignorierte es. Die Fahrgäste grinsten hämisch.

„He, Sie da, *Illustrissimo Signore*, wohin soll's denn gehen? Vielleicht suchst du ein Mädel auf der Straße? Verzieh dich in deinen Palast und laß uns die Mädchen!"

Grölendes Gelächter. Elijah schaute aus dem Fenster.

Eine alte Frau, die ihm gegenübersaß, starrte ihn so grimmig an, daß er nicht wußte, ob er sie mehr zu fürchten hatte als die jungen Spötter. Sie nahm ihr Einkaufnetz vom Schoß, drehte sich um und befahl: „*Basta!* Haltet den Mund, ihr Nichtsnutze. Könnt ihr nicht sehen, daß es ein guter Mann ist?"

Die Kommentare verstummten, und die Fahrgäste verfielen in ihr übliches Gemurmel.

Sie lehnte sich zu ihm und klopfte ihm wohlwollend auf den Arm. „Sie sind halt noch jung. Machen Sie sich nichts daraus."

Er dankte ihr. Sie zuckte die Schultern, griff nach dem straßbesetzten Kreuz in ihrem Ausschnitt und küßte es fünfmal mit lauten Schmatzern.

Als der Bus ihn ans Ziel gebracht hatte, ging er nicht direkt zum Palazzo, sondern verweilte am Neptun-Brunnen. Die Abendsonne setzte den alten Meeresgott in Flammen. Auch die Fenster, im Oberstock des Palazzos leuchteten kupferrot in den letzten Sonnenstrahlen. Die alte heidnische Welt brach mit der Nacht herein, und das, was vom Christentum noch übrig war, stand unter Belagerung.

Er versuchte, den Ekel zu überwinden, der ihn vor diesem Abend beschlichen hatte. Er sehnte sich danach, diesem Netz von Illusionen, das vor ihm ausgeworfen war, zu entkommen, in sein Kloster zurückzukehren und den Rest seines Lebens dem Gebet zu widmen, das mehr Früchte bringen würde als alles andere. Er wollte den Herrn bitten, einen besseren Soldaten in den Kampf zu schicken als ihn. An Ort und Stelle betete er darum, aber die Antwort war nicht die, die er sich wünschte.

Der Palazzo Giancarlo Galéone war nicht der prächtigste am Platz, aber der vornehmste. In den vierhundert Jahren seiner Existenz hatte er Fürsten und Konkubinen, Dogen, Kardinäle und Wirtschaftsmagnaten beherbergt. Jetzt gehörte er *Globaltech*, einem internationalen Aktiengesellschaft, deren Hauptaktionär der Präsident war. Ein Palast im Stil des späten italienischen Barock.

Ein livrierter Diener verbeugte sich vor ihm am Eingang, bat um seinen Namen und verbeugte sich erneut. Er führte ihn in die große Eingangshalle, deren Wände mit Marmor verkleidet waren, dann durch einige vergoldete Türen in den Salon, der trotz seiner Größe doch einen intimen Charakter hatte. Auf dem Parkettboden lagen herrliche Perserteppiche, die Wände waren hellgrün tapeziert, geschmückt mit Gemälden von Caravaggio und Guido Reni.

Ungefähr zwanzig Gäste waren um ein Orchester gruppiert, das überwiegend romantische Stücke aus dem neunzehnten Jahrhundert spielte. Die Leute kamen und gingen nach Belieben. Offenbar zogen einige ruhigere Orte des Palastes vor, um sich zu unterhalten.

Der Diener machte Elijah mit dem offiziellen Empfangschef bekannt, der jeden Gast einzeln begrüßte. Es stellte sich heraus, daß es Roberto war.

„Signor Schäfer, welche Freude! Der Präsident läßt Ihnen sagen, wie sehr er sich freut, Sie heute Abend hier begrüßen zu dürfen."

„Danke sehr, ganz meinerseits. Ich freue mich darauf, ihm wieder zu begegnen."

Roberto schaute kopfschüttelnd zur Decke empor. „Mein Dienstherr wird gegenwärtig oben von Delegierten der Weltbank festgehalten. Er kann sich ihnen nie rechtzeitig entziehen. Aber ich habe die strikte Anweisung, sie kurz vor dem Abendessen zu unterbrechen."

„Wir werden ihn also beim Essen sehen."

„Ja. Er läßt Ihnen sagen, daß er hofft, eine Gelegenheit zu finden, um mit ihnen heute Abend persönlich zu sprechen."

„Das hoffe ich auch."

„Darf ich Ihnen ein Glas holen, das den Geist erwärmt? Rot? Weiß? Nein? Vielleicht ein Glas Champagner? Ich muß zu meiner Schande gestehen, daß unser Weinlieferant unzuverlässig war. Er hat uns einen Champagner gegeben, der dem Beaujolais eindeutig nachsteht. Darf ich Ihnen diesen trockenen Roten aufdrängen? Sie werden es nicht bereuen."

„Sie sind, wie immer, sehr aufmerksam, Roberto. Monsignore Stangsby und ich waren sehr dankbar für Ihre Fürsorglichkeit im Bootshaus, als wir durch den Sturm aufgehalten wurden."

Roberto wirkte betroffen. „Ich habe vom Ableben des armen Signore Stangsby gehört. Mein Beileid zum Verlust Ihres Freundes. Er war so ein Spaßvogel."

„Das war er."

„Darf ich Sie bitten, mich zu entschuldigen. Hier kommen noch weitere Gäste. Außerdem muß ich sicherstellen, daß mein Chef nicht mit der Weltwirtschaft zu Tode gelangweilt wird!"

Er machte eine theatralische Grimasse und entfernte sich. Elijah ging über das glänzende Parkett in den Speisesaal, dessen Wände mit Renaissance-Gobelins geschmückt waren. Die Tafel war für vierzig Gäste festlich gedeckt, Damasttischtücher, mehrere funkelnde Kristallgläser an jedem Platz, edelstes Porzellan und silberne Kerzenleuchter. Der Duft der Rosengestecke erfüllte den Saal. Lakaien legten letzte Hand an.

Er ging quer durch den Salon in eine kleine Bibliothek, wo ein Kaminfeuer brannte und Gäste in kleinen Gruppen beieinanderstanden.

Die gehobene Stimmung befreite Elijah nicht von seiner Angespanntheit, die zum Teil dadurch verursacht wurde, daß die meisten Gesichter, die er hier sah, regelmäßig die Titelseiten internationaler Zeitschriften schmückten. Er erkannte drei Staatsoberhäupter, den Herausgeber der größten Tageszeitung Frankreichs, den amerikanischen Botschafter in Italien, einen der besten Geiger aus Israel und einen berühmten englischen Ökonom. Die

Gäste fluktuierten zwischen den Räumen. Niemand machte den Versuch, ihn ins Gespräch einzubeziehen. Elijah fiel eine Dame auf, die Ende vierzig sein durfte. Sie sprach mit dem Geiger, der sie nicht nur mit Worten, sondern mit Mimik und lebhaften Handbewegungen von etwas zu überzeugen versuchte.

Als er Elijah sah, brach er mitten im Satz ab und winkte ihn zu sich.

„Hallo, kommen Sie zu uns! Shalom! Sie sind Schäfer, der Archäologe, nicht wahr?"

„Der bin ich."

„Ein israelischer Landsmann", erklärte er der Dame.

„Guten Tag", sagte sie mit leiser Stimme.

„Schauen Sie, Schäfer, wir brauchen hier eine Intervention. Sie müssen mich vor dieser Frau retten. Sie zieht mich in einer sehr wichtigen Frage gerade über den Tisch. Sie ist wirklich unfair. Schließlich, Anna, bin ich Künstler und werde von der rechten Gehirnhälfte gesteuert. Du bist ein Geschöpf der linken Gehirnhälfte. Habe ich Geschöpf gesagt? Ha! Ich sollte sagen ein *Monster* der Logik."

Die Frau lächelte und wandte sich zu Elijah. Sie streckte ihm die rechte Hand entgegen und sagte: „Ich bin Anna Benedetti. Sie sind …"

„Elijah Schäfer."

„Ein Archäologe, wie Uri uns wissen ließ?"

„Nun, er ist ein bißchen mehr als das!", fiel der Geiger ein und prostete Elijah zu. „Nicht wahr, Pater?" Er nahm einen großen Schluck aus seinem Glas.

„Ich bin römisch-katholischer Priester", sagte Elijah. Die Frau sah ihn neugierig an, aber er spürte keinerlei Feindseligkeit, wie er sie erwartet hatte, wenn er die Gefilde der Machtelite betreten würde.

„Eine interessante Kombination", sagte sie in freundlichem Ton.

„Keine ungewöhnliche."

Der Geiger, ein nervöser Mann Anfang dreißig, schlenderte in einen anderen Raum, winkte dem einen zu und schüttelte anderen die Hände oder umarmte sie.

„Stoßen Sie sich nicht an Uri. Er ist jung und weltberühmt, ein Genie, aber im Innern ein kleiner Junge. Er spielt gerne das *enfant terrible.*"

„Den Eindruck hatte ich nicht."

„Er ist es auch nicht. Er hat gerne die Rolle des Kosmopoliten, der sich für seine Witze unschuldige Opfer in schwierigen sozialen Situationen sucht."

„So wie mich?"

„Ja. Macht es Ihnen viel aus, hier zu sein?"

Er schaute sie nachdenklich an. Eine freundliche Person mit ehrlichen Augen und Intelligenz. Vielleicht war sie die Ehefrau einer der Würdenträger. Aber er entdeckte keinen Ehering an ihrer Hand und fragte sich, ob sie wohl in einer der modernen Lebensformen steckte.

„Sie liegen nicht ganz falsch", sagte er. „Ich bin in diesem Milieu nicht zu Hause."

„Gut, dann bleiben Sie einfach bei mir, dann müssen Sie keine Konversation mit Premierministern und Genies machen."

„Wie freundlich von Ihnen!"

„Durchaus nicht. Das nimmt auch mir eine Last von den Schultern."

Ihr Lächeln vertrieb die Eiseskälte, die ihn beim Betreten des Palazzos befallen hatte.

„Worüber würden Sie gerne sprechen?", fragte sie.

„Ich weiß nicht. Über nichts oder über alles. Ich habe viele Fragen, aber sie sind unangebracht."

„Unangebracht, wirklich?"

„Wäre es zum Beispiel zu direkt, wenn ich Sie nach Ihrer Beziehung zum Präsidenten fragen würde?"

Sie lachte laut auf.

„Keineswegs. Ich sehe, Sie sind ein Gentleman. Gentlemen sind eine aussterbende Spezies."

„Es fragt sich, was sie unter einem Gentleman verstehen."

„Ich meine einen *chevalier du roi*. Ein Mann, mit gutem Willen und gutem Wort."

„Wie erfreulich, daß es noch Menschen gibt, die solche Dinge schätzen."

„Ein paar. Aber um Ihre Frage zu beantworten: Ich bin Mitglied des Aufsichtsrates der Stiftung des Präsidenten für die Entwicklung der Archäologie."

„Sie sind auch Archäologin?"

„Nur ein Amateur."

„Aber warum …?"

„Weil meine Familie sehr einflußreich ist, und weil mein Name ihm nützt."

„Sie reden jedenfalls nicht um den hießen Brei herum."

„Das Leben ist kurz. Ich glaube, wir Menschen sollten keine Zeit damit verschwenden, irreführende Bilder zu erzeugen."

„Ganz meine Meinung."

„Sehen Sie, Ihre unangebrachte Frage hat nicht nur den Nebel beseitigt, sondern auch die erfreuliche Tatsache zu Tage gefördert, daß wir etwas Gemeinsames haben. Bis zum Essen können wir uns über Ruinen unterhalten."

Die Sanftheit ihrer Stimme berührte ihn und die Klarheit ihres Blicks, der sowohl Bescheidenheit wie Ehrlichkeit ausstrahlte, und noch etwas, das schwerer zu fassen war: Tugend. Er mochte sie und stellte zu seiner eigenen Überraschung fest, daß er möglicherweise eine Verbündete gefunden hatte.

„Darf ich jetzt dieselbe unangebrachte Frage stellen. Warum sind Sie hier?"

„Das wüßte ich selbst gern. Ich bin dem Präsidenten vor ein paar Monaten zum ersten Mal begegnet. Ich war nur ein Kurier."

„Einfache Kuriere bekommen zu Zusammenkünften wie diesen keine Einladung."

„Ich vermute, daß er glaubt, ich könnte ihm nützlich sein – *wie*, das entzieht sich mir."

„Er verfolgt immer einen Zweck", sagte sie ganz sachlich.

„Bewundern Sie ihn?"

„Er ist eine außergewöhnliche Persönlichkeit."

Wieder fiel ihm der Mangel an Begeisterung auf.

„Bewundern Sie ihn, Pater Schäfer?"

„Wie Sie schon sagten, er ist eine außergewöhnliche Persönlichkeit."

Sie antwortete nicht, schaute ihm aber weiter in die Augen, als wartete sie auf etwas.

In diesem Augenblick erklang die Glocke, die das Diner eröffnete, und die Gäste bewegten sich zum Speisesaal.

„Danke für das Gespräch", sagte er. „Sie haben es mir leichter gemacht. Ich wünsche Ihnen alles Gute für Ihre Vorhaben."

„Auch ich wünsche Ihnen alles Gute. Vielleicht sehen wir uns einmal wieder."

Sie ging ihm voraus zum Tisch.

Elijah blieb an der Tür stehen und wußte nicht genau, was er tun sollte. Er beobachtete Anna Benedetti, wie sie ihre Platzkarte auf der rechten Seite des Tisches fand und sich setzte. Die meisten Gäste begaben sich an den Tisch, als hätten sie ein untrügliches Gespür für den Grad ihrer eigenen Wichtigkeit.

Roberto und einige andere Diener begleiteten die Nachzügler, zu denen auch Elijah gehörte, zu ihren Plätzen. Zu seiner Überraschung hatte man ihn neben Anna gesetzt, so nannte er sie in seinen Gedanken. Sie schaute auf und lächelte. Er lächelte zurück.

„Archäologie", sagte er.

„Ja, das muß es sein. Jemand hat seine Hausaufgaben gemacht. Das machen sie sehr gewissenhaft, wissen Sie."

Zu seiner Rechten saß eine Dame, deren schwarze Satin-Robe raschelte, als sie sich ihm zuwandte. Sie stellten sich einander vor, worauf sie sich sogleich wieder dem Herrn auf der anderen Seite zuwandte, mit dem sie eine heftige Diskussion in einer osteuropäischen Sprache führte. Immer mal wieder tauchte über der Flut unverständlicher Worte der Name eines klassischen Komponisten auf, woraus Elijah schloß, daß sie sich über Musik unterhielten. Anna plauderte mit dem älteren Herrn zur Linken, dem amerikanischen Botschafter.

Elijah schaute auf seine Tischkarte. Dort las er *Professore Elijah Schäfer.* Man hatte also beschlossen, ihm in der Öffentlichkeit das Image des Akademikers zu geben. Er warf einen Seitenblick auf ihre Karte. Dort stand *Signora Anna Benedetti.*

Also war sie verheiratet. Eine verheiratete Frau ohne Ring. Eine Witwe?

Der Präsident trat ein, begleitet von zwei Herren. Einige der Gäste fingen an zu klatschen. Alle Unterhaltungen verstummten und der Applaus wurde zu einem Sturm; die Gäste erhoben sich, so auch Elijah. Wieder fiel ihm auf, daß Annas Gesicht ausdruckslos war.

Die überschwengliche Begrüßung schien den Präsidenten in Verlegenheit zu bringen, und er rief mit einer Geste, die Stille gebot: *Grazie, grazie!*

„Bitte vergeben Sie mir diese unentschuldbare Verspätung. Ich hatte gehofft, jeden von Ihnen persönlich begrüßen zu können, aber ich wurde von diesen beiden finsteren Gesellen gekidnappt und in Geiselhaft genommen.

Ich habe ihnen alles gewährt, was in meiner Macht lag, und so bin ich freigekommen. Dieser internationale Terrorist an meiner Rechten wird mit einem Sack Bargeld an die London School of Economics zurückkehren, und der andere an meiner Linken wird seine Beute zum IMF bringen. Jetzt bin ich frei, mit Ihnen die Pasta zu genießen!“

Mehr Applaus, Gelächter und Hochrufe.

Er war ein liebenswürdiger Gastgeber. Er führte die beiden Ökonomen zu ihren Plätzen am oberen Ende der Tafel. Die Staatsoberhäupter saßen ebenfalls dort und zwei oder drei Persönlichkeiten, die Elijah nicht kannte.

Alle saßen, nur der Präsident blieb stehen.

„Meine Freunde“, sagte er mit einer männlichen Stimme, die bis ans Ende des Saales drang, aber doch warm und einnehmend blieb, „meine Freunde, willkommen zu diesem festlichen Anlaß. Wir haben wochenlang gearbeitet, haben unzählige Dokumente verfaßt. Jetzt ist es Zeit zu feiern. Bitte keine Reden, keine Positionspapiere, keine Laudationes. Genießen Sie den Abend. *Viva Roma!*

„*Viva Roma!*“, rief die Menge und erhob die Gläser.

„*Viva Roma!*“, sagte Anna *sotto voce* und schaute Elijah über den Glasrand an. Er stieß mit ihr an und sagte: „Auf die Weisheit der Geschichte.“

Sie setzte sich lächelnd.

Während des Diners nahm der amerikanische Botschafter ihre Aufmerksamkeit nachhaltig in Anspruch. Er war charmant und extrovertiert und vertrat alle möglichen Ansichten zu den verschiedensten Themen. Sie sprachen ausführlich über die Gesetze, die voraussichtlich demnächst vom Europäischen Parlament verabschiedet würden. Elijah staunte, wie beschlagen Anna in juristischen Fragen war und mit welcher Unnachgiebigkeit und Brillanz sie gegen ein bestimmtes Gesetzesvorhaben argumentierte. Worum es ging, hatte Elijah nicht verstanden, wegen der lärmenden Unterhaltung zu seiner Rechten. Als er den Faden ihrer Diskussion wieder erwischt hatte, hörte er den Botschafter kopfschüttelnd sagen: „Vielleicht haben Sie Recht, was das Prinzip angeht, aber zum Wohl der Gesellschaft muß man flexibel sein. Das Gesetz muß dem Menschen dienen, nicht der Mensch dem Gesetz.“

„Das ist wahr“, antwortete sie. „Aber man sollte sich vor Spitzfindigkeiten hüten. Das Gesetz muß universalen Prinzipien im Menschen dienen, die auf das Naturrecht gegründet sind. Das Gesetz kann dem Menschen nicht dienen, wenn es wie ein Rohr im Wind mit dem Zeitgeist schwankt."

„Hm", sagte der Botschafter, „das ist zu philosophisch für mich."

Er wandte sich seiner Tischnachbarin zur Linken zu und überließ Anna dem Genuß der Köstlichkeiten auf ihrem Teller.

„Jedenfalls sind Sie keine gewöhnliche Hausfrau, Signora Benedetti."

Sie schaute ihn an.

„Professor Schäfer, ich bin der Meinung, daß man immer feststellt, daß eine Hausfrau nicht gewöhnlich ist, wenn man sie kennenlernt."

„Eine noble Regung."

„Und eine Tatsache."

„Wissen Sie, auf dem Weg hierher habe ich genau diese Lektion gelernt."

„So?"

„Ich habe ein großes kosmisches Geheimnis entdeckt."

„Darf ich fragen, welches?"

„Ich habe entdeckt, daß das Universum nur durch ein paar wenige außergewöhnliche Seelen zusammengehalten wird. Streitbare alte Frauen mit Einkaufsnetz bewahren es vor dem Ruin."

Sie legte die Gabel ab und lachte lauthals heraus. „Das ist eine noble Sicht, Professore."

„Es ist auch eine Tatsache."

„Jedenfalls scheinen Sie davon überzeugt zu sein."

Beim Dessert, das mit süßem Wein gereicht wurde, ging der Präsident rund um den Tisch von Stuhl zu Stuhl und begrüßte jeden Gast persönlich.

Er kam zu den Musikern und sagte ihnen, wie sehr er sich auf ihren Auftritt freue.

Als er bei Elijah angekommen war, legte er ihm die Hand auf die Schulter.

„Pater Schäfer, ich bin hoch erfreut, daß Sie uns mit Ihrer Anwesenheit beehren. Wenn ich Ihre Geduld strapazieren darf, so gestatten Sie mir zunächst, die anderen Gäste zu begrüßen. Nur wenige würden es ertragen, wenn sie vernachlässigt würden. Aber es wäre mir ein Vergnügen, wenn wir im Laufe des Abends miteinander sprechen könnten."

„Natürlich, Sir. Ich überlasse es Ihnen, mich wissen zu lassen, wann es Ihnen angenehm ist."

„Anna! Wie immer eine Freude. Wie geht es Ihnen?"

Sie sprach ihn mit Vornamen an. Er erkundigte sich nach dem Befinden einiger Leute, die Elijah nicht kannte. Freundlich, mit offenem Gesicht, aber doch reserviert gab sie Antwort.

Er ging weiter zum amerikanischen Botschafter.

„Edgar, kann Europa jemals zurückgeben, was es vom amerikanischen Volk bekommt – Kredite und Demokratie? Wenn die neue Sitzungsperiode im Herbst beginnt, dann werde ich das Parlament einen formellen Dankesbrief verfassen lassen. Ich habe bereits eine Skulptur in Auftrag gegeben, die wir dem amerikanischen Volk stiften wollen – sie heißt *Toleranz*. Ich denke, der Kongreß und der Präsident sollten ein sichtbares Denkmal für ihre Großzügigkeit bekommen. Amerika hat einen furchtbaren Krieg verhindert, Rußland, Ukraine, Georgien – wie viele Menschenleben haben Sie gerettet ..."

„Ich denke, Sir", sagte der Botschafter und erhob sich, um die Hand des Präsidenten zu schütteln, „wenn die Tatsachen bekannt werden, dann sollten wir ihnen danken."

„Aber nein, ganz und gar nicht, bitte lassen Sie den Louisiana-Unsinn."

Der Botschafter lachte laut und klopfte dem Präsidenten auf den Rücken.

Und so ging es weiter von einem zum anderen.

Die Gäste wurden gebeten, in den Salon zu kommen, den Saal, der mit Perserteppichen und mit Renaissance-Portraits geschmückt war. Sie nahmen auf vergoldeten Stühlen mit Brokatkissen Platz, der Präsident in der Mitte der ersten Reihe. Einige blieben stehen und drehten ihre Cognac-Gläser in der Hand. Anna saß allein in einem Sessel mit kerzengerader Lehne an der Seite. Elijah stellte sich zu ihr, aber sie schien ihn nicht zu bemerken.

Das Orchester hatte sich auf der niedrigen Bühne eingefunden, und die Dame im schwarzen Satinkleid ging nun nach vorne und nahm ihren Platz neben dem Dirigenten ein.

Das Deckenlicht wurde abgeblendet und überall Kerzen angezündet.

Roberto trat nach vorne und stellte die Dame als eine der besten Sopranistinnen der Belgrader Oper vor.

Mit serbischem Akzent sagte sie: „Herr Präsident, meine verehrten Gäste, heute Abend werden Sie drei bezaubernde Stücke hören: Telemanns *Aria*, Puccinis *Un bel di* und Dvořáks *Hymnus an den Mond*. Diese Werke drükken die tiefsten Geheimnise der Liebe aus. Ich wünsche allen, die hier versammelt sind, daß die Macht der Liebe in ihrem Herzen angerührt wird. Liebe ist die Medizin, die unsere kranke Welt heilen wird. Ich widme diese drei Werke dem Mann, der unsere Zeit erneuert – Ihnen, Sir."

Sie verbeugte sich in Richtung des Präsidenten. Er stand auf und erwiderte die Verbeugung.

Eine Welle freundlichen Applauses ging durch den Saal.

Die Dame wiederholte ihre Einladung auf Französisch, Englisch und Serbisch.

Das Orchester setzte ein und spielte die *Aria* mit feuriger Leidenschaft. Elijah überließ sich der Musik und den Erinnerungen, die in ihm wach wurden. Ruths Gesicht tauchte vor ihm auf, Ruth unter dem Granatapfelbaum, Ruth mit rosa Abendlicht auf den braunen Wangen, Ruth strahlend vor Freude, Ruth mit dem Kind, zutiefst glücklich, wie sie mit ihren schlanken Füßen den schwarz-weißen Ziegenfellteppich streichelte, oder ihre Finger rasch eine rote Paprika in die Schüssel mit Avocado, Orange und Salat schnitten. Ruth, deren Herz unter dem Dach ihres Schlafzimmers laut geschlagen hatte. Ruth im Leichenschauhaus mit zerfetztem Körper.

Die alte Wunde öffnete sich wieder und der Schmerz brach hervor und überflutete ihn.

Ich bin alt. Alle Liebe ist Erinnerung. Liebe liegt jenseits einer unüberschreitbaren Kluft.

Er hatte den verrückten Impuls, sich vor Anna Benedetti hinzuknien, seinen Kopf auf ihre Knie zu legen und ihr zu sagen, daß er in seinem langen Leben nur ein einziges Zuhause hatte, nur ein einziges Mal bei einer Frau gewohnt hatte. Zwei Jahre lang.

„Es gab einen Garten Eden", würde er flüstern. „Dort wurde ein Mann geformt. Tiefer Schlaf fiel über ihn, und aus seinem Fleisch wurde die Frau gebildet, die seine Gefährtin sein, die ihm gehören sollte. Und er sollte ihr zu eigen sein, und weder die Kräfte des Himmels noch der Erde sollten die beiden trennen können. Sie waren ein Herz und eine Seele."

Aber sie würde ihn nicht verstehen. Ihr Gesicht würde ausdruckslos bleiben. Sie würde nur einen Mann vor sich sehen, der sich ihr zu Füßen warf.

Es ist ein Geheimnis des Kosmos, würde er zu ihr sagen, voller Sehnsucht, daß sie ihn verstehen möge. *Es ist eines der großen Dinge, aber nicht das größte.*

Ist das eine noble Regung, würde sie antworten, *oder ist es Archäologie?*

Anna, wenn das Herz tot ist, dann ist Liebe nur Archäologie.

Ich bin nur ein Amateur, Professore, nur ein Amateur.

Applaus für die Arie.

Dann strömte die Sehnsucht der Madame Butterfly durch die Kehle der Sängerin und wurde zum Lamento aller menschlichen Einsamkeit und allen Verlustes, allen Strebens nach Einheit und aller Hoffnung nach dauernder Freude. Ein neuer Schmerz durchbohrte sein Herz.

Wieder verschwamm die Zeit. Musik erfüllte die geschaffene Ordnung. Die Existenz selbst schien Musik zu sein. Die Schöpfung konnte im Spiegel der Musik ihrer eigenen Herrlichkeit gewahr werden.

Ruth, ich dachte ich könnte dem unerträglichen Augenblick entfliehen. Ich dachte, ich könne es ertragen, ohne dich zu leben. All die Jahre habe ich ohne dich gelebt, aber wie ein Schmetterling, der ein Stück von sich zurücklassen muß, wenn er sich von der Nadel losreißt, die ihn aufspießt; der auf dem Wind nach oben segelt, getragen von einem Bild, in dem er heil ist. Aber er war es nicht.

Applaus. Er wurde in die Zeit zurückgeschleudert. Immer noch saß dort Anna Benedetti, ohne sich zu bewegen. Allerdings bemerkte er, daß sich ihre Brust hob und ihre Augen feucht waren.

Anna, wurde die Macht der Liebe in deinem Herzen angerührt? Haben sie hier das Rezept für emotionale Berührung angewandt? Ein Abend der Katharsis als sozialer Sport?

Der *Hymnus an den Mond* begann. Die Sängerin verstand ihr Handwerk, sie kannte die Macht ihrer Stimme und verstand, was Dvořák wollte. Elijah folgte ihren Gesten mit den Augen, die Ohren nahmen die beherrschte Leidenschaft dieses Liebesschreis in sich auf, bis er sich mit einer lange verdrängten Regung seines eigenen Herzens verband. Er schloß die Augen und lauschte bis zum letzten Ton. Der aufbrandende Applaus riß ihn in die Gegenwart zurück. Annas Sessel war leer.

Er wanderte in den Räumen umher, aber sie war verschwunden.

„Sie suchen Signora Benedetti?“, fragte Roberto, der plötzlich zur Stelle war.

„Ja.“

„Sie ist gegangen.“

Elijah schaute zum Ausgang.

„Gegangen?", fragte er ungläubig.

Ich mache mich lächerlich. Du bist Priester auf ewig. David, Elijah, David, Elijah, Elijah, Pater Elijah. Mein Bruder, meine Tochter, mein Vater, meine Schwester, meine Mutter, mein Freund, meine Liebe. So viele Jahre bist du nun Priester und zappelst immer noch auf der Stecknadel wie ein aufgespießter Schmetterling. Eli. Pawe. Papa. Ruth. Anna. Du bist Priester auf ewig.

„Signor Schäfer, fühlen Sie sich nicht gut?"

„Mir ist schwindlig. Ich muß mich setzen."

„Gehen wir hinaus auf den Balkon. Die kühle Nachtluft wird Ihnen gut tun. In diesen alten Häusern ist die Zirkulation schlecht. Kommen Sie!"

Er folgte Roberto auf einen kleinen Marmor-Balkon, von dem aus man auf einen Ziergarten im Innenhof des Palazzos sehen konnte. Ein einziger Baum stand dort in Blüte, ein Springbrunnen plätscherte, und Grillen zirpten. Er setzte sich in einen Korbstuhl und atmete tief durch. Nach und nach wurde er wieder klar im Kopf, aber was von ihm übrig war, nachdem das Schwindelgefühl nachgelassen hatte, war armselig. Er fühlte sich hohl, umzingelt von Grauen.

„Würden Sie mich bitte dem Präsidenten empfehlen. Ich fühle mich miserabel. Bitte rufen Sie ein Taxi!"

„Selbstverständlich, Signore."

Das Taxi war in wenigen Minuten da. Später konnte sich Elijah nicht mehr an die Fahrt zum Kolleg erinnern, nur daran, wie er die Stufen zum Eingang hinaufgestolpert war, seine Zelle betreten hatte, sein Spiegelbild mit Abscheu betrachtet hatte, wie er sich die feinen Kleider vom Leib gerissen und sich aufs Bett geworfen hatte, den Habit über sich warf und sich daran festklammerte. Er lag zitternd im Dunkeln, ratlos, was mit ihm los war, voller Angst, ja voller Entsetzen, ohne daß er wußte warum. Du bist Priester in Ewigkeit. Meine Ruth, mein Herz! Meine Liebe! Mein Freund, mein Vater, meine Mutter, meine Brüder, meine Schwestern, verloren, verloren, verloren! So lange bist du schon Priester, und doch schwankst du, hast immer noch Zweifel, trauerst und trauerst und trauerst. Wird es denn nie heilen? Eli, Eli, Ruth, Ruth, Pawel, Papa, Mama, Ruth, Anna. Du bist Priester in Ewigkeit. Ich schenke Dir mein Leben, mein Herr und mein Gott, Jesus. Schütze – mich – durch – das – Blut – des – Lammes.

* * *

Am nächsten Tag lag er krank im Bett. Trotzdem stand er auf, um sein Seminar zu halten, aber er war nur eine Stimme, die Information weitergab. Die Stundeten hörten auf mitzuschreiben. Am Ende schlug ein Student vor, daß er doch besser wieder ins Bett gehen und sich auskurieren sollte.

Nach und nach kam er wieder zu sich, und das Empfinden der Zersplitterung wich von ihm. Der Schmerz ließ langsam nach. Er fand Stärkung in den Sakramenten. Er war überzeugt, daß er wieder versagt hatte. Er rief den Kardinalstaatssekretär in seiner Privatwohnung an, wobei sie weiterhin in verschlüsselter Sprache kommunizierten.

Am nächsten Abend holte ihn der Kardinal ab, und sie fuhren hinaus aufs Land. Elijah erzählte von der Begegnung mit Anna Benedetti.

„Sie sind ohne Rüstung in das Reich der Finsternis eingedrungen", sagte der Kardinal. „Sie haben sich auf Ihre eigene Stärke verlassen. Das dürfen Sie wirklich nicht noch einmal tun, Pater Elijah. Sie sollten um Gebetsunterstützung bitten, wenn Sie ins Feindesland gehen. Sie müssen um die notwendigen Gnaden flehen."

Als Stärkungsmittel verschrieb er ihm Epheser 6,10-20. Er rügte Elijah nachsichtig, wie das ein italienischer *nonno* tun würde, aber sein Blick war sorgenvoll.

„Diese Dame, die Sie so beschäftigt – sind Sie in Gefahr, Ihr Herz zu verlieren?"

„Es ist keine gewöhnliche Romanze. Auch kein sexuelles Begehren. Sie war mir einfach sympathisch, eine Seele, bei der ich Freundschaft finden könnte."

„Freundschaft? Viele Priester sind auf diese Weise zu Fall gekommen. Liebe ist freundlich; Liebe ist großzügig; aber man muß auch klug sein, wenn es um Herzensangelegenheiten geht."

„Ich weiß. Wie oft habe ich meine geistlichen Schüler vor scheinbar harmlosen Bindungen gewarnt! Einsamkeit ist die menschliche Grundbefindlichkeit. Selbst das glücklichste Ehepaar muß dieser Tatsache eines Tages ins Auge sehen. Nur Gott kann diese Leere füllen."

„Und dennoch finden Sie es schwierig, sich an Ihren eigenen Rat zu halten?"

„Es ging so schnell. Was mich besorgt, ist die Wucht der Zuneigung und die Verdunstung aller Klugheit.“

„Sie vertrauen zu sehr auf sich selber. Sie sind ein Einzelgänger. Aber bestimmte Arten von Einsamkeit sind nicht wirklich monastisch.“

Elijah rief aus: „Gibt es für mich denn keine menschliche Liebe? Muß jeder, den ich liebe, sterben?“

„Wie könnte ich Ihre vielen Verluste rechtfertigen? Aber bitte verstehen Sie dies: Nicht Gott hat Ihre Lieben getötet, sondern die Feinde Gottes.“

„Ich fühle mich der Seele dieser Frau nah, aber von der Ferne, nur in der Umhegung meines Herzens. Ich werde sie nie wiedersehen, denn wenn ich sie lieben würde, käme ein Feind, der sie tötet.“

„Ich bin sicher, daß sie ein edler Mensch ist. Sicher war keine sündige Absicht im Spiel.“

„Natürlich nicht! Sie ist eine wunderbare Seele.“

„Wie schnell doch der Ritter seine Dame verteidigt.“

„Eminenz, bitte machen Sie nicht mehr daraus, als es ist.“

„Pater Elijah, machen Sie nicht weniger daraus, als es ist. Diese Frau, wer immer sie sein mag, könnte alles zerstören, was Sie in Wahrheit sind. Und doch hat sie Ihnen den Dienst erwiesen, Ihr Herz mit einem Skalpell zu öffnen. Vielleicht will der Herr, daß Sie Ihn in Ihr Inneres einlassen, damit er eine alte Wunde berühren kann, die nicht richtig geheilt ist.“

* * *

Einige Wochen nach dieser Diskussion, als Elijah wieder einigermaßen im Gleichgewicht war, ging er eines Abends in die Bibliothek, um die *Jerusalem Times* durchzusehen. Da entdeckte er das Gesicht von Anna Benedetti, die ihn vom Cover einer Zeitschrift im Regal anschaute.

Im Artikel wurde berichtet, daß Dr. Anna Benedetti, Richterin am Obersten Gerichtshof Italiens und Beraterin der Menschenrechtskommission in Genf, zur Richterin am Internationalen Gerichtshof in Den Haag ernannt worden sei.

* * *

Ein Monat verging, ohne daß der Präsident einen Versuch machte, mit ihm in Kontakt zu kommen. Elijah grübelte darüber nach, welche Fehler er gemacht haben könnte, weil er zu sehr auf seine eigene Stärke vertraut und sich zu wenig spirituell vorbereitet hatte. Er hielt seine Seminare, studierte die Apokalypse, und bemühte sich, sein monastisches Leben unter urbanen Bedingungen weiterzuführen.

Nach einem warmen Herbst kam im Dezember ein heftiger Schneefall, der die Stadt am Fest der Unbefleckten Empfängnis mit einem weißen Tuch bedeckte. Die Kinder waren begeistert von dem seltenen Ereignis und lieferten sich auf den Straßen Schneeballschlachten. Der Stadtverkehr stockte. Am späten Nachmittag machte Elijah einen Spaziergang und genoß die Erinnerung an die glücklichsten Tage seiner Kindheit in Polen vor dem Krieg. Eine Stadt in der Wintersonne. Eine Stadt mit Glockenläuten, Pferden und Kindern.

Der Schnee, den die Sonne gleich wieder aufzulecken begann, dämpfte den Geräuschpegel und verlangsamte den Verkehr, so daß die Hektik der Großstadt sich mehr den Bedürfnissen menschlicher Gemeinschaft anglich.

In seinem Briefkasten fand er einen Brief, abgestempelt in Brüssel.

> Mein lieber Pater Schäfer!
>
> Die Regierungspflichten haben mich davon abgehalten, Ihnen früher zu schreiben. Es tut mir sehr leid, daß Sie sich am Abend des Galéone-Festes unwohl fühlten. Ich hatte gehofft, mit Ihnen über ein geplantes Ereignis sprechen zu können, das im Frühjahr nächsten Jahres in Warschau stattfinden soll. Mit Hilfe anderer Organisationen plane ich eine Konferenz zur Erneuerung der westlichen Kultur. Es wird zahlreiche Arbeitsgruppen geben, die das Problem unter verschiedenen Gesichtspunkten behandeln. Es wäre eine Nachlässigkeit unsererseits, wenn wir die kulturellen Einsichten des Heiligen Stuhls übersehen würden. Ich wäre Ihnen dankbar, wenn Sie auf unsere Kosten nach Warschau kommen würden, um bei dieser Gelegenheit einen Arbeitskreis über biblische Archäologie im Licht der neu entdeckten Schriftrollen vom Toten Meer zu halten. Würden Sie darüber nachdenken, ob Sie dieses Thema mit Ihren eigenen, und wie ich meine, einzigartigen Erkenntnissen über eine neue Spiritualität der Exegese verbinden könnten? Ich erwarte Ihre Antwort.
>
> Der Brief war vom Präsidenten unterzeichnet.

Elijah kontaktierte den Kardinalstaatssekretär. Dieser war von dem Vorschlag angetan, denn sie gab Elijah nicht nur die Möglichkeit, mit dem Präsidenten erneut in Kontakt aufzunehmen, sondern bei diesem Medienereignis auch die rechte Lehre zu vertreten.

Elijah nahm die Einladung an.

Er schrieb auch an seinen Prior auf dem Berg Karmel und an verschiedene andere kontemplative Gemeinschaften, die ihn kannten, stellte ihnen in Umrissen das Vorhaben dar und bat um ihr Gebet. In einem längeren Brief an Don Matteo ging er mehr ins Detail, wie sich die Situation entwickelt hatte, und beschrieb einen Traum oder eine „Vision", die er gerade gehabt hatte.

> Don Matteo, ich wende mich jetzt einem Phänomen zu, bei dem ich unsicher bin. Ich werde es beschreiben und Ihrer Beurteilung anheimstellen.
>
> Heute Morgen wachte ich nach gutem Schlaf ausgeruht auf. Ein paar Sekunden nach dem Aufwachen sah ich ein inneres Bild, das mir ganz klar vor Augen stand. Ich blickte auf die Wand neben dem Bett und sah eine Kugel. Ich wußte – woher entzieht sich mir –, daß diese Kugel die Struktur des Buches der Offenbarung enthielt.
>
> Die Offenbarung hat mich immer fasziniert, der atemberaubende Symbolismus, ihre Majestät. Aber sie ist auch irritierend und herausfordernd, weil ihr Geheimnis nicht mit analytischen Methoden gelüftet werden kann. Mit textkritischen Methoden kommt man ihnen nicht näher. Jene, die dabei Erfolg zu haben scheinen, begrenzen die Bedeutung des Werkes auf eine lineare historische Struktur. Mit den Evangelien kann man das tun, denn sie bauen auf eine Chronologie, eine tatsächliche Kette historischer Ereignisse. Aber die Ereignisse in der Vision der heiligen Johannes haben sich nicht zur Zeit der Niederschrift zugetragen, sie haben sich noch nicht voll entfaltet.
>
> Ohne rationale Analyse oder durch Worte vermittelte Erkenntnis verstand ich, daß das Buch der Offenbarung von einer Reihe von Visionen berichtet, die dem heiligen Johannes in *multidimensionaler Form* zuteil wurden. Aber der Evangelist mußte es in zweidimensionaler Form niederschreiben – eine Abfolge von Buchstaben auf Pa-

pier. Man liest sie von Zeile zu Zeile, von Seite zu Seite. Es entsteht ein einheitlicher Fluß, der das Zeitgefühl und die Wirklichkeitswahrnehmung des Lesers beeinflußt. Das Werk selbst hat einen Anfang und ein Ende. Allein durch die Form des geschriebenen Wortes bildet sich im Unbewußten des Lesers ein Empfinden von Chronologie, von einem Zeitablauf von Punkt A zu Punkt B als linearer historischer Prozeß.

Aber die „Sphäre" meiner eigenen inneren Vision (ich zögere, von Inspiration zu sprechen, nennen wir es Einsicht) war die Darstellung des Endes oder des Höhepunktes der Geschichte als *spiritueller Zustand.* Die Ereignisse, die in der Offenbarung dargestellt werden, sind real. Sie werden geschehen, sie werden eines Tages historische Ereignisse sein. Aber es wird eine sehr komplexe Periode sein. Wegen dieser Komplexität können die Menschen, die darin leben, leicht in die Irre geführt werden. Der Mensch nimmt alle Dinge in unterschiedlichen Graden von Subjektivität wahr. Er kann leicht am Wesentlichen vorbeigehen, an Einzelheiten, die ihm in der Sprache einer linearen Erzählung peripher erscheinen mögen, die aber in Wirklichkeit zentral sind. Er kann sich in der Fülle der verblüffenden, ja erschreckenden Details verlieren und am eigentlichen Kern vorbeigehen. Der Heilige Geist benutzt machtvolle Symbole, um den Leser aus seiner gewohnten Sicht herauszukatapultieren und ihn für die Wahrnehmung des universalen, vieldimensionalen Kampfes zwischen Gut und Böse zu öffnen, der am Kulminationspunkt der Geschichte eintreten wird. Er will uns nicht so sehr Information mitteilen, als uns die Werkzeuge objektiver Wahrnehmung ins Herz legen.

In der literarischen Form des Werkes finden wir nicht nur eine Chronologie der Ereignisse – obwohl es oft so gelesen wird. Ich sah, daß es sich eigentlich um eine *Schichtung* symbolischer Ereignisse handelt. Einige überschneiden sich, manche in der Zeit, manche in der Geographie, andere sowohl in Zeit und Raum. Sie sind nicht an einer einzigen Zeitlinie aufgereiht. Innerhalb der Offenbarung gibt es natürlich einige konsekutive Ereignisse, aber man darf daraus nicht schließen, das ganze Buch wäre so, insbesondere nicht am Anfang, wo die verschiedenen Ströme der Vision sichtbar werden.

Erst allmählich fließen sie zusammen in Richtung der endgültigen Ereignisse. Innerhalb der Multidimensionalität gibt es ein allmähliches Fortschreiten hin zum „eschaton", dem Entscheidungskampf und der Wiederkunft Christi. In diesem Sinn hat sie keinen Anfang und kein Ende. Die ursprüngliche Struktur der Vision hat die Form eines schöpferischen *Wesens,* eines Kunstwerkes, das nicht flach ist, sondern Tiefen in sich birgt, in die der Leser hinabtaucht, um Erkenntnis zu gewinnen.

Die Vision ist Prophetie, aber mehr als Prophetie, sofern man darunter bloße Vorhersage versteht. Sie befaßt sich nicht mit Daten und Zeitabschnitten, und wenn, dann nur sehr verborgen. Jene Gläubigen, die eines Tages tatsächlich inmitten der vorhergesagten Ereignisse leben werden, werden dann erkennen, daß alles schon ausgebreitet war, und die Zeiten und Orte werden klar sein, so wie Linsen, die scharf gestellt werden. Ob die Offenbarung des Johannes einen Zeitraum beschreibt, der dreieinhalb Jahre dauert oder fünfundzwanzig oder ein Jahrhundert oder ein Jahrtausend, ist offen und bleibt ein Diskussionsthema unter den Gelehrten. Jesus selbst sagt, daß kein Mensch, nicht einmal er selbst, die Stunde und den Tag der Wiederkunft des Menschensohnes kennt. Es wäre nicht gut für uns, das zu wissen. Die meisten Leute würden sich wahrscheinlich allen möglichen ungeordneten Verhaltensweisen hingeben in der Annahme, daß sie kurz vor der Wiederkunft schon noch die Kurve kriegen würden. Im Dienste der Seelen hielt es der Heilige Geist offenbar für angebracht, präzise Beschreibungen und Zuordnungen zu vermeiden.

Es gibt noch einen weiteren und vielleicht gewichtigeren Grund, warum die Vision des Johannes verschlüsselt ist. Eines Tages wird der Antichrist auftreten. Aber wir vergessen oft, daß der Geist des Antichrist in jeder Epoche aktiv ist, um Seelen zu verblenden und ganze Nationen und Völker ins Verderben zu stürzen, ohne daß es sich um das Enddrama der Apokalypse handelt. Es hat seit der Zeit Christi schon viele Apokalypsen gegeben – die Herrschaft von Neros, Hitlers, Stalins zum Beispiel. Das sind Vorentwürfe der Herrschaft des Mannes der Sünde. Es sind auch Warnungen, die uns daran erinnern, daß wir den Kampf gegen den Antichrist nicht als Megadrama in weit entfernter Zukunft verstehen. Der eigentliche Kampf gegen diesen Geist wird seit dem Beginn der menschlichen Geschichte geführt und geht ununterbrochen bis zum heutigen Tage weiter.

Wenn die Vision des Johannes – ähnlich wie viele Prophezeiungen im Alten Testament – unverschlüsselt übermittelt worden wäre, dann wäre die Gefahr der Fehlinterpretation für jene, die bei der Machtergreifung des Mannes der Sünde leben, noch viel größer. Weil der Mensch so geartet ist, daß er die ihn umgebende Landschaft für normal hält, wie extrem sie auch sein mag, deswegen ist es schwer, den entscheidenden Augenblick der Geschichte zu erkennen. Nur eine Person, die geistliches Unterscheidungsvermögen erworben hat, kann die Warnung deuten und auf ihre scheinbar normale Umwelt anwenden. Deswegen mußte die Vision des Johannes in universalen Formen übermittelt werden.

Weil sie sich der Symbolsprache bedient, entwickelt die Prophezeiung in der Vorstellung der Gläubigen jeder Epoche ihr Eigenleben. Man kann sie nicht als ein weiteres Stück Information abspeichern, eine weitere religiöse Weltsicht, ein weiteres Szenario, was für den modernen Menschen ganz besonders unfruchtbar wäre, weil er mit Theorien, Wissen und Szenarien überfüttert ist. Die Offenbarung ist ein Schrei in einer Welt, die immer tauber wird. Die Autorität der erschreckenden Bildsprache nimmt die Imagination gefangen. Wir sind fasziniert, irritiert, frustriert, alarmiert, um schließlich ermutigt zu werden. Kurz gesagt, gerade die Tatsache, daß wir nicht wissen, wann oder wie die letzte große Gefahr Gestalt annehmen wird, weckt in uns eine besondere *Aufmerksamkeit* für das Geheimnis der Entfaltung der menschlichen Geschichte. Wer die Offenbarung in einer Gebetshaltung liest, dem hilft sie, diese *Aufmerksamkeit* in heilige *Wachsamkeit* zu verwandeln, in den Geist des Wächters.

Das, mein lieber Pater im Herrn, habe ich von meiner „Traum-Vision" erfaßt. Ich unterbreite es Ihrem Geist der Unterscheidung. Ist es leere Phantasie, eine Täuschung oder nur eine Intuition? Ist es eine Belehrung des Heiligen Geistes?

Ich habe nicht unter solchen Angriffen zu leiden, wie Sie Ihnen im

Kampf mit dem Feind widerfahren. Meine sind innerlich; abgründiger Selbstzweifel ist nicht der geringste von ihnen. Ich habe den Kardinalstaatsekretär und den Heiligen Vater gebeten, mich von dieser Mission zu entbinden, aber sie haben beide abgelehnt. Und so muß ich in einem Zustand großer Schwäche gehorchen. Wie nah müssen Sie dem Erlöser sein, der Ihnen die Aufgabe gegeben hat, in der Welt Seine Wunden zu tragen. Wenn Sie mit Ihm sprechen, bitten Sie Ihn, mir Kraft zu geben.

Ihr Sohn in Christus,
Pater Elijah Schäfer

* * *

Am Weihnachtsabend kam eine Antwort. Es war ein handgeschriebener Zettel, der von Jakov überbracht wurde.

„Hallo, Pater, ich mich freue, Sie wiedersehen."

„Jakov!"

„Ich Ihnen Brief von Don Matteo bringe. Leider ich habe schmutzig gemacht."

Elijah klopfte ihm freudig auf die Schulter. Der Riese nickte dabei ein paarmal mit dem Kopf.

„Ich freue mich, dich zu sehen, Jakov. Ist bei dir alles gut?"

„Alles gut. Mein Kopf nicht kaputt; mein Herz geheilt wurde."

Er ministrierte Pater Elijah in der heiligen Messe. Das Gesicht des jungen Mannes strahlte solches Licht aus, daß einige der Novizen ihn immerzu anschauten. Während der Liturgie hätte es Elijah nicht gewundert, wenn Jakov über dem Boden geschwebt wäre, aber nichts dergleichen geschah.

Er wollte nicht zum Abendessen bleiben und schlug auch das Angebot aus, mit dem Auto in das Bruderhaus gebracht zu werden, wo er vor seiner Rückkehr nach Assisi übernachten wollte.

„Heute Weihnachten, Vater. Heute geht heilige Familie über Erde. Ich sie suchen. Vielleicht ich finde Platz für sie für schlafen. Heilige Familie kommen zu uns, aber nicht sie aussehen wie heilige Familie. Aber ich sie finden", sagte er grinsend und drohte mit dem Zeigefinger, als ob er die heilige Familie wegen solcher Tricks schelten wollte. Er ging hinaus auf die Straße und schaute sich noch einmal winkend um, bevor er im Straßengewirr verschwand.

Nach der Vesper blieb Elijah allein in der Kapelle und las den Zettel.

Mein Bruder, Elijah!

Deine Vision ist vom Herrn. Vertraue Ihm und Er wird handeln. Fürchte nichts, aber wache in allen Dingen über dein Herz.

Mit ständigen Gebeten,

Don Matteo

X

Warschau

Das Flugzeug setzte zur Landung an, und Elijah sah die Stadt.

Er hatte sich diesen Augenblick schon oft vorgestellt, ohne zu wissen, ob er Freude oder Angst empfinden würde.

Wider Erwarten fühlte er gar nichts.

Warschau brodelte in der Frühlingssonne, eine wuchernde Metropole mit fast zwei Millionen Einwohnern. Als die Räder des Flugzeugs auf der Landebahn aufsetzen, tauchten viele Gesichter in seinen Gedanken auf. Seine Mutter. Sein Vater. Brüder, Schwestern, Kusinen, Onkel und Tanten, Kinderfreunde und Nachbarn – keiner war mehr da, vernichtet in den Feuern der Shoah. Er sah Kinder, die auf dem Bürgersteig Hüpfspiele machten. Er sah Mutter im Rauch der *Shabbes*-Kerzen, wie sie ihr Gesicht bedeckte. Er sah Vater nähen, nähen, nähen, während ihm Großvater aus den Traktaten vorlas. Er roch den getrockneten Fisch und den Duft frischgebackenen Brotes. Er hatte den Geschmack des süßen, klebrigen Weins auf der Zunge. Er hörte das Gefeilsche der Verkäufer auf dem Markt, das Wiehern von Pferden, die Schimpfworte mutiger Jungen, die sie den Panzern entgegenschleuderten, die Schreie der Verwundeten, das Pfeifen der Kugeln, das zerspringende Pflaster, als sie neben ihm einschlugen.

Er sah noch viele andere Gesichter. Die Wachen am Tor des Ghettos. Den Buchhändler Pawel Tarnowski, wie sein Gesicht fahl wurde, als er ihn auf dem Dachboden versteckte. Und den anderen, *den Verkrümmten,* dessen Gesicht rot brannte, als er den Verrat beging. Gesichter über Gesichter, die durch sein Gedächtnis flogen wie Vögel, die man im tiefen Wald aufgestöbert hatte, wo man nur im tiefsten Winter gut sehen kann, wenn alles kahl und auf das Wesentliche reduziert ist.

Der Taxifahrer, der ihn ins Zentrum fuhr, redete ununterbrochen und wies ihn auf Sehenswürdigkeiten hin: religiöse Denkmäler, die protzigen Bauten des kommunistischen Regimes, die neuen Theater und Nachtclubs, die an jeder Ecke aus dem Boden schossen. Dies war das kulturelle Zentrum von Polen, obwohl Krakau, die alte Hauptstadt, diesen Titel wohl eher verdiente. Sie kamen an Straßenmalern, Musikanten und Akrobaten vorbei, an alten Leuten, die Blumen verkauften, und jungen Leuten in Gruppen, die miteinander plauderten und lachten. Eine Stadt der Jungen und der ganz Alten.

Über die Straßen wälzte sich dichter Verkehr. Die Jerozolimski-Allee war genauso verstopft mit Autos wie die Hauptverkehrsadern in Rom oder Tel Aviv. Der Fahrer setzte ihn am Marriott-Hotel aus, und Elijah war wenige Minuten später in seinem Zimmer im obersten Stockwerk. Alles war für ihn vorbereitet. Die Formulare waren bereits ausgefüllt – von wem, konnte das Management nicht genau sagen. Dürfen wir Ihnen einen Kaffee bringen, Professor? Nein! Er möge bitte läuten, falls er irgendetwas wünsche.

Nach seinen Erfahrungen in Israel und Rom war diese zuvorkommende Höflichkeit eine angenehme Überraschung.

Als der Zimmerservice gegangen war, setzte er sich auf das luxuriöse Bett und starrte durch die Glasscheibe auf die Baumwipfel und die Dächer von Bürogebäuden. Diese Stadt, die in den ersten siebzehn Jahren seines Lebens sein Zuhause gewesen war, war für ihn völlig fremd geworden. Die Nazis hatten sie zerstört, aber eine neue Stadt war auf dem alten Straßenplan entstanden. Nur die Altstadt und die Neue Stadt, der mittelalterliche Kern, war minutiös aus den Trümmern, die die Invasion hinterlassen hatte, rekonstruiert.

Er sah die Weichsel, die im Osten eine Kurve machte, und da wußte er, daß er im Norden das Muranow-Viertel sehen würde, jenen Distrikt, wo das Ghetto gewesen war. Stück für Stück setzte er die ursprüngliche Form in seinem Kopf zusammen und legte sie über die Parks und modernen Gebäude. Im Nordosten erkannte er die Gegend, die ihm am vertrautesten war. Der Wohnblock auf der Zamenhofa-Straße war verschwunden. Erst jetzt bemerkte er, daß seine Hände zitterten und daß er über sehr lange Zeit einen geheimen Raum in seiner Seele gehütet hatte. Es hatte ihn immer bedrückt, daß er keinerlei Wunsch in sich entdecken konnte, sich sein damaliges Leben in Erinnerung zu rufen. Er hatte angenommen, daß erst sein Leben danach wichtig war. Natürlich hatte er sich gelegentlich an die Feste und Gebete erinnert, an die Schelte und an die Küsse und an die ernsten philosophischen Diskussionen. Aber sie waren zu einer Art Bühnenbild geworden, das immer mehr verblaßte, ein Ton, eine Atmosphäre, eine Welt, die versunken war, als sein Leben eine völlig andere Wendung genommen hatte. Ganz selten hatte ihn in Bruchteilen von Sekunden eine stechende Sehnsucht nach den geliebten Gesichtern durchfahren, nach dem schmutzig grauen Wohnblock mit der Drei-Zimmer-Wohnung im vierten Stock, die sein Zuhause gewesen war. Aber niemals zuvor war ihm wie in diesem Augenblick bewußt geworden, daß ein ganzer Teil seiner Existenz ausgeblendet war. Daß er Christ war, daß er Priester war, daran gab es keinen Zweifel. Es war sein Leben, seine Freude und die Erfüllung von allem, was in seinem Charakter echt war. Aber im Gebäude seines Lebens fehlte ein Eckstein. Er war einmal ein Kind gewesen. Ein Jude. Alles, was zu dieser früheren Existenz gehört hatte, war zerstört, und doch war es in ihm geblieben, schlummernd, aber lebendig. Er hatte es versiegelt. Jetzt öffnete sich die Tür.

Er las die Messe auf dem Tisch vor dem Nordfenster. Der Koffer mit Kelch und Patene war ihm am Tag seiner Weihe vor vielen Jahren von einem deutschen Bischof geschenkt worden.

„Dieser Kelch, diese Patene, diese Kerzenleuchter sind von einem deutschen Priester heimlich in Dachau angefertigt worden“, sagte der Bischof. „Er starb für den Glauben, den Sie angenommen haben. Es ist mein größter Schatz. Ich bitte Sie, ihn anzunehmen.“

Elijah hatte es getan. Er verstand zwar die Symbolik der Geste, war dankbar dafür, aber merkwürdig ungerührt. Warum war ihm das nicht nahegegangen? Er hatte viele Jahre lang mit dem Bischof korrespondiert, und sie waren Freunde geworden. Aber dieser Bereich innerer Betäubung war geblieben, ohne daß er sich das erklären konnte. Vergebung? Ja, schon lange hatte er alles vergeben. Vielleicht lag es daran, daß er nicht getrauert hatte. Er hatte gehaßt und später vergeben. Aber hatte er denn bis auf den Grund seiner Seele getrauert?

Nach der Kommunion saß er im Licht, das durch das Fenster strömte, und spürte diese besondere Wärme in sich. Er dankte und betete an. Er ruhte am Herzen, das in seinem eigenen Herzen schlug. Das Gefühl von Orientierungslosigkeit und Qual schwand, und nach und nach strömte Frieden in ihn ein. Er schaute hinüber zu der Stelle, was das Ghetto gewesen war, und betete für die Hunderttausenden von Seelen, die dort gelitten hatten. Vögelschwärme mit goldenen, roten und schwarzem Gefieder zogen am Fenster vorbei.

Er betete für die Seelen seiner Familie. Nach den letzten Worten der Liturgie betete er auf Hebräisch den *kaddish,* das Gebet für die Verstorbenen.

* * *

Nachdem er in seinem Zimmer einen Lunch eingenommen hatte, ging er in die Lobby hinunter. Der Portier überreichte ihm ein Couvert. Es enthielt eine Nachricht vom Sekretariat des Präsidenten, die ihn zum Eröffnungsempfang der Internationalen Konferenz im Palast der Kultur und Wissenschaft einlud, um sieben Uhr abends in vier Tagen. Die Eröffnungsansprache würde der Präsident halten. Professor Schäfer wird gebeten, vorher um fünf Uhr im Hotel Viktoria Intercontinental mit dem Präsidenten und dessen Begleitung zu speisen. R. S. V. P. Elijah füllte die Antwortkarte aus, steckte sie in den beiliegenden frankierten Umschlag und warf ihn in den Briefkasten in der Lobby.

Als er auf die Jerozolimski-Straße hinaustrat, stand die Sonne hoch über der Stadt, die Luft war mit Duft erfüllt, der aus den Blumenständen am Straßenrand strömte. Er ging zehn Minuten in Richtung Osten, erwehrte sich der Zigeuner, die ihm aus der Hand lesen wollten, der Straßenverkäufer, die ihm *woda gazowa* in Zinnbechern anboten, und junger, gesunder, gut angezogener Bettler. Er überquerte die Marszalkowska-Straße und setzte seinen Weg fort zur Ostseite des Ghettos. Nach einer halben Stunde war er in der Nowolipki-Straße. Er bog links ein, ging einen Häuserblock weit, dann wieder rechts, und da war er in der Zamenhofa-Straße, die bis zur Ecke der Mila-Straße führte.

Er blieb stehen: Hier hätte das Wohnhaus sein müssen. Die Häuser, die jetzt dort standen, waren völlig anders; Bäume hatte es keine gegeben. Kinder spielten auf dem Bürgersteig, aber sie trugen kein Scheitelkäppchen und es lugten keine Quasten des *tallis-kotn* unter ihren Kleidern hervor. Sie waren angezogen wie alle Kinder heutzutage. Autoverkehr ging durch die Straße. Alte Damen saßen Zigaretten rauchend auf den Eingangsstufen zu einem Wohnblock, den offensichtlich die Russen gebaut hatten.

„Haben Sie sich verirrt, Pater?", rief jemand.

„Nein! Können Sie mir sagen, Pani", fragte er auf Polnisch, „sind die Hausnummern hier noch die gleichen wie vor dem Krieg?"

„Wie bitte?", antwortete sie und schaute die andere Frau an. „Ich weiß nicht, wir haben damals nicht hier gewohnt."

„Ich suche Nummer 112. Ich habe dort als Kind gelebt."

Sie musterte ihn von oben bis unten.

„Hier haben Juden gewohnt. Sie sind ein Katholik."

„Ich bin Katholik und Jude."

Die Frauen schauten sich irritiert an.

Er ging langsam den Bürgersteig entlang. Die Straßen schienen viel schmaler, als er sie in Erinnerung hatte. Es war heller, und es gab mehr Bäume. Im Norden durch die Nowolipki-Straße, dann links bis zur Hälfte des Häuserblocks ... ja, hier mußte es gewesen sein. Neue Reihenhäuser hatten die alten Wohnhäuser ersetzt, die hier einmal gestanden hatten. Er schaute auf den Boden und fand ein Stück Kopfsteinpflaster. Da erkannte er einen gesprungenen Stein wieder, der einem Pferdekopf ähnlich sah.

„Hier habe ich gespielt", sagte er. „Meine Füße haben diese Steine berührt ..."

Er blieb nicht lange dort. Ziellos lief er durch ein Gewirr von Straßen, Höfen und Gassen. Er hatte Muranow verlassen und ging in Richtung Fluß. Er wußte nicht, wohin er wollte. Der Gedanke, in die luxuriöse Sterilität des Hotels zurückzukehren, reizte ihn nicht. Doch zum Fluß gehen? Er kam an der Ecke der Nalewki-Straße vorbei, genau an der Stelle, wo er aus dem Ghetto entkommen war, indem er sich an einem Pferdewagen vorbeigedrückt hatte, der mit Besen und Bürsten durchs Tor fuhr. Sie schossen nach ihm – hier, ja genau hier. Er blieb stehen und starrte auf die Stelle.

Er war vor ihnen weggerannt, hungrig und extrem schwach, aber in seiner Verzweiflung rannte er einfach weiter, trotz der Trillerpfeifen und der häßlichen Rufe der Deutschen, *Halt!, Halt!* Die *tallis* flog weg. Kalter Regen hatte den Boden aufgeweicht. Er spürte seine Füße nicht mehr, er rannte nur und rannte, das Pfeifen von Kugeln im Ohr.

Geführt von seiner Intuition ging Elijah den Weg nach, auf dem er damals geflohen war. Dann ging er langsam in Richtung Altstadt. Mehr als fünfzig Jahre waren seitdem vergangen, und doch hörte er noch die Schritte der zwei Soldaten, die ihm auf den Fersen waren, das Klopfen seines eigenen

Herzens, spürte noch seinen keuchenden Atem, das Würgen in der Kehle und den Schmerz in den Lungen. Ein, aus, ein, aus. Hier entlang, drei Häuserblocks, nach rechts ins alte Viertel, links in eine Allee, rechts, links, ein Hof. Eine Sackgasse. Panik. Der Tod ganz nah. Er versteckte sich in einem Eingang. Seine Beine gaben nach, er fiel nach hinten und landete im Buchladen von Pawel Tarnowski.

Pater Elijahs innerer Kompaß versagte nicht, und innerhalb von fünfzehn Minuten stand er in jenem Hof.

Die Linde war weg. Die Gebäude schienen sich nicht viel geändert zu haben, nur Einzelheiten. Der Rahmen des Schaufensters war hellgelb gestrichen, nicht mehr grün. Die Tür war neu. Es stand nicht mehr *Sophia Haus* in goldenen Buchstaben darüber, sondern ein Schild, auf dem für Volkskunst aus Galizien geworben wurde. Im Fenster waren bunte Schachteln, Holzpuppen, Wandbehänge, billige Ikonendrucke auf Spanplatte.

Er öffnete die Ladentür. Eine Türglocke schlug an, aber einige Minuten lang kam niemand. Alles war anders und dennoch geheimnisvoll vertraut. Die Fenster und die Türen waren dort, wo sie immer gewesen waren, die Beleuchtung modern. Er wußte, daß hinter dem Vorhang eine Treppe in die Wohnung mit Stuckdecke im ersten Stock ging, daß in einem Wandschrank des Schlafzimmers eine Geheimtreppe auf den Dachboden führte, wo aufgestapelte Kisten sein könnten, ein Dachfenster und eine Explosion von Erinnerungen, die unerträglich sein könnte.

„Kann ich Ihnen helfen?"

Eine junge Frau kam hinter dem Vorhang hervor. Sie war stark geschminkt und hatte abstehende Haare wie ein amerikanischer Rockstar.

„Nein danke, Pani. Ich möchte mich nur umschauen, wenn es Ihnen nichts ausmacht."

„Umschauen kostet nichts." Aber es schien ihr nicht Recht zu sein. Es roch nach Wurst, gebratenen Zwiebeln und geschmortem Kohl. Ein Fernseher plärrte, und zwei kleine Kinder stritten sich, weil eins davon das Programm ändern wollte.

Die Frau schaute ihn gelangweilt an.

„Suchen Sie ein Souvenir? Oder ein Geschenk für irgendjemanden?"

„Ich habe hier früher gewohnt", erklärte er, „als Kind, während des Krieges."

„Oh, der Krieg. Das war vor meiner Zeit."

Er deutete auf die Decke.

„Dort oben habe ich gewohnt."

„All das ist verschlossen, seit ich da bin. Da ist noch nie jemand hinaufgegangen. Vielleicht ist es leer, oder, wer weiß, vielleicht liegt ein Schatz dort", sagte sie kichernd. „Der Hausbesitzer hat den Schlüssel."

„Das war einmal ein Buchladen. Er gehörte einem gewissen Pawel Tarnowski. Haben Sie von ihm gehört?"

Sie schüttelte den Kopf.

„Ich kenne ihn nicht."

„Wissen Sie, was aus ihm geworden ist?"

Sie schüttelte wieder den Kopf, schaute nach hinten und rief den Kindern zu, sie sollten den Fernseher leiser stellen.

„Vielleicht weiß der Hausbesitzer etwas", sagte sie achselzuckend.

„Können Sie mir seinen Namen sagen?"

„Warum nicht? Jeder kennt ihn. Ihm gehört das hier seit dem Krieg. Er war Kommunist. Jetzt ist natürlich niemand mehr Kommunist. Versteht sich. Der alte Boleslaw landet immer auf den Füßen. Jetzt ist er ein Kapitalist. Ein Aristokrat." Sie lachte verächtlich und zeigte ihre bräunlichen Zähne.

Sie schrieb Name und Adresse auf einen Zettel.

„Da haben Sie die Adresse. Passen Sie auf, er ist eine Schlange. Das brauchen Sie ihm nicht gleich weitersagen. Oder doch! Sagen Sie es ihm ruhig!" Elijah verließ rasch den Laden und hörte ihr Gelächter nur noch von Ferne.

Er fand das Haus südlich der Neuen Stadt, in einer ruhigen Straße mit vielen Bäumen und modernen Apartmenthäusern, von denen aus man auf die Weichsel schauen konnte. Die Suite des Vermieters befand sich im fünften Stock. Auf dem Messingschild an der Tür stand *Boleslaw Smokrev, Immobilienmakler, Antiquitätenhändler.*

Ein Mann um die dreißig öffnete die Tür. Argwöhnisch musterte er den Habit Elijahs.

„Ja?"

„Ich möchte bitte Pan Smorkev sprechen."

„Wer sind Sie?"

„Ich bin Pater Elijah, zu Besuch in Warschau. Ich möchte ihn gerne sprechen."

„Wozu? Möchten Sie etwas kaufen oder haben Sie etwas Nennenswerte zu verkaufen?“

„Nein. Es geht um eine persönliche Angelegenheit.“

„Der Graf ist krank. Er kann niemanden empfangen.“

Elijah schrieb seinen Namen auf einen Zettel, das Hotel und die Nachricht: *Betrifft Pawel Tarnowski.*

„Ich gebe es ihm, wenn er aufwacht. Wenn es eine Sache ist, zu der Pan Smokrew etwas zu sagen hat, werden Sie in Kürze benachrichtigt. Wenn nicht, dann hören Sie nichts von ihm, und bitte melden Sie sich auch nicht wieder.“

„Ich verstehe. Danke. Guten Tag.“

Ohne den Gruß zu erwidern, drückte der Mann die Tür zu.

Elijah ging zu Fuß zum Hotel zurück. Er war einige Kilometer gelaufen und kam erschöpft an. Er schlief ein und wurde am frühen Abend vom Klopfen an der Zimmertür geweckt. Der Zimmerservice brachte ihm ein Couvert. Darin fand er die Nachricht:

Kommen Sie morgen Vormittag um 9.00 Uhr! B. Smokrev.

Die Schrift war zittrig. Blaue Tinte auf einer mauve-farbenen Briefkarte.

Am nächsten Morgen hatte der Himmel seine Schleusen geöffnet und schweres Regenwasser spülte über die Straßen. Er genoß das Geräusch prasselnden Regens. Mit Mühe konnte er ein Taxi ergattern, so daß er gerade noch rechtzeitig in den mit Messing beschlagenen Lift steigen konnte, der ihn zur Wohnung Smokrevs brachte. Derselbe junge Mann öffnete die Tür mit unbewegtem Gesicht und bat ihn herein.

Die geräumige Suite war mit Perserteppichen ausgelegt und mit Antiquitäten vollgestopft. An den Wänden hingen Gemälde in schweren Goldrahmen aus verschiedenen Perioden. Es war eine düstere, niederdrückende Atmosphäre.

„Hier entlang“, sagte der Mann. Er führte ihn über einen langen Flur in ein Schlafzimmer. Dort empfing sie eine weiß gekleidete Krankenschwester, die sie durch eine doppelte Glastür in ein zweites Schlafzimmer führte. Auf einem Himmelbett mit rotseidenem Baldachin lag ein ausgemergelter alter Mann. Er fingerte an einer Fernbedienung herum und fand schließlich den Knopf, mit dem er den Fernseher abstellen konnte. Der alte Mann war mit braunen Flecken übersät und aus seinen blassen Augen kam gelbe Flüssigkeit heraus. Seine schmalen Lippen waren nach unten gezogen, sein Blick mißtrauisch.

„Graf Smokrev", sagte der Diener, „das ist der Mann, von dem die Nachricht stammt."

„Ach ja", sagte er mit tonloser, heiserer Stimme. „Sie wollen meine Ikonensammlung kaufen. Sie sind der Kunstexperte, den der Kardinal mir schicken wollte. Sagen Sie diesem üblen Gauner, daß es keinen Zweck hat. Er wird mich nicht herumkriegen, das herzugeben, was Meines ist. Ich habe die Sammlung rechtmäßig erworben und habe sie nicht – der alte Mann lachte höhnisch auf – von den Kirchen konfisziert. Sagen Sie ihm, wenn er weiter diese Verleumdungen verbreitet, werde ich ihn verklagen – und seine ganze Kirche dazu. Die Kirche in Polen wird sich davon jahrzehntelang nicht erholen. Wenn er meine Ikonen will, dann muß er zahlen, wie jeder andere auch."

„Graf Smokrev, ich komme nicht vom Kardinal. Ich komme ganz privat. Ich bin aus Israel."

„Was? Israel?", fragte er argwöhnisch. „Was wollen Sie von mir?"

„Pawel Tarnowski …"

„Was habe ich mit ihm zu tun, he?"

„Während des Krieges wohnte er in einem Haus in der Altstadt, das jetzt Ihnen gehört."

Der Diener flüsterte Smokrev etwas ins Ohr, was der Alte mit einem Knurren erwiderte.

„Ja, ja, jetzt erinnere ich mich. Gestern haben Sie mir die Nachricht gebracht. Läßt man denn einem alten Mann überhaupt keine Ruhe?!"

„Können wir miteinander sprechen. Die Sache ist sehr wichtig für mich."

„Lassen Sie uns allein", sagte er zu dem Diener und der Krankenschwester. Sie zogen die Glastüren hinter sich zu, aber die Krankenschwester blieb im Nebenzimmer sitzen, so daß sie den Kranken im Auge behalten konnte.

„Ich kenne keinen Tarnowski. War er aus Tarnow?"

„Nein, von Warschau. Er war ein Buchhändler."

„Ich kenne keine Buchhändler. Ich habe in anderen Kreisen gelebt – der Intelligenzia."

„Vor dem Krieg hat er selber Bücher veröffentlicht. Also gehört er wohl dazu. Er hat auch ein Stück geschrieben, das nach dem Krieg in Deutschland aufgeführt wurde – unter einem Pseudonym. Später wurde es noch einmal mit dem wahren Namen des Autors veröffentlicht. Auf Polnisch ist es erst nach dem Sturz des Kommunismus herausgegeben worden."

„Warum interessieren Sie sich für ihn?"

„Ich kannte ihn."

„So?"

„Er hat mir geholfen."

„Was geht mich das an?"

„Er hat mir das Leben gerettet."

„Und wie?"

„Er hat mich versteckt."

„Waren Sie im Untergrund?"

„Nein."

„Ein Jude?"

„Ja."

Smokrev kicherte.

„Ein Jude! Ein Jude! Im Kostüm eines Priesters! Wie köstlich! Es ist immer ein Vergnügen, einen Verräter seiner Rasse zu treffen!"

Elijah erwiderte nichts.

„Einer, der von seinem Glauben abgefallen ist!"

Smokrev beruhigte sich, wischte sich die Augen mit einem Taschentuch und fuhr Elijah an:

„Ich wiederhole – was wollen Sie von mir?"

„Wie ich sehe, wissen Sie nichts von meinem Wohltäter, Sir. Aber es wäre äußerst liebenswürdig von Ihnen, wenn Sie mir gestatten würden, das Haus, das Ihnen jetzt in der Altstadt gehört, zu besuchen."

„Den kleinen Laden wo dieses häßliche Weib unechte Volkskunst an die Amerikaner verhökert?"

„Genau, dieser kleine Laden. Darüber befinden sich die Wohnung und der Dachboden, wo ich gelebt habe. Es würde mir sehr viel bedeuten."

„Warum soll ich Ihnen einen Wunsch erfüllen? Wer hat jemals *meine* Wünsche erfüllt?"

„Ich bitte Sie darum, Sir."

„Er bittet mich", schnaubte Smokrev verächtlich.

Elijah war ratlos.

„Er bittet mich“, murmelte der Alte.

Elijah stand auf, wünschte ihm einen guten Tag und ging.

* * *

Am nächsten Morgen wachte er um sieben Uhr auf. Er las die Messe auf dem Fensterbrett mit Aussicht über die Stadt, betete für die Opfer, betete für die Überlebenden und für den Erfolg der päpstlichen Mission. Die Kommunion gab ihm Trost, eine Berührung durch den Herrn, die ihm innere Sicherheit schenkte. Aber er war traurig, daß er nichts über das Schicksal Pawel Tarnowskis in Erfahrung bringen konnte. Den Vormittag verbrachte er damit, in der Apokalypse zu lesen und darum zu beten, daß seine Begegnung mit dem Präsidenten erfolgreich sein würde. Übermorgen würde er dem Löwen gegenübertreten, sofern man wirklich sagen konnte, daß der Präsident ein solches Raubtier war.

Nach dem Mittagessen brachte ihm ein Boy einen mauve-farbenen Umschlag an die Tür. Darin befanden sich ein schwarzer Schlüssel und eine Botschaft:

> Lieber Tourist aus Israel.
>
> Schauen Sie in die leere Kiste Ihrer Vergangenheit. Dann tun Sie mir den Gefallen, mir zu berichten, was Sie gesehen haben.
>
> Smokrev

Als er den Laden betrat, schaute die Frau von der Zeitung auf, und kaute mit offenem Mund Kaugummi.

„Sie sind schon wieder da“, sagte sie gereizt.

„Graf Smokrev hat mir die Erlaubnis gegeben, zu …“

„Ich weiß, ich weiß“, murrte sie. „Die alte Schlange hat heute früh angerufen. Kommen Sie.“

Sie führte ihn hinter dem Vorhang einen Flur entlang zu einer Treppe. Besen und Schrubber lagen auf den Stufen. Er stellte sie an die Wand und ging hinauf.

„Wenn Sie einen Schatz finden“, rief sie ihm nach, „dann will ich meinen Teil.“

„Es ist unwahrscheinlich, daß ich etwas anderes finde als den Schatz der Erinnerungen. Danke für Ihre Hilfe, Pani."

„Nicht der Rede wert. Schatz der Erinnerungen! Ha! Kann man Erinnerungen essen? Erinnerungen sind Müll. Du lebst dein Leben, und am Schluß wird der Müll entsorgt. Das ist alles."

Sie schrie die Kinder an, die ihr in den Flur nachgelaufen waren und miteinander stritten.

Oben an der Treppe schloß er die Tür auf, die er quietschend öffnete. Eine Welle kalter, muffiger Luft schlug ihm entgegen. Er schloß sie hinter sich und schob den Riegel vor.

Ein paar Minuten blieb er stehen und schaute sich um. Die Wohnung war nur an ihrer Form zu erkennen und an dem Licht, das durch ein staubiges Fenster aus der Wohnküche hereinfiel. Die Toilette war noch am selben Platz, aber die Abflußrohre waren nicht mehr da. Die Decke schien nicht so hoch zu sein wie in seiner Erinnerung, aber damals war er ein Kind gewesen, ein unterernährter Junge. Es gab auch keinen Stuck mehr, der war im Bombenhagel zu Bruch gegangen. Die Möbel waren alle weg, der Boden übersät mit heruntergefallenem Putz und Mäusekot.

Das kleine Schlafzimmer hatte noch am meisten Ähnlichkeit mit dem Bild in seiner Erinnerung. Das Blech, mit dem er und Pawel ein Fensterglas ersetzt hatten, war nicht mehr da. Aber die Abmessungen des Zimmers waren unverändert. Er stand in der Stille und hörte wie ein fernes Echo die Geschichten, die Pawel ihm erzählt hatte. Die Geschichte von dem Künstler, der Christus im zerstörten Gesicht eines alten Sünders sah. Er erinnerte sich besonders an die Erzählung vom Prinzen ohne Reich, der sein Herz fand. Es war auch der Ort, wo der orthodoxe jüdische Junge, David Schäfer, seinem polnischen Wohltäter die Geschichten der Chassidim erzählt hatte. Wie oft hatte Pawel ihn erstaunt angesehen! Wie oft hatte er seinerseits den alten Mann nicht verstehen können! Aber mit der Zeit war zwischen ihnen die wechselseitige Achtung gewachsen, wodurch sie allmählich die kulturelle Barriere überwanden. Sie hatten viel voneinander gelernt. Pawel war für ihn ein Vater geworden, nachdem sein Vater und seine Mutter in der Shoah umgekommen waren. Er war für Pawel, der keine Frau und kein Kind hatte, wie ein Sohn geworden, und Pawel wie ein Prinz ohne Reich, der in sich nach dem Herz eines Vaters suchte.

Viele Jahre später, als er in Israel zum Rechtsanwalt geworden war mit dem Ruf, leidenschaftlich für Gerechtigkeit zu kämpfen, eine Person des öffentlichen Lebens mit einer großen politischen Zukunft, da hatte er eine Botschaft von diesem Mann bekommen, ein verknitterter Zettel, in den eine religiöse Medaille eingewickelt war. Ein Engel hatte sie ihm übergeben, als er in New York auf einer Vortragsreise war. Auf der Medaille stand *Madrość* – Weisheit! Diese kleine Münze und ein paar Worte auf einem gelben Papierfetzen hatten ihn aus der Bahn der politischen Karriere geworfen und einen fundamentalen Zweifel in ihm geweckt, der dazu führte, daß er seinem Leben eine ganz neue Richtung gab. Auf dem Zettel stand:

> David, mein Sohn, mein Freund,
> nie wollte ich so sehr leben wie jetzt. Ich gehe statt deiner in die Dunkelheit. Ich schenke dir mein Leben. Ich trage dein Bild in mir wie eine Ikone. Das ist meine Freude. Ich gehe nun hinunter, um zu schlafen, aber mein Herz ist wach.
> Pawel

Die Überbringerin sagte, dies wäre im Krieg aus einem Zug geworfen worden. Sie hätte es viele Jahre lang aufbewahrt, bis ein Engel zu ihr gesprochen und ihr gesagt hätte, daß der berühmte Israeli der Mann sei, für den die Botschaft bestimmt sei. Aber David Schäfer hatte aufgehört zu existieren. Inzwischen hatte er einen neuen Namen, der ihm von der Haganah gegeben worden war. Während des Unabhängigkeitskrieges war dieser Name zu seiner öffentlichen Identität geworden, während die Vergangenheit nur noch eine Form von Müll war, der eines Tages entsorgt wird. Mit diesem Namen war er berühmt geworden. Es gab keinerlei Hinweis, daß er David sein könnte, der auf dem Zettel angesprochen wird. Keine Seele erinnerte sich an seinen wahren Namen, er existierte nur noch in einer Akte im Keller der Haganah. Woher sollte eine einfache Polin aus Florida ihn kennen? Ganz unmöglich, dachte er damals. Aber sie kannte ihn mit einer inneren Gewißheit, die sie dem Engel zuschrieb, der ihr den Auftrag gegeben hatte.

War Pawel Tarnowski in die Dunkelheit hinabgegangen? War das Ziel dieses Zuges wirklich Oświecim, Auschwitz? Vielleicht hatte sich der Mann der Frau, der Bahnarbeiter, geirrt? Selbst wenn er Recht hatte und Pawel an diesen

Ort des Todes gebracht worden war, er könnte überlebt haben. Einige haben überlebt. Wenn Pawel noch am Leben war, dann mußte Elijah ihn finden.

Der Vorhang, der einst die Treppe zum Dachboden verdeckte, war weg, das Geheimnis gelüftet. Die Tür war nicht abgeschlossen und öffnete sich mühelos. Er stieg hinauf.

Der lange, leere Raum war mit dunkelbraunen Brettern ausgeschlagen. Die Küchendüfte aus dem ersten Stock mischten sich mit dem Geruch von altem Holzlack. Elijah ging zu dem kleinen Fenster am Ende und schaute hinaus. Die Dachziegel waren dieselben. Der Blick auf die Dächer der Altstadt hatte sich nicht verändert, die alte Silhouette war wiederhergestellt worden. Aber der Horizont sah völlig anders aus, sowjetische und kapitalistische Hochhäuser ragten in den Himmel.

Am Tag, als sie verraten worden waren, war er durch dieses Fenster geflüchtet und über die Dächer zu einem anderen Wohnblock gerannt. Er war, so unauffällig wie möglich, zum Fluß gegangen, und als er am sandigen Ufer war, ging er einen Kilometer nach Osten, bis er dichtes Gebüsch fand. Er versteckte sich darin, bis es dunkel war, dann schwamm er ans andere Ufer. Er ging querfeldein, bis er zu einem Wald kam, wo er auf Partisanen traf. Er sagte ihnen, er wolle nach Mazowiecki, dort könnte er auf dem Bauernhof von Masha, der Kusine von Pawel, Unterschlupf finden. Sie rieten ihm davon ab. Innerhalb von einem Monat wäre er tot. Er sähe zu jüdisch aus. Selbst wenn er als Knecht verkleidet würde, würde man ihn ganz bestimmt entdekken. Die Polen reichten ihn an eine andere Gruppe von Partisanen weiter, die sich in einem Wald Richtung Osten aufhielten. Es waren junge Juden, bitter, abgerissen, schlecht bewaffnet, auf der Suche nach der sowjetischen Front. Er blieb eine Woche bei ihnen, verließ sie wieder und ging nachts weiter nach Osten. Er war ausgehungert, krank und dem Wahnsinn nahe. Er stahl, was er auf unbewachten Feldern finden konnte. Mehrmals wollten ihn Leute an die Deutschen ausliefern, aber er konnte jedes Mal entkommen.

Einmal hatte man ihn schlafend in einem Schuppen erwischt. Er wurde geschlagen und in einer Werkzeugkammer gesperrt, während der Bauer die SS holte. Er riß ein Wandbrett heraus, preßte sich durch die schmale Öffnung, robbte durch einen Acker, rollte sich in einen Bach und ging stundenlang flußabwärts, bis das Bellen der Hunde immer leiser wurde. Aber es gab auch andere Menschen, gerechte, die den jüdischen Jungen im Heuschober versteckten und ihm zu essen gaben. Andere steckten ihm heimlich etwas zu, ein Stück Brot, ein Ei, einen Blechbecher mit Milch, ein Stück Wurst. Südlich von Lvov stieß er auf den Fluß Dnestr. Er wanderte drei Nächte am Ufer entlang, bis er über einen Kahn stolperte, der im Uferschilf halb versunken war. Er zog ihn an Land, dreht ihn um und schlief darunter. Am Morgen sah er, daß der Kahn von Gewehrkugeln durchlöchert war und innen an den Wänden trockenes Blut klebte – muß schon länger her gewesen sein. In der Abenddämmerung stopfte er die Löcher mit zusammengebundenem Schilfgras, setzte das Boot ins Wasser, stieg ein und legte sich auf den Boden. Die ganze Nacht über ließ er sich nach Süden treiben. Ein Mann, der im Morgengrauen fischte, winkte ihn zum Ufer. Er hatte einen Fisch gebraten, den der Junge gierig verschlang. Der Mann gab ihm noch ein Stück Käse und einen Schluck Wodka aus der Flasche. Er sprach eine fremde Sprache, machte Witze, aber der Junge konnte nicht lachen. Mit Gesten deutete er ein Gewehr an, reckte den Arm gerade empor und deutete den Fluß hinab, womit er dem Jungen zu verstehen gab, daß die Deutschen auf dem Fluß seien, nicht weit von hier. Der Mann bekreuzigte sich und hob seine Augen zum Himmel, ein Blick, der langes Leiden verriet. Dann nahm er ihn mit zu seinem Bauernhaus, fütterte ihn ein paar Tage lang durch und führte ihn dann eine ganze Nacht lang auf einem Pfad durch die Wälder ans Ufer eines anderen Flusses.

„Prut! Prut!", sagte der Mann mit Nachdruck und deutete stromabwärts.

David Schäfer dankte ihm auf Polnisch, Jiddisch, Französisch und mit ein paar Brocken Russisch, was der Mann mit einem breiten Grinsen und Kopfnicken quittierte. Als die Sonne unterging, machte sich der Junge wieder allein auf den Weg in Richtung Süden am Ufer des Prut , der sich am Fuß der Karpaten entlangwand und dann in großen Mäandern zum Schwarzen Meer floß.

* * *

Lautes Klopfen an der Tür holte ihn über den Graben eines halben Jahrhunderts in die Gegenwart zurück.

„Was gibt es da oben? Sind Sie nicht endlich fertig?"

„Ich komme gleich herunter", rief er.

„Vielleicht haben Sie einen Schatz gefunden und wollen ihn für sich behalten, he?“

Er ging die Treppe hinunter und schloß die Türe auf.

„Schauen Sie selber nach.“

Die Frau stieg hinauf, schnalzte mißbilligend mit der Zunge und schimpfte über die schlechte Isolierung, die Heizkosten, die Mäuse und „die Schlange“ und wie schwer es sei, heute die Kinder zu erziehen, seit das alte System weg sei.

„Die Kommunisten waren Mistkerle“, sagte sie, „aber wenigstens haben sie Ordnung gehalten.“

„Der Krieg war schlimmer.“

„Jeder redet darüber, wie schlimm es früher war“, jammerte sie, „aber ich kann Ihnen sagen, heute ist es schlimm genug. Wie kann ein ehrlicher Arbeiter jemals eine eigene Wohnung haben, he?“

„Glauben Sie mir, Pani, der Krieg war unvorstellbar grausam. Es war die Herrschaft des Bösen.“

Sie stieß die Luft durch die Nase, gab aber keine Widerrede.

„Ich würde gerne noch allein hier oben bleiben, wenn Sie nichts dagegen haben. Es gibt keinen Schatz.“

„Meinetwegen. Aber mittags muß ich weg. Bis dahin müssen Sie gehen, damit ich zuschließen kann. Nicht, daß ich Ihnen mißtrauen würde …“

Sie stieg die Treppe hinunter, schloß die Tür und überließ ihn der Stille. Diese Stille war unendlich kostbar für ihn. Erinnerungen stiegen aus dem Schatten der Vergangenheit auf und sprachen zu ihm.

„In der Dunkelheit lausche ich auf Gott“, hatte Pawel gesagt.

„Das ist etwas Schönes“, hatte der Junge geantwortet.

„Wie Elijah auf dem Berg Karmel, der im Säuseln des Windes Gott gehört hat.“

„Ist es auch etwas Einsames?“

„Manchmal. Ich lebe hier in dieser großen Stadt wie ein Einsiedler. Ich bete. Ich gebe den Leuten gute Bücher in die Hand. Vielleicht entstehen daraus gute Gedanken. Das ist meine Berufung.“

„Ich verstehe wieder nicht. Warum dürfen wir deswegen das Bett nicht teilen? Fünf Decken sind besser als zwei. Du bist wie ein Bruder. Du bist mein Freund. Wir könnten dann endlich gut schlafen.“

„Die Wärme eines anderen Herzens, das so nah bei mir schlägt, wäre ein zu großer Trost. Versteht du das nicht?"

„Nein, ich werde es nie verstehen."

„Ich würde das große Herz vergessen, das immer und überall schlägt. Ich würde aufhören, mich nach ihm zu sehnen. Ich würde das Geschöpf mehr lieben als den Schöpfer – und am Ende würde ich auch aufhören, das Geschöpf zu lieben. Ich würde überhaupt nicht mehr lieben."

Pater Elijah saß auf dem Boden des Schlafzimmers und lehnte sich gegen die Wand. Er schloß die Augen. Er erinnerte sich an die bitterkalten Nächte, wenn Pawel nicht zuließ, daß er in sein Bett kam, ihm vielmehr eine seiner Decken gab. Pawel blieb immer ein Geheimnis für ihn. Er zeigte nicht viel von seinem Herzen, außer in Geschichten.

„Bin ich für dich wie ein Sohn, Pawel?"

„Ja, ein bißchen wie ein Sohn."

„Und ein Freund?"

„Ja, das auch."

„Aber ein junger Freund, der kindische Dinge sagt."

„Może, vielleicht. Aber auch ein Mann, der im Werden ist. Ein guter Mann, der später, wenn der Krieg vorbei ist, mit mir am Ufer der Weichsel entlanggehen und meine arme Philosophie korrigieren wird."

David Schäfer lächelte. Pater Elijah lächelte.

„Du bist also nicht böse mit mir, Pawel?"

„Ich war noch nie böse auf dich."

„Aber ich bin eine Last für dich."

„Du warst noch nie eine Last für mich."

„Aber da ist noch etwas anderes, etwas in deinem Herzen, das bleibt."

„Eines Tages, an einem Frühlingsmorgen, wenn die Eindringlinge weg sind, dann werden wir in der Sonne am Fluß spazieren gehen und über dieses Etwas sprechen."

„Ist es etwas, das dich unglücklich macht?"

„Ja."

„Wofür du dich schämst?"

„Ja."

„Ist es *sitra ahra?*[1]

---

[1] *Sitra ahra:* wörtlich, *die andere Seite,* das Reich der Finsternis.

„Es ist eine Wunde, die mir *sitra ahra* geschlagen hat."
„Tut sie dir weh?"
„Ja. Sie tut mir weh."
„Ist es wie ein Stein in deinem Herzen? Wie der Prinz?"
„Ja, so ähnlich."
„Wir werden diesen Stein herausholen und in den Fluß werfen."
„Du bist sehr jung, David."
„Manchmal sehen die Jungen etwas, das die Alten nicht sehen."
„Öfter sehen die Alten Dinge, die die Jungen nicht sehen."
„Pawel, ich glaube, es ist etwas Heiliges, im Reich der Seele ein Sohn zu sein."
„Dann ist es auch etwas Heiliges, Vater einer Seele zu sein."
„Das ist etwas, das wir zusammen machen können, du und ich."

Die Deutschen und ein polnischer Verräter hatten diese Möglichkeit zunichte gemacht. *Der Verbogene* hatte Pawel ihn genannt.

„*Far groys tsores zolttsu zikh nit fgarbrenen …*", hatte David Schäfer in Pawels Mantel hineingeweint an dem Tag, als die Deutschen die Tür einschlugen.

„*Verbrenne nicht vor Leid, verbrenne nicht vor Leid …*", hatte er gerufen, obwohl er nicht wußte, warum er in diesem letzten Moment die Worte eines Ghetto-Lieds auf den Lippen hatte.

„Geh!", hatte Pawel streng gesagt. „Geh!"
„Ich kann ohne dich nicht gehen."
„Sie sind schon da. Ich kann sie ein wenig hinhalten, bis du weg bist."
„Ich gehe nicht!"
„Geh! Geh!"

Das waren die letzten Worte die der Mann gesagt hatte, bevor er ihn durch das Dachfenster auf das Dach hinaushob – in eine ungewisse Zukunft.

„Der Graf erwartet Sie", sagte die Krankenschwester, „aber er schläft gerade. Bitte warten Sie im Salon. Ich werde ihn wecken. Wenn er dazu in der Lage ist, werde ich ihn hierher bringen."

Der Diener mit dem harten Blick stellte ein Tablett mit Tee und Gebäck auf den Seitentisch. Trotz der großen Fenster herrschte im Salon eine bedrückende Atmosphäre, zu der die düsteren Portraits grimmig dreinschauender Adeliger in monströsen Goldrahmen nicht wenig beitrugen. Zwei lebensgroße Skulpturen standen wie Wachen an beiden Seiten des Raumes, männliche Akte aus Marmor, ein sterbender Satyr (vermutlich römisch) und ein Läufer (griechische Klassik). Beide waren angeschlagen. Schwer zu sagen, ob sie echt waren oder gute Fälschungen.

„Sie bewundern also meine Sammlung", sagte eine hohe Fistelstimme hinter ihm. Die Krankenschwester schob den Graf in einem Rollstuhl zu einer Chaiselongue. Mit Hilfe des Dieners hob sie den alten Mann auf das Sofa, dann entfernten sich beide.

„Setzten Sie sich bitte. Tee? Können Sie ruhig trinken, ist nicht vergiftet. Bestimmt fühlen Sie sich wie in einem Boudoir der Medici", sagte er kichernd, gefolgt von einem Hustenanfall.

„Ah, *sic transit gloria mundi*", exklamierte er pathetisch, nachdem er wieder Luft bekam. „Wir sind wie das Gras auf dem Feld, nicht wahr? Sie und Ihresgleichen sind doch Experten auf diesem Gebiet. Aber ich könnte Ihnen auch das eine oder andere dazu sagen."

Wieder schüttelte ihn der Husten. Als er sich gefaßt hatte, glättete er das Plaid über seinen Beinen, legte einen Arm über die Lehne des Chaiselongue und schaute Elijah auffordernd an.

„Ich möchte über jede Einzelheit informiert werden. Sie müssen mir *alles* erzählen."

„Ich will Ihnen nicht die Zeit stehlen, Graf Smokrev. Ich wollte Ihnen persönlich für die Erlaubnis danken, daß ich Ihr Haus in der Altstadt besuchen durfte."

„Nicht der Rede wert. Haben Sie meinen Schlüssel? Bitte legen Sie ihn auf den Tisch."

„Natürlich. Hier ist er."

„Und war es so, wie in Ihrer Erinnerung?"

„Im Wesentlichen war es unverändert. Es war wirklich sehr freundlich von Ihnen, einem Fremden einige Augenblicke der Nostalgie zu gestatten. Ich bedanke mich dafür."

Er stand auf, um zu gehen, aber Smokrev wedelte mit den Händen und befahl ihm, sich wieder zu setzen. „Setzen Sie sich! Setzen Sie sich! Ich bin noch nicht fertig mit Ihnen."

„So? Es gibt weiter nichts zu sagen."

„Erzählen Sie mir, wie es kam, daß dieser Mann Sie beschützt hat. Tar-

kowyski haben Sie ihn genannt, nicht wahr?"
„Tarnowski."
„Ja, ja. Erzählen Sie. Erzählen Sie mir *alles.*"
Pater Elijah bemerkte ein hungriges Blitzen im Auge des alten Mannes und entschloß sich, der Marotte eines einsamen alten Mannes nachzugeben.
„Ich bin in Muranow aufgewachsen, am Ende der Zamenhofa-Straße. Als die Deutschen kamen, wurden wir, wie Sie wissen, eingeschlossen. Im Sommer 1942 wurde meine ganze Familie abgeholt und auf dem *Umschlagplatz* in einen Zug gesteckt, zwecks Umsiedlung."
„Aha! Sie wußten natürlich, was das bedeutet hat."
„Ja."
„Treblinka."
„Ja. Treblinka."
„Warum nicht Sie? Wollte man Sie nicht?"
„Ich habe mich in der Kanalisation versteckt. Dort habe ich wie eine Ratte gelebt. Im September brach ich aus durch das Nordost-Tor. Ich rannte. Ich wußte nicht wohin, ich rannte einfach. Die Soldaten verfolgten mich, aber ich konnte sie im Straßengewirr der Altstadt abschütteln. Ich fiel durch die Tür von genau dem Laden, der jetzt Ihnen gehört. Der Besitzer versteckte mich. Den ganzen Winter von `42 bis `43 lebte ich in der Wohnung und auf dem Dachboden über dem Laden. Dann habe ich mich nach Süden durchgeschlagen."
„Wann haben Sie Ihren Beschützer zum letzten Mal gesehen?"
„Gegen Ende des Winters, Anfang Frühling 1943. Ich mußte fliehen, verstehen Sie. Ein Pole hatte mich entdeckt und die Deutschen informiert."
„Ein Verräter!"
Mit zitternden Fingern zündete sich Smokrev eine Zigarette an und blies eine Rauchwolke ins Zimmer.
„Ich habe nie erfahren, was aus meinem Freund geworden ist."
„Schade."
„Ich landete nach dem Krieg in einem Lager auf Zypern und gelangte auf einem illegalen Schiff 1947 nach Palästina, kurz vor dem Unabhängigkeitskrieg. Es waren abenteuerliche Zeiten damals, sehr aufregend für einen jungen Mann. Nach der Geburt Israels hatte ich mehr Zeit. Ich schrieb an die polnische Regierung und bat um Informationen über Pawel Tarnowski, aber

ich bekam natürlich keine Antwort."

„Natürlich nicht. Übrigens, hat Ihnen meine Krankenschwester gesagt, daß ich an Lungenkrebs sterbe? Nein? Hat Sie Ihnen gesagt, wie alt ich bin? Ich bin über neunzig, obwohl ich aussehe wie siebzig. Kein Widerspruch! Kränken Sie nicht die Eitelkeit eines alten Lüstlings. Ich habe den Zusammenbruch des Adels überlebt, die Nazis und die Russen. Es ist die neue Bande, die mich beerdigen wird", seufzte er und blies eine lange Rauchfahne in die Luft.

„Im Bett habe ich Geschmack an diesen elenden russischen Zigaretten gefunden. Ich mochte die Russen. Besonders die Jungen. Sie würden nicht glauben, wie oft man unter der Uniform einen *coquet* findet. Ah, diese süßen, boshaften, mongolischen Augen! paradiesisch!"

Augenblicklich erkannte Pater Elijah die Konturen des Lebens von Graf Smokrev. Er hatte einen Blick in seine Seele geworfen. Elijah schwieg.

„Unterlassen Sie diesen mitleidigen Blick. Das ist eine Beleidigung!"

„Sie sind kein glücklicher Mann, Graf", sagte Pater Elijah sanft.

„Ich bin ein *sehr* glücklicher Mann. Ich habe im Leben alles gehabt, was ich wollte."

„Ihr Leben geht dem Ende zu. Haben Sie nie an die Ewigkeit gedacht?"

„Ich habe meine Seele schon vor langer Zeit verkauft, guter Mann. Der Rest ist nur Kosmetik und Getue. Nichts von dem, was Sie sagen, Sie bewunderungswürdiger, ernster Apostel, kann mich im Geringsten berühren."

„Sind Sie da so sicher? Ist sich nicht jeder Mensch selbst ein Geheimnis?"

„Es gibt keine Verderbtheit, die ich nicht bis zum Grund ausgekostet hätte. Davon wissen Sie nichts. Verschwenden Sie nicht Ihre Zeit."

„Es wäre keine Zeitverschwendung. Sie sind ein Mensch mit einer Seele. Dafür sind Sie nicht geschaffen ..."

„Vorsicht! Vorsicht! Sie könnten etwas sehr Geschmackloses sagen. Fast hätten Sie von Verdammnis gesprochen, nicht wahr?"

„Ich wollte sagen, daß Sie nicht für diese Lieblosigkeit geschaffen wurden."

„Liebe? Was ist Liebe?"

„Sein Leben für einen anderen hingeben."

„Ich bin ein Nehmer. Kein Geber. Bekehrung aussichtslos."

„Davon scheinen Sie fest überzeugt zu sein."

„Ich mache mir nur keine Illusionen. Ich weiß, daß es keine Liebe in der Welt gibt. Wir sind alle nur Geschöpfe mit unterschiedlichen Begierden. Selbst der Idealist, der den ganzen Tag von Liebe, Liebe und nochmals Liebe redet, muß ein paar Opfer bringen, um sich von seiner Fantasie zu überzeugen. Aber ich sage Ihnen, diese Fantasie bereitet ihm *Genuß*, es ist seine *Lust,* daß sie wahr ist, aber er wird sie sofort über Bord werfen, wenn er dafür leiden muß. Ich bin ein Geschöpf, das eine bestimmte Art von Lust kultiviert. Das ist der ganze Unterschied, nur eine Variation Ihres Idealisten, der *denkt,* daß er liebt. Ich liebe auf meine Weise, wie er auf seine. Aber keiner soll es rein, unverschmutzt oder gar selbstlos nennen. Das gibt es nicht. Sie halten mich für deformiert. Stimmt, ich gebe es zu. Aber jeder ist deformiert. Keine Seele auf diesem Planeten kann dem entgehen. Der Idealist ist durch seine theologische Romanze deformiert. Ich wurde durch die Geschichte und durch Ihre Religion und durch meine liebste Mutter und durch ..."

Mit einer wegwerfenden Handbewegung brach der Graf hier ab und zündete sich eine zweite Zigarette an. Er inhalierte den Rauch und löste damit einen weiteren Hustenanfall aus.

„Hat Ihnen in Ihrem ganzen Leben niemand gesagt, daß es möglich ist, zu dem zu werden, zu dem wir geschaffen sind?", fragte Elijah.

„Bis zum Überdruß hat man es mir gesagt. Ich habe mehr Predigten gehört, als Sie je gehalten haben. Ich habe die Ermahnungen von Eiferern, von Barmherzigen, von Heiligen, von Genies, von Kretins gehört, alle im Dienst Ihrer geliebten Kirche. Und ich sage Ihnen, nichts hat meinen Unglauben auch nur angekratzt."

„Sie klammern sich an Ihren Unglauben wie ein Medici an seine Giftflasche."

„Ah, *touché! Formidable!* Ganz entzückend, dieser Satz. Sie beginnen, mir Spaß zu machen. Sie haben eine literarische Ader. Fabelhaft. Bitte machen Sie weiter."

„Das Leben ist kurz, die Ewigkeit ist lang."

„Falls es einen Gott gibt, dann möge er mir mitteilen, daß das Ende nahe ist. Ich werde auf dem Totenbett beichten."

„Wußten Sie, Graf Smokrev, daß Bekehrungen auf dem Totenbett sehr selten sind? Das wird Ihnen jeder Priester sagen."

„Natürlich würde er das sagen!"

„Es ist eine Tatsache. Viele Leute meinen, sie könnten die Bekehrung bis zum letzten Augenblick verschieben. Das ist eine Illusion. Die meisten Menschen sterben so, wie sie gelebt haben. Wenn der Tod plötzlich kommt, dann ist dafür keine Zeit mehr. Wenn er allmählich kommt, dann fehlt normalerweise die Energie für die Umkehr von einem Leben, das einen zu dem gemacht hat, der man ist."

„Tsch, tsch, Sie wollen mir doch keine Angst einjagen?!"

„Haben Sie nicht gesagt, daß Sie nichts berühren kann?"

„Stimmt. Aber lassen Sie sich nicht entmutigen, mein Lieber. Es hat einen gewissen Unterhaltungswert. Durchaus eine Erholung von meiner Pflegerin, die ihren Job so lange wie möglich verlängern möchte, und von meinem Diener, der sich mit eiserner Beharrlichkeit um meine Verdammnis bemüht. Beide verfolgen nur ihren Profit und langweilen mich."

„Wenn ich mit Ihnen um Ihre Seele ringen würde, würden Sie dann gegen die Dinge kämpfen, die Sie fesseln?"

„Nein, ich würde gegen Sie kämpfen und würde dabei von einer Legion von Dämonen unterstützt."

„Was, wenn ich fragen darf, ist dann der Zweck dieser Unterhaltung?"

„Genau dies: Unterhaltung."

„Aha!"

Pater Elijah erhob sich.

„Ganz wie erwartet. Sie schreiten nun würdevoll von dannen. Dieser Dialog war völlig vorhersehbar, aber dennoch ein Genuß."

„Ich gehe, aber mit einer großen Traurigkeit im Herzen. Ich sehe vor mir einen begabten Mann, der einer Lüge aufgesessen ist."

„Was soll das heißen? Ach ja, Ihre Theologie. Aber was soll's! Guten Tag."

„Ich werde für Sie beten."

„Verschwenden Sie nicht Ihre Zeit."

„Adieu!"

* * *

Seine Beine zitterten, als der die Treppe zur Straße hinunterging. Er war bestürzt. Er hatte die Beichten von zahllosen Menschen gehört, darunter große Sünder, brutale und korrupte, Lügner und Betrüger, Mörder und

Ehebrecher und Verführer Unschuldiger. Aber er war niemals einem begegnet, der nicht eine Spur von Scham zeigte. Diese sterbende Seele, dieser Graf Smokrev, schien zu wissen, daß er verdammt war, einer, der sich dafür entschieden hat, der daran sein Vergnügen fand. Elijah ging wie blind die Straßen entlang, erschüttert über den Abgrund, der sich vor ihm aufgetan hatte.

Am Ende einer Straße stieß er auf den Eingang zu einem Kloster, einem kontemplativen Nonnenorden. Er klingelte und erklärte der Pförtnerin, daß er sich nicht gut fühle, ob er einige Augenblicke in der Kapelle beten dürfe. Sie ließ ihn ein, und er kniete fast eine Stunde lang vor dem Allerheiligsten. Anfangs war er aufgewühlt und flehte um Hilfe für sich selbst, für Graf Smokrev, für den Präsidenten und für die Kirche, die aus so vielen Wunden blutete. Nach einigen Minuten wurde er ruhig, fühlte aber immer noch die Verlassenheit, dann kam er allmählich in den Zustand innerer Sammlung, in dem das Empfinden für die Zeit verschwand.

Eine Stimme sprach zu ihm.

Ich bitte dich um ein außergewöhnliches Herzensopfer.

„Ja, mein Herr."

Ich bitte dich, Meinen Feind in Meinem Namen zu lieben.

„Ich will es versuchen, mein Herr, aber ich bitte Dich dafür um die notwendige Gnade."

Wenn alles geschenkt wird, fehlt nichts. Fürchte nichts, mein Sohn.

„Ich habe Angst, Herr, ich habe Angst. Bald muß ich dem Löwen gegenübertreten. Ich fürchte mich vor ihm. Dieser Verdorbene, auch vor ihm fürchte ich mich. Er hat mich völlig erschöpft und das vor der Begegnung mit dem Löwen."

Meine Stärke wirkt in der Schwäche.

„Es ist unmöglich. Ich habe nichts mehr. Ich möchte zum Berg Karmel zurück. Bitte, Herr, sende einen anderen zu ihm."

Ich habe dich erwählt.

„Hast du mir zwei unmögliche Aufgaben gegeben? Beide gehen über meine Kraft. Ich verstehe es nicht."

Ich habe dir nur eine Aufgabe gegeben, nämlich mir zu vertrauen, wenn du in die Dunkelheit des menschlichen Herzens hinabsteigst. Diese verdorbene Seele ist mein Kind. Ich weiß, was er einst war und was er wieder werden kann.

Er kämpft so verbissen gegen dich, weil er will, daß du ihm Widerstand leistest. Widerstehe ihm mit Liebe. Der andere, der Mann der Macht, ist ein Feind, der einer anderen Ordnung angehört.

„Führe mich, Herr, ich bin erschüttert."

Fürchte dich nicht. Ich habe dich aus dem Feuer gerettet, damit du dem Feind entgegentrittst und für das Heil vieler Seelen. Ich trage dich immer. Du mußt mir vertrauen, besonders in der Trostlosigkeit.

„Du bist das Herz der Welt. Ich setze mein Vertrauen auf Dich."

Klammere dich an mich, was immer geschehen mag. Um Meinetwillen werden dir noch viele Wunden zugefügt werden.

„Du bist mein Leben."

Du bist mein Freund und mein Jünger. Elijah.

Das innere Licht verblaßte, und die Zeit bemächtigte sich wieder seines Bewußtseins. Er stand auf, ging zum Eingang und klingelte nach der Pförtnerin, die er bat, ihm ein Taxi zu rufen, zurück zum Marriott. Erschöpft warf er sich aufs Bett und fiel sofort in tiefen Schlaf.

XI
Die Beichte

Ich *möchte beichten,* stand auf dem Zettel. *Kommen Sie schnell.*

Die Krankenschwester öffnete die Wohnungstür und führte ihn zum Schlafzimmer des Grafen. Dort saß er aufgerichtet in seinem riesigen Bett, einen Stapel Zeitungen neben sich. Bücher, Tabletts voller Medizin, Gläser und Teetassen waren auf dem Brokatüberwurf verteilt. Er las in einer Theaterzeitschrift aus New York und rauchte seine russischen Zigaretten. Die Mischung aus Rauch und dem Geruch eines inkontinenten alten Mannes war schwer zu ertragen.

Die Schwester räusperte sich, und Smokrev schaute auf. Er winkte dem Priester und setzte ein Lächeln auf, das dem Grinsen eines Marders glich.

„Da sind Sie ja, sie guter treuer Diener!", rief er und verdrehte die Augen zum Himmel. „Ein Jünger, wie er im Buche steht. Sie gehen zu den elendsten Plätzen auf diesem Planeten, um eine reumütige Seele zu finden. Jederzeit küssen sie Steuereintreiber und Huren, sei es am Tag oder in der Nacht."

Der ironische Ton, der fast an Zynismus grenzte, erleichterte Elijahs Spannung nicht gerade.

„Sie baten mich zu kommen. Ist es wahr, daß Sie beichten wollen?"

„Es ist wahr."

„Das freut mich. Das freut mich sehr."

„Ich habe mich dafür in Schale geworfen", sagte Smokrev und fuhr mit den Daumen unter das schwarze Revers seines tiefroten Satin-Hausmantels. „Rot für die Huren und Schwarz für wahre Zerknirschung. Das weiße Hemd für die Wiederherstellung meiner makellosen Reinheit."

„Ich bin überrascht über diesen Sinneswandel. Als wir uns gestern verabschiedeten, hatten Sie mich überzeugt, daß eine solche Veränderung gänzlich ausgeschlossen sei. Darf ich fragen, was dazu geführt hat?"

„Etwas, das Sie über Nostalgie gesagt haben."

Elijah rätselte, was er damit meinte. Dennoch zog er die lila Stola aus der Tasche und rollte sie auf. Smokrev sah genau zu, wie er sie sich um den Hals legte; ein feines Lächeln spielte um seine Lippen, als der Priester den Stuhl nah zum Bett zog und den Kopf neigte, um zuzuhören.

Smokrev brach in hohes, hysterisches Kichern aus.

„Sie mißverstehen mich. Ich möchte von Mann zu Mann mit Ihnen sprechen. Mit Beichten habe ich nicht Ihr Sakrament gemeint!"

Elijah richtete sich auf. Er fühlte sich an der Nase herumgeführt.

„Ach so ist das."

„Immer auf der Suche nach jemandem, der rehabilitiert werden könnte, nicht wahr?"

„Könnte man so sagen, wenn Sie mit *rehabilitieren* meinen, daß eine Seele für die Welt der Liebe zurückgewonnen wird."

„Ach! Da haben wir ihn wieder, den Prediger! Bitte, ich bitte Sie nur um eins, daß Sie zuhören. Ich möchte ihnen ein paar Geschichten aus meinem Leben erzählen."

„Warum mir, Graf Smokrev? Wenn Sie das, was mein Leben ausmacht, so unerbittlich ablehnen, wie könnte ich Ihnen da einen Dienst tun?"

„Sie haben eine wohltuende Qualität, die sehr selten ist: Sie sind nicht ehrgeizig. Meine Angestellten hören meinem Gequatsche zu, weil sie dafür bezahlt werden. Meine Kunden aus dem Ausland lauschen meinen Monologen, weil sie meinen, sie könnten etwas Nützliches für ihre Geschäfte erfahren. Sie sind die erste Person, seit ich denken kann, die nichts von mir will."

„Ich möchte sie ins Leben zurückbringen."

„Aha! Eine Seele mehr, die vom heiligen Elijah ins Paradies gezerrt wird? Geht es Ihnen darum?"

„Sie sind in einem Käfig gefangen. Sie glauben, darüber hinaus gäbe es nichts. Aber es gibt etwas so Großes, etwas so viel Besseres, daß wir es kaum fassen können. Es gibt das Leben in Fülle. Und Freude."

„Die flüchtigen, glitzernden Hoffnungen, mit denen sich die Kleinen dieser Erde begnügen. Sie haben nicht die Kraft, ihre eigene Wirklichkeit zu schaffen, und so spinnen sie sich in ihre Träume ein; sie leben im Wolkenkuckucksheim. Sie sind der Diener eines Mythos."

„Wenn ich so verblendet bin, warum wollen Sie mir dann Ihre Geschichte erzählen?"

„Weil Sie ein Mensch sind und weil Sie Interesse an einem Teil meiner Vergangenheit gezeigt haben. Und weil ich glaube, daß Sie ein ehrlicher, wenn auch ein verblendeter Mann sind."

Elijah lächelte.

„Ich habe Ihnen geschmeichelt. Das kann ich gut."

„Langweilt es Sie nicht, mit Menschen zu spielen?"

„Manchmal. Man fühlt sich so allein, wenn man feststellt, daß jeder, den man trifft, auf die Tricks hereinfällt. Noch jeden habe ich verbiegen oder kaufen können, verstehen Sie?"

„Das ist nicht wahr."

„Natürlich glauben Sie, daß es nicht wahr ist. Sie müssen so antworten. In Ihrem Fall war das Bestechungsgeld einfach noch nicht hoch genug."

Elijah schüttelte den Kopf. „Erzählen Sie Ihre Geschichte."

„Es ist keine schöne Geschichte."

„Ich habe von Kindheit an Geschichten geliebt."

„Komödien oder Tragödien?"

„Alles."

„Auch Niederträchtiges?"

„In Komödien und Tragödien ist alles enthalten."

Smokrev schnaubte und hustete.

„Ich habe Tausende von Beichten in meinem Leben gehört. Da wurde nichts ausgelassen."

„Sie können nicht schockiert werden?"

„Das will ich nicht sagen. Es ist möglich, daß der Mensch neue Formen des Frevels erfindet. Aber der Kern der Sünde bleibt immer der gleiche. Jeder von uns, selbst der beste Mensch, ist versucht, sein zu wollen wie Gott. Der Mörder macht sich zum Herrn über Leben und Tod; der Dieb über materielle Güter; der Tyrann über die menschliche Freiheit, der Okkultist über spirituelle Mächte, der Ehebrecher über die Liebe und so weiter."

„Daraus folgt also, daß auch ich mich vergöttlichen möchte?"

„Das wollen wir alle, ohne Ausnahme."

„Wie schockierend. Ihre Auffassung von der menschlichen Natur scheint weit perverser und pessimistischer als die meine!"

„Ich sah während des Krieges entsetzliche Dinge und auch später bei den Kriegen in Israel. Aber nichts davon hat mich auf die Abgründe der Sünde vorbereitet, in die ich im Beichtstuhl schauen mußte."

„Erzählen Sie mir davon."

„Das kann ich nicht."

„Ach ja, ihr Eid, daß Sie niemals ein Beichtgeheimnis verraten werden. Wie charmant. Ein sehr interessanter Teil der Romanze."

„Warum sagen Sie das?"

„Weil von all den Lüsten und Süchten, denen ich mich hingegeben habe, nicht eine solche Macht über die Persönlichkeit hat wie Information. Skandale, Verleumdung, Tatsachen, Indiskretionen und besonders Klatsch."

„Vielleicht haben Sie Recht. Der Handel mit Informationen ist ein Weg, über andere Macht zu erlangen."

„Eine subtile Vergöttlichung."

„Deswegen hüten wir das Beichtgeheimnis so streng. Es ist ein Augenblick radikaler Bloßstellung. Wir schützen es mit unserem Leben."

„Oh, wie ritterlich!"

„Wie realistisch!"

„Schon gut! Schon gut! Wann werden Sie ihr Mönchsgesäusel einstellen und mich beichten lassen?"

„Sie können jederzeit beginnen."

Smokrev strich über den Bettüberwurf, zog seinen Morgenmantel zurecht, nahm einen großen Schluck Mineralwasser und zündete sich eine Zigarette an.

„Fangen wir an. Ich kann Ihnen gar nicht sagen, welchen Genuß es mir bereitet, daß jemand um meine Seele ringt. Sie werden natürlich verlieren, aber wir werden bis dahin viel Spaß miteinander haben. Ah, warum sind Sie so ernst!? Lächeln Sie, Pater Elijah."

„Bitte fangen Sie an."

„Ich möchte Ihnen von meiner ersten großen Sünde erzählen, meiner Ursünde. Gewiß werden Sie sogleich hinzufügen, daß dies mein Garten von Eden war. Nein? Sie haben nichts zu sagen, Vater? Ich habe es ja selbst gesagt, nicht wahr? Nennen wir es meine Erbsünde, meine erste bewußte Entscheidung für das Böse. Diese hat eine Reihe von Kräften in Bewegung gesetzt, die mich bis hierher gebracht haben, in ein Bett, das mit einem Berg köstlicher Schuld beladen ist. Ich bin in meiner Bosheit alt geworden. Aber am Anfang war ich nicht so. Natürlich habe ich alle üblichen Kindersünden begangen: ich habe Süßigkeiten gestohlen, habe harmlose Lügen erzählt; ich habe mein Kindermädchen geschlagen und sie gezwungen, mir zu versprechen, daß sie meiner Mutter nichts verraten wird, was sie auch nicht tat, weil sie Angst hatte, ihren Posten zu verlieren. Meine Mutter war eine Gräfin, wissen Sie, sehr eitel, eine oberflächliche Frau, außergewöhnlich schön, das übliche Rührstück: ein Adeliger heiratet eine Schöne und ignoriert den Charakter. Den Rest des Lebens zahlt er dafür. Eine langweilige Geschichte, die schon tausendmal erzählt wurde. Ein *wirkliches* Märchen. Aber ich eile mir selbst voraus.

Mein Vater entfloh der langsamen Strangulierung, als er erkannte, daß dies sein Lebensschicksal sein würde. Er war immer auf ‚Geschäftsreise'. Er half Pilsudski, die Rote Armee an der Weichsel zum Stehen zu bringen, das war 1920. Er war berühmt und wurde bewundert. Ein Patriot. Die Nazis brachten ihn um, als sie die Aristokratie auslöschten."

„Warum wurden Sie nicht umgebracht?"

„Weil ich in den dreißiger Jahren in Paris war. Ich wurde ein Faschist, und machte mich für die Deutschen nach der Besetzung Frankreichs nützlich. Ich habe Ihnen so viel zu erzählen, daß ich bei diesem oder jenem Verbrechen leicht den Faden verlieren kann."

Smokrev schaute ihn amüsiert an und steckte sich eine weitere Zigarette an. „Gratuliere! Sie haben bei der Nazi-Verbindung nicht mit der Wimper gezuckt. Bravo!"

„Wollen Sie mich prüfen, Graf Smokrev?"

„Genau das. Sie haben bestanden, *summa cum laude.* Wo war ich?"

„Ihre Kindheit. Ihre erste große Sünde."

„Ach ja." Smokrev drückte die Zigarette aus und zündete die nächste an. Ein paar Minuten lang sagte er nichts. Es schien, als dächte er darüber nach, welche Einzelheiten er preisgeben wolle und welche nicht. Seine Augen verloren diesen chronischen Ausdruck von zynischem Humor.

„Es ist nicht leicht, das zu sagen. Bitte stellen Sie sich einen elfjährigen Jungen vor, Sohn aristokratischer Eltern, der wie ein kleiner Diamant im Goldrahmen des Familienbesitzes gefaßt ist. Das ist seine Welt. Seine Eltern bezahlen jedes Vergnügen, jedes Spielzeug, jeden Genuß.

Er ist ein einsames Kind. Sein Vater, den er bewundert, ist nicht oft zu Hause. Er muß sich in der Hauptstadt um wichtige Angelegenheiten kümmern. Er will das Wohl des Landes mehren, damit sein Sohn eine glorreiche Zukunft hat, damit sich sein Geschlecht über seinen Erben, seinen einzigen Erben, fortsetzt.

Stellen Sie sich vor: ein sensibler, fantasievoller Junge mit künstlerischen Begabungen, die gefördert werden. Er spielt mit sieben Jahren Mozart, er zeichnet Landschaften und Wolken, schreibt Gedichte. Zum zehnten Geburtstag bekommt er einen weißen Araber und reitet ihn gut. Er liebt es, mit seinem Borzoi auf dem Rasen zu spielen, eingefriedet von hohen Hecken. Er ist ein guter Bogenschütze, ein guter Fechter, ein guter Schwimmer. Er wird privat unterrichtet, ist ein hervorragender Schüler und unterhält eine Korrespondenz mit literarischen Größen in Polen und Paris. Diese üben sich in Freundlichkeit gegenüber dem Sohn ihres Wohltäters. Der Junge liest die Romane, die sie empfehlen, deutsche und französische Werke, von denen er nicht viel versteht, aber doch erkennt, daß die Welt wesentlich komplexer ist als die kleinen Geschichten, die er zu seiner eigenen Unterhaltung selber schreibt, Geschichten von Schwertkämpfern, wilden Tieren, Schiffen und Verlassenheit an exotischen Orten.

Er ist kein hübsches Kind, aber doch eine angenehme Erscheinung mit festem Auftreten. Er bewegt sich mit einer gewissen Anmut und Präzision, die auf Adel schließen läßt. Ein oder zweimal im Jahr wird er auf eine Europareise geschickt, quer durch Museen, Salons, Modehäuser und die Herrenhäuser der Aristokratie. Er findet das alles langweilig. Es gibt wenige Kinder in diesem Kreis schöner, erfolgreicher Leute.

Außerdem ist er fromm. Er möchte mit seinem Leben heroischen Zielen dienen und sehnt sich nach religiösen Abenteuern. Er fastet, trägt einen rauhen Strick unter dem Hemd, schläft in seinem zwölften Lebensjahr fast nur auf dem Boden seines Schlafzimmers, bis er von einem Kindermädchen entdeckt wird, was zur Folge hat, daß Mama ihm streng untersagt, etwas so Merkwürdiges und Besorgniserregendes noch einmal zu tun. Er spricht in der Privatkapelle, die im Westflügel über seinem Zimmer liegt, mit Gott. Oft steht er nachts auf, um in der Gegenwart des Herrn zu sein, eine Gegenwart, die nie Antwort gibt. Auch wenn keine Worte ausgetauscht werden, hat das rote Ewige Licht etwas Tröstliches. Weihrauchduft schwebt in der Luft. Auf den Silber- und Goldfäden der Wandbehänge blitzen Feuerfunken auf. Er läßt sich in die sanfte Wärme dieser Atmosphäre sinken, als wäre es ein alter

Zufluchtsort, ein Heiligtum, hätte aber sein Gefühl nicht in Worte fassen können. Beinahe, so scheint ihm, kann der das Klopfen des geheimnisvollen Herzens fühlen, die Wärme der Arme, die ihn umfangen. Er spürt tiefen Frieden, der von der Morgendämmerung immer vertrieben wird.

Er möchte ein Heiliger werden und an der Herrlichkeit des Himmels teilhaben. Der Hausgeistliche bemerkt die Innigkeit seines Gebets während der Messe, und man munkelt, daß er vielleicht eine religiöse Berufung habe. Vielleicht sollte er ein Jahr lang in das Seminar in dieser oder jener Stadt gehen, wo die Patres sich ganz der Erziehung der Jugend widmen. Aber für Mama kommt so etwas nicht in Frage. Er ist doch noch ein Kind! Er ist ihr einziger Sohn! Außerdem leistet er ihr Gesellschaft in dem großen Haus. Der kleine Graf liest ihr abends am Kaminfeuer schwierige Romane vor, während sie englischen Sherry trinkt und sich in *petit point* übt. Sie betet nur selten. Sie klatscht mit ihrem Sohn über andere Leute, beschwert sich in subtilen und gewählten Worten über seinen Vater. Der kleine Graf bringt die Frage seiner religiösen Berufung bei den seltenen Besuchen seines Vaters nicht auf den Tisch. Er will nicht um ein anderes Leben bitten. Er beschäftigt sich auch nicht mit dem Sinn seines eigenen Lebens. Er lebt es einfach. Er fühlt sich nicht gedrängt zu fragen, warum er geboren wurde.

Er hat einen Fehler, zuerst ist es nur eine Kleinigkeit, aber es ist ein gefährlicher Fehler. Weil er von seiner Mutter umhätschelt wird, von seinem Vater aber vernachlässigt, lernt er nicht zu geben, wenn es etwas kostet. Er hält es für selbstverständlich, daß ihm von allem das Beste, was die Zivilisation zu bieten hat, zukommt. Mangel hat er noch nie kennengelernt. Er ist undankbar. Er ist stolz. Er ist ein Meister im Fäusteschütteln, wenn ihm etwas gegen den Strich geht. Er will alles haben, alles tun, alles sein. Er erwartet von sich, daß er in allem, was er anfaßt, Großes hervorbringt, ja sogar Heiligkeit, aber er hat wenig Gelegenheit, Größe an etwas anderem zu messen als an den mentalen und körperlichen Disziplinen, die zu lernen ihm vorgegeben wird. Er reift zu einem attraktiven, intelligenten, gut ausgebildeten jungen Mann heran. Er hat alles. Und er hat nichts."

„War ihm das bewußt?", fragte Elijah.

„Er spürt, daß er auf der Außenseite seines Lebens alles hat und im Innern nichts. Er ist einsam. In seinem dreizehnten Lebensjahr beginnt er von der faulen Frucht der Fantasie kosten, als sich Leidenschaft mit seiner Einsamkeit mischt. Aber diese Leidenschaft ist unerklärlich und ohne Richtung. Unbarmherzig jagt er seine Araberstute, und sie stürzt und bricht sich ein Bein. Sie muß erschossen werden. Er zerstört Gegenstände im Haushalt, zunächst kleine, eine abgestoßene Ecke an einem Tisch, nur ein Versehen. Dann werden die Objekte wertvoller, sogar Kunstwerke sind nicht mehr vor ihm sicher. Mama und Papa machen sich Sorgen, sie halten ihm Strafpredigten und strafen schließlich: einen ganzen Tag muß er allein in seinem Zimmer verbringen. Eine Hausangestellte bringt ihm die Mahlzeiten, die er verweigert. Er schleudert Bleisoldaten durchs Zimmer. Ihre Bajonette stekken in der Wand. Die nächtlichen Besuche in der Kapelle versiegen. Er hält nun die damaligen Empfindungen von Frieden und Geborgenheit für Fantasie. Er hat immer weniger Lust, in die Messe zu gehen.

Regelmäßig stiehlt er die Zigaretten des Butlers. Er trinkt eine halbe Flasche englischen Sherry und wäre fast im Springbrunnen ertrunken, wenn ihn nicht ein Dienstbote gerettet hätte, der verspricht, nichts zu sagen. Ein paarmal geht er nachts ins Dorf und schaut durch die Fenster, um das Familienleben der Armen zu sehen. Er schlägt die Pferde, und sie lernen, ihn zu fürchten. Er wirft Steine auf seinen Borzoi, der ihm immer vergibt. Er bringt seine Fehler und Sünden in die Beichte, aber der Impuls, Schmerz zuzufügen und kaputt zu machen, verläßt ihn immer nur für ein paar Tage. Er bittet darum, täglich zur Kommunion gehen zu dürfen, aber Mama wittert die Gefahr eines Rückfalls in seinen religiösen Fanatismus und verweigert es ihm. Das führt dazu, daß sie dem alten Geistlichen untersagt, weiterhin ins Haus zu kommen, so daß die Familie nur noch einmal wöchentlich in einem Konvent, den sie mit einer kurzen Kutschenfahrt erreichen, zur Messe geht. Mama benutzt lieber den Landauer, der von zwei Pferden gezogen wird, als die neuen Automobile, die so ungesund sind, wegen der Abgase und der gefährlich hohen Geschwindigkeit."

Smokrev hielt inne und zündete sich eine neue Zigarette an, die wie gewohnt einen Hustenanfall auslöste. Als er sich beruhigt hatte, sagte Elijah: „Sie waren sehr unglücklich."

„Sie beobachten gut."

„Sicher gibt es mehr zu erzählen."

„In jenem Sommer des Unglücks geschah etwas Außergewöhnliches: Ich begegnete meinem ersten Freund.

Ich ging an einem Sommerabend schlecht gelaunt durch unseren Obstgarten und sah einen Jungen, der Fallobst einsammelte. Er starrte mich an und ich starrte ihn an.

‚Wer bist du?', fragte ich ihn.

‚Piotr', sagte er.

‚Warum holst du dir Äpfel von meinen Bäumen?', fragte ich.

‚Meine Mutter hat mich geschickt. Mein Vater ist Stanislaus, der Gärtner deines Vaters.'

Ich kannte Stanislaus und wußte, daß er mich nicht mochte, weil er beobachtet hatte, wie ich Dinge tat, die ihm mißfielen. Außerdem hatte er meine Araberstute erschießen müssen, nachdem sie ihr Bein gebrochen hatte.

‚Ist es erlaubt?', fragte Stansilaus' Sohn. Er war nicht viel älter als ich, vielleicht ein oder zwei Jahre.

Ich war drauf und dran ‚nein!' zu schreien, daß dies unsere Äpfel seien und er ohne die Erlaubnis meiner Mutter kein Recht habe, sie zu holen. Ich wollte meine Macht über seinen Vater zur Schau stellen, aber irgendetwas im Gesicht des Jungen hielt mich davon ab. Es war Vertrauen. Es war, als würde er darauf vertrauen, daß ich ja sagen würde, weil ein guter Mensch das tut, verstehen Sie? Gute Menschen sagen *ja*. Gute Menschen sind großzügig. Er glaubte an mich. Er projizierte sein Herz auf die Welt, so wie ich das auch tat. Ich erwartete, daß er ein unerwünschter Parasit sei, weil ich selbst das Gefühl hatte, unerwünscht zu sein, unerwünscht für die ganze Welt außer für meine einsame, emotional bedürftige Mutter. Ich fühlte mich wie ein Parasit. Er erwartete, daß ich ein gütiger Herr wäre. Aber die Wahrheit ist, er war der Gütige.

Er bewegte sich wie ein junger Gott in einem arkadischen Paradies. Er pflückte einen kleinen goldenen Ball vom Baum und reichte ihn mir mit einem so liebenswürdigen Blick, wie ich ihn nie gesehen hatte. ‚Hier, beiß mal. Sie sind wirklich süß', sagte er.

Ich zögerte. Es waren schließlich meine Äpfel. Aber die Geste berührte mich so sehr, daß ich dankbar annahm. Ich biß in den Apfel. Er war süß und sehr aromatisch. Bis heute erinnere ich mich an den Geschmack. Er wird für mich immer der Geschmack der Freundschaft sein.

‚Setz dich', befahl Piotr, nicht unfreundlich.

Ich setzte mich unter den Baum und er warf sich der Länge nach neben mich ins Gras. Er war groß und schlank und trug eine schwere Baumwolltunika über weiten Hosen. Sein Haar war goldblond, seine Augen blau. Sein Gesicht war ausgeglichen, klar, schön und männlich zugleich.

‚Siehst du das?', sagte er und öffnete seinen Leinensack. ‚Meine Mama wird das einkochen, und weißt du, was dabei herauskommt?'

‚Nein.'

‚Ein Glas Apfelgelee.'

‚Das ist nicht viel.'

Wir heben es bis Weihnachten auf und essen es mit der Gans.'

‚Warum kocht ihr nicht mehr Äpfel ein, um mehr Gelee zu haben?'

‚Weil Mama sagt, wir dürfen nur einen Sack Fallobst holen. Den Rest bekommen die Kühe des Grafen, ich meine deines Vaters. Die werden hier noch fett!'

Ich lachte, und er lachte auch. Es war ein herrliches Gefühl.

‚Schau', sagte er, ‚es ist ein heißer Tag. Hättest du Lust, mit mir zu angeln?'

‚Ja', antwortete ich und brachte das Wort kaum heraus.

‚Komm!'

Er sprang auf und rannte zu dem Birkengehölz an der südlichen Grenze des Anwesens. Ein Flüßchen wand sich durch das Wäldchen, in dem hie und da Fische vorbeihuschten.

Piotr warf eine Angelschnur aus, an deren Haken er ein Stückchen Schweineschwarte befestigt hatte, ins Wasser. Schon nach ein paar Minuten schnappte ein Karpfen am Ufer nach Luft. Piotr legte mir die Leine in die Hand und zeigte mir, wie man sie auswarf. Die Leine summte beim Fliegen in meinen Fingern. Der Ruck, wenn ein Fisch anbiß, löste überschwengliches Glück aus. Ich schrie vor Freude, wenn er versuchte, mich ins Wasser zu ziehen. Piotr krümmte sich vor Lachen. Dann zogen wir ihn Hand über Hand gemeinsam ein. Den Triumph überließ er mir. Ich schleifte den großen goldenen Karpfen ans Land und bestaunte ihn. Ich hatte nicht gewußt, daß das Leben so schön sein könnte.

Wir brachten den Fisch seiner Mutter, und da sah ich zum ersten Mal das Haus, in dem sie lebten. Ich wußte theoretisch, daß die meisten Leute in jämmerlichen Behausungen wohnen, aber hier war ich zum ersten Mal in einem Bauernhaus. Piotr war der Älteste von dreizehn Kindern, Sie können sich also vorstellen, wie es da zuging. Die Kinder stürzten zu ihm, hingen an seinen Armen, redeten alle gleichzeitig auf ihn ein. Offensichtlich liebten sie ihren ältesten Bruder. Er war wie ein kleiner Vater für sie. Ich beneidete sie.

Seine Mutter begrüßte mich lächelnd mit einer Verbeugung und dankte mir für die Äpfel. Als wir ihr die zwei Fische zeigten, war sie hocherfreut, denn daraus ließ sich eine Mahlzeit für die ganze Familie bereiten. Diese Frau, das kann ich Ihnen sagen, war eine der wenigen echten Heiligen, die mir je begegnet sind. Ihr Los war nicht leicht. Stanislaus hatte alles andere als ein ausgeglichenes Temperament, aber sie kam gut mit ihm zurecht. Das Haus war voller Ikonen und Kruzifixe und Lärm und Freude. Sie beteten ausgiebig vor dem Essen. Ja, der kleine Herr wurde zum Essen eingeladen. Niemals vorher oder nachher hat es mir so gut geschmeckt wie damals.

Danach knieten sich die Eltern mit ihren dreizehn Kindern hin, zündeten eine Kerze unter einer Ikone der Muttergottes von Tschenstochau an und beteten den Rosenkranz. Ich hatte in der Kapelle mit dem Priester und gelegentlich mit Besuchern den Rosenkranz gebetet, aber nie so. Es war, als würden diese Gebete das Tor des Himmels öffnen und an einem weit, weit entfernten Thron gehört werden. In diesem Augenblick wurde mir mein Elend bewußt. Ich mußte erkennen, daß diese Leute wahrhaft reich waren und ich der Arme war. Ich entschuldigte mich und rannte nach Hause, wo ich von meinem Kindermädchen ausgeschimpft wurde, weil ich unauffindbar gewesen war und sie sich halb zu Tode gesorgt hatte.

In dieser Nacht schlief ich gut. Allerdings war ich irritiert, als ich noch kurz in die Kapelle ging. Ich wollte Ihm für diesen außergewöhnlichen Tag danken und dafür, daß er mir meinen Freund Piotr gegeben hatte. Aber die Ampel mit dem roten Licht war aus, und die Tabernakeltür stand weit offen. Ob aus Langeweile oder aus Sorge um mich, ist schwer zu sagen, jedenfalls hatte Mama an diesem Tag entschieden, unser Leben zu reformieren. Sie glaubte, ein gesellschaftlicheres, weniger traditionell religiöses Leben würde mir das, was sie ‚Gleichgewicht' nannte, zurückgeben.

Den ganzen Herbst und Winter über trafen Piotr und ich uns oft im Wald und sprachen über alles Mögliche. Wir wanderten durch die Ländereien meines Vaters, als gehörten sie Piotr und ich wäre der Besucher. Er kannte die vielen verschiedenen Baumarten auf unserem Land und brachte mir ihre Namen bei. Er zeigte mir, wie man aus Kastanien kleine Spielzeuge herstellte. Er machte mir einen Bogen, schnitzte Pfeile dazu, die er mit Fasanenfedern schmückte. Er hörte sich meine Abenteuergeschichten von Schiffen und ausgesetzten Jungen geduldig an, lachte über meine ersten schüchternen Versuche, Witze zu machen. Wenn ich etwas gut machte, klopfte er mir auf den Rücken, wenn ich versagte, überging er es und wandte unsere Aufmerksamkeit anderen Dingen zu. Er war wie ein Bruder zu mir. Manchmal beteten wir gemeinsam den Rosenkranz, während wir über schneebedeckte Wege gingen. Das Gebet wurde mir lieb, ein Geheimnis, das wir miteinander teilten. Ich liebte ihn so, wie Brüder einander lieben. Ich war glücklich.

Dann kam der Tag, als Begierde die zarte Membran zerriß, die keusche Liebe von Lust trennt. Es war ein Frühlingstag. Der letzte Schnee war gerade verschwunden. Er zeigte mir die flauschigen Jungen, die seine Kaninchen geworfen hatten. Sie gehörten ihm. Hinter dem Kuhstall hielt er in Drahtkäfigen zwei große alte Weibchen, ein kummervolles braunes Männchen und Dutzende von Jungen. Deutsche Riesenschecken. Es war ein strenger Winter gewesen, und Piotr hatte nicht mehr viel Heu. Ich sagte ihm, daß wir in der großen Scheune Heu übrig hätten. In den Sandmieten gäbe es auch mehr Karotten, als die Pferde fressen könnten. Ob er welche für seine Hasen haben wolle. Begeistert bejahte er.

‚Können Kamilla und Ludmilla mitkommen?', fragte er.

‚Gute Idee! Vielleicht finden wir Löwenzahn auf dem Weg, den sie fressen können. Bring einen Sack für die Karotten mit.'

Es war einer dieser ersten heißen Frühlingstage, die das Eis in der Seele schmelzen. Nachdem wir Karotten und Heu in die Säcke gefüllt hatten, machten wir uns auf den Rückweg. Die Mutterhasen lagen träge in unseren Armen. Wir nahmen die Abkürzung durch den Wald, gingen über ein Brückchen und kamen auf der anderen Seite des Baches auf eine Lichtung. Ich war noch nie dort gewesen. Es war wie ein Zelt aus Licht im dunklen Gebüsch. Wir legten uns hin und die Kaninchen stürzten sich sofort auf das junge Grün. Piotr und ich lagen zufrieden im warmen Sonnenlicht und begannen einzudösen. Unsere Unterhaltung versiegte, und ich schloß die Augen. Ich muß ziemlich lang geschlafen haben, denn als ich aufwachte, stand die Sonne deutlich tiefer. Der Nachmittag ging in den Abend über. Es war aber immer noch recht warm. Ich sah, wie Piotr, der neben mir ausgestreckt war und seine Schuhe und Socken ausgezogen hatte, ein Kaninchen in seinem muskulösen Arm hielt und sein Ohr küßte, das hin und her zuckte. Er amüsierte sich über dieses Spiel, das dem Kaninchen zu gefallen schien.

Ich schaute ihnen lange zu, als mein Herz plötzlich wild zu klopfen begann. Ich verstand nicht, was mit mir los war. Nie hatte ich solche Schönheit gesehen. In diesem schläfrigen Frieden, in diesem weichen Abendlicht sah er aus wie ein junger Gott. Ich starrte sein Gesicht an, so schön, so zart, so tugendhaft und so selbstvergessen. Ich muß hörbar geschluckt haben, denn er sah auf und flüsterte: ‚Sch, sch, *bratko, dziecko*'. So nannte er mich, Bruder, *Kleiner*.

Es war, als wäre das Licht Fleisch geworden. Ich konnte kaum atmen. Ich streckte die Hand aus und berührte sein Gesicht mit meinen Fingerspitzen. Er lachte und stieß meine Hand weg. Wie hypnotisiert berührte ich seine Lippen mit meinen Fingern. Er runzelte die Stirn.

‚Tu das nicht, *dziecko*', sagte er ruhig und wandte sich wieder Ludmilla zu.

Hitze schoß durch meinen Körper und mein Herz hämmerte nur noch mehr. Mein Gesicht schien in Flammen zu stehen.

‚Darf ich dein Gesicht nicht berühren, Piotr? Es ist so schön.'

‚Nein!' sagte er heftig.

‚Bitte!'

‚Warum willst du mein Gesicht berühren?', fragte er und sah mich befremdet an.

‚Ich weiß es nicht.'

Er stand auf und zog sich hastig an. Er sagte nichts, aber sein Gesichtsausdruck zeigte Widerwillen. Damals war ich zu jung, um zu verstehen. Jahre später wurde mir klar, daß auffallende Schönheit auch ein Leiden mit sich bringt: sie zieht alle Augen auf sich, aber wen interessiert die Person? Frauen müssen das dauernd aushalten, Männer sind dieser Art von Demütigung seltener ausgesetzt, außer sie sind ungewöhnlich schön. Jugendliche wissen mit diesem Gefühl nichts anzufangen, wie jetzt Piotr. Er mochte sein eigenes Gesicht nicht; er fand, daß seine Erscheinung unmännlich war. Daß das einem anderen *Jungen* Probleme machte, war doppelt ärgerlich für ihn.

Ich war wie berauscht, entzückt, gefesselt, fasziniert, sprachlos vor Staunen. Ich betete ihn an."

Smokrev schaute zu Pater Elijah auf.

„Entdecke ich Vorstufen von Abscheu auf ihrem beherrschten Gesicht?“

„Ich versuche nur zu fühlen, was Sie und Ihr Freund an diesem Tag gefühlt haben. Zwei sehr unterschiedliche Empfindungen.“

„Exakt. Und ebendies war die Quelle des Unheils, das losbrechen sollte wie Furien aus der Hölle.

Der Bruder, der ich vor kurzem geworden war, verschwand, und der egoistische kleine Graf erhob sich in mir wie ein böser Geist. Ich war entschlossen, mir zu *nehmen,* was ich wollte. Dieser Genuß sollte mir nicht verweigert werden. Es würde mir gehören. Er *war* bereits mein.

‚Ich möchte dein Gesicht spüren‘, sagte ich knapp.

‚Das ist dumm. Was fällt dir ein!‘, sagte Piotr.

‚Du mußt mich lassen!‘, insistierte ich.

‚Das muß ich nicht!‘ Seine Stimme wurde lauter, und ich sah das erste Aufblitzen von Angst in seinen Augen.

‚Doch, das mußt du. Du arbeitest für uns. Du gehörst uns.‘

‚Wir arbeiten für euch. Aber wir gehören euch nicht.‘

‚Du mußt tun, was ich sage!“, schrie ich. Piotr sah mich an, als sei ich wahnsinnig. Er hatte noch nie einen Wutanfall bei mir erlebt. Er saß einfach nur da und starrte mich an. Wie besessen begann ich sein Gesicht zu streicheln. Plötzlich füllten sich seine Augen mit Tränen und sein Mund verzerrte sich vor Wut. Er schlug mich nicht. Er verfluchte mich nicht. Er schaute mich nur mit einem Blick an, der bis auf den Grund meiner Seele zu reichen schien. Hätte er nach mir getreten, dann hätte ich die ganze Angelegenheit wahrscheinlich schnell wieder vergessen. Aber er sprang auf die Füße, packte Kamilla und Ludmilla und ging mit schnellem Schritt zum Wald, auf den Weg nach Hause. Die Säcke mit Heu und Karotten ließ er liegen.

In dieser Nacht wälzte ich mich von einer Seite auf die andere, verwirrt und erschrocken über das, was ich getan hatte. Ich überlegte, ob ich mit dem Heu und den Karotten noch vor Sonnenaufgang zu ihm rennen und ihn um Vergebung bitten sollte. Aber ich verwarf es. Schließlich gehört er zu unseren Arbeitern. Warum sollte ich ihn um etwas bitten? Warum sollte ich, der ich einmal hier der Graf sein würde, vor jemandem zu Kreuze kriechen, der aus einer ignoranten Bauernfamilie stammte? Während die Stunden langsam verstrichen, nahm der Neid auf seine Schönheit und seine Güte immer mehr zu und der Haß, daß er mir nicht erlaubt hatte, sein Gesicht in meinen

Händen zu halten, mich seiner zu bemächtigen. Mein Piotr. Meiner! Wut und Haß wurden in der Dunkelheit immer stärker und vermischten sich mit auflodernder sexueller Begierde, die nach Befriedigung verlangte.

Am Morgen wurde dieses Verlangen gestillt. Ich sah ihn im Morgengrauen über das Feld auf unser Haus zugehen. Ich dachte, *er wird es meiner Mutter sagen. Er wird sich über mich lustig machen, und dann fühle ich mich klein und häßlich, ein Abschaum. Ich werde unter ihm stehen.* Mein Haß platzte wie ein Abszeß auf, und ich rannte die Treppe hinunter. Der Borzoi winselte an der Tür. Ich nahm ihn fest am Halsband und ging hinaus.

Piotr blieb mit ein paar Meter Abstand stehen. Er hielt eines der beiden grauen Kaninchen auf dem Arm. Er winkte mir und grinste. ‚Boleslaw, geht es dir heute besser? Du warst gestern nicht ganz bei dir. Vergessen wir's. Heute ist ein neuer Tag, nicht wahr? Komm, wir gehen angeln.'

Ich schwieg. Ich starrte ihn nur mit kaltem Haß an. Piotr verging das Lächeln. ‚Es tut mir leid, daß ich gestern einfach gegangen bin', sagte er mit bebender Stimme. ‚Aber schau mal, ich dachte, daß du vielleicht Ludmilla gerne streicheln möchtest. Wenn du willst, kannst du sie behalten.'

Einen Augenblick lang zögerte ich. Seine Güte überspülte mich wie eine Welle und hätte meinen Widerstand fast gebrochen, aber ich wußte, wenn ich jetzt nachgab, würde er wieder über mir stehen. Er wäre der Überlegene. *Ich bin der Graf,* sagte ich zu mir. *Wer ist dieser Bauer, der den Prinzen spielen will?* Piotr stand abwartend da. Ich ging zu ihm, packte Ludmilla am Kragen, riß sie ihm aus dem Arm und schleuderte sie vor meinem Hund zu Boden. Im nächsten Augenblick hatte er schon seine Zähne in sie geschlagen.

‚Halt ihn!', schrie Piotr.

Ich verschränkte die Arme und schaute zu, wie Ludmilla in Stücke gerissen wurde. Sie gab eigenartige Laute von sich, wie ein wimmerndes Baby. Dieses Geräusch war mir ein Genuß, ein tiefer, köstlicher, schwarzer Genuß.

Ich hörte Piotr schluchzen. Ich sah, wie sich sein Gesicht vor Entsetzen verzerrte. Und auch das war mir ein Genuß. Er rannte fort und kam nie mehr zu unserem Haus.

Reue? Traurigkeit? Nein, ich fühlte mich gut. Ich hatte gesiegt. Ich war oben. Ich war der Herr über Leben und Tod. Zugegeben, ein kleines Leben, ein kleiner Tod. Aber ich ahnte, daß es der erste Schritt einer langen Karriere war, die mich eines Tages über viele Dinge und viele Menschen stellen würde, und mir die Macht geben würde, sie zu beherrschen. Niemals wieder würde ich mich klein und häßlich und abstoßend fühlen."

Smokrev lehnte sich mit einem Lächeln zurück. Er fingerte eine weitere Zigarette aus der Schachtel, um erneut zu paffen und zu husten und zu paffen und zu husten. Als er wieder atmen konnte, sagte er: „Zeit für eine Pause."

Elijah atmete aus. Er konnte seine Augen nicht vom Boden heben.

Smokrev klingelte. Der Diener trat ein und stellte ein Tablett mit Kaffee und Gebäck neben den Priester. Dann kam er noch einmal mit einem Tablett voll Medizin für den Grafen.

„Sie schweigen."

„Ihre Geschichte war keine Komödie."

„Ist es mir gelungen, Sie zu schockieren?"

„Nein."

„Warum schauen Sie mich nicht an?"

„Ich denke nach."

„Ich kann mir vorstellen, was Sie denken."

„Ich denke, daß ein orientierungsloser Junge mit so vielen Talenten einen anderen Lebensweg hätte einschlagen können, wenn er ein wenig Anleitung bekommen hätte."

„Völlig richtig! Sie kommen der Sache schon näher. Denken Sie nur weiter nach. Sie werden zu den Schlußfolgerungen kommen, zu denen ich Sie hinführe."

„Sie können nicht alles kontrollieren."

„Stimmt, das habe ich mit der Zeit gelernt. Aber ich kann eine ganze Menge beherrschen."

„Nicht die Gedanken der Menschen."

„Nichts ist leichter als das."

„Nicht meine."

„Das wird sich zeigen."

O Gott, betete er im Innern, *gewähre mir die Gnade, durchzuhalten, gib mir die Stärke, mit ihm in den Abgrund seiner Seele hinabzusteigen. Hilf mir, hilf mir, ihm mit Liebe Widerstand zu leisten.*

„Sagen Sie mir, Priester, warum hat Gott nicht verhindert, daß ich zu dem wurde, der ich bin?"

„Sollen wir einen Dialog über das Wesen der Freiheit führen?"

„Später, später. Sagen Sie mir nur, warum Gott mich nicht gerettet hat. Warum hat er Ludmilla nicht vor mir gerettet?"

„Nicht Gott steht hier vor Gericht, sondern der Mensch. Um es genauer zu sagen, ein Mann. Warum haben Sie sich selbst nicht davon abgehalten?"

„Ich konnte es nicht."

„Ist das wahr?"

„Aha!", rief Smokrev schadenfroh aus, „ich habe Sie in Rage gebracht. In Ihrer Stimme ist Ärger."

„Soll ich so tun, als würde ich keine Empörung empfinden, wenn jemand das Herz seines Freundes so tief verletzt?"

Smokrev zuckte mit den Schultern und sagte nichts.

„Ich empöre mich in der Tat über die Kräfte, die Ihr Leben manipuliert haben, die Ihre Eltern zu denen gemacht haben, die sie waren, die Sie in Versuchung geführt haben, in deren Fallstricken Sie sich verstrickt haben. Das empört mich."

„Touché!", flüsterte Smokrev nachdenklich. „Da muß ich mich richtig anstrengen, um den Gegenschlag zu führen. Gratuliere!"

„Das hier ist kein Scherz, Graf. Es geht um Ihr Leben, um das Schicksal Ihrer Seele."

„Ja, ja, ja. Aber machen wir weiter. Es gibt so viel zu erzählen, und ich habe gerade erst begonnen."

„Sagen Sie mir zunächst, sind Sie jemals wieder auf Ihren Freund Piotr zugegangen? Haben Sie ihn je um Verzeihung gebeten?"

„Sie werden's nicht glauben, aber ich habe es tatsächlich getan, fünfzig Jahre später."

„Erzählen Sie."

„Na gut. Versteht sich, daß ich nicht aufhören konnte, Piotr zu lieben, obwohl ich ihn jetzt gleichzeitig haßte. Jahrelang mußte ich ständig an ihn denken. Ich hegte immer die Hoffnung, daß er eines Tages kommen und mich um Verzeihung bitten würde, sich für seine Ungezogenheit entschuldigen würde. Aber das geschah natürlich nicht.

Als ich für die Kommunisten arbeitete, kam mir eines Tages die Idee, daß ich zu unserem alten Besitz hinausfahren sollte. Er war nach dem Krieg verstaatlicht worden, worüber ich immer Verbitterung empfand. Seit den zwanziger Jahren, als ich nach Paris zum Studium ging, war ich nicht mehr da gewesen. Es war, als hätte man mich aus einem Käfig freigelassen. Ich hatte einen solchen Haß auf meinen Geburtsort, daß ich froh gewesen wäre, wenn er und meine Eltern gleich mit zerbombt oder angezündet worden wären, ohne dabei das Kapital zu verlieren. Glauben Sie mir, die längste Zeit empfand ich keinerlei Nostalgie für den Familiensitz. Als ich nach der Besetzung durch die Deutschen nach Polen zurückkehrte, mußte ich feststellen, daß das deutsche Generalgouvernement unter Hans Frank unseren Besitz konfisziert hatte. Er wurde als Wasserloch für hochrangige Verwalter benutzt. Nach dem Krieg haben die Kommunisten das Gleiche damit gemacht. Aber meine Eltern waren weitsichtig genug gewesen, einen Teil unseres Landbesitzes vor der Invasion zu verkaufen und in Goldwährung in Schweizer Banken anzulegen. Die Folge war, daß ich nie Entbehrung gelitten habe. Die Invasoren bewohnten nacheinander den *Palast*. In Paris habe ich mir angewöhnt, unseren Familienbesitz *Palast* zu nennen. Das hat viele Türen geöffnet. Meine Mutter war eine geborene Habsburg, wissen Sie, wenn ungefähr dreißig oder vierzig Leute vor mir ausgerottet worden wären, dann wäre ich der Kronprinz der Österreichisch-Ungarischen Monarchie geworden. Aber die war ja schon 1919 zerschlagen worden. Damals war ich an der Sorbonne und habe dekadente moderne Literatur studiert. Mein Titel war trotzdem ganz nützlich. Er öffnete die Türen zu vielen Schlössern, Ateliers und Schlafzimmern."

„Sie wollten mir erzählen, wie Sie Piotr wieder getroffen haben. Es geht um Vergebung."

„Irgendwann während des Jaruzelski-Regimes, als Solidarnosc seine scheußlichen Aktivitäten und dieser Papst an den Fundamenten zu rütteln begann, da ging mir auf, daß der sowjetische Einfluß in Polen bald verschwinden könnte. Und mir kam der Gedanke: was, wenn das neue Regime sich entschließt, die alten Besitzungen ihren rechtmäßigen Eigentümern zurückzugeben? Es zeigte sich, daß meine bewegte Vergangenheit mich verfolgte; die Regierung hatte die ziemlich dicke Akte zu Gesicht bekommen, die verschiedene Regierungen von mir angelegt hatten. Sie entschied, daß ich unwürdig sei. Aber vor diesem Entscheid hatte ich plötzlich den Drang anzuschauen, was von damals noch übrig war.

Es war eine Fahrt von einem halben Tag. Plötzlich packte mich eine Erregung, wie ich sie selten gefühlt habe. Aber der *Palast* war eine Enttäuschung. Er war viel kleiner, als ich ihn in Erinnerung hatte. Die Anlagen waren gepflegt, aber sehr viel weniger imposant. Ich durfte das Haus nicht betreten, weil es jetzt ein Erholungsheim der Regierung war und an diesem Tag hochrangige Funktionäre eine Tagung abhielten. Ich machte trotzdem einen Spaziergang über das Gelände. Der Obstgarten war verschwunden, die Scheune war weg. Es gab einige neue Wirtschaftsgebäude aus Metall. Die gemauerten Ställe waren noch da. Das Gehölz war zu einem dichten Wald mit riesigen Bäumen geworden. Der Fluß war unverändert. Ich ging lange am Ufer entlang, konnte aber weder die Brücke noch die Lichtung finden. Später fuhr ich in das Dorf auf der anderen Seite des Waldes.

Es war zu einer Stadt geworden mit vielen Geschäften und einer Diskothek. Am Stadtrand fand ich den Ort, wo unser ehemaliger Gärtner gelebt hatte. Das Haus war leer. Ich fragte den Nachbarn, ob er mir sagen könne, wo die Familie von Piotr heute lebe. ‚Sie meinen den Bäcker!', antwortete er. ‚Klar, kenne ich sie. Vor dem Krieg haben sie hier gelebt. Piotr ist jetzt in der Stadt, er hat eine Bäckerei.'

Auf der Hauptstraße entdeckte ich die Mazovia-Bäckerei. Mit einiger Beklemmung ging ich hinein. Mein Chauffeur ließ vor der Tür den Motor laufen, falls es irgendwie unangenehm würde. Zum Laden gehörte ein Bistro. Ich setzte mich und bestellte Kaffee, Mohnkuchen und ein heißes Croissant.

Ein enorm dicker Mann stellte es mir auf den Tisch. „Bitte sehr, mein Herr. Es hat leider etwas länger gedauert, weil der Küchenjunge heute krank ist, mein Enkel. Ein guter Junge, aber faul, wie sie heute alle sind.'

Ja, das war aus dem apollinischen Jüngling geworden. Ein Bäcker. Ein schwerer, fröhlicher Geselle mit Glatzkopf, Lachfalten und roten Backen, der eine fettige Schürze trug. Seine Augen hatten sich so gut wie gar nicht verändert. Sie waren – nach fünfzig Jahren – immer noch freundlich.

Ich muß ihn eine Weile angestarrt haben, ohne zu antworten, denn er musterte mich neugierig und fragte: ‚Sind Sie von hier, Sir?'

‚Ich bin hier aufgewachsen. In den zwanziger Jahren bin ich weggegangen.'

Als ich ihm meinen Namen sagte, kratzte er sich am Kopf, als würde er eine sehr blasse Erinnerung hervorrufen. ‚Ach ja, der Graf und seine Familie. Mein Papa war ihr Gärtner. Sie waren doch nicht der Sohn, oder doch?'

Ich nickte, unfähig, etwas zu sagen.

Er lächelte. Ich konnte es nicht glauben: er lächelte.

‚Jetzt erinnere ich mich. Wir sind zusammen angeln gegangen, Sie und ich!' Er lachte herzlich, streckte mir die Hand entgegen und schüttelte sie kräftig.

‚Und jetzt sind wir zwei alte Männer. Nicht zu glauben, wie die Zeit vergeht!'

Plötzlich wurde er sehr ernst, und ich dachte, daß es jetzt Schwierigkeiten geben könnte. ‚Ich habe gehört', sagte er, ‚was Ihrem Vater, dem Grafen zugestoßen ist. Ich kann mich erinnern, wie ihn die Deutschen abgeholt haben. Sie haben ihn umgebracht, nicht wahr?'

‚Ja, das haben sie.'

‚So viele Dinge geschehen in einem Leben. So viele.' Seine Augen füllten sich mit Tränen, die er mit seiner schmutzigen Schürze abwischte. ‚Meine Frau starb letztes Jahr. Krebs. Herr, laß sie ruhen in Frieden.'

Ich konnte immer noch nichts sagen.

‚Warum bleibst du nicht zum Abendessen da? Wir machen gleich zu. Ich mach dir etwas Gutes. Ein Schnitzel? Einen Schluck Bier? Dann reden wir darüber, wie es früher war, bevor all die Schwierigkeiten anfingen, als wir Jungen waren. Es war schön damals, nicht wahr? Es war immer Sommer. Erinnerst du dich an den Fluß, den fetten Karpfen, die Glocken, die zur Messe riefen, das Rauschen der Pappeln an Herbstabenden? Vielleicht weißt du das nicht, ich wollte immer Priester werden. 1928 bin ich ins Seminar gegangen und habe es dort ein Jahr ausgehalten. Ich war nicht dafür gemacht. Meine Frau habe ich 1932 kennengelernt und war dann Bäckerlehrling bei Wajda. Er vererbte mir seinen Laden, bevor er starb.'

‚Wie viele Kinder hast du?', brachte ich schließlich heraus.

‚Neun. Nicht so viele wie meine Mama und mein Papa. Aber wir sind ein fruchtbarer Schlag. Sechs sind verheiratet, zwei sind Priester. Einer arbeitet für den Bischof in Krakau. Sie sind alle glücklich. Es war ein schweres, aber ein gutes Leben.'

‚Du kannst stolz darauf sein.'

‚Dziekuje! Sag, womit verdienst du dein Brot?'

‚Ich verkaufe Gemälde und Skulpturen in Warschau.'

‚Tust du es gern?'
‚Ja.'
‚Ein gutes Leben?'
‚Ja.'
‚Das freut mich', sagte er.
Dann schaute er mich durchdringend an, und ich wußte, daß er sich an alles erinnerte, schon die ganze Zeit. Nachtragen war nicht sein Wesen.
‚Erinnerst du dich an Kamilla und Ludmilla?', fragte ich ihn.
‚Nein', sagte er sehr leise.
‚Ich glaube doch, daß du dich erinnerst.'
Er antwortete nicht. Nach einer langen Pause sagte er: ‚Ich erinnere mich an einen Jungen, der zu viel allein war. Ich mochte ihn. Ich habe mich oft gefragt, was aus ihm geworden ist.'
‚Du bist gut', sagte ich.
‚Wer ist gut?', fragte er lächelnd. ‚Niemand ist gut.'
‚Du hast mir vergeben.'
‚Nichts zu vergeben, *dziecko*. Nichts zu vergeben.'
So viel Liebenswürdigkeit konnte ich nicht ertragen. Ich stand auf, dankte für den Kaffee, entschuldigte mich mit dringenden Geschäften und ging.
‚Komm mal wieder', sagte er, als ich in den Daimler stieg. Mit Vollgas rauschte ich aus der Stadt und kam niemals mehr zurück."

XII

Eine wirkliche Beichte

Smokrev schüttelte sich und seufzte tief. Er schaute zu Pater Elijah auf.

„Reicht es Ihnen?"

„Die Geschichte wird besser."

„Keine Sorge. Sie wird schlechter. Wenn Sie lange genug dabei bleiben, wird sie wirklich übel."

„Es ist spät. Ich gehe jetzt lieber, damit Sie Ruhe haben."

„Warum bleiben Sie nicht zum Abendessen? Ein Schnitzel? Einen Schluck Bier? Dann reden wir darüber, wie es früher war, bevor all die Schwierigkeiten anfingen, als wir Jungen waren. Es war schön damals, nicht wahr? Es war immer Sommer."

Elijah konnte eine flehentliche Nuance unter der Ironie nicht überhören.

„Wenn Sie es wünschen ..."

Nach dem Abendessen zog die Schwester die Vorhänge zurück und machte das Licht aus, abgesehen von der Nachttischlampe. Elijah trat ans Fenster und schaute über den Fluß ans hellerleuchtete Ufer auf der anderen Seite. Ein Touristenboot fuhr vorbei, und Tanzmusik und Lachen drangen nach oben.

„Warum sind Sie eigentlich hier in Warschau, Priester aus Israel?"

„Ich bin hier, um an einer Konferenz teilzunehmen, die sich mit Kultur befaßt."

„Hab davon gehört, eine große Sache. Der Präsident des Europäischen Parlaments wird dort sprechen."

„Morgen Abend hält er seine Eröffnungsansprache."

„Ich werde es mir im Fernsehen anschauen, dann können wir am nächsten Tag darüber sprechen."

„Das ist leider nicht möglich. Am Tag danach muß ich nach Rom zurück."

„Dann ist dies unsere letzte Begegnung. Sollten mir nur noch ein paar Stunden bleiben, um Ihre Verteidigung Gottes zu widerlegen? Das ist nicht fair! Ich habe eine gewaltige Anklage gegen ihn zusammengetragen. So leicht kommen Sie mir nicht davon."

„Ein paar Stunden? Wie sollte ich Gottes Wege in so kurzer Zeit darlegen können?"

„Es muß nicht lange dauern. Ich glaube, meine Argumente sind unwiderlegbar. Wenn doch, warum dann nicht einfach?"

„Da haben Sie Recht. Eigentlich sind die Antworten auch ganz einfach, aber moderne Menschen wie Sie und ich haben Schwierigkeiten, sie zu begreifen."

„Ich werde mir große Mühe geben."

„Tatsächlich? Dann lassen Sie uns das Unmögliche versuchen."

„Bitte setzen Sie sich."

Elijah nahm wieder seinen Platz neben dem Bett ein.

„Hier nimmt nun also das Epos von Boleslaw Smokrev seinen Lauf, einem ehemaligen Aristokraten, einem ehemaligen Nazi, einem ehemaligen Kommunisten, einem ehemaligen internationalen Geschäftemacher. Einem ehemaligen Mitarbeiter diverser Geheimdienste, von denen der amerikanische nicht der unbedeutendste war."

„Sie waren ein Agent?"

„Das war ich. Unter den vielen Maskeraden und aufgeblasenen Auftritten war der noch am authentischsten. Ich war auf der Seite der Alliierten in Berlin, als Deutschland zerschlagen wurde. Der Geheimdienst der US-Armee machte mich ausfindig und schickte mich in den russischen Sektor und von dort nach Polen. Dort erwies ich mich ihnen in der zweiten Hälfte meines Lebens als nützlich. Der CIA gab mir den Lebensstil, an den ich gewöhnt war."

„Dann sind Sie doch ein Patriot?"

„Oh, ich war für jeden nützlich, am meisten für mich selbst. Als Verschwender, der ich nun einmal bin, habe ich den Großteil meines Erbes vor dem Krieg durchgebracht. In diesem reduzierten Zustand war ich gezwungen, Menschen zu kaufen und zu verkaufen. Ich handelte mit menschlichem Fleisch. Politischem Fleisch, nicht Sex. Naja, das war auch dabei. Als Literaturkritiker habe ich ein paar Schriftsteller groß gemacht und andere gebrochen. Karrieren, Beziehungen. Aufbauen und zerstören – darin entwickelte ich Kunstfertigkeit. Zwischen 1927 und 1989 war ich eine Art internationaler Kulturmakler. Ich war überall zu Hause, in Paris, Berlin, London, Rom, Washington, Moskau – mit einem kleinen Aussetzer zwischen `39 und `45. Während der Besatzung war ich auch Berater der Reichskulturkammer in Polen und hatte dabei allerhand brauchbare Dinge in Erfahrung gebracht. Später, nach dem Krieg, machte ich mich bei den polnischen Kommunisten und bei den Russen nützlich. Ich wurde bei den Verhandlungen zur Rückführung der Kunstschätze, die Göring und der Einsatzstab Rosenberg geplündert hatten, zugezogen. Nebenbei verdiente ich ein Vermögen mit Schwarzmarkt-Diamanten, Staatsgeheimnissen und Kunsthandel. Geblieben ist mir nur Letzteres, aber meine Energie läßt zu wünschen übrig. Ich bin alt", sagte er abschließend und hielt ein Streichholz an die Zigarette.

Elijah saß still da und fragte sich, was Smokrev ihm eigentlich sagen wollte.

„Wollen Sie mich davon überzeugen, daß Sie ein schlechter Mensch sind?"

„Keineswegs!", protestierte Smokrev. „Ich bin stolz auf meine Leistungen! Ich baue nur die Bühne auf. Es ist alles nur Theater."

„Machen Sie weiter. Ich bin gespannt auf die Komödie, aber es sieht mehr nach einer Tragödie aus."

„Tsch, tsch, tsch, das grenzt an Sarkasmus – das ziemt sich nicht für einen Diener Gottes!"

„Es war ein schwacher Versuch mit Ironie, Graf."

„Ich mag Sie. Mir gefällt Ihr Denken. Sie sind ehrlich. Verblendet, aber ehrlich."

„Sie wollten mir Ihre Argumente gegen Gott darlegen."

„Genau das tue ich die ganze Zeit. Und da gibt es noch viel, viel mehr. Ich habe noch gar nicht damit begonnen, Ihre Widerstandfähigkeit gegen Schock zu testen."

„Ich werde zuhören, aber nur unter einer Bedingung. Ich will nicht, daß Sie Ihre Geschichten ausschmücken. Sagen Sie mir nüchtern, was Sie zu sagen haben. Plustern Sie sich nicht zu einem Monster auf. Sie können mich nicht schockieren. Sie werden es auch nicht fertigbringen, daß ich Sie verachte."

„Wirklich? Wie außergewöhnlich. Sie wären der Erste, der diesen Test überlebt."

„Ich bin ein Priester Christi. Ich brauche Ihre Prüfungen nicht zu bestehen. Ob ich durchfalle oder bestehe ist nebensächlich. Gott sitzt nicht auf der Anklagebank."

„Doch, genau das tut er."

„Nein, der Mensch sitzt auf der Anklagebank."

Smokrev kicherte: „Ich habe die Anklageschrift vorbereitet. Da kommt er nicht so leicht davon."

„Dann muß ich gehen", sagte Elijah und erhob sich. „Für Ihre Spiele stehe ich nicht zur Verfügung. Mit Gott können Sie nicht spielen."

„Schon gut, schon gut", sagte Smokrev besänftigend und bedeutete ihm, sich wieder zu setzen. „Sie sind so empfindlich. Ich habe mir nur einen kleinen Spaß gemacht."

„Das Leben ist kurz, meine Zeit ist ebenfalls begrenzt. Ich gebe Ihnen, was ich kann, aber ich bitte Sie, es nicht zu verschwenden."

„Sie sind so *gravissimo*! Also gut, ich akzeptiere."

„Dann fahren Sie fort. Was wollen Sie mir sagen?"

„Ich bin unsicher, wie ich vorgehen soll. Soll ich erst das philosophische Problem darlegen und es dann mit gewissen Ereignissen aus meinem Leben illustrieren? Oder sollen wir uns chronologisch durch meine vergeudeten Jahre kämpfen und jede meiner unzählbaren Untaten ans Licht bringen?"

„Ersteres."

„Sie mögen Seifenopern nicht?"

„Nein. Es ist billiger Genuß."

„Aber in einer sakramentalen Beichte bin ich doch gezwungen, eine Stückliste vorzulegen. Ist das nicht ein Widerspruch?

„Nein. In einer sakramentalen Beichte spricht der Büßer seine Vergehen aus, weil er auf diese Weise vor Gott und den Menschen dafür Verantwortung übernimmt. Er sagt: *Ich bin ein Sünder. Dies habe ich getan. Ich klage niemanden an außer mich selbst. Ich bitte um Vergebung und Heilung. Ich brauche einen Erlöser.*"

„Hm, ich habe immer vermutet, daß der Büßer so sehr beschämt werden soll, daß er seine Torheit nicht wiederholt."

Elijah schüttelte den Kopf. „Das ist das Mißverständnis von so vielen. Ein

Priester Christi weiß, daß er ein Mensch ist wie andere Menschen. Auch er könnte die Sünden begehen, die er durch das Gitter hört. Er steht als Zeichen des Widerspruchs da, das in der Schöpfung aufgerichtet ist. Ein Zeichen der Barmherzigkeit und Wahrheit. Die Wahrheit macht uns frei, und Barmherzigkeit heilt uns. Er steht als die lebendige Gegenwart Christi vor den Menschen und als Stellvertreter der Menschen vor Christus."

„Ich habe schon unzählige Male gebeichtet. In meinem Fall war es für die Katz. Vor einem halben Jahrhundert habe ich damit aufgehört."

„Was hätte aus Ihnen werden können, wenn Sie dabeigeblieben wären!"

„So eine trostlose Angelegenheit! Es wurde einfach zu demütigend."

„Warum?"

„Einige der Dinge, die ich hätte sagen müssen, waren undenkbar. Ludmilla war der erste von vielen Fällen, und ich habe mich nicht auf Kaninchen beschränkt. Im Krieg gab es auch menschliche Opfer."

Elijahs Herz begann schneller zu schlagen. Er betete darum, nicht von Gefühlsreaktionen überwältigt zu werden.

„Orte wie Treblinka, Auschwitz, Belzek – sie waren unerschöpfliche Schatzhäuser."

Elijah räusperte sich und warf ein: „Sie bestärken meine Meinung: wenn Sie als junger Mann bei den Sakramenten geblieben wären, hätten Sie dann nicht die Kraft gehabt, solchen Versuchungen zu widerstehen?"

„Das ist jetzt eine akademische Frage. Es ist, wie es ist", sagte er achselzukkend. „So war es damals. Hunderttausende auf dem Weg in die Brennöfen. Müll. Menschlicher Abfall, entsorgt vom Staat. Keine Zukunft. Keine Hoffnung. Keine Rettung. Kein Erlöser. Kein Gott. Kein gar nichts. Sie waren schon tot, auch wenn sie noch ein paar elende Wochen oder Monate oder Jahre herumgelaufen sind. So viele schöne junge Leute waren darunter. Ich hatte einen ganzen Stall voll mit ihnen."

Elijah schaute auf seine Hände.

„Ah, die ersten Symptome von Beunruhigung. Etwas Ekel vielleicht? Oder Abscheu? Schleicht sich vielleicht eine Spur Haß in diesen Priester Christi ein?"

„Was ich fühle, ist Traurigkeit. Überrascht Sie das?"

„Völlig vorhersehbar. Aber sagen Sie, warum hätte ich die Dinge, die meine Leidenschaft waren, nicht ergreifen sollen, als sie vor mir wie in einem

Bankett ausgebreitet wurden?“

„Weil sie Ihnen nicht gehörten. Weil es Menschen waren. Weil der Mensch Eigentümer seines eigenen Körpers ist.“

„Tote Seelen. Charaktere aus Gogol. Eine Frage von Statistiken. Geopolitisches Menschenmaterial.“

„Und hier, Graf, ist die Crux des Problems – genau hier.“

„Was meinen Sie?“

„Jede Sünde beruht auf der Entscheidung, ein wunderbares Wesen in ein Objekt des Konsums zu verwandeln. Dadurch wird der Mensch, man selbst und das Opfer, zu einem Gegenstand entwürdigt.“

„Nein, Priester, das ist nicht die Crux des Problems. Die Crux ist: Warum kommt vom Himmel nur Schweigen, wenn ein Mensch sein Opfer vernichtet? Warum hat Gott mich nicht vor mir selbst gerettet und meine Opfer vor mir? Antworten Sie!“

„Er wird Ihren freien Willen niemals aufheben.“

„Nicht einmal, um mich daran zu hindern, den freien Willen von Millionen zunichte zu machen? Das ist absurd.“

„Sie sind frei. Das ist die fundamentale Struktur des Universums.“

„Ah, das Problem der Freiheit.“

„Sind wir für diese Diskussion gerüstet? Wollen Sie sich ernsthaft darauf einlassen?“

„Ich werde es versuchen“, sagte er und hob die rechte Hand wie zum Schwur.

„Der Himmel schweigt nicht.“

„Was, der Himmel schweigt nicht? Wissen Sie, daß Millionen von Opfern zum Himmel gefleht haben, als sie in die Flammen stürzten? Ich frage Sie: Was war der Schrei auf ihren Zungen? Wissen Sie, was es war: *Wo bist du? Wo bist du, Erlöser der Welt?* Und wir, die Mächtigen, die Mörder, die Plünderer, die Verderber der Unschuldigen? Welcher Schrei war auf unseren Lippen? Ich sage es Ihnen: *Wo bist du? Wo bist du, Erlöser der Welt?* Dieser Hohn war auf meinen Lippen, als ich die Dinge tat, die so unaussprechlich sind, daß ich sie nicht einmal Ihnen, der Sie ein so ungewöhnlicher Priester sind, sagen kann.“

„Der Himmel schwieg nicht.“

„Ha!“

„Was hätte Gott tun sollen? Wollten Sie, daß er den Himmel wie eine Theaterkulisse aufreißt und heraustritt? Hätte er eine Armee von Engeln in seine Schöpfung schicken sollen mit dem Befehl vom Hauptquartier: *Tötet die Bösen! Rettet die Guten!* Haben sie darauf gewartet, daß eine Stimme aus den Wolken brüllt: *Hört auf!* Haben Sie erwartet, daß Er auf einen Knopf drückt, mit dem er den gesamten Kosmos zum Halten bringt, während der Maschinenmeister im Innern Seiner Maschine ein kaputtes Teil ersetzt? Stellen Sie sich das Universum so vor?"

Smokrev unterdrückte ein Grinsen.

„Es ist wunderbar, daß Sie sich so ereifern."

„Weichen Sie dieser Frage nicht aus. Sie ist zentral. Der Himmel schwieg nicht."

„Das werde ich nie akzeptieren. Ich habe keine Stimmen gehört."

„Wo waren Sie, als die päpstlichen Enzykliken, die den Nationalsozialismus verdammten, von jeder Kanzel verlesen wurden? Wo waren Sie, als viele Mystiker und Visionäre Warnungen ausgesprochen haben? Hundert Jahre lang wurden die Völker Europas gewarnt. Sie wurden ständig zur Buße aufgefordert zur Vorbereitung auf furchtbare Ereignisse in der Zukunft. Haben Sie die Abschnitte in der Bibel beachtet, in denen von unserer Zeit die Rede ist? Kennen Sie die Worte der Weisen? Was für Literatur haben Sie in den dreißiger Jahren gelesen? Viele große christliche und jüdische Schriftsteller sahen es kommen. Aber wer hat sie gehört?"

„Wenn nur wenige zugehört haben, warum hat Gott dann nicht lauter gesprochen?"

„Was könnte lauter sein als die Tatsache, daß sein eigener Sohn einen qualvollen Tod unter einem schweigenden Himmel erlitt?"

„Das ist lange her."

„Finden Sie? Wir sind alt, Graf. War es nicht erst gestern, daß Sie mit Ihrem Freund Piotr durch den Wald gestreift sind? War es nicht erst gestern, als Sie das geliebte Geschöpf, das er in seinen Armen hielt, zerstörten? Wie schnell sind doch die Jahre vergangen."

„Sie weichen dem zentralen Problem aus: Warum läßt Gott so etwas überhaupt zu?"

„Die Antwort darauf ist eine weitere Frage: Warum hat er ein Universum geschaffen, in dem es Freiheit gibt?"

„Das weiß ich nicht. Es scheint ein uneffektiver Weg zu sein, um ein Universum zu lenken."

„Sie hätten Recht, wenn das Universum nur ein Mechanismus wäre, der abgespult wird. Was, wenn es etwas anderes ist?"

„Zum Beispiel?"

„Ein schöpferisches Universum. Ein Ort, wo Schönheit existiert, um sich immer weiter zu verbreiten, wo einzigartige Wesen einander lieben und fortwährend neues Leben schaffen. Immer neue, immer andere Offenbarungen der Freude."

„Das hätte er auch ohne die dunkle Seite haben können."

„Hätte er die Möglichkeit zum Bösen ausschließen können, ohne damit jedes Lebewesen in eine Marionette zu verwandeln, nichts weiter als ein Rädchen in einem Uhrwerk?"

„Sie weichen wieder aus."

„Nein. Ich gehe zum Kern des Problems. Sie weigern sich, es zu sehen, weil Sie nicht zugeben wollen, daß dies tatsächlich sein Kern ist. Sie wollen, daß die Dunkelheit der Kern ist."

„Und wenn ich das will, ist das nicht ein Argument, das für mich spricht? Wenn eine Seele die Dunkelheit wählt, ist das nicht die Negation dieser herrlichen Fantasie einer liebevollen Schöpfung, in die Sie sich so verbeißen?"

„Achtung! Das ist eine machtvolle Täuschung. Soll einer Seele, die sich entschlossen hat, das Licht abzulehnen, erlaubt sein, die Gesetze aufzuheben, auf die jene bauen, die sich entschieden haben, dem Licht zu folgen? Das wäre so, als würde man alles in die Hände eines Terroristen legen. Soll man ihm erlauben, das gesamte Universum zur Geisel zu nehmen? Eine böse Tat, und die Gesetze der Schöpfung sollen sich in Staub auflösen? Ist das, wenn ich fragen darf, ein effektiver Weg, ein Universum zu lenken?"

„Touché."

„Das Problem ist nicht nur ein einzelner Akt des Bösen, sondern viele solcher Akte. Sechs Millionen Juden und sechs Millionen adelige Polen und viele Millionen weitere Opfer. Das ist nur der Zweite Weltkrieg. Nehmen wir an, unser kosmischer Terrorist rennt immer härter gegen die Integrität Gottes an. Sagen wir, er benutzt einen Stalin – dann sind wir vielleicht bei fünfzig Millionen, manche sagen sogar sechzig, die dieser Tyrann auf dem Gewissen hat. Soll Gott die moralische Struktur des Universums aufheben, um das physische Universum zu retten? Das wäre eine oberflächliche Verteidigung und letztlich eine Selbstaufgabe. Soll er aufgeben, weil es so viele Opfer gibt?"

„Sie überziehen das Beispiel. Ich verstehe nicht, was Sie meinen."

„Sehen Sie, vielleicht kann man es so darstellen: Satan hat die Auserwählten zur Geisel genommen. Er hält ihnen eine Pistole an die Schläfe und sagt zu Gott: *Willst du jetzt nicht etwas tun? Willst du mich nicht stoppen? Willst du nicht eines deiner unbedeutenden Gesetze brechen, um deine Lieblinge zu retten? Gott antwortet: Ich werde die Gesetze, die ich in die Schöpfung eingeschrieben habe, nicht brechen, denn das würde zu einer anderen Art von Zerstörung meiner geliebten Kinder führen.* Satan antwortet: *In Ordnung, dann schau zu!* Er fällt über die Auserwählten her, schlägt seine Klauen in sie, zerschmettert sie, bis sie nach ihrem Schöpfer schreien: *Rette uns! Warum kommst du nicht?"* Satan schaut Gott an und sagt: *Nun?* Aber Gott antwortet nicht. Er schweigt. Dunkelheit scheint sich über die Welt zu legen. Satan glaubt, er hätte Gott gezwungen, sich zurückzuziehen, hätte ihn hilflos gemacht. Er meint, Gott habe nichts mehr zu sagen. Er wähnt, er habe die kosmische Auseinandersetzung gewonnen und Macht *über* Gott gewonnen, er stehe jetzt *über* Gott. Unterdessen ereignet sich etwas Unfaßbares im Herzen Gottes. Ein Wort nimmt Gestalt an. Ein Wort, das so immens ist, so viel größer als das gesamte geschaffene Universum, das wie ein goldener Apfel in Seiner Hand liegt. Dieses Wort ist so groß und dabei so einfach, daß es niemand hören kann. Satan will es nicht hören. Der Mensch *kann* es nicht, weil er in seiner Qual taub geworden ist durch sein eigenes Schreien. Die Materie kann es nur fühlen, ohne es zu erkennen.

Ich werde in meiner eigenen Schöpfung bleiben, bis die Welt neu geschaffen wird. Ich werde diese Wunden der Menschheit tragen und ihren Schmerz erleiden bis ans Ende der Zeit. Bis ein neuer Himmel und eine neue Erde sind, werde ich die Leiden des Menschen wie meine eigenen Leiden fühlen, weil sie mein Leiden sind. Und das wird Mein Wort für dich sein, so wie es Mein Wort auf dem Kalvarienberg war.

„Theologie?"

„Das ist Seine Antwort, aber sie ist so machtvoll, daß Ohren sie nicht hören können. Nur die Seele kann sie hören."

„Ich höre sie jedenfalls nicht", sagte Smokrev düster.

„Sie sind taub durch Ihr eigenes gequältes Schreien."

„Da irren Sie sich. Vielleicht ist Ihnen aufgefallen, daß ich jede Form von Einkerkerung, die Europa seit Beginn des zwanzigsten Jahrhunderts anzubieten hatte, vermieden habe. Ich hätte sie, wohlgemerkt, alle verdient, aber ich bin kein Opfer."

„Sie sind ein Täter und ein Opfer."

„Ich höre keine Schreie."

„Weil Sie taub sind."

„Ich höre kein Wort, das in die Schöpfung hineingesprochen wird, keine Boten von Ihrem schweigenden Gott."

„Sie sehen sie nicht? Sie hören sie nicht?"

„Nein. Nichts. Kommen Sie, das sind doch nur leere Worte. Kehren wir zu meiner ursprünglichen Frage zurück. Die objektive Realität ist, daß es keine Rettung gab."

„Was verstehen Sie unter Rettung? Aus einem Konzentrationslager entkommen? Ein langes Leben? Im größeren Horizont ist vielleicht das Opfer, das ohne Haß stirbt, der einzige, der wirklich gerettet ist."

„Sie lassen also die Schlechten immer weiter Schlechtes tun? Sie werden das Böse nicht bekämpfen? Sie werden mich nicht aufhalten?"

„Was immer möglich ist, müssen wir tun, ohne die göttlichen Prinzipien zu verletzen. Wir dürfen nicht mit den Waffen des Bösen kämpfen, um das Böse zu besiegen. Täte man das zur Verteidigung des Guten, so wäre es eine doppelte Niederlage. Ich glaube, das ist das eigentliche Ziel Satans. Warum sollte ein gefallener Engel sechs Millionen Menschen umbringen wollen, oder sechzig oder hundert Millionen oder die ganze menschliche Rasse? Was wäre damit bewiesen? Daß er böse ist? Er weiß das bereits, und Gott weiß es auch. Nein, der Triumph, hinter dem er her ist, ist die Verführung der gesamten Menschheit zu seiner Rebellion. Und zwar im Namen des Guten. Das wäre sein Meisterstück."

„Also, also, Sie schreiben diesem kosmischen schwarzen Mann beträchtlichen Scharfsinn zu. Das macht es unsereinem einfach: Der Teufel ist schuld."

„Das ist nicht ganz falsch. Er hat in Versuchung geführt. Sie haben sich dafür entschieden. Sie haben an seine Interpretation des Universums geglaubt."

„Offen gestanden, wenn man den Zustand der Menschheit betrachtet, dann halte ich seine Version für zutreffend. Ihr Katholiken baut euch Luftschlösser – und versucht darin zu leben, als wäret Ihr alle Aristokraten."

„Graf Smokrev, wir sind alle Söhne und Töchter eines Königs. Jeder von uns."

„Sie können nicht beides haben. Sie bringen die Metaphern durcheinander. Sie sagen, dieser Gott wäre in die Schöpfung gekommen und leide mit uns und in uns. Jetzt sagen Sie, er ist ein König. Könige herrschen. Könige leben in Schlössern. Könige schaffen Ordnung in ihrem Reich. Sie sind verblendet. Es gibt keinen König."

„Unser König leidet mit uns. Er leidet in uns. Wenn sein Reich gekommen sein wird, dann wird unsere Liebe für Ihn jede Liebe für einen irdischen König übertreffen, weil er alles durchlitten hat, was seine ärmsten Kinder erleiden mußten. Und zwar aus freiem Willen, während wir widerwillig gelitten haben."

„Ich brauche eine Pause, ich ersticke gleich. Theologie, Literatur, Mythos, Metapher – zu viel für mein altes Gehirn. Ich weiß nur, was ich gesehen und getan habe. Das ist nicht schön. Aber es ist mein Universum."

Er klingelte nach dem Diener, der mit einem Tablett mit Kaffee und Petits Fours erschien.

Sie tranken und aßen schweigend.

Nach dem Genuß einer Zigarette samt darauffolgendem Husten legte sich Smokrev zurück und lächelte in sich hinein.

„Ich kann mein Vergnügen nicht verhehlen. Die Spannung des Gerichtssaales, das Kreuzen der Klingen, der Stich kleinerer philosophischer Schlappen, diese besondere Freude, wenn ich Sie in die Ecke drängen kann ..."

„Ich glaube nicht, daß Ihnen das bisher gelungen ist."

„Warten Sie ab!"

„Sie sprachen vom Kreuzen der Klingen. Sie werden also zustimmen, daß wir uns auf einem Schlachtfeld befinden?"

„Aber natürlich!"

„Gut, daß Sie das erkennen."

„Warum besteht der Mensch darauf, mitten auf dem Schlachtfeld einer Utopie nachzuhängen?"

Smokrev zuckte mit den Schultern. „Der Kampf geht hin und her. Manche sterben, mache überleben. Ich will überleben."

„Würden Sie alles tun, um zu überleben?"

„Ich habe bereits alles und jedes getan, um zu überleben. Und ich habe überlebt!"

„Stimmen Sie mir zu, daß ein Schlachtfeld kein geeigneter Ort für eine Utopie ist?"

„Meinetwegen. Man kann sich einen besseren Ort vorstellen."

„Würden Sie jemandem folgen, der für Sie auf dem Schlachtfeld gestorben ist, auf geheimnisvolle Weise ins Leben zurückgekehrt ist und Ihnen jetzt ein wirkliches Paradies anbietet?"

„Es hängt von den Kosten ab. Eine Utopia in der Hand ist besser als ein Wolkenkuckucksheim auf dem Dach."

„Das ist die Crux unseres Problems."

„So? Da sind wir einer Meinung."

„Nehmen wir an, der Mann, der von den Toten zurückgekehrt ist, ist der beste und schönste Mensch, dem Sie je begegnet sind. Er hat sein Leben für Sie hingegeben."

„Ist mir noch keiner untergekommen."

„Doch. Als Kind sind Sie Ihm begegnet, in der Nacht."

„Hören Sie auf mit der Kindheit! Die ist vorbei!"

„Er streckt hnen die Hand entgegen und sagt: Komm mit mir. Ich kenne den Weg zurück von den Toten. Und ich kenne den Weg in das Land, wo es keinen Tod mehr gibt."

„Ich würde sagen, er ist ein Narr oder ein Träumer. Wie attraktiv er auch sein mag, ich würde nicht mein Leben riskieren, um ihm zu folgen."

„Sie würden Ihr Leben lieber im Kugelhagel riskieren, nicht wahr?"

„Hören Sie mal", sagte Smokrev und wischte das Bild weg, „das ist reine Theorie. Ihr Argument hat nur dann einen Sinn, wenn dieser Mann existiert und der ist, der er zu sein behauptet. Lassen Sie sich gesagt sein: in meinem ganzen Leben bin ich keinem Menschen begegnet, der ist, was er vorgibt zu sein."

„Ich kenne einige."

„Dann sind Sie der Narr und der Träumer."

„Nein. Dieser Mann ist geprüft worden. Zahllose Seelen sind ihm ins Paradies gefolgt."

„Eine Illusion, die ein fiebriges Gehirn produziert, das verzweifelt nach Hoffnung sucht. Nichts als Illusion."

„Es ist klar, daß Sie nichts und niemandem vertrauen."

„Eine vollkommen zutreffende Feststellung. Sie sind kein schlechter Psychologe."

„Nehmen wir einfach mal an, der Mann, der von den Toten zurückgekehrt ist, streckt Ihnen seine Hand entgegen und sagt: *Komm!*"

„Ich würde ihn auslachen. Was für ein Recht hat er, mir Befehle zu geben?"

„Er bietet Ihnen Leben an. Die Landschaft, in der Sie leben, ist gefährlich, ein Minenfeld voller widersprüchlicher Zeichen. Wenn Sie Ihm gehorchen, wird er Sie in Sicherheit bringen."

„Warum sollte ich ihm vertrauen? Warum sollte ich ihm dienen?"

„Weil er Ihnen zuerst gedient hat. Er hat Ihnen Sein Leben geschenkt."

„Ich diene niemandem."

„Und doch sind Sie ein Sklave so vieler Dinge."

„Was soll das heißen?", fragte er scharf zurück.

„Sie sind ein Sklave Ihrer Gelüste und Ihrer Angst. Sie sind von vielen Dingen abhängig, um nicht zu sagen süchtig."

„Sie sind also auch nicht anders als alle anderen. Sie sind nur hergekommen, um mich anzuklagen!"

„Ich kenne mein eigenes Herz. Ich weiß, was ein gefallener Mensch ist, weil ich selber einer bin. Ich weiß, daß ich vielleicht schlimmer geworden wäre als Sie, wenn ich in Ihren Lebensumständen geboren worden wäre. Und vielleicht wären Sie in meinen Mokassins ein besserer Mensch gewesen. Das tut nichts zu Sache. Was ich Sie aber bitte, in Betracht zu ziehen, ist dies: Niemand kann sich dem Dienen entziehen. Wir sind alle Geschöpfe und existieren in einem hierarchischen Kosmos mit einem König an der Spitze."

„Ich lebe in einer Demokratie."

„Was Sie nicht daran gehindert hat, einer Tyrannei zu dienen, als es Ihnen nützlich war."

„Ich habe sie benutzt. Ich habe sie alle benutzt."

„Haben Sie geglaubt, Sie stünden über ihnen, als sie ihnen dienten?"

„Ich war über ihnen. Ich setze die Bedingungen, vergessen Sie das nicht.

Ich schaffe Realitäten. Ich habe sie glauben lassen, sie wären meine Meister, in Wirklichkeit war ich es, der sie beherrscht hat."

„Ist ein Doppelagent jemals wirklich im Besitz seiner selbst? Gehört er nicht zwei Meistern, in Ihrem Fall vielen Meistern? Waren es nicht vielmehr diese Herren, die Sie in der Illusion gelassen haben, Sie hätten das Heft in der Hand?"

„Wenn es so war – ich sage nicht, *daß* es so war –, dann haben wir uns wechselseitig benutzt. Jeder tut das. Wir alle benutzen einander."

„Das nennen Sie Demokratie?"

Smokrev zuckte mit den Schultern. „Ja."

„Die Monarchie, in der ich lebe, hat einen König an ihrer Spitze, und was für einen König! Ein König, der für mich gestorben ist. Er regiert mit einem aufgerissenen Herzen. Aus seinen Wunden fließt unablässig Blut, Jahrhundert über Jahrhundert. Dieser König hat solch einen Adel, daß Liebe ein zu kleiner Name für ihn ist."

„Sie werden poetisch", sagte Smokrev verächtlich. „Hören Sie auf! Ich hasse Sentimentalität."

„Ich auch."

„Was soll dann das Gefasel?"

„Es sind die Worte eines Liebenden über seinen Geliebten."

„Geliebter! Geliebter! Zur Hölle mit Königen und Märchenschlössern!"

„Er existiert wirklich. Ich habe ihn gesehen. Ich habe seine Umarmung gefühlt. Ich habe sein Blut mit meinen eigenen Lippen berührt."

„Ich hab's nicht mit dem Kannibalismus, auch wenn ich aus Neugierde … Es gab da Rituale in London, bei denen ich dabei war. Aber lassen wir das."

„Bitte, Graf Smokrev, hören Sie mir zu. Sie bekämpfen jedes Wort der Wahrheit mit einer Verdrehung, einer Verhöhnung, einer Lüge. Warum tun Sie das? Warum?"

„Weil ich nicht dienen werde."

„Aber Er lebt!"

„Wenn das wahr ist, dann macht es die Sache nur schlimmer. Warum hat er mich nicht gerettet? Warum durfte ich ihn nicht sehen? Warum durfte ich ihn nicht berühren? Warum war ich so allein in meinem Leben? Wenn er lebt – warum?"

„Sie waren ein herrisches Kind, das verlangt hat, daß jeder ihm dient.

Wenn Sie auf Widerstand stießen, haben Sie versucht, Ihren Willen mit Wutanfällen durchzusetzen. Als das nicht funktionierte, wollten Sie Macht. Als die Macht Ihnen keine Liebe gab, begannen Sie zu zerstören. Können Sie sich nicht einen Augenblick neben sich stellen und in sich hineinschauen? Können Sie nicht sehen?“

„Sie wollen nur, daß ich mich selbst so sehr verachte, wie Sie mich verachten.“

„Die Wahrheit ist genau umgekehrt. Ich verachte Sie nicht. Sie verachten sich selbst weit mehr, als ich das je könnte.“

„Aufhören!“, schrie Smokrev.

Seine Augen fuhren hin und her und seine Lippen zuckten. Mit zittrigen Fingern zündete er sich eine weitere seiner russischen Zigaretten an.

„Es reicht, Priester! Sie sind zu weit gegangen. Sie spielen mit mir.“

„Keineswegs.“

„Was tun Sie dann mit mir? Was?“

„Ich bin ein Botschafter meines Geliebten. Er sagt zu Ihnen: *Komm!*“

„Versuchen Sie nicht, Ihre Fantasien auf mich zu übertragen. Ich brauch jetzt Ruhe. Es ist an der Zeit, daß Sie gehen.“

Elijah schaute ihn einige Sekunden lang durchdringend an, atmete aus und stand langsam auf.

„Es tut mir leid. Ich habe Sie gekränkt.“

„Keineswegs“, sagte der Graf mit angestrengter Stimme.

„Ich bitte Sie um Entschuldigung. Ich war zu direkt.“

„Schon gut, schon gut“, sagte Smokrev, nachdem er sich etwas beruhigt hatte. „Bei Männern schätze ich Direktheit.“

„Ich gehe. Ich werde Sie nicht mehr belästigen.“

„Setzen Sie sich.“

„Wirklich, ich …“

„Setzen Sie sich!“, befahl er.

„Meinen Sie, wir sollten weitermachen? Es ist vielleicht doch sinnlos. Wir werfen uns Wörter an den Kopf, und keiner akzeptiert die objektive Realität des Glaubens des anderen.“

„So vergeht ein angenehmer Abend“, sagte er trocken. „Ich würde Sumo-Ringen im Fernsehen anschauen, wenn Sie nicht da wären. Aber das hier ist besser.“

Er schüttelte die Handglocke auf seinem Nachttisch. Der Diener trat ein.

„Wo ist meine Medizin? Es ist neun Uhr vorbei."

„Aber, Sir, Sie haben gesagt, ich dürfe nicht stören, so lange der Besucher …"

„Ja, ja. Aber seinetwegen werde ich nicht auf meine Medikamente verzichten."

Der Diener ging hinaus und kam augenblicklich mit einem Tablett zurück. Er setzte sich an den Bettrand, rollte Smokrevs Ärmel hoch, sprach wie zu einem Baby beruhigend auf ihn ein, verabreichte ihm eine Spritze, deckte ihn sorgfältig zu und verließ das Zimmer.

„Ekelhaft, nicht wahr?"

Elijah schüttelte den Kopf.

„Der Botschafter ist doch nicht stumm geworden?"

„Was nützen Worte, wenn der Botschafter keine Glaubwürdigkeit genießt?"

„Sie setzen darauf, daß wenigstens ein paar Ihrer Worte durch einen Spalt meiner Rüstung dringen und meine Selbsttäuschungen zerstören. Sie investieren Ihre Zeit in einen hoffnungslosen Fall, weil Ihnen das über Jahre hinaus, wenn ich unter der Erde bin, ein sentimentales, melancholisches Vergnügen bereiten wird. Sie werden Ihre Niederlage Gott aufopfern."

„Sie projizieren Ihre Sicht auf die Welt, Graf."

„Ich bin Realist."

„Wie definieren Sie einen Realisten?"

„Er ist weder ein Optimist noch ein Pessimist."

„Richtig. Ein Realist ist weder Optimist noch Pessimist. Er hat den Mut, in den Abgrund eines sehr dunklen Jahrhunderts zu schauen und es als das zu sehen, was es ist. Er sieht den Sieg des Lichts."

„Mißverstehen Sie mich nicht. Mein Realist weiß, daß Macht die Welt dirigiert. Er weiß, daß Lust sie antreibt. In meinen gut neunzig Jahren habe ich nichts gefunden, was dem widerspricht."

„Ich habe einen endlosen Strom von Ereignissen gesehen, die dem widersprechen."

„Warum sollte ich Ihnen glauben?"

„Bin nicht ich selbst eine objektive physische Realität, eine Gegenwart, die vor Ihnen sitzt, eine Art Wort?"

„Ein Traumwort, das zufällig in mein Haus gestolpert ist. Es ist eine bedeutungslose Begebenheit, aber eine amüsante."

„Vor ein paar Minuten schienen Sie nicht besonders amüsiert zu sein. Habe ich einen Nerv getroffen? Falls ja, was sagt Ihnen dieser Nerv über objektive Realität?"

„Was soll das heißen?"

„Es hat Sie sehr schmerzhaft berührt, als ich sagte, sie lieben sich nicht, was eine Tatsache ist."

Smokrev verzog das Gesicht.

„Wenn es irgendetwas heißen soll, dann, daß ich ein Realist bin. Nicht mehr und nicht weniger."

„Ich glaube, daß in jeder Seele eine Ikone existiert, wie die Person sein soll. Es ist ein verborgenes Bild der Liebe. Jede Seele wird geliebt, mehr als wir uns vorstellen können. Jede Seele ist in den Augen Gottes schön. Unsere eigenen Sünden und Fehler, und jene, die an uns begangen werden, überlagern dieses ursprüngliche Bild. Wir können uns nicht mehr so sehen, wie wir wirklich sind."

„Machen Sie weiter. Ich höre zu. Ich sehe Zinnen und Türmchen in rosa Wolken."

„Als ich den Ort in Ihnen berührt habe, wo Sie leiden, die tiefen Verletzungen, da haben Sie den Schmerz des verlorenen Bildes gefühlt. Es war unerträglich für Sie, und Sie haben verlangt, daß ich aufhöre."

Smokrev schaute aus dem Fenster auf die Lichter am Ostufer des Flusses.

„Sie wollen nicht glauben, was ich Ihnen zu sagen versuche, weil sie fürchten, daß der Schmerz über das verlorene Bild für Sie unerträglich sein könnte."

„Was gibt es dann für Hoffnung für einen Mann wie mich?"

„Grenzenlose Hoffnung! Sie müssen den Schmerz nicht allein tragen."

„Dieser Mann auf dem Schlachtfeld, der von den Toten zurückgekehrt ist – was hat er über all das zu sagen?"

„Er hat viel zu sagen."

„Warum kommt er nicht und spricht mit mir, wenn er mich liebt?" Smokrev lächelte bitter und schnippte die Asche der Zigarette in den Aschenbecher auf seinem Nachttisch.

„Er ist schon so oft zu Ihnen gekommen. Aber Sie wollten nicht zuhören. Jetzt, am Ende Ihres Lebens, schickt er Ihnen einen menschlichen Botschafter, einen, den Sie sehen und hören können."

„Und was hat dieser Botschafter mir zu sagen, he?"

Elijah fühlte eine Woge von innerem Licht.

„Er sagt: O Seele, eingetaucht in die Finsternis, verzweifle nicht. Noch ist nicht alles verloren. Komme zum Herzen deines Gottes, der Liebe und Barmherzigkeit ist."

Smokrevs Gesicht umwölkte sich.

„Mein Sohn, mein Kind, höre auf die Stimme von einem, der dich liebt."

„Liebe?", schnaubte Smokrev.

„Ewige Liebe. Unzerstörbare Liebe."

„Für mich gibt es keine Liebe, kein Erbarmen, keinen Frieden."

„Lassen Sie nicht zu, daß Sie in noch tiefere Dunkelheit fallen. Hören Sie: Verzweiflung ist ein Vorgeschmack der Hölle. Klammern Sie sich nicht daran fest, es ist eine Droge. Werfen Sie das ab!"

„Ich werde nicht dienen."

„Er ruft Sie. Aber wenn Sie hart und verblendet bleiben wollen, was kann Er tun? Er wird sich nicht über Ihre Freiheit hinwegsetzen. Liebe zwingt sich niemandem auf. Hören Sie auf Ihn. Er schüttet eine letzte Gnade über Ihnen aus. Öffnen Sie Ihr Herz. Es ist ein besonderes Licht, in dem Sie erkennen können, daß Gott Ihnen nachgeht. Aber Bekehrung hängt von Ihrem eigenen Willen ab. Das ist Ihre letzte Gnade, das wissen Sie."

„Ich weiß gar nichts."

„Er ist Barmherzigkeit. Es gibt nichts, was Er nicht vergeben würde."

„Und Sie sind der Botschafter dieser Lehrmeinung?"

„Ich bin zu Ihnen geschickt worden."

„Sie sind zu mir gekommen. Sie sind sentimental."

„Es geht hier nicht um Gefühl, es geht um Leben und Tod."

„Sie sind romantisch. Schauen Sie, was hängt dort über meinem Sekretär?"

„Eine Ikone."

„Gehen Sie hin und schauen Sie. Was sehen Sie?"

„Ich sehe ein byzantinisches Bild des Heiligen Michaels in der Apokalypse."

„Beschreiben Sie es mir."

„Es ist eine berühmte Darstellung des Sieges über Satan. Michael sitzt auf einem Pferd. Er hält das Buch mit der Heiligen Schrift in der Hand, und mit derselben Hand hält er eine Trompete an den Mund, in die er bläst. In der anderen Hand hat er einen Speer, der gleichzeitig ein Kreuz ist. Er stößt ihn in Satan, der sich in Gestalt einer Schlange um die Städte der Welt windet."

„Soweit geht die Barmherzigkeit also nicht", sagte Smokrev.

„Auch er wollte nicht dienen, in alle Ewigkeit nicht."

„Gibt es für ihn kein Erbarmen? Ich hatte immer das Gefühl, daß Luzifer zu Unrecht schlecht gemacht wird."

„Das ist absurd."

„Er ist ein Mythos. Er ist ein Symbol unserer dunklen Seite."

„Satan ist real."

„Wenn das wahr ist, warum kann dann nicht auch ihm ein wenig Barmherzigkeit zufließen? Warum rammt ihm dieser tyrannische Erzengel die Lanze in den Leib, so daß er sich windet wie ein Aal?"

„Haben Sie nicht vorhin verlangt, daß Gott dem Bösen Einhalt gebietet? Sie können nicht beides haben."

Smokrev schnaubte ärgerlich durch die Nase, aber erwiderte nichts.

„Gottes Barmherzigkeit für die Menschheit ist grenzenlos", fuhr Elijah fort, „aber er wird nicht zulassen, daß das Böse das Gute immer und ewig verschlingt. Das wäre keine Barmherzigkeit."

Smokrev setzte sich im Bett auf. Es schien, als sei ihm eine Inspiration gekommen.

„Ich habe das Beste für zuletzt aufgehoben, Priester. Meine Beichte ist noch nicht vollständig. Dieser Teil wird Ihnen nicht gefallen."

„Sie können mich nicht mehr erschüttern."

„So? Meinen Sie, Herr Botschafter der Barmherzigkeit? Sie glauben, nichts könne Sie von Ihrer Haltung abbringen?"

„Ich bin ein Mensch. Ich habe Risse in mir wie Sie. Falls es Ihnen gelingen sollte, mein Vertrauen auf die Barmherzigkeit Gottes zu erschüttern, dann beweist das nur, daß ich ein schwaches Geschöpf bin. Nur Gott ist vollkommene Barmherzigkeit."

„Das wird sich zeigen."

Elijah schaute ihn fragend an. Smokrev schien von seinem Gedanken entzückt zu sein.

„Sehen Sie da drüben die Ikone der Apokalypse?"

„Ja."

„Ich habe sie während des Krieges von Pawel Tarnowski gekauft."

Elijah fragte verblüfft: „Sie kannten ihn?"

„Oh ja, ich kannte ihn. Ich kannte ihn sehr gut."

„Dann haben Sie mich angelogen."

„Illusionen, Rauch, Spiegel. Gehört alles dazu."

„Warum haben Sie mich angelogen?"

„Ich habe die Diskussion vorausgesehen, alter Junge. Ich war mir über die Höhe und Tiefe dieser Auseinandersetzung klar. Ich wußte, daß Sie sich zur Verteidigung Gottes in die Bresche werfen würden."

„Warum haben Sie es mir nicht gesagt?", insistierte er und spürte, wie sich sein Hals zusammenzog.

„Ich bin der Meister dieser Debatte. Nicht Sie, Herr Botschafter!"

Nach einer Stille fragte Elijah mit zitternder Stimme: „Wissen Sie, was mit ihm geschehen ist?"

„Gemach, gemach! Ich werde es Ihnen später sagen. Ich habe den Trumpf noch in der Tasche."

„Wo ist Pawel Tarnowski?"

„Er ist tot."

„Dessen war ich mir so gut wie sicher. Aber ich hatte gehofft …"

„Warum ist er Ihnen so wichtig?"

„Er hat sein Leben für mich riskiert. Am Ende hat es ihn das Leben gekostet."

„War er Ihr Wohltäter?"

„Ja, er war mein Freund."

„Ein Weggefährte?"

„Er war für mich ein älterer Bruder, vielleicht sogar ein Vater."

Smokrev kicherte.

„Wie köstlich! Dieser schlaue Tarnowski hatte immer ein Händchen dafür, den hübschesten Jungen zu verführen."

„Was sagen Sie da!"

„Sie haben genau verstanden, was ich gesagt habe."

„Das habe ich nicht."

„Er war genauso ein Scheusal wie ich. Ich kannte ihn in Paris in den dreißiger Jahren, als er ein verkrachter Maler war, der wie ein Parasit von alten Lüstlingen gelebt hat. Er hat einige Herzen gebrochen, damals, und hat jeden Augenblick davon genossen. Er lutschte seine Wohltäter aus und warf sie dann weg."

„Das ist nicht der Mann, den ich kannte. Er war gut."

„Er war nicht gut. Er war eine Made, so wie ich eine bin."

Elijah konnte Smokrev nicht daran hindern, weitere Einzelheiten über den berüchtigten und korrupten Pawel Tarnowski auszubreiten.

„Ich weiß, daß Sie lügen. Ich kannte die Seele dieses Menschen."

„Ich lüge nicht. Sie wollen nicht sehen, wer wir wirklich sind. Der Mensch ist ein bösartiges Tier, das den Schwachen auflauert. Sie können dem nicht ins Auge schauen. Sie wollen Ihr Luftschloß. Ich bin auch ein Botschafter. Ich bringe Ihnen Nachrichten von der *Realität!*"

„Das ist nicht die Wirklichkeit", sagte Elijah, aber er konnte seine Stimme nicht beherrschen, seine Kehle schmerzte.

„Sie wissen, daß es wahr ist. Hat er Sie nicht in sein Bett genommen? Wie gerne hätte ich da zugesehen. Ein orthodoxer jüdischer Junge, schön und unschuldig wie der junge David, der frisch von der Weide kommt, flach gelegt und verdorben auf dem Bett eines alten Satyrs."

„Halt!", schrie Elijah.

Smokrev lachte hysterisch und kotzte weiter Beschreibungen, Namen, Orte und Details aus, die Pawels Lasterhaftigkeit bewiesen.

Elijah unterbrach den dreckigen Schwall und brüllte:

„Er hat mir nichts getan!"

„Das glaube ich Ihnen nicht."

„Nicht ein einziges Mal in meinem Leben habe ich auch nur einen Anflug einer solchen Regung verspürt, weder bei mir, noch bei Pawel."

„Sagen wir, er hätte aus irgendeinem merkwürdigen Grund – vielleicht aus Impotenz – davon abgesehen, Sie ganz zu besitzen, wie er das bei so vielen anderen getan hat. Falls das wirklich der Fall sein sollte, dann liegt es nicht daran, daß er Sie nicht gewollt hätte. Und ob er diesen hübschen Knaben gewollt hat – er hat es mir selbst gesagt."

Die zwei Männer starrten einander an. Ein paar Minuten lang sagte keiner ein Wort. Smokrev zündete sich wieder eine Zigarette an, legte sich zurück und lächelte zufrieden. Elijah war wie benommen. Sein Kopf drehte sich, ihm war übel und sein Hals war wie zugeschnürt. Eine unsichtbare Dunkelheit schien alle Luft aus dem Raum herauszusaugen. Er fühlte sich bedroht und orientierungslos. Am liebsten wäre er aufgesprungen und geflohen.

„Ich beschließe damit mein Plädoyer", flüsterte Smokrev lächelnd mit fast geschlossenen Augen.

Widersage ihm, sagte die Stimme.

Ich kann nicht, sagte Elijah zu sich selbst. Ich kann es nicht ertragen.

Als wollte er den Triumph über Elijah endgültig besiegeln, sagte Smokrev: „Ich habe Pawel Tarnowski getötet."

„Sie?"

„Natürlich! Ich war es, der ihn in die Gaskammer geschickt hat. Ich habe versucht, Sie ihm abzukaufen, aber er wollte zu viel Geld. Als ich ablehnte, schlug er mich mit seinen Stock über den Rücken. Ich gab ihm, was er verdiente, eine Begegnung mit der SS."

„Sie waren *der Verkrümmte?*"

„Der was?"

„Er hat über Sie gesprochen."

„So, so, hat er das. Er hat mir auch von Ihnen erzählt, ich habe Sie sogar gesehen. Ich kann mich an diesen schlaksigen, halbverhungerten *Shetl*-Jungen mit Quasten unter dem Mantel erinnern. Pechschwarzes Haar, die Haut so weiß wie Alabaster, Lippen wie das Fleisch von Kirschen! Exquisit!"

Elijah schaute weg.

„So schön, so unschuldig, so ausgesetzt – einfach unvergeßlich. David."

„Woher kennen Sie meinen Namen?"

„Er hat ihn mir gesagt, Ihr Wohltäter."

Elijah packte rasende Wut. Am liebsten hätte er auf den Mann eingeschlagen. Er suchte nach vernichtenden Worten, um den Stolz dieses alten Drachens zu treffen. Aber er fand sie nicht in sich. Nur ein widerwärtiges Gefühl von Verderben. Er hatte das Gefühl, die gesamte Struktur des Universums käme ins Rutschen, ein langsamer Kollaps in einen Abgrund, der am Ende alles in sich hineinsaugen würde.

Er zwang sich einige Minuten lang, keine Bewegung zu machen. Die Kraft wich ihm aus den Gliedern, er fühlte sich vollkommen ohnmächtig. War die Liebe wirklich ein Traum, der dem eisigen Anprall der Realität nicht standhalten konnte? In dem Maß, in dem die Liebe schwand, nahm das Entsetzen zu. Smokrev beobachtete ihn genau, so wie ein Wissenschaftler das Verenden eines Versuchstieres protokolliert.

„Sie haben die Wahl", sagte Smokrev in einem entspannten, angenehmen Tonfall: „Entweder rennen Sie aus diesem Zimmer weg und schauen niemals mehr zurück. Aber die Erinnerung wird Sie bis ans Ende der Welt verfolgen. Oder Sie tun das, wozu Sie Ihr Gefühl drängt – sie kommen hier herüber, legen Ihre Finger um meinen Hals und pressen das Leben aus mir heraus. Das möchten Sie doch, nicht wahr?"

Elijah sagte nichts.

„Dann sind Sie der Meister", legte Smokrev nach.

Elijah stand auf. Sein Gesicht war eine ausdruckslose Maske über einem Meer von Schmerz. Er machte einen Schritt auf das Bett zu.

„Gut, gut", flüsterte Smokrev. Seine Augen waren nur noch ein Schlitz, sein Mund zu einem Grinsen verzogen, das gelbe, goldgefüllte Zähne entblößte.

Elijah kniete sich neben das Bett und streckte seine Hände zu Smokrevs Kopf.

„Tun Sie es und beenden Sie meine elende Existenz."

Er nahm Smokrevs Gesicht in seine Hände und er küßte ihn auf eine Wange, dann auf die andere. Tiefe Seufzer entrangen sich ihm, und Tränen strömten über sein Gesicht. Die Tränen fielen auf Smokrevs Stirn. Der alte Mann wich entsetzt zurück.

„Weg von mir!", zischte er.

„Darf ich Ihr Gesicht berühren?"

„Weg, weg!", kreischte er. „Sie sind nicht mein Judas!"

„Nein. Ich bin nicht Ihr Judas."

„Sie glauben, Sie könnten Menschen einfach küssen. Das ist nicht die Wirklichkeit!"

In Smokrevs Augen war Entsetzen. Er stieß den Priester von sich.

Elijah streckte die Hand aus und berührte sein Gesicht. „Sch …, *dziecko.*"

„Warum wollen Sie mein Gesicht berühren?", schrie Smokrev heiser.

„Weil ich Sie liebe."

Die Dunkelheit floh in die äußersten Ecken des Raumes. Elijah schloß die Augen und sah in einem inneren Bild einen kleinen Jungen in einer goldenen Krippe. Das Kind weinte in der Nacht. Es schrie, aber keiner kam.

Smokrev begann am ganzen Körper zu zittern. Elijah legte seine Arme um ihn und zog ihn an sich. Er war erstaunt, wie klein und gebrechlich der Körper dieses Geschöpfes war, das sich da in seinen Armen wand.

Der alte Mann würgte trocken, dann entfuhr ihm ein langes dünnes Winseln, gefolgt von einem hohen, andauernden, fast tonlosem Schreien, das so abstoßend war, daß Elijah zusammenzuckte und sich abwandte. Schließlich sank Smokrevs Kopf gegen seine Brust. Er schwitzte und zitterte. Seine Augen waren geschlossen, das Gesicht erschöpft. Er sah aus wie ein Läufer, der an der Ziellinie zusammenbricht.

Die fleckigen, klauenartigen Hände griffen nach seinen Armen. Dann begann Smokrev zu schluchzen. Das Schluchzen schüttelte seinen ganzen Körper. Er weinte und weinte und weinte bis tief in die Nacht hinein. Elijah vergaß die Zeit.

Irgendwann, als er an seinem Schnarchen merkte, daß das Schlimmste vorüber war, legte er Smokrev zurück auf die Kissen und zog die Decke über seine Schultern. Dann nahm er ein Messinggefäß aus der Tasche und tropfte Öl auf seine Finger. Damit zeichnete er Smokrev ein Kreuz auf die Stirn, salbte die Handflächen und die Fußsohlen. Er betete über dem Mann für seine Erlösung. Wieder zuckte Smokrevs Gesicht, und er stieß klägliche Laute aus, dann sank er in den Schlaf.

Die Krankenschwester erschien im Morgenmantel an der Tür und fragte erschrocken, was los sei.

„Ich habe so schreckliche Geräusche gehört", flüsterte sie. „Ist alles in Ordnung mit dem Grafen? Braucht er mich?"

„Er schläft."

„Was ist passiert? Er braucht normalerweise sein Schlafmittel, sonst kann er nicht schlafen."

„Er ist in Frieden. Ich komme morgen früh wieder."

* * *

Er wachte zeitig auf und fühlte sich erschöpft. Erst, nachdem er die Messe gelesen hatte an dem Fenster über der Stadt, fühlte er sich wieder im Lot. Als er die heilige Hostie verzehrt hatte, überkam ihn ein Gefühl der Zeitlosigkeit und er verharrte still in der strahlenden Wärme einer Umarmung. Ein Blick auf die Uhr zeigte ihm zu seiner Überraschung, daß seine Meditation nach der Kommunion mehr als eine Stunde gedauert hatte.

Es war mitten am Vormittag, als er zu Smokrevs Wohnung kam.

Der Diener begrüßte ihn kalt an der Tür. „Er ist nicht hier. Sie haben ihn ins Krankenhaus gebracht."

Elijah holte mühsam die nötigen Informationen aus ihm heraus und betrat eine halbe Stunde später Smokrevs Krankenzimmer.

Der alte Mann war an alle möglichen Schläuche und Geräte angeschlossen. Elijah erhielt vom Arzt die Erlaubnis, fünf Minuten bei ihm zu bleiben.

„Er ist *in extremis,* Pater. Er lebt nicht mehr lange."

„Ist er bei Bewußtsein?"

„Mal ja, mal nein. Möchten Sie ihm die Sterbesakramente spenden?"

„Ja. Dafür muß ich mit ihm allein sein."

„Selbstverständlich."

Der Arzt verließ das Zimmer und schloß die Tür hinter sich.

Der alte Mann trug ein grünes Krankenhaushemd, das um seinen dünnen Hals lag. Seine manikürten Hände lagen flach auf der Bettdecke. Elijah rollte seine violette Stola aus, küßte sie und legte sie sich über die Schultern. Er wiederholte die Salbung, die er am Abend vorher vorgenommen hatte, und fügte die Sterbegebete hinzu. Als er fertig war, bemerkte er, daß Smokrev wach war und ihn beobachtete.

„Sterbe ich?"

„Ja."

„Nehmen Sie mir die Beichte ab?"

„Ja."

„Dieses Mal eine echte Beichte."

Langsam und nüchtern, mit schwacher Stimme, bekannte Smokrev seine Taten, mit denen er sich noch am Tag zuvor gebrüstet hatte, und fügte Einzelheiten hinzu, die er ausgelassen hatte. Nachdem er die Absolution empfangen hatte, rannen Tränen über sein Gesicht. Es war ein ganz anderes Weinen als das hysterische Schluchzen in der Nacht zuvor. Es war tonlos, und Elijah konnte sehen, daß der alte Mann in tiefem Frieden war.

„Ich muß ihnen noch etwas sagen."

Elijah nickte.

„In der Beichte habe ich über meine Lügen gesprochen. Lügen, nichts als Lügen.“

„Überlassen Sie es der Vergangenheit. Sie sind für immer im Meer der Barmherzigkeit Gottes versenkt.“

„Aber die Wirkungen meiner Sünden gehen weiter. *Eine* Lüge muß ich unbedingt widerrufen.“

Er rang nach Luft.

„Sprechen Sie nicht. Sie sind zu schwach.“

Er schaute Elijah in die Augen. Sein Blick wurde weich, fast flehentlich. Er schlug die Augen nieder und sagte leise:

„David, ich flehe Sie an: vergeben Sie mir.“

„Ich vergebe Ihnen. Alles ist vergeben.“

„Pawel Tarnowski – ich habe gelogen. Was ich über ihn gesagt habe, war Lüge. Es ist wahr, daß ich ihn in Paris gekannt habe. Er war gut, und deswegen haßten wir ihn. Er rannte fort, als er sah, was wir wollten. Deswegen haßten wir ihn noch mehr.“

„Ich wußte es in meiner Seele.“

„Er hatte große Schwierigkeiten. Er hat viel gelitten. Auch er hat sich nach Liebe gesehnt. Er wollte keinen Ersatz.“

„Sie sagten, er hätte versucht …“

„Sie zu verkaufen. Das war auch eine Lüge. Er schlug mich und trieb mich zur Tür hinaus, als ich Sie *kaufen* wollte. Da habe ich ihn zerstört. Fast hätte ich auch Sie noch zerstört.“

„Erkennen Sie jetzt die Struktur des Universums? Glauben Sie immer noch, daß es keinen Sinn hinter den Dingen gibt? Warum hat Gott gerade den Menschen zu Ihnen geschickt, den Sie zerstören wollten, um Ihnen mitzuteilen, daß Er Sie liebt?“

„Das ist unbegreiflich. Ist Er grausam?“

„Sie wissen, daß er es nicht ist. Sie sollen erkennen, daß Sie durch Ihr Handeln niemals Seine Liebe zerstören können. Er hat einen Mann von den Toten zurückgeschickt, um Ihnen das zu sagen.“

„Ich verstehe nicht.“

„Wir verstehen nicht, weil wir kleine Geschöpfe sind. Sie und ich. Wir alle. Wir sind sehr klein. Uns in Seine Arme zu flüchten, ist das Beste, was wir tun können.“

Auf Smokrevs Lippen zeigte sich ein mattes Lächeln.

„Ich weiß, warum er Sie liebte."

„Er liebt jeden."

„Ich meine Pawel. Er hat Sie geliebt."

„Ich habe ihn auch geliebt."

Smokrev bat um die Sauerstoffmaske. Seine Gesichtsfarbe verbesserte sich ein wenig.

„Ich hinterlasse Ihnen etwas. Gehen Sie in meine Wohnung. Die Krankenschwester wird Ihnen ein paar Dinge geben. Eines davon ist die Michaels-Ikone der Apokalypse. Sie gehört Ihnen."

„Das kann ich nicht annehmen."

„Sie müssen sie annehmen. Ich habe kein Recht auf sie. Ich habe sie von Pawel Tarnowski im Krieg gekauft – für ein Butterbrot und ein Ei. Sie war ein Vermögen wert. Ich habe ihn betrogen, und das wußte er. Er hat sie verkauft, damit er Sie ernähren konnte. Pawel Tarnowski schenkt Ihnen diese Ikone. Sie können sie nicht ablehnen."

Elijah versuchte zu sprechen, aber er fand keine Worte.

„Und noch etwas. Eine Blechdose. Darin werden Sie die Seele eines Mannes finden."

Smokrev begann zu röcheln. Elijah stülpte die Sauerstoffmaske über sein Gesicht und rief den Arzt herein. Elijah saß neben dem Sterbenden und hielt seine Hand. Er flüstere *dziecko* in sein Ohr. Er betete. Nach und nach wurde die Hand kühler. Der Doktor nahm die Maske ab, wandte sich zum Priester und sagte: „Der alte Graf ist tot."

XIII
Die Konferenz

Das Canaletto galt einst als das beste Restaurant der Stadt. In den letzten Jahren hatte ihm das Bacciarelli im modernen Marriott den Rang abgelaufen. Aber im Canaletto, das zum Hotel Victoria Interkontinental auf der Kralewska-Straße gehörte, konnte man immer noch im Stil der großen alten Welt dinieren, bedient von Kellnern in Frack und Fliege und begleitet von Piano- und Harfenmusik. Auf dem Menü standen Wildschwein mit Schnekken in Knoblauchsoße, geräucherte Forelle mit Steinpilzen und zum Nachtisch flambierte Palatschinken.

Einfachheit, Schweigen, Armut dachte er, als er das Foyer des Hotels betrat. Es war die Antithese des monastischen Ideals. Gegen seinen Willen überkam ihn ein Gefühl des Abscheus.

Ein älterer Bediensteter hatte ihn erblickt und eilte zu ihm.

„Professor Schäfer?", sagte er auf Polnisch mit französischem Akzent. „Ich bin Philippe. Bitte darf ich Sie in den Bankettsaal des Restaurants führen. Sie werden erwartet."

Es war unklar, wie der Mann ihn erkannt hatte, aber Elijah folgte ihm gehorsam. Am Eingang wurde ihm eine kleine rote Rose ans Revers seines teuren dunkelblauen italienischen Anzugs geheftet, den Billy für ihn bei seiner Ankunft in Rom vor einigen Monaten gekauft hatte. Die luxuriöse Verkleidung hatte so gar nichts mit der Wahrheit seines inneren Lebens zu tun, daß er sich am liebsten bei jedem dafür entschuldigt hätte. Ihn schauderte bei der Berührung durch den Empfangschef, sein gezwirbelter weißer Schnurrbart, sein professioneller Blick und sein anbiederndes Verhalten stießen ihn ab.

Aber während der Mann mit dem Anstecken der Rose beschäftigt war, stieg Mitgefühl in Elijah auf. Wenigen Menschen gelingt es, sich dem Diktat ihrer Position zu entziehen, und nur selten bleibt eine Seele unberührt von ihrem öffentlichen Image.

„Ah, ich sehe, Monsieur ist ein bißchen nervös. Das ist nicht nötig, Signore. Der Präsident ist gewiß ein großer Mann, aber er ist freundlich und ein Anwalt des Volkes. Große und Kleine sind an seiner Tafel willkommen", tat er mit einer kleinen Verbeugung kund. Mit einem *bon, bon, bon* schnipste er Elijah noch ein paar Schuppen von der Schulter und gab ihm dann den Weg in den Saal frei.

„Danke, Philippe."

Elijah betrat den Saal und fand sich in einer Gesellschaft von zwei Dutzend Menschen. Der Präsident sah ihn sofort und kam mit ausgestreckten Armen auf ihn zu. Herzlich schüttelte er Elijahs Hand, und wieder konnte sich der Priester eines Gefühls der Bewunderung für die Präsenz dieses Mannes nicht erwehren.

„Es ist eine Freude, daß Sie heute Abend bei uns sind, Pater Schäfer. Sind Sie ebenso unvorbereitet wie ich für die Vorträge, die wir zu halten haben? Ja? Das beruhigt mich, dann geht es Ihnen nicht besser als mir. Kommen Sie, ich möchte Sie einigen Gästen vorstellen. Heute Abend sind die Augen der Welt auf uns gerichtet, aber in der nächsten Stunde können wir einfach unser freundschaftliches Zusammensein genießen, und unsere Nerven werden sich beruhigen. Vermutlich werden Sie einige hier kennen."

Elijah wurde einer korpulenten Dame vorgestellt, der polnischen Ministerin für Kultur; dann einem schmächtigen chilenischen Dichter, der eher scheu wirkte; einem amerikanischen Akademiker, der über die „Jungianisierung" der Kultur schrieb; ihm folgte der Koordinator der Konferenz, ein eleganter Herr mittleren Alters im Smoking. Elijah erkannte ihn als ehemaligen Premierminister einer Sowjetrepublik. Er galt als einer der Hauptarchitekten der neuen Demokratie des Ostens. Sein Gesicht war das erste, das nicht diese Ausstrahlung entspannter Geselligkeit hatte. Dann kamen eine Reihe von Leuten, die er nicht kannte, Professoren, Künstler, Schriftsteller, der Kurator des Britischen Museums – alle waren in festlicher Hochstimmung.

Den nächsten allerdings kannte er durchaus. „Ein Mitbruder von Ihnen", sagte der Präsident ohne die geringste Veränderung in seiner Stimme, „Dr. Felix Tilman."

Der berühmte Theologe Tilman, dem er nun leibhaftig gegenüberstand, war überaus zuvorkommend, aber Elijah hatte das unabweisbare Gefühl, daß dies der geübte Charme eines Politikers war.

„Sie sind Archäologe, nicht wahr?", sagte Tilman. „Archäologie und Spiritualität – wie faszinierend. Ich bin sehr gespannt auf Ihren Vortrag, wirklich sehr."

„Wie Sie wissen, liegt Felix die Religion ebenso am Herzen wie Ihnen. Er wird über die Spiritualität der Pan-Mythologie sprechen", sagte der Präsident.

Elijah räusperte sich. „Pan-Mythologie?"

„Ja, mein lieber Freund", erläuterte Tilman, „über die Universalität aller religiösen Glaubenshaltungen. Es ist ein breites Gebiet und natürlich zentral für den Übergang in eine neue Ära. Ich erwarte mir, daß die Essenz unserer Vorträge einige Überschneidungen aufweisen wird."

Elijah war immer noch auf der Suche nach einer Antwort, als ihn der Präsident dem nächsten Gast vorstellte. Sein Herz machte einen kleinen Sprung.

„Sie kennen unsere hochgeschätzte Anna ja bereits."

„Professor Schäfer, welche Freude, Sie wiederzusehen", sagte sie und reichte ihm die Hand.

„Ganz meinerseits, Dr. Benedetti", antwortete er. Seine Stimme war höher als normal, aber er hoffte, daß sie trotzdem freundliche Gelassenheit ausdrückte.

„Warum nehmen Sie nicht hier Platz", fragte der Präsident und geleitete sie beide zu zwei leeren Stühlen an der Tafel. „Anna, erlaubst du mir, daß ich ihn neben dich setzte? Bitte beschütze ihn, er ist kein Gesellschaftsmensch."

Er lächelte Elijah zu und drückte seinen Arm.

Anna Benedetti zeigte sich durchaus einverstanden. Sie sprach den Präsidenten mit Vornamen an, so wie auch schon auf der Party in Rom. „Ich werde dafür sorgen, daß er sich wohlfühlt."

„Danke, meine Liebe. Du weißt ja, er ist ein Mönch, ein Mann ohne Arglist. Diese Art von Zusammenkunft ist seinem Temperament fremd. Ich möchte, daß du ihn für das gesellschaftliche Leben zurückgewinnst."

„Das wäre ein schwerer Fehler", scherzte sie mit einem Lächeln. „Eine Veränderung seines Wesens würde er nicht überleben."

Das Lachen des Präsidenten hatte keinen Hauch von Herablassung – ein kleines Geplänkel zwischen Ebenbürtigen.

„Bitte genießen Sie den Abend, Pater. Sie sind unter Freunden", sagte er. „Entschuldigen Sie mich bitte! Der Vertreter des Dalai Lama."

Der Präsident ging auf einen Asiaten zu, der gerade den Raum betrat und sich noch unbehaglicher zu fühlen schien als Elijah. Er trug einen schwarzen Baumwollmantel über weiten Hosen mit einem lila Seidenschal um den Hals.

Elijah nahm neben Anna Benedetti Platz.

„Da sitzen wir wieder nebeneinander wie zwei unbeholfene Teenager bei ihrem ersten Tanz", sagte sie.

„Wenn sie nicht wissen, was sie mit mir anfangen sollen, dann hätten sie mich nicht einladen sollen."

„Aber nicht doch", versuchte sie ihn zu beruhigen, „er hat Sie eingeladen, weil er Sie sympathisch findet."

„Oder weil er glaubt, ich könnte ihm nützlich sein."

Sie nippte an ihrem Weinglas.

„Tut mir leid. Das klingt wohl etwas pessimistisch."

„Nur ein bißchen", sagte sie nachdenklich. „Sie sollten mehr Glauben an die menschliche Natur haben."

„Bitte verzeihen Sie meine unbedachten Worte. Der Präsident ist ein bewundernswerter Mann."

„Ein Idealist!"

„Ja, sogar ein Visionär."

Ihr strahlender Blick entwaffnete ihn genauso wie bei der ersten Begegnung. Er hätte nicht sagen können, warum er ihr vertraute. Sie sagte Dinge, die man von jemandem in ihrer Position erwarten konnte, offenbar eine seiner Verehrerinnen. Und doch hatte er das Gefühl, daß sie eine innere Distanz bewahrte. Sie war sie selbst und würde das immer bleiben, in welcher Gesellschaft sie sich auch befand.

„Ich sprach, ohne nachzudenken, Signora. Ich bin heute Abend sehr müde."

„Bitte nennen Sie mich Anna. Es kommt mir vor, als würde ich Sie schon lange kennen."

„Das liegt an Ihrer Großherzigkeit."

„Das glaube ich nicht. Ich bin von Natur aus nicht besonders großherzig, eher mißtrauisch, um die Wahrheit zu sagen."

„Sie sollten mehr Glauben an die menschliche Natur haben", antwortete er lächelnd.

Sie warf ihm einen amüsierten Blick zu und erwiderte nichts.

„Seit unserer letzten Begegnung habe ich erfahren, daß Sie Richterin sind. Richter müssen mißtrauisch sein, nicht wahr?"

„Ein Berufsrisiko. Sagen Sie, haben Sie nicht auch eine vorsichtige Ader?"

„Das liegt daran, daß ich in meinen jungen Jahren Rechtsanwalt war."

„Wie ich gehört habe."

„So? Wer hat Ihnen das gesagt?"

„Ich kann mich nicht erinnern. Sagen Sie, warum sind Sie heute Abend so müde?"

„Ich habe allerhand durchgestanden in den letzten Tagen."

„Hier in Warschau?"

„Ja, ich bin mit einem Mann in Kontakt gekommen, der durch eine eigenartige Kette von Ereignissen mit meinem Leben verbunden war, ohne daß ich es wußte."

Er erzählte ihr die Geschichte von Graf Smokrev, die sie zunehmend zu interessieren schien, als sie hörte, daß er für den Tod seines Freundes verantwortlich war, eines Freundes, der ihm das Leben gerettet hatte. Am Ende, als er von seiner Bekehrung erzählte, schien sie sichtlich berührt zu sein, sagte aber nichts.

Im Speisezimmer wurden der Lüster herabgesenkt und die Kerzen entzündet. Ein heller Glockenton signalisierte den Beginn des Diners. Kellner im Frack trugen große Silberplatten herein. Unter den Hauben kam Fasan und Wildente *à l'orange* zum Vorschein. Bei diskreter Begleitung eines Streichquartetts aßen die Gäste mit sichtlichem Genuß und angeregtem Geplauder.

Anna und Elijah wandten sich ihren Tischnachbarn auf der anderen Seite zu. Anna war bald in lebhaftem Austausch mit dem Kurator des Britischen Museums, der offensichtlich von ihr entzückt war. Elijah bemühte sich, mit dem jungen chilenischen Dichter ins Gespräch zu kommen. Sie entdeckten, daß sie beide Deutsch sprachen. Als der Chilene mitteilte, daß er ein Neomarxist sei, konnte Elijah ein Lächeln nicht unterdrücken, welches der Dichter zutreffend interpretierte. Beleidigt nahm er für den Rest des Diners keine weitere Notiz von Elijahs Gegenwart. Elijah war dieser Tischnachbar immer noch lieber als der laut palavernde Tilman, der am Ende des Tisches die Umsitzenden mit witzig-boshaftem Klatsch über katholische Prälaten unterhielt. Der Präsident hatte offenbar Vergnügen daran, aber sein ernster Blick glitt doch gelegentlich zu Elijah und Anna, ohne dort lange zu verweilen.

Der Koordinator der Konferenz saß schräg gegenüber von Anna. Er reichte Elijah ein Blatt Papier über den Tisch.

„Bevor ich es vergesse", sagte er kalt, „hier sind die Angaben zu Ihrem Vortrag, wann und wo er stattfindet und wie Sie hinkommen."

„Danke."

„Sie werden über die neuesten Funde am Toten Meer sprechen, wurde mir gesagt."

„Ganz richtig."

Der Koordinator wandte sich zur Person an seiner Linken und sagte auf Englisch gerade laut genug, daß es Elijah verstehen konnte: „Ein Gesandter des Toten Meeres von Rom."

Verhaltenes Gekicher um ihn herum.

Elijah warf Anna einen Blick zu, aber sie gab nicht zu erkennen, daß sie es gehört hatte.

„Sagen Sie, Pater, wann ist Ihre Präsentation und wo?" fragte sie.

„Morgen früh um zehn Uhr im Palast der Kultur."

„Ich würde gerne kommen."

„Es wäre mir eine Ehre."

Der Stich, den der Kommentar des Koordinators verursacht hatte, ließ langsam nach.

Während des Desserts erhob sich der Präsident und verabschiedete sich. Er müsse sich für die Eröffnungsansprache präparieren, die er in einer Stunde zu halten habe. Die Gäste sollten in aller Ruhe zu Ende speisen und dann nach Belieben zum Kulturpalast hinübergehen. Sollten sie zu seiner Ansprache zu spät kommen, so hätten sie den besseren Teil gewählt, denn guter Wein und gute Gesellschaft wären doch die schönsten aller Freuden.

Dagegen wurde heftig protestiert. Natürlich würden sie rechtzeitig da sein! Um nichts in der Welt würden sie seine Ansprache versäumen wollen! Niemand anders wäre in der Lage, das zu tun, was er heute Abend auf sich genommen habe. Ein historischer Augenblick! Glückwünsche! *Bravissimo!*

Handküsse flogen ihm zu und Applaus brandete auf.

Elijah, angeregt von zwei Gläsern Weißwein, spürte immer noch die Erschöpfung, aber gleichzeitig war er glücklich – unerklärlich glücklich, wenn er seine Lage bedachte. Am liebsten wäre er aufgestanden und hätte die Hände des Präsidenten gedrückt und ihm Glück gewünscht. Er fragte sich, ob dieser gute und noble Mann der Menschheit vielleicht wirklich eine neue Chance geben würde.

Zwei Gläser Wein, sagte er zu sich selbst. *Was für eine erstaunliche Veränderung in meinem Urteil. Welcher Geist ist in dieser Flasche?*

Er lachte laut auf, und Anna warf ihm einen erstaunten Blick zu.

„Anna", sagte er.

„Ja?"

„Nichts – einfach Anna. So ein schöner Name, so angenehm auf der Zunge, so süß."

Sie berührte seinen Ärmel und schaute ihn streng an. „Keinen Wein mehr, Professor. Schauen Sie, Sie haben noch Ente auf dem Teller."

Er fand das rasend komisch und hätte sich am liebsten vor Lachen ausgeschüttet, aber er unterdrückte es. Das Lachen ebbte ab und machte einem See von Trauer Platz. Er hätte schluchzen wollen, aber auch davon ließ er nicht das Geringste nach außen dringen, und kein Richter dieser Welt hätte ihn für unangemessene Gefühlsausbrüche verurteilen können.

Bald darauf wurde die Tafel aufgehoben und bekannt gegeben, daß die Privatgäste des Präsidenten mit einer Limousine in den Kulturpalast gebracht würden. Vor dem Hotel ließen Elijah und Anna den anderen den Vortritt und Anna gab dem letzten Wagen, der auf sie wartete, ein Zeichen, ohne sie loszufahren.

„Es ist nicht weit", sagte sie. „Warum gehen wir nicht zu Fuß und schöpfen ein wenig frische Luft?"

Sie nahm seinen Arm und ging mit ihm die Kralewska-Straße hinauf, bog in die Marszalkowska-Straße ein zum Palast der Kultur mit dem mächtigen Turm, Zeit genug, daß Elijah wieder nüchtern wurde.

„Was ist das für ein Gebäude?", fragte er.

„Das ist eine Monstrosität, die die Sowjets gebaut haben, Kongreßhalle, Konferenzsäle, Kinos, Auditorien. Hier findet die Konferenz statt."

„Unglaublich häßlich."

„Die Warschauer sagen, vom Turm des Kulturpalastes hätte man die schönste Aussicht auf Warschau, weil man den Turm nicht sehen kann."

Er lachte.

„Die polnische Regierung plant, dem Palast eine neue Fassade zu geben, um die letzten Überreste des stalinistischen Realismus zu verhüllen."

„Hoffen wir, daß die Schönheitsoperation bald geschieht."

„Immerhin haben die Straßen wieder die Vorkriegsnamen bekommen."

„Das ist ein Schritt, aber man wird die Stadt nie wieder so restaurieren können, wie sie einst war."

„Sie sind hier geboren, nicht wahr?"

„Ja, aber ich bin schon im Krieg geflüchtet."

„Da waren Sie noch sehr jung."

„Ich war jung, aber die Erinnerung ist so scharf, als wäre es gestern geschehen. Es ist ein merkwürdiges Gefühl, wenn man an einen Ort zurückkommt, der einmal die ganze Welt war, und feststellen muß, daß er nicht mehr existiert."

„Er ist doch sicherlich nicht vollständig verschwunden?"

„Nein, es gibt noch Spuren. Ich bin durch die Straßen meiner Kindheit gegangen und habe Reste gefunden. Meine Vergangenheit war real, hier, an diesem Ort."

„Lebt sie nicht auch in Ihnen?"

„Ja, das tut sie. Wie eine Ikone, ein Bild von etwas, das mir einst vertraut war und das ich geliebt habe, das aber nicht mehr ist."

„Und doch überlebt es in den Tiefen der Erinnerung."

„Anna, es hört sich an, als wüßten Sie, wovon ich rede."

„Ich wurde nach dem Krieg geboren. Aber Verlust und Verwandlung sind universale menschliche Erfahrungen. Wir halten an dem fest, was einmal war, und hoffen, daß es wiederkommt, aber das Leben verweist uns immer auf die Zukunft."

„Ich frage mich manchmal, ob die Menschen, die den Wiederaufbau miterlebt haben, besser dran sind als Leute wie ich."

„Inwiefern?"

„Nach dem Krieg wurden sie Zeugen des Wiederaufbaus ihrer Welt, Schritt für Schritt, Stück für Stück. Eine Realität wandelte sich allmählich in eine neue Realität. Sie konnten den Fortschritt täglich beobachten. Sie halfen sogar dabei, die neuen Steine zu setzen. Es gab keinen radikalen Bruch. Ihr Geist konnte mit dem allmählichen Wandel Schritt halten."

„Und Sie …?"

„Menschen wie ich müssen mit einem Riß leben."

„Ist das so schwer?"

„Es ist sehr schwer. Der Mensch sehnt sich nach einem stabilen Zuhause. Aber das weiß er erst, wenn es ihm weggerissen wird."

Sie gingen schweigend die Stufen zum Palast hinauf. „Ich würde die Spuren gerne mit Ihnen anschauen."

„Die Spuren?"

„Würden Sie mir, bevor diese Woche vorbei ist, die Orte zeigen, die Sie als Kind gekannt haben?"

Er nickte, und sie traten ein.

* * *

Elijah und Anna zeigten ihre Einladungskarten und wurden von einem Platzanweiser zu ihren Sitzen in der zweiten Reihe des Auditoriums geführt. Mehrere Tausend Delegierte füllten den Saal, der vor Erwartung vibrierte.

Die Bühne war leer. Ein riesiges weißes Banner war über die Rückwand gespannt, darauf prangte der Planet Erde in leuchtendem Blau und Grün, kreisförmig umrahmt von goldenen Lettern, die in mehreren Sprachen verkündeten: *Einheit – Eine neue Zivilisation für die Menschheit.*

Das aufgeregte Gewisper legte sich, als der Kongreßkoordinator auf die Mitte der Bühne trat und das Mikrofon ergriff. Nichts mehr war von dem Mann zu spüren, der bei der Dinnerparty sarkastische Bemerkungen gemacht hatte, vielmehr stand hier nun eine Gestalt erhabener Gelassenheit, der die Masse durch sein Auftreten augenblicklich zum Schweigen brachte. Der federnde Schritt, die exquisite Kleidung, die kerzengerade Haltung zeigten einen Mann, der an öffentliches Auftreten gewöhnt war und um die Bedeutung seiner Rolle wußte. Nach einigen Augenblicken spannungsvoller Stille sagte er:

„Meine Damen und Herren, verehrte Delegierte und Gäste, ich heiße Sie willkommen, willkommen zu einem Ereignis, das zukünftige Generationen als einen Wendepunkt in der Entwicklung der menschlichen Zivilisation auf diesem Planeten erkennen werden."

Über Kopfhörer, die an jedem Sitz zur Verfügung standen, wurden Simultanübersetzungen in einem Dutzend Sprachen angeboten.

„Ich teile mit Ihnen die Erregung, die wir an diesem Abend alle spüren. In einem durchaus realen Sinn kann man sagen, daß dieser Augenblick sich seit Jahrhunderten vorbereitet hat. Es ist mir eine große Ehre, Ihnen den Mann vorstellen zu dürfen, der unseren Kongreß eröffnen wird. Er wird für niemanden hier ein Fremder sein, und doch ist es fraglich, ob die Bedeutung seines Erscheinens unter uns wirklich ermessen werden kann. Er ist ein Mensch von außerordentlicher Gelehrsamkeit und zugleich tiefster Menschlichkeit, der aus innerster Betroffenheit all seine Fähigkeiten, ja sein persönliches Vermögen, in heroischem Bemühen dafür einsetzt, die so unterschiedlichen und oft widerstreitenden Nationen und Gruppen der Menschheit zu einen. Jene unter Ihnen, die seine Schriften kennen, seine Ansprachen gehört oder in der Stille des eigenen Herzens seine Stimme vernommen haben, die wissen, daß ich nicht übertreibe, wenn ich sage: seine Rolle in der Evolution des menschlichen Bewußtseins ist nicht zu überschätzen. Das Problem, vor dem ich hier stehe, ist: wie kann ich seine Bedeutung in Ihrer Wahrnehmung hinreichend reduzieren" – unterdrücktes Kichern im Publikum –, „damit Sie mich nicht der Schmeichelei bezichtigen."

Schallendes, anerkennendes Gelächter brauste auf.

Der Koordinator strahlte über das ganze Gesicht und genoß, daß sein Witz so gut aufgenommen wurde.

„Sie kennen ihn. Sie lieben ihn."

Ein Beifallssturm.

In ernstem Ton fuhr er fort: „Die Energien, die das Auftreten dieses Mannes auf der Weltbühne begleiten, sind wahrlich phänomenal. Durch seine Geisteskraft hat er den Übergang der einst totalitären Staaten zur ökonomischen und kulturellen Einheit mit dem Westen ermöglicht. Er hat die Spannungen und Konflikte zwischen Staaten gemildert und erheblichen Fortschritt in der Bekämpfung des weltweiten Hungers erreicht. Er ist der Visionär für das dritte Jahrtausend. Mit seinen kühnen Ideen hat er ebenso die Vorstellungskraft der kulturellen Elite wie des gewöhnlichen Mannes für seine Vision der Zukunft gewonnen. Für die Masse der Menschheit gab es in unseren Zeiten so viel Leiden und so wenig Hoffnung – bis jetzt. Man kennt ihn unter vielen Namen: Doktor, Professor, Visionär, Moderator, Autor, Vermittler, Präsident; aber nun ist noch ein neuer Titel hinzugekommen: *der Weltheiler,* wie er in der Erklärung der UNESCO von letzter Woche genannt wird. Ich nenne ihn einfach *Lehrer.*" Mit ausgestrecktem Arm wandte er sich zur Seite und rief: „Ich heiße Sie willkommen als Hauptredner dieses Kongresses ..."

Ohrenbetäubender Applaus. Das Publikum sprang auf die Füße, als der Präsident die Bühne betrat. Auch Elijah erhob sich und klatschte *nolens volens.* Was hier geschah, grenzte an Anbetung. Der Applaus hielt mehrere Minuten lang an, bis es dem Koordinator schließlich gelang, die Menge zu beruhigen.

Alles verstummte, als der Präsident das Mikrofon in die Hand nahm. Sein Äußeres hatte etwas Aristokratisches, ohne jede Arroganz. Der ernste Gesichtsausdruck konnte sich jederzeit in freudige Zuversicht verwandeln. Seine würdevolle Ausstrahlung war in keiner Weise aufgesetzt oder affektiert. Seine vollkommene Selbstsicherheit war mit gelassener Bescheidenheit gepaart. Es dürfte niemanden gegeben haben, der von der Größe dieses Mannes nicht beeindruckt war.

Elijah erkannte sofort, daß er eine Qualität hatte, die er bisher nicht richtig wahrgenommen hatte. Nicht ohne Grund umgab diesen Mann in allen gesellschaftlichen Bereichen und Kulturen ein solcher Nimbus. Die Natur brachte von Zeit zu Zeit solche Gestalten hervor, als sollte die Menschheit an ihre Möglichkeiten erinnert werden. Und hier war einer, der über die anderen Großen hinausragte. Elijah stand vor einem Rätsel. War das derselbe Mann wie der humorvolle Gastgeber, der ihm vor ein paar Stunden so entwaffnend freundlich begegnet war, derselbe wie der Gelehrte im Anwesen auf Capri? War er ein Visionär oder ein Pragmatiker? Er war beides, und gerade die perfekte Integration dieser anscheinend unvereinbaren Qualitäten war so faszinierend. Er bannte die Aufmerksamkeit mit gebieterischer Autorität, und nur ein Narr hätte nicht jedem seiner Worte gelauscht.

„In dieser so kriegerischen Ära sind wir eingeladen zu einer freudigen Wiedergeburt", begann er mit gedämpfter Stimme und hielt inne.

Knisternde Stille.

„Seit Jahrtausenden der Existenz sind wir durch Zeit und Raum geschritten und sind auf diesem kleinen kreisenden Planeten unseren Geschäften nachgegangen, als wäre das *Sein* als solches kein Wunder. Wir haben in Blindheit gelebt. Man hat uns mit Schuld beladen, und wir haben uns aus Angst geduckt. Und was ist das Ergebnis? Kriege und hungrige Kinder. Das muß aufhören."

Wieder machte er eine Pause und ließ seinen Blick über die tausendköpfige Menge schweifen.

„Das Millennium, das jetzt beginnt, ist ein transkulturelles Ereignis von epischem Ausmaß. Es ist ein Höhepunkt, der sich in tausend Jahren nur einmal ereignet, eine psychische Dynamik, die jede Seele fühlt, die jetzt auf dieser Erde lebt, ein Augenblick unermeßlichen Segens für die Menschheit. Solche Gelegenheiten gab es auch früher, aber wir haben sie mißbraucht. Aus Angst haben wir sie genutzt, um einen Feind zu schlagen oder einen Nachbarn auszuplündern, um vor einem mythologischen göttlichen Strafgericht zu erschaudern oder den Zusammenstoß von Sternen zu beobachten. Wir sind in Höhlen gekrochen, um das Ende zu erwarten und im schwarzen Himmel Zeichen des Gerichts zu erspähen. Und wenn das Gericht nicht kam – und es wird nie kommen, denn es ist nichts als eine Schöpfung der menschlichen Einbildung –, dann kriechen wir heraus und bauen unsere kleinen Lager wieder auf, zäunen sie ein, rüsten auf und machen weiter wie vorher. Wir projizieren unsere eigene Angst auf den Kosmos und benachbarte Nationen."

„Niemand", proklamierte er mit wachsender Intensität in der Stimme, „keine Generation hat vor uns das große Geheimnis des Universums erkannt." Pause. „Das Universum atmet!", rief er leidenschaftlich aus.

Eine Welle der Ehrfurcht ging durch das Publikum. Es saugte die Worte des Präsidenten förmlich auf. Es schien, als wagte keiner mehr zu atmen.

„Das Universum lebt. Es hat uns geschaffen, und wir sind Teil davon. Es ist an der Zeit, daß wir zu den tiefen Quellen der Erde vorstoßen und in der Tiefe ihres Seins das finden, was alle weisen Seelen früher oder später entdecken: einen unterirdischen Strom, der alles speist und aus dem alles entspringt. Es gibt afrikanische Quellen und europäische Quellen, Quellen der Aborigines, der Sufis, der Juden, der Christen, der Muslims, der Buddhisten, der Hindus, der Jaina. Es gibt Gaia-Quellen und konfuzianische Quellen, rote, schwarze, weiße und gelbe Quellen. Quellen der Animisten, des Wicca-

Kults und der Spiritisten. Und selbst unter den ausgetrockneten Wüsten des Fundamentalismus verbirgt sich ein Sehnen nach der einen großen Wahrheit. Sie alle und jeder einzelne von Ihnen trägt in sich den Schlüssel zur letzten Wahrheit des menschlichen Schicksals. Das ist die einzige und wahre Heiligkeit. Jede Person in diesem Raum strahlt diese Herrlichkeit aus!"

Mit langsam anschwellendem Crescendo rief er: „Wann beginnen wir uns zum ersten Mal als die zu sehen, die wir sind? Wann? Wann werden wir ins Licht treten? Ich sage Ihnen: Wir werden an dem Tag ins Licht kommen, wenn wir unsere Waffen niederlegen und einander in die Augen schauen. Denn in unseren eigenen Augen werden wir endlich das Strahlen der Göttlichkeit erblicken. Und an diesem Tag werden wir beginnen, im Geist und in der Wahrheit anzubeten!"

Der Feuereifer der Stimme des Präsidenten vibrierte in der atemlosen Stille. Leise setzte der Applaus ein und steigerte sich allmählich zu einem Orkan, der mit euphorischer Intensität über die Bühne fegte.

Der Präsident sonnte sich nicht in der rasenden Begeisterung. Er senkte einfach seinen Blick und wartete, bis der Sturm abebbte, dann fuhr er mit gesenkter Stimme fort. In bewegenden Worten sprach er von der ökologischen Revolution und verschiedenen humanitären Bewegungen, die sich seit über einem Jahrhundert mit dem Problem Mensch herumschlagen. Alle seien Vorboten und Vorläufer der heutigen Generation, der es vorbehalten sei, den Bewußtseinssprung in ein neues Zeitalter universaler Harmonie zu vollziehen.

Applaus, Applaus.

Er sprach über das Leiden der Ureinwohner, der Frauen und der Armen. Mit flammender Empörung prangerte er jene namenlosen Mächte an, die in dieser Welt immer noch Spaltung verbreiteten und das gespaltene Bewußtsein des Menschen rechtfertigten. Elijah schauderte es. Angst kroch ihm am Rücken empor. Allmählich verstand er, was sich da vorbereitete.

„Jene, die am Pessimismus festhalten wollen, haben sich selbst zu einem tragischen Ende verdammt. Sie schaufeln sich ihr eigenes Grab. Und ich sage Ihnen, meine Freunde, es ist nicht unsere Aufgabe, die toten Strukturen wieder zum Leben zu erwecken. Systeme der Gesellschaftsphilosophien, Systeme der Religion, Systeme der Ökonomie, Systeme politischer Unterdrükkung – sie alle sterben, und kein Mensch auf dieser Erde kann ihren Tod verhindern. Wir, die berufen sind, die neue Weltordnung herbeizuführen, wir müssen die Toten ihre Toten begraben lassen.“

Aufbrandender Applaus.

„In der gesamten Geschichte kommen Zivilisationen periodisch an einen Wendepunkt. Wenn eine Ära zu Ende geht und eine neue heraufzieht, dann ist das eine schwierige Übergangsphase, in denen die Gesellschaften durch existenzbedrohende Krisen gehen. Allen wird schmerzhaft klar, daß die alten Systeme und die alten Lösungen nicht mehr funktionieren. In dieser Zeit müssen alle Individuen mit authentischer Vision zusammenarbeiten, um Frieden und Harmonie wiederherzustellen, sie müssen alle menschlichen Kräfte vereinen, um der verängstigten Menschengemeinschaft eine neue Weltvision zu vermitteln. Eine überwältigende Konvergenz der Wahrheit hat sich in unserer Zeit ereignet, und das ist kein Zufall. Inmitten der letzten Zuckungen der Kräfte des Todes in einer leidenden Menschheit erhebt sich das neue Zeitalter. Die Tyrannen sind tot. Eine neue Rasse der Schöpfer wird geboren. Große Denker, Künstler, spirituelle Lehrer und Mystiker, die alle die Flamme des universalen Lichtes entzünden, sind heute erschienen. Wenn dieser Kongreß Hebamme der neuen Welt sein soll, dann müssen wir unsere Ängste voreinander beiseitelegen, unser endloses Mißtrauen, unseren Dogmatismus und unsere kosmische Furcht. Es ist nun an der Zeit, daß der Mensch eine neue Schöpfungsgeschichte schreibt, daß er die alten Mythen neu erfindet, ohne sie wegzuwerfen. Dies wird geschehen, indem wir den Reichtum unseres globalen kulturellen Erbes in Besitz nehmen.“

Ohrenbetäubender Applaus.

„Und es wird geschehen“, rief er mit donnernder Stimme in den Saal.

„Deswegen ist die Hoffnung der Welt in diesem Augenblick auf uns gerichtet; deswegen sind die Kommunikationsmedien des Planeten heute Abend hier und ermöglichen es uns, durch die Wunder der modernen Technik zu Milliarden zu sprechen. Die Großzügigkeit vieler Regierungen und privater Wohltäter habe es ermöglicht, daß diese Konferenz, ja sogar die einzelnen Seminare, in die ganze Welt übertragen werden. In den nächsten Tagen wird die Menschheit die herausragenden Vertreter aller Bereiche menschlicher Schöpferkraft hier sprechen hören: der Künste, der Wissenschaften, der verschiedenen Weltreligionen, politische Führer, die Politik als die Kunst verstehen, eine wahrhaft menschliche, wahrhaft globale Gemeinschaft zu schaffen. In diesem überwältigenden Bankett der Kulturen werden Sie den Schrei des Menschen, den Schrei des Göttlichen hören: *Einheit! Einheit! Einheit!* Komm nach Hause, Menschheit! Verlasse das Exil und lebe, *lebe* in deinem eigenen Körper und deiner eigenen Seele. Finde auf dieser Erde den letzten Sinn unseres gemeinsamen Schicksals!"

Er verbeugte sich tief vor dem Publikum und schritt von der Bühne.

Die Masse sprang von den Sitzen, Hochrufe und frenetisches Klatschen. Elijah blieb sitzen. Er fühlte sich wie erschlagen und versuchte seine Gedanken zu ordnen. Anna stand auf und applaudierte, aber mit ausdruckslosem Gesicht.

Das Bild des Planeten wurde in Flutlicht getaucht, ein Orchester setzte sich allmählich gegen das Getöse der Menge durch. Die Musik war auf die Gemütslage der Masse perfekt abgestimmt. Die Menschen standen in Grüppchen auf den Gängen und bestärkten sich in ihrer Begeisterung.

Mehrere Personen gingen mit leuchtenden Augen auf Anna zu, um ihre Meinung zu hören, aber sie blieb bei aller Liebenswürdigkeit doch reserviert.

„Ja, eine hervorragende Ansprache", antwortete sie. „Ja wirklich, er versteht es, die brennenden Fragen der Zeit auf poetische Weise zu formulieren. Ein Meister der Sprache. Bewegend. Ich glaube, die Welt wird ab jetzt sehr aufmerksam auf ihn sein. Schön, wir sehen uns nächste Woche in Amsterdam. Auf Wiedersehen. Vergessen Sie nicht die Sitzung des Komitees für die Ausstellung in Florenz. Gut, meine Sekretärin wird die Dokumente vorbereiten, wenn Sie ins Büro kommen. Exzellenz, wie freut es mich, Sie hier zu sehen. Ja, sein Stil ist sehr beeindruckend. Sie haben völlig Recht, er weiß, wie man die Masse entzünden kann. Ja, er hat die richtigen Saiten angeschlagen."

Jemand sprach sie auf ihren eigenen Auftritt an. „Ob ich aufgeregt bin? Nun, eigentlich nicht. Ich bin nicht ganz auf der Höhe, ein Anflug von Grippe. Bitte grüßen Sie Eleanor von mir. Ihnen ebenso! In der Tat. *Buona sera! Adieu!*"

Die Menschen bewegten sich zu den Ausgängen ins Foyer. Kellner zirkulierten durch die Menge mit Tabletts voller Sektgläser. Die langen Seitentische mit allen erdenklichen Köstlichkeiten wurden von Trauben von Menschen belagert.

Elijah machte Anstalten zu gehen. Annas Blick war umwölkt, sie starrte auf die leere Bühne.

„Nun", sagte Elijah", „Sie müssen sicher fort. Es wird ja wohl einen privaten Empfang geben. Sicher wartet er auf Sie, oder warten Sie auf ihn?"

Ihr Gesicht ließ keine Reaktion erkennen.

„Ich warte nicht auf ihn, und er wartet nicht auf mich."

Sie zog ihren Abendmantel an.

„Ich fühle mich nicht gut. Ich denke, ich werde gleich ins Hotel gehen. Danke für Ihre Gesellschaft, Pater Schäfer."

„Darf ich Ihnen ein Taxi rufen?"

„Gerne."

Wegen des Andrangs mußten sie eine Weile im Nieselregen stehen, bevor sie ein Taxi erwischten. Als Anna dem Fahrer sagte „Zum Marriott", rief Elijah aus: „Da wohne ich ja auch. Darf ich mich Ihnen anschließen?"

„Natürlich", antwortete sie.

Sie schwiegen auf der Fahrt. In der Hotellobby wünschte er ihr gute Besserung. Ausreichend Schlaf würde ihr sicher helfen, antwortete Anna. Sie wolle seine Präsentationen morgen nicht versäumen. In welchem Raum er sprechen würde? Sie wünschte ihm eine gute Nacht.

Elijah ging in sein Zimmer und lag auf dem Bett. Lange starrte er an die Decke. So viele intensive Eindrücke an einem einzigen Tag – er konnte es gar nicht fassen. Am Morgen hatte er noch einem Sterbenden beigestanden – es schien eine Ewigkeit her. Und dann die Ereignisse des Abends, sie waren von solcher Tragweite, wie ein Felsblock, der auf den Weg gefallen war. Die Gedanken und Bilder rasten durch seinen Kopf, quälend und hypnotisierend.

Nicht das unwichtigste Ereignis dieses Tages war es, daß er nicht leugnen konnte, eine Herzensregung für Anna Benedetti zu empfinden.

Er schaute in den Spiegel am Frisiertisch und fragte laut: „Wer bist du, Elijah Schäfer? Warum ist es so einfach, deine innere Distanz zu überwinden? Verschwinden deine zwanzig Priesterjahre einfach in der Gegenwart einer Frau?"

Er musterte sein Gesicht und mochte nicht, was er sah: Seelenqual und Gram.

„Wer bist du?", fragte er wieder.

Ein Gedanke schoß ihm durch den Kopf: *Ich bin David.*

Er schüttelte den Gedanken ab.

„Ich *war* David. Ich war kurz mit Ruth verheiratet, aber ich bin nicht mehr verheiratet. Ich bin ein Mönch. Ich bin ein neues Wesen, für immer gezeichnet durch die Salbung der Priesterweihe. Meine Seele ist eine andere, als sie einmal war."

Und was ist mit deinem Herzen?

„Mein Herz wird wie alle menschlichen Herzen bis zum letzten Ende vom Fall des Menschen gezeichnet sein. Die wahre Prüfung der Identität einer Person liegt in ihrem Willen. Wie vollkommen er sich in die göttliche Ordnung einfügt, das ist das wirkliche Maß seiner Liebe."

Elijah – David, negiert die Liebe die Liebe?

„Wenn man einem anderen sein Leben schenkt, dann tut man das mit seinem ganzen Sein. Sollte das Herz zurückfallen oder vom Geliebten wegschauen hin zu einer menschlichen Liebe, dann ist das ein Augenblick der Prüfung. Das ist keine Negierung der ursprünglichen Hingabe. Vielmehr kann es eine Gelegenheit sein, die Liebe in der Schmiede der Bedrängnis zu beweisen und zu stärken."

Du hast keine Sünde begangen, du hast nicht gelogen – aber du hast eine Geste der Intimität gemacht.

„Am Tisch habe ich ein paar Worte gemurmelt, die meine Sehnsucht offenbarten."

Sehnsucht nach was?

„Nach Einheit mit einem anderen Herzen."

Vor langer Zeit hast du dein Herz verschenkt.

„Ja. Ich weiß, daß ich das tat. Aber heute Abend, als dieser verrückte Impuls durch meine Adern schoß, da wußte ich nicht, was ich tat. Es war ein Augenblick der Schwäche."

Verstehe, mein Sohn, daß dein Herz mir allein gehört und sich dadurch auf die ganze Menschheit verströmen kann. Es gibt keine größere Liebe.

„Die Sehnsucht hatte eine unerträgliche Süße."

Du hast deine Hingabe in deine eigenen Hände zurückgenommen. Sie wurde zu deinem Eigentum.

„Ich weiß, mein Herr. Ich weiß."

So viele Seelen sind abhängig von deiner Treue. Im Paradies erwartet dich eine Liebe, die deine gegenwärtige Einsamkeit wie nichts erscheinen lassen wird.

„Ich bin so müde. Ich kann nicht denken.“

Ruhe in Mir und bete, ich werde deine Stärke sein.

Jetzt erst merkte er, wie erschöpft er war und wie überspannt. Er kniete sich hin, betete sein Brevier, und als er sich wieder hinlegte, war er im Frieden.

* * *

Elijahs Vortrag fand in einem kleinen Konferenzraum im dritten Stock statt, in einem Seitenflügel des Kulturpalastes. Viermal täglich konnten die Delegierten zwischen verschiedenen Präsentationen wählen. Jeder Vortrag wurde aufgenommen, um auf der ganzen Welt ausgestrahlt und als DVD angeboten zu werden.

Von den Tausenden Delegierten kamen nicht mehr als ein Dutzend. Einer von ihnen trug zu Elijahs Freude den weißen Habit der Dominikaner. Er und die anderen Zuhörer warteten, bis der Kameramann alles in Position gebracht hatte. Er gab Elijah einen Wink, das rote Licht der Kamera blinkte, und er begann seinen Vortrag.

Er hatte morgens im Hotel mit Bedacht seinen Karmel-Habit angezogen. Der Heilige Vater hatte alle Geweihten gebeten, ihren Habit in der Öffentlichkeit zu tragen als Zeichen ihrer Weihe, ein visuelles Zeugnis dafür, daß jemand sein Leben ganz Gott geschenkt hatte. Nur wenige gehorchten ihm noch. Nicht nur in der säkularen, auch in der katholischen Presse war diese Forderung als ein Symptom für den „Legalismus“ des Papstes kritisiert und heiß diskutiert worden, sofern man sie nicht einfach lächerlich machte. Obwohl Elijah angesichts seiner speziellen Aufgabe in „missionarischem Gebiet“ davon dispensiert worden war, wollte er hier, wo er als einziger Vertreter des rechtgläubigen Katholizismus auftrat, ein eindeutiges Zeugnis geben. Er wollte nicht den leisesten Anlaß geben, an seiner Papsttreue zu zweifeln. Das Publikum betrachtete ihn mit Neugierde, als wäre er eine Figur in einer Oper, die in der Vergangenheit spielte.

Nachdem er einen kurzen historischen Überblick über die Exegese gegeben hatte, hoben einige der Delegierten die Hand, weil Simultanübersetzung über Kopfhörer nicht funktionierte. Elijah sprach Deutsch. Man stellte fest, daß der deutsche und spanische Kanal arbeiteten, aber die anderen Kanäle tot waren.

Nach einem stillen Gebet fuhr er auf Deutsch fort und erläuterte den Einfluß Bultmanns auf die Bibelkritik, der die naturalistische Erklärung des Übernatürlichen zur Folge hatte – die so genannte „Entmythologisierung".

Drei Leute standen auf, deuteten auf die Kopfhörer, zuckten mit den Schultern und verließen den Raum.

Elijah versuchte seine Gedanken zu sammeln, schaute in sein Manuskript und machte weiter. Es lief schlecht, das wußte er, aber als Anna leise hereinkam und sich hinten hinsetzte, durchfuhr ihn ein Freudenstoß.

Er beschrieb die ersten Endeckungen der Schriftrollen des Alten Testaments in Qumran, welche die späteren Übersetzungen der Bibel als authentisch erwiesen. Dann sprach er über das außerordentliche Material, das erst kürzlich in anderen Höhlen in der Nähe des Toten Meeres und bei Ephesus gefunden worden war und drei überaus bedeutsame Tatsachen ans Licht brachte: die Schriftrollen waren wesentlich älter als die bisher bekannten ersten Manuskripte der Evangelien; eines war in Aramäisch verfaßt, begleitet von einem griechischen Text, dem Werk eines Schriftgelehrten, das entweder nach Diktat eines lebenden Apostels geschrieben worden war, oder ein Apostel hatte die Übersetzung überprüft, um sicherzustellen, daß der Sinn zukünftigen Generationen exakt überliefert würde. Dieses Manuskript datierte das Neue Testament eindeutig auf die Lebenszeit der Evangelisten und entzog damit der Schule der Bibelkritik, die das Neue Testament „entmythologisieren" wollte, den Boden.

Diese Schule vertrat die Ansicht, gewisse Christen des ersten und zweiten Jahrhunderts hätten das Leben Christi so umgeschrieben, daß es ihrem persönlichen theologischen Standpunkt zur Bewältigung der Krise ihrer Zeit dienlich war. Die neuesten Entdeckungen, versicherte Elijah, machten diese Theorie unhaltbar. Wenn man die menschliche Psychologie in Betracht zog, dann war es unwahrscheinlich, daß jene, die direkte Zeugen der Ereignisse der Evangelien waren oder Teile des Neuen Testaments unter Führung der Augenzeugen niedergeschrieben hatten, ihre eigene Persönlichkeit auf erschütternde Erlebnisse projizierten, die sich gerade erst ereignet hatten. Subjektive theologische Färbungen sind heute, in einer Zeit, die von Theorien und Mythen geprägt ist, viel wahrscheinlicher. Könnte es sein, daß moderne Exegeten ihren eigenen Unglauben, ihren Stil und ihr Temperament auf die Menschen des ersten Jahrhunderts übertragen haben? Wenn das zuträfe –

und die Entdeckungen lieferten dafür überzeugende Beweise –, dann war dies kein geringer Fehler. Der Verlust der Objektivität und professioneller Unvoreingenommenheit deuteten auf einen tragischen blinden Fleck hin. Viele hatten einfach für sich in Anspruch genommen, daß sie es besser wüßten als ihre Vorläufer. Sie hatten angenommen, daß der Fortschritt der Zeit zu einer fast unfehlbaren Überlegenheit führe. Das, so betonte Elijah, war wirklich eine Art Mythos, der Mythos der Evolution der Intelligenz.

„Vielleicht", fügte er mit einem sanften Lächeln hinzu, „vielleicht sind es die Demythologisierer, die der Entmythologisierung bedürfen."

Zwei oder drei angestrengte Lacher kamen aus dem Publikum.

Intelligenz, Ausbildung, Wissen, so fuhr er fort, wie fortgeschritten sie in diesem Jahrhundert auch sein mögen, waren keine Garantie gegen die beständige Neigung des Menschen zur *Subjektivität.*

„Stolz macht uns blind für unsere eigene Blindheit", sagte er, „und es gibt keinen Stolz, der süßer schmeckt und uns mehr versklavt als die Illusion überlegenen Wissens. Das trifft vor allem dann zu, wenn man emotional sehr viel in die eigene Theorie investiert hat. Letztlich erweist sich der Drang, die heiligen Schriften zu entmythologisieren, nicht als wissenschaftliche Notwendigkeit, vielmehr hat er seine Wurzeln in tiefen spirituellen Problemen. Der Mensch geht der Weisheit verlustig, wenn er in der Sünde verharrt …"

Der Dominikaner in seinem wehenden weißen Habit erhob sich geräuschvoll von seinem Sitz und fragte gereizt auf Französisch: „Wollen Sie behaupten, daß jene, die Ihr einfältiges Gottesbild in Frage stellen, in der Sünde leben? Was für ein fundamentalistischer Unsinn!" Er stampfte hinaus.

Elijah atmete tief durch. Ohne sich irritieren zu lassen fuhr er fort und verglich bestimmte Passagen der Evangelien im aramäischen Text mit dem griechischen Kommentar und mehreren zuverlässigen modernen Übersetzungen. Niemand konnte sich den Schlußfolgerungen Elijahs entziehen, aber es waren nur noch acht Leute im Raum, inklusive Kameramann.

Am Ende verließen alle wortlos den Raum, außer Anna und dem Techniker. Als sie mit ihren Notizen fertig war, schaute sie ihn mit Mitgefühl an.

Der Techniker schien beunruhigt, drückte Knöpfe, zog den Kopfhörer aus und wieder an und fluchte schließlich auf Polnisch.

„Stimmt etwas nicht?", fragte Elijah.

„Ich kann es einfach nicht glauben! Alles war in Ordnung!"

Er rang die Hände und sagte kopfschüttelnd: „Es tut mir leid, aber es hat nichts aufgenommen!"

Schimpfend verließ er den Saal mitsamt den rebellischen Gerätschaften.

Elijah atmete laut aus: „Die komplette Katastrophe!"

„Das würde ich nicht sagen", meinte Anna. „Ich fand es faszinierend. Sollen wir essen gehen?"

Im Treppenhaus lief ihnen eine junge Frau mit einem Bündel Papier unter dem Arm entgegen. Anna stellte sie als eine der Pressesekretärinnen des Präsidenten vor.

„Schnell, schnell", rief sie. „Wir brauchen Sie unten."

In der überfüllten Lobby begrüßte der Präsident Elijah herzlich wie immer und bat ihn, sich neben ihn zu stellen. Überraschenderweise trat gleichzeitig Tilman aus der Menge heraus und stellte sich dazu. Der Präsident legte die Arme um beide Männer an seiner Seite. Blitzlichtgewitter und laufende Filmkameras.

Es folgte ein Interview mit dem Präsidenten, und Elijah spürte, daß er nicht länger gebraucht wurde bzw. erwünscht war.

„Mittagessen", flüsterte Anna und führte ihn weg.

Auch der Speisesaal, der für die Konferenzsprecher und ihre Begleiter reserviert war, war voll. Anna und Elijah fanden einen Tisch in einer Ecke, wo sie ihre Suppe und Kanapees essen konnten.

„Um was ging es denn gerade?", fragte er.

„Publicity, vermute ich. Er macht das mit jedem Sprecher und jeder nationalen Delegation. Hunderte solcher Fototermine vermute ich."

„Von Tilman und ich als Repräsentanten des Katholizismus?"

„Anzunehmen", sagte sie. Sie hatte wieder den ernsten Tonfall angenommen und damit die Maske emotionaler Neutralität. Jedenfalls hielt er es für eine Maske. Aber wozu, fragte er sich. Masken verbergen, schützen, vermeiden Begegnung. Was war es, das er nicht sehen sollte?

„Wann ist Ihre Präsentation, Anna?"

„In drei Tagen."

„Und zu welchem Thema?"

„Ich werde über die Menschenrechte aus der Perspektive neuer Modelle des internationalen Rechts sprechen."

„Das wird bestimmt viele interessieren."

„Man hat mir den Kinosaal gegeben. Zum ersten Vortrag werden sicher einige Hundert Delegierte kommen, beim zweiten weniger."

„Warum?"

„Weil ich nicht das sagen werde, was die Organisatoren von mir erwarten."

„Ach ja?" Elijah wurde hellhörig. „Inwiefern?"

„Unter dem Eklektizismus, den Sie hier die ganze Woche beobachten können, gibt es eine unausgesprochene Uniformität. Sie besteht in einer ganz bestimmten Vision der Existenz. Es ist die alte Weltsicht des *Monismus*. Monisten glauben, daß alle Unterscheidungen und Teilungen letztlich Illusion sind, alle Konflikte können verhandelt werden, jeder Dogmatismus ist im Grunde eine Verletzung der Freiheit und so weiter."

„Und das halten Sie nicht für wahr?"

„Nein, das tue ich nicht."

„Ist der Präsident ein Monist?"

„Man könnte ihn einen Neomonisten nennen, eine neue Art von spirituellem Politiker."

„Das ist die erste Andeutung von Ihren Lippen, daß sie mit dem Geschehen hier nicht völlig einverstanden sind."

„Es ist ziemlich euphorisch, nicht wahr? Da werde ich mißtrauisch. Das bin ich mir als Juristin schuldig."

„Es ist also nicht so sehr Unglaube als professionelle Vorsicht."

„Könnte man so sagen. Ich beobachte, und es geht mir gerade viel im Kopf herum."

„Sie sind mit dem Monismus nicht glücklich, obwohl er von einem so bemerkenswerten Mann vertreten wird?"

„Er will der Welt Frieden bringen. Überall spricht er von Einheit. Das sind wahrhaft große Ziele. Aber dem Monismus geht es nur oberflächlich um Einheit. Als Richterin habe ich ein feines Sensorium für den Unterschied zwischen Eindrücken und Tatsachen entwickelt."

„Und da ist Ihnen eine Differenz aufgefallen?"

„Monismus ist ein ansprechendes Konzept; es scheint viele Schwierigkeiten zu lösen. Aber ich glaube, daß es auch zerstörerische Tendenzen in der Gesellschaft erzeugt."

„Und darüber werden Sie bei Ihrer Präsentation sprechen?"

„Ja. Am Vormittag werde ich über die Prinzipien sprechen, auf denen das gesamte zivilisierte Recht aufbaut. Ich werde zeigen, daß gewisse Konzepte humanistisch zu sein scheinen und dennoch die Verletzung oder Zerstörung menschlichen Lebens zur Folge haben."

„Wer könnte dem widersprechen?"

„Ich glaube, daß der Widerspruch nicht so sehr aus dem Intellekt als aus den Gefühlen kommt. Meine Zuhörer werden instinktiv spüren, daß ihre Euphorie in Frage gestellt wird. Und die Utopie. Und doch könnte es völlig vergeblich sein. Die wenigsten haben die intellektuellen Voraussetzungen, um zu verstehen, was ich ihnen sagen werde."

Er schwieg.

„Wie Sie sehen, Pater Schäfer, bin ich stolz, aber das schmeckt nicht süß auf meiner Zunge, sondern bitter."

„Warum bitter?"

„Das werde ich Ihnen irgendwann erzählen, aber nicht jetzt und nicht hier."

„Gut. Um zu Ihrem Thema zurückzukehren: Sie werden also die Grundprobleme der Gesetzgebung diskutieren. In der Theologie sind wir der Ansicht, daß das soziale Gesetz im Naturrecht gegründet sein muß – in den Prinzipien, die Gott in die Schöpfung eingeschrieben hat."

„Ich weiß nicht, wer oder was sie in die Schöpfung eingeschrieben hat. Aber ich weiß, daß eine Gesellschaft, die diese Prinzipien ignoriert, von einer Katastrophe in die nächste stürzt. Das macht mir Sorge, und deswegen muß ich darüber sprechen."

„Sie tun damit mehr Gutes, als Sie vielleicht wissen."

Sie seufzte. „Das hoffe ich. Aber ich vermute, daß die meisten Menschen nicht wirklich an der Wahrheit interessiert sind. Ihr Denken ist in einer Kette von Eindrücken gefangen, und seit einem Jahrhundert wird die Masse mit angenehmen Eindrücken gefüttert. Leider muß ich sagen, daß es auch hier viele Anzeichen dafür gibt."

„Und in Ihrem zweiten Vortrag?"

„Ich werde über Gesetz und Gewissen sprechen."

„Haben Sie die Enzyklika des Papstes zu diesem Thema gelesen?"

„Ja, das habe ich. Er ist offenkundig ein Mann mit einem überragenden Intellekt, ein Visionär ganz anderer Art. Mit vielem stimme ich überein."

„Aber nicht mit allem?“

„Nein. Ich bin nicht gläubig.“

„Das habe ich vermutet.“

„Wegen der Gesellschaft, in der ich mich bewege? Sie verstehen mich nicht im geringsten.“

„Ich glaube, daß ich Sie jetzt ein wenig besser verstehe. Dafür bin ich dankbar.“

„Wenn Sie zum zweiten Vortrag kommen, werden vielleicht weniger Leute da sein als bei Ihrem.“

„Es ist sehr schade, aber ich kann zu keinem kommen.“

„Wann fahren Sie nach Rom zurück?“

„Morgen früh.“

„Ihr Beitrag zu diesem Kongreß ist also beendet?“

„Ja.“

„Sie scheinen es nicht zu bedauern.“

„Da mögen Sie Recht haben. Vieles hier beunruhigt mich. Ich brauche Zeit, um darüber nachzudenken.“

„Sie meinen die Ansprache des Präsidenten?“

„Ja. Es scheint, als hätte er sich von etwas verabschiedet.“

„Und von was?“

„Die wirkliche Frage ist *zu was.* Ich glaube, er hat die Gelegenheit ergriffen, sich auf eine neue Ebene der öffentlichen Aktivität zu begeben.“

„Mehr Öffentlichkeit, als er bereits hat, ist kaum denkbar.“

„Ich meine eine andere Ebene der *Offenbarung*, wenn Sie so wollen, Offenbarung seiner Vision, die bisher noch nicht viele wahrgenommen haben.“

„Die hat Sie beunruhigt?“

Er schaute ihr gerade in die Augen und sagte: „Sie nicht?“

Sie senkte den Blick, ohne zu antworten.

Dann schaute sie wieder auf und sagte:

„Wenn Sie morgen früh abreisen, dann bleibt nicht viel Zeit, um zu den Orten Ihrer Kindheit zu gehen. Sie sagten, Sie würden mich hinführen. Haben Sie heute Nachmittag Zeit?“

„Ja. Würden Sie wirklich mitkommen?“

Plötzlich strahlte ein unkontrolliertes Lächeln über ihr Gesicht, und Elijah machte innerlich einen Freudensprung.

Nach dem Mittagessen nahmen sie ein Taxis zum Nordende des Ghettos. Auf dem Weg deutete nichts darauf hin, daß in diesem Gebiet einst eine Stadt innerhalb der Stadt existiert hatte. Nichts schrie auf, keine Stimmen protestierten gegen die Katastrophe, die hier geschehen war. Blühende Bäume standen an den Straßenrändern. Kinder spielten sorglos in den öffentlichen Gärten. Er sprach nicht, und sie machte keinen Versuch, sein Schweigen zu brechen.

Als sie vor dem Marmordenkmal auf dem *Umschlagplatz* standen, sagte er: „Die Nazis haben Hunderttausende der Ghetto-Juden von hier aus deportiert. Hier begannen die Eisenbahnschienen. Sie führten nach Treblinka."

„War Ihre Familie in einem dieser Züge?"

„Alle."

„Haben einige überlebt?"

„Keiner."

Sie gingen die Straße hinunter und bogen auf die Zamenhofa-Straße ein. Wortlos nahm sie seinen Arm. Er war wie betäubt und wunderte sich, daß die Geste ihn nicht berührte.

Ich bin alt, sagte er zu sich selbst. *Die Leute, die uns anschauen, sehen nur eine junge Frau, die sich mit einem alten Mann auf einem Spaziergang unterhält. Eine Nichte mit ihrem Onkel. Eine Tochter mit ihrem Vater.*

An der Ecke der Mila-Straße zeigte er ihr, wo er als Junge gelebt hatte.

„Wir wohnten im vierten Stock in dem Wohnhaus, das hier einmal stand, aber alles wurde zerstört. Die Deutschen sprengten das Ghetto, ein Gebäude nach dem anderen."

„Ist nichts mehr übrig?"

„Gar nichts."

Dann erinnerte er sich an den Sprung im Pflaster, der einem Pferdekopf ähnelte. Er fand ihn und zeigte ihn ihr. Jemand hatte in den letzten Tagen die Form mit weißer Kreise nachgezogen. Bestimmt ein Kind.

„Hier habe ich mit meinem Bruder und meiner Schwester gespielt. Wir haben uns vorgestellt, daß der Ritter, der den großen Drachen von Krakau getötet hatte, nach seinem Sieg hierher gekommen war und mit der Spitze seines Schwerts dieses Zeichen in den Stein geritzt hat, als Erinnerung an seine Heldentat."

Sie besuchten das Pawiak-Gefängnis und das Institut für Jüdische Geschichte. Um vier Uhr fragte sie, ob sie nicht in ein Café gehen könnten, sie müsse sich hinsetzen und etwas essen. Er spürte immer noch diese gräßliche Taubheit, darunter allerdings eine wachsende Spannung.

Am Rande der Altstadt fanden sie ein Bistro. Anna aß eine Kleinigkeit und trank ein Glas Wein dazu. Er bestellte einen Kaffee.

„Haben Sie eine Familie?", fragte er.

Sie schaute ruckartig auf und senkte gleich wieder den Blick.

„Ich bin Witwe."

„Das tut mir leid. Haben Sie Ihren Mann erst kürzlich verloren?"

„Vor einigen Jahren."

„Gibt es sonst jemanden?"

„Zwei Kinder, die beide studieren."

„Wie heißen sie?"

„Reden wir über mein Leben ein anderes Mal. Der heutige Tag gehört Ihnen. Erzählen Sie mir von Ihrer Vergangenheit."

„Da gibt es nicht viel zu erzählen", sagte er ausweichend.

„Oh doch!"

„Das ist nur noch Erinnerung. Wenn meine Generation gestorben ist, dann ist es nur noch eine Seite in einem Geschichtsbuch."

„Meinen Sie? Ich glaube, die Welt wird das nicht vergessen. Warschau ist eine gespenstische Stadt. So viele Tote. An jeder Ecke gibt es diese Schilder, die an die Gefallenen erinnern."

„Denkmäler sind eine Sache. Aber das ist nicht das Gleiche."

„Das Gleiche wie was?"

„Es ist nicht das Gleiche, als mit den Überlebenden alt zu werden. Millionen von Geschichten wurden nicht an die nächste Generation weitergegeben. Eine ganze Generation wurde ausgelöscht. Die wenigen von uns, die überlebten, wurden schon alt, als wir noch Kinder waren."

Sie beobachtete eine Weile seine Augen. Schließlich wagte sie die Frage: „Bestimmt ist das wieder die Juristin in mir, Pater, aber ich habe das Gefühl, daß es mehr zu sagen gibt – etwas, das Sie zurückhalten."

„Wenn ich anfangen würde das *Mehr* zu erzählen, würde es eine Ewigkeit dauern."

„Ich habe Zeit", antwortete sie leise.

„Es gibt noch einen Ort, der mir wichtig ist, genauso wichtig, wie der Ort, wo ich zu Hause war.“

„Zeigen Sie ihn mir?“

Er nickte.

Ein paar Minuten später bogen sie in eine Seitenstraße der Altstadt ein und standen vor dem Sophia Haus.

„Einen ganzen Winter lang lebte ich hier, in diesem Gebäude.“

Er erzählte ihr die Geschichte.

„Er hieß Pawel Tarnowski. Er war einer der *hasidei umot hoalam* – wir nannten sie *die gerechten Heiden.* Er riskierte sein Leben, um mich zu verstecken. Er teilte das bißchen Essen mit mir, das er hatte. Er wollte nichts dafür haben.“

„Wie großartig!“

„Er hatte die Seele eines Einsiedlers, ein frommer Katholik. Einer, der Bücher liebte. Das hier war ein Buchladen. Er hat vor dem Krieg auch selbst ein paar Dinge veröffentlicht.“

„Sind Sie sicher, daß er den Krieg nicht überlebt hat?“

„Ja.“

„Wie starb er?“

„Er wurde in Oswiecim vergast. In Auschwitz.“

„Wissen Sie Einzelheiten?“

„Wir wurden verraten. Ganz plötzlich, keine Zeit nachzudenken, keine Zeit, etwas zu besprechen. Er opferte sein Leben für mich.“

Elijah erzählte von der letzten Nacht, die er im Haus der Weisheit verbracht hatte.

„Er hatte sich dem Bösen in den Weg gestellt, verstehen Sie, wie ein Bollwerk, und er nahm die volle Zerstörungswucht, die mir gegolten hat, auf sich. Er tat das für einen Jungen, der nicht einmal eine Wertschätzung für das hatte, woran er glaubte; er tat es, damit ich das Leben hatte.“

„Warum hat er das getan?“

„Ich weiß es eigentlich nicht. Er war eine Art Philosoph – ein junger Mann zwischen dreißig und vierzig mit einer vielversprechenden Zukunft – aber für ihn war das Leben nur so gut wie die Prinzipien, nach denen er lebte. Für sie starb er ebenso wie für mich.“

„War er Ihr Freund?“

„Ja, gewissermaßen. Ich war erst siebzehn. Wie ein solcher Mann eben mit einem Halbwüchsigen befreundet sein kann."

„Wie meinen Sie das?"

„Er war alt, so wie ich alt geworden bin, aber doch anders. Er muß etwas Schweres erlitten haben, ich habe nie erfahren, was es war. Vielleicht eine verlorene Liebe. Er hat ein interessantes kleines Theaterstück geschrieben, das ich vor ein paar Jahren zufällig entdeckt habe. Es wurde nach dem Krieg in Ostdeutschland von einem ehemaligen Wehrmachtsoffizier veröffentlicht, der es ihm gestohlen hatte. Pawel hat alles verloren."

„Alles außer seinen Prinzipien."

„Das ist wahr. Übrigens hat der Plagiator am Ende seines Lebens bereut und alles öffentlich gestanden. Sein Ruf war damit ruiniert. Das Buch wurde kürzlich auf Polnisch veröffentlicht unter dem Namen seines wirklichen Autors."

„Wie heißt das Stück?"

„*Andrei Rublev.* Es ist eine imaginative Darstellung des Lebens des berühmten russischen Ikonen-Malers. Haben Sie davon gehört?"

„Nein."

Elijah seufzte. „Wie sollten Sie auch. Es ist außerhalb der polnischen literarischen Kreise kaum bekannt. Wahrscheinlich ist es kein großes Werk, aber er hat es mit Herzblut geschrieben. Es handelt von der Suche nach Schönheit und Liebe in einer gefallenen Welt."

„Ein oft behandeltes Thema in der Literatur."

„Das Lieblingsthema von ernsthaften Schriftstellern."

„Man könnte sogar sagen, das Lieblingsthema des menschlichen Herzens."

„Das ist wohl wahr."

Sie deutete zum zweiten Stock. „Da oben haben Sie gelebt?"

„Noch einen Stock darüber, versteckt in der Mansarde."

„Glauben Sie, man würde uns hineinlassen?"

„Ich war vor ein paar Tagen oben."

„Ist es noch so wie früher?"

„Die Deutschen haben die Altstadt zerstört, aber sie wurde akribisch rekonstruiert. Es ist wie früher und doch nicht so."

„Sie sind nicht der Gleiche."

„Ja und nein."

„Ich würde es gerne sehen, wenn ich darf."

„Anna, mir wäre es lieber, heute nicht wieder hinaufzugehen. Ich mußte das allein anschauen. Es würde sich verändern, wenn ich mit Ihnen hinauf ginge. Können Sie das verstehen?"

„Ich glaube schon."

Er schaute zum blau-schwarzen Himmel über den Dächern empor.

„Was fühlen Sie?", fragte sie.

„Ich weiß nicht, wie ich es ausdrücken soll. Vor allem Taubheit. Bedauern, daß ein guter Mensch umkam. Dankbarkeit. Und Schuld, weil ich durch sein Opfer lebe – die üblichen Konflikte, die Überlebende der *Shoah* in sich tragen."

„Ist das alles? Sonst nichts?"

„Ich fühle – wie soll ich es Ihnen sagen – ich fühle, daß dieser Mann, den ich kaum kannte, mir Freiheit gab. Damals war ich noch sehr jung und habe nicht wirklich verstanden, was er mir geschenkt hat. Jetzt verstehe ich es besser."

„Ist es nicht eigenartig, daß Sie sich am Ort Ihrer Gefangenschaft so frei fühlen, während sie sich im Kulturpalast unterdrückt fühlten, wo doch jedes zweite Wort *Freiheit* war?"

Er schaute zur Mansarde hinauf und flüsterte: „Ja, das ist es."

„Es ist spät geworden", sagte sie, „wir sollten zum Hotel zurückkehren."

In der Lobby des Marriott dankte sie ihm für den Nachmittag.

„Ich werde Sie nicht wiedersehen", sagte er. „Alles Gute für Ihre Vorträge. Ich werde für Sie beten."

„Dafür brauchen Sie nicht zu beten. Denken Sie nur ab und zu an mich."

Sie gaben sich die Hand, und sie verschwand im Fahrstuhl.

Der Portier winkte und gab ihm ein Zeichen.

„Hier sind einige Dinge für Sie. Eine Dame hat sie abgegeben."

Es war eine Nachricht von der Krankenschwester Smokrevs. Sie teilte ihm mit, der Graf habe ihr am Abend vor seinem Tod aufgetragen, die beiliegenden Gegenstände dem Priester aus Israel zu übergeben.

Elijah ging in sein Zimmer und setzte sich aufs Bett. Er öffnete eines der Pakete. Darin fand er eine verbeulte Blechdose voller handgeschriebener Seiten. Das andere Paket enthielt die Ikone des heiligen Michael aus der Apokalypse.

Pawel Tarnowski gibt Ihnen dieses Geschenk, hatte der Graf gesagt. *Sie können es nicht ablehnen.*

Er starrte auf diese Gaben, bis der Abendhimmel schwarz geworden war und Sterne am Himmel standen.

Dann setzte er sich an den Sekretär und schrieb:

> Lieber Herr Präsident,
>
> das Leben des Menschen ist etwas Kleines, aber er hält es in seinen Händen, und wenn er es einem anderen schenkt, dann ist es das Größte der Welt. Ich kenne Ihre Pläne für die Zukunft nicht. Ich weiß nicht sicher, ob Ihre Vision sich als richtig erweisen wird oder als schwerer Fehler. Aber ich habe gelernt, daß eine Gabe, die nicht auf absoluter Liebe gründet, nur zu dem Berg verletzter Leben beiträgt, der in unseren Zeiten angehäuft wurde.
>
> Der Eine, der mein Leben ist und durch den ich lebe, würde zu Ihnen sprechen, wenn Sie Ihn hören wollten. Er würde Ihnen sagen, daß kein Mensch die Welt retten kann, am wenigsten dadurch, daß er eine gefallene Menschheit vor sich selbst rettet. Es gibt nur einen einzigen: Christus. Er und nur Er ist der Retter der Welt. Er, der Gott ist, sah in der Gleichheit mit Gott nicht etwas, nach dem man greifen konnte, vielmehr entleerte er sich und nahm die Gestalt eines Sklaven an. Und in der Gestalt eines Menschen demütigte er sich und wurde gehorsam bis zum Tod.
>
> Hochachtungsvoll.
>
> Pater Elijah Schäfer

Er steckte den Brief in einen Umschlag, adressierte ihn an den Präsidenten, c/o Kongreßverwaltung im Kulturpalast. Der Portier versprach, er werde dafür sorgen, daß der Brief seinen Adressaten erreiche.

Er ging in sein Zimmer zurück und setzte sich ans Fenster, in einer Hand die Blechdose, in der anderen die Ikone. Im Zimmer wurde es dunkler, während die Lichter der Stadt nach und nach aufflammten, bis sie ihm wie ein großes, grell erleuchtetes Schlachtfeld erschien, auf dem Drachen und weiße Pferde in einer wirren Schlacht aufeinanderstießen.

Er schaute hinaus auf die Landschaft der Zerstörung, reglos und empfindungslos. Als er die Ikone gegen seine Brust drückte, zerbarst die Schale um sein Herz und er weinte über die Stadt und über die Welt.

XIV
Draco

Er schlief die meiste Zeit auf dem Rückflug nach Rom und landete bei stürmischem Regenwetter. Die Stadt erstickte schier unter einer Glocke von Smog, aber er war froh, wieder zurück zu sein.

In seinem Postfach im Kolleg lag eine Nachricht. Sie war nicht unterschrieben, aber er erkannte die Handschrift des Kardinalstaatssekretärs: *Können Sie heute Abend den Gärtner bei Severa treffen? Wir müssen die Frühlingsbepflanzung besprechen. Bitte telefonisch in meiner Wohnung bestätigen.*

Er rief nach dem Abendessen an und hatte den Kardinal am Telefon.

„*Buona sera, Signore Giardinière.*"

„*Buona sera.* Schön, daß Sie wieder da sind."

„Sie wollen die Frühlingsbepflanzung besprechen?"

„Ja, heute Abend bei Severa, um acht Uhr."

„Ich werde da sein."

„Geht es Ihnen gut?"

„Ja, es geht mir gut. Aber ich muß leider wieder sagen: Ich fürchte, ich habe dem Projekt keinen guten Dienst getan. Die Schädlinge im Garten nehmen überhand."

„Ich weiß. Die Zeitungen sind voll davon."

„Ist es schlimm?"

„Ja. Viel schlimmer, als wir erwartet haben. Ich erzähle es Ihnen, wenn wir uns treffen."

Elijah kam kurz vor acht Uhr an. Er ging durch die Friedhofskapelle, die Türen waren nicht verschlossen, und stieg hinab, bis er durch das Gewirr der unterirdischen Gänge zu der Seitengalerie kam. Die Tür war offen.

Elijah stand am Eingang und schaute sich um. Der Kardinal bemerkte ihn nicht sofort. Er hockte auf einem Campinghocker und las sein Brevier im trüben Licht einer Petroleumlampe. Mit einer Schulter lehnte er sich an die

Mauer, auf der in lateinischen Buchstaben COLUMBA stand. Er wirkte älter, schwerer, gebeugt, eine silberne Haarsträhne fiel ihm in die Stirn.

Als er aufschaute, merkte Elijah, daß ihm die übliche Zuversicht und Selbstsicherheit fehlte.

„Ah, Pater, willkommen", sagte er mit einem Seufzer und stand auf. Sie schüttelten sich die Hand. „Gut, daß Sie da sind."

„Ich freue mich auch, Sie zu sehen, Eminenz."

„Der Veteran kehrt zurück. Sicher sind Sie erschöpft."

„Ein wenig. Sie sagten, die Situation sei schlecht."

„Ja, eine sehr unangenehme Wendung der Ereignisse, um das Mindeste zu sagen. Hier, schauen Sie!"

Er deutete auf einen Stapel Zeitungen am Boden.

„Schauen Sie nur, *The New York Times, The Manchester, Guardian, La Stampa, Figaro* und andere."

Elijah sah, daß ihn sein eigenes Gesicht von sämtlichen Titelseiten anstarrte, zusammen mit Tilman und dem strahlenden Präsidenten, der seine Arme um ihre Schultern legte. Darüber in Großbuchstaben:

VATIKAN UNTERSTÜTZT DIE WELTEINHEITSKONFERENZ

„Im *L'Osservatore Romano* wird die Sache klargestellt werden", sagte der Kardinal. „Wir werden versuchen, den falschen Eindruck zu korrigieren, aber der Schaden ist nicht wiedergutzumachen. Unser Versuch, der katholischen Stimme Gehör zu verschaffen, ist leider mißlungen. Der Schuß ist nach hinten losgegangen."

„Das ist unerhört! Ich war nur einer von mehreren Dutzend Sprechern. Bei meiner Präsentation waren nur eine Handvoll Delegierte anwesend. Außerdem existiert keine Aufnahme meines Vortrags – die Technik hat versagt."

„Das überrascht mich nicht", sagte der Kardinal. „Die ganze Geschichte war von A bis Z eine Medieninszenierung. Sie sind nur deswegen eingeladen worden, um genau dieses Foto für diese Schlagzeile zu bekommen." Er machte eine wegwerfende Handbewegung.

„Wir wurden benutzt", sagte Elijah.

„Ja. Dieser Mann hat nicht das geringste Interesse an unserer Sicht. Er will sich mit uns schmücken, sonst gar nichts, genau wie es der Heilige Vater vermutet hat. Er hatte Zweifel an dieser Sache, aber ich habe ihn überzeugt, daß wir Sie nach Warschau schicken sollten. Ich habe einen schweren Fehler gemacht."

„Der Artikel im *L'Osservatore Romano* wird das Mißverständnis beseitigen, nicht wahr?

„Wie viele lesen ihn?"

„Aber kann der Heilige Stuhl nicht eine Richtigstellung in den säkularen Medien verlangen?"

„Das haben wir den ganzen Tag lang versucht."

„Und ...?"

„Schweigen, kein Rückruf, manchmal Unverschämtheit. Ausweichende Antworten, wo immer es uns gelungen ist, den Chefredakteur zu erreichen. Die Journalisten dieser Welt, mit ganz wenigen Ausnahmen, lieben uns nicht und unterstützen so gut wie alles, wofür der Präsident steht. Er ist der Mann der Stunde, der Mann des Jahres, manche sagen, der Mann des Jahrhunderts."

„Dann ist es so, wie ich vermutet habe. Meine Mission verfehlt ihr Ziel immer mehr. Eminenz, vielleicht ist es an der Zeit, daß wir neu darüber nachdenken ..."

„Nein, nein!", sagte der Kardinal bestimmt. „Ein taktischer Rückschlag bedeutet keine Niederlage. Der eigentliche Zweck Ihrer Mission hat mit dieser Propaganda nichts zu tun. Es ist die Seele des Mannes, um die es uns geht."

„Ob das möglich ist?"

„Es ist in der Tat schwer. Seine Seele ist hinter Schutzwällen versteckt. Wenn er nicht in der Masse ist, wird er von seinen engsten Mitarbeitern umringt, und selbst wenn er allein ist, ist er nicht wirklich allein, denn es gibt Mächte und Gewalten, die über ihn wachen und jeden seiner Schritte lenken. Ein Prophet müßte, wenn er ihn erreichen will, erst durch seine Angst dringen und dann durch die Barrieren, mit denen der Feind seinen Diener schützt."

„Sie nennen ihn einen Diener?"

„*Sklave* wäre zutreffender."

„Sklave. Es ist schwer, ihn so zu sehen. Er ist der mächtigste Mann der Welt."

„Oh ja, ohne Zweifel. Aber er ist nicht sein eigener Meister. Sie können sicher sein, daß er nichts tut, ohne daß eine spirituelle Armee über jede seiner Bewegungen wacht und jeden Schritt vereitelt, den jemand auf ihn zu macht, um ihn zur Wahrheit zu rufen."

„Glauben Sie, daß er besessen ist?"

„Das ist schwer zu sagen, aber er steht ohne Zweifel unter dem Einfluß des Widersachers."

„Kann ein Wort der Warnung einen solchen Mann denn von seinem Kurs abbringen?"

„Es ist unsere einzige Hoffnung. Dieses Wort muß in der Vollmacht des Heiligen Geistes gesprochen sein. Wir brauchen viele Beter, die Gott um den Sieg über die feindlichen Geister anflehen."

„Können wir auf eine solche Armee von Verbündeten hoffen?"

„Viele Kontemplative auf der ganzen Welt beten für Ihre Mission. Eine kleine Zahl lebender Heiliger, die nur wir kennen, trägt das Anliegen im Herzen. Tag und Nacht wird für Sie – und für ihn gebetet und gefastet. Ich glaube, daß irgendwann ein Augenblick kommen wird, an dem das Herz des Präsidenten von seinen unsichtbaren Bataillonen verlassen ist. Dann müssen sie allen Mut zusammennehmen und sich völlig der Autorität des Heiligen Geistes unterwerfen. Ihre Worte werden dann, egal ob sie eloquent oder schlicht sind, seine Rüstung durchdringen und ihn rufen, die Wirklichkeit so zu sehen, wie sie ist. Er wird wissen, daß es Gott gibt. In einem erleuchteten Moment wird er erkennen, in welche Dunkelheit er gefallen ist, welche Finsternis er über die Menschheit bringt und daß er die Freiheit hat, sich anders zu entscheiden. Die unaussprechliche Schönheit wird in seinem Herzen aufleuchten. Er wird sich nach Gott sehnen und wird erkennen, daß Gott sich auch nach ihm sehnt. In diesem Augenblick wird er die Möglichkeit haben, sich neu zu entscheiden."

Elijahs Herz klopfte.

„Eminenz", stammelte er, „was ist, wenn ich für diese Aufgabe zu klein bin? Wenn ich wieder versage? Denken Sie an die Folgen!"

„Bedenken Sie, welche Folgen es hätte, wenn wir keinen Versuch machten!" Der Kardinal schaute ihm in die Augen. „Sie werden Gnade empfangen, um alles zu vollbringen, was Gott von Ihnen will. Sie können nicht auf Ihre menschliche Stärke oder Ihre eigene Weisheit bauen. Es wird reine Gnade sein. Nehmen Sie Ihre Armut an, mein Sohn, Ihre Kleinheit, und dann wird

Sie der, der das Universum geschaffen hat, mit Seiner Kraft erfüllen."

Beide Männer verfielen in Schweigen. Sie schlossen die Augen und begannen in der Tiefe des Herzens zu beten.

Eine Weile verharrten sie so, als sie ein gewaltiger Knall aus der Stille herausriß. In diesem von Luftzug völlig geschützten Ort schlug die Tür der äußeren Galerie mit Wucht zu, und die Petroleumlampe wurde von einer unsichtbaren Kraft ausgeblasen. Beide Männer sprangen hoch. Ein widerlicher Gestank machte sich breit.

„Pater, zünden Sie ein Streichholz an", rief der Kardinal. „Sie liegen neben der Lampe. Schnell!"

Elijah war der Schreck in die Knochen gefahren. Er tappte in der Dunkelheit herum auf der Suche nach der Laterne. Da befahl die Stimme des Kardinals mit gebieterischer Vollmacht: *„Vade retro, Satana! Ipse venena bibas!"*[2]

Schrecken erfüllte die Kammer. Tückische Bosheit versuchte sich der Seelen der beiden Männer zu bemächtigen. Ein Schock ging durch Elijahs Körper, ihm wurde übel und schwindelig. Er schwankte und fiel auf die Knie, mit Müh und Not ertastete er die Streichhölzer. Seine Finger vollbrachten die Aufgabe nur mit einer schier übermenschlichen Willensanstrengung. Der Kardinal befahl erneut:

„Vade retro, draco! Crux sacra sit mihi lux!"[3]

Der Gestank verschwand genauso schnell, wie er gekommen war. Elijah entzündete die Laterne, stolperte zur Türe und riß sie auf. Alles war wie vorher, völlig still, kein Windhauch bewegte die Luft in der Galerie.

Die beiden Männer setzten sich und atmeten schwer.

„Nun", sagte der Kardinal, „der alte Drache hat immer noch ein paar Tricks im Ärmel."

Elijah wischte sich den kalten Schweiß von der Stirn.

„Das war der Teufel", sagte er mit zitternder Stimme.

„Vielleicht der Teufel oder einer seiner abscheulichen Leutnants."

„Was hat das alles zu bedeuten?"

„Es ist vollkommen klar. Er mag uns nicht."

Der Kardinal hatte sich aufgerichtet und sah jetzt aus wie ein erfahrener

---

[2] „Weiche, Satan! Trinke den Gift-(Kelch) selbst!"

[2] „Weiche, Drache! Das heilige Kreuz sei mein Licht!"

Soldat, der einen Nahkampf mit einem alten Feind bestanden hatte.

„Das war gut", sagte er, „ich hatte vergessen, wie es sich anfühlt, wenn man zurückschlägt."

„Zurückschlägt?"

„Bevor ich Bischof wurde, war ich der Exorzist meiner Diözese. Kein angenehmer Job, aber ich habe ihn gemacht. Ich war froh, als sie mich zu geringeren Aufgaben beförderten. Wie schnell dreißig Jahre vergehen! Gut zu wissen, daß ich die alten Gebete nicht vergessen habe. Haben Sie gemerkt, wie er sich davongemacht hat?"

„Nicht ohne vorher ein paar Schläge auszuteilen."

„Beunruhigt es Sie? So etwas haben Sie doch sicher schon einmal erlebt?"

„Auf einer anderen Ebene. Die spirituelle Kriegführung geschieht normalerweise in einer Form, die für die Sinne nicht wahrnehmbar ist."

„Wenn sich die Dämonen offenbaren, ist das kein Spaß!"

„Ich habe mit einigen Leute in Israel gebetet, die in unserem Konvent Hilfe gesucht haben, Bauern, die sich auf Magie eingelassen hatten. In den letzten Jahren hat das zugenommen, meistens sind es junge Leute, die sich im Okkulten verstrickt haben."

„Es wird immer schlimmer. Die Städte des Westens beherbergen Hunderte von Sekten, die ihre Künste klammheimlich unters Volk bringen. Sie werden immer skrupelloser. Rom ist übersät davon."

Elijah seufzte und schüttelte den Kopf. Der Kardinal schaute ihn mit zusammengezogenen Brauen an.

„Machen Sie sich keine Sorgen. Er hat versucht, uns Angst einzujagen. Das ist ein gutes Zeichen."

„So?"

„Es zeigt uns, daß wir auf der richtigen Spur sind, wenn er mit solchen Geschützen auffährt. Er ist in Bedrängnis."

„Ich hätte gerne Ihre Zuversicht."

Der Kardinal klopfte ihm auf den Arm. „Sie sind müde, Pater. Sie sind gerade von einer schwierigen Schlacht zurückgekehrt. Ich befehle Ihnen, nach Hause zu gehen und sich auszuruhen. Nehmen Sie sich ein paar Tage frei. Legen Sie die apokalyptische Literatur, mit der Sie sich so viel beschäftigen, beiseite. Sie geht Ihnen nicht verloren. Gehen Sie in der Sonne spazieren, hören Sie schöne Musik. Erfüllen Sie Ihren Geist mit dem, was schön ist, wie der heilige Paulus uns aufträgt. Kommen sie, wir brauchen frische Luft."

„Darf ich Sie noch etwas fragen, bevor wir gehen? Warum ist es notwendig, daß wir uns weiterhin auf diese Weise treffen? Warum tun wir immer noch so, als wären wir Gärtner?"

„Mein unzuverlässiger Empfangschef ist gegangen, aber es gibt immer noch vieles, was nicht klar ist. Die Entfernung einer Person von einem Schreibtisch im Vatikan löst nicht alle Probleme. Vielleicht gibt es noch mehr solche Exemplare."

„Wirft das nicht einen Schatten des Mißtrauens über alles? Wie kann die Kurie richtig arbeiten, wenn das der Fall ist?"

„Das schafft in der Tat gewisse Probleme. Es gibt natürlich die Gefahr der Paranoia, aber wir müssen auch Vorsicht walten lassen. Es ist nicht klug anzunehmen, jeder sei loyal."

„Und was ist mit Kardinal Vettore?"

„Ach ja, Kardinal Vettore."

„Was wird da getan?", hakte Elijah nach.

„Schwierig", sagte der Kardinal, „es gibt keinen objektiven Beweis, daß er etwas Falsches getan hat. Der Heilige Vater hat privat mit ihm gesprochen, und Vettore leugnet alles."

„Dann steht mein Wort gegen seines."

„Genau."

„Glaubt ihm der Heilige Vater?"

„Nein. Er glaubt Ihnen. Und ich auch."

„Warum wird er dann nicht aus seinem Amt entfernt?"

„So einfach ist das nicht."

„Verzeihen Sie, Eminenz, aber wo ist das Problem?"

„Sie verstehen nicht. Er ist eine sehr einflußreiche Persönlichkeit. Er hat öffentlich nichts gegen den Glauben oder den Heiligen Vater gesagt oder getan. Die Entlassung eines Mannes, der für loyal gehalten wird, würde die Verwirrung auf allen Seiten verstärken. Schlimmer noch, das Vertrauen vieler guter Leute würde erschüttert, die Kardinal Vettore bewundern und ihn für *papabile* halten."

„Was soll also geschehen?"

„Der Heilige Vater tut unter diesen Umständen das Beste, was möglich ist.

Er hat die Aufmerksamkeit von Vettore sanft, aber bestimmt, auf etwas anderes gelenkt. Er hat ihm ein wichtiges Projekt gegeben, das seinen ganzen Einsatz verlangt und eine Prüfung für seine Rechtgläubigkeit darstellt. Es ist ein Test, dem der Kardinal nicht ausweichen kann, wenn er sein öffentliches Image nicht beschädigen will. Er soll eine Reihe von Reisen in den Fernen Osten unternehmen, um den Zustand der Kirche in China und Vietnam zu eruieren. In den nächsten zwei Jahren soll er seine ganze Energie in dieses Forschungsprojekt stecken. Der Papst hat ihn dafür großzügig von seinen üblichen Amtspflichten freigestellt und hat ihn - natürlich vorübergehend – durch einen Mann ersetzt, von dem wir wissen, daß er loyal ist.

„Genial!"

„Mehr können wir nicht tun. Eine Entlassung würde in der Öffentlichkeit nur den Eindruck verstärken, daß der Papst ein Hardliner ist, der die Kirche zu ihrem vorkonziliaren Zustand zurückführen möchte, ein Autokrat, der mit seinen Leuten willkürlich umgeht und anonyme Anschuldigungen ernst nimmt, für die es keine Beweise gibt."

„Man kann nicht sagen, daß ich anonym bin. Wenn es nötig ist, kann ich vor einem Kirchengericht bezeugen, was ich in Capri gesehen habe."

„Um auf diese Weise jede Hoffnung auf den Erfolg Ihrer besonderen Mission zu zerstören. Nein, wenn Ihr Auftrag aufflöge, würden wir viel mehr verlieren, als wir gewinnen könnten."

„Ich verstehe."

„Wir leben in schwierigen Zeiten, Pater Elijah. Man braucht die Weisheit eines Salomon, um hier einen gewöhnlichen Tag durchzustehen."

Elijah fuhr mit dem Zeigefinger die Buchstaben von Severas Namen nach.

„Ich weiß, was Sie denken", sagte der Kardinal. „Sie meinen, wir sollten direkt zum Kolosseum marschieren und den Wachen sagen, daß sie die Löwen auf uns hetzen sollen."

Elijah schwieg.

„Ein heroisches Martyrium ist schnell, einfach und großartig, nicht wahr? Blut wäscht alle Zweideutigkeiten ab. Der Tod zerbricht unerträgliche Spannungen. Oder würden Sie gerne eine Peitsche flechten, die Geldwechsler aus dem Tempel treiben und dann ans Kreuz gehen?"

„Wäre das so falsch? Ist das nicht das Vorbild unseres Erlösers, dem wir nachfolgen?"

„In der Tat ist es das. Und ich sage Ihnen, wir *werden* ans Kreuz gehen. Aber es ist nicht unser Recht, diesem Tag vorzugreifen. Wir müssen arbeiten, so lange wir noch Licht haben. Wir müssen stärken, was noch übrig ist. Das ist das lange und einsame Martyrium. Es ist am schwersten."

Die zwei Männer schauten einander wortlos an. Dann erhoben Sie sich gleichzeitig und kehrten an die Oberfläche der Welt zurück.

* * *

Elijah tat, was der Kardinal ihm aufgetragen hatte. Das akademische Jahr endete eine Woche nach dem Treffen mit *draco* in den Katakomben. Er korrigierte Seminararbeiten und Abschlußexamen und vermied gewissenhaft jeden Kontakt mit apokalyptischer Literatur. Täglich ging er im Garten hinter dem Kolleg spazieren. Er las sogar einen Roman, den er sich schon seit Jahren vorgenommen hatte, *Die Brautleute* von Alessandro Manzoni. Darin ging es um den Kampf zwischen Licht und Finsternis. Der Autor hatte die Figuren seines Romans in absolute Hoffnungslosigkeit gestürzt, bevor sie durch die Intervention eines Heiligen gerettet wurden. Wie jeder katholische Roman des neunzehnten Jahrhunderts stellte er den Kampf drastisch mit fürchterlichen Einzelheiten dar, aber er verursachte keine existentiellen Schwindelgefühle wie die Romanliteratur des zwanzigsten Jahrhunderts. Am Ende wurden die katastrophalen Ereignisse in die göttliche Ordnung zurückgeführt, und es gab den Bonus einer spektakulären Konversion. Es schien ein bißchen konstruiert, aber dann dachte er an seine eigene Begegnung mit Smokrev und mußte zugeben, daß sie kein geringeres Wunder war.

Während der Frühling allmählich in Frühsommer überging, wuchsen ihm aus dem intensivierten Gebet neue Kräfte zu. Die Ängste, die ihn geplagt hatten, ließen langsam nach, und das Bild von Anna Benedetti überwältigte ihn nicht mehr, wenn er an sie dachte. Er nahm das beständige Gefühl von Einsamkeit als eine Gabe an, als Wunde, die der Herr offen ließ, obwohl sie der heilenden Kraft des Lichtes ausgesetzt war. Er nahm das Leiden gerne an und opferte es auf für Anna und für den Augenblick in der Zukunft, wenn er gerufen würde, dem Präsidenten die Wahrheit zu sagen. Er dachte auch an die Seele von Graf Smokrev – und an Pawel.

Irgendein Instinkt hatte ihn bisher davor bewahrt, den Inhalt der Blechdose zu untersuchen – eine nicht geringe Übung in Zurückhaltung. Irgendwie wollte er auf den rechten Moment warten. Er wollte das Material erst dann lesen, wenn er wieder inneren Frieden hatte und keine äußeren Angriffe zu erwarten hatte. Erst dann wollte er sich mit der Seele des Mannes beschäftigen, der einmal sein Freund war.

Der Frühsommer in Rom war bezaubernd, keine drückende Hitze und Tag für Tag zartblauer Himmel von Horizont zu Horizont. Überall in der Stadt duftete es nach Blumen, und sogar der Autoverkehr schien seine Hysterie verloren zu haben. Es schien weniger Touristen zu geben als sonst, so daß man in aller Ruhe durch die Kunstgalerien streifen und in Kirchen beten konnte.

An einem Sonntagnachmittag nahm er die Blechdose aus dem Schrank und hielt sie in Händen. Er spürte eine Leichtigkeit wie lange nicht mehr. An diesem Morgen hatte er die Messe für Pawel aufgeopfert und hatte nach dem Empfang der heiligen Kommunion eine Wärme in der Brust empfunden, eine Liebesumarmung, die gleichzeitig voller Frieden und Leidenschaft war. Es war ein Augenblick der Ekstase, ein Zerreißen des Schleiers zwischen dem Menschlichen und dem Göttlichen an jener Linie der Teilung und der Einheit, die unaufhebbar durch die Mitte des Herzens geht. Jetzt wußte er: die Zeit war gekommen.

Er ging in den Park in der Nähe der vatikanischen Gärten und setzte sich unter einer Zypresse aufs Gras. Der Duft war köstlich. Die Sonne tauchte die in ornamentalen Formen zugeschnittenen Büsche in goldenes Licht. Vögel machten mit lautem Gezwitscher auf sich aufmerksam, schwanden aber aus seiner Wahrnehmung, als er den rostigen Deckel der verbeulten Dose öffnete.

Kalter Regen klatschte auf das Schaufenster des Buchladens. Die Türglokke schlug an. Schüsse durchlöcherten den bleifarbenen Himmel in der Ferne mit Angst.

13. September 1942

Meine liebe Kahlia,

alles geht so schnell. Ich habe einen Gast, der nicht sehr lange hier bleiben wird. Ich hoffe, daß er bald geht. Nicht nur gefährdet er meine Stellung, er beschwört auch eine andere Gefahr herauf. Das Gesicht ist das deine. Ich fürchte, er …

Elijah wußte sofort, wer der Gast war. Behutsam faltete er das Blatt auf, das unter dem ersten lag:

Das Schiff: Es keucht schwer in der Sturmpassage.
Es wälzt sich auf und ab, wie sich das Wasser häuft,
Springt auf, taucht ab, daß jede Planke Meersalz säuft,
und luftzerteilend Flügel leiht der Equipage.
(Aus den *Krim-Sonetten* von Adam Mickiewicz)

5. Oktober 1942

Meine liebste Elzbieta,

warum ist es in dieser Nacht so schwer, Dir zu schreiben? Das liegt daran, weil der Gast allmählich deinen Platz einnimmt oder deine Gestalt? Er schläft in der Mansarde.

Der Kanonendonner ist still geworden. Die Uhr tickt an der Wand neben der Büste von Paderewski. Mein Schreibtisch hat sich in eine Landschaft verwandelt. Über meinem Kopf liegt er auf einem Bett aus alten Zeitungen. Warum ist er mir in die Hände gefallen? Welcher Wahnsinn hat mir ein Kind aufgebürdet? Ausgerechnet mir … einem Mann, der nicht lieben kann, der in seiner Introvertiertheit gefangen ist und übertrieben empfindlich ist?

Ich wage nicht, das Wort Liebe zu gebrauchen. Es ist ein Wort, das unser egoistisches Streben nach Befreiung aus der Einsamkeit verschleiert. Ich traue meinem eigenen Herzen nicht. Aber warum habe ich genau die gleichen Gefühle, die ich einst für dich empfand – und immer noch empfinde? In mir lodert eine Leidenschaft, von deren Existenz ich bisher nichts wußte, aber es ist keine fleischliche Begierde.

Ich spüre, wie du mit dem Abendwind entschwindest. Ich würde dir auf der Straße nachlaufen, wenn ich könnte. Ich würde zu dir hin oder von dir weg rennen – ich weiß es nicht. Ich möchte so lange durch die Nacht laufen, bis dieser Schmerz gänzlich aufgebraucht ist. Ich würde rennen wie der Wind, wenn es nicht sicher wäre, daß eine deutsche Kugel meine alberne poetische Romanze in kurzer Frist beenden würde. O Gott, laß nicht zu, daß ich wieder so haltlos werde, wie ich als Jugendlicher war. Ich werde mich zusammennehmen. Wenn du da bist, dann halte mich. Wenn du diejenige bist, die ich in dir sehe, dann sag mir, daß meine Sinne mich nicht trügen. Wenn Schönheit heilig ist, dann kann sie uns nicht betrügen. Aber was ist Schönheit?

Mir sind die Worte ausgegangen. Zum ersten Mal, seit wir uns begegnet sind, gibt es weniger zu sagen, als Zeit und Raum fassen können. Liebe? Die Griechen nannten es *exousia,* ein Ausatmen des Seins. Mein Sein ruft jetzt nach dir, komm schnell, komm schnell zu Pawel. Ich sinke.

Warschau, 11. Februar 1943

Meine liebste Elzbieta,

es ist Nacht. Es gibt nicht genug zu essen. Oben schläft dein kleiner Bruder, versteckt vor unseren Feinden. Er darf ihnen nicht in die Hände fallen. Ich könnte einen weiteren Verlust nicht ertragen.

Es ist fast sicher, daß sie dich für immer mitgenommen haben. Du hast mich nicht gekannt, aber ich habe dich gekannt. Du hast mich angesehen. Ein Blick, der dich wohl nichts gekostet hat - sofort wieder vergessen – der aber mein größter Schatz ist. Dann wurdest du verhaftet, und vielleicht hat man dich umgebracht. Ach hätte doch mein Mut nur gereicht, um dir an diesem Abend nach deiner Vorstellung zu begegnen. Die Art, wie du den Rachmaninoff gespielt hast, hat mir mehr über dich gesagt, als wenn ich ein Jahr um dich geworben hätte. Bestimmt wirst du mich für einen Narren halten, daß ich so schreibe, vielleicht kannst du es ja vom Himmel aus lesen. Ich werde meinen Schutzengel bitten, eine Kopie zu machen und sie dir zu zeigen.

Als mein Herz durch deinen Anblick getroffen wurde, habe ich zum ersten Mal in meinem Leben erfahren, daß die Liebe sich nach Vollendung im Wesen eines anderen sehnt. Ich meine nicht nur, daß sich zwei Körper begegnen, Mann und Frau, sondern daß sich zwei Seelen vereinen. Wo diese Sehnsucht fehlt, stirbt die Liebe bald. Sogar die Priester und Nonnen kennen diese Sehnsucht, obwohl sie sich für einen Geliebten entschieden haben, der ihre Umarmungen hundertfältig erwidert. Aber in allen Fällen kann Liebe nur als eine Gabe, geschenkt in Freiheit, existieren. Du kanntest mich nicht, und so konnte diese bestimmte Frage zwischen uns nicht gestellt werden. Die Gelegenheit, mir deine Liebe zu schenken, war nur eine von zahllosen Türen, die sich für eine Person wie dich öffnen können. Am Ende hat der Feind an unserer Statt entschieden.

Sag mir, wie soll ich diese geheimnisvolle Kommunikation nennen, von deren Existenz ich bislang nichts wußte? Vielleicht „Spiritualität unerwiderter Liebe“? Nein, zu theologisch. Oder „Der Weg der verborgenen Liebe“? Da ist auch etwas nicht ganz zutreffend. Oder vielleicht „Das Geschenk“? Ja, das paßt besser.

Ich werde dies jetzt am üblichen Ort einwerfen. Vielleicht wird eine Zeit kommen, wenn ein Engel diese Dose ganz unten in meiner Schreibtischschublade finden und dir überbringen wird. Sie faßt unsere Korrespondenz kaum mehr. Wirst du, wenn der Krieg vorbei ist, durch meine Ladentür treten und mein Herz zum Stocken bringen? Wenn ja, dann schicke mir vorher eine Botschaft, Elzbieta, meine Schwester, meine Liebe.

*

Mein lieber Gastgeber,

der Fremde und der Gast haben einen Wohnort in deinem Zelt gefunden. Die Witwe und das Waisenkind jauchzen. Die Engel jubeln vor Freude.

Mit Hochachtung,

D. Schäfer, Warschau, Februar 1943

*

1. März 1943

Das Geschenk:

Er schläft auf dem Bretterboden und stößt Seufzer aus, die so tief und so alt sind wie die Menschheit. Er sucht nach Wahrheit. Wie könnte es anders sein, als daß ihn viele auf die Ebene des Göttlichen werden erheben wollen. Er ist ein edles Menschenkind, aber deswegen ist er genauso wenig Gott wie Graf Smokrev. Er ist ein Mensch, der nach der ursprünglichen Einheit sucht, nach dem Ebenbild dessen, der uns geschaffen hat.

Man muß die Wachsamkeit des Herzens bewahren, die zur Ganzhingabe gehört. Eine solche Hingabe ist ohne Gebet unmöglich, denn der Mensch ist von sich aus nicht fähig, den Trieb nach Einheit und Vollendung zu meistern. Ich vermute, daß wir gar nicht dazu gemacht sind, unser eigener Meister zu sein. Wenn es in der Ehe drei sind, die die Einheit stiften – Braut, Bräutigam und Schöpfer –, dann muß das auch für die Freundschaft gelten. Freund oder Geliebter, am Tor deines Herzens muß ein Wächter stehen, und dieser Wächter ist die Wahrheit. Wenn du seine Warnungen in den Wind schlägst, dann wisse, daß du eine Entscheidung getroffen hast. Du allein bist für das verantwortlich, was dann unvermeidbar ist: der Tod der Liebe.

*

„Elder John starrte erschrocken und verängstigt, auf das Gesicht des schweigenden Kaisers. Plötzlich sprang er zurück, wandte sich seinen Anhängern zu und rief mit zugeschnürter Stimme: „Meine Kinder, es ist der Antichrist!“

/Aus Vladimir Soloviev, *Krieg, Fortschritt und das Ende der Geschichte)*

Warschau, den 7. März 1943

Elzbieta, meine Schwester, meine Liebe,

David Schäfer lehrt mich viele Dinge. Ich habe gelernt, daß mich mein Geist täuschen kann. Ich habe das schon lange an mir erkannt, aber niemals so klar gesehen. Ich habe auf ihn ein Bild projiziert, das meinem eigenen Ideal entspricht. Er ist eine sehr gute Seele, aber er ist nicht die Ikone, die ich in meinem Innern geschaffen habe. Wie leicht gehen unsere Wahrnehmungen in die Irre! Das habe ich so nicht geahnt.

Er hat mir gezeigt, daß in mir der Same eines Vaters steckt. Oh ja, ein sehr kleiner Vater, ein armer kleiner Mann, der nicht weiß, wie man Vater ist. Aber in mir ist echte Liebe, die für den Geliebten das Allerbeste will – ja, selbst wenn dafür alles geopfert werden muß. Auch das ist eine Überraschung.

*

Um in allem Zufriedenheit zu erlangen,
strebe in nichts danach, sie zu besitzen.

Um die Erkenntnis von allem zu erwerben,
suche die Erkenntnis von nichts.
Um alles zu sein, strebe danach, nichts zu sein.
Um das zu werden, was du nicht bist,
mußt du den Weg gehen, auf dem du nichts bist.
(Aus *Aufstieg auf den Berg Karmel* vom heiligen Johannes vom Kreuz)

Paris 1931

Cher Paul,

du darfst über die Kunstwelt nicht verzweifeln. Niemand will deine Bilder, sagst du. So viel Schmerz spricht aus deinem Brief. Du armer Einsiedler! Du armer Verbannter! Du hast versucht, Himmel und Hölle zu malen, und du glaubst, du hättest versagt? Du sagst, dein Himmel sehe aus wie Versailles und deine Hölle wie der Bahnhof St-Lazare? Ich kenne deine Qual. Sechzig Jahre lang habe ich darin gelebt, und jetzt weiß ich, daß sie nie aufhören wird. Ich möchte gar nicht mehr, daß sie aufhört. Hast du Péguy gelesen? Er ist großartig. Höre, was er in *Lettre et Entretiens* schreibt. Er spricht über Dantes *Göttliche Komödie:* „Nirgendwo im Laufe dieser großen langen Pilgerreise erscheint der Autor als Historiker, als Geograph von Himmel und Erde, als ein Besucher, ein Inspektor oder ein Tourist – auch nicht als ein grandioser Tourist. An keinem Punkt ist der Dichter auf der Reise. Niemals nimmt er einen Standpunkt außerhalb ein, um zu beobachten, was vor seinen Augen ihm geschieht, weil das, was geschieht, *er selbst* ist – das heißt, es betrifft seine eigene Erlösung oder Verdammnis.

An keinem Punkt nimmt er die Position auf dem Balkon ein, um Sünder zu beobachten, die vorbeigehen, weil er jeden Sünder in sich selbst erkennt. Die Aufgabe besteht ausschließlich darin, der Menschheit die richtige Orientierung zu geben, nämlich die volle Hinwendung zum Letzten Gericht."

Paul, wir befinden uns *innen,* obwohl wir uns außerhalb fühlen. Verteidige den Boden, der dir geschenkt wurde. Versuche nicht, an anderen Fronten zu kämpfen. Wenn du etwas von dem aufgibst, was dir gegeben wurde, und sei es noch so wenig, dann kann der Krieg verloren sein. Suche nicht zu früh den Erfolg. Geh ohne Gepäck durch die Wüste. Armut und Stille sind die natürlichen Wohnstätten der Wahrheit.

Amitiés,

G. Rouault

*

Warschau, 2. November 1942, Allerheiligen

Gestern Abend sind Worte zu mir gekommen. Zerbrochene Stükke, die wie große Kristalle aus den Eiswolken am Himmel herabfallen, jedes eine kreisende Galaxie. Sie verschmelzen im Raum und bilden einen Gedanken.

Dies ist der Gedanke: Die Gefährdung des Künstlers besteht darin, sich für den Meister der Form zu halten und dabei zu vergessen, daß er arm ist; für den Meister der unsichtbaren Wirklichkeit, welche durch dieses blasse Gekritzel dargestellt wird.

Ich werde darüber ein Stück schreiben und werde diesen Gedanken in den Mund von Andrei Rublev legen.

*

Zakopane, 15. August 1919

Pawel,

mein kleiner Enkel. Wie tapfer du heute warst! Als wir heute in die Höhle des Drachens Wrog hinabgeklettert sind, habe ich gezittert. Ja, selbst erwachsene Männer haben manchmal Angst, aber wir lernen, die Angst durch Mut zu überwinden. Hast du auch gezittert? Wir waren gemeinsam tapfer, nicht wahr?

Du fragtest mich: ‚Warum haben wir den Drachen nicht gesehen?'

Ich antwortete: ‚Weil er geflohen ist, als wir kamen.'

‚Und warum ist er geflohen?'

‚Weil er Angst vor *uns* hatte!'

Vergiß nie, was wir heute gelernt haben. Bewahre es dir immer in Erinnerung.

Hab keine Angst, Pawel. Deine Angst wäre der größte Triumph für einen Drachen. Ich schenke dir diese Medaille der Muttergottes von Tschenstochau als Erinnerung an unseren Sieg.

Ich küsse dich,

Dein Ja-Ja

*

Es gab noch mehr Briefe und Fragmente. Elijah las, bis die Sonne hinter der Peterskuppel versunken war. Er stand steif auf, reckte seine Glieder und ging in seine Zelle zurück. Die Dose verwahrte er in seiner Kleiderkammer. Er verbeugte sich vor der Ikone des heiligen Michael, ging hin und küßte sie. Aus seiner Bibel zog er ein abgegriffenes gelbes Stück Papier, auf dem eine Botschaft stand, die er ungezählte Male gelesen hatte. In der Schreibtischschublade fand er ein silbernes Medallion, in das eine Ikone der Muttergottes eingraviert war, und das polnische Wort *Madrość – Weisheit.*

Er nahm das Medaillon und den gelben Zettel und ging hinunter in die Kapelle. Dort, vor dem brennenden Licht, las er zum tausendsten Mal die letzten Worte von Pawel Tarnowski, die er aus dem Zug geworfen hatte, der ihn nach Oświecim gebracht hatte.

David, mein Sohn, mein Freund,

niemals habe ich so sehr leben wollen wie jetzt. Ich gehe statt deiner hinunter an den dunklen Ort. Ich gebe dir mein Leben. Ich trage dein Bild in mir wie eine Ikone. Das ist meine Freude. Ich gehe hinunter, um endlich zu schlafen, aber mein Herz ist wach.

Pawel.

XV

Ein Pyrrhussieg

Der Sommer war von unübertrefflicher Schönheit. Strahlendes Licht, moderate Hitze, die stetige Brise, die vom Tyrrhenischen Meer ins Land wehte, die Obst- und Blumenstände an den Straßenecken, die einen so süßen Duft verströmten, daß die trübsinnigsten Charaktere ihren Pessimismus widerrufen hätten.

Das ging an Elijah nicht spurlos vorüber. Er spürte, daß er sich innerlich erholte und sich auch sein physischer Zustand verbesserte. Täglich machte er lange Spaziergänge durch die angenehmeren Viertel der Stadt und ging öfter in den Petersdom, um bei der Statue des Fischers aus Galiläa zu beten.

Für den Fischer dieser Generation standen die Dinge jedoch nicht gut.

Die säkulare Presse war voll mit Spekulationen über den „derzeitigen Papst", wie sie ihn nannten. Nur mühsam wurde die journalistische Professionalität gewahrt, die Fassade sorgfältig formulierter Leitartikel und Nachrichten, unter denen eine wachsende Verachtung für den „weltfremden" alternden Pontifex zu spüren war. Sie verbreiteten das Gerücht, er sei im Begriff abzutreten. Verläßliche Quellen im Vatikan hätten, wie es hieß, bestätigt, daß seine intellektuellen Fähigkeiten stark nachließen. Sollte es einem Mann in diesem Zustand, wie groß er auch gewesen sein mag, erlaubt sein, sich an dieses mächtige Amt zu klammern? Über das Pensionsalter war er weit hinaus. Sollten in der „neuen kirche" (sic!) für den Bischof von Rom nicht dieselben Gesetze gelten, denen sich seine Mitbrüder im Bischofsamt unterwerfen mußten? Viele gute Administratoren mußten im Alter von 75 Jahren aus ihrem aktiven Dienst ausscheiden; dabei war es offensichtlich, daß das kanonische Recht nur deshalb so strikt angewendet wurde, weil sie nicht mit jeder Ansicht des Papstes übereinstimmten. War er nicht der letzte Vertreter eines überholten, autokratischen Führungsstils, der nicht mehr in der Lage war, den Fortschritt, den die Konzilsväter gewollt hatten, voranzutreiben?

Die liberale katholische Presse war nicht besser, vielmehr führte sie die Meute der Kritiker sogar an. Merkwürdigerweise schlugen die häretischen katholischen Publikationen einen moderateren Ton an. Sie sagten die gleichen unterminierenden Dinge wie immer, aber in subtilen Nuancierungen, die man früher an ihnen nicht kannte. Sie wurden zu Vorbildern der Zurückhaltung. Ihre Abonnentenzahlen stiegen stetig an. Die Öffentlichkeit hielt sie für die neuen Gemäßigten, wodurch die wirklich Gemäßigten jetzt als ultrakonservativ galten und die Konservativen als pathologisch Gestrige.

Im vorhergehenden Jahrzehnt hatten einige der ausgewogenen katholischen Zeitungen neue Herausgeber bekommen. Die Bischöfe, die vor der Aggressivität der modernistischen Kritiker in ihre Diözesen Angst hatten, vor allem davor, daß man sie als *vorkonziliar* brandmarken könnte, hatten Zugeständnisse gemacht. Ein katholisches Presseorgan nach dem anderen wurde sympathischen Herausgebern übergeben, denen die römisch-katholische Kirche ein Graus war, was sie aber sorgfältig zu verbergen wußten.

Seit Elijah den Berg Karmel verlassen hatte, hatte er eine bestimmte amerikanische Wochenzeitung besonders verfolgt, *The Catholic Times*. Ihr Herausgeber, ein gewisser Pater Smith aus Idaho, war ohne triftigen Grund entlassen worden. Es hieß einfach nur, Smith sei unfähig gewesen, sich dem nachkonziliären Geist anzupassen. Smith wandte sich deswegen an Elijah. Er war ein Mann von ungewöhnlichem Scharfsinn, weder konservativ noch liberal – er verachtete diese politischen Kategorien. Er hatte sein Blatt mit beträchtlicher Gewandtheit, man könnte sagen Heiligkeit, durch das Minenfeld nordamerikanischer Kirchenpolitik gesteuert. Orientierung hatten ihm die frühen Kirchenväter gegeben, das Zweite Vatikanische Konzil und die Schriften des Papstes. Er hatte Verbitterung ebenso vermieden wie Gleichgültigkeit. Man hielt ihn für eine der besten Stimmen in der modernen Kirche. Er war auch ein wahrer Priester, bei dem nach der Liebe zu Christus Gehorsam ganz oben stand. Gehorsam, so glaubte er, und echte Liebe seien untrennbar.

Als sein Ordensoberer von ihm verlangte, daß er einen bestimmten Kolumnisten einstellte, einen Autor, von dem Smith wußte, daß er vom Modernismus infiziert war, lehnte er ab, gestützt auf die Tatsache, daß ihm der Erzbischof, zivilrechtlich der Eigentümer und Herausgeber der Zeitung, völlige Freiheit gegeben hatte. Sein Oberer bestand darauf und pochte auf den Gehorsam, den Smith gelobt hatte, eine Weigerung wäre eines treuen Priesters unwürdig.

Dieser stand nun in einem Gehorsamskonflikt. Er bat Elijah um Rat. Auch wandte er sich an den Erzbischof, der seine Meinung teilte. Er forderte Pater Smith aber auf, ein kleines Zugeständnis zu machen, um die Einheit der Herde zu bewahren. Er möge in die Redaktion den mildesten der modernistischen Kritiker aufnehmen. Das wäre ein Zeichen in der Diözese, daß die rechtgläubige Fraktion nicht autoritär war, vielmehr liebevoll und immer bereit zur Diskussion. Er fügte hinzu, daß er persönlich als junger Kaplan unter autoritären Pfarrern gelitten habe, und auch davor im Seminar – es wäre gar nicht zu sagen, welcher Mißbrauch unter dem alten System an der Tagesordnung gewesen sei! Die neue Kirche müsse immer offen sein für Dialog, betonte er, und es müsse sichtbar sein, daß er, der Erzbischof, ein verständnisvoller Hirte sei, dem es um das Wohlergehen der ganzen Herde ginge, unabhängig von den Meinungsverschiedenheiten.

Smith, innerlich zerrissen und erschöpft, wurde vom Kommunikationsbüro des Erzbischofs gedrängt, sofort eine Entscheidung zu treffen. Er gab nach. Elijahs Rat, festzubleiben und an ein höheres Kirchengericht zu appellieren, kam zu spät. Der Priester entschloß sich, aus der schlechten Situation das Beste zu machen, und sagte sich, daß ein fragwürdiger Kolumnist weniger schlimm sei als eine ganze Redaktion von dieser Sorte. Im folgenden Jahr büßte er immer mehr an Autorität ein. Er war ein feinfühliger Mann und ein Perfektionist. Sein Nervensystem war nicht mehr dasselbe wir früher. Im fehlte das Talent, die subtileren Formen der Manipulation aufzuspüren. Stück für Stück verlor er an Boden zugunsten eines neu gebildeten Herausgeberkomitees, das überwiegend aus zuverlässigen Leuten bestand. Zunächst schien es harmlos. Als der Erzbischof eine Nonne, die kürzlich einen Master in Theologie erworben hatte, als Vertreterin des Kommunikationsbüros der Diözese für das Komitee ernannte, hatte er keine Einwände. Er wollte nicht als Platzhirsch gelten, der um seine Macht kämpft. Aber die Schwester hatte eine starke Persönlichkeit und ein Ziel. Smith fühlte sich entmutigt und wurde allmählich depressiv. Der Erzbischof empfahl ihm, drei Monate lang auszusetzen. Er tat es.

Seine Vertretung war ein kompetenter Mann mit einem makellosen Lebenslauf. Er war ein Protegé des Kardinal-Erzbischofs einer größeren Diözese, ein enger Freund des Erzbischofs von Smith. Die beiden Prälaten waren gemeinsam im Priesterseminar gewesen. Zwar waren sie in kirchlichen Fragen nicht immer einer Meinung, aber beide hielten die Aufrechterhaltung der Einheit für das höchste Gut. Der Ersatz-Chefredakteur war ein brillanter Schreiber und ausgezeichneter Redakteur. Seine diplomatischen Fähigkeiten und seine Selbstbeherrschung wurden gerühmt. Er war auf der Karriereleiter der nationalen Bischofskonferenz aufgestiegen und derzeit der Chef ihres Kommunikationsbüros. Er wußte, wie man mit konservativen Bischöfen umging und ihnen ihre Ängste nahm. Immer äußerte er sich moderat, sagte niemals ein polarisierendes Wort. Er hatte sich als fähiger Krisenmanager der Bischöfe bewährt und wurde allgemein als ausgezeichneter Vermittler geschätzt.

Innerhalb eines Monats hatte er einen nicht sonderlich beliebten romtreuen Kolumnisten ausgebootet und einen zweiten Mann seiner Couleur hereingeholt, keinen Heißsporn natürlich, aber einen, der den Horizont der Zeitung für die komplexen Fragen der modernen Kirche erweitern konnte. Im zweiten Monat verschwand ein weiterer rechtgläubiger Redakteur aus der Redaktion.

Da endlich erkannte Smith, was geschehen war. Er nahm seine Auszeit in einem Benediktinerkloster in der Wüste im Südwesten der Vereinigten Staaten. Von dort schrieb er einen Protestbrief an seinen Erzbischof. Dieser antwortete, daß ihm die Linie des neuen Aufsichtsgremiums zwar auch nicht ganz behage, aber es wäre „unangemessen", wenn er sein Bischofsamt dazu benutzen würde, sich einzumischen. Der Interim-Chefredakteur würde nur einen neuen Stil suchen, und die Zeitung würde gewiß wieder ihr Gleichgewicht finden. Pater Smith müsse dem Mann eine Chance geben. Er gelte als ausgezeichneter Administrator und hervorragender Theologe. Schwester X sei es zu verdanken, daß die extremeren Rebellen nicht gedruckt würden. Gemeinsam würden die beiden die Wochenzeitung in die Mitte zurückführen. Die Delegation von Autorität sei keine einfache Angelegenheit, und schließlich sei es das Zeitalter der Laien.

An diesem Punkt verließ Smith die Nächstenliebe. Er tat etwas Unkluges. Ohne ein Blatt vor den Mund zu nehmen, brachte er seinen Ärger zu Papier, durchaus ungewöhnlich für diesen sanftmütigen Mann. Er wies darauf hin, daß der Erzbischof seinem eigenen Rat nicht gefolgt sei. Er hätte ihn in seinem Kampf mit seinem Oberen nicht unterstützt, sich vielmehr eingemischt. Im Übrigen hätte die Zeitung immer in der Mitte gelegen – der wahren Mitte –, bis das neue Management sie übernommen hätte. Ob der Erzbischof denn nicht sähe, welcher spirituelle Schaden durch die neue Linie angerichtet würde? Ob er nicht erkenne, daß er unterschiedliche Maßstäbe anlege? Vielleicht sei der Erzbischof insgeheim mit der neuen Politik einverstanden? Vielleicht benutze Seine Exzellenz die Laien als ein Werkzeug der Revolte, damit er sich selbst die Hände nicht schmutzig machen müsse. Er fühle sich betrogen, sagte er, und der Erzbischof würde dabei keine geringe Rolle spielen. Er unterschrieb den Brief, und schon war er weg.

Eine Woche später bekam er von seinem Oberen die vom Erzbischof schriftlich bestätigte Anweisung, er müsse sich unverzüglich in das „Aquarius-Paradigma-Zentrum" nach Kalifornien begeben und dort eine längere Zeit zur „Erholung und Erneuerung" verbringen. Er las den Brief immer wieder. *Aquinas?* Nein, *Aquarius!* Smith wußte, daß dieses Zentrum zur „Rehabilitation" von Priestern, die sich nicht an den „Geist des zweiten Vatikanums" anpassen konnten, eingerichtet worden war. Ein Freund von ihm war dort vor ein paar Jahren behandelt worden. Er sollte in der Gruppentherapie seine schlimmsten Sexfantasien beschreiben. Eine Nonne, die ein hautenges schwarzes Trikot trug, geschmückt mit einem silbernen Medaillon der Mondgöttin, moderierte die Sitzung. Als er ihr sagte, er habe keine entwürdigenden Sexfantasien und habe niemals dem kleinsten Impuls nachgegeben, irgendwelche Sexfantasien aufkommen zu lassen, weil sie ausdrücklich von Christus und der Lehre der Kirche verboten worden seien, schaute sie ihn mitleidig an und glaubte ihm nicht.

„Was ich allerdings mag, ist Whiskey", gab er kleinlaut zu, „manchmal sogar ein bißchen zu viel."

Smith' Freund hatte schlecht und recht mitgemacht, aber nur, um auf diese Weise schnell wieder entlassen zu werden. Er hatte gehofft, so bald wie möglich in seine Diözese zurückzukommen. Wenn er dann nicht mehr als „disfunktional" gelten würde, könnte er den Rest seiner Jahre in aller Stille den Armen in einer städtischen Gemeinde dienen. Als man ihn in eine Therapie namens *Christo-Kundalini-Yoga* schickte, die ihm helfen sollte, den Schlangengeist am Fuße seiner Wirbelsäule zu erwecken, ignorierte er seine instinktive Angst. Er war gehorsam wie ein Lamm, aber er spürte, wie sich die Finsternis in seinem Innern ausbreitete und verlor die Lust am Gebet. Als es schließlich so weit kam, daß er Widerwillen, fast Ekel vor der Heiligen Messe empfand – eine Reaktion, die er niemals zuvor empfunden hatte –, fragte er sich, ob er wirklich ernsthaft gestört sei und intensiverer Therapie bedürfe. Er stürzte sich in alles, was angeboten wurde. Eines Nachts sollte er mit den anderen Priestern um ein Lagerfeuer herumtanzen – in Badehosen mit Hirschgeweihen auf dem Kopf. Sie sollten dabei atavistische Schreie vom unteren Ende der Wirbelsäule ausstoßen. Smith' Freund hielt sich zurück. Als er sah, wie seine Mitbrüder unter dem Sternenhimmel herumgrölten, schnappte etwas in ihm zu: er riß sich das Geweih vom Kopf, ging auf sein Zimmer, packte seine Sachen und ging drei Stunden zu Fuß durch die Wüste zur nächsten Busstation. Er fuhr zu seinen Eltern nach Hause, schlief rund um die Uhr, trank Whiskey bis zum Umfallen und suchte sich, nachdem er wieder nüchtern war, einen Job. Seitdem ist er zu seinem priesterlichen Dienst nicht mehr zurückgekehrt.

Smith rief den Erzbischof an und hatte am Telefon eine heftige Auseinandersetzung mit ihm. Er flehte ihn an, den Befehl rückgängig zu machen.

Der Erzbischof lehnte ab.

Smith beschrieb die grotesken „Therapien", denen sich die Priester unterziehen mußten.

Der Erzbischof antwortete, das APZ würde von vielen Bischöfen empfohlen. Falls sich etwas so Lächerliches wirklich zugetragen habe, dann handle es sich bestimmt um einen Einzelfall, der von seinem Freund völlig übertrieben dargestellt würde. Es habe sich ja gezeigt, daß dieser Priester Persönlichkeitsstörungen habe, wenn man bedenkt, wie er sich hinterher verhalten habe.

Dennoch blieb Smith bei seiner Weigerung.

Der Erzbischof war ungehalten, bot ihm aber dennoch eine Alternative an. Es gebe ein anderes Rehabilitationszentrum im Nordosten der Vereinigten Staaten, wo die Methoden nicht ganz so „kreativ" seien – wie sich der Erzbischof ausdrückte –, sondern eher im Bereich klassischer psychologischer Beratung. Die Therapeuten wären hervorragend qualifiziert, „ganz seriöse Leute". Ob Smith dazu bereit wäre?

Smith bat um Bedenkzeit.

„Ich gebe Ihnen vierundzwanzig Stunden“, sagte der Erzbischof.

„Vierundzwanzig Stunden?“, brauste Smith auf. „Können Sie mir nicht mehr Zeit geben? Selbst der Vatikan räumt den Häretikern und Schismatikern Jahre ein, um ihre Fehler zu überdenken.“

„Vierundzwanzig Stunden“, sagte der Erzbischof und hängte auf.

Smith setzte sich sofort mit einer Publizistin in Kontakt, die in der Nähe dieses „klassischen“ Reha-Zentrums wohnte, eine Frau, die vor einigen Monaten aus der Redaktion ausgebootet worden war. Sie war Mutter von acht Kindern und verfügte über ein gerüttelt Maß an gesundem Menschenverstand.

„Was können Sie mir über das Zentrum sagen?“

„Es ist eine Verwahranstalt für Pädophilie, Drogensüchtige und verschiedene andere klerikale Psychopathen. Wenn Sie dorthin gehen, Pater, dann sind Sie fürs Leben gezeichnet.“

„Der Erzbischof sagt, es ist ganz privat und diskret.“

„Ach ja? Warum kenne ich dann so viele Leute, die dort einen ‚kleinen Besuch‘ gemacht haben?“

„Ich weiß nicht. Muß wohl an Ihren Freunden liegen.“

„Da gibt's nichts zum Lachen. Sie können tun, was Sie für gut halten, Pater, aber ich sage Ihnen, es ist eine Nonnen-Variante von *Einer flog über das Kuckucksnest.* Tiefenanalyse nach C. G. Jung, Pseudo-Liturgie, Selbstoffenbarung und Selbstbesessenheit, das Denken der „neuen kirche“, natürlich vermischt mit echten Erkenntnissen. Es ist ein Prozeß, in dem Ihre Psyche unter der Direktion der Schwestern wie ein altes Motorrad zerlegt und wieder zusammengesetzt wird. Die akademischen Abschlüsse kommen ihnen aus den Ohren heraus. Sie wissen alles über Typen wie Sie. Sie haben süße Stimmen und durchdringende Augen. Sie sprechen sanft und leise in Andeutungen. Man könnte sie sogar religiös nennen nach der neuesten Mode. Niemand wird von Ihnen verlangen, daß Sie durch einen Ring springen oder zur analen Phase regredieren. Aber ich warne Sie, Sie werden nicht als der herauskommen, als der Sie hineingegangen sind.“

„Das ist nicht sehr ermutigend.“

„Das soll es auch nicht sein.

Wissen Sie was: Warum kommen Sie nicht zu uns und verbringen ein paar Monate mit Bob und mir und den Kindern. Wenn die Spaghettisoße und die

Windeln Sie nicht verrückt machen, dann werden wir Ihnen attestieren, daß Sie durch und durch gesund sind, und Sie werden fit wie ein Turnschuh zu Ihrem Erzbischof zurückkehren."

„Ich bin fit wie ein Turnschuh, danke sehr!", gab er bissig zurück.

„Ich weiß, ich weiß. War nur ein Spaß."

„Da gibt's nichts zum Lachen."

Smith wußte also, was da auf ihn zukam. Er rief Elijah an.

„Sie wollen mich über den Tisch ziehen, Pater", sagte er. „Wenn ich in eines dieser Reha-Zentren gehe, kann alles passieren. Am Schluß geht es mir wie meinem Freund, oder schlimmer. Wer weiß, vielleicht will ich dann nicht mal das Geweih wegschmeißen. Könnte Gefallen daran finden. Und wenn ich's auf ‚klassisch' mache, wie Sie das nennen, dann verbringe ich vielleicht den Rest meines Lebens damit, meine wechselnden Stimmungen zu analysieren und werde so zu einem chronischen Neurotiker. Auf der anderen Seite, wenn ich mich weigere, dann werden sie das gegen mich verwenden: ‚Da sieht man, was von diesen konservativen Priestern zu halten ist. Sie können nicht einmal gehorchen.' Sie werden es benutzen, um sich für ihr Vorgehen zu rechtfertigen."

„Reagieren Sie nicht. Tun Sie zunächst gar nichts", sagte Elijah. „Der Generalobere Ihres Ordens lebt hier in Rom. Ich werde versuchen, einen Termin bei ihm zu bekommen. Beten Sie in der Zwischenzeit, wie Sie nie zuvor gebetet haben."

„Gut, wenn Sie meinen", antwortete Smith niedergeschlagen. „Aber ich zweifle daran, daß das viel nützen wird. Die besonders netten Leute wollen keine Konfrontation. Er will sich bestimmt nicht gegen den Erzbischof stellen, und er will auch seine eigenen Leute nicht vor den Kopf stoßen. Delegation von Autorität, du weißt schon."

„Wir müssen beten."

Elijah traf den General am nächsten Tag, erklärte ihm die Situation und bekam von ihm die Zusicherung, daß er sich um die Angelegenheit kümmern wolle.

Mitte Juli erhielt Elijah einen Anruf von Smith.

„Sie haben es geschafft!", rief er. „Sie haben ein Wunder vollbracht! Der General hat meinem Oberen gesagt, daß er für mich ein Reha-Zentrum in Italien wüßte. Ich komme nächste Woche an."

„Wohin wird man Sie schicken?“

„Das ist der Clou: Ich werde im Hauptquartier in Rom rehabilitiert. Der General möchte, daß ich für die internationale Zeitschrift des Ordens arbeite. Alles ganz geheim, natürlich. Ich bin zu kontrovers, meint er, um eine sichtbare Rolle zu spielen, aber er will, daß ich stellvertretender Chefredakteur werde, ohne den Titel. Ich soll auch zu einem Psychiater gehen, aber der General sagte mir im Vertrauen, daß wir darauf verzichten können. Das ist seine Art, mich aus der Klemme zu holen, ohne daß es einen Aufstand im Orden gibt. Er ist ein gewiefter Kerl.“

„Wie Sie sehen, kann Gebet also doch nützlich sein.“

„Gebet und ein gewisser Pater Elijah! Gott segne Sie, mein Freund, Gott segne Sie!“

Elijah hatte das ungute Gefühl, es könnte ein Pyrrhussieg sein. Smith war zwar gerettet, aber auch unschädlich gemacht für die nordamerikanische Kirche. Der Interims-Chefredakteur war Chefredakteur und Mitherausgeber geworden. In den folgenden Monaten hatte *The Catholic Times* die Leserschaft an eine neue und scheinbar „offenere“ Weltsicht herangeführt. In kleinen, aber zielgerichteten Schritten war den Lesern ein neues Kirchenkonzept unterschoben worden. Am Anfang wurde jede Ausgabe mit einer Masse von Nachrichten über lokale Ereignisse vollgepackt, was jeden in Sicherheit wiegte – außer einige wenige mit dem Geist der Unterscheidung –, daß sich im Gemeindeleben nicht das Geringste geändert hatte. Nach und nach erschienen Reportagen von Konferenzen, Berichte von Medienereignissen und Buchbesprechungen, die den Neuerern eine öffentliche Plattform boten. Jede Ausgabe schob die Grenze ein klein wenig weiter hinaus. Allmählich gewannen die Leser der *Catholic Times* den Eindruck, daß die Katholiken landauf landab darauf drängten, die Kirche von der Wurzel bis zum Ast neu zu strukturieren. Die Wochenzeitung veröffentlichte zunehmend die gewichtigen Stellungnahmen theologischer Gesellschaften. Im Ton gelassener Objektivität brachten die Autoren ihre Kritik am Papst und der Arbeit des Vatikans vor, als gehe es dabei um große Entscheidungen. Waren früher die Ansprachen und Erklärungen des Heiligen Vaters im Wortlaut veröffentlicht worden, so schrumpfte der Platz dafür jetzt immer mehr zusammen, rutschte nach hinten, eingekeilt zwischen Werbung für Komplettreisen ins Heilige Land und leuchtende Heiligenfiguren. Viel Raum wurden den Erklärungen der Bischofskonferenz eingeräumt und dem üppigen Wachstum von Organisationen, die alle nach der „Reform der Kirche" riefen.

Innerhalb von acht Monaten hatte der neue Chefredakteur eine der größten katholischen Wochenzeitungen der westlichen Hemisphäre in ein machtvolles Instrument der Indoktrination verwandelt, ohne nennenswerten Widerstand hervorzurufen. Hunderttausende von loyalen Katholiken wurden schleichend an das neue Konzept der Kirche gewöhnt.

Elijah hatte die Smith-Krise mit ihren Auswirkungen von Anfang an genau beobachtet. Im August waren dies die Nachrichten der neuesten Ausgabe von *The Catholic Times:*

Rom lehnt Bibel ab, die in englisch sprechenden Ländern benutzt wird; Weltkonferenz des religiösen Lebens fordert größere Beteiligung von Frauen an der Kirchengesetzgebung; trotz der Verurteilung des neuen Lektionars durch Rom bleibt es bis zur endgültigen Klärung in Gebrauch, sagt die Bischofskonferenz; katholische Erziehung darf nicht ausgrenzen; Diskriminierung gegen Frauen beenden, fordert Erzbischof auf Synode; deutsche Bischöfe protestieren gegen Weigerung des Vatikans, wiederverheiratete Geschiedene zu den Sakramenten zuzulassen; westliche Kirche braucht neue Spiritualitäten, fordert Vorsitzende des Katholischen Frauenbundes; neuer Fall von sexuellem Mißbrauch durch Priester; Zentralkomitee der Katholiken fordert Demokratisierung der Kirche …

Und so weiter und so fort. In einer einzigen Ausgabe fanden sich dreizehn Artikel, welche die universale Kirche in ein schlechtes Licht rückten und die Vitalität regionaler Kirchen herausstrichen. Fünf Artikel konnten als rechtgläubig durchgehen. Sie waren kurz und trocken, kaum mehr als Aushängeschilder oder Füllmaterial. Es gab auch zwei kurze Auszüge aus Papstansprachen. Elijah kannte den ganzen Wortlaut und wußte, daß sie prophetischen Charakter hatten und klar und leidenschaftlich zu drängenden Zeitfragen Stellung nahmen. Die Zeitung hatte die trockensten Passagen herausgepickt, die, aus dem Zusammenhang gerissen, so gut wie bedeutungslos waren. Technisch gesehen konnte man der Zeitung nicht den Vorwurf der Illoyalität machen, und dennoch kämpfte sie an der Front der Revolte.

Elijah war gespannt, was als Nächstes käme. Die Antwort war ein empörter Pater Smith, der an der Kollegtür stand und mit der neuesten Ausgabe wedelte.

„Wo können wir reden?“, fragte er erregt. „Ungestört!“

„Hier nicht!“, sagte Elijah.

An einem Kaffeetisch am Tiber lasen die beiden Priester die Überschrift: „Ärzte erklären Papst für inkompetent“.

„Das ist lächerlich“, sagte Elijah kopfschüttelnd.

„Ich weiß. Lesen Sie weiter.“

Die Erklärung stammte von einem Ärztegremium, zwei aus den Vereinigten Staaten, einer aus Holland, ein anderer aus Großbritannien, welche die jüngsten Ansprachen des Heiligen Vaters, seine lehramtlichen Entscheidungen in den vergangenen Jahren und Aufnahmen seiner öffentlichen Auftritte analysiert hatten. Die Ärzte waren übereinstimmend der Meinung, der Papst zeige Symptome beginnender Paranoia. Untermauert mit Zitaten örtlicher Bischöfe und seinen kaum verborgenen apokalyptischen Warnungen hielten sie es für notwendig, daß der Pontifex eine längere Periode der Erholung einlege. Auch seine physische Gesundheit hätte erheblich nachgelassen, sagten sie. Zusätzlich weise er Symptome auf, die auf ein Frühstadium von Alzheimer hinwiesen. Sie berichteten von Ausbrüchen gegenüber Vatikan-Mitarbeitern, von seiner Unfähigkeit, abweichende Meinungen zu tolerieren, seiner wachsenden Entfremdung von der Stimme des Volkes. Diese fordere mit unabweisbarer Deutlichkeit die Neudefinition des Papstamtes. In der nachkonziliaren Epoche könnten an die Qualifikation des Bischofs von Rom dieselben Forderungen gestellt werden wie an alle anderen Bischöfe.

„Ich kann es nicht glauben“, sagte Elijah.

„Und das sollten Sie auch nicht“, sagte Smith. „Es ist eine inszenierte Geschichte von Anfang bis Ende. Der Papst ist ein alter Mann, aber ich hoffe, daß ich auch nur die Hälfte seiner geistigen Präsenz habe, wenn ich in seinem Alter bin.“

„Haben seine Leibärzte irgendetwas dazu gesagt?“

„Sie bestreiten es. Ebenso der Pressesprecher des Heiligen Stuhls. Sie sagen, es handle sich um haltlose und unwahre Spekulation.“

„Immerhin wurden diese Statements in dem Artikel zitiert.“

„Das ist nichts weiter als journalistische Kosmetik, damit der Eindruck von Objektivität entsteht. Jetzt können Sie sagen, sie hätten alle Seiten zu Wort kommen lassen, aber in Wirklichkeit haben sie den Gläubigen gewaltige Zweifel eingepflanzt. Das ist ein klassischer Fall von schleichender Manipulation."

„Der in einer Lüge gipfelt."

„Genau. Es ist diabolisch."

„Vielleicht. Es ist auch ganz menschlich."

„Elijah, ich muß Ihnen sagen, mir steht's bis hier" – er hob die flache Hand vor die Nase. „Am liebsten würde ich mir irgendwo ein stilles Kloster suchen, aber wer weiß, dann ist der Abt auch wieder ein verkappter Modernist. Mein Gott, ich habe es dermaßen satt!"

„Wie geht es im Büro des Generals?"

„Er hält sich ziemlich zurück. Man merkt, daß ihm das alles gegen den Strich geht, aber er will keinen Aufruhr. Er lächelt jeden an, der vorbeikommt, und murmelt etwas von Frieden halten und sich keine Sorgen machen. Zum Teufel, ich mache mir aber Sorgen!"

„Tun Sie das nicht."

„Was?", brauste Smith auf. „Sie werden doch nicht selbst schon weich geworden sein?"

„Nicht im Geringsten, aber eins weiß ich: wenn der Feind uns nicht mit einem Fehler zu Fall bringen kann, dann dadurch, daß wir uns den inneren Frieden rauben lassen. Wenn er uns so provoziert, daß wir wütend werden, dann hat er uns auf seine Seite gebracht."

„Was schlagen Sie vor?"

„Sehen Sie zu, daß Sie wieder ins Gleichgewicht kommen. Beten Sie für den Heiligen Vater. Vergeben Sie Ihren Feinden, sagen Sie ruhig und gelassen die Wahrheit, wann immer sich dazu eine Gelegenheit bietet. Aber hüten Sie die Tore Ihres Herzens, Pater. Seien Sie sehr wachsam."

Der Priester schaute nach unten. „Sie haben Recht", sagte er.

Elijah streckte den Arm aus und berührte die Brust des Paters. „Ihr Schmerz wird ein starkes Gebet, wenn Sie ihn mit dem Kreuz Christi vereinen. Er leidet in Seiner Kirche."

Smith sagte nichts, aber seine Augen wurden feucht.

„Es wird vermutlich eh nicht mehr lange sein. Der General meint bestimmt, er hätte einen Fehler gemacht, mich hierher zu rufen. Nicht auf einem offiziellen Dokument steht mein Name. Sie verstecken mich, als wäre ich Ihnen peinlich. Ich sitze den ganzen Tag in einem Kellerbüro, wo ich irgendwelche harmlose kleine Artikel redigieren darf. Ich soll alles herausschneiden, was auch nur im Geringsten auf eine Kontroverse hindeuten könnte. Das Ergebnis ist ein Vanillepudding, der dermaßen fad und gehaltlos ist, daß man wirklich nicht mehr von katholischem Journalismus sprechen kann. Tag für Tag sitze ich da und schneide alles weg, was auch nur einen Hauch von Männlichkeit hat. Man hat uns zu Neutren gemacht, Elijah, und das gefällt mir nicht. Es gefällt mir absolut nicht."

„Sie ärgern sich."

„Natürlich ärgere ich mich! Darf ich das nicht?"

„Es ist ganz normal, sich über das zu ärgern, was geschieht. Aber die Frage ist, was tun wir mit dem Ärger."

„Sehr weise", sagte Smith sarkastisch mit einem bitteren Zug im Gesicht.

„Können Sie diesen Ärger in Gebet verwandeln? Können Sie die Schläge des Feindes annehmen und gegen ihn wenden?"

„Wenn man es so sieht, dann wäre es wohl ein Verdienst, im Keller zu bleiben."

„Sehn Sie's als Katakombe."

Smith' Gesicht entspannte sich zum ersten Mal, und er konnte sich eines Lächelns nicht erwehren.

„Ach ihr Mönche! Ihr seid unglaublich."

„Meinen Sie, ich würde mich nicht mit Ärger herumschlagen?"

„Sie? Mein geistlicher Begleiter und Mentor? Sie wollen doch nicht sagen, daß unter Ihrem unerschütterlichen Äußeren ein widerspenstiges Herz schlägt."

„Sie sagen es."

Smith fand zu seinem Humor zurück.

„Umso besser. Dann können Sie mir ja sagen, was Sie mit Ihren rebellischen Impulsen machen."

„Genau das, was ich Ihnen vorgeschlagen habe. Ich versuche, sie zu verwandeln – in Brennstoff für Gebet."

„Hm. Keine schlechte Idee. Funktioniert es?"

„Immerhin hat es Sie nach Rom gebracht."

„Ein Punkt für Sie", sagte Smith lachend. „Ohne Sie und den Herrn würde ich jetzt wahrscheinlich mit einem Hirschgeweih um ein Lagerfeuer tanzen."

Die beiden Priester tranken ihren Kaffee aus, ließen ein paar Münzen auf dem Tisch liegen und gingen am Tiberufer entlang bis zu einer Bushaltestelle.

„Ich sollte ins Büro gehen. Sie lassen mich im Hauptquartier nicht aus den Augen. Offiziell bin ich immer noch ausgestellt, und ich will dem General keine Schwierigkeiten machen. Er hat schon einiges dafür einstecken müssen, daß ich hier bin."

„Es klingt, als wäre er kein schlechter Mann."

„Das ist es ja gerade. Er ist ein guter Mann, aber er hat keinen Mut. Wer hat denn überhaupt noch Rückgrat? Das ist das Schlimme! Niemand wagt es, diesen Leute auf dem Weg zur Macht in die Quere zu kommen. Niemand kann Kritik ertragen. Sie sind alle wie gelähmt."

„Der Papst tut, was er kann. Es gibt viele loyale Kardinäle. Sie versuchen, den Frieden zu bewahren und die Leute in die Realität zurückzurufen."

„Realität? Ich habe fast vergessen, was das ist. Bitte helfen Sie meinem Gedächtnis."

„Das Evangelium verkünden, lehren, nähren, schützen – und dem immer ähnlicher werden, der das Kreuz getragen hat und daran gestorben ist."

Smith machte eine Verbeugung und stieg in den Bus, der vor ihm anhielt.

* * *

Den Rest des Sommers verbrachte Elijah damit, sich wieder dem Studium der apokalyptischen Literatur zuzuwenden. Beim Stöbern in den Beständen der Bibliothek des Karmels stieß er auf eine Faksimile-Ausgabe eines Kommentars zum Buch der Apokalypse, verfaßt von einem spanischen Mönch aus dem achten Jahrhundert namens Beatus Liébana. Der heilige Beatus hatte diesen Kommentar während der arabischen Besatzung geschrieben. Ein Künstler namens Maius, ein Mönch im Kloster des heiligen Michael, hatte diesen Text im 10. Jahrhundert mit der einzigartigen Ikonographie des mittelalterlichen Spaniens herrlich illustriert.

Die Bildersprache war unglaublich vielfältig. Lilafarbene Drachen wanden sich um grellgelbe Städte. Smaragdgrüne Seraphim drehten die azurblaue Scheibe des Kosmos. Indigofarbene Skorpione stachen ihre Opfer. Erzengel, die wie Neon leuchteten, stürzten sich kerzengerade mit ausgestreckten Schwertern vom Himmel auf die Erde. Gärten quollen über vor reifen Früchten, Fallbeile sausten nieder, die Köpfe der Märtyrer lagen wie Fallobst auf dem Boden. Blut spritzte, Gedärme quollen hervor. Aus Schlangenmäulern ergoß sich eine schwarze Flut. Trompeten wurden geblasen. Der Botschafter für die Kirche von Sardes überbrachte die Warnung: *Dem Namen nach lebst du, aber du bist tot. Werde wach und stärke, was noch übrig ist.* Fanfaren! Blut! Feuer! Flut! Zwei Mönche traten als Zeugen gegen den Antichrist auf. Goldene Glut strömte von ihren Lippen. Der Antichrist tötete sie, während seine Anhänger Jerusalem niederrissen, Stein um Stein. Über allem das grimmige Antlitz Christi auf dem Thron in Erwartung des Jüngsten Tages – der Große Richter – weit erschreckender als das Raubtier, das seine Zähne in das Fleisch von Heiligen schlug.

Der Text war reich an Erkenntnis und historisch interessant. Aber Elijah berührte besonders die Schlußformel am Ende der Handschrift:

Mögen die Stimmen der Gläubigen erschallen und das Echo weitertragen! Möge Maius, der wahrlich klein ist, aber eifrig, jubeln, singen und ausrufen:

Gedenket meiner, ihr Diener Christi, ihr, die ihr im Kloster des höchsten Botschafters, des Erzengels Michael, wohnt.

Ich schreibe dies in Ehrfurcht vor dem erhabenen Patron und auf Befehl des Abtes Viktor aus Liebe zum Buch der Offenbarung des Jüngers Johannes.

Zu seinem Schmuck habe ich eine Reihe von Bildern zu den wunderbaren Worten der Geschichten gemalt, damit die Weisen das kommende Gericht am Ende der Welt fürchten mögen.

Ehre sei dem Vater und Seinem einzigen Sohn und dem Heiligen Geist und der Dreieinigkeit von Zeitalter zu Zeitalter bis ans Ende der Zeit.

Elijah überlas zunächst die Anspielung am Anfang, dann fiel sie ihm plötzlich auf: „Maius, der wahrlich klein ist“ war kein Schnörkel der Demut, sondern ein Witz von *Maius*, dem „Größeren“, über den ein anderer Mönch tausend Jahre später lachen konnte.

Er bemerkte außerdem, daß die Apokalypse des Beatus aus dem Chaos des maurischen Spaniens zur gleichen Zeit aufgetaucht war wie die Kopie des Averoes von Aristoteles. Das zeigte ihm wieder, daß Gott menschlichen und diabolischen Plänen immer weit voraus war. Und er fragte sich, warum man nur im Rückblick die Wege der göttlichen Vorsehung erkennen konnte.

Als der Sommer zu Ende ging, legte Elijah die *Apocalypsis* des Beatus beiseite und traf die notwendigen Vorbereitungen für sein Seminar. Er lebte von einem Tag auf den anderen in innerem Frieden, den er auch den Gebeten zuschrieb, die an vielen Orten der Erde für ihn dargebracht wurden. Es versetzte ihm einen Stich, wenn er daran dachte, daß seine Mission vollkommen gescheitert war, aber davon sagte er nichts zum Kardinalstaatssekretär. Falls er weiter am Internationalen Kolleg lehren und bis zum Ende seines Lebens in Rom bleiben sollte, nun, so sei es, auch wenn er insgeheim hoffte, daß er in die Wüste zurückkehren könnte. Irgendwann würden der Heilige Vater, *Stato* und *Dottrina* sicherlich erkennen, daß man andere Wege finden müßte, um an den Präsidenten heranzukommen. Sein Mahnschreiben an den Präsidenten hatte keinerlei Reaktion hervorgerufen. Auch wenn er taktvoll formuliert und den wichtigsten Gedanken indirekt vorgebracht hatte, dürfte der Präsident den Sinn verstanden haben: Es war mit dem Geist Christi unvereinbar, sich selbst als Retter der Welt zu begreifen. Bestimmt hatte der Präsident ihn von der Liste seiner potentiellen Anhänger gestrichen. Elijah rechnete nicht mit weiteren Einladungen. Diese Überzeugung – genauer diese Hoffnung – erleichterte ihn kolossal.

In der Woche vor Beginn des Semesters wurde sein relativer Frieden durch einen Brief von Anna Benedetti durcheinandergebracht.

> Foligno, 2. September
>
> Lieber Pater Schäfer,
>
> unsere Begegnung in Warschau hat mich sehr beeindruckt. Rückblickend gäbe es vieles, was ich gerne mit Ihnen besprochen hätte. Ich besitze ein Haus in der Nähe von Foligno, wo ich Gäste ohne die üblichen Formalitäten empfangen kann. Es wäre mir eine Ehre, wenn Sie einen Besuch in Erwägung zögen. Mein Sohn Marco und meine Tochter Gianna werden nächste Woche nach Mailand zurückfahren. Es würde mich freuen, wenn sie Sie vorher kennenlernen könnten. Ich glaube, Sie würden meine Kinder an ihren Vater erinnern, dessen Abwesenheit eine große Lücke in ihrem Leben hinterlassen hat. Würde Ihnen das kommende Wochenende passen? Wenn Sie zustimmen,

schicke ich einen Wagen.

Es grüßt Sie

Anna B.

Es dauerte ein paar Stunden, bis er seine Gefühle so weit geordnet hatte, daß er antworten konnte.

Rom, 6. September

Sehr geehrte Frau Dr. Benedetti …

Er strich die förmliche Anrede aus und nahm ein neues Blatt.

Liebe Anna,

Sie ehren mich mit Ihrer Einladung. Ich würde gerne kommen, um Sie und Ihre Kinder zu sehen. Leider hindern mich meine akademischen Verpflichtungen daran, Ihre Einladung anzunehmen. Unsere Begegnung in Warschau war auch für mich von Bedeutung. Ich werde Sie immer bewundern und werde immer für Sie beten.

Mit den besten Grüßen

Pater Elijah Schäfer

Er hoffte, daß er den Ton richtig getroffen hatte, herzlich aber doch mit der nötigen Distanz, und daß Sie Seine Antwort als Signal verstehen würde, keinen Kontakt mehr zu ihm aufzunehmen. Er hatte sie in der Erinnerung zu Ruth und Pawel gestellt und den vielen anderen, die er geliebt hatte mit einer Liebe, die erst im Paradies ihre Vollendung finden würde. Er trug zu viele Wunden, litt zu sehr an den Impulsen seiner Bedürftigkeit, als daß er seinem Herzen in ihrer Gegenwart hätte trauen können.

War er unaufrichtig? Aber was war die Wahrheit in Sachen des Herzens? Gab es etwas Schwankenderes als das Herz? Wäre es ehrlicher zu sagen: *Ich fühle mich zu Ihnen hingezogen, Anna, aber mein Leben gehört einem anderen, dem Einen, an den Sie nicht glauben?* Unmöglich, daß Sie das verstehen würde.

Er liebte sie. Ja, das gestand er sich ein. Ohne daß er es bemerkt hatte, war ihr Gesicht, ihre Stimme, ihre Seele ihm vertraut geworden. Und er liebte Christus. Er wußte, daß er, wenn er sich selbst liebte, das unauslöschliche

Siegel seines Lebens nicht aufgeben durfte – sein zölibatäres Priestertum, das eschatologische Zeichen für das Ende der Zeiten, durch das er in seinem eigenen Fleisch das letzte Ziel der Liebe bezeugte, die Vollendung der Liebe, nach der alle menschliche Liebe strebte und die auf dieser Erde nie erlangt werden konnte.

Im Paradies, würde er ihr sagen, *im Paradies werden wir ...*

Wieder ertappte er sich dabei, daß er sich mit ihr unterhielt. Er merkte, daß seine Fantasie zu arbeiten begann. Wenn er das nicht augenblicklich unterband, dann würde er bald von Gefühlsstürmen überwältigt.

Er hatte in seiner Antwort die Wahrheit gesagt. Er bewunderte sie wirklich. Er würde – daran gab es keinen Zweifel – bis zum Ende seines Lebens für sie beten. Aber er brauchte Abstand. Wenn er sich nur bald in die Wüste zurückziehen könnte!

Als er sich gerade wieder einigermaßen gefangen hatte, kam ein zweiter Brief.

> Foligno, 9. September
>
> Lieber Pater Schäfer,
>
> ich verstehe Ihre Lage durchaus. Bitte seien Sie gewiß, daß ich Sie ganz und gar respektiere und daß dies Ihre Lebensentscheidung einschließt. In meiner gegenwärtigen Situation gibt es wenige Menschen, denen ich vertrauen kann, und noch weniger, die Weisheit besitzen. Ich brauche Hilfe, und die Angelegenheit ist dringend. Würden Sie Ihre Entscheidung überdenken? Ich garantiere Ihnen Ihre Freiheit.
>
> Es grüßt Sie aufrichtig
>
> Anna Benedetti

Mir meine Freiheit garantieren? Was meint sie damit? Hatte sie zwischen den dürren Zeilen seiner Antwort doch richtig gelesen? Wenn ja, dann war die Situation jetzt noch schwieriger. Nein, er konnte nicht gehen.

Andererseits war da eine Seele in Bedrängnis. Bisher war sie ihm als ein Mensch erschienen, der die Erfahrung von leidvollen Situationen nicht zuließ. Wohlstand, Bildung, Status – eine undurchdringliche Rüstung. Was mochte ihr so zusetzen, und warum war es so dringend?

Er überlegte immer noch hin und her, als der Pförtner klopfte und sagte, er würde am Telefon verlangt.

„Hallo", sagte sie. „Haben Sie meinen Brief bekommen?"

„Ja, habe ich."

„Können Sie kommen?"

„Das ist schwierig."

„Ich bitte Sie darum."

„Sie haben in Ihrem Brief nicht gesagt, worum es geht. Sind Sie in Schwierigkeiten?"

„Ja."

„Was für Schwierigkeiten?"

„Das kann ich jetzt nicht sagen."

„Ist es gefährlich?"

„Das könnte sein."

Ihre Stimme war ruhig, aber nachdrücklich.

„Anna, es gibt doch bestimmt jemand anderen, an den Sie sich wenden können."

„Es betrifft auch Sie."

Schweigen stand zwischen ihnen. Ein paarmal öffnete er den Mund, um etwas zu sagen, und schloß ihn wieder. In ihm war eine Mischung von Angst und Hochgefühl.

„Es betrifft auch Ihre Kirche."

„Die Kirche?"

„Ich kann jetzt nicht darüber sprechen. Bitte, Sie müssen kommen."

„Gut. Ich werde kommen. Wann?"

„Morgen fährt mein Sohn wegen Familienangelegenheiten nach Rom. Er wird Sie am Abend, nach dem Abendessen, abholen und Sie hierher bringen."

„In Ordnung."

Ihr Seufzer der Erleichterung war deutlich hörbar und irritierend.

„Falls Sie irgendwie in Gefahr sind, sollte ich dann nicht gleich kommen?"

„Es wäre besser, wenn Sie mit Marco fahren. Bitte sprechen Sie nicht mit ihm darüber. Er weiß von nichts."

„Nichts über was?"

„Ich habe meine Kinder bewahrt … vor den Schwierigkeiten meines Lebens. Bitte tun Sie nichts, was ihr Glück stören könnte."

„Anna, Sie müssen mir sagen …"

„Ich kann nicht. Später werden Sie es verstehen." Sie hängte ein.

Auf der großen Reliefkarte von Italien, die neben der Portierloge im Flur hing, suchte er nach Foligno. Er fand es südlich von Assisi. War es eine Fügung? Er hatte sich danach gesehnt, Don Matteo wiederzusehen. Er hatte ihm in diesem Sommer mehrmals geschrieben, aber keine Antwort erhalten. Zweimal hatte er im Konvent angerufen und war jedes Mal mit der Begründung abgewiesen worden, Don Matteo sei krank und könne weder schreiben noch Besucher empfangen. Elijah war entschlossen, ihn an diesem Wochenende trotzdem zu sehen.

XVI

Foligno

Nach dem Abendessen am Freitag tauschte Elijah seinen Habit gegen ein Paar helle Hosen, ein weißes Hemd und eine Windjacke. Er betete das Brevier, während er auf dem Trottoir vor dem Kolleg auf und ab ging. Ein roter Sportwagen hielt neben ihm, und der Fahrer, ein sportlicher junger Mann, sprang heraus.

„Sie sind sicher der Freund meiner Mutter", sagte er, nahm die Sonnenbrille ab und schüttelte Elijah die Hand. „Ich bin Marco. Steigen Sie ein."

Sie waren schnell aus der Stadt heraus und rasten über die Autobahn nach Norden in Richtung Florenz. Sie plauderten über Belanglosigkeiten, bis der Junge sagte: „Sie sind ein Priester."

„Ja. Woran merkst du das?"

„Nicht an Ihrem Outfit. Ich kann's nicht sagen. Ihr könnt es einfach nicht verbergen."

„Und du, Marco? Was willst du mit deinem Leben anfangen?"

„Ich studiere Jura. Wir haben das in den Genen."

„Will deine Schwester auch Rechtsanwältin werden?"

„Nein. Gianna studiert Medizin."

„Habt ihr das auch in den Genen?"

„Sie ist ein Mutant. Das schwarze Schaf der Familie."

„Ich freue mich darauf, Sie kennenzulernen."

„Sie werden sie bestimmt mögen. Sie ist genauso vernünftig wie Mama."

„Und du?"

„Könnte man von mir nicht behaupten", sagte er grinsend.

Die Sonne ging unter, als sie nach Osten abbogen und allmählich in die Umbrischen Berge kamen.

„Werden viele Gäste da sein?"

„Nicht daß ich wüßte. Ich glaube, Sie sind der einzige."

„Seid ihr oft in Foligno?“

„Im Sommer und an Weihnachten.“

„Da müßt ihr ziemlich weit fahren.“

„Es geht. Mailand ist nicht so weit. Mama fliegt von Den Haag. Sie ist dauernd unterwegs. Wir haben ein Haus in Frankreich und eines in Belgien, außerdem einen Palazzo in Rom. Aber Foligno ist am schönsten. Sie werden staunen. Es ist grandios!“

„Grandios? Besser als der Palazzo?“

„Viel besser. Es ist einfach phantastisch.“

„Übertrifft es Frankreich und Belgien?“

„Bei weitem. Es ist ein großartiges Herrenhaus.“

Elijah bekam Zweifel, ob er das Wochenende genießen würde. In luxuriösen Residenzen fühlte er sich nicht wohl.

„Wie geht es deiner Mutter?“

Marco hielt einen Augenblick inne, bevor er antwortete.

„Sie ist sehr müde. Ich bin froh, daß wir an diesem Wochenende Besuch haben. Sie braucht Abwechslung. Mamma arbeitet zu viel. Klar ist sie berühmt und hat unglaublich viel geleistet. Aber ...“

„Aber?“

Der Junge zuckte mit den Schultern.

„Schauen Sie“, sagte er, „da drüben ist Terni. Dort biegen wir nach Norden ab und sind bald da.“

Fünfundvierzig Minuten später waren sie auf einer Schotterstraße und kurvten durch Weinberge einen Berg hinauf. Ein Tor kam in Sicht, das Marco mit einer Fernbedienung öffnete, ohne anzuhalten. Noch ein paar Biegungen und sie standen vor einem kleinen Bauernhaus, das von Wein überwuchert war.

„Unser Herrenhaus“, grinste Marco.

Elijah stieg aus und schaute sich um. „Es ist wirklich grandios. Ganz nach meinem Geschmack!“

Der Junge lachte anerkennend.

Die Haustür ging auf, und Anna kam ihnen entgegen.

„Pater Schäfer“, sagte sie freudig. „Sie haben die Fahrt überlebt? Danke Marco.“

„Er ist hart im Nehmen, Mamma.“

„Marco macht es unseren Gästen nicht leicht. Er hat schon das Leben von einigen verkürzt."

Sie ging voraus ins Haus und führte ihn in eine Wohnstube, die mit alten italienischen Bauernmöbeln eingerichtet war, und von dort in eine große Küche, erleuchtet mit einer Petroleumlampe und Kerzen. Eine schöne junge Frau stand am Holzherd und rührte in einem Topf. Sie wischte sich die Hand an der Schürze ab, ging auf Elijah zu und schüttelte ihm mit einem charmanten Lächeln die Hand.

„Das ist Gianna. Pater Schäfer."

„Es freut mich sehr, Pater. Ich hoffe, es gefällt Ihnen hier. Es ist ziemlich einfach."

„Das ist mir das Liebste."

„Das war das Elternhaus meiner Mutter", sagte Anna. „Oben steht noch das Bett, in dem sie geboren wurde. Mein Urgroßvater hat dieses Haus vor gut zweihundert Jahren für seine Braut gebaut.

‚*I Promessi Sposi*'[4], sagte Elijah.

Die drei Italiener schauten ihn an und brachen in Lachen aus.

„Ich mag ihn", sagte Marco. „Er darf bleiben."

„Wie gnädig von dir", erwiderte Gianna und puffte ihn mit dem Ellbogen in die Rippen. Bruder und Schwester rangen ein paar Augenblicke miteinander, bis sie der Junge wegstieß und zur Tür ging.

„Ich gebe mich geschlagen", sagte er beim Hinausgehen. „Morgen muß ich in aller Herrgottsfrüh los. *Buona notte* alle miteinander!"

„*Buona notte*", riefen sie ihm nach.

„Er geht morgen in der Adria auf einen Segeltörn", erklärte Anna.

„Mamma, warum setzt ihr euch nicht ins Wohnzimmer und trinkt einen Schluck Wein? Die Cannelloni dauern noch ein Weilchen. Ich rufe euch dann."

Anna schenkte zwei Gläser ein, und sie setzen sich einander gegenüber in zwei Sessel.

„Was für wunderbare Kinder Sie haben, Anna."

„Danke."

„Gianna ist Ihnen sehr ähnlich."

---

[4] Anspielung auf den Roman *Promessi Sposi* (Die Brautleute) von Alessandro Manzoni.

„Sie ist für mich eher eine Schwester als eine Tochter. Sie war immer reifer als ihre Altersgenossen, schon als Kind."

„Marco ist auch ein einnehmender junger Mann."

„Er ist die Freude meines Herzens. Aber er ist etwas verwöhnt."

„Es war sicher nicht einfach, sie allein zu erziehen."

Sie schaute in ihr Glas und trank einen Schluck.

„Schlägt er nach seinem Vater?"

„Ja, er ist ihm sehr ähnlich."

„Anna, Sie hörten sich am Telefon nicht gut an. Was ist los?"

„Sprechen wir später darüber. Ich möchte nicht, daß Gianna etwas davon mitkriegt."

Sie unterhielten sich über dies und das, bis Gianna hereinkam und sie zum Essen rief. Die beiden langten kräftig zu, während Elijah nur eine kleine Portion nahm, weil er schon in Rom gegessen hatte. Gianna erkundigte sich, wie man in Israel am besten reisen könnte. Sie würde gerne mal in einem Kibbuz arbeiten, wenn sie ihr Examen hätte. Elijah gab ihr die nötigen Tips. Gianna gähnte, gab ihrer Mutter einen Gutenachtkuß und ging nach oben.

Anna schaute ihn an.

„Sie sind müde, nicht wahr?"

„Das bin ich. Aber ich werde nicht schlafen gehen, bevor ich nicht weiß, was Ihnen auf der Seele liegt."

„Dann werden Sie erst recht nicht schlafen."

„Bitte erzählen Sie."

„Es ist kompliziert, eine lange Geschichte."

„Dann sollten wir anfangen."

Ihre Augen verdunkelten sich und ihr Mund wurde schmal. „Durch meine Arbeit habe ich mir ein analytisches Denken angewöhnt. Ich versuche mich strikt an die Logik und das Gesetz zu halten. Das ist Ihnen sicherlich aufgefallen."

„In der Tat."

„Ich neige nicht zur Gefühlsduselei. Ich war immer – wie soll ich sagen – *zurückhaltend*, was die nicht-objektive Realität angeht. Das half mir als junge Anwältin, in einem Feld erfolgreich zu sein, das von Männern beherrscht wird. Damals mußte man doppelt so gut sein wie ein Mann, um für halb so gut gehalten zu werden. Das ist heute besser, aber als ich mit meiner Kanzlei begann, war es noch so. Ich bin dankbar für diese Phase meines Lebens, ich habe viel gelernt, vor allem wurde ich ein Meister im Verbergen meiner Gefühle. Ich machte Karriere und habe erreicht, was ich wollte. Dafür habe ich hart gearbeitet und glaube, daß ich es verdient habe. Aber das hatte seinen Preis. Ich ließ in meinem Leben nichts zu, was außerhalb der genau abgesteckten Grenzen des Rationalen lag. Ich habe meinen Glauben an Gott verloren, an die Kirche, an die Menschheit. Das Gesetz wurde für mich zu einem Schutzwall gegen die irrationalen Kräfte der Gesellschaft.

Ich lernte einen anderen jungen Rechtsanwalt kennen, Stefano Benedetti. Er war ein aufsteigender Stern in der D*emocracia Christiana.* Man bereitete ihn auf eine Führungsposition vor. Die italienische Politik war ein einziges Chaos, voller Korruption und Orientierungslosigkeit. Stefano war ehrlich und sehr, sehr intelligent, ein Ehrenmann, von dem man munkelte, er könnte in zehn Jahren der nächste Premierminister sein. Es war eine aufregende Zeit für uns. Wir waren sehr glücklich. Im zweiten Jahr unserer Ehe kam Gianna auf die Welt und schon ein Jahr später Marco. Stefano kommt aus einer reichen Familie. Wir hatten ein Kindermädchen, machten fantastische Reisen, einfach ein Traumleben. Nach den Geburten meiner Kinder war ich nach ein paar Monaten wieder voll im Beruf. Wir stiegen höher und höher, ohne die üblichen Manöver und Manipulationen, es ging wie von alleine. Wir waren ein Traumpaar, wie es im Buche steht.

Eines Abends, im fünften Jahr unserer Ehe, verließ Stefano sein Büro und kam nie zu Hause an. Er war einfach verschwunden, ohne Warnung, ohne Lösegeldforderungen, ohne den leisesten Hinweis, wo er sein könnte."

„Wie entsetzlich! Sie sind sicher fast wahnsinnig geworden vor Sorgen."

„Ich habe keine Worte dafür, wie furchtbar es war."

„Ich habe nichts davon gehört. Ich war damals in den Karmel eingetreten. Wir haben von den Ereignissen in der Welt nicht sehr viel mitbekommen. Hat man ihn denn gefunden?"

„Sie fanden seinen Körper zwei Monate nach seinem Verschwinden. Todesursache Erwürgen. Man hat ihn gefoltert."

„Das tut mir sehr leid."

„Sie brauchen nichts zu sagen. Ich weiß, wie schwer es ist, so eine Geschichte anzuhören."

„Hat die Polizei die Mörder ausfindig gemacht?"

„Nein. Es gab nicht den kleinsten Hinweis in irgendeine Richtung, nicht einmal in eine falsche. Nichts, gar nichts."

„Glauben Sie, daß es politische Motive waren?"

„Bis vor kurzem habe ich das gedacht."

„Und jetzt nicht mehr?"

„Ich habe keine Beweise, aber inzwischen glaube ich, daß sein Tod mit etwas sehr Großem und sehr Düsterem zusammenhängt, wovon ich lieber keine Ahnung hätte."

„Wäre es dann nicht besser, zu vergessen ...?"

„Vergessen? Ich kann niemals vergessen. Ich mußte die Leiche identifizieren. Was sie mit ihm gemacht haben, ist unvorstellbar. Die Kinder haben das nie erfahren. Sie wissen nur, daß ihr Vater ermordet wurde, und sie glauben, so wie ich das lange getan habe, daß es ein sinnloser terroristischer Akt war, die Rote Brigade oder irgendwelche Faschisten im Untergrund."

„Ist etwas geschehen, das neues Licht auf das Verbrechen geworfen hat?"

„Nein. Keine juristischen Indizien."

Elijah schüttelte den Kopf.

„Aber ich habe eine Intuition ... eine weibliche Fähigkeit, auf die ich mich nie gestützt habe. Ich muß ein paar Jahre zurückgehen, um eine andere Situation zu beschreiben, eine, die mit Stefanos Tod nichts zu tun zu haben scheint. Wie Sie wissen, kenne ich den Präsidenten persönlich."

Elijah nickte, überrascht über die Wendung des Gesprächs.

„Wir waren von ihm geblendet. Er war damals jünger, noch nicht auf der ganzen Welt berühmt, aber er gewann zusehends an Einfluß. Man hatte das Gefühl, er sei ein Liebling der Vorsehung. Er war sehr reich, hatte Verbindungen zu wichtigen Banken in Italien, Frankreich und der Schweiz. Er ist universal gebildet, spricht viele Sprachen, hatte schon damals zahlreiche akademische Titel und hatte mehrere Bücher geschrieben. Stefano sagte, er sei ein ausgezeichneter Ökonom, sogar einer mit Prinzipien. Die Liste seiner Errungenschaften war endlos, wie Sie wissen. Nach Stefano war er der aufrichtigste Mensch, den ich kannte. Er war immer human, ohne politischen Ehrgeiz, wie es schien, seine nächsten Mitarbeiter gehörten sogar verschiedenen Parteien an. Er zog außergewöhnliche Persönlichkeiten aus den verschiedensten Bereichen in seinen Kreis und gab jedem von uns das Gefühl, daß sein Interesse ganz besonders ihm gelte. Man fühlte sich nie benutzt, selbst wenn er erkennen ließ, daß dieser oder jener Dienst von ihm geschätzt würde. Solche Bitten – das ist fast schon zu viel gesagt – brachte er ohne jeden Druck vor. Er war und ist ein Meister der feinen Töne.

Nur Stefano mochte ihn nicht. Das war mir immer ein Rätsel. Wenn ich einen Grund aus ihm herausholen wollte, dann konnte er nichts vorbringen, was mit dem Mann nicht in Ordnung gewesen wäre. Und doch mißtraute er ihm. Stefano war ein gläubiger Katholik, verstehen Sie, vielleicht hatte er dadurch eine Antenne, die mir abhanden gekommen ist. Er zog sich nach und nach aus dem Kreis zurück. Ich natürlich mit ihm, aber wider Willen. Wir erschienen nicht mehr bei den fantastischen Partys und den kulturellen Events, so daß wir schließlich nicht mehr eingeladen wurden."

„Wann war das?"

„Ungefähr drei Jahre vor Stefanos Tod."

„Erlauben Sie, Anna, aber ich konnte Ihre Vertrautheit mit dem Präsidenten beim Diner in Rom und in Warschau nicht übersehen. Irgendwann müssen Sie wieder Kontakt mit ihm aufgenommen haben."

„Ja."

„Kam er zur Beerdigung?"

„Oh ja. Er war einer der vielen VIPs. Ich habe ihn kaum wahrgenommen, weil ich ganz auf die Familie und die Kinder konzentriert war. Eine offizielle Kondolenz, schnell vergessen. In den Jahren nach seinem Tod beauftragte er mehrere Detektivagenturen mit der Untersuchung, nachdem die Polizei den Fall schon längst aufgegeben hatte. Es muß ihn ein Vermögen gekostet haben. Von ihm habe ich nichts davon erfahren, gemeinsame Freunde haben es mir gesagt. Das hat mich natürlich sehr berührt. Ich schrieb ihm eine Karte und dankte ihm. Er antwortete, und die Einladungen flatterten wieder ins Haus. Ich war am Boden zerstört und schrecklich einsam. Manchmal ging ich zu Gesellschaften mit dem Gedanken, vielleicht jemanden zu treffen, der diesen Riß in der Tiefe meiner Seele heilen könnte. Es war eine ständig blutende Wunde. Niemand konnte Stefano ersetzen.

Ihre Stimme zitterte, aber sie gewann ihre Selbstbeherrschung schnell zurück. „Wenn Gianna und Marco mich nicht gebraucht hätten, dann hätte ich mich umgebracht. Sie haben mir das Leben gerettet."

„Und der Präsident? Hat er Ihnen seinen Beistand angeboten, seinen Trost?"

„Er hat es versucht. Aber selbst er konnte nicht durchdringen. Trotz seiner vielen Freundlichkeiten war es mir unmöglich, einen Mann in meine Nähe kommen zu lassen, den Stefano so abgelehnt hatte. Ich zog also die Jalousien herunter. Wir pflegten eine distanzierte, freundliche Beziehung, die bis heute anhält."

„Warum bleiben Sie in seiner Gesellschaft?"

„Erinnerungen an Stefano hängen mit diesem Kreis zusammen, alte Freunde, nützliche Beziehungen für meine Arbeit. Ich bin eine Einzelgängerin, da kann man sich leicht isolieren. Außerdem arbeite ich viel zu viel. Die Kinder beschweren sich ständig darüber. Die lockere Verbindung zum Kreis des Präsidenten öffnet so manche Türen für mich, und ich genieße die gelegentlichen Ablenkungen."

„Ich dachte, Sie wären seine Vertraute."

„Jeder und niemand ist sein Vertrauter. Es gibt Kreise innerhalb von Kreisen. Ich bin da irgendwo in der Mitte angesiedelt, weit entfernt vom radioaktiven Kern, dem Präsidenten selbst, aber doch näher, als viele Leute, die sich für seine nahen Freunde halten. Es ist eine eigenartige Position."

„Eine einzigartige, wie ich vermute."

„Vielleicht ist es so. Es hat nie eine romantische Affäre gegeben, falls Sie das meinen. Nicht die geringste."

Elijah trank langsam den letzten Schluck aus seinem Glas, und Anna ging und holte eine neue Flasche.

„Ich weiß, ich setzte Ihnen zu. Es ist spät, und Sie sind sicherlich sehr müde. Morgen ist auch noch ein Tag."

„Von mir aus können wir die ganze Nacht lang sprechen, wenn Sie möchten."

„Wo war ich? Ach ja, die Beziehung zum Präsidenten nach dem Tod."

„Ja, das überrascht mich. Was hat er denn beabsichtigt?"

„Weil er mich wieder eingeladen hat? Ich diene wohl als Dekoration. Als öffentliche Person, die ich bin, bekommt er durch den Umgang mit mir und meinesgleichen ein gewisses Flair von ziviler Rechtschaffenheit. Geld ist anrüchig. Männer wie er legen größten Wert auf einen tadellosen Ruf."

Sie hielt inne und blickte zu dem dunklen Fenster, vor dem die schlichten Leinenvorhänge nur halb zugezogen waren.

„Ich rede und rede. Eine Richterin sollte das nicht tun. Wo war ich?"

„Sie haben davon gesprochen, es sei neues Licht auf den geheimnisvollen Tod Ihres Mannes gefallen, sie hätten eine Intuition gehabt ...“

„Ach ja. Wie soll ich das beschreiben? Da gibt es so viele unerklärliche Einzelheiten, die ich über die Jahre immer wieder beiseite geschoben, aber nicht vergessen habe. Das meiste ist bedeutungslos, aber manches drängt sich doch wieder ins Bewußtsein, und ich finde keine Erklärung. Nichts davon würde in einem Gerichtsverfahren zugelassen werden. Aber als Richterin lernt man, Dinge unterhalb der Ebene von Worten wahrzunehmen, auch wenn eine fundamentale Objektivität aufrechterhalten werden muß.“

„Zum Beispiel?“

„Vor einem Jahr wurde Ihr Name bei einer Gesellschaft erwähnt.“

„Vor einem Jahr grub ich den Garten im Karmel um.“

„Wie auch immer, Ihr Name tauchte auf. Man sagte, sie wären in Israel aufgestiegen und hätten eine Art Vorläufer werden können für das, was der Präsident heute tut. Jemand – ich weiß nicht mehr wer – machte eine verächtliche Bemerkung, Sie hätten sich in die Religion geflüchtet und alles aufgegeben. Das ließ mich aufhorchen. Mir war noch nie jemand begegnet, der so etwas auch nur erwogen hat. Damals wünschte ich mir, Sie kennenzulernen, aber das schien höchst unrealistisch.

In diesen wenigen Minuten, als man über Sie sprach, geschah etwas Eigenartiges. Es schien damals unwichtig, aber aus irgendeinem Grund habe ich es nicht vergessen. Ich habe es in meinem Gedächtnis im Ordner für Geheimnisvolles abgelegt. Als man über Sie sprach, zog etwas hinter den Augen des Präsidenten vorbei. Wie soll ich es ausdrücken, ohne daß es wie ein Melodrama aus einer billigen Geistergeschichte klingt? Ich kann nur sagen, daß ich wahrnahm, wie ein Schatten über und durch und hinter seinen Augen vorbeizog. Es dauerte nur einen Bruchteil einer Sekunde und war so schnell wieder vorbei, daß ich mich fragte, ob ich mich nicht getäuscht hatte. Aber dieser Blick rief eine Erinnerung hervor, an die ich jahrelang nicht gedacht hatte. Stefano und ich waren auf einer Party im Geléone Palast in Rom gewesen, fast zwanzig Jahre vorher. Wir hatten das Gefühl, die Welt liege uns zu Füßen. Stefano wurde von allen bewundert. Die Leute liebten ihn. Sie hätten ihn auch geliebt.“

Sie räusperte sich, fing sich aber gleich wieder und fuhr fort:

„Ich war hinausgegangen, um die Nachtluft einzuatmen Damals war ich mit Marco schwanger. Ich stand auf dem kleinen Balkon, von dem aus man auf den Garten im Innenhof schauen kann. An diesem Abend war ich fast außer mir vor Glück, obwohl mir ein bißchen schlecht war. Ich fragte mich, ob auf dieser Erde noch jemand so glücklich wäre wie ich. Ich ging in den kleinen Salon zurück, in dasselbe Zimmer, in dem Sie und ich einander zum ersten Mal begegnet sind. Niemand bemerkte mich. Alle möglichen einflußreichen Leute standen dort zusammen, Generäle, Finanziers, Politiker. Stefano sprach über die Notwendigkeit, für die europäische Politik eine moralische Vision zu entwickeln. Er nannte es christlichen Humanismus. Damals fand ich es etwas peinlich, daß er seinen Katholizismus so freimütig bekannte. Wie die meisten anderen, die dort versammelt waren, hielt ich die christliche Form des Humanismus für überholt, aber ich liebte und bewunderte ihn für seinen Mut. Ich jubelte über diesen Ehemann. Er sprach leidenschaftlich und voller Begeisterung. Die Leute hingen ihm an den Lippen. Da warf ich einen Blick auf den Gastgeber. Ich hatte erwartet, auf seinem Gesicht das zu sehen, was ich in meinem Herzen fühlte. Bestimmt liebte auch er Stefano. Aber da sah ich etwas, das mich erschreckte. Er schien Stefano zu schätzen, aber einen Augenblick lang verdunkelte sich sein Blick. Ein Schatten ging über seine Augen, das Lächeln auf seinem Mund erstarb, und war schon wieder da, eh ich es recht gesehen hatte. Ich tat die Sache als Einbildung ab. Aber letztes Jahr, als bei der Erwähnung Ihres Namens plötzlich dieser Blick wieder auftauchte, da erinnerte ich mich daran. Da wußte ich, daß der Mann, der zur einflußreichsten Gestalt auf dieser Welt geworden war, meinen Mann gehaßt hatte."

„Und folglich auch mich haßt."

„Könnte sein, wenn ich mich nicht täusche."

„Es könnte aber auch falsch sein."

„Ja, könnte es", sagte sie zweifelnd.

„Aber das glauben Sie nicht?"

„Ich denke, daß meine Intuition zutrifft."

„Und was heißt das? Wollen Sie damit sagen, daß er etwas mit Stefanos Tod zu tun haben könnte?"

„Ich weiß es nicht. Ich bin nicht sicher. Ich bin weiter zu seinen Banketts und Komitees gegangen, aber mit weit offenen Augen, ich beobachte und warte. Meine Antennen vibrieren bei kleinsten Signalen, Blicken, Schatten."

„Wie Sie schon sagten: nichts, was in einem Gerichtssaal vorzuweisen wäre."

„Genau. Es ist noch nicht auf dieser Ebene der Verifizierbarkeit."

„Ich verstehe allerdings immer noch nicht, was ich damit zu tun habe. Warum interessiert er sich für mich?"

„Als Ihr Name so abschätzig genannt wurde, sagte der Präsident etwas, das ich damals nicht richtig einschätzen konnte. Unabhängig von Ihrer Religion, meinte er, seien Sie eine Person mit hervorragenden Fähigkeiten, die etwas Wertvolles zur neuen Ordnung beitragen könnte. Das waren genau seine Worte: *Etwas Wertvolles zur neuen Ordnung beitragen.* Mehr wurde nicht gesagt, aber ich spürte diese eigenartige Mischung aus Bosheit und Begierde. Ich erkannte, daß er Sie haßte, Sie aber doch für etwas benutzen wollte. Ich war sprachlos. Warum haßte er jemanden, den er gar nicht kannte?"

„Die Menschen finden alle möglichen Gründe, einander zu hassen."

„Aber warum Sie?"

Elijah dachte nach. „Es gibt einen Haß, der seine Wurzeln nicht in menschlichen Motiven hat. Er kann rein spirituelle Ursachen haben."

„Was meinen Sie damit?"

„Die Seele ist nicht so einfach, wie wir meinen. Intellekt, Vorstellung, Gefühle, physische Prozeße. Eins beeinflußt das andere, die Gedanken die Gefühle und die Gefühle die Gedanken, die Gesundheit die Stimmung und die Stimmung die Gesundheit. Kann jemand wirklich wissen, was in der Seele eines Menschen vorgeht? Und doch vermute ich, daß er instinktiv erkannt hat, daß ich einen leibhaftigen Widerspruch zu seiner Vision darstelle."

„Er schien darin kein Problem zu sehen."

„Es ist sein Metier, den Geist anderer Menschen zu beeinflussen. Wenn sich jemand so radikal verändert, wie ich das getan habe, könnte man ihn dann nicht wieder umdrehen und für die eigene Sache gewinnen?"

„Ist das möglich?"

„Die Frage ist, ob *er* denkt, daß es möglich ist. Offenbar meint er das, sonst hätte er nicht versucht, mich in seinen Kreis hineinzuziehen."

„Aber die Bosheit ...sie kam so plötzlich, so unvermittelt."

„Seine Reaktion könnte durchaus durch spirituelle Kräfte außerhalb seiner Seele hervorgerufen worden sein."

Anna war das nicht geheuer, und sie wischte den Gedanken mit einer

Handbewegung fort.

„Der Teufel? Tut mir leid, Pater, aber ich bin zu sehr Rationalistin, um eine solche Idee überzeugend zu finden."

Elijah antwortete nicht gleich. Hatte es Sinn, ihr zu dieser späten Stunde die Idee des unsichtbaren geistlichen Kampfes nahezubringen? Vielleicht ein andermal.

Sie wechselte das Thema:

„Als ich Ihnen zum ersten Mal begegnet bin, spürte ich, daß sie einen ebenso noblen Charakter haben wie Stefano, daß Ihnen aber das soziale Charisma fehlt. Sie sind ein Mann ohne Arg. Dennoch fragte ich mich, ob man Sie zu einem weiteren Tilman umformen könnte. Ich hielt es für möglich, weil es ihnen fast immer gelingt."

„Und zu welchem Schluß sind Sie gekommen?"

„Sie sind kein Tilman. Sie könnten nie einer werden. Warschau hat diese Angst beseitigt. Aber Sie sind immer noch ein Geheimnis für mich."

„Es ist ganz einfach, Anna. Ein Mann ist das, was er liebt. Ein Mann ist das, wofür er lebt und wofür er stirbt."

„Was lieben Sie? Was ist für Sie real?"

„Ich liebe Gott. Er ist wirklich."

„Theologie ist nicht logisch."

„Logik enthält nicht die Theologie, aber die Theologie enthält die Logik."

„Darüber kann man streiten. Oh, da haben wir's wieder. Solche Unterhaltungen gleiten immer in Abstraktionen ab."

„Die Liebe, die Gott über der Welt ausschüttet, wird in unserem Leben in dem Maß wirksam, als wir uns dafür öffnen. Solange wir das nicht tun, meinen wir, es wäre nur eine Abstraktion."

„Ist das so? Vielleicht stimmt es. Der Tod war eine Abstraktion, bis Stefano starb."

„Mit der Liebe ist es dasselbe."

„Aber sagen Sie, kann man nicht erst dann über menschliche Liebe sprechen, wenn man einen anderen lebendigen, atmenden Menschen liebt?"

„In der einwohnenden göttlichen Liebe ist alle menschliche Liebe enthalten."

„Ich meine Fleisch und Blut und Leidenschaft."

„Auch das ist darin enthalten, wenn auch in anderer Form."

„Haben Sie nie eine Frau geliebt?"

Er erzählte ihr von Ruth. Sie hörte zu, bis er am Ende war.

„Das tut mir leid", sagte sie. „Ich wußte das nicht."

Sie tranken den restlichen Wein, und Anna stand auf.

„Es gibt noch mehr zu erzählen, aber das hat bis morgen Zeit", sagte sie.

Sie führte ihn zum Gästezimmer.

„Dies war das Zimmer meiner Großeltern und sogar meiner Urgroßeltern. Sie waren ein wunderbares altes Paar. Sehr fromm", sagte sie und berührte das kleine Kruzifix über der Kommode. Über den schmalen Betten hing ein Herz Jesu-Bild.

„Was waren sie für Leute?"

„Nonno war Bauer und Nonna Hausfrau. Mit Schulbildung war es nicht weit her. Sie waren wie ein Hahn und eine Henne, immer zusammen, nicht einen Tag in ihrem ganzen Eheleben getrennt. Von den sieben Kindern war meine Mutter die jüngste. Sie sparten jeden Centesimo und schickten sie auf die höhere Schule. Dort lernte sie meinen Vater kennen. Er stammte aus Florenz, war der Sohn eines Stadtrates, obere Mittelklasse."

„Leben Ihre Eltern noch?"

„Sie sind beide gestorben. Das Land wurde aufgeteilt, als Mamma starb, und ich bekam das Haus. Ich liebe diesen Ort mehr als alles andere auf der Welt. Ich habe nichts verändert. Wenn mir alles zu viel wird, dann fliehe ich hierher. Für Gianna und Marco ist es nicht das Gleiche. Sie haben ihre Zukunft vor sich, und jungen Leuten ist die Tradition nicht so wichtig. Gianna wird es eines Tages verstehen. Es wird ihr gehören, wenn ich nicht mehr da bin."

„Es ist ein Raum voller Frieden. Ich werde sicher gut schlafen."

„*Bene!* Ich wünsche Ihnen eine gute Nacht. *Buona notte*, Pater Elijah."

„*Buona notte,* Anna."

* * *

Wie vermutet, schlief er gut. Er stand mit der Sonne auf, betete sein Brevier und zelebrierte im Schlafzimmer die Messe, bevor die anderen wach waren. Kurz darauf hörte er, wie Marco sein Auto anließ und jemand die quietschende Tür vom Küchenherd öffnete. Bald drang der Duft von Kaffee und gebratenem Schinken nach oben.

In der Küche stand Gianna neben dem Herd.

„Guten Morgen, Pater. Haben Sie gut geschlafen?“

„Danke, ausgezeichnet. Scheint wieder ein schöner Tag zu werden.“

„Keine Wolke am Himmel. Es soll allerdings kühler werden.“

Sie stellte einen Teller mit Spiegelei und Schinken vor ihn hin, Toast mit Stachelbeermarmelade, Haferflocken mit Milch und eine große Tasse Kaffee.

„Schläft deine Mutter noch?“

„Ja. Es ist wohl spät geworden gestern Abend.“

„Gut, daß sie sich ausschläft.“

„Ich bin froh, daß Sie hier sind. Sie braucht jemanden, mit dem sie sich aussprechen kann. Das Leben war nicht leicht für sie.“

„Sie hat viele Aufgaben.“

„Zu viele.“

„Sie ist eine außergewöhnliche Frau.“

„Ja, das ist sie. Sie arbeitet und arbeitet und tut kaum etwas für sich, außer daß sie ab und zu hierher kommt.“

„Sie hat mir von eurem Vater erzählt. Es tut mir sehr leid, daß ihr ihn verloren habt.“

Das Mädchen nickte, und ihr Gesicht wurde traurig.

„Erinnerst du dich an ihn?“

„Ein wenig. Er war sehr liebevoll. Ich kann mich erinnern, daß er mir wie ein Riese vorkam. Er sah sehr gut aus. Jeder liebte ihn.“

Sie schaute auf das Buch, das aufgeschlagen neben ihr lag.

„Was liest du?“

„Kirkegaard.“

„Interessiert dich Philosophie?“

„Leidenschaftlich, aber sagen Sie's niemandem, es ruiniert die Chancen einen Mädchens.“

„Das dürfte für dich keine Gefahr sein. Bestimmt stehen die Verehrer bei dir Schlange.“

„Hunderte. Ich muß die Tür verriegeln.“

„Gut. Nimm nicht den ersten Antrag an.“

„Bestimmt nicht. Ich verspreche es.“

Plötzlich wurde sie ernst. Sie blätterte, bis sie eine bestimmte Stelle gefunden hatte. „Hier, darüber muß ich viel nachdenken. Möchten Sie es hören?"

„Sehr gerne."

„Hören Sie: *Die Mehrzahl der Menschen ist subjektiv gegenüber sich selbst und objektiv gegenüber andern. Furchtbar objektiv manchmal. Aber die wirkliche Aufgabe besteht darin, sich selbst gegenüber objektiv zu sein und subjektiv gegenüber allen anderen.*"

Sie strahlte ihn an. Ist das nicht großartig? Sagt er nicht mit ein paar Zeilen, worum es geht?"

„Er sagt etwas Wichtiges."

„Mamma gefällt das nicht. Sie sagt, wir sollten in allen Dingen objektiv sein."

„Wahrscheinlich meint sie das in Bezug auf ihre Arbeit."

„Nein, sie will, daß alles ganz nüchtern betrachtet wird. Sie will sich immer raushalten aus dem Leben. Sie ist sehr verletzt, wissen Sie. Ich sage, *Mamma, du mußt nicht immer und überall die Richterin sein.* Sie findet das auch, aber sie scheint es nicht ändern zu können. Weich ist sie nur mit Marco und mir und diesem Fleckchen Erde hier."

„Wie gut, daß sie euch hat."

„Ich glaube, es ist gut, daß sie Sie gefunden hat, Pater. Sie braucht einen Freund."

„Sie hat bestimmt viele Freunde."

„Hunderte. Sie muß auch die Tür verriegeln."

Sie goß ihm Kaffee nach und legte ihm noch einen Toast mit gebratenem Schinken auf den Teller.

„Bitte essen Sie!"

„Ich gehorche freiwillig, Gianna."

„Wissen Sie, was sie zu mir gesagt hat, als sie dieses Wochenende plante?"

„Nein."

„In all den Jahren seit Papas Tod seien Sie der erste Mensch, dem sie ganz vertrauen könne."

„Das ist eine große Ehre, wenn das deine Mutter sagt. Ich hoffe, daß ich sie verdiene."

Sie sah ihn ernst und fragend an, dann lachte sie. „Welche Demut! Ich habe vergessen, wie religiöse Leute sind."

„Gibt es in Mailand keine?"
„Ein paar."
„Kennst du welche?"
„Einen. Er ist so demütig wie Sie. Aber gleichzeitig stolz."
Ihr Blick ging in die Ferne, ohne nähere Erklärung.
„Mehr nicht? Ein einziger Christ an der Universität von Mailand?"
„Sie bewegen sich in anderen Kreisen. Ich bin eine Einzelgängerin."
„Gibt es keine Kreise für junge Philosophen?"
„Doch. Aber die meisten sind so wie ich. Es ist schwer einen Club für Einzelgänger zu gründen."
„An was glauben deine Philosophenfreunde?"
„Als ich mit dem Medizinstudium begann, waren die Leute, die ich kannte, fast alle Marxisten. Idioten! Nein, Halbidioten: sie waren Gramsci-Marxisten, nicht die Gulag-Folter-Typen. Viele habe die Nase voll davon, manche sind Kapitalisten geworden, manche Umweltfreaks, einige sind sogar in die Kirche zurückgegangen."
„Was ist passiert, daß Sie sich verändert haben?"
„Ich vermute, unsere Generation ist einfach erwachsen geworden. Es ist interessant, daß sowohl schlichte Gemüter wie hochintelligente Leute zur Kirche zurückkommen. Für uns Agnostiker ist das seltsam. Lachen Sie mich nicht aus, Pater Schäfer, oder ich lasse Ihren Schinken verbrennen."
„Verzeihung!"
„Ich vermute, daß manche aus dem Glauben Kraft schöpfen, um mit dem Leben fertig zu werden. Das Leben kann sehr häßlich sein."
„Und sehr schön."
„Das auch. Aber keiner hat jemals den häßlichen Teil erklärt. Ich werde nie vergessen, wie ich zum ersten Mal bei einer Autopsie dabei war. Soll ich es Ihnen erzählen?"
Er schaute auf die Schinkenscheiben auf seinem Teller. Sie lachte auf.
„Also nicht?"
„Doch, doch. Ich möchte es hören!"
Sie stand mitten in der Küche, schaute in die Ferne und ließ den Pfannenwender an einer Hand baumeln.
„Es war ein sehr komisches Gefühl. Da lagen ungefähr zwölf Leichen auf den Tischen. Sie hatten alle schwarze Plastiktüten über dem Kopf. Es sollte

uns die Sache wohl erleichtern, wenn man die Person nicht erkennen konnte. Wir sollten nicht daran denken, daß es Menschen waren."

„Verstehe."

„Du reißt dich zusammen, versuchst deine Nerven zu beruhigen und schaust dem Professor zu, wie er schneidet. Es ist eine ganz technische Angelegenheit. Alles im Körper hat einen lateinischen Namen. Ich fand es faszinierend, aber ich mußte immer wieder auf die Plastiktüte schauen. Ich fragte mich, wer sie war, diese alte Dame, die wir da zerschnippelten. Ein paar von den Leichen waren Leute, die ihren Körper der Wissenschaft zur Verfügung gestellt hatten, aber die meisten waren Obdachlose, die vom städtischen Leichenhaus überstellt worden waren. Unsere zum Beispiel. Es war offensichtlich, daß sie kein gesunder Mensch gewesen war. Ihre Fingernägel waren fleckig, ihre Haut rissig, niemand hatte sich um sie gekümmert – das konnte man sehen. Wenn ich Ihnen sage, was ich getan habe, ob Sie mich dann für sonderbar halten?"

„Kommt darauf an, was du getan hast."

„Ich riskierte es. Mittags gingen alle aus dem Saal hinaus. Für die meisten war es das erste Mal, und niemand hatte großen Appetit. Ich ging allein zurück und zog die Plastiktüte vom Kopf der alten Frau."

„Warum hast du das getan?"

„Ich weiß nicht, warum."

„Und was hast du gesehen?"

„Bitte halten Sie mich nicht für verrückt, aber ich sah meine Großmutter. Es war natürlich nicht wirklich meine Gossmutter, aber ich dachte, *Das könnte meine Nonna sein.* Das könnte Mamma sein in einigen Jahren und irgendwann ich selber."

„Das ist kein bißchen verrückt."

„Ich bin froh, daß Sie so denken. Dann geschah noch etwas anderes. Ich mußte plötzlich weinen. Ich konnte gar nicht mehr aufhören. Meine Tränen tropften auf ihr Gesicht. Ich streichelte ihr über die Stirn. Ihr Haar hing wild herum, voller Dreck. Sie war eine arme alte Bettlerin. Wahrscheinlich ist sie allein gestorben, unerwünscht und ungeliebt. Ich flocht ihr Haar rund um den Kopf zu einem Zopf. Es dauerte eine Weile. Dann deckte ich sie wieder zu."

Elijah schaute aus dem Fenster. Gianna schüttelte sich und machte sich am

Herd zu schaffen.

Da kam Anna die Treppe herunter.

„Du siehst heute recht ernst aus", sagte sie zu ihrer Tochter und gab ihr einen Guten-Morgen-Kuß gab.

„Ich habe Pater Schäfer erklärt, wie man einen Körper seziert."

„O Gianna, bitte, am frühen Morgen!"

Elijah mischte sich ein. „Es war wirklich sehr interessant. Sie dürfen stolz sein auf Ihre Tochter, Anna."

„Und wie ich das bin! Aber bitte keine Anatomie-Diskussionen vor dem Frühstück."

Sie setzte sich zum Essen und fragte Elijah: „Was möchten Sie heute tun?"

„Was immer Sie wollen. Was schlagen Sie vor?"

„Gehen wir spazieren. Ich möchte Ihnen eine Grotte zeigen, die mein Urgroßvater oben auf dem Berg angelegt hat."

„Hätten wir Zeit, nach Assisi zu fahren?"

„Können wir machen. Es ist nicht weit."

„Ich habe dort einen Freund, den ich gerne sehen würde. Wir würden nicht lange bleiben."

„Gut. Fahren wir nach dem Frühstück. Wir können dann am Nachmittag hinaufgehen."

Sie holte eine unbestimmbares Vehikel aus einem Schuppen, und sie fuhren los.

„Haben Sie meine Tochter ein wenig kennengelernt?"

„Sie ist reizend. In zehn Minuten sind wir weit gekommen. Wir begannen mit der Philosophie, galoppierten durch die Religion und endeten bei der Autopsie."

„So ist Gianna. Manchmal denke ich, sie ist eher eine Dichterin als eine Medizinerin."

„Vielleicht würde Philosophie besser zu ihr passen, die liegt in der Mitte zwischen Dichtung und Naturwissenschaft."

„Sie könnten recht haben."

„Machen Sie sich Sorgen um sie?"

„Nicht mehr als üblich. Ich sorge mich schon aus Gewohnheit um die Kinder. Manchmal frage ich mich, ob es richtig war, sie in diese Welt zu bringen, bedenkt man den Zustand, in dem sie ist."

„Sie werden es sicher gut machen. Das nötige Rüstzeug haben Sie ihnen mitgegeben. Gianna ist eine gute Seele. Sie ist sensibel und scheint sehr glücklich zu sein."

„Sie ist verliebt in einen jungen Mann in Mailand."

„Wie ist er? Paßt er zu ihr?"

Sie warf ihm einen Blick zu.

„Passend? Was für eine herrlich altmodische Frage. Er ist außerordentlich passend. Wir mögen ihn alle sehr gern, aber … "

„Aber?"

„Er ist jung und idealistisch und studiert Jura. Ein Freund von Marco. Er ist nicht reich und nicht arm; sein Vater ist Professor für Ethik; er sieht gut aus, ist männlich und warmherzig und das Erstaunlichste ist, Sie werden es nicht glauben, er ist noch Jungfrau! Er hat es ihr gesagt und ist sogar stolz darauf. Sie haben sich entschieden, bis zur Ehe zu warten. Stefano war auch so. Er ist Stefano so ähnlich, daß es mir fast Angst macht."

„Angst? Es klingt, als wäre er eine Antwort auf das Gebet einer Mutter."

„Es ist ein Rezept für die Katastrophe. Was glauben Sie, was mit so einem jungen Mann geschehen wird?"

„Vielleicht ist er einer von denen, die wieder Licht ins öffentliche Leben bringen."

„Zu welchem Preis? Ich will nicht erleben, daß Giannas Herz bricht."

„So wie Ihres?"

„So wie meines."

„Ist das fair gegenüber Gianna? Hat sie nicht das Recht, das Risiko eines zerbrochenen Herzens einzugehen?"

Anna sah traurig aus und zuckte mit den Schultern. „Er nimmt es sehr ernst mit seinem katholischen Glauben."

„Das wird ja immer besser. Gibt es ihn wirklich?"

„Oh ja, er ist ein exotisches Geschöpf, aber ein reales."

„Es gab Zeiten, da hätte man ihn für ganz normal gehalten."

„Diese Zeiten sind vorbei."

„Meinen Sie? Ich glaube, daß sie wiederkommen. In der Tiefe ihres Herzens wollen die meisten Menschen Treue. Sie wollen hochherzige Ehepartner, die bereit sind zum Verzicht."

„Ich fürchte, daß wir uns da nicht einig werden. Wir haben ein unterschiedliches Fundament."

„Anna, wenn wir Freunde sind, darf ich Ihnen etwas Unverblümtes sagen?"

„Nur zu!"

„Ich glaube, daß Sie etwas irrational sind."

„Irrational! Ich bin völlig rational. *Sie* sind irrational!"

„Außerdem glaube ich, daß Sie himmelschreiend subjektiv sind."

Sie warf ihm einen grimmigen Blick zu und schaute schnell wieder auf die Straße. Dann taute ihr Gesicht auf und ein Lächeln machte sich breit.

„Sie nehmen mich auf den Arm."

„Ein bißchen. Macht es Ihnen etwas aus?"

„Ich könnte mich daran gewöhnen."

* * *

„Frauen haben keinen Zutritt zum Konvent", erklärte er. „Wollen Sie sich ein paar Sehenswürdigkeiten anschauen, während ich mit dem Gästebruder spreche?"

Anna folgte einer Touristengruppe in die Unterkirche.

Der kleine Bruder war leutselig wie immer, aber er hatte eine schlechte Nachricht:

„Es tut mir leid, Pater. Wir haben strikte Anweisungen. Don Matteo war den ganzen Sommer krank. Ich vermute, daß er in letzter Zeit zu sehr geblutet hat, und sie wollen seine Gesundheit stabilisieren."

„Kann ich ihn nicht einen Augenblick sprechen?"

„Tut mir leid."

„Er hat meine Briefe nicht beantwortet. Ist er denn ernsthaft krank?"

„Der Prior sagt, niemand darf zu ihm außer die Ärzte. Letztes Jahr wurde bekannt, daß wir hier einen Stigmatisierten haben, und im Handumdrehen kamen die Touristen in Massen von überallher. Es hatte auch etwas Gutes. Viele Gebete wurden zum Himmel hinaufgeschickt. Aber der Prior mußte einen Riegel vorschieben. Am Schluß reißen sie unseren guten alten Matteo in Stücke, um Reliquien zu ergattern, sagte er. Der Zirkus müsse aufhören. In aller Eile haben sie ihn …"

Der kleine Bruder schlug sich mit der Hand auf den Mund.

„… weggebracht? Wohin?"

„Vergessen Sie, was ich gesagt habe."

„Nein, ich vergesse es nicht. Sagen Sie es mir."

„Ich darf nicht."

„Ich habe ein Recht es zu wissen. Er ist mein geistlicher Begleiter."

„Ach so? Das ist etwas anderes, aber ..." Er druckste herum.

„Bruder, sagen Sie mir, wo ist Don Matteo?"

„Er ist nicht hier."

„Wo hat man ihn hingebracht?"

„Ich darf es Ihnen nicht sagen. Ich habe schon zu viel gesagt. Die Touristen …"

„Ich bin kein Tourist. Darf ich den Prior sprechen?"

Der Prior wurde benachrichtigt und kam zur Pforte.

Elijah wiederholte seine Bitte. Der Prior lehnte ab.

Eine Weile spielten sie Katz und Maus, bis Elijah merkte, daß es aussichtslos war. Er ging in die Kirche und sah zu seiner Überraschung eine vertraute Gestalt in der letzten Bank knien.

„Bruder Jakov", flüsterte er und kniete sich neben ihn.

Der Riese warf die Arme um seinen Hals und drückte ihn überschwenglich.

„Pater, wie gut, daß Sie mich treffen! Ich mich so freuen, daß Sie wieder da sind. Wie geht es Ihnen?"

„Sehr gut, mein Freund. Aber ich habe ein Problem. Ich kann nicht herausbringen, wo Don Matteo ist. Weißt du, wo er ist?"

Jakov preßte die Lippen zusammen und schüttelte den Kopf. „Ich nicht sagen dürfen."

„Warum nicht?"

„Prior sagt, niemand wissen dürfen."

„Ich bin Don Matteos Freund. Er ist mein spiritueller Führer. Der Papst will, daß ich ihn sehe."

Jakov sah nicht überzeugt aus. „Ich weiß es. Ich mich erinnern an letzte Mal, Pater, aber jetzt kann nicht sein."

„Du mußt mir wenigstens sagen, ob es Don Matteo gut geht."

„Ich glaube, geht ihm schlecht. Er viel blutet. Er ist alter Mann, und sie wollen, daß er zu Ruhe geht."

Jetzt schlug sich Jakov mit der Hand auf den Mund.

„Schon gut. Du hast mir nichts gesagt, was ich nicht schon wußte."

Jakov schaute zwischen Elijah und dem Tabernakel hin und her und trat von einem Fuß auf den anderen. Sein riesiger Leib wand sich hin und her und spiegelte den Kampf in seinem Herzen.

Schließlich sagte er: „Gehen Sie nach Rieti. Rieti schöner Ort."

„Rieti? Warum nach Rieti?"

„Pater", sagte er und zog den Priester am Ärmel, „Rieti heilger Ort, der heilige Franz war dort. Heilige Leute gehen dort."

„Heilige Leute gehen dorthin?"

„Ja, ja. Gehen Sie, Pater. Gut beten dort. Rieti für Einsiedler."

Er nickte Elijah zu.

„Danke, Jakov. Ich verstehe. Du hast nichts gesagt. Du warst nicht ungehorsam. Ich werde zur Einsiedelei in Rieti gehen."

Der große Bruder klopfte ihm auf den Rücken und zwinkerte.

Elijah fand Anna hinter einer Säule im vorderen Teil der Kirche.

„Es tut mir leid, daß es so lange gedauert hat. Sie wollen mich nicht zu Don Matteo lassen. Er ist an einen anderen Ort gebracht worden. Könnten wir noch etwas weiter fahren und versuchen, ihn zu finden?"

„Natürlich. Wo ist er?"

„In Rieti."

Sie waren auf halbem Weg, als ihm auffiel, daß die Sorgenfalten auf ihrer Stirn verschwunden waren.

„Es tut mir leid, daß wir so viel Zeit verloren haben."

„Es war keine verlorene Zeit. Ich setzte mich in die Kirchenbank, nachdem die Touristen weg waren, und bestaunte die Fresken. Ein alter Bruder schlurfte den Gang entlang und stellte sich neben mich. Wir haben ein paar Worte geredet. Er hatte etwas Sonderbares."

„Worüber hat er gesprochen?"

„Über das Leben. Ein eindrucksvoller Charakter. Er schien zu wissen, wer ich war."

„Wirklich?"

„Ja, und er kannte Sie auch."

„Was hat er gesagt?"

„Etwas von einem Löwen. Ich habe es nicht ganz verstanden, aber er war sehr liebevoll. Ich war plötzlich ganz zuversichtlich. Er sagte, daß er für Sie betet. Woher wußte er, daß Sie da sind?"

„Anna, waren seine Hände verbunden?"

„Ich weiß nicht. Er hatte die Hände in seinen Ärmeln. Nein, ja, es stimmt, einmal hat er mir auf die Schulter geklopft, und seine Hand war tatsächlich verbunden."

„Hinkte er?"

„Ja, warum?"

„Das war mein Freund."

„Dann drehen wir also um und fahren nach Assisi zurück."

„Vielleicht ist er nicht in Assisi."

„Ich verstehe Sie nicht, ist er nun in Assisi oder nicht? Wenn ich es bemerken dürfte, sie klingen ein wenig irrational, Pater Elijah."

„Ich weiß. Fahren wir nach Rieti."

Sie zog die Augenbrauen hoch und fuhr schweigend weiter.

Eine Viertelstunde später fanden sie ein Schild an der Straße: *Zur Einsiedelei.*

Sie parkten das Auto am Ende der Straße und gingen zu Fuß zu einem Steinhaus hinauf, das mit einem Holzzaun umgeben war. Zwei Brüder jäteten Unkraut in den Blumenbeeten. Als Elijah und Anna durch das Tor traten, standen sie auf und starrten sie an.

„*Pax et bonum,* Brüder, wir suchen Don Matteo."

Die Brüder warfen einander einen Blick zu.

„Signore, Signore. Das ist ein geschlossener Konvent. Wir empfangen hier keine Besucher."

„Wir wissen, daß Don Matteo hier ist."

Die Brüder waren offensichtlich in Bedrängnis und wußten nichts zu sagen.

„Gäste brauchen eine Einladung", stammelte der eine.

„Er ist ein naher Freund. Ich glaube, er erwartet uns."

„Es ist nicht erlaubt."

„Würden Sie ihm bitte sagen, daß ich hier bin? Er kann dann selbst entscheiden."

„Das ist nicht nötig", sagte eine Stimme, die vom Haus kam. Da stand Don Matteo in der Türe, hielt sich mit einer verbundenen Hand am Türstock fest und lächelte.

Die Brüder stürzten zu ihm, um ihn zu stützen, und redeten heftig auf ihn ein.

„Don Matteo, Sie wissen, was der Doktor gesagt hat!“

„Schon gut, schon gut“, beruhigte er sie. „Regt euch nicht auf. Ich habe sie erwartet. Ihr könnt uns allein lassen.“

„Sie sollen das Bett nicht verlassen. Sie müssen sich sofort wieder hinlegen.“

„Ein paar Minuten bringen mich nicht um. Ich setzte mich hier auf die Bank, und wir reden ein wenig. Geht nun.“

Die Brüder zogen ab, und Elijah und Anna setzten sich neben Don Matteo auf die Eingangsstufen.

„Gott zum Gruß, gnädige Frau.“

„Hallo. Wie sind Sie so schnell hierher zurückgekommen?“

„Ich reise sehr flink“, sagte er mit einem Zwinkern.

Elijah griff nach Don Matteos Hand und umschloß sie mit seinen beiden Händen. Er hielt sie ohne Druck fest.

„Pater Elijah, Sie sehen gut aus. Wie geht es Ihnen?“

„Es gibt viel zu sagen, und ich weiß nicht, wo ich anfangen soll.“

„So! Sagen Sie, wie steht es mit den Toren?“

„Mit den Toren?“

„Den Toren Ihres Herzens.“

„Beschädigt, aber stabil.“

„Wie ich mir dachte. Sehr gut. Wie steht es mit der Angst?“

„Einige Siege, einige Niederlagen.“

„Ja, ja, das ist normal. Nun hören Sie, ich habe eine Botschaft für Sie.“

„Eine Botschaft? Von wem?“

„Von unserem König. Er möchte, daß ich Ihnen dies sage: ‚Tag und Nacht ruht mein Blick auf dir. Ich sehe, wie viel du für mich leidest.‘

Sie sollen wissen, daß er diese Bedrängnisse zuläßt, um Ihr Verdienst zu erhöhen. Alles Verdienst liegt im Willen. Kein anderes Opfer ist vergleichbar mit der Überwindung des eigenen Herzens. Er belohnt nicht den Erfolg, sondern die Geduld und die Mühsal, die jemand um Seinetwillen auf sich nimmt. Kein Erfolg wiegt so viel wie vollkommener Gehorsam, denn er bereitet den Weg für das Wirken göttlicher Gnade in deiner Seele. Es ist gerade deine Schwäche, durch die Er sein Erbarmen mit der Menschheit am machtvollsten kundtun kann. Er bittet dich, mit ihm wie mit einem Freund zu sprechen. Er sagt, du mußt dich auf sehr viel Widerstand und Täuschung vorbereiten. Darauf mußt du gefaßt sein und darfst dich nicht erschrecken. Er wird dich manchmal trösten, aber die größere Arbeit besteht darin, seinen Willen im Dunkel des Glaubens zu tun. Glaube ist das Wichtigste von allem.

Wisse, sagt Er, *wisse dies: Ich bin immer in deinem Herzen, und Meine Liebe kann zu anderen gelangen, wenn du Mir vollkommen vertraust. Du bist Mein Sohn.*“

Elijah schloß die Augen. Alle Gedanken, alle Gefühle, alle Sinneseindrükke schwanden. Er versank in seiner Seele, verweilte dort bewegungslos, aufgehoben im Sein, in vollkommenem Frieden.

Anna hatte staunend zugehört. Sie starrte die zwei Priester an und versuchte zu verstehen, was sie sah. Sie war ratlos.

Don Matteo richtete seinen Blick auf sie.

„Ich habe auch für dich eine Botschaft, kleine Schwester. Der Herr bittet mich, dir zu sagen, daß dein Märtyrer bei Ihm ist.“

„Mein Märtyrer?“, murmelte sie.

„Er, der den Namen des ersten Märtyrers trägt, der Gefährte deiner Seele.“

„Stefano?“

Don Matteo nickte.

Elijah hob langsam den Kopf. Er sah zuerst den zärtlichen Ausdruck im Gesicht des alten Bruders und dann das fassungslose Staunen in den Augen Annas.

In diesem Augenblick kamen die beiden Brüder mit einem dritten zur Verstärkung zurück, der barsch verkündete, das Treffen sei vorbei und der Besuch habe jetzt zu gehen.

Don Matteo stand unter Schmerzen auf, nickte ihnen lächelnd zu und humpelte zwischen den beiden Brüdern ins Haus. Anna rührte sich nicht, bis Elijah sie am Arm faßte und fortzog. Sehr langsam gingen sie zum Auto und fuhren schweigend nach Foligno zurück.

* * *

Am Nachmittag ging sie mit ihm auf den Berg hinter dem Haus hinauf. Ein dünner Wolkenschleier bedeckte den Himmel, und eine kühle Brise bewegte die Zweige der Pinien. Sie ging auf dem schmalen Pfad, der durch verwilderte Weingärten führte und teilweise mit Brombeerranken und Disteln überwuchert war. Das Land wurde zunehmend steiniger, bis sie oben unter dem Felsen ankamen, der den Hügel krönte. Von der Höhe aus konnte man über das gesamte Tal sehen. In den Felsen war eine Grotte geschlagen, in der eine Gipsstatue der Muttergottes stand. Die weiße Farbe blätterte ab, ihr Kopf war mit einem Kranz ausgebleichter Plastikblumen geschmückt. Vögel hatten Nester in die Felsritzen gebaut.

Anna setzte sich aufs Gras vor der Grotte und schaute auf in ihr milde lächelndes Gesicht.

„Sieben Schwerter sind ihr ins Herz gefahren", sagte sie. „Als Kind kam ich mit meiner Großmutter hier herauf. Wir haben vor der Statue gebetet. Sie hat mir den Rosenkranz beigebracht. Meinen Eltern war das nicht recht. Sie waren schließlich gebildet und meinten, sie hätten sich von dem alten Aberglauben der Bauern befreit."

„Unsere Mutter der Schmerzen."

„Ja, so hat Nonna sie genannt. Mir hat das Angst gemacht, als ich klein war, aber meine Großmutter hat sie sehr geliebt. Sie sagte, die Madonna habe ihren Mantel über das Tal gebreitet und würde für jeden Fürbitte einlegen, der dort wohne. Die Madonna weine über unsere Sünden."

„Und das tut sie immer noch."

„Seit Jahrzehnten steht sie hier unverändert. Mein Urgroßvater hat die Grotte um 1890 gebaut. Ich kannte ihn nicht, er war schon lange tot, bevor ich geboren wurde, aber die Erinnerung an ihn lebte in der Familie. Uns wurde erzählt, er habe auf dem Totenbett seinen Angehörigen aufgetragen, eine bestimmte Botschaft von Generation zu Generation weiterzugeben. Er hätte in einer Vision den Heiligen Vater gesehen, ganz allein kniend, wie er über die Kirche geweint hätte, weil sie eine Ruine war. Soldaten seien in den Vatikan gekommen und hätten ihn mit Gewehrkolben geschlagen. Aber es war ein anderer Heiliger Vater, sagte er. Rom war in Flammen. Eine Vision der Zukunft. Er sah eine Zeit voraus, wo jeder in Versuchung war, vom Glauben abzufallen. Sie sahen meinen Urgroßvater, diesen alten, geprüften Mann, weinen. Er war untröstlich. Er weinte, weil er nicht wollte, daß seine Familie in die Hölle käme, aber er sah voraus, daß das in der Zukunft vielen widerfahren würde."

„Was denkt die Familie heute darüber?"

„Ich vermute, daß es niemand weiß, und wenn sie es einmal gehört haben, dann haben sie es vergessen. Ich weiß es nur, weil meine Großmutter es mir erzählt hat, als wir einmal hier oben gebetet haben. Schon damals hatte ich Zweifel. Als ich es meinen Eltern sagte, lachten sie und meinten, das seien die Wahnvorstellungen eines sterbenden Mannes gewesen, eines armen alten Bauern voller Angst. Aber Nonna sagte, es hätte niemand gegeben, der so furchtlos gewesen sei wie er. Er ist in Frieden gestorben mit dem Blick auf das heiligste Herz Jesu über dem Bett. Es gibt so viele Geheimnisse …"

„Die gibt es, und manchmal ist ein Geheimnis ganz einfach zu verstehen."

„Ja, das sagten Sie gestern Abend. Ein Mensch ist das, was er liebt."

„Ein Mann wie Ihr Urgroßvater sieht vielleicht Dinge, die andere nicht sehen. Der Glaube öffnet so manche Türen."

Sie ließ ihren Blick über das Tal schweifen.

„Anna", sagte er nach einer Weile in die Stille hinein, „wir haben nicht über Rieti gesprochen. Was ist in Ihrem Herzen geschehen, während wir dort waren?"

„Ich weiß nicht. Ich kann jetzt nicht darüber sprechen. Ich brauche Zeit, um darüber nachzudenken. Vielleicht war es eine Illusion."

„Kam Ihnen Don Matteo wie eine Illusion vor?"

„Ich weiß nicht, was ich denken soll", sagte sie abwehrend. „Drängen Sie mich nicht! Das will ich nicht …!"

Sie preßte die Faust auf den Mund und stand abrupt auf.

„Dieser Berg ist meine Zuflucht. Es ist eine Erinnerung, ein Erbe, ein Stück meiner Vergangenheit. Es soll nicht zu etwas anderem werden. So lange es so bleibt, kann ich immer hierher kommen und Frieden finden. Verlangen Sie nicht von mir, daß ich mehr daraus mache, als es ist."

„Ich will Sie nicht dazu bringen, daß Sie irgendetwas glauben, was Sie nicht glauben wollen. Ich habe Sie nur etwas gefragt."

„Da ist immer noch der Rechtsanwalt in Ihnen, Pater Elijah. Das waren Suggestivfragen. Bitte suggerieren Sie dem Zeugen nichts."

Er lächelte sie an, und ihr Gesicht entspannte sich.

„Es tut mir leid", sagte er.

„Mir auch. Entschuldigen Sie, daß ich so heftig wurde. Stefanos Namen aus dem Mund eines Fremden zu hören …"

„Ich habe keine Ahnung, woher er Sie kannte oder etwas von Stefano wissen konnte."

„Wieder eins von Ihren Geheimnissen?"

„Offensichtlich."

Sie schauderte.

„Gehen wir", sagte sie und ging voraus zum Weg. Sie drehte sich noch einmal um, als würde sie sich bei der Muttergottes verabschieden.

Während sie fort waren, war Marco sonnenverbrannt und hungrig nach Hause gekommen. Gleich nach dem Essen fuhr er mit Gianna zu einer Sommer-Abschluß-Party zu ihrem Cousin, der in Spoleto lebte. Elijah und Anna setzten sich auf die Bank vor das Haus und schauten zu, wie sich der Himmel über dem Berg von rosa nach violett und schließlich schwarz-blau färbte. Nach und nach gingen die Sterne auf.

„Da oben steht sie", sagte Anna mit leiser Wehmut und deutete zum Berggipfel, „und wacht über uns."

„Sie scheint für Sie ja sehr real zu sein."

„Sie ist real, aber nicht so, wie Sie denken."

„Sondern?"

„Sie steht für eine Welt, die vergangen ist. Es war eine einfachere Zeit in der Geschichte mit einer gewissen Schönheit, die nicht mehr existiert."

„Wissen Sie das so genau?"

„Schauen Sie sich die Welt an, Rechtsanwalt Elijah. Schauen Sie sie an, mein Freund.

„Das tue ich ständig."

„Ich auch."

Sie stand auf, ging ins Haus und kam mit zwei kleinen Weingläsern wieder zurück.

„Ich bin ein schwieriger Fall, nicht wahr, bekehrungsresistent."

„So sehe ich Sie nicht."

„Und wie dann?"

„Als eine Freundin."

„Als jüngere Freundin."

„Ja."

„Eine junge Freundin, die vom Müll des zwanzigsten Jahrhunderts vergiftet ist."

„Was für einen Freund wollen Sie, Anna, einen, der Sie anlügt?"

„Natürlich nicht. Ich glaube, Sie haben meine Frage beantwortet."

„Die ganze Welt ist infiziert. In diesen Zeiten wird die Wahrnehmung des Menschen mit so viel Schrecklichem überschwemmt, daß der Geist abstumpft. Das Böse hat ein Ausmaß erreicht, das die Existenz in ihrem Kern erschüttert. Entweder man glaubt, oder man tut es nicht. Wir haben die Wahl. Meine Frau Ruth hat einmal etwas Erstaunliches gesagt. Sie kannte viele Überlebende des Holocaust. Einige hätten durch diese Erfahrung den Glauben an einen guten Gott verloren. Andere hätten noch tiefer geglaubt als vorher."

„Das ist psychologisch kaum zu fassen."

„Es ist ganz einfach."

„Für Sie ist alles einfach."

„Keineswegs. Bedenken Sie, daß ich viele Jahre lang weit vergifteter war – um Ihren Ausdruck zu gebrauchen –, als Sie es sind."

„Und deswegen haben Sie sich in die Welt der Religion geflüchtet, um nicht verrückt zu werden."

„Wer vereinfacht hier etwas?"

„Verzeihung", sagte sie und fuhr mit der Hand über die Stirn. „Das war taktlos. Entschuldigen Sie bitte."

„Jene, die den Glauben nicht verloren haben, fanden unter dem Grauenhaften einen Sinn."

„Und zwar?"

„Sie erkannten, daß die Kräfte des Bösen sich sehr bedroht gefühlt haben müssen, wenn sie einen solchen Vernichtungssturm gegen ein Volk des Glaubens entfesseln."

„Sie nennen es böse. Ich nenne es irrational."

„Aber die Erfinder der *Shoah* waren durchaus rational. Manche waren promovierte Philosophen, andere Meister der Logik."

„Sie gehen davon aus, daß die Mächte des Bösen wirklich existieren."

„Und ob sie existieren! Das kann ich Ihnen versichern."

„Das ist eine Glaubensaussage, kein empirisches Wissen, die Art von Beweis, auf die ich als Richterin meine Entscheidung bauen kann."

„In diesem Fall bin ich kein Rechtsanwalt, sondern Zeuge."

„Lassen Sie mir Zeit zum Durchatmen. Es ist sehr viel Neues in sehr kurzer Zeit."

„Wir haben nicht mehr viel Zeit."

„Dann will ich Ihnen sagen, was ich denke. Der menschliche Geist ist größtenteils subjektiv. Religiöse Systeme sind das Ergebnis des menschlichen Bedürfnisses nach Hoffnung. Der Mensch projiziert seinen Glauben auf den Kosmos. So einfach ist das."

„Sagen Sie, Anna, wenn der Mensch dazu fähig ist, seinen Glauben auf den Kosmos zu projizieren, wäre es dann nicht auch möglich, daß er seinen *Unglauben* auf den Kosmos projiziert?"

Sie schwenkte den Wein in ihrem Glas. „Nun gut, ein Punkt für Sie. Aber es ist völlig theoretisch."

„Finden Sie? Ich denke, wir werden ununterbrochen mit Hinweisen bombardiert, daß es unsichtbare Wirklichkeiten gibt. Die meisten Leute wollen sie nicht sehen, und so schalten sie ihre Wahrnehmungsfähigkeiten allmählich ab, eine nach der anderen."

„Sie müssen uns für eine zynische Generation halten!"

„Zynisch? Nein. Es ist ja keine bewußte Weigerung, die Wahrheit anzuerkennen. Der Unglaube hat seine Wurzel in der Unfähigkeit zu vertrauen. Es bedarf einer Willensanstrengung, um zu glauben, daß das Leben letztlich gut ist. Die Erfahrungen der Menschheit im letzten Jahrhundert sind dazu nicht gerade eine Ermutigung. Wir leben im Zeitalter der Angst."

„Da haben wir's wieder", seufzte sie. „Abstraktionen über Abstraktionen. Wie Sie sagten, haben wir nicht mehr viel Zeit. Wollen wir hineingehen? Es gibt noch ein paar harte Tatsachen, die Sie wissen müssen."

Sie führte ihn zu einem Schaukelstuhl neben dem Kamin. Mit einem Streichholz entzündete sie das trockene Reisig unter den aufgeschichteten Holzscheiten und ging in die Küche, um Espresso zu machen. Mit dampfenden Täßchen in der Hand saßen sie einander gegenüber. Sie verschränkte die Beine, machte ein entschlossenes Gesicht und schaute ihm gerade in die Augen.

„Ich bin nicht ganz ehrlich zu Ihnen gewesen."

„So?"

„Nicht daß ich gelogen hätte. Das wäre mir zuwider. Aber da ist noch etwas anderes, in das ich involviert bin, nichts Schönes."

„Wollen Sie es mir sagen?“

„Wir sind uns an diesem Wochenende nahegekommen. Wir sind Freunde geworden. Ich bewundere Sie und glaube an Ihre Integrität. Sie sind, wer Sie sind. Das kann man heutzutage nur von wenigen sagen.“

„Um was geht es, Anna?“

„Ich möchte, daß wir Freunde bleiben. Ich brauche Sie wie eine Tochter einen weisen Vater. Sie ist vielleicht nicht immer seiner Meinung, aber sie weiß, daß er für sie das Beste will.“

„Aber natürlich.“

„Ich habe Angst, es Ihnen zu erzählen. Vielleicht mögen Sie mich dann nicht mehr.“

„Anna! Sie kennen mich sehr schlecht, wenn Sie davor Angst haben.“

Sie schaute auf den Boden. „Erinnern Sie sich, was ich gestern Abend über meine Beziehung zum Kreis des Präsidenten gesagt habe und meine Position darin? Nach Stefanos Tod bin ich dabei geblieben, weil ich das gesellschaftliche Leben brauchte, um nicht verrückt zu werden. Ich habe mich jahrelang an der Oberfläche dieser Gesellschaft bewegt, ohne nachzudenken und ohne zu merken, daß es innere Kreise gibt, wo die eigentlichen Fäden gesponnen werden. Als ich letztes Jahr diesen Blick auf seinem Gesicht sah und mich erinnerte, daß ich ihn schon einmal gegenüber Stefano gesehen hatte, da begann ich, ernsthaft zu beobachten. Ich erkannte die konzentrischen Kreise, die ihn umgeben, das riesige Netzwerk seiner Verbindungen, und bekam Angst. Ich sah, daß ich einer der verblendeten Satelliten werden könnte, die sich um ihn drehen und meinen, sie seien frei, die aber in Wirklichkeit von ihm gesteuert werden.“

„Aber er hat keinen Anspruch auf Sie. Falls Sie Recht haben, daß er irgendetwas mit Stefanos Tod zu tun hat – was, das wissen wir nicht –, dann wären Sie doch eine Bedrohung für ihn?“

„Sie kennen ihn nicht. Jahrelang dachte ich, er wäre in mich verliebt und daß ich durch meine Zurückweisung die Situation unter Kontrolle hätte. Wie töricht von mir! Ich glaube, ich war für ihn ein offenes Buch. Ich habe mir eingebildet, ihn zu benutzen, aber in Wirklichkeit hat er mich benutzt.“

„Und wie?“

„Ich habe den Verdacht, daß er eine Art perverses Vergnügen daran haben könnte, die Witwe des Mannes, den er ermordet hat, als treue Anhängerin in seinem Kreis zu haben."

„Ist er wirklich so pervers?"

„Wenn Sie Stefanos Körper gesehen hätten … was sie mit ihm gemacht haben. Wer dafür verantwortlich ist, der ist jedenfalls pervers und brutal."

„Aber warum gefällt er sich dann in Ihrer Gesellschaft? Welchen Zweck verfolgt er?"

„Ich bestätige ihm ständig, daß seine Gerissenheit keine Grenzen kennt und er absolut sicher ist."

„Weiß er, daß Sie und ich in Kontakt sind?"

„Ja, aber er weiß nicht, was der Kern unserer Begegnungen ist. Und er ahnt auch nicht, daß ich die Dinge in einem neuen Licht sehe. Er glaubt, ich sei eine loyale Anhängerin, natürlich eine hochklassige. Sie müssen verstehen, jeder loyale Anhänger wird irgendwann belohnt. Mir hat er einen großen Köder hingeworfen: die Beförderung vom italienischen Verfassungsgericht zum Weltgerichtshof. Er hat das arrangiert."

„Hat er etwas dafür haben wollen?"

„Ja."

„Was war es?"

„Es betrifft Sie."

„Mich?"

„Am Abend, bevor ich Ihnen zum ersten Mal begegnet bin, sagte er mir, ein Priester wäre eingeladen, ein Mann, der vor kurzem aus Israel gekommen sei und vom Vatikan als Gesandter eingesetzt würde. Er sagte, dieser Mann sei vor vielen Jahren – wie waren seine Worte? – als Schlüsselperson für die Neuordnung des Westens aufgebaut worden."

„Das ist nicht wahr."

„Doch es ist wahr. Sie wären ausgestiegen und hätten sich aus dem öffentlichen Leben zurückgezogen. Warum, hat er nicht gesagt. Er wolle Ihnen gewisse Angebote machen, um Sie in unser Netzwerk einzubinden. Er ahnte jedoch, daß es wegen Ihrer einfältigen religiösen Einstellungen nicht einfach sein würde, Sie auf unsere Seite zu ziehen. *Unsere Seite,* sagte er. Ich antwortete, vielleicht könnte es mir gelingen, Sie von der Größe seiner Vision zu überzeugen, wenn ich mit Ihnen näheren Umgang hätte, ob er einen Tip hätte, wie ich das anstellen könnte. In sehr taktvollen Worten wies er mich darauf hin, daß Sie aufgrund der furchtbaren Erfahrungen während des

Krieges eine gewisse Bedürftigkeit hätten. Menschliche Zuwendung könnte Sie vielleicht für unsere Vision der Zukunft der Menschheit gewinnen. Sie würden allmählich erkennen, daß wir keine Bedrohung für die Kirche darstellen, daß wir Leute guten Willens sind, denen das Wohlergehen der Menschheit am Herzen liegt. Alles klang sehr hochherzig."

„Er hat Ihnen also den Auftrag gegeben, mein Herz zu gewinnen?"

„Ja, für die Sache."

„Und zwar, indem Sie mein Herz für sich persönlich gewinnen?"

„Leider ist es so."

„Ich verstehe. Das erklärt die Sitzordnung bei den Diners."

„Richtig."

„War ein solcher Vorschlag nicht eine Beleidigung für Sie?"

„Es ging ja um hohe Ziele."

„Aber seine Botschaft war klar."

„Durchaus. Er weiß, daß ich nicht dumm bin. Zwischen den Zeilen war klar, daß ich Ihnen Gelegenheit geben sollte, sich in mich zu verlieben."

„Und was haben Sie dazu gesagt?"

„Ich fand es widerlich und absurd, aber ich ließ ihn nichts davon merken. Er sollte glauben, daß ich seinen Wunsch erfüllen würde, weil ich an seine Sache glaubte."

„Glauben Sie an seine Sache?"

„Wie Sie inzwischen wissen, habe ich durchaus Vorbehalte."

„Weiß er das?"

„Jetzt weiß er es wegen meines zweiten Vortrags in Warschau. Aber viele seiner Anhänger haben Einwände gegen dieses oder jenes Detail des Großen Plans – ein Begriff, den Insider gebrauchen. Es ist nicht ungewöhnlich, daß sie über strategische Schritte oder untergeordnete Punkte der Philosophie uneins sind. Er möchte gerne den Eindruck eines offenen Dialogs erwecken. Aber er gewinnt immer. Er kann jeden von allem überzeugen. Meine kleine Rebellion hat ihn nicht im Geringsten beunruhigt, vielmehr hat sie ihm die Sicherheit gegeben, daß ich mich für frei halte. Genau das soll ich glauben, verstehen Sie."

„Das klingt alles sehr kompliziert."

„Aber das ist es gar nicht. Wäre ich ein Roboter, der alles tut, was er sagt, dann würde er mißtrauisch. Deswegen ist eine kleine ideologische Illoyalität

kein großes Problem."
„Ich hoffe, daß Sie recht haben."
„Was er nicht weiß, ist, daß ich jetzt eine Landkarte des Irrgartens besitze. Ich lasse mich nicht mehr täuschen; ich irre nicht mehr ziellos darin umher."
„Aber warum haben Sie überhaupt mitgemacht bei diesem Manöver?"
„Weil ich auf diese Weise weiter nach innen komme zum Kern seiner Aktivitäten. Es würden sich Türen öffnen, die bis dahin für mich verschlossen waren. Hinter einer dieser vielen Türen würde ich vielleicht eines Tages entdecken, wer Stefano umgebracht hat."
„Das ist ein gefährliches Spiel, Anna."
„Was habe ich zu verlieren?"
Elijah sagte ihr nicht, was sie verlieren könnte. Ihr Leben? Gianna? Marco?
„Nun wissen Sie Bescheid. Verachten Sie mich jetzt?"
„Nein."
„Ich habe versucht, aufrichtig zu sein. Falls ich Sie gekränkt habe – können Sie mir vergeben?"
„Es gibt nichts zu vergeben."
„Ich habe mitgespielt. Ich war zur rechten Zeit am rechten Ort. Aber Sie wissen, daß ich nichts getan habe, um ..."
„... um eine Liebesgeschichte in Gang zu bringen."
„Und dennoch ..."
„Und dennoch. Sie sagen es."
„Das habe ich absolut nicht erwartet. Es tut mir leid. Ich wollte es nicht."
„Ich auch nicht."
„Und wenn alles ausgesprochen ist, dann wissen wir doch, daß nichts geschehen ist."
Er nickte und schaute auf seine Hände.
Sie holte zwei Gläser aus dem Schrank und fragte:
„Möchten Sie ein Glas Wein?"
„Nein."
„Ist es vorbei? Ich könnte es verstehen, wenn Sie mich nie wieder sehen wollen. Ich werde Marco bitten, Sie heute Abend nach Rom zurückzufahren, wenn Sie wollen."

Er hob den Kopf und lächelte sie an. „Nein. Es ist gut."

„Es tut mir leid, daß Sie einsam sind, daß Sie Ruth verloren haben."

„Und mir tut es leid, daß Sie Stefano verloren haben."

Sie schwiegen eine Weile und lauschten auf das Knistern des Feuers im Herd.

„Erzählen Sie mir von ihr."

„Sie hätten sie gemocht. Sie hätten Freundinnen sein können."

„Bestimmt hätte ich sie gemocht", meinte Anna.

„Es gibt nicht mehr viel zu sagen, oder?"

„Nichts und alles."

„Ich bin froh, daß Sie Ihren Glauben haben."

„Ich würde Ihnen das gerne begreiflich machen. Der Glaube ist keine Krücke. Es ist das größte Abenteuer, das es gibt."

„Für Katholiken sind das heute harte Zeiten."

„Zeiten der Bewährung."

„Dafür werden Sie reichlich Gelegenheit haben. Ich hoffe, daß ich Ihre Freundin bleiben darf. Ich kann meine Augen und Ohren offen halten und Ihnen gelegentlich Hinweise geben."

„Das sollten Sie nicht tun. Wenn das, was Sie mir erzählt haben, zutrifft, dann ist Ihr Umgang nicht ungefährlich."

„Das ist mir egal. Ich habe keine Angst."

„Ich habe Angst um Sie. Ich denke, Sie sollten sich heraushalten. Trennen Sie sich von diesen Kreisen, Anna. Jetzt."

„Das kann ich nicht. Ich kann es nicht wegen Stefano und auch meinetwegen. Ich werde so weit nach innen vorstoßen wie möglich. Ich will es wissen."

„Lassen Sie es sein. Gott hat vielleicht andere Pläne mit diesem Mann. Wir hoffen, daß wir ihn aus der Dunkelheit herausrufen können. Am Schluß wird er die Türen vielleicht freiwillig öffnen."

Sie sah ihn mitleidig an.

„Elijah, Sie machen sich Illusionen."

„Ich habe die Hoffnung, daß ich irgendwann sein Herz erreichen und ihn herausholen kann, so wie ich auch einst herausgeführt wurde."

„Sie sind naiv. Meinen Sie, die wüßten nicht, was Sie vorhaben?"

„Unsere Pläne sind einfach und direkt. Was gibt es da zu wissen?"

„Sie wissen zum Beispiel, daß Sie mit jemandem im Vatikan das ganze Jahr lang über Leute gesprochen haben, die sie in die Kurie eingeschleust haben.“

„Wirklich? Über wen?“

„Ich kenne keine Namen. Ich weiß nicht, was es bedeutet, aber ich habe, glaube ich, etwas beobachtet, was nützlich sein könnte. Vor ein paar Wochen war ich auf einer Party, auf der der Präsident und ein paar seiner engsten Berater in meiner Nähe plauderten. Ich sprach mit den Organisatoren einer Kunstausstellung in Venedig. Als der Name Schäfer fiel, spitzte ich die Ohren. Jemand erwähnte das Tote Meer. Sie lachten darüber. Sie konnten nicht wissen, daß ich in Warschau diese Anspielung vom „Toten Meer in Rom“ aufgeschnappt hatte. Sie glaubten, sie könnten über die Kirche in Code-Worten diskutieren, aus denen keiner schlau wurde, der zuhörte. Der Raum war voll mit Leuten, die sich über alles Mögliche unterhielten, und sie machten den Fehler, zu glauben, niemand habe eine Ahnung, worüber sie sprachen.

Durch Ihren Vortrag in Warschau wissen sie jetzt, daß Sie ein rechtgläubiger Priester sind, den man nicht einfach umdrehen kann. Sie haben gemerkt, daß mit einer Romanze zwischen uns ebenfalls nichts zu holen ist. Jetzt diskutierten sie andere Strategien. Sie redeten über Sie und gewisse Leute im Vatikan, als wären sie kleine Buben, die Detektiv spielen. Sie und jemand, den sie den Gärtner nannten, würden eine große Geheimaktion planen. Der Präsident meinte, man sollte sie nur eine Weile machen lassen, es wäre amüsant zu beobachten. Ich kann mich nicht an alle Details erinnern, von einem Engländer war die Rede und von China, von Vietnam, von Rosen. Das meiste habe ich nicht verstanden.“

„Sie haben von einem Gärtner gesprochen?“

„Ja. Wer ist das?“

Er starrte sie an und sein Herz schlug schneller.

„Anna, gehen wir spazieren: Ich brauche frische Luft.“

„Gerne.“

Sie gingen unter den Sternen den Weg hinunter.

Im Dunkeln sah er schlecht und stolperte. Sie nahm seinen Arm und so gingen sie eingehakt bis zur Asphaltstraße.

„Geht es Ihnen besser?“

„Laufen wir weiter."

„Was ist los?"

„Sie haben mir gerade eine vernichtende Information gegeben. Sie kennen unsere Pläne. Wir waren sicher, daß sie uns nicht ausspähen konnten. Aber sie wissen alles."

„Ausspähen? Vielleicht hat ihnen jemand von Ihren Plänen erzählt."

„Nur eine Handvoll Leute wissen etwas über meinen Auftrag."

„Wer ist das?"

„Der Papst, der Kardinalstaatsekretär, der Präfekt der Glaubenskongregation, Don Matteo und ich."

„Wie sollten sie dann …?"

„Anna, wie sicher ist das Bauernhaus? Könnten sie hier Wanzen angebracht haben, um Sie zu überwachen?"

„Sehr unwahrscheinlich."

„Sind Sie sicher? Wenn das nicht sicher ist, dann sind Sie in extremer Gefahr. Vielleicht haben sie alles mitgehört, was wir an diesem Wochenende gesprochen haben."

„Da können Sie beruhigt sein."

„Warum?"

„Weil bereits jemand meine Büros verwanzt hat. Das geht schon seit zwei Jahren so. Ich weiß Bescheid."

„Wer steckt dahinter?"

„Erst dachte ich, es käme von den Italienern, von den Marxisten oder den Faschisten, vielleicht vom organisierten Verbrechen. Ich ließ die Wanzen da, wo sie waren."

„Warum?"

„Als ich erkannte, daß die Quelle näher war, als ich vorher vermutet hatte, hielt ich es für besser, sie in dem Glauben zu lassen, daß sie alles über mich wissen."

„Aber was ist mit Ihrem Bauernhaus?"

„Es ist mein Heiligtum. Ich bin selten hier, und sie wissen, daß ich es nie für berufliche Dinge benutzte oder sonst etwas, das sie interessieren könnte. Sie könnten höchstens Giannas Träumereien zuhören oder Marcos Berichten von seinen sportlichen Errungenschaften. Aber für alle Fälle habe ich Vorsichtsmaßnahmen ergriffen."

„Und welche?“

„Einer von Stefanos Brüdern besitzt eine Sicherheitsfirma in Mailand. Er mag den Präsidenten nicht. Stefano habe ihm nicht getraut, warum sollte er es dann tun. Er hat mich oft gedrängt, diesen Kreis zu verlassen, deswegen glaube ich nicht, daß man ihn umdrehen könnte. Immer, bevor ich in den Ferien hier herkomme, durchsucht er das Haus, die Ritzen der Bodenbretter, die Unterseite der Regalbretter, kleine Löcher in den Wänden, die Dachsparren, die Blumenbeete, Risse im Putz an den Außenwänden. Er hat dafür besondere Geräte und läßt nichts aus. Wir arrangieren es immer so, daß ich ankomme, wenn er fertig ist. Er hat hier noch nie etwas gefunden.“

„Hat er Ihr Auto überprüft?“

„Ja. Da hat er letztes Jahr eine Wanze gefunden. Wir haben sie nicht angerührt. Wir haben das Auto einfach in Mailand geparkt, und sein Sohn hat mir seine alte Kiste geliehen. Normalerweise fliege ich nach Rom und leihe mir dann einen Wagen auf dem Flughafen.“

„Ich hoffe nur für Sie, daß er nichts übersehen hat.“

„Einstweilen glaube ich, daß wir sicher sind.“

Sie kehrten um und gingen zum Haus zurück.

Sie schürte das Feuer im Küchenherd. Ihr Bemühen um leichte Konversation wollte nicht recht gelingen. Es blieb ein Gefühl der Beklemmung.

„Paranoia ist ein tödlicher Virus“, sagte Elijah und ließ seine Augen über die Wände wandern.

„Manchmal werden sogar Paranoide verfolgt“, sagte sie mit einem sarkastischen Lächeln.

Sie lachten.

Er sagte, er sei sehr müde von der letzten Nacht und der Wanderung auf den Berg.

„Ich bin ein alter Mann. Ich brauche Ruhe.“

Sie überredete ihn, sich aufs Sofa zu legen, und deckte ihn mit einer Wolldecke zu. In der Ecke stand eine alte Musikorgel. Sie zog sie auf, setzte die Nadel auf eine Scheibe und krächzende Opernmusik füllte den Raum. Es war wie eine Stimme aus einer vergangenen Zeit, die irgendwie etwas Tröstliches hatte. Er schlief ein. Als er wieder aufwachte, saß sie beim Licht einer Petroleumlampe lesend im Sessel. Es kam ihm der Gedanke, daß das Leben auch eine andere Wendung hätte nehmen können und sie hier als Mann und

Frau zusammen wären. Aber er schüttelte den Gedanken ab. Er betete im Stillen für sie. Kurz danach brauste ein Auto den Berg hinauf, und Gianna und Marco kamen laut palavernd ins Haus. Sie gingen alle in ihre Zimmer und schliefen.

Am Morgen brachen alle auf. Die beiden Kinder fuhren mit Anna nach Mailand. Von dort wollte sie nach Genf fliegen. Elijah brachten sie auf den Zug nach Rom. Anna hätte ihm gerne ein Auto gemietet, um nach Rom zurückzufahren, aber er bestand darauf, daß die Zugfahrt für ihn ein Vergnügen sei.

Anna nahm seine Hände in ihre, als sie sich verabschiedeten. Sein Besuch hätte für sie mehr bedeutet, als er sich vorstellen könne. Er versprach ihr, für sie zu beten, und sie nickte.

„*Buona fortuna*", sagte sie.

Gianna küßte ihn auf beide Wangen, und Marco schüttelte ihm die Hand. Er stieg in den Zug und war fort.

XVII
Annas Entscheidung

„Seit Tagen versuche ich Sie zu erreichen", sagte der Kardinal.

Elijah hielt das Telefon vom Ohr weg.

„Haben Sie denn meine Nachricht nicht bekommen, Eminenz?"

„Nachrichten! Nachrichten! Sie verschwinden, und niemand weiß, wo sie geblieben sind! Wo waren Sie?"

„Eine kleine Reise. Ich habe etwas Wichtiges erfahren. Wann kann ich Sie treffen?"

„Heute Abend am selben Platz. Um acht Uhr?"

„Ich bin da."

Als *Stato* bei der Kapelle an den Katakomben ankam, sagte Elijah, er wolle nicht hinunter zu den Gräbern gehen.

„Ich fürchte, daß es kaum noch einen sicheren Ort gibt, lassen Sie uns aufs Land hinausfahren."

Der Kardinal war offensichtlich in schlechter Stimmung. Er fuhr, ohne ein Wort zu sagen. Nach eine halben Stunde bog er in einen Weg ein, der zu einem Olivenhain führte. Hundert Meter weiter hielt er an, starrte durch die Windschutzscheibe und sagte:

„Also, was gibt es für Nachrichten. Ich weiß schon, daß sie schlecht sein werden."

„Wir müssen spazieren gehen."

„*Bene!* Dann gehen wir."

Er hatte eine Taschenlampe in der Hand. Elijah bat darum, legte sie im Licht der Autoscheinwerfer auseinander, untersuchte sie minutiös und baute sie wieder zusammen.

„Was machen Sie da?"

„Eminenz, es ist eine lange Geschichte."

„Fangen Sie an."

„Darf ich zuerst fragen, ob Sie irgendetwas an sich tragen, das eine Wanze verbergen könnte?"

„Unmöglich!"

„Bitte, schauen Sie nach – sicherheitshalber!"

Seufzend leerte der Kardinal seine Taschen aus. Ein kleines Gebetsbuch kam zum Vorschein, ein Rosenkranz, ein paar Münzen, ein Schlüsselbund und eine Dose mit Tabletten – „für mein Herz", erklärte er. In der Brusttasche hatte er einen billigen Kugelschreiber und eine goldene Pyxis, einen Hostienbehälter.

Elijah schraubte den Kugelschreiber auseinander und setzte ihn wieder zusammen.

„Was ist das?", fragte er und deutete auf die Pyxis.

„Darin ist eine Reliquie des heiligen Karl Borromäus. Er ist mein Patron, ein heiliger Kardinal, ein weiser Mann. Hoffentlich steht er uns bei, wir brauchen ihn."

„Bestimmt tut er das", sagte Elijah, „aber vielleicht noch andere außer ihm. Darf ich sie öffnen?"

„Natürlich, aber da finden Sie nichts außer eine Haarsträhne. Ich trage sie immer am Herzen."

Die Pyxis enthielt ein gläsernes Reliquiar, das in einer Mulde auf lila Samt lag.

Elijah gab dem Kardinal das Gläschen und zog die samtene Unterlage hoch. Ihm stockte der Atem, es war nicht zu fassen. Er starrte auf ein winziges elektronisches Knöpfchen, das an eine Batteriezelle angeschlossen war.

„Was ist das?"

„Das ist eine Wunde, durch die das Blut der Kirche ausläuft."

„Mein Gott!", stammelte der Kardinal. „Das ist fürchterlich!"

Er schaute an sich hinunter, betrachtete mißtrauisch seine Schuhe, tastete das Revers seines Anzugs ab und schüttelte es, als wären Flöhe darin. Stück für Stück untersuchten Sie seine Kleidung, fanden aber keine weiteren Wanzen.

„Eminenz, würden Sie bitte wieder ins Auto einsteigen?"

„Wir sollten jetzt einen Spaziergang machen."

„Geben Sie mir das Reliquiar. Ich will das Ding entfernen!"

„Wie Sie wünschen."

„Nein! Moment mal“, rief der Kardinal, „ich habe eine bessere Idee. Lassen Sie es im Auto. Wenn ich wieder in meine Wohnung komme, werde ich die Pyxis neben meinen CD-Player stellen. Wir sollten unseren Zuhörern etwas Gutes tun. Ich habe stundenlange Aufnahmen von meinen Vorträgen über mystische Theologie, außerdem die Exerzitien, die ich letztes Jahr für den päpstlichen Haushalt hielt. Und außerdem die CDs, welche die Schwestern von meinen Bibel-Vorträgen gemacht haben. Da können wir sie eine ganze Weile beschäftigen.“ Er lachte trocken. „Vielleicht retten wir sogar noch eine Seele!“

Sie gingen tiefer in den Olivenhain hinein und leuchteten mit der Taschenlampe auf den Weg.

„Wie haben sie das fertiggebracht?“

„Ich vermute, daß Sie auch manchmal schlafen müssen, ein Bad nehmen …“

Der Kardinal atmete hörbar. Sorge und Enttäuschung standen ihm ins Gesicht geschrieben.

„Was soll das alles bedeuten? Wer sind diese Leute?“, fragte er.

„Deswegen haben wir uns getroffen. Ich glaube, ich weiß, wer sie sind.“

Er erzählte von seinem Besuch in Foligno mit allen Einzelheiten.

„Sie sehen also, daß sie über unsere Pläne bestens informiert sind. Der Präsident hat mit uns gespielt wie eine Katze mit der Maus.“

„Bevor sie die Maus frißt“, sagte der Kardinal verdrossen.

„Er hat uns nicht gefressen. Es ist die Braut Christi, mit der er spielt. Ich glaube, der Herr hat diesem Mann noch einiges zu sagen. Noch ist es nicht vorbei.“

„In Anbetracht Ihrer Eröffnungen und der Geschehnisse in der Kirche in den letzten paar Wochen sind wir dem Ende vielleicht näher, als es scheint.

Einige Kardinäle haben der Presse Interviews gegeben. Sie lassen durchblicken, daß der Heilige Vater nicht mehr ganz Herr über sich ist. Das ist völliger Unsinn. Er ist geistig so stark wie immer und völlig klar. Seine physische Gesundheit läßt nach, aber längst nicht so sehr, wie sie behaupten.“

„Das zeigt jedenfalls, wer gegen ihn ist.“

„Ja, das schon, aber es ist dennoch ein Schlag.“

„Warum tun sie das?“

„Sie wollen neu anfangen. Sie behaupten, der Papst sei nicht der richtige Mann für diese Zeit gewesen. Bischöfe gegen Bischöfe, Kardinäle gegen Kardinäle. Die katholische Presse ist voller Gezänk. Jeder Familienstreit wird in die Öffentlichkeit gezerrt. Viele Autoren – sogar solche, die wir für verläßlich hielten – fordern eine demokratische Kirche, eine ‚Kirche von unten', und behaupten, ihre Forderungen seien Eingaben des Heiligen Geistes. Am anderen Ende des Spektrums schreien die Ultrakonservativen, der Papst spiele dem Antichristen in die Hände, wer immer das sein mag. Alte Freunde werden verleumdet, neue Helden auf den Schild gehoben. Kardinal Vettore zum Beispiel …

„Ich habe länger nichts von ihm gehört. Was macht er im Osten?"

„Große Dinge für die Kirche, heißt es in der Presse. Und das ist wahr. Er hat von der chinesischen Regierung die Erlaubnis erwirkt, daß die katholischen Bischöfe an der nächsten Synode in Rom teilnehmen dürfen. Die Untergrundkirche leidet unter schrecklicher Verfolgung, aber davon erfahren wir im Westen fast gar nichts. Währenddessen gibt Vettore überall Interviews, in denen er die patriotische Kirche preist, weil sie sich in dieser schwierigen Situation nicht in den Untergrund treiben lasse. Vettore gewinnt an Ansehen. Man nennt ihn den „Friedensstifter des Vatikans". Der Heilige Vater hat ihn persönlich aufgefordert, keine Erklärungen mehr abzugeben, die die Volkskirche stärken, sondern stattdessen bei jeder Gelegenheit auf die leidende Kirche in China hinzuweisen. Der Kardinal hat sich nicht weiter dazu geäußert. Vielleicht hat die Zensur Hinweise auf die Verfolgung herausgeschnitten. Es kann aber auch sein, daß Vettore selbst das Problem ist.

„Was meinen Sie?"

„Ich vermute, daß beides zutrifft."

„Werden Sie ihn nach Rom zurückrufen?"

„Wir können ihn nicht erreichen. Er ist im chinesischen Hinterland unterwegs. Seine Artikel und Interviews in den Westen zu bringen, scheint ihm allerdings keine Schwierigkeiten zu bereiten."

„Ist das nicht ein klarer Fall von Ungehorsam?"

„Man bekommt ihn nicht zu fassen. Außerdem haben wir noch andere Sorgen in der internationalen Arena. Es wird immer komplexer. China macht auf den verschiedensten Ebenen eigenartige Bewegungen. Rußland ist angeschlagen und in einer gefährlichen Stimmung. Europa ist wie betört von der neuen Vision, die die *Unitas*-Konferenz der Welt angeboten hat. Die islamischen Staaten predigen den heiligen Krieg gegen die Ungläubigen und zerstören sich gleichzeitig gegenseitig. Der Präsident wandelt zwischen allen Fronten, verhandelt hier, übt dort Druck aus, präsentiert sich überall als Retter. Währenddessen fließt vom Heiligen Vater ein Strom von Weisheit in die Welt, überall verkündet er Jesus Christus als den Herrn der Geschichte, als die Quelle der wahren Einheit, des Friedens und Hoffnung – und dieser Strom versickert im Boden. Niemand hört zu."

„Manche doch."

Der Kardinal strich sich mit beiden Händen übers Gesicht und seufzte. „Nicht viele. Man könnte den Mut verlieren."

„Auf der menschlichen Ebene."

Er schaute zu den Sternen hinauf, die zwischen den Wolken sichtbar wurden. Er faßte sich und wandte sich zu Elijah. „Danke, daß Sie so geduldig sind. Ein reizbarer alter Mann, der seine Enttäuschung nicht verbergen kann. Nicht sehr erbaulich, nicht wahr?"

„Wir sind Menschen. Wir stolpern, genau wie die Apostel. Aber wir stehen wieder auf und machen weiter, genau wie sie."

„Genauso."

„Selbst wenn der Teufel eine Schlacht nach der anderen gewinnt und den größten Teil der Welt verblendet – wir dürfen die Hoffnung nicht aufgeben. Wurde es nicht vorhergesagt, daß die Kirche ein zweites Passah erleiden muß?"

„Ich hatte gehofft, daß es nicht in unsere Zeit fallen würde."

„Glauben Sie, daß es so weit ist?"

„Ich bin immer noch nicht davon überzeugt", sagte der Kardinal. „Aber es wird immer klarer. Es hat noch nie so eine Situation auf der Welt gegeben."

„Der Fall von Rom? Der Einbruch der Barbaren?"

„Damals hatte die Welt ihre bösen Herren, Nero, Tiberius, Domitian. Aber mitten im Kollaps der Zivilisation wand sich die Welt aus der Dunkelheit heraus. Wir rutschen wieder hinein, das ist der Unterscheid. Unsere Autokraten sind keine bösartigen Tyrannen. Es sind die Architekten der *Weltmacht;* sie manipulieren die Menschen mit den Methoden der modernen Psychologie, beherrschen ihre Seele und machen sie zu einem Mittel für ihre Zwecke – natürlich immer im Namen höchster Ideale."

„Haben Sie Angst?", fragte Elijah leise.

„Darf ein Kardinal zugeben, daß er Angst hat? Ja, ich habe Angst. Am meisten Angst habe ich wegen der Unschuldigen, die dem Tier in den Rachen fallen.“

„Was wird der Heilige Vater tun?“

„Er wird bis zum Ende genau das Gleiche tun wie bisher. Unsere Aufgabe ist es, Jesus zu verkündigen. Wir müssen das stärken, was übrig bleibt. Es ist nicht unsere Aufgabe, jene zu zählen, die zuhören.“

Der Kardinal blieb stehen und schaute ihn an. „Wissen Sie, wenn mir jemand vor drei Jahren gesagt hätte, daß alles so schnell gehen würde, ich hätte es nicht geglaubt. Ich hätte es für übertrieben gehalten. Jetzt bin ich nicht mehr so sicher. In ein paar wenigen Jahren sind wir Zeugen, wie ein Zustand relativer Stabilität ins Chaos übergeht. Es beschleunigt sich immer mehr. Das habe ich nicht erwartet.“

„Wir haben immer noch Zeit. Wir können immer noch hoffen.“

„Hoffnung? Die Hoffnung darf uns nie verlassen. Menschliche Sicherheiten schwinden mehr und mehr. Jede Seele wird gewogen, aber viele versagen in der Prüfung. Am meisten betrüben mich unsere Hirten.“

„Aber viele bleiben loyal.“

„Wir werden sehen, was sie tun, wenn der Kampf schärfer wird. Irgendwann wird die Frage des Martyriums auftauchen.“

Jetzt war es an Elijah, die Gelassenheit zu verlieren. „Eminenz, das treibt mich mehr als alles andere in die Sünde der Empörung. Ich kämpfe dagegen, ich fordere meine geistlichen Söhne auf, zu beten, zu fasten und zu vergeben. Und doch tobt dieser Kampf in mir. Als Anna mir von der Folterung und Ermordung ihres Mannes erzählte, da habe ich endlich begriffen, daß das Martyrium wirklich eine Realität für uns werden kann.“

„Wir müssen alle den Sprung von den Heiligengeschichten der Märtyrer in die Wirklichkeit von Fleisch und Blut machen. Unsere frühen Märtyrer waren lebendige Männer und Frauen, mit ihrer jeweiligen Persönlichkeit, ihren Schwächen und ihrer Größe. Wir sind nicht anders.“

„Wenn wir den Mächten der Finsternis nur als geeinter Leib begegnen könnten!“

„Ach wenn, ach wenn … der alte Refrain. Aber so war es immer. In all den großen Krisen unserer Geschichte mußten wir den Verrat derjenigen ertragen, deren Aufgabe es war, die Herde zu beschützen! Es ist menschliche

Dummheit gepaart mit Schwäche."

„Können unsere abtrünnigen Bischöfe denn nicht sehen, was sie tun?"

„Verblendung in dieser Größenordnung hat ihre Wurzeln in der Sünde, und zwar in jener, die man in sich selbst am schwersten erkennen und noch schwerer herausreißen kann – der Stolz. Er war schon immer der bevorzugte Angriffspunkt des Feindes."

„Jemand muß sie warnen!"

„Sie sind immer und immer wieder gewarnt worden. Sie hören nicht."

Alte Zweifel meldeten sich wieder. „Warum läßt unser Herr das alles zu?"

Der Kardinal lächelte traurig und legte seine Hand Elijah auf die Schulter. „So viel Empörung in Ihrer Stimme, mein Freund. Ich höre den gleichen Schrei wie aus dem Mund der Apostel beim Sturm auf dem See, als das Boot unterzugehen drohte und der Herr im Boot lag und seelenruhig schlief."

„Sie beschämen mich. Natürlich haben Sie recht. Im letzten Augenblick wird er aufwachen und dem Sturm gebieten. Dann wird er uns fragen, warum wir so kleingläubig waren."

„Genauso ist es. Bis dahin tragen wir das Kreuz. Wir beobachten den Verrat. Wir leiden."

„Können wir wirklich nichts tun?"

„Sie müssen verstehen, Pater, daß der Teufel deswegen die Rebellion in der Kirche schürt, um sie in Verwirrung zu stürzen. Auf diese Weise werden wir geschwächt und zwar genau in dem historischen Augenblick, in dem wir sehr stark sein müssen."

„Warum handelt der Heilige Vater nicht? Kann er denn von den Hirten keinen Gehorsam verlangen?"

„Das hat er immer wieder getan, und zwar im Geiste des Lammes. Aber er befehligt keine Polizei und keine Armee. In letzter Zeit ist er den Dissidenten härter begegnet. Der Präfekt der Glaubenskongregation tut alles, um die Revolte zu zügeln, wirft seine ganze Autorität in die Bresche. Die Lösung ist nicht ein autoritäres Durchgreifen, das würde nur Öl ins Feuer der Rebellion gießen. Der Heilige Vater arbeitet so lange, wie das Licht reicht. Er ruft uns alle zu dem zurück, der das Kreuz getragen und daran gestorben ist. Er trägt in seinen Händen nichts anderes als das Kreuz und verkündet den Triumph des Kreuzes. Jene, die nicht hören wollen, werden sich einmal vor Gott verantworten müssen."

* * *

Smith kam in dieser Woche bei Elijah vorbei und lud ihn zu einem Kaffee ein. Sie gingen an den Tiber und setzten sich an ihren gewohnten Platz in einem kleinen Café. Der Wind blies Blätter die Straße hinunter. Smith zündete sich eine Pfeife an und paffte hektisch. Er deutete mit dem Pfeifenende über den Fluß in Richtung Petersdom, der golden in der untergehenden Sonne glänzte.

„Sieht alles normal aus, nicht wahr, Elijah?"

„Was ist los?"

„Nichts. Gar nichts", sagte er durch eine Rauchwolke.

„Aber irgendetwas macht Ihnen zu schaffen."

„Um die Wahrheit zu sagen, ich wollte Sie schon lange mal fragen, was sie von diesen Erscheinungen halten."

„Welchen?"

„Es gibt Hunderte. Visionen, Wunder, weinende Statuen, Lichter am Himmel. Egal was. Suchen Sie sich eine raus."

„Ich nehme sie zur Kenntnis, höre und bete."

„Und …?"

„Natürlich sind manche zweifelhaft."

„Was halten Sie von der Frau, die über die Welt posaunt, Jesus habe ihr gesagt, der Papst solle seinen Stall ausmisten, andernfalls würde er ihn fallen lassen."

„Ich glaube, daß sie ein Opfer ihrer Phantasie oder spiritueller Täuschung ist."

„Richtig. Das glaube ich auch. Es ist ein wasserdichtes Manöver: He, ihr guten Christen, wenn ihr meine Botschaft ablehnt, dann lehnt ihr Jesus ab, der sie mir gegeben hat. Ihr braucht nur mein nächstes Buch zu kaufen …"

„Ganz logisch!"

„Es gibt auch eine Menge Seher, die sagen, wenn wir durch dieses Chaos durchkommen wollen, dann müssen wir uns an den Papst klammern."

„Ich glaube, daß sie echt sind. Allerdings breitet sich die Verwirrung auch unter denen aus, die dem Herrn aufrichtig nachfolgen – wie nicht anders zu erwarten."

„Ich weiß, ich weiß. Ich hätte es einfach gerne ein wenig klarer. Freunde von mir in den Staaten sind jetzt zu den Schismatikern gegangen. Sie sind überzeugt, daß man umso rechtgläubiger ist, je konservativer man ist. Sie sind päpstlicher als der Papst."

„Ich glaube, daß einige der Warnungen eine Gnade sind, die uns der Himmel schickt."

„Und zwar welche?"

„Jene, die von Treue und Barmherzigkeit sprechen. Diese Botschaften widersprechen sich nicht. Wie mit einer Stimme sagen sie, es werde eine Züchtigung über die Erde kommen, wie es nie zuvor eine gegeben hat, sofern die Menschheit nicht umkehrt und bereut."

„Wie es seit der Sintflut keine gegeben hat, sagen sie."

„Die Schrift warnt uns, daß die zweite Sintflut schlimmer sein wird als die von Noah. Es wird aber diesmal nicht Wasser sein, sondern Feuer."

„Ja, das habe ich gelesen. Ziemlich beunruhigend!"

„Es scheint nicht mehr unmöglich zu sein."

„Da brauchen wir nur an Hiroshima zu denken. Elijah, was mich umtreibt, ist die Tatsache, daß diese Prophetien immer schneller und immer dringlicher kommen, daß man fast keine Zeit mehr hat, ihre Bedeutung zu verstehen. Naturkatastrophen, Kriege, Angriffe gegen die Kirche, Märtyrer, Freimaurer, Teufel, Verräter, Stigmatisierte, Bluttränen, weinende Ikonen, drei Tage Dunkelheit, Zeichen am Himmel, übernatürliche Warnungen … und wo weiter und so fort."

„Man versteht es dann, wenn man begreift, daß es um die letzte Konfrontation der Kirche und der Anti-Kirche geht, des Evangeliums und des Anti-Evangeliums. Deswegen schüttet der Himmel so viele außergewöhnliche Gnaden aus."

„Es scheint ein ziemlich gemischtes Sortiment zu sein, wenn Sie mich fragen."

„Wenn der Feind sich zum letzten Kampf rüstet, dann ist doch klar, daß er alle Kräfte aufbietet, um diese Gnaden zu unterminieren, die Leute zu verwirren, sie von den echten Botschaften abzuwenden und ihnen die Imitationen schmackhaft zu machen."

„Vermutlich. Das gab es auch schon früher."

„In der Tat. Hinzukommt der Trieb, alles zu beherrschen und jede Facette des menschlichen Lebens zu manipulieren."

„Ist das nicht ein bißchen düster?"

„Wir wissen aus der Schrift, daß die Endzeit düster sein wird."

„Sie werden doch nicht zu den Endzeitlern gehören?"

„Das hängt davon ab, was Sie mit diesem Wort meinen."

Smith suchte nach einer Antwort. „Sie wissen, was ich meine. Ein schwelgender Apokalyptiker."

„Ich versuche, nicht zu schwelgen."

„Sie haben harte Zeiten im Krieg erlebt, nicht wahr, Elijah?"

„Ja, das habe ich."

„Vielleicht hat Sie das zu einem Pessimisten gemacht."

„Vielleicht habe ich erkannt, wozu Menschen fähig sind."

„Okay. Aber es könnte doch auch nur eine weitere Krise sein, durch die wir gehen? Die Kirche hat schon schlimmere Stürme durchgestanden, dagegen erscheint dieser eher zahm. Im zehnten Jahrhundert wurden die Leute ganz hysterisch wegen der Jahrtausendwende. Sie glaubten, die Wiederkunft des Herrn stehe vor der Tür. Sie sahen den Antichrist hinter jedem Baum."

„Ich verstehe, was Sie sagen wollen, Pater. Aber stellen Sie sich mal vor, ein Mann ist krank und dem Tode nahe. Jeder ist davon überzeugt, daß er sterben wird. Es ist das Ende. Aber durch eine wunderbare Intervention Gottes kommt er wieder zu Kräften. Er wird wieder gesund und lebt noch eine Weile weiter. Im Alter wird er wieder krank und scheint dem Tode nahe. Darf der Arzt jetzt annehmen, daß er sich wieder erholen wird, weil das früher einmal geschehen ist?"

Smith spitzte die Lippen und zündete seine Pfeife heftig paffend neu an. „Sie machen einem talmudischen Gelehrten alle Ehre."

„Lassen Sie uns die Sache noch etwas weiterspinnen. Nehmen wir an, daß es am Ende eine bestimmte Gefahr für den Arzt und die Familie des sterbenden Patienten gibt. Nein, sie sind nicht hysterisch, die Dringlichkeit ist ihnen gar nicht bewußt. Sie sind nicht wachsam."

„Und der Patient stirbt."

„Wir sterben alle einmal."

„Was wollen Sie sagen? Sie können nicht beides haben. Sollen wir den Patienten sterben lassen oder versuchen, sein Leben zu retten?"

„Wir versuchen, sein Leben zu retten, *und* lassen ihn sterben, wenn er sterben muß."

„Sie haben mich total verwirrt."

„Wir mühen uns, das Leben des Körpers zu retten, aber letztlich liegen Tod und Leben nicht in unserer Hand. Wenn der Patient noch eine Weile lebt, ist es gut. Wenn Gott bestimmt, daß seine Stunde gekommen ist, ist es auf andere Weise gut."

„Wenn Sie es so sagen, verstehe ich es."

„Das Problem ist nicht das Überleben der Kirche. Die Frage ist, wie viele Seelen gerettet werden."

Smith schaute auf den Tiber. „Aber es ist unerträglich, die Dinge einfach laufen zu lassen. Wir müssen etwas tun!"

„Genau das haben die Apostel auch gesagt. Sie konnten nicht verstehen, warum der Herr sterben mußte."

„Wollen Sie sagen, daß wir schweigen müssen, wenn die Kirche in den Dreck gezogen wird?"

„Nein, keineswegs. Aber letztlich kommt es aufs Handeln an und nicht aufs Reden. Das ist die wirkliche Prüfung."

„Das Handeln?"

„Lieben wir unsere Feinde? Sind wir bereit, mit dem Herrn auf den Kalvarienberg zu gehen und unter dem Kreuz zu stehen? Werden wir gar zulassen, mit Ihm ans Kreuz geschlagen zu werden? Oder nicht?"

Smith schüttelte den Kopf. „Sie sagen, wir müssen zwei Personen sein. Eine kämpft gegen den Tod, die andere läßt den Tod gewinnen. Daraus werde ich nicht schlau."

„Wir müssen nicht schlau werden. Wir müssen es nur tun."

„Für Sie ist das vielleicht einfach, Elijah, aber nicht für mich."

Die beiden Priester verfielen in Schweigen.

„Das ist alles so irrational. Freunde haben mir kürzlich ein Buch über den Antichrist geschickt. Darin finden sich alle möglichen Prophezeiungen. Viele Heilige und viele Päpste waren überzeugt, daß ihre Zeit die Endzeit sei."

„Der Geist des Antichrist ist von Anfang an da. Der heilige Johannes predigte den Gläubigen seiner Zeit, daß sie in der *letzten Stunde* leben. Die gesamte christliche Ära ist gewissermaßen Endzeit. Ist es denn so irrational zu glauben, daß diese Endzeit zu einem definitiven Höhepunkt kommen wird?"

„Vielleicht nicht. Aber ist das unsere Zeit? Schauen Sie, einer von diesen

Sehern hat vor ein paar hundert Jahren gesagt, der Antichrist hätte keinen irdischen Vater. Der Teufel wäre sein Vater. Er würde von einer Jungfrau geboren. Er hätte Zähne und würde von Geburt an Blasphemien ausspukken. Er würde von Totenbeschwörern und Zauberern erzogen und Wunder wirken. Mit einem Wort: ein ekelhafter Typ."

„Wenn das eine Vision war, dann war sie allegorisch. Es gibt andere Prophetien, die sein Auftreten und seinen Charakter ganz anders beschreiben. Er wir eine magnetische Persönlichkeit sein. Die griechischen und lateinischen Väter sagen, er würde keineswegs als Monster erscheinen. Der heilige Hieronymus und der heilige Thomas, beide ein Ausbund von Nüchternheit, geben ihm edle Züge. Kardinal Newman warnt davor, daß er die Menschen verblenden und so eine reiche Ernte einfahren werde. Der Antichrist wird uns beißen, aber nicht mit Reißzähnen. Er wird Blasphemien verbreiten, aber in eleganter Sprache. Er wird leugnen, daß Jesus der einzige Christus ist und daß Er Gott ist. Anstelle des Erlösers wird er sich selbst als Anti-Ikone aufbauen, als Vollendung menschlicher Größe. Er wird die Menschheit dazu verführen, ihr eigenes Ich anzubeten und schließlich Satan."

Elijahs Stimme war tieftraurig. Smith sah ihn sehr aufmerksam an, ohne etwas zu sagen.

„Haben Sie genug Eiweiß in Ihrer Ernährung?", witzelte er.

Diesmal hatte Elijah für den Humor des amerikanischen Priesters wenig übrig.

„Pater, es ist nahe. Die Verblendung wird sehr stark sein. Wir müssen ganz klein werden und uns ans Kreuz klammern."

Smith seufzte. „Das ist zu schwarz für mich. Ich habe reale Probleme, die mir ins Gesicht starren. Sie sind mit ihrer Schwarzmalerei aufdringlicher als das Tier der Apokalypse."

„Was für Probleme?"

„Die Artikel, die auf meinem Tisch landen, machen mir Sorgen. Früher kamen solche Artikel ab und an, aber jetzt ist es ein stetiger Strom. Der General sagt, wir sollten offen sein. Vielleicht wolle der Heilige Geist uns damit etwas sagen."

„Um was geht es?"

„Meistens wird gesagt, wir sollten die Weltreligionen nicht abwerten und unseren so genannten „theologischen Imperialismus" endlich fahren lassen.

Ich rede hier von Priestern und Bischöfen. Sie wollen, daß sich die Kirche öffentlich bei den Muslims für die Kreuzzüge, für die Missionare in China, für die Bekehrungen der Ureinwohner von Mexiko etc. entschuldigt. Sie schlagen sich auf die Brust und raufen sich die Haare. Aber darunter spürt man ihre Verachtung für den Evangelisierungsauftrag der Kirche."

„Alle Religionen sind gleich?"

„Sie sagen es nicht ganz so platt, aber das ist die Botschaft. Mir dreht sich der Magen um, wenn ich dieses Zeug lese. Bisher konnte ich den General noch überzeugen, daß er es nicht veröffntlicht, aber er bekommt immer mehr Druck von außen. Die Leute wollen wissen, warum er ihre Artikel nicht bringt. Ich habe Ihnen ja gesagt, daß er zu allen reizend ist. Er ist kein Wachhund."

„Kann er nicht sehen, welchen Schaden solche Artikel anrichten würden?"

„Er glaubt, es wäre nur ein akademischer Disput. Er ist nicht der brillanteste Kopf, muß man sagen."

„Was, glauben Sie, ist das Motiv der Autoren?"

Smith zog die Augenbrauen so weit herauf wie möglich und hob die Hände. „Ich sage Ihnen, Elijah, ich weiß es nicht. Wenn man sie mit der Wahrheit konfrontiert, dann weichen sie aus, versinken in einem Tümpel intellektuellen Schlamms oder verschwinden von der Bildfläche. Ich liege dem General damit in den Ohren, es bringt aber nichts."

„Pater, das dürfen Sie nicht, es treibt ihn in deren Arme."

„Ich weiß, ich weiß, aber es überkommt mich einfach immer wieder. Es ist unheimlich, was da vor sich geht. Zum Beispiel neulich: Der General steht neben meinem Schreibtisch und redet über das Wetter. Ich mache ein Couvert auf, überfliege die erste Seite und ein paar Worte springen mir in die Augen: *Der inquisitorische Charakter der Kirche unter diesem Pontifikat* oder sonst etwas Idiotisches, und ich platze einfach. Ich kriege einen roten Kopf und sage etwas Bissiges darüber. Er hört auf zu reden, schaut mich mit seinem Pokerface an und fragt sich offensichtlich, ob ich so bin, wie die Leute sagen. Er schwebt aus dem Büro hinaus, ohne noch etwas zu sagen, mit zwei tiefen Sorgenfalten auf der Stirn. Eine Stunde später kommt er wieder herein und sagt wie aus der Luft gegriffen, wir müssen den Geist des *aggiornamento* mehr beachten. Wir sollten nicht für alle Seiten offen sein, aber doch ein

Forum für den Dialog schaffen, so daß einer dem anderen zuhören kann. Zuhören! Wenn ich das schon höre! Keiner hört irgendjemandem mehr zu. Er lebt wohl noch in den siebziger Jahren. Das einzige, was dieser ganze Müll bewirken wird, ist, das Rückgrat der einfachen Priester zu brechen und vieler Gläubiger.

Wir sind eines der größten missionarischen Magazine in der Welt. Tausende von Priestern und Katecheten lesen uns und Hunderttausende von Laien. Soll ich das dem Herrn beim Letzten Gericht erklären? Nein danke!"

„Dann haben Sie die Pflicht, standhaft zu bleiben. Verweigern Sie den Abdruck."

„Ich habe die Anweisung, einiges durchzulassen. Es soll nur eine Geste für unsere Offenheit sein, sagt der General. Bisher habe ich mich geweigert. Er weiß das noch nicht, erst wenn die nächste Nummer im Herbst erscheint. Dann könnte es krachen."

Smith versuchte seine Pfeife neu anzuzünden.

„Es ist, als würde sich *Catholic Times* einfach wiederholen", sagte er.

„Bleiben Sie standhaft, Pater. Lassen Sie unseren Herrn handeln."

„Gut. Werden Sie die Scherben aufsammeln, wenn er nicht handelt?"

„Ich werde etwas Besseres tun. Ich werde für Sie beten, so wie wir letztes Jahr gebetet haben, und wir werden um ein Wunder bitten."

„Und was passiert, wenn wir dieses Mal keines bekommen?"

„Ich werde mit jemandem im Vatikan sprechen."

„Haben Sie da Freunde?"

„Einige Bekannte. Vielleicht könnten sie für Sie eine Stelle in einem anderen katholischen Haus finden."

„Darf ruhig ein Kloster sein. Ich wollte schon immer eine eigene Zelle haben."

„Wir werden sehen. Beten Sie, Pater. Vertrauen und beten, das ist jetzt das Wichtigste."

* * *

Eine Tages Anfang November fand Elijah einen Brief im Briefkasten. Er war getippt und nicht unterschrieben. Er lautete:

Denken Sie an unsere Trösterin der Betrübten. Ich muß mit Ihnen sprechen.

Ihre Post und Ihr Telefon könnten unzuverlässig sein. Benutzen Sie ein öffentliches Telefon, um mich anzurufen. Verlangen Sie Maria.

Darunter stand eine römische Telefonnummer.

Er fuhr zu einem nahe gelegenen Hotel und benutzte die Telefonzelle in der Eingangshalle. Eine Frau meldete sich.

„Kann ich Maria sprechen?"

„Einen Augenblick bitte."

Er hörte gedämpfte Stimmen im Hintergrund.

„Hier spricht Maria." Es war Annas Stimme.

„Wo sind Sie?"

„Ich bin in einem Restaurant."

„Können Sie frei sprechen?"

„Mehr oder weniger. Können Sie gleich kommen?"

Sie beschrieb ihm den Weg, und eine halbe Stunde später saßen sie sich im Hinterzimmer eines billigen Cafés gegenüber. Die orangefarbene Tapete aus imitiertem Samt war mit Gipsbüsten römischer Kaiser geschmückt, und über den Fenstern hingen Girlanden aus roten Paprika.

„Es ist eine Zumutung, aber dafür anonym."

„Wieso meinen Sie, daß meine Post und mein Telefon unzuverlässig sein könnten?"

„Wenn ich mich nicht irre, werden Ihre Briefe geöffnet, sowohl jene, die Sie bekommen, wie jene, die Sie schreiben. Ihr Telefon wird wahrscheinlich abgehört."

„Wie kommen Sie darauf?"

„Sie sind über Foligno informiert."

„O nein", stöhnte er.

„Sie wissen nicht viel, nur daß Sie da waren. Es hat ihre Hoffnung entzündet, daß Sie und ich …"

„Ja, ja, unsere Romanze."

„Genau. Letzte Woche rief mich der Präsident in Den Haag an und machte Andeutungen in dieser Richtung. ‚Gut gemacht, Anna!', sagte er. ‚Haben Sie also doch noch Erfolg gehabt?' Es hat mir die Haare aufgestellt. Ich ließ ihn in dem Glauben, daß sich zwischen uns etwas anspinnt. Das ist ja auch wahr, aber ich habe ihm nicht gesagt, daß es eine altmodische Freundschaft ist."

Elijah seufzte. „Das heißt, wir sind enttarnt. Das Versteckspiel ist vorbei."

„Ihr Spiel mag vorbei sein, aber meines nicht. Meine Tarnung ist immer noch intakt. Die Illusion, wir hätten eine Liebesaffäre, verstärkt sein Vertrauen zu mir, und ich würde dem gerne, wenn Sie erlauben, Nahrung geben."

„Bevor wir fortfahren, Anna, habe ich Ihnen etwas mitzuteilen."

Er erzählte von der Entdeckung der Wanze bei *Stato.*

Sie starrte ihn ausdruckslos an, stand auf und ging auf die Toilette. Zehn Minuten später kam sie zurück.

„Alles in Ordnung. Ich bin sauber. Sie haben mir einen Schrecken eingejagt."

„Nun, und wie sollen wir der Illusion einer Romanze Vorschub leisten?"

„Wir schicken einander kleine diskrete Botschaften und benutzen dafür verschlüsselte Sprache, die jeder Idiot entziffern kann."

„Ich verstehe. Eine Art von Gegen-Gegen-Spionageabwehr. Ich kann nicht behaupten, daß mir wohl dabei ist. Sie könnten es irgendwann gegen uns verwenden."

„Glauben Sie, daß noch irgendjemand an den Sünden von Priestern Anstoß nimmt? Sie haben mehr als genug Skandale, die sie gegen die Kirche benutzen können. Mit gewöhnlichen Indiskretionen würden sie sich gar nicht abgeben. Sie sind hinter etwas Größerem her."

„Und das wäre?"

„Sie. Sie selbst, Pater Elijah. Sie haben wieder Appetit bekommen."

„Irgendetwas stimmt hier nicht. Sie sind zu schlau. Sie werden dahinter kommen."

„Sie sind nicht allmächtig. Sie können nicht alles wissen."

„Vielleicht haben Sie recht. Dennoch ..."

„Falls Sie befürchten, daß ..." Sie sprach den Satz nicht zu Ende.

„Es ist mein eigenes Herz mehr als das Ihre, um das ich mich sorge."

„Ich weiß."

„Glauben Sie, es wäre leicht, Ihnen das zu sagen? Wissen Sie, wie schmerzhaft es ist, sich einzugestehen, daß eine Person, die mir wichtig ist, auch eine Quelle der Versuchung darstellt?"

„Und das bin ich für Sie?"

„Es tut mir leid. Ich habe mich schlecht ausgedrückt. *Sie* sind nicht die Versuchung, Anna. Die Versuchung liegt ganz in mir: das Bild im Geist, der Traum, die Erinnerung an reine Liebe – es weckt die Sehnsucht nach einem

Trost, der in diesem Leben nicht für mich vorgesehen ist. Aber ich werde für Sie immer Freundschaft empfinden, in der tiefsten Bedeutung dieses Wortes."

In ihren Augen zeigte sich, daß sie berührt war. Sie wich seinem Blick nicht aus.

„Wir müssen gegen sie kämpfen, Elijah", sagte sie entschlossen. „Sie dürfen nicht alles zerstören."

„Am Ende werden sie verlieren."

„Aber wie viel werden sie bis dahin kaputt machen? Zu viel!"

Tränen traten ihr in die Augen.

„Anna", sagte er zerknirscht, „ich weiß einfach nicht, was wir tun können."

„Sie müssen gar nichts Besonderes tun. Ein paar Nachrichten, ein paar Anrufe. Gerade so viele, daß sie meinen, ihre Pläne hätten Erfolg. Das wird mir weiteren Zugang verschaffen. Es gibt bereits Anzeichen, daß ich in einen anderen Kreis hineinkomme."

„Was für Zeichen?"

„Gestern wurde ich vom Präsidenten zu einer privaten Gesellschaft auf einen Landsitz außerhalb Roms eingeladen. Deswegen bin ich heute überhaupt hier."

„Worum ging es dabei?"

„Man hat mich nicht überall einbezogen, aber es war offenkundig, daß sie mir an diesem Wochenende absichtlich tieferen Einblick gaben – mehr als je zuvor. Es war eine Art Test. Ich glaube, ich habe ihn bestanden."

„Was für Leute waren da?"

„Keine große Gruppe, zwölf Männer und sieben Frauen mit mir. Es waren nicht die Personen, die ihn sonst bei öffentlichen Auftritten umgeben. Keine Politiker oder Finanziers, die mir bekannt gewesen wären, keine Promis. Aber jeder Einzelne hatte eine Aura von Macht um sich. Das sind Leute, die irgendwo auf diesem Planeten enormen Einfluß haben. Aber ich habe keine Ahnung, worin er besteht."

„Warum hat man sie eingeladen? Bestimmt nicht, um eine Romanze zu diskutieren."

„Das will ich nicht sagen. In seiner vornehmen Art wiederholte er seine Gratulation, die er vor ein paar Tagen am Telefon ausgesprochen hatte. Er machte auch Andeutungen über den Fall, den der Weltgerichtshof nächsten

Monat behandelt. Eigentlich muß er sich darum nicht mehr kümmern, denn es ist schon klar, daß es in ihrem Sinn entschieden wird. Die UNO und das Europaparlament sind entschlossen, die Antibevölkerungsgesetze auf der ganzen Welt durchzusetzen."

„Wie werden Sie sich verhalten?"

Sie zögerte.

„Verzeihung. Das war anmaßend von mir. Sie sind Richterin. Ich hatte kein Recht, Sie das zu fragen."

„Ich habe deswegen schon einige schlaflose Nächte gehabt. Ich bin zu dem Schluß gekommen, daß diese neue Gesetzgebung gefährlich und destruktiv ist. Regierungen werden dadurch in die Lage versetzt, die Menschenrechte in ihrer eigenen Gesellschaft auszuhebeln. Ich weiß, daß ich das nicht unterstützen darf. Auf der anderen Seite ist es vorbei mit meiner Tarnung, wenn ich dagegen stimme. Es ist ein Eckstein auf ihrem Weg zur globalen Macht. Sie müssen dieses Gesetz haben. Sie wissen auch, daß ich das weiß. Deswegen haben Sie mich in diese Position gebracht. Sie ahnen nicht, was ich wirklich darüber denke."

„Was werden Sie tun?"

„Ich bin hin und her gerissen. Das Gesetz ist ein Horror für mich. Wenn ich jedoch eine Chance haben will, die Männer, die Stefano umgebracht haben, der Gerechtigkeit zuzuführen, dann muß ich ihr Spiel mitmachen, dann darf ich nicht aus ihrem Kreis ausgestoßen werden."

„Anna, ich bitte Sie, das ist ein Fehler. Wenn Sie für das Gesetz stimmen, dann benutzen Sie ein böses Mittel, um einen guten Zweck zu erreichen. Langfristig funktioniert das nie."

„Nein, verstehen Sie, es wird ein oder zwei Gegenstimmen geben, meine Stimme wird nichts verändern. Der Gerichtshof wird globales Recht daraus machen, das steht fest."

„Sind Sie ganz sicher?"

„Ich weiß es. Der Präsident beherrscht die Mehrheit. Der Rest sympathisiert mit der Gesetzesvorlage. Die ein oder zwei Gegenstimmen kommen von Leuten, die bald in Pension gehen. Er hat schon gewonnen."

„Trotzdem bleibt es eine Frage des Gewissens. Es geht um Ihre Seele."

„Meine Seele? Manchmal frage ich, ob sie nicht vor langer Zeit gestorben und in einem Sarg in Mailand begraben ist."

„Erinnern Sie sich an unseren Besuch bei Don Matteo? Wissen Sie noch, was er zu Ihnen sagte?"

„Ja."

„Irgendwann werden Sie zu Stefano gehen. Das hier wird alles vorbei sein. Sie werden immer glücklich miteinander sein. Wollen Sie die Ewigkeit für ein schmutziges Spionagespiel riskieren?"

„Das ist mir zu theologisch. Ich kann nicht so denken. Ich will den Mörder von Stefano kriegen. Wenn die Welt mir keine Gerechtigkeit widerfahren läßt, dann werde ich sie auf andere Weise herstellen!"

„Anna, ich bitte Sie!"

Sie schüttelte den Kopf und wischte seine Einwände mit einer Handbewegung beiseite.

„Inzwischen weiß ich, daß meine Intuition über Stefanos Tod zutreffend ist. Am vergangenen Wochenende bin ich seinem Mörder begegnet."

„Ach nein! Wer ist es?"

„Ich weiß nicht, wie er heißt. Er gehörte zu dieser Gruppe."

„Anna, das ist schockierend. Erzählen Sie!"

„Sie müssen wissen, dieses Treffen war völlig anders als alle, die ich sonst miterlebt habe. Ich kannte die Gesichter nicht. Man sprach sich nur mit Vornamen an. Keine Nachnamen. Nur den Präsidenten kannte jeder. Es wurde nichts Wesentliches gesprochen, nur Allgemeinplätze wurden ausgetauscht. Aber es waren Allgemeinplätze über weltbewegende Angelegenheiten. Bewegungen, Persönlichkeiten, Strategien. Niemand konnte sich einen Reim darauf machen, der keinen Schlüssel dazu hatte. Ich auch nicht. Aber erinnern Sie sich, daß ich Ihnen einmal erzählt habe, wie ich gelernt habe, Menschen zu durchschauen? Wie das Zucken einer Augenbraue Bände spricht, der Austausch eines Blicks zwischen zwei Personen, etc.?

„Ja, ich erinnere mich."

„Ich war in der Strafjustiz am Anfang meines Berufslebens. Ich erkenne einen Mörder, Elijah, und ich sage Ihnen, dort waren mehr als einer. Aber diese Männer sind von einer Art, die mir bisher nicht untergekommen ist. Sie sind einerseits total rational, andererseits zutiefst psychopathisch. Können Sie sich das vorstellen?"

Er nickte und dachte an das Gesicht von Eichmann.

„Der perfekte Gentleman."

„Genau. Der perfekte Gentleman mit etwas Abscheulichem hinter seinen Augen. Mir lief es kalt den Rücken hinunter. Als ich durch die Eingangstür getreten war, wollte ich nur noch wegrennen, aber ich wußte, ich würde nie mehr aufhören zu rennen, wenn ich es täte."

„Ich glaube, der Zeitpunkt ist gekommen, daß Sie sich davon trennen. Sie gehen einfach weg. Schützen Sie Krankheit vor, einen Nervenzusammenbruch oder was auch immer. Aber Sie müssen Schluß machen!"

„Das werde ich nicht tun. Wenn ich Ihnen den Rest erzähle, dann verstehen Sie, warum."

„Dann erzählen Sie."

„Gestern Abend standen wir nach dem Diner in einer kleinen Gruppe bei einem Drink zusammen und unterhielten uns. Ein mir unbekannter Mann kam dazu und der Präsident. Es war ersichtlich, daß er mit dem Präsidenten auf Augenhöhe verkehrte, denn jeder machte einen kleinen Schritt zurück, als er sich näherte. Es ist eine von diesen unbewußten Reaktionen, an denen man ablesen kann, wie wichtig jemand ist. Ich habe keine Ahnung, wer er ist, ich merkte nur, daß man ihn mit Ehrerbietung behandelte. Es war nichts Besonderes an seinem Aussehen – er war ungefähr sechzig Jahre alt, leichte Glatze, mittelgroß, sprach mit leiser Stimme, sagte nichts von Bedeutung, nur ein paar kleine Witze, über die mehr als nötig gelacht wurde. Er wurde mir nicht vorgestellt. Nach einer Weile ging er wieder, und der Präsident folgte ihm – alles ganz locker und nonchalant, aber ich sah, daß er einen Wink bekommen hatte."

„Vom Präsidenten?"

„Nein, umgekehrt. Sie standen ein paar Minuten beisammen und sprachen leise miteinander. Sie wußten nicht, daß ich fähig bin, eine Unterhaltung zu führen und einer anderen zuzuhören. Ich sprach mit einem Mann aus Schottland. Er rühmte den Erfolg der Konferenz von Warschau. Ich äußerte meine Zustimmung, horchte aber gleichzeitig auf die leise Unterhaltung ein paar Schritt von uns entfernt. Ich konnte fast nichts verstehen, aber ich bin sicher, daß der Präsident den anderen Herrn mit *Mago* angesprochen hat."

„Mago?"

„Magus. Der Magier."

„Vielleicht haben Sie sich getäuscht?"

„Das glaube ich nicht. Der sprach seinerseits den Präsidenten mit *Architetto* an."

„Architekt?"

„Ja. Sie beendeten ihr Tête-à-Tête mit einem Zunicken, dann kam der Präsident zu uns zurück und mischte sich wieder in die Unterhaltung."

„Gab es dort mehrere Leute mit solchen Namen?"

„Ein paar. Die meisten wurden mir als Carlo oder Katharina oder Federico vorgestellt. Dazwischen gab es Namen wie Bogenschütze oder Abaddon."

„Abaddon?", sagte Elijah erstaunt.

„Warum? Kennen Sie den Namen?"

„Es ist ein Name, der im Buch der Offenbarung vorkommt. Er bezieht sich auf einen Engel."

„Er sah jedenfalls nicht wie ein Engel aus."

„Vielleicht benutzen diese Leute Namen, die für sie eine symbolische Bedeutung haben. In der Schrift ist Abaddon der Engel des Abgrunds. Er hat den Schlüssel zum Abgrund. Er ist der Stern, der vom Himmel fiel."

„Warum ein Stern?"

„Die Engel, die rebelliert haben, waren einst Geschöpfe des Lichts. Sie wandten sich vom Licht ab und wurden auf die Erde hinabgestürzt. Im Evangelium sagt Jesus, er sah den Satan wie einen Blitz vom Himmel fallen. Die übliche Interpretation ist, daß dieser gefallene Engel die Pforten der Hölle öffnen wird, wenn die fünfte Trompete geblasen wird, und daß dann die Dämonen über die Welt herfallen werden."

„Was für eine schaurige Mythologie."

„Es könnte realer sein, als Sie denken."

„Lassen wir das beiseite, Elijah, was bedeutet der Name?"

„Er bedeutet *Verderber.* Das steht in scharfem Kontrast zum Namen Jesu. Der bedeutet *Jahwe rettet.*"

„Dieser Mann war jedenfalls ganz irdisch."

„Was ist Ihnen aufgefallen?"

„Er war einer von vielen. Um die fünfzig, ziemlich beleibt, ein verschlossenes Gesicht, um den Mund einen zynischen Zug, freudlos und einzelgängerisch."

„War er der Mörder?"

„Er war ein Mörder, aber nicht *der* Mörder."

„Wer war es dann? Wie haben Sie ihn erkannt?"

„Ich wußte es einfach. Fragen Sie mich nicht wie. Wenn ich Ihnen sage, wie es weiterging, ist das bestimmt kein Beweis, aber mein Instinkt gibt mir ein ganz klares Signal."

„Wurde etwas gesagt?"

„Ja und nein. Wie auf jeder Party war alles in Bewegung, die Leute gingen von einer Gruppe zur nächsten, von einem Raum in den anderen. Musik, Blumenarrangements, Kerzenlicht, alles sollte leicht und freudig sein, war es aber nicht. Ältere Herren standen im Kaminzimmer in einer Ecke, rauchten Zigarren und lachten. Drei Damen diskutierten über Kunst. Sie hatten aus der Sammlung des Präsidenten die Werke ausgewählt, die derzeit durch Amerika reisen. Es waren gebildete Herrschaften, aber sie ließen nicht durchblicken, was sie eigentlich beruflich tun oder wer sie sind. Wie gesagt, nur Vornamen. Als Abaddon vorbeikam, zogen sie ihn in unseren Kreis und fragten ihn, ob er Picasso auch für einen Vorläufer der modernen Kunstrevolution halte. Er äußerte zurückhaltende Zustimmung, blieb stehen und nippte an seinem Drink. Ich spürte seinen Blick auf mir. Nicht das übliche Männerverhalten. Es war kalte Beobachtung und Neugierde. Eine der Damen sagte etwas über die Fragmentierung der weiblichen Gestalt durch Picasso, man könnte fast meinen, er würde Frauen hassen. Abaddon schaute sie an und sagte, Picasso wollte wohl ins Innere von Frauen gelangen, weil sie ihm so fremd seien. Er zerlege sie, sagte er, und setzte sie dann wieder zusammen.

An diesem Punkt mischte sich jener Mago ein. Plötzlich stand er neben mir; ich hatte ihn gar nicht kommen sehen. Er sagte, wenn Picasso die Möglichkeit gehabt hätte, dann hätte er die Frauen bei lebendigem Leib in Stücke zerlegt, weil er in Wirklichkeit nach der Quelle des Lebens suchte. An diesem Punkt hatten wahrscheinlich die meisten das Bedürfnis, das Thema zu wechseln, aber Mago ließ nicht davon ab. Er machte eine Geste zu einem kleinen Mann, der in der Nähe stand und den ich bis dahin nicht bemerkt hatte. ‚Kommen Sie, *Chirurgo*, sagte er. Tatsächlich, er nannte ihn Chirurgo. Er kam in den Kreis und stand da wie ein gehorsamer Hund. Mir war sofort klar, daß auch er ein Mörder war. Chirurgo, Mago und Abaddon – alle drei Mörder. Ich schaute dem Chirurgen in die Augen und wußte: das ist er."

„Stefano?"

„Ja."

„Was haben Sie getan?"

„Gar nichts. Ich schaute weg, als hätte ich nichts gesehen. Ich spürte gar nichts, ich war wie neben mir, ich mußte mich nicht verstellen. Etwas in mir schaltete sich aus, weil es entscheidend war, daß ich mir nichts anmerken ließ. Da war plötzlich etwas, das ich bis dahin gar nicht an mir kannte. Vielleicht könnte man es Gerissenheit nennen."

„Und dann? Was sagte Mago zu Chirurgo?"

„Er sagte: ‚Erzählen Sie uns, Doktor, wie ist es, wenn man einen lebenden Menschen zerlegt?'"

„Chirurgo zuckte nicht mit der Wimper. Er neigte den Kopf etwas zu Seite und sagte: ‚Es ist eine Wissenschaft.' Ich schaute auf die Hände, die Stefano gefoltert hatten, und sah, daß sie feingliedrig waren. Ich lächelte ihn an. Nur ein Engel hätte wissen können, daß dieses Lächeln falsch war. Dann sagte ich etwas, was ich nicht glaube, das aber ihre Überzeugung ist. Ich sagte: ‚Es gibt Zeiten, wo die Wissenschaft sich an die Spitze der Menschheit setzen muß. Der Wissenschaftler muß unpopuläre Dinge tun, selbst solche, die andere böse nennen, um dem Allgemeinwohl zu dienen.' Während alle Umstehenden zustimmend nickten, starrte Chirurgo mich an, als wäre ich von Sinnen. Wenn er ein normaler Arzt wäre, selbst ein normaler *böser* Arzt, dann hätte ihn meine Bemerkung gefreut. Stattdessen fehlten ihm die Worte. Ich vermute, daß ihm die schreckliche Ironie der Situation bewußt wurde: vor ihm stand die trauernde Witwe des Mannes, den er zu Tode gefoltert hatte, und sie versicherte ihm, alles sei in bester Ordnung."

Elijahs Gesicht verfinsterte sich mehr und mehr.

„Mago und Abaddon sprangen in die Bresche. Gleichzeitig, ohne die geringste Emotion zu verraten, warfen sie Chirurgo einen Blick zu und dann einander, eine blitzschnelle, lautlose Verständigung zwischen den Dreien. Einen winzigen Augenblick schauten mich alle drei an, aber sie konnten nichts in meinen Augen lesen. Ich wandte mich der Dame zu meiner Linken zu und fragte sie, ob sie glaube, die anderen Kubisten hätten Frauen ebenso gehaßt wie Picasso. Sie erging sich in weitschweifigen Darlegungen, und der Augenblick war vorbei. Die Mörder entfernten sich nacheinander in verschiedene Richtungen, als wäre nichts gewesen."

Elijah, der wie hypnotisiert zugehört hatte, atmete hörbar aus. „Das ist schrecklich."

„Schrecklich? Natürlich ist es schrecklich – und ein großer Sieg."

„Sind Sie sicher? Könnte es Einbildung sein?", fragte Elijah.

„Nein, ich habe es wahrgenommen", sagte sie ruhig. „Das ist für mich der Beweis, daß der Kreis des Präsidenten vollkommen gewissenlos ist und bestimmt nichts Gutes für die Menschheit verheißt."

„Was werden Sie tun? Werden Sie zur Polizei gehen?"

„Um ihnen zu sagen, daß ich drei Männer gesehen habe, die sich anschauten?"

„Was dann?"

„Ich kann Ihnen versichern, ich habe nicht vor, mir eine Pistole zu kaufen und diesen erbärmlichen kleinen Kerl über den Haufen zu schießen."

„Anna, wenn sie auch nur die leiseste Bedrohung durch Sie empfinden und den Verdacht hegen, daß Sie wissen ..."

„Sie sind Geschöpfe, die in einer Schattenwelt leben. Sie glauben, sie seien sicher – daß es auf dieser Erde keine Macht gibt, die ihnen etwas anhaben kann."

„Sie sprachen von Gerechtigkeit. Welche Hoffnung haben sie, daß ihnen ein gerechtes Urteil widerfährt?"

„Mir geht es um das Ganze. Ich werde so weit wie möglich nach innen vordringen und in Erfahrung bringen, was ich kann. Sie werden irgendwann einen Fehler machen. Sie werden etwas verraten, was ihnen das Urteil spricht. Wenn ich das habe, dann werde ich das Haus über ihren Köpfen einstürzen lassen. Die Ruine dieses Hauses wird schrecklich sein."

Elijah konnte das Gefühl der Bedrohung nicht loswerden.

Anna richtete sich auf und schaute im Café umher.

„Ich glaube, für heut habe ich genug von oranger Samttapete. Läuft dieses Lied jetzt nicht zum vierten Mal? Man kann *Goodbye Sorrento* nur ein paarmal ertragen."

Er streckte den Arm aus und ergriff ihre Hand. „Sie sind eine sehr mutige Frau."

Sie zuckte die Schultern. „Wie viel Uhr ist es?"

„Halb zehn", sagte er.

„Ich möchte den Abend nicht so beenden. Vielleicht können wir noch irgendwo spazieren gehen?"

Sie fuhren in seinem Auto ins Stadtzentrum zurück, parkten in der Nähe des Kollegs und schlenderten zum Tiber.

„Unsere angebliche Romanze hat auch etwas Gutes", sagte sie.

„Und das wäre?"

„Wir können Spion spielen und hoffen, daß man uns dabei erwischt. Das dient unseren Absichten."

„Und wo bleibt die echte Kommunikation?"

„Wir müssen lernen, zwischen den Zeilen zu lesen. Manchmal werden wir offen sprechen können wie heute Abend. Irgendwie werde ich Sie wissen lassen, wie sich die Dinge entwickeln."

„Sie müssen alles daran setzen, daß Sie sich nicht verraten", ermahnte er sie.

„Das werde ich ganz bestimmt tun."

„Wenn wir offen sprechen, müssen wir absolut sicher sein, daß es keine Wanzen gibt."

„Natürlich. Und wenn wir unsere Scharade spielen, dann müssen wir den Eindruck machen, daß wir auf keinen Fall überwacht werden wollen."

„Was uns aber leider nicht gelingt."

„Richtig. Es gelingt uns nicht. Können Sie das alles ganz klar im Kopf behalten?"

„Ich denke schon."

„Wenn ich irgendetwas herausfinde, werde ich Sie das über unsere falschen Liebesbriefe wissen lassen. Ich werde sagen, ich hätte ein unschätzbares Kunstwerk gefunden und wollte Ihren Rat, ob ich es kaufen solle. Dann müssen wir einen Weg finden, wie wir uns treffen können."

Sie hakte sich bei ihm ein. „Keine Sorge. Es dient unserer Scharade."

„Ich weiß. Es ist mir trotzdem angenehm."

Im Licht der Straßenlaterne sah er, daß sie ihn anlächelte.

„Hören Sie, Anna, wenn Sie darauf bestehen, sich in Gefahr zu bringen, dann bitte ich Sie um einen Gefallen."

„Und das wäre?"

Er griff in seine Manteltasche, holte ein kleines Messingreliquiar hervor und zeigte ihr den Inhalt.

„Ich möchte, daß Sie dies bei sich tragen, wo immer sie hingehen. Es ist mein größter Schatz."

„Ein Holzsplitter mit ein paar Perlen?"

„Ich werde Ihnen nicht sagen, woher dieser Splitter stammt, weil Sie mir nicht glauben würden. Die Perlen sind mit dem Blut einer Heiligen befleckt. Eine Märtyrerin. Was auch geschehen mag, denken Sie immer daran, daß Sie nicht allein sind."

Sie nahm das Reliquiar und steckte es in die Tasche.

„Versprechen Sie mir das?"

„Ich verspreche es", sagte sie und ging, ohne sich noch einmal umzudrehen.

XVIII
Advent

Die Weltnachrichten wurden schlechter. Hier und da brachen kleine Kriege aus. Die Medien waren voll mit den tapferen Anstrengungen des Präsidenten, weiteren Gewalttätigkeiten Einhalt zu gebieten. China verlangte die Rückgabe von Taiwan. UN-Kontrolleure hatten in Weißrußland ein geheimes Lager mit ungemeldeten Atomwaffen entdeckt, was die weitverbreitete Angst schürte, die frühere Sowjetunion halte sich nicht an die Abrüstungsvereinbarungen und sei unberechenbar. In El Salvador kam es zu einer blutigen Revolution. Mexiko versank im politischen Chaos. Die ökonomische Achse Japan-Amerika wurde wieder einmal durch einen Handelskrieg destabilisiert. Die Zeitungen berichteten in regelmäßigen Abständen über den gesundheitlichen Verfall des Papstes und verbreiteten das Gerücht, er würde bald zurücktreten oder vom Kardinalskollegium für amtsunfähig erklärt. Es gab viel Spekulation, wer der nächste Papst sein würde. Unter den obersten Bewerbern tauchte ein neuer Name in den Medien auf: Kardinal Vettore.

Elijah beobachtete die Entwicklung aufmerksam, wartete, hielt seine Seminare und betete.

Am Montag nach dem ersten Adventssonntag erhielt er einen Brief in einem rosa Couvert. Er hatte keinen Absender, aber der Poststempel zeigte, daß er aus Paris kam. Das gehämmerte Briefpapier war violett getönt. Er erkannte Annas Handschrift.

> Liebster David,
>
> ständig denke ich an Dich. Ich hatte vergessen, daß man so glücklich sein kann. Als wir zusammen waren, habe ich gespürt, daß Du mich wieder zum Leben erweckst.
>
> Unsere Liebe muß ein Geheimnis bleiben. Bedenke, welchen Scha-

den unser Ruf nehmen würde.
Deine Maria

*

Liebe Maria,
das Leben in Rom ist öde ohne Dich. Auch ich hatte vergessen, daß auf dieser Erde solche Liebe existiert. Ich trage Dich wie eine Ikone in meinem Herzen.
Mit ewiger Liebe
immer
Dein David

Elijah war unbehaglich zumute, als er die Antwort schrieb, aber er sagte sich, daß die Worte nicht unwahr waren. Die unsichtbaren Wachhunde mochten sie interpretieren, wie sie wollten. Er sandte den Brief an ihre Adresse in Frankreich.

Ein paar Tage später kam ein Brief anderer Art. Er war von Smith. Er war im Gefängnis Regina Caeli und in ernsthaften Schwierigkeiten. Er bat Elijah, ihn so bald wie möglich zu besuchen.

Weil Elijah Priester war, mußte er sich nicht den üblichen Restriktionen unterziehen. Sonst hätte er mit Smith nur im Besucherzimmer reden können, wo die Gefangenen mit Familienangehörigen oder ihrem Rechtsanwalt zusammentreffen und an einem Tisch sitzen, der beide Seiten durch eine Glasscheibe trennt.

Ein Wärter führte ihn durch lange Gänge zu Smith Zelle. Smith saß auf der Pritsche und starrte auf das Fenster.

Er stand langsam auf, ging Elijah entgegen und umarmte ihn.

„Pater Smith, was ist passiert?“

Smith hatte rote Augen und wirre Haare.

„Die Fortsetzung der Saga eines dummen Klerikers aus Idaho. Bleiben Sie dran, es wird noch schlimmer.“

„Warum sind Sie hier?“

„Weil der Herr beschlossen hat, daß ich endlich eine eigene Zelle haben soll. Wie die Wüstenväter“, sagte er mit einem bitteren Lächeln. „Gefällt Ihnen das Ambiente? Reizend, nicht wahr?“

Smith fiel auf die Pritsche und schluchzte.

„Ich hätte in den Staaten bleiben und Sojabohnenhändler werden sollen wie mein Bruder. Warum bin ich bloß Priester geworden?!“

„Was wirft man Ihnen vor?“

„Nicht viel. Ein gutes altes amerikanisches Vergehen: Unterschlagung oder so was, ich weiß es gar nicht genau. Jedenfalls läuft es darauf hinaus, daß ich an Amerika ausgeliefert werden soll, damit mir dort der Prozeß gemacht werden kann.“

„Wie bitte? Unterschlagung?“

„Sie meinen, ob es wahr ist? Natürlich ist es nicht wahr!“

Elijah legte seine Hand auf die Schulter des Priesters. „Das weiß ich.“

„Gott sei Dank! Sie sind seit langem der Erste, der eine Person nicht für schuldig hält, bis man ihre Unschuld bewiesen hat.“

„Wer klagt Sie an?“

„Der Herausgeber der *Catholic Times* und der Staat von Illinois. Sie behaupten, ich hätte als Chefredakteur Spendengelder veruntreut, ein paar Hunderttausend Dollar.“

„Aber als Chefredakteur hat man keine Kontrolle über die Gelder oder die Buchführung.“

„Richtig. Aber das stört sie kein bißchen. Sie haben mir auch noch einen Sexskandal mit Mrs. Evans, der Buchhalterin, angehängt. Wir hätten unter einer Decke gesteckt und geplant, mit dem Geld in ein tropisches Paradies abzuhauen. Sie behaupten, wir hätten uns dort ein Liebesnest gebaut und unsere Pläne nur deswegen nicht verwirklicht, weil ich nach Rom versetzt worden bin.“

„Das wird sich doch sicher schnell aufklären lassen. Es gibt ja keine Beweise.“

„Natürlich gibt es keine Beweise! Es ist eine einzige Lüge. Aber das Geld fehlt.“

„Was sagt Mrs. Evans?“

„Sie ist im Schock. Mein Rechtsanwalt hat gestern mit ihr gesprochen und sagt, sie hätte einen Nervenzusammenbruch. Sie ist zu Hause. Sie haben sie auf Kaution aus der Untersuchungshaft entlassen.“

„Halten Sie es für möglich, daß sie etwas Illegales getan hat?“

Smith schaute ihn kopfschüttelnd an. „Wenn Sie Gertrude Evans kennen würden, dann wüßten Sie, wie absurd das ist. Sie ist 64 Jahre alt und hat ungefähr zwei Dutzend Enkelkinder. Seit ich sie kenne, betet sie ständig drei Novenen. Ihre Handtasche ist voll mit Rosenkränzen und Skapulieren, sie geht täglich zur Messe, sagt nie ein schlechtes Wort über andere, hat Arthritis in der Hüfte, spart Briefmarken für die Mission und glaubt, Grace Kelly müßte kanonisiert werden."

„Könnte sie einen schwachen Augenblick gehabt haben?"

„Das muß es sein", sagte Smith grimmig. „Ich habe sie mal dabei erwischt, wie sie während der Arbeitszeit Babyschuhe gestrickt hat – ein klarer Hinweis auf eine kriminelle Ader."

„Wann geht es los?"

„Morgen."

„Wie hat der General reagiert?"

„Der General?" Smith schnaubte durch die Nase. „Wir hatten gerade noch eine nette kleine Unterhaltung, bevor die Polizei eintraf. Er fragte mich, ob ich es getan hätte, und ich sagte nein. Er antwortete, daß die Leute, die mit dem Fall zu tun hätten – nämlich das Büro des Erzbischofs, mein Provinzial, mein aalglatter Nachfolger –belastendes Material gefunden hätten. Er meinte, mein Grundproblem wäre psychologischer Natur, und wenn ich einfach alles zugeben würde, dann könnten sie mich vielleicht vor dem Gefängnis bewahren. Stattdessen käme ich in psychotherapeutische Behandlung. Der Orden hat angeboten, das fehlende Geld zu ersetzen – nett, nicht wahr?"

„Das hieße ja, daß Sie der Orden für schuldig hält!"

„Richtig. Aber ich reiße mich nicht darum, ins Gefängnis zu gehen. Da wäre doch ein freundliches Reha-Zentrum besser."

„Meinen Sie?"

„Vielleicht finde ich noch Gefallen an einem Hirschgeweih."

„Das glaube ich nicht."

„Nein, ich auch nicht", sagte Smith und strich sich mit beiden Händen übers Gesicht. „Wissen Sie, es wäre alles nicht so schlimm, wenn sie nicht Gertie hineingezogen hätten. Die Zeitung war ihr Leben. Sie hätte vor vielen Jahren mit ihrer Tochter nach Kalifornien ziehen können, aber sie glaubte an unsere Arbeit und war bereit, dafür die kalten Winter im Norden zu ertragen. Wenn Sie ihr Herz gebrochen haben, werde ich den Kerlen an die Gurgel gehen."

Smith sprang auf und ging mit geballten Fäusten in der Zelle auf und ab. Er stieß einige Verwünschungen aus, dann ließ er sich wieder auf die Pritsche fallen und vergrub sein Gesicht in den Händen.

„Pater Smith", sagte Elijah besänftigend, „Glauben Sie nicht, daß am Ende die Wahrheit siegen wird?"

„Da bin ich mir nicht mehr sicher."

„Sie wird siegen. Sie müssen vertrauen."

„Vertrauen? Haben Sie nichts daraus gelernt? Schauen Sie, es sind jetzt schon drei Jahre, seit wir im Treibsand versinken. Nichts kann es aufhalten. Wir sinken einfach immer weiter."

„Es gibt einen Herrn, und es gibt Gerechtigkeit. Er wird Sie rechtfertigen, selbst wenn alle menschlichen Instanzen versagen."

„Und was ist mit Gertie? Stellen Sie sich diese Demütigung vor, was die Leute über uns reden. Es ist aberwitzig!"

„Denken Sie daran, was Sie über unseren Herrn gesagt haben."

„Ja, ja. Tatsache ist, daß sie einen durch und durch guten Menschen ans Kreuz nageln. Sie hat in ihrem ganzen Leben nie jemandem ein Haar gekrümmt. Sie können sicher sein, daß ein Haufen Leute, unter ihnen Erzkatholiken, sich in ihrer dreckigen Fantasie alles Mögliche ausmalen werden. Wo Rauch ist, ist auch Feuer, werden sie sagen. Und selbst wenn ein Gericht uns für unschuldig erklärt, wird immer etwas an uns hängenbleiben."

„Das ist der Preis, den wir manchmal zahlen müssen, wenn wir an der Front kämpfen."

„Sie haben gut reden."

„Smith …"

„Es tut mir leid. Ich will Sie nicht angreifen. Sie sind ein guter Kerl, Elijah, und haben mir in diesen Jahren viel geholfen. Aber schauen Sie mein Leben an und Ihres. Vor zwei Jahren ist etwas geschehen, da haben sich unsere Wege getrennt. Sie sind Mönch. Sie beten den ganzen Tag, halten Ihre Seminare, und damit hat sichs. Schön für Sie. Aber ich? Mein Leben ist vorbei. All die Jahre habe ich mich für Gott abgerackert, und das ist der Lohn."

„Pater, irgendwann möchte ich Ihnen ein wenig von meinem Leben erzählen …"

„Ich weiß. Sie haben gelitten. Der Krieg und das alles. Aber es geht um jetzt!"

„Sie sind sehr enttäuscht und das aus gutem Grund. Könnte es nicht sein, daß der Herr Sie ruft, den schwersten Weg mit Ihm zu gehen und ein bitteres

Kreuz zu tragen?"

„Es ist wahrhaftig bitter. Wissen Sie, wie der General reagiert hat? Als ich ihm sagte, daß diese üble Anschuldigung wegen einem Liebesnest der reine Unsinn sei, schaute er mich an und sagte gar nichts, einfach gar nichts!" Da bin ich explodiert. Ich habe ihm gesagt, was ich von seiner Feigheit halte, daß ich Priester bin und Gelübde abgelegt habe, die ich nie gebrochen habe und nie brechen werde. Ich sagte ihm, daß ich 58 Jahre alt bin und Gertie 64 und daß sie heiliger ist als er und ich zusammen. Wissen Sie, was er darauf gesagt hat?"

„Was?"

„Er schaute mich mit seinen Kuhaugen an und fragte, ob ich mich je zu meiner Mutter sexuell hingezogen gefühlt hätte. Zu meiner Mutter! Das war zu viel. Ich schrie ihn an, daß er krank ist und der ganze Orden faul ist bis in den Kern. Ich sagte, eine Gefängniszelle wäre eine erfrischende Abwechslung. Dann ging ich in mein Büro und wartete. Eine Stunde später holte mich die Polizei ab."

Die beiden Priester saßen schweigend nebeneinander.

Nach einer Weile stand Smith auf, ging zum Waschbecken in der Ecke und spritzte sich kaltes Wasser ins Gesicht.

„Ich sage mir das ja alles selber, Elijah. Aber das nimmt den Schmerz nicht weg. Ich fühle mich so verraten. Warum muß das geschehen?"

„Das ist die Frage: Warum muß das geschehen?"

„Ich höre nichts vom Himmel. Totales Schweigen."

„Beten Sie?"

„Ich lese meine Messe. Ich bete das Brevier. Aber das Herz ist nicht mehr dabei. Ich habe zurzeit keine besonders frommen Gefühle."

„Ihr Herz ist voll mit Rebellion. Beruhigen Sie sich. Vollbringen Sie einen Akt des Vertrauens. Tröstungen werden folgen."

Smith seufzte. „Meinen Sie? Seit Monaten scheint alles ausgetrocknet zu sein."

„Aber sind Sie beharrlich geblieben? Wie viel Zeit geben Sie dem Gebet?"

„Wenn ich die Wahrheit sagen soll, immer weniger."

„Das ist zum Teil der Grund für Ihre Niedergeschlagenheit. Gerade jetzt brauchen Sie es so nötig. Sie brauchen dringend den Frieden Christi."

„Als wenn ich das nicht wüßte."

Sie redeten noch eine halbe Stunde, bis ein Wärter kam und sagte: „Noch fünf Minuten."

Elijah stand auf.

„Ich werde tun, was ich kann", sagte er. „Beten Sie, Pater, beten Sie. Für Gott ist nichts unmöglich."

„Gut. Heiliger Gehorsam, Elijah. Vielleicht will Gott mir etwas durch Sie sagen."

„Vertrauen Sie. Gott ist immer bei Ihnen."

„Nehmen Sie mir die Beichte ab?", fragte Smith leise.

Elijah setzte sich wieder und sprach die Eröffnungsgebete des Sakramentes. Smith sagte: „Was sie über mich sagen, ist Lüge, und trotzdem habe ich Schuld: Ich hasse sie. Ich hasse sie sehr. Ich kann ihnen nicht vergeben, was sie dem Orden angetan haben und der Kirche und Menschen wie Gertie. Ich bitte Gott um Vergebung und ich bitte um Seine Gnade, daß ich den Haß in meinem Herzen überwinden kann."

„Ist es wirklich Haß, Pater?", fragte Elijah. „Es kann berechtigte Gründe geben, warum Ärger und Wut in uns hochkommen. Wenn wir uns weigern zu vergeben und nach Rache dürsten, dann können diese Emotionen in Haß umschlagen. Sünde ist ein Akt des Willens. Was tun wir mit diesen Gefühlen? Wir müssen sie verwandeln, für unsere Feinde beten, im Verborgenen leiden. Wenn die Zeit gekommen ist, dann werden Sie vor Ihren Anklägern die Wahrheit aussprechen, aber Sie müssen es ohne Haß tun. Opfern Sie Ihre Leiden unserem Herrn auf. Er wird sie als starke Waffen benutzen, um die Pläne des Feindes zu vereiteln. Glauben Sie an Seinen Sieg. Dann wird sich Ihr Schmerz eines Tages in Freude verwandeln."

Smith schien durch diese Worte getröstet. Nach der Absolution umarmte er Elijah. Der Wärter kam. Elijah wußte nicht, daß er Smith zum letzten Mal gesehen hatte.

* * *

Lieber David,

die Tage ziehen sich unendlich in die Länge. Wann können wir uns wiedersehen? Ich hoffe, daß ich an Weihnachten in Foligno sein werde. Kannst Du auch kommen?

Liebe Grüße

Deine Maria

Liebste Maria,

es wird unmöglich sein, das Kolleg vor dem 26. zu verlassen. Das würde Verdacht wecken. Ich könnte nach der Weihnachtsliturgie abreisen, vielleicht bekomme ich ein Auto. Wenn nicht, komme ich mit dem Zug. Ich zähle die Tage.

Immer bei Dir,

Dein David

Mein lieber David,

ich flüstere Deinen Namen von früh bis spät. Du bist für mich eine Insel der Freude, mein Geliebter. Wenn ich nicht jeden Tag schreibe, dann nur deswegen, weil ich den süßen Schmerz des Wartens genieße im Wissen, daß es nur ein Prolog ist.

Das Leben hier ist sehr hektisch. Die Welt verändert sich rasant. Unser Präsident vollbringt wunderbare Dinge für die Einheit und den Frieden der Welt. Ich weiß, daß Du Dir über seine Motive nicht sicher bist. *Caro,* das darfst Du nicht. Er ist ein großer Führer und wird in die Geschichte als eine Gestalt eingehen, die seine Zeit weit überragt.

Immer eins mit Dir im Herzen,

Deine Maria

*

Maria,

ich sehne mich nach der Zeit, wenn wir unsere Namen nicht mehr verbergen müssen. Liebe versteckt sich nicht. Liebe ist das große Feuer, das verzehrt, ohne zu zerstören. So ist unsere Liebe. Niemand kann sie uns rauben. Nichts kann uns jemals trennen.

Ich bedauere, daß ich gegenüber dem Präsidenten so kritisch war. Die Medien sind voll des Lobes über seine Leistungen. Vielleicht habe ich mich geirrt. Wir können in Foligno weiter darüber sprechen. Werden wir allein sein?

Dein David

*

Mein Lieber,

ich hoffe, daß ich bald ein Geschenk für Dich haben werde. Ich bin nahe daran, es zu erwerben. Es ist ein unschätzbares Kunstwerk. Ich werde es nach Foligno mitbringen. Wenn Du es siehst, wirst Du mir sagen, ich sei impulsiv gewesen, aber es ist seinen Preis wert.

M.

*

Maria,

ich mache mir über Dein impulsives Herz Sorgen. Du darfst nicht zu viel dafür zahlen. Ich flehe Dich an! Zahle nicht zu viel. Unsere Liebe ist das Geschenk, und sie wiegt schwerer als jede Kostbarkeit.

Ich hoffe auf Schnee. Schnee an Weihnachten, die Welt in Weiß gekleidet. Wir werden in den Bergen spazieren gehen. Du wirst Dich an meinem alten Arm festhalten, und ich werde das über Gebühr genießen. Wir werden über Berge und Weinberge und den kommenden Frühling sprechen.

Wir werden voneinander sprechen, von Dir und von mir,

David

* * *

Elijah erhielt auf seine letzte Mitteilung keine Antwort. Er nahm an, daß Anna sehr viel zu tun hatte und ihm das Neueste mündlich erzählen würde. Der dritte Adventssonntag verging ereignislos. Er war damit beschäftigt, Prüfungsarbeiten zu korrigieren und in letzter Minute noch an Freunde in aller Welt Weihnachtsgrüße zu schreiben. Am Nachmittag des 24. brachte er sie dem Pförtner zum Versenden.

Der mokierte sich halb ernst über die exzessiven Portokosten.

„Was, noch mehr? *Scandaloso!* Ich dachte, Sie wären damit fertig! Schauen Sie sich das an: Israel, Vereinigte Staaten, Frankreich, Rußland, die Niederlande! Vater, wann vereinfachen Sie Ihr Leben?"

„Tut mir leid, Bruder. Die Nächstenliebe verlangt, daß ich diesen Leuten ein Lebenszeichen gebe."

„Sie bekommen zweimal so viele Briefe wie jeder andere Priester hier, und Sie schreiben auch zweimal so viele!"

So ging es hin und her, bis der Bruder sagte:

„Erlauben Sie die Frage, wer ist die Dame ist, die Ihnen alle paar Tage schreibt?"

„Dame?“

„*Sí*, die Dame aus Holland.“

„Eine Bekannte. Woher wissen Sie, daß es eine Dame ist?“

„Kein Mann würde so hübsche Couverts benutzen.“

Elijah lächelte und sagte nichts.

„Es geht mich ja nichts an, aber mir ist aufgefallen, daß keine Briefe mehr kommen.“ Er schaute Elijah erwartungsvoll an. Zu gern beschäftigte er sich mit dem Privatleben der Kleriker im Haus, aber aus Elijah waren keine weiteren Einzelheiten herauszuholen. Als er die Treppe zu seinem Zimmer hochging, kam der Pförtner hinter ihm hergelaufen.

„Pater, Pater, das habe ich ganz vergessen. Hier ist noch etwas für Sie. Ein Mann hat es heute Früh abgegeben.“

Das wattierte Couvert war an *David Schäfer* adressiert.

David?

„Hat er gesagt, wer er war?“

„Nein, er hat es durch den Schlitz gesteckt und gesagt: ‚Geben Sie das Schäfer‘, dann ging er gleich weiter. Nicht gerade höflich, wenn Sie mich fragen.“

Elijah nahm das wattierte Couvert mit in sein Zimmer und öffnete es. Es enthielt das Messingreliquiar, das er Anna gegeben hatte. Er öffnete den streng sitzenden Deckel. Es schauderte ihn, als er den Inhalt sah und den widerwärtigen Geruch einatmete: eine halbflüssige, stinkende Masse, dunkel lila, fast schwarz, mit einigen festen Stücken darin. Er starrte fassungslos darauf, ging zum Waschbecken, verschloß es und leerte den Inhalt aus. Eine gelatineartige Masse floß an dem weißen Porzellan hinunter und hinterließ eine Spur aus Splittern und – er mußte näher hinschauen – Rosenkranzperlen. Fast hätte er sich übergeben. Sein Herz schlug wild, und ein rasender Schrei wollte sich aus seiner Kehle lösen.

Mit Hilfe einer Nagelfeile schob er das stinkende Zeug zurück in das Reliquiar, wusch es von außen ab, ebenso seine Hände und das Waschbecken und steckte es in die Tasche. Er kniete sich vor die Ikone des heiligen Michael und preßte keuchend hervor:

Heiliger Erzengel Michael, verteidige uns im Kampfe gegen die Bosheit und die Nachstellungen des Teufels. Gott gebiete ihm, so bitten wir flehentlich. Und du, Fürst der himmlischen Heerscharen, stürze den Satan und die anderen bösen Geister, die zum Verderben der Menschen die Welt durchziehen, mit Gottes Kraft hinab in die Hölle!“

Am ganzen Körper zitternd, setzte er sich aufs Bett, schaute aufs Kreuz und schrie: „Rette sie!“

* * *

Er fuhr wie ein Verrückter. Im Inneren der Stadt war kaum ein Durchkommen, aber die Ausfallstraßen waren fast leer. Es regnete, und die Straße war glatt. In eine Rechtskurve kam er plötzlich ins Schleudern, konnte den Wagen aber abfangen und fuhr weiter. Er betete ununterbrochen, der Tacho konnte nicht mehr höher steigen. Gegen alle Hoffnung hoffte er, daß der Inhalt des Reliquiars nur eine Warnung oder ein böser Scherz war.

Er raste über die Landstraße hinauf in die Berge. Im Rückspiegel sah er einen glutroten Streifen der untergehenden Sonne unter der Wolkendecke hervorleuchten. In Terni, wo er in Richtung Norden nach Foligno abzweigte, wurden der Regen zu Graupelschauern und die Straße eisglatt. Er konnte nur noch dahinschleichen. Es wurde dunkel, und der Schnee stob in dicken weißen Flocken gegen die Windschutzscheibe.

„O Anna“, rief er. „Verschone sie, Herr!“

In Foligno fand er das Sträßchen, das sich den Berg hinaufwand. Nicht weit von ihrem Haus entfernt drehten die Räder durch. Er stieg aus und ging das letzte Stück zu Fuß.

Das Tor war halb offen. Im Licht der Taschenlampe sah er, daß das Schloß aufgebrochen war und der Riegel verbogen. Er rannte zum Haus. Alles war dunkel, die Haustür offen, das Fenster der Tür eingeschlagen. Voller Angst trat er ein. Innen war es kalt und feucht. Nichts rührte sich. Die Dielen knarrten unter seinen Stiefeln. Er ging durch die Zimer des Parterres. Es sah aus wie nach einem Hurrikan, umgestoßene Möbel, herausgerissene Schubladen, Porzellanscherben, Bilder, Bücher, Schallplatten und Papiere über den Boden verstreut. Ein Laptop lag dazwischen, die Festplatte fehlte. Das Loch starrte ihn an wie ein Schädel, aus dem das Gehirn entfernt war. Er suchte nach Blutspuren, fand aber keine. Mit angehaltenem Atem ging er die Treppe hinauf. Oben sah es nicht anders aus. Die Matratzen waren aufgerissen, Sessel aufgeschlitzt, die Kleider aus den Schränken gerissen. Auch hier keine Spur von Blut.

In der Küche fand er eine Lampe und Streichhölzer. Im Licht sah das Chaos noch schrecklicher aus. Er schaute und schaute. Was konnte der Grund für die totale Zerstörung sein?

Da fiel ihm auf, daß er eiskalt war bis auf die Knochen. Er griff hinter den Herd, wo er dünnes trockenes Holz vermutete, um ein Feuer anzumachen. Da sah er es.

Ein Stück abgerissenes Papier, zartviolett getönt, lugte zwischen den Holzscheiten hervor, die aus der umgestürzten Kiste gefallen waren. In der ganzen Wüstenei schien es fast, als würde es nach ihm rufen. Er zog es heraus und las:

Unter Nonnos Herz – in Annas Handschrift.

„Unter Nonnos Herz?", flüsterte er. Was sollte das heißen? Was meinte sie damit?

Nonnos Herz?

Er ging von einem Zimmer ins andere.

Was meinst du, Anna? Was soll ich finden?

Er ging in das Zimmer, in dem er geschlafen hatte – das Zimmer ihrer Großeltern.

Nonnos Zimmer?

Herz, Herz, Herz, Herz ...

Das Bett war zertrümmert, die Bilder von der Wand gerissen, das Kruzifix zerbrochen, das Bild des Heiligsten Herzens ... Das war es!

Es lag mit der Vorderseite nach oben auf dem Boden neben dem Bett. Das Glas war zersplittert und bohrte sich in die Leinwand. Christus weinte, weinte über die Welt. Er rief und rief, aber niemand hörte ihn, niemand wollte ihn hören.

Elijah hob die Laterne höher und im Licht sah er den Umriß eines Stiefels in den Glassplittern.

Er hob es am Rahmen hoch, entfernte die Scherben sorgfältig und drehte es um. Die Rückseite bestand aus zwei Holzbrettern die mit Nägeln am Rahmen befestigt waren. Die oberen zwei Nägel fehlten. Die übrigen Nägel ließen sich leicht herausziehen. Die Holzbretter lösten sich und ein Blatt Papier fiel heraus. Es war nicht vergilbt und eng mit dem Computer beschrieben. Er ging in die Küche, stellte einen Stuhl neben den Herd und las:

Foligno, 21. Dezember

Lieber Elijah,

Marco wird Ihnen das bringen. Ich bin in Sorge. Ich habe keine Antwort auf meine Nachricht vom 12. bekommen, in der ich über das „unschätzbare Kunstwerk“ spreche.

Mehr hätten wir uns nicht erhoffen können: jeder Verdacht hat sich bestätigt. Der Chirurg, der Magier und der Verderber waren tatsächlich die Täter. Eine Person, die sie für verläßlich halten, hat es mir gesagt. Ich habe alles getan, um ihr Vertrauen zu erwerben. Als ich tiefer nach innen vordrang, wie Dante, der in die Ringe der Hölle hinabsteigt, stieß ich auf mehr als einen, der unglücklich war, daß er sich dort befand. Viele verräterische Zeichen zeigen sich an diesen armen Teufeln. Meine Gewährsperson ist für sie ein Spielzeug, ein gebrochenes menschliches Wesen, das dem psychologischen Druck ihrer Machenschaften nicht mehr standhalten konnte. Daß ich dort auftauchte, war für die Mächtigen nur eine Quelle der Erheiterung, aber für sie eine Qual. Ich kann es nicht erklären, jedenfalls wußte ich, daß der letzte Rest an Gewissen bei ihr noch nicht vollständig ausgelöscht war.

Ich schmeichelte mich bei ihr ein, um Beweise zu bekommen. Am Anfang empfand ich sie nur als abstoßend, aber als ich mehr über ihr grauenhaftes Leben erfuhr, bekam ich Mitleid. Ich ließ sie spüren, daß ich um ihre Qual wußte. Wir kamen uns näher. Letzte Woche fiel mir der Preis, den Sie und ich gesucht haben, in den Schoß. Die Frau konnte die Spannung nicht mehr aushalten, daß sie so tun mußte, als wüßte sie nichts. Sie deutete an, daß sie ein großes Geheimnis kenne. Geradeheraus fragte ich sie nach Stefano, und sie gab alles zu. Sie gestand, daß sie bei manchen Sitzungen dabei gewesen war, als er gefoltert wurde. Der *Architetto* sei anwesend gewesen und hätte alles gebilligt. Es tat ihr leid, was man mit Stefano gemacht hatte, denn er sei ein tapferer Mann gewesen. Ein netter Mann, sagte sie mit Nachdruck. *Ein netter Mann!* Andere Worte hatte sie offenbar nicht, um jemanden wie Stefano zu beschreiben.

Ich hatte unsere Unterhaltung heimlich aufgenommen und machte davon eine Abschrift. Ich werde nicht von ihr verlangen, daß sie vor

Gericht aussagt, denn sie würde nach der Erhebung der Anklage keinen Tag mehr leben. Aber das Material, das sie geliefert hat, zusammen mit anderen Beweisen, die ans Licht gekommen sind, werden die italienische Regierung davon überzeugen, daß ein Untersuchungsausschuß eingesetzt werden muß. Es ist zweifelhaft, ob sie ihn und seine Kumpane ins Gefängnis bringen können, weil seine Fangarme bis tief in die Organe des Staates hineinreichen. Dennoch wird ein öffentlicher Skandal seinen Aufstieg zur absoluten Macht bremsen und vielleicht sogar zum Halten bringen. Die Welt wird anfangen, an ihm zu zweifeln. Wenn mir etwas zustoßen sollte, nachdem ich das Verfahren in Gang gebracht habe, dann wird es diesen Zweifel nur verstärken. Ich bin bereit, dieses Risiko auf mich zu nehmen.

Trotz dieser Siege, kann ich mich dunkler Vorahnungen nicht erwehren. Der Schatten, der mich seit vielen Jahren umschleicht, hat sich plötzlich verändert. In meiner Arbeit und in den Kreisen, in denen ich mich bewege, spüre ich mikroskopische Veränderungen, nur Nuancen, ein eigenartiges Schweigen, kaum wahrnehmbar, aber Sie wissen ja, meine Intuition trügt nicht.

Warum haben Sie nicht geantwortet? Haben Sie meine Nachricht bekommen? Sie war wie üblich verschlüsselt und enthielt die Botschaft, daß ein Durchbruch erzielt worden ist. Dürfte kein Problem für sie gewesen sein, den Sinn zu erfassen. Vielleicht haben sie sogar versucht, die arme Frau zu knacken. Kann auch sein, daß sie von sich aus alles gesagt hat.

Was immer mit mir geschehen mag, er kann der Gerechtigkeit nicht entkommen. Ich habe von dem Material mehrere Kopien gemacht. Die Dossiers liegen hier vor mir und ich werde Marco bitten, sie persönlich zu überbringen, wenn ich ihn am zweiten Januar in Mailand sehe. Eins für meinen Rechtsanwalt, eins an das Justizministerium und die Staatanwaltschaft von Italien. Ich werde es mit Kurier an die UNO und den Präsidenten des Europaparlaments senden. Die führenden Zeitungen des Westens werden eine Kopie bekommen. Eine Anklage von diesem Kaliber können sie nicht ignorieren, noch dazu, wo ich eine der höchsten Richterinnen der Welt bin. (Ja, es ist wahr, ich bin immer noch stolz – aber nicht mehr bitter.) Für den unwahrscheinlichen Fall, daß all diese Kopien abgefangen werden, habe ich eine in die Hände derer gelegt, deren Herz von einem Schwert durchbohrt ist, wo die Spatzen Nester bauen und die Schwalbe zu Hause ist. Sie wacht darüber.

Bitte kommen Sie nach Foligno. Ich bin hier bis Neujahr, dann in Mailand und danach in Den Haag. Marco hat sich endlich verliebt und hat mich gebeten, die Ferien mit seinem Mädchen verbringen zu dürfen. Meine Gianna ist bei der Familie ihres Prinzen. Es ist das erste Mal, daß ich hier allein sein werde. Aber ich bin nicht allein. Ich fühle, wie nah mir Stefano ist. An Weihnachten werde ich hinunter in die Kapelle der seligen Angela gehen, eine Heilige aus der Gegend, Ehefrau, Mutter und Witwe, und werde zum ersten Mal seit zwanzig Jahren wieder an einer Messe teilnehmen. Machen Sie sich keine zu großen Hoffnungen, Rechtsanwalt Elijah. Der Glaube, den sie von mir wollen, wird mich nicht plötzlich zu vorschnellen Entschlüssen treiben. Dennoch ist es vielleicht doch ein Zurückkommen zum Anfang, um das wiederzufinden, was verloren gegangen ist. In der Einsamkeit, im Exil, entdecken wir, was sonst verborgen bleibt; wir schauen das Bekannte an und sehen es wie zum ersten Mal.

Ob ich Ihnen gestehen soll, daß es Augenblicke gab, in denen unsere romantische Scharade zu verschwimmen begann und die Worte, die ich Ihnen schrieb, zu meinen eigenen wurden, so als wären wir, was wir vorgaben zu sein? Ich weiß, daß Sie mich auffordern werden, so etwas nicht auszusprechen. Sie werden sagen, daß Ihr Herz das nicht ertragen kann. Gut, ich werde nichts mehr darüber sagen. Aber dieses eine Mal werde ich Ihnen sagen, daß Ihr Herz es tragen *kann.* Und daß es diese Last braucht! Die Liebe bricht aus den Quellen des Herzens als Rohmaterial hervor. Sie nimmt viele Formen an. Sie fordert uns auf, ihr zu folgen und zu sterben, immer wieder zu sterben. Sie verlangt immer diesen schrecklichen Preis. Sie will unser Leben – das ganze Leben. Dann schenkt sie es uns zurück.

Sie brauchen niemals Angst vor mir zu haben. Ebenso wenig vor Ihrem eigenen Herzen. Sie sind ein Vater ohne Kind. Ich bin ein Kind ohne Vater. Seien wir diese Art der Liebe füreinander. Es ist keine geringere Liebe, als jene, die Gianna und Marco entdeckt haben. Die

Form verändert sich und die Jahreszeit und die Ernte. Aber es ist Liebe.

Nun, mein Vater-Freund, die Stunde ist wirklich vorgerückt. Ich bin erschöpft. Und ich bin sehr glücklich. Wir haben ihn geschlagen, Elijah. Wir haben gewonnen. Ich bin in dunklen Gewässern geschwommen und habe überlebt. Und doch spüre ich, daß es noch nicht überstanden ist. Große Schatten bewegen sich unter mir im Abgrund, obwohl an der Oberfläche kaum ein Kräuseln zu sehen ist.

Ich werde Marco bitten, nach Rom zu fahren und Ihnen das persönlich zu übergeben.

Anna

Darunter waren mit der Hand die Worte hingeworfen:

O Gott. Sie sind da.

* * *

Elijah las den Brief ein zweites Mal. Er wollte weinen, dann vor Wut schreien. Er sprang auf die Füße und fiel wieder wie ohnmächtig auf den Stuhl.

Sollte er zur Polizei gehen? Aber was konnten sie tun? Genügte dieser Brief, um eine Verbindung zwischen dem Präsidenten und ihrem Verschwinden herzustellen? Der Name *Architetto* war für sie bedeutungslos. Es war offensichtlich, daß jene, die das Haus verwüstet und Anna mitgenommen hatten, alle Beweise vernichtet hatten.

Er stapfte zum Auto hinunter und versuchte es rückwärts herauszufahren, aber die Reifen drehten durch und wühlten sich in den matschigen Boden. Weder mit Schieben noch mit Beten konnte er es freibekommen.

„Warum, o Herr?" rief er. „Warum?"

Der Schneefall wurde dichter, die Kälte nahm zu, und er hatte nur einen leichten Trenchcoat an. Zu Fuß zur Stadt gehen? Er würde den Weg im Schnee nicht finden, nirgendwo sah er Lichter auf den Hügeln. Er ging zum Haus zurück.

Er zog eine Matratze in die Küche und legte sie vor den Ofen, zündete ein Feuer an und legte sich hin.

Vor seinem inneren Auge sah er, wie es gewesen sein mußte. Sie hatte gerade den Brief ausgedruckt, als sie wußte, noch bevor sie sah: *Sie sind da.* Vielleicht war ein Strahl des Autoscheinwerfers ins Zimmer gefallen und sie hörte das Krachen des Brecheisens am elektronischen Torschloß, mit dem der Riegel aufgebogen wurde. Oder sie hatte zuerst leise Schritte im Schnee gehört, bevor die anderen das Tor öffneten, damit ihr Wagen durchfahren konnte. Sie muß gewußt haben, daß dies der Augenblick war, den sie gefürchtet hatte und dem sie glaubte, ausweichen zu können. Sie kritzelte „*O Gott, sie sind da*" unter den Brief, rannte ins Zimmer ihrer Großeltern und steckte den Brief hinter das Bild des heiligsten Herzens Jesu. Da haben sie bereits mit den Fäusten an die Tür getrommelt, das Glasfenster eingeschlagen ... Sie hatte noch ein paar Sekunden, um die letzte Botschaft auf einen Fetzen ihres violetten Briefpapiers zu kritzeln: *Unter Nonnos Herz*" und ihn hinter den Ofen zu werfen, da stürmten sie herein.

Er warf sich herum, betete, versuchte vergeblich zu schlafen. Die dunkelsten Stunden seines Lebens schienen sich wie eine Decke der Verzweiflung über sein ganzes Leben zu legen: die letzten Tage im Ghetto, die Flucht aus Warschau, der Tod Ruths.

Mitten in der Nacht hörte er Stimmen. Er schoß nach oben, lauschte in die Dunkelheit hinein, aber es war nur das Flüstern des Windes: *Sie wacht darüber. Sie wacht darüber.*

Das erste Licht zeigte sich über dem östlichen Hügel, ein unheilvoller grauer Streifen. Er brachte das Feuer in Schwung, machte Wasser heiß und trank eine Tasse Tee, was die Kälte aus seinen Knochen vertrieb. Wieder las er den Brief. *In die Hände derer, deren Herz von einem Schwert durchbohrt ist, wo die Spatzen Nester bauen und die Schwalbe zu Hause ist.*

Die Worte sprangen förmlich in die Augen.

Sie wacht darüber. Sie wacht darüber.

Er fand den Pfad, der durch den verwilderten Weinberg auf den Berg hinaufführte. Mehrmals rutsche er auf dem Schnee aus und stürzte auf scharfkantige Steine. Seine Füße waren bald durchnäßt, und er blutete an Schienbein und Ellbogen. Sein Herzschlag war unregelmäßig und seine Brust schmerzte. Er kämpfte sich weiter vorwärts; das Keuchen wurde zu Schreien: Anna, Jesus, nein, Nein, Herr, erbarme dich, Anna, meine Anna. Er hielt sich an dornigen Büschen und Wurzeln fest und kam mit aufgekratzten Händen keuchend oben an.

Die Statue stand unter einem Mantel aus Schnee friedvoll in der Grotte. Auf den Nestern, welche die Spatzen um sie herum gebaut hatten, lagen Schneehügel.

Er fiel vor ihr auf die Knie und griff nach ihr mit beiden Händen. Sie schwankte hin und her und wäre fast umgestürzt, aber er richtete sie wieder auf.

Schwer atmend saß er im Schnee. Von Kopf bis Fuß tat ihm alles weh und er war kaum in der Lage aufzustehen. Er lehnte seinen Kopf gegen das Podest und betete. Es war nicht viel mehr als gequältes Seufzen, aber er spürte einen Strom echter Kommunikation, der durch die Abgründe des Menschenlebens, durch Raum und Zeit schier unüberwindliche Barrieren überwand und bis zum Thron der Gnade gelangte.

„Hilf uns, o Hilfe der Christen, hilf uns, Mutter", flehte er.

Und dann kam ein Wort zurück. Es hatte seinen Ursprung nicht in menschlicher Psychologie oder Biologie, sondern kam aus den Quellen, die von dem Thron flossen, den er so fern geglaubt hatte.

Ich bin da.

Wärme strömte in seinen Leib. Licht erfüllte seinen Geist. Eine Stille wurde in ihm wiedergeboren, die ein Teil jener Stille war, welche vor dem ersten Schöpfungswort existierte. Er schaute zur Statue auf und sah in ihrem laienhaft gemalten Gesicht einen Widerschein des Hungers des Menschen nach seinem ewigen Zuhause. Er sah, wie der Himmel diese arme Gipsfigur berührte und ihr einen Ausdruck verlieh, der jenseits des blinden Tastens des Menschen existiert. Liebe war auf ihrem Antlitz und Liebe war in ihrem Inneren.

Hab keine Angst, mein Kleiner, sagte sie. *Ich bin bei dir. Liebe ist mit dir bis zur endgültigen Vereinigung.*

Der Hitzestrom floß nun wie klares warmes Wasser durch ihn hindurch, wusch seine Wunden, badete seine Seele und schenkte ihm verborgene Freude. In seinen Leib, der wie ein Sack voll Schmerz war, strömte neue Kraft ein, wenn auch die Schmerzen nicht verschwanden.

Sie wacht darüber. Sie wacht darüber, sagte der Wind.

Dann fiel es ihm ein.

Er stand auf, umarmte die Statue, und lehnte sie an der Rückseite der Grotte an. In einer Höhlung unter ihren Füßen fand er eine Plastiktüte. Er nahm sie heraus und stellte die Statue wieder darüber.

Die Tüte war gegen Feuchtigkeit fest verschlossen. Er riß sie oben auf und holte den Inhalt heraus: Dokumente, CDs, ein langer Bericht in Annas Handschrift, Namenslisten, Daten.

Er machte sich auf den Rückweg, hielt aber noch einmal inne und schaute zur Statue zurück. Eine armselige, leblose Gipsmadonna, bar jedes künstlerischen Werts, und dennoch ein Symbol, durch welches die Mutter gegenwärtig war. Das war ihr Weg, der Weg des armen kleinen Mädchens von Nazareth. Ihr gekröntes Bildnis schmückte Kathedralen rund um die Welt, Ikonen, gemalt von Heiligen, Skulpturen, von Genies geschaffen, Bilder von den größten Künstlern. Sie wurde durch diese machtvollen Werke geliebt und verehrt und bewegte dadurch Seelen, ihren Sohn zu verherrlichen, den Einen, auf den sie immer und überall hinwies. Und dennoch verschmähte sie auch ihre dürftigsten Bildnisse nicht, denn auch sie waren Zeichen, die im Dunkel der Geschichte leuchteten, ganz ohne Anspruch und ohne Stolz, Worte, die aus Ton geformt und mit Pigmenten bemalt wurden, welche schwielige Hände, der Erde abgerungen hatten, Hände von Menschen, die auf das Paradies hofften.

Mein Kleiner, mein Sohn. Fürchte nichts. Das Tier, das sich als Lamm ausgibt, nähert sich dem Heiligtum, um es zu zerstören und sich auf den Thron zu setzen, der Jesus gehört, dem wahren Lamm Gottes. Es wird zunächst Erfolg haben und das Licht des Himmels an vielen Orten verdunkeln.

„Heilige Mutter. Was soll ich tun? Ist alles verloren?"

Wenn der Feind meint, er hätte alles gewonnen, dann ist der Augenblick gekommen, an dem er besiegt wird. Vor dem Ende wird es sehr viel Leid geben. Du bist ein Zeuge Christi. Du bist ein Zeichen. Fürchte dich nicht. Sprich nur das, was Er dir aufträgt, und es wird der Rettung vieler Seelen dienen.

„Wie kann ich Anna retten?"

Du kannst sie nicht retten. Bete für ihre Seele. Ich bin bei ihr."

„Wohin soll ich gehen?"

Bete zum Heiligen Geist, und er wird dich führen.

Die Salbung seines Geistes ließ langsam nach, und er war allein. Ein Mann, der auf einem Berg stand. Es war Weihnachten.

* * *

Die tiefen Rillen unter den Rädern waren gefroren, als er zum Auto zurückkam. Er ließ den Motor an, legte den Rückwärtsgang ein und fuhr mühelos hinaus. Die Straße war frei. Er fuhr ins Tal hinunter und dann südwärts auf die Autobahn. Immer wieder warf er einen Blick auf die Tüte auf dem Beifahrersitz. Jedes Mal zog sich sein Herz zusammen. Er betete und flehte ununterbrochen für Anna.

Er kam an mehreren Tankstellen vorbei. Alle waren geschlossen, aber in Terni fand er eine offene. Er ging auf die Toilette, während ein Jugendlicher, der zum Beat aus dem Kopfhörer rhythmisch mit dem Kopf nickte, den Tank füllte. Seine Augen streiften geistesabwesend den Zeitungsständer entlang, als ihm plötzlich sein eigenes Gesicht und das von Anna entgegenstarrte. Zwei Worte sprangen ihm in die Augen: *verschwunden* und *Liebespaar.* Er riß die Zeitung heraus, legte sie auf den Kassentisch und holte sein Portemonnaie heraus.

Elijah drehte sich zur Seite, während der Junge den Preis eintippte. Es wäre nicht nötig gewesen, denn der nahm ihn gar nicht wahr, als er das Geld nahm und das Wechselgeld in die Schale warf.

„*Buon Natale!*", rief er Elijah, ohne aufzuschauen, nach.

„*Buon Natale!*"

Von Terni fuhr er nach Südwesten zur Autobahn Florenz–Rom. Bevor er abbog, hielt er auf dem Seitenstreifen und las die Titelseite der Zeitung. „Anna Benedetti, Richterin des Weltgerichtshofs, verschwunden. Polizei hat Untersuchung eingeleitet." Kriminelle Verstrickungen könnten nicht ausgeschlossen werden, aber es gebe einen starken Verdacht, daß sie ermordet worden sei. Gewisse Briefe, die der Staatsanwaltschaft vorlägen, deuteten auf die Beteiligung eines römisch-katholischen Priesters, namens Elijah Schäfer, mit dem sie eine Beziehung gehabt habe. Auch er sei verschwunden. Es gäbe Indizien für die Theorie der Polizei, daß sie sich aus der kompromittierenden Beziehung habe zurückziehen wollen und daß der Priester, der einmal ein Gesandter des Vatikans gewesen sei, sie liquidiert hätte, um den Skandal zu vermeiden. Die Fahndung erstrecke sich auf alle Hauptstädte Italiens.

Elijah saß wie erstarrt am Steuerrad. Er überlegte, ob er nach Mailand fahren und dort Gianna und Marco finden sollte, um zu erfahren, ob sie irgendetwas von ihrer Mutter wußten. Würden sie ihm glauben? Er konnte ihnen die Dokumente zeigen. Aber was, wenn ihre Wohnungen bewacht wurden? Nein, das war unmöglich.

Er konnte auch nicht zum Kolleg in Rom zurückkehren, denn das wurde auf jeden Fall überwacht. Wohin also?

Er schloß die Augen und rief den Heiligen Geist an. Im Innern hörte er das Wort *Roma.* Er ließ den Motor an und fuhr auf die Autobahneinfahrt zur ewigen Stadt.

* * *

Gegen Mittag gelangte er an den nördlichen Stadtrand. Er fand ein öffentliches Telefon und rief in *Statos* Wohnung an.

Eine Frauenstimme antwortete.

Elijah verlangte den Kardinal. „Es tut mir leid, Signore, aber er hat einen Herzanfall erlitten. Er liegt im Gemelli."

„Bitte, mit wem spreche ich?"

„Ich bin seine Schwester Margaretta. Möchten Sie eine Nachricht hinterlassen?"

„Nein. Nein danke. Ich werde zu ihm ins Krankenhaus fahren."

„Man wird Sie nicht zu ihm lassen. Er ist auf der Intensivstation."

„Ist es sehr schlimm?"

„Der Arzt sagt, es sei eine Warnung. *Buongiorno.*" Sie hängte auf.

Er stieg wieder ins Auto ein, fischte seine Sonnenbrille aus dem Handschuhfach und setzte sie auf. Er fuhr quer durch die Stadt und parkte einige Häuserblocks vom Krankenhaus entfernt. Den Rest der Strecke ging er zu Fuß, dabei vermied er Blickkontakt und hoffte, daß niemand die Risse in seiner Hose und die Dreckspitzer bemerken würde. Er kam zum Haupteingang und sah zwei Polizisten, die mit einer Krankenschwester sprachen. Schnell drehte er sich um und ging zur Rückseite des Gebäudes. Dort fand er den Personaleingang, durch den er vor Monaten schon einmal ins Krankenhaus gelangt war, als er zu Billy Stangsby wollte.

Augenblicke später war er auf dem Stockwerk der Intensivstation und verschwand in einer Toilette. Er säuberte seine Kleidung mit einem Wischtuch, kämmte sich die Haare und strich den Mantel glatt. Er setzte eine zuversichtliche Miene auf, ging den Korridor entlang und durch eine Doppeltür, ohne zu wissen, was ihn auf der anderen Seite erwartete. Eine Alarmglocke schrillte. Krankenschwestern eilten mit einem Gerät in Richtung des roten

Lichts am anderen Ende des Flurs. Auf dem verwaisten Schreibtisch lag eine Liste mit Patientennamen, aus der er entnehmen konnte, in welchem Zimmer der Kardinal lag. Ein paar Sekunden später stand er an seinem Bett.

Stato schlief. Seine Hauptfarbe war fahl. Überall war er an Drähte und Schläuche angeschlossen. Elijah zögerte, ihn zu wecken.

„Wer ist da?", fragte der Kardinal mit heiserer Stimme.

„Elijah Schäfer", flüsterte er.

„Schäfer, kommen Sie näher. Ich kann Sie kaum verstehen."

Elijah beugte sich über ihn. „Haben Sie Schmerzen, Eminenz?"

„Habe ich."

„Ich bin in ernsten Schwierigkeiten."

„Ich weiß. Ich habe die Zeitung gesehen."

„Eminenz, ich kann jeden Augenblick festgenommen werden."

„Warum passiert uns so etwas?", flüsterte der Kardinal und schüttelte den Kopf. Er sah um Jahre gealtert aus, sein Gesicht war schlaff, sein Blick trüb.

„Ich habe Beweise, die den Präsidenten stürzen werden. Er ist ein Lügner und ein Mörder." Er hielt das Paket mit den Dokumenten hoch. „Hier in meiner Hand!"

Das Gesicht des Kardinals erhellte sich und das alte Feuer blitzte in seinen Augen auf. Er zog die Augenbrauen zusammen und fragte:

„Ist das wahr?"

„Es ist wahr. Wir sind nahe daran, ihn zu entlarven, aber noch sind wir nicht am Ziel. Ich muß diese Informationen in die richtigen Hände legen, wo sie am wirksamsten sind. Wem soll ich sie geben?"

„Ich weiß es nicht … Vielleicht meinem Freund, dem Richter in Brescia. Nein, warten Sie, gehen Sie zu *Dottrina.* Der Kardinalpräfekt ist der Richtige. O nein, er ist ja in New York, um einen Streit unter den amerikanischen Bischöfen zu schlichten. Wenn ich doch nur ein bißchen Kraft hätte, nur ein bißchen, dann könnte ich ihn anrufen. Sie müssen es dem Heiligen Vater geben. Er weiß, was zu tun ist."

„Aber wie komme ich in den Vatikan? Sie überwachen ganz bestimmt die Eingänge, um mich zu schnappen."

„Gehen Sie hinten hinein zum Meister der Schweizergarde. Ich kenne ihn. Er ist ein guter Mann. Ich schreibe ihm ein paar Zeilen. Haben Sie einen Stift?"

Elijah holte einen Zettel aus seiner Westentasche und einen Kuli.

Stato schrieb mit zittriger Schrift ein paar Worte darauf. Er zog seinen Bischofsring ab und gab ihn Elijah.

„Vielleicht brauchen Sie den Ring. Er könnte Türen öffnen."

„Danke, Eminenz."

„Kommen Sie näher."

Der Kardinal zeichnete mit dem Daumen ein Kreuz auf Elijahs Stirn.

„Gut. Segnen Sie mich auch."

Elijah sprach die Gebete des Sakraments der Krankensalbung und zeichnete das Kreuzzeichen auf seine Stirn.

„Ich werde so bald wie möglich wiederkommen."

„Es ist zu riskant. Kommen Sie lieber nicht mehr; wer weiß, was passieren wird."

Der Kardinal schaute ihn von oben bis unten an.

„Wie sehen Sie denn aus? Nehmen Sie meinen Mantel und meine Hose aus dem Schrank. Wir haben ungefähr dieselbe Größe."

Elijah zog die Hose des Kardinals an. Sie paßte leidlich, waren sie auch um die Taille etwas zu weit.

„Jetzt meinen Mantel."

Der schwere Umhang drückte auf die Schultern.

„Nehmen Sie auch das Birett. Nur keine Schüchternheit."

Elijah setzte das scharlachrote Birett auf, zog die Handschuhe an, und die Verkleidung war perfekt.

„Steht Ihnen gut", sagte der Kardinal mit einem matten Lächeln. „Und wie kommen sie durch die Stadt?"

„Mit dem Auto."

„Das ist idiotisch. Das Fahrzeug des Kollegs wird natürlich längst gesucht. Gehen Sie zu meiner Wohnung. Ich werde meine Schwester bitten, Margaretta anzurufen. Sie wird Ihnen den Schlüssel für meinen Fiat geben."

„Ich weiß nicht, ob wir uns wiedersehen werden, Eminenz." „Was auch geschehen mag, bitte seien Sie versichert, daß ich immer für Sie beten werde."

Er nahm *Statos* Hand.

„Gott sei mit Ihnen. Mögen die heiligen Engel Sie begleiten."

„Sein Friede sei mit Ihnen. Die Kirche braucht Sie, Eminenz."

„Die Kirche braucht Sie auch, Pater Elijah."

Er verließ das Krankenhaus auf demselben Weg und ging um ein paar Häuserblocks zu einer Hauptverkehrsstraße, wo er ein Taxi herbeiwinkte. Fünfzehn Minuten später klingelte er an der Wohnung des Kardinals.

Eine korpulente Frau kam an die Tür. Ihr Gesicht war die weibliche Ausgabe von *Stato*, eine einfache Frau vom Lande mit grauen Haaren, die von einem Netz zusammengehalten wurden. Der Geruch von gebratenen Zwiebeln drang aus der Wohnung.

„Margaretta?"

„Sì. Sind Sie der Herr von meinem Bruder?"

„Der bin ich."

„Das Krankenhaus hat gerade angerufen. Ich soll Ihnen diese Schlüssel geben."

„Wo steht das Auto?"

„Unten in der Garage. Passen Sie gut auf, Eminenz.

Sie begann zu weinen.

„Machen Sie sich keine Sorgen, Signora. Er ist stark. Sie werden Ihren Bruder zurückbekommen."

Sie wischte sich die Augen mit dem Schürzenzipfel ab. „Vielleicht, vielleicht auch nicht. Er arbeitet wie ein Stier, nie gönnt er sich Ruhe. Ich habe ihm so oft gesagt, du mußt Gott ein bißchen Raum geben, daß Er etwas tun kann. Aber nein, er muß alles selber machen."

Elijah lächelte ihr tröstend zu und ging hinunter zur Garage. Der rostige alte Fiat knatterte die Rampe hinauf, und stieß dabei dicke schwarze Rauchwolken aus.

Er fuhr über die Ponte Cavour auf die Via Crescenzio, umkreiste den Vatikan und parkte zwei Straßen südlich von dem Eisenbahnzugang zum Vatikan. Er klemmte das Paket mit den Dokumenten unter den Arm, verschloß das Auto und ging zum Eingangstor.

Arbeiter reparierten die Geleise, das Tor stand offen.

„*È permesso?* Darf ich durchgehen?", fragte er mit einem freundlichen Lächeln. „Es spart mir Zeit."

Sie tippten mit respektvollem Desinteresse an ihre Kappe und nickten.

Die Engel sind an der Arbeit, dachte Elijah.

Er ging durch die Vatikanischen Gärten, bis er auf den ersten Gendarm stieß, den er bat, ihn zum Befehlshaber der Schweizer Garde zu bringen.

Fünf Minuten später führte man ihn in ein Büro im Erdgeschoß des Palastes von Sixtus V.

„Herr Oberst, der Kardinal möchte Sie sprechen."

Ein vitaler sechzigjähriger Mann in der Uniform der Schweizer Garde erhob sich hinter dem Schreibtisch.

„Wie kann ich Ihnen helfen, Eminenz?"

„Können wir allein miteinander sprechen?"

Der Oberst schloß die Türe und bot Elijah einen Stuhl an. Er setzte sich hinter seinen Schreibtisch, legte die Hände aufeinander und schaute Elijah durchdringend an.

„Sie sind kein Kardinal."

„Das ist wahr", sagte Elijah und nahm das Birett ab.

„Dieser junge Mann ist hier neu, sonst hätte er gewußt, daß Sie nicht der sind, der Sie vorgeben zu sein."

„Ich bin ein Priester."

„Warum sind Sie hier?"

Er gab dem Oberst die Nachricht von *Stato.*

„Das ist sehr eigenartig. Der Kardinalstaatssekretär ist im Krankenhaus in einem kritischen Zustand."

„Ich habe ihn gerade im Gemelli gesehen. Er hat mich gebeten, Ihnen dies hier zu zeigen."

Elijah legte den Ring auf den Schreibtisch.

Das Gesicht des Obersten zeigte keinerlei Reaktion. „Das ist ein Bischofsring. Es gibt Tausende davon in der Welt. Woher soll ich wissen, daß Sie vom Kardinal kommen?"

„Ich kann es nicht beweisen, aber ich bitte Sie im Namen Gottes, mir zu glauben."

„Diese Handschrift ist sehr zittrig", sagte er und klopfte auf das Papier.

„Sie erkennen doch sicher die Handschrift des Kardinals?"

„Sie könnte gefälscht sein."

„Es ist keine Fälschung."

„Wissen Sie, wie viele Leute in dieses Büro kommen – die einen in Scharlachrot, die anderen in Schwarz – und eine Privataudienz mit Seiner Heiligkeit wollen?"

„Nein."

„Jede Woche einige."

Sie starrten einander über den Schreibtisch an.

„Haben Sie eine Botschaft von Gott für Seine Heiligkeit?"

„Nein. Ich bin kein Seher."

„Vielleicht eine Privatoffenbarung?"

„Oberst, ich bitte Sie, ich bin kein Verrückter und auch kein Neurotiker. Ich habe eine Botschaft vom Kardinal. Ich hatte einen Sonderauftrag vom Staatssekretariat, und das Material, das ich hier in diesem Paket habe, ist von höchster Bedeutung für die Kirche."

Der Oberst schien nicht überzeugt zu sein. „Die meisten Leute, die den Papst sprechen möchten, sagen mir dasselbe. Sie wollen alle über Angelegenheiten von höchster Bedeutung sprechen."

Elijah schloß die Augen und betete.

„Sie beten auch alle", sagte der Oberst.

Er griff nach dem Telefon. „Wie heißen Sie?"

„Pater Elijah Schäfer."

Der Oberst nahm die Hand vom Telefon und starrte Elijah an.

„Schäfer? Wie bitte?"

Er bewegte seine Hand zu einem Knopf neben dem Telefon, zögerte und nahm die Hand zurück.

„Warum will ein Mann, der von der italienischen Polizei wegen Mordverdacht gesucht wird, mit dem Papst sprechen? Glauben Sie, er kann Ihnen helfen?"

„Ich habe niemanden umgebracht. Es handelt sich um eine viel größere Krise, eine Verschwörung gegen die Kirche. Es ist so komplex, daß ich es Ihnen jetzt nicht erklären kann."

„Woher weiß ich, daß Sie nicht Teil dieser Verschwörung sind?"

Er schlug auf den Knopf neben dem Telefon. Sofort erschienen zwei Schweizer Gardisten.

„Stellen Sie sich an die Tür", befahl er.

„Darf ich das Material sehen?"

Elijah gab ihm das Paket. Er schaute sich den Inhalt sorgfältig an, nahm jede Seite einzeln in die Hand und betrachtete sie prüfend. Er las die langen Ausführungen von Anna, in der sie die Einzelheiten des Falls beschreibt.

„Hat das die Frau geschrieben, die verschwunden ist?"

„Ja."

Der Oberst nickte den Gardisten zu. Sie gingen hinaus und schlossen die Türe hinter sich.

Gute fünf Minuten las er schweigend. „Das betrifft offensichtlich Staatsangelegenheiten."

„Angelegenheiten von höchster Sensibilität. Der Heilige Vater würde das Material jetzt lesen, wenn der Kardinal nicht diesen unglückseligen Herzanfall gehabt hätte."

„Sie sind in einer schwierigen Lage."

„Wir sind alle in einer schwierigen Lage. Die Situation, die Dr. Benedetti beschreibt, ist äußerst ernst. Sie müssen mir glauben."

„Vielleicht haben Sie das selbst verfaßt."

Elijah seufzte. „Das habe ich nicht!"

Der Oberst stand auf und schnallte einen langen Degen an einem Ledergurt fest. Sein Gesicht war hart.

Elijah schaute ihm in die Augen.

„Bitte, glauben Sie mir", flüsterte er, obwohl er schon wußte, daß es nichts nützte.

„Stehen Sie auf, Pater. Folgen sie mir."

Elijah stöhnte. Ihm wurde schwarz vor Augen.

„Wohin bringen Sie mich?", fragte er matt.

„Zum Heiligen Vater."

XIX
In pectore

„Setzen Sie das Birett wieder auf", sagte er. „Und das werden Sie auch brauchen."

Er gab Elijah den Ring.

„Ziehen Sie ihn an."

Elijah tat, was von ihm verlangt wurde.

Der Oberst steckte *Statos* Notiz in die Innentasche der Uniform, legte die Dokumente in eine lederne Dokumententasche und steckte diese in einen Aktenkoffer. Er schloß ihn, justierte das Nummernschloß und nahm ihn in die linke Hand. Mit der Rechten am Degen führte er Elijah aus dem Büro.

Draußen signalisierte er den zwei jungen Gardisten, daß sie sie begleiten sollten.

„Hier entlang, Pater", sagte er. Elijah folgte ihm.

„Es kann Schwierigkeiten geben", sagte er über die Schulter. „Tun Sie genau das, was ich Ihnen sage."

„In Ordnung."

Auf dem Weg durch das Labyrinth des Vatikans fiel Elijah die Diskrepanz zwischen dem modernen Aktenkoffer und der mittelalterlichen Uniform auf. Hätte er sich nicht so verloren gefühlt, dann hätte er sich darüber amüsiert, obwohl der Ernst, mit dem die Schweizer Gardisten ihre Pflichten erfüllten, wenig Platz für Humor ließ.

Als sie zum Eingang des päpstlichen Thronsaals kamen, deutete der Oberst zu einem kleinen Empfangszimmer neben dem Hauptsaal.

„Gehen Sie hier hinein, Padre, und warten Sie, bis ich Sie rufe."

Der Oberst betrat den Thronsaal und ging auf eine Gruppe von Männern zu, die am anderen Ende des Saals standen. Der Präfekt des Apostolischen Haushaltes und der *Camerlengo* waren im Gespräch mit einem stämmigen Herrn im dunklen Trenchcoat. Er hatte eine Aura professioneller Überlegenheit um sich und diesen gewissen harten, prüfenden Blick, den der Oberst gut kannte.

Polizei, sagte er sich.

Der Kämmerer stellte ihn als Hauptinspektor von Roms Kriminalpolizei, Abteilung Mord, vor, den Oberst als Befehlshaber der Schweizer Garde, Chef der Sicherheit des Vatikans und der Leibgarde des Papstes.

„Darf ich fragen, in welcher Angelegenheit Sie hier sind?", fragte er in förmlichem Ton.

„Es ist eine offizielle Untersuchung, die den ehemaligen Mitarbeiter des Vatikans betrifft, einen gewissen Pater Schäfer. Er steht unter dem Verdacht der Entführung und des Mordes. Wir haben Grund zu der Annahme, daß er hier Zuflucht suchen könnte. Ich bitte um die Zusage, daß Sie dem Flüchtenden keinen Unterschlupf gewähren und ihn unverzüglich an die Justizbehörde ausliefern, falls er gefunden wird. Ich muß Ihre Zusage haben."

Als er mit seiner Erklärung fertig war, fixierte er den Oberst mit seinem eisenharten, einschüchternden Blick. Er war dem Obersten der Schweizergarde nie zuvor begegnet. Mit seinen gestreiften Pluderhosen, dem überdimensionalen Degen an der Hüfte und dem tellergroßen Barett hielt er ihn für ein nicht ganz ernst zu nehmendes Relikt aus dem Mittelalter.

„Ich wiederhole: Ich brauche Ihre eindeutige Zusage, bevor ich gehe."

Der Oberst ließ sich nicht beeindrucken, im Gegenteil, er verstand sich nicht minder auf Kunst des diamantharten Blickes und schaute dem Inspektor so lange ohne zu zwinkern in die Augen, bis dieser auswich.

„Darf ich Sie daran erinnern, daß Sie sich als Gast auf dem Boden eines souveränen Staates befinden. Es wäre angebracht, daß Sie Ihren Wunsch in Form einer Bitte äußerten und nicht als Forderung."

Der Inspektor zuckte mit den Schultern. „Meinetwegen. Dann *bitte* ich Sie also, eine Person, die auf den Namen Schäfer hört und dieser Beschreibung entspricht, in meine Behörde zu überstellen. Lesen Sie das!"

Der Oberst nahm das Blatt Papier, das ihm der Inspektor hinstreckte, in aller Ruhe entgegen. „Ich versichere Ihnen, daß hier keine Kriminellen sind."

„Können Sie mir zusichern, daß Sie mich unverzüglich informieren, falls er hier auftaucht?"

„Ich werde es in Betracht ziehen."

„In Betracht ziehen?", wiederholte der Inspektor mit mühsam unterdrücktem Ärger.

„Sie machen Ihre Situation nicht besser. Die Art Ihres Auftretens mindert meine Neigung, Ihrem Wunsch zu entsprechen."

Das Gesicht des Inspektors lief rot an, und die Wut schoß aus seinen Augen.

„Ich möchte mit jemandem sprechen, der hier die Verantwortung hat!", bellte er.

„Sie sprechen zu ihm."

„Ich meine einen von den Oberbossen, mit einem Kardinal oder dem Papst."

„Ich bedauere. Sie werden heute im Vatikan weder mit einem Kardinal noch mit dem Papst zusammentreffen. Vielmehr fordere ich Sie auf, unser Territorium zu verlassen. Diese beiden Gardisten werden Sie zum Ausgang bringen."

„Sie lächerlicher Büffel!" zischte der Inspektor. „Dieser Fall dreht sich um ein Kapitalverbrechen, und einer Ihrer Leute ist darin verwickelt. Lassen Sie diese albernen Spiele. Wissen Sie, wer ich bin?"

„Ich weiß, daß Sie internationales Recht verletzen, wenn Sie nicht sofort gehen."

Der Inspektor tobte, der Oberst richtete sich noch ein wenig mehr auf und legte die Hand an den Griff seines Degens.

„Falls Sie nicht augenblicklich Folge leisten, sind wir gezwungen, bei Ihrer Regierung eine Beschwerde einzureichen. Sie können dann dort die Situation erklären."

Der Inspektor setzte wütend seinen Hut auf, machte auf dem Absatz kehrt und ging in hastigen Schritten zum Ausgang, gefolgt von den zwei jungen Schweizergardisten.

Die Kämmerer schaute den Oberst vorwurfsvoll an.

„Sie waren sehr unhöflich. Wir legen Wert auf gute Beziehungen zu den italienischen Behörden."

„Tut mir leid, Eminenz. Wie klein wir auch sein mögen, wir sind ein Staat. Das ist immerhin das Zentrum einer Glaubensgemeinschaft, zu der mehr als eine Milliarde Menschen gehören."

„Sie haben unnötig aufgetrumpft."

Der Oberst senkte den Blick und spitzte die Lippen. Nach ein paar Augenblicken sagte er:

„Sie haben recht. Ich bitte um Entschuldigung."

Er ging in das Empfangszimmer und holte Elijah.

„Kommen Sie. Wir gehen jetzt hinein."

Der Maestro und der Präfekt des Apostolischen Haushaltes hielten sie auf.

„Einen Augenblick, Oberst. Wir kennen diesen Kardinal nicht. Wer ist er?"

Der Oberst erklärte, Elijah sei ein Kardinal *in pectore.* Der Kämmerer zog die Augenbrauen hoch. Sie wußten, was er damit meinte: Es gab ein paar Männer auf der Welt, die aus politischen Gründen im Geheimen zum Bischof geweiht worden waren. Niemand kannte ihren Namen, um sie vor Verfolgung in totalitären Staaten zu schützen. Die Herren traten zur Seite und ließen sie in die *Anticamera Segreta* eintreten, das Vorzimmer des privaten Arbeitszimmers des Papstes.

Der Privatsekretär des Papstes erhob sich vom Schreibtisch und begrüßte sie.

„*Buon Natale*", Oberst!"

„*Buon Natale*", Monsignore! Ich habe hier einen Gesandten des Kardinalstaatssekretärs. Er hat eine dringende Botschaft für Seine Heiligkeit."

„Der Heilige Vater ruht gerade nach der Morgenmesse. Dann muß er seine Predigt für die Weihnachtsmesse im Lateran vorbereiten."

Der Oberst reichte dem Sekretär die Notiz von *Stato* und den Polizeibericht. Er wiederholte, daß es absolut notwendig sei, den Papst zu sprechen.

„Einen Augenblick."

Der Sekretär verschwand durch eine Seitentür. Während sie warteten, schloß der Oberst den Aktenkoffer auf und gab Elijah die Dokumententasche.

Der Sekretär kam nach ein paar Minuten wieder und bedeutete Elijah, er könne eintreten. Er ging durch die doppelten Eichentüren. Der Sekretär schloß sie hinter ihm und ließ ihn mit dem Papst allein.

Der Pontifex saß am Fenster und schaute auf den Petersplatz hinunter.

Elijah kniete nieder und küßte den Ring. Der Papst zog ihn nicht gleich wieder hoch wie bei früheren Gelegenheiten, sondern nahm die Ehrerbietung an. Seine Hände waren sehr zart und sein Gesicht durchscheinend, älter als es Elijah in Erinnerung hatte.

„Setzen Sie sich."

Elijah nahm auf dem Sessel gegenüber Platz. Die Augen des Papstes füllte ein Meer der Traurigkeit – und der Stärke.

„Ihr Gesicht hat sich noch mehr verändert als meines, Pater, und das in so kurzer Zeit."

„Es ist so viel geschehen, Eure Heiligkeit."

„Die Zeit beschleunigt sich immer mehr, je älter wir werden, nicht wahr? Die Ereignisse verdichten sich zunehmend."

„Ereignisse von großer Bedeutung für die Kirche."

„Ja, ich weiß. Der Präfekt der Glaubenskongregation hat mich heute früh aus New York angerufen. Ihre Situation ist gefährlich."

„Die Gefahr betrifft die universale Kirche. Ich habe Dokumente bei mir, die das belegen. Wir wissen jetzt mit Gewißheit, daß der Präsident für den Tod von Stefano Benedetti verantwortlich ist und mit dem Verschwinden von Anna Benedetti zu tun hat."

„Die Polizei verdächtigt Sie."

„Ich bin unschuldig."

Der Papst streckte seine Hand aus und berührte Elijah am Arm. „Ich weiß, daß Sie unschuldig sind. Sie müssen das mir gegenüber nicht beteuern."

„Die Anschuldigung ist nur ein kleiner Teil einer Verschwörung, welche die organisatorische Struktur der Kirche zerstören will."

„Die Kirche wird alles überleben. Unser unmittelbares Ziel ist es, die globale Machtergreifung des Präsidenten zu verhindern. Sie sagen, Sie hätten Beweise?"

„Ja, schlüssige Beweise."

Er öffnete die Ledertasche.

„Dokumente, Briefe, Tonaufnahmen."

„Ich werde dafür sorgen, daß Kopien gemacht werden, und den richtigen Stellen zugespielt werden. Legen Sie alles auf meinen Schreibtisch."

Elijah tat, wie ihm geheißen, und setzte sich mit einem hörbaren Seufzen wieder hin. Plötzlich spürte er, wie erschöpft er war und daß sein Körper schmerzte.

„Sie sind sehr müde, mein Sohn."

„So viel ist seit gestern Nachmittag geschehen, daß ich es kaum fassen kann."

Er erzählte alles, was er seit dem Weihnachtsabend erlebt hatte.

„Ich habe Angst um Anna. Ihr Leben ist ganz bestimmt in Gefahr. Vielleicht ist sie …"

„Sie ist tot."

„O Gott! "

Der Papst reichte Elijah den Polizeibericht.

„Die Polizei sagt, sie wurde ermordet, und der Mord als Autounfall im Apennin getarnt. Die Autopsie ergibt, daß sie am 21. Dezember gestorben ist."

Elijah unterdrückte das Schluchzen, das in ihm aufstieg.

Der Papst wartete still, bis Elijah sich wieder gefaßt hatte.

„Ich fürchtete, daß es dazu kommen könnte", flüsterte er. „Irgendwie wußte ich, daß es geschehen würde."

„Wann haben Sie sie das letzte Mal gesehen?"

„Vor ein paar Wochen."

Er nahm den Brief, den sie am Abend vor ihrer Entführung in Foligno geschrieben hatte, aus der Ledermappe.

„Er ist auf den 21. datiert."

„Sie hat nicht lange leiden müssen. Ich werde die Messe im Lateran für ihre Seele aufopfern. Sie war eine mutige Frau."

„Eine mutige Frau", wiederholte Elijah mit einer gebrochenen Stimme.

„Sie hat ihr Leben hingegeben."

„Heiliger Vater, es darf nicht umsonst gewesen sein! Wir müssen tun, was wir können, um ihre Mörder der Gerechtigkeit zuzuführen."

„Ihr wird Gerechtigkeit widerfahren. In der Zeit Gottes."

Sie saßen sich schweigend gegenüber, jeder in seine eigenen Gedanken vertieft.

Schließlich sagte Elijah: „Etwas verstehe ich nicht. Warum haben sie es als Unfall getarnt, wenn sie mich damit belasten wollten?"

„Ich vermute, daß sie den Unfall nur fadenscheinig getarnt und reichliche Indizien hinterlassen haben, daß es sich um Mord handelt. So soll der Eindruck entstehen, das Verbrechen sei in aller Eile dilettantisch vertuscht worden. Damit würde der Finger der Anklage auf einen Amateur deuten, der seine Sünde verbergen möchte. Leute von diesem Kaliber hinterlassen keine Spur, die zu ihnen selber führt. Sie sind Meister der Täuschung und gehen professionell vor. Sie wollten offensichtlich zwei Fliegen mit einer Klappe schlagen, Dr. Benedetti und Sie."

„Warum haben sie nicht versucht, mich aus dem Weg zu räumen?"

„Sie haben mehr mit Ihnen vor als die Liquidierung eines lästigen Individuums. Sie wollen einen Skandal inszenieren und so in der Öffentlichkeit das Bild einer Kirche, die in den letzten Zügen liegt, verstärken."

„Auf jeden Fall ist es vorbei."

Der Papst sah ihn traurig an.

„O nein, mein Sohn, es ist keineswegs vorbei. Das Schlimmste steht uns noch bevor. Wir dürfen nicht meinen, dies seien Meister-Kriminelle und sonst nichts. Den Angriff gegen die Kirche führen sie auf vielen Ebenen."

Ein Klopfen an der Tür unterbrach sie.

Der Privatsekretär des Papstes trat hastig ein und schloß die Türe hinter sich.

„Eure Heiligkeit, Kardinal Vettore möchte mit ihnen sprechen."

„Vettore? Aber er ist doch in China!"

„Er ist hier, Heiligkeit, und er ist sehr aufgebracht. Er bittet dringend um eine Audienz. Soll ich ihn abweisen? Am Dienstag gäbe es eine Lücke in Ihrem Terminkalender."

„Nein. Ich werde ihn empfangen. Geben Sie mir noch fünf Minuten."

Der Sekretär ging hinaus, und der Papst wandte sich mit entschlossenem Gesicht an Elijah.

„Ich möchte, daß Sie hören, um was es geht. Bitte gehen Sie in dieses Zimmer und lassen Sie die Türe einen Spalt offen. Sie dürfen sich unter keinen Umständen bemerkbar machen oder in irgendeiner Weise eingreifen."

Elijah ging in ein kleines Zimmer hinter dem Schreibtisch des Papstes. Darin war gerade Platz für eine Liege und einen Gebetsstuhl. Ein ewiges Licht brannte unter dem Tabernakel, der in die Wand eingelassen war. Er machte eine Kniebeuge vor der Gegenwart des Herrn und stellte sich hinter die Tür.

„Kardinal Vettore, Heiliger Vater", sagte die Stimme des Sekretärs. Die Tür des Arbeitszimmers fiel ins Schloß.

„*Buon Natale,* Eure Heiligkeit."

„*Buon Natale,* Kardinal Vettore. Willkommen in Rom. Ihre Rückkehr ist überraschend."

„Wichtige Ereignisse sind ans Licht gekommen, die meine Gegenwart erforderlich machen. Es gibt Entwicklungen, die weitreichende Folgen für die Kirche haben. Wir müssen darüber sprechen."

„Ich bin froh, daß Sie zu mir gekommen sind, und noch dazu an einem solchen Tag!" Bitte setzen Sie sich."

„Danke, ich stehe lieber."

„Bringen Sie Neuigkeiten aus China?"

„Es gibt viel von China zu berichten, aber es gibt dringendere Fragen, die wir diskutieren müssen."

„Bitte, mein Sohn, sprechen Sie."

„Mir ist zu Ohren gekommen, daß es innerhalb der Mauern unseres eigenen Hauses eine Verschwörung gibt."

„Eine Verschwörung? Welcher Art?"

„Ich weiß, daß es Ihnen schwerfallen wird, das zu glauben, aber es gibt Mitglieder des Kardinalskollegiums, die nicht loyal sind."

„Nicht loyal gegenüber der Kirche?"

„Vielleicht sollte man sagen, nicht loyal gegenüber Ihnen."

„Gegenüber dem Papsttum?"

„Nein, es ist Ihr Pontifikat, gegen welches es Widerstand gibt. Eine Gruppe von Bischöfen, und zwar mehrere Hundert, wie ich höre, und viele Kardinäle sind der Meinung, es wäre notwendig, daß Sie zurücktreten."

„Ich verstehe. Welche Gründe bringen sie vor?"

„So viel ich weiß, stimmen sie darin überein, daß Ihre Regentschaft nicht dem entspricht, was das Konklave sich erhofft hatte. Man hat Sie mit der Erwartung gewählt, daß die Ziele des Konzils mit aller Kraft durchgesetzt würden. Sie meinen, Ihre letzten Enzykliken und Ihre disziplinarischen Entscheidungen wären eine Rückkehr zur vorkonziliaren Kirche."

„Und stifteten deswegen Verwirrung unter den Gläubigen?"

„Genau das. Sie sind der Ansicht, ein jüngerer Mann, der vom Denken der Konzilsväter geprägt sei, könnte unseren Kurs korrigieren und die Kirche im dritten Jahrtausend zur Einheit führen."

„Was halten Sie von dieser Idee?"

„Sie überrascht mich natürlich. Es ist offenkundig, daß wir keine Einheit haben. Ich glaube jedoch nicht, daß der gegenwärtige Zustand wirklich ungesund ist. Veränderung ist nie leicht. Es kann zwei oder drei Generationen dauern, bis die Kirche sich wieder stabilisiert hat."

„Vielleicht erinnern Sie sich, daß ich am Konzil als neu geweihter Bischof teilgenommen habe."

„Ja, ich weiß."

„Sie waren damals ein junger Mann."

„Ich war Seminarist. Aber unsere Professoren waren am Konzil beteiligt; einige von ihnen waren *periti* und erzählten uns von ihren Erfahrungen und Hoffnungen. Es war eine aufregende Zeit."

„Glauben Sie, daß das Konzil die Früchte erbracht hat, auf die wir gehofft haben?"

„Es hat einige Fehler gegeben. Aber im Ganzen haben die Veränderungen doch einen kreativeren Ansatz erlaubt."

„Es hat Fehlinterpretationen der Konzilstexte gegeben."

„In manchen Regionen hat es unkluge Innovationen gegeben, bis hin zu Exzessen. Diese Gruppe scheint zu glauben, daß das Problem woanders liegt. Sie meinen, die Konservativen hätten zu viel Einfluß auf Sie gewonnen."

„Meint diese Gruppe, daß ich den Prozeß der Erneuerung gebremst hätte?"

„Leider tun sie das."

„Und Sie, Kardinal Vettore, wie beurteilen Sie diese Frage?"

„Ich stehe fest zu Ihnen."

„Sind Sie auch der Meinung, daß die weitverbreiteten Konflikte im Bereich der Lehre, der Erziehung und der Liturgie eine Folge der Fehlinterpretationen des Konzils sind?"

„Zweifellos."

„Durch modernistische Prälaten?"

Der Kardinal antwortete nicht.

„Oder durch konservative Prälaten?"

„Diese Gruppe scheint Letzteres zu glauben."

„Aber Sie, was meinen Sie?"

„Sie wissen, daß ich loyal bin."

„Ja, das sagten Sie schon."

„Die Dissidenten verstoßen eindeutig gegen die Ordnung, aber sie haben doch einige wichtige Fragen aufgeworfen, die bedenkenswert sind."

„Und das wären?"

„Wenn ich offen sein darf, Eure Heiligkeit, dann ist es das Problem der Kollegialität."

„Was genau ist das Problem?"

„Vertrauen wir dem Heiligen Geist oder vertrauen wir ihm nicht genügend, um den Weg zu demokratischeren Strukturen zu öffnen?"

„Das Papsttum stellt sich also dem Wirken des Heiligen Geistes in den Weg?"

„So kann man das nicht sagen. Wir befinden uns gegenwärtig in einer Periode des Übergangs und deswegen ist mit den normalen Schwierigkeiten zu rechnen, wenn die Kirche sich an ein neues Paradigma anpassen muß."

„Welche Sicht haben Sie von diesem Paradigma?"

„Ich möchte klarstellen, Heiliger Vater, daß ich mich nicht so sehr auf meine eigenen Ansichten beziehe als auf die Meinungen dieser Gruppe. Sie sind der Ansicht, daß die Nationalkirchen effektiver arbeiten und den Prozeß der Inkulturation realistischer vollziehen könnten, wenn wir unsere schwindenden Ressourcen nicht dafür verbrauchen würden, ein monarchisches Modell der Kirche aufrechtzuerhalten."

„Hat sich das Konzil zu diesem Punkt nicht eindeutig geäußert? Der Papst ist *Petrus.* Er ist der Erste der Apostel. Seine Mitbrüder im Bischofsamt üben ihr Hirtenamt nur dann gültig aus, wenn sie in Einheit mit dem Stuhl Petri stehen."

„Ich bin völlig Ihrer Ansicht. Die Bischöfe wollen nur fragen, ob die Struktur der Autorität nicht auch mit größerer Autonomie aufrechterhalten werden kann."

„Haben sie aus der Geschichte gelernt?"

„Wie bitte?"

„Haben sie das vierte Jahrhundert der Kirche in Betracht gezogen, als sich fast alle Bischöfe dem Willen eines arianischen Kaisers gebeugt haben? Nur der Papst und eine Handvoll Bischöfe, die mit ihm vereint waren, haben die christliche Botschaft der Evangelien erhalten. Was sagt uns das über den Heiligen Geist?"

Vettore antwortete nicht.

„Haben sie bedacht, wie sich die englischen Bischöfe unter Heinrich VIII.

verhielten? Nur ein einziger Bischof blieb loyal, wie Sie wissen. Und haben sie vergessen, wie in unserer Ära die kommunistische Partei die Herrschaft über eine autokephale Kirche, nämlich die orthodoxe Kirche von Rußland, gewann und sie benutzte, um die Schwesterkirchen zu unterdrücken und das Weltkonzil der Kirchen zu unterwandern?"

„Das ist Vergangenheit. Wir sind eine neue Generation von Christen, die mit neuen Gefahren konfrontiert ist."

„Christus ist derselbe, gestern, heute und morgen. Wir haben es nicht mit neuen Gefahren zu tun. Es sind nur Variationen alter Themen."

„Wäre es nur so einfach, wie Sie sagen, Heiliger Vater."

„Was schlagen Sie vor?"

„Ich glaube, daß wir einer unsicheren Zukunft entgegengehen. Wir sind durch die Aufspaltung in unterschiedliche theologische Lager geschwächt. Die Gruppe der Dissidenten wird bald damit beginnen, eine Destrukturierung der Kirche zu propagieren, eine Bewegung zu einem weniger hierarchischen Modell der Kirche. Die Konservativen werden, wie wir wissen, immer hysterischer. Sie verurteilen nicht nur das Konzil, sondern halten Ihr Pontifikat für einen Verrat."

„Schlagen Sie also vor, daß wir einen Kurs einschlagen, der gerade durch die Mitte führt?"

„Genau das."

„Aber was, wenn sich die Mitte verlagert hat?"

„Hat sie das getan?"

„Ja, das hat sie. Die wahre Mitte kann nie der Mittelpunkt zwischen zwei Extremen sein, weil die Pole immer unstabil sind. Das wahre Zentrum ist *oben*", sagte er und deutete zum Himmel.

„Wir haben es mit einer konservativen Revolte auf der einen Seite zu tun und mit einer liberalen Revolte auf der anderen. Das ist die schmerzliche Realität."

„Diese Begriffe – konservativ und liberal – sind politische Begriffe. Sie sind irreführend, wenn sie auf das Reich Christi angewandt werden."

„Sie sind ungenügend, aber trotzdem nützlich."

„Diese Konservativen und Liberalen, von denen Sie sprechen – lieben sie den Papst?"

„Alle außer den ganz Radikalen erkennen, daß das Petrusamt ein Charisma ist. Wir werden das Amt immer in Ehren halten, unabhängig vom Modell der Kirche. Das Problem ist: Was sind die genauen Grenzen des Amtes?"

„Das Konzil und die zweitausendjährige Tradition haben Klarheit über diesen Punkt."

„Für moderne Katholiken ist das nicht mehr so klar, wie es einmal war."

„Und warum ist das so? Wodurch ist es unklar geworden?"

„Vielleicht die natürliche Verwirrung, die in einer Periode schneller Veränderung auftritt."

„Wir kommen also zum Anfang zurück. Wer oder was ist Petrus?"

„Könnte der Heilige Geist von uns verlangen zu wachsen? Vielleicht ist es an der Zeit, einige der alten Strukturen zu überdenken, Ihr Amt eingeschlossen. Wandel ist nicht böse."

„Ich wiederhole meine Frage: All diese Leute, links, rechts und in der Mitte – lieben Sie Petrus?"

„Lieben? Ich bin nicht sicher. Bestimmt bewundert Sie jeder."

„Bewunderung läßt sich leicht erzeugen. *Lieben* sie mich?"

Hier machte sich zum ersten Mal eine Spur von Ungeduld in der Stimme des Kardinals bemerkbar: „Ich weiß es nicht."

„Sie lieben mich – aber sie wollen mir nicht gehorchen."

Vettores Antwort war nicht vernehmbar.

„Wissen Sie, was Liebe ist, mein Sohn?"

„Natürlich. Die theologische …"

„Liebe ist Gehorsam bis zum Tod. Und Auferstehung."

„Gehorsam erfordert manchmal den Mut zum Widerspruch. In einer freien Beziehung …"

„Jeder Versuch, die wahre Einheit der universalen Kirche zugunsten eines demokratischeren Modells der Regionalkirchen zu mindern, ist ein schwerer Fehler. Die Taktik jeder Tyrannei besteht darin, die Gegner zu teilen und zu neutralisieren und dadurch jene Bewegungen oder Stimmen zu isolieren, die sich der Auflösungstendenzen der Identität entgegenstellen."

„Aber, Heiliger Vater", antwortete Vettore im Ton vernünftiger Überlegung, „die Tyrannen sind alle tot. Das Zeitalter der Konfrontation ist vorbei. Die entsetzlichen Kriege und Revolutionen der modernen Ära waren das Ergebnis verschiedenster Dogmatismen. Die Zeit das Dialogs mit allen Seiten ist gekommen, des Brückenbauens. Zu lange haben wir uns gegen die Zukunft gestemmt und uns zu Gefangenen unserer Vergangenheit gemacht. Die menschliche Rasse steuert jetzt auf einen Quantensprung zu. Wir müssen uns der Zukunft stellen. Das und nur das kann diesen Planeten retten!"

„Und was ist unsere Rolle dabei?"

„Wir werden zeigen, daß wir an den Menschen glauben. Wir haben uns den größeren Teil der Menschheit zu lange mit unseren Urteilen und Verurteilungen entfremdet und damit überall Spaltungen erzeugt."

„Kardinal Vettore, hüten Sie sich vor Sophisterei! Wenn jemand sagt, der Himmel ist blau, erzeugt er dann Spaltungen? Ist er unvernünftig? Ist er unbarmherzig gegenüber Menschen, die sagen, der Himmel sei rot?"

„Manchmal ist der Himmel rot."

„Ja, wenn das Tageslicht vergeht, dann ist er manchmal rot."

„Sie verstehen, was ich sagen will."

„Nehmen wir an, daß Ihr Mann in diesem kurzen Augenblick, in dem das Licht schwindet, der Welt erklärt, der Himmel sei *immer* rot. Er behauptet, die Leute müßten nur aufblicken, um den Beweis vor Augen zu haben. Die Leute, die in den Städten leben, haben sich angewöhnt, nicht nach oben zu schauen. Sie leben ihr ganzes Leben in diesen Betonlabyrinthen, die nur mit künstlichem Licht erleuchtet sind, und sie sagen sich: ‚Endlich sehen wir den Himmel und zwar so, wie er wirklich ist: rot.'"

„Sie überziehen das Argument."

„Tue ich das? Die römisch-katholische Kirche verteidigt die Vielfalt innerhalb der universalen Gemeinschaft – echte Vielfalt –, und sie ist gerade deswegen dazu in der Lage, weil sie eine Gemeinschaft darstellt, die auf dem Fundament der Wahrheit steht. Deswegen wird sie immer stark sein und zwar auf eine Weise, wie ein irdisches Reich nie stark sein kann. Jedes Bestreben des Menschen, die Stadt Gottes zu ersetzen, ist zum Scheitern verurteilt."

„Warum? Warum ist es zum Scheitern verurteilt? Weil wir das behaupten? Haben wir versucht, eine menschenfreundliche Zivilisation auf diesem Planeten aufzubauen? Haben wir wirklich alles getan, um zwischen den Nationen Frieden zu stiften?"

„Das haben wir", sagte der Papst schlicht.

„Wir haben nicht genug getan."

„Was möchten Sie, daß wir tun? Sollen wir den Ungläubigen sagen, daß es ein Fehler war, ihnen das Licht anzubieten? Daß es falsch war, die Dunkelheiten der Welt ins Licht zu stellen? Daß es falsch war, absolute Werte der menschlichen und göttlichen Ordnung zu verteidigen?"

„Ich habe nicht gesagt ..."

„Was sagen Sie? Ihre Position ist voller Widersprüche."

„Ich bin nicht hierher gekommen, um mich beschimpfen zu lassen. Ich bin hergekommen, um Ihnen zu helfen."

„Wirklich? Ja, ich vermute, daß Sie es so sehen müssen. Am Weihnachtstag kommen Sie, um der Welt ein Geschenk zu bringen. Die Gruppe, die Sie repräsentieren – sieht sie ihre Vision auch als Geschenk an?"

„Ich repräsentiere sie nicht. Ich bin nur ..."

„Wenn Sie der Kirche helfen wollen, dann müssen Sie diesen unzufriedenen Kardinälen und Bischöfen sagen, daß der Himmel blau ist. Die Kirche ist keine menschliche Konstruktion. Deswegen finden so viele unterschiedliche Völker und Kulturen in ihr ihre Identität. Das Wachstum des Regionalismus im westlichen Katholizismus führt nur scheinbar zu größerer Identität. In Wirklichkeit bewirkt er eine Zersetzung der Identität. Können Sie erklären, warum die Revolte der ‚Kreativität des Individualismus' in Wirklichkeit zu einer lähmenden Uniformität führt?"

„Heiliger Vater, unsere Unterhaltung schweift ab. Die Theologie der Kirche ist komplex. Lassen Sie uns zum eigentlichen Problem zurückkehren."

„Genau das haben wir diskutiert."

„Wie dem auch sein mag. Ich muß Ihnen sagen, daß Ihr Ansatz nicht mehr funktionieren wird."

„Und daß Sie ein Heilmittel haben?"

„Ja, das habe ich. Mit allem geschuldeten Respekt muß ich Ihnen mitteilen, daß es immer mehr Übereinstimmung darüber gibt, daß Sie sich an die Regeln halten sollten, die Sie ihren Mitbrüdern im Bischofsamt aufgezwungen haben. Sie sollten zurücktreten. Ein Konklave wird einen neuen Papst wählen, einen, der weder liberal noch konservativ ist, der auf Ihre großen Leistungen aufbauen und die Kirche wieder auf Kurs bringen wird."

„Sie sagen damit, ich hätte die Kirche vom rechten Kurs abgebracht? Das zeigt mit, daß auch Sie, wie diese Dissidenten, den Glauben an die petrinische Verheißung verloren haben, an das einzigartige Charisma Petri, dem die Schlüssel zum Himmelreich anvertraut sind."

„Das habe ich nicht gesagt. Wir stellen nicht Ihre Verteidigung des Glaubens und der Moral in Zweifel. Es handelt sich um eine pastorale Krise. Päpste sind Menschen. Unsere Geschichte kennt alle möglichen Biegungen und Windungen. Viele große und weniger große Persönlichkeiten haben auf Ihrem Stuhl gesessen. Im Augenblick werden Sie noch als ein Mann respektiert, der viel geleistet hat. Aber niemand ist über Kritik erhaben. Es dient dem Wohl der Kirche, wenn Sie die Schlüssel in jüngere Hände legen, die dort weitermachen, wo Sie aufgehört haben. Besser treten Sie auf der Höhe Ihres Ansehens zurück, als für die stetige Desintegration der Kirche verantwortlich zu sein, eine Tragödie, die ihnen spätere Generationen anlasten werden."

„Ich verstehe."

„Das hoffe ich, Heiligkeit. Es soll keine Beleidigung sein."

„Natürlich nicht", sagte der Papst milde.

Elijah hörte zu ohne sich zu regen. Lautes Schweigen füllte das Arbeitszimmer des Papstes.

„Mein Sohn", sagte der Papst schließlich, „verlassen Sie ihn."

„Ihn verlassen? Wen soll ich verlassen?", fragte Vettore irritiert.

„Gehen Sie nicht mehr zu ihm. Kehren Sie zu Ihrem Glauben zurück."

„Was soll das heißen? Ich habe den Glauben nicht verlassen."

„Er benutzt Sie."

„Wer?"

„Sie wissen nicht, was Sie tun. Ich bete zu Gott, daß Sie nicht wissen, was Sie tun."

„Es ist wahr, was man über Sie sagt: Ihr Geist läßt nach. Ich weiß nicht, wovon Sie reden."

„Lösen Sie sich aus der Verstrickung."

„Das ist absurd! Ich habe versucht, Ihnen zu helfen. Es ist sinnlos. Ich gehe."

„Setzen Sie sich", sagte der Papst.

Vettore tat es.

„Befreien Sie sich aus seinem Griff – und wenn es nur um Ihrer Seele willen wäre."

„Niemand besitzt mich."

„Nicht einmal Christus.“

„Was?!“

„Sie meinen, niemand habe Autorität über Sie, und so werden Sie angreifbar durch die dunkelste aller Mächte.“

„Sie phantasieren. Das entspringt alles Ihrem Kopf.“

„Ich kenne die Wahrheit. Ich beschwöre Sie, verlassen Sie diesen Mann.“

„Von wem sprechen Sie?“

„Trennen Sie sich vom Präsidenten.“

Vettore antwortete nicht sofort. Selbst hinter der Türe konnte Elijah ihn laut atmen hören.

„Ich habe Ihnen letztes Jahr gesagt, daß diese Anschuldigungen falsch sind. Wer immer sie Ihnen in den Kopf gesetzt haben mag, ist ein Feind Christi.“

„Er ist ein Freund Christi.“

„Sie haben ihm geglaubt.“

„Er ist kein Lügner.“

„Bin ich es?“

„Jedenfalls hat man Sie hinters Licht geführt.“

„*Sie* hat man hinters Licht geführt! Schäfer ist ein Mörder. Er ist ein Lügner. Warum glauben Sie ihm und nicht mir?“

„Woher kennen Sie den Namen Schäfer? Ich habe ihn nicht erwähnt.“

„Sie haben letztes Jahr von ihm gesprochen, da bin ich ganz sicher.“

„Sie wissen, daß ich es nicht tat.“

„Natürlich haben Sie es getan.“

„Sie sind ein Hirte der Kirche, Kardinal Vettore. Das Schicksal vieler Menschen hängt von Ihrer Treue ab. Wenden Sie sich von ihm ab. Kommen Sie zurück! Jetzt, bevor es zu spät ist.“

„Was meinen Sie mit zu spät?“, fragte der Kardinal argwöhnisch.

„Sehen Sie dort das Dossier auf meinem Schreibtisch. Darin sind Beweise enthalten, die in Kürze den staatlichen Autoritäten vorgelegt werden. Der Präsident ist für den Tod Unschuldiger verantwortlich. Er ist nicht der gute Mann, für den Sie ihn halten. Sie dürfen nicht gemeinsame Sache mit ihm machen. Ich weiß nicht, wie man Sie dazu verführt hat, seiner Sache zu dienen, aber ich bin überzeugt, daß Sie sich ohne Angst von ihm trennen können.“

„Ich habe keine Angst", sagte der Kardinal kühl.

„Gott ist barmherzig. Kommen Sie zu Ihm zurück."

„Diese Unterhaltung wird allmählich lästig. Sie sind eine zwanghafte Persönlichkeit, und ich werde mich nicht weiter von Ihnen beleidigen lassen!"

„Mein Sohn", sagte der Papst in einem flehentlichen Ton, „es tut mir leid, wenn meine Worte Sie kränken. Das ist nicht meine Absicht. Aber Sie befinden sich in spiritueller Gefahr. Sie gehören zu meiner Herde. Ich will nicht zulassen, daß der Wolf Sie uns entreißt."

Vettore stand auf und schaute auf den Pontifex herunter.

„Er ist kein Wolf. Er wird der Welt den Frieden bringen, den sie so sehr braucht."

„Sie reden von Frieden, wo kein Friede ist."

„Frieden – *wirklicher* Frieden – ist jetzt für die gesamte Menschheit erreichbar."

„Der Friede Christi kommt. Rennen Sie nicht falschen Verheißungen nach."

„Der Friede Christi kommt? Wann, wenn ich fragen darf? Wann? Die Tage ziehen sich hin, die Jahre, die Jahrhunderte, und nichts ist davon zu sehen. Keine Vision wird je Realität."

„Die Tage sind nicht fern und auch nicht die Erfüllung jeder wahren Vision."

„Wer ist der Wolf? Sie sind der Wolf, weil Sie der Herde nicht erlauben wollen auf der Weide des Friedens zu grasen. Wenn Männer wie Sie sich der Weltversöhnung in den Weg stellen, dann seien Sie gewarnt, man wird Sie hinwegfegen!"

„Und wie wird mich dieser Mann des Friedens hinwegfegen?"

„Das spielt jetzt keine Rolle. Das Überleben der Erde hängt von seinem Sieg ab. Sie wollen die Erde mit Ihrem Pessimismus beherrschen, mit Ihrem Ritualismus, Ihrem Legalismus, Ihrer Weigerung, sich vor der Dynamik des Fortschritts zu beugen."

„O mein Sohn, mein Sohn, Sie sind verblendet durch ein schönes Ideal. Sie sind naiv, was die menschliche Natur angeht. Der Mensch kann sich von seiner gefallenen Natur nicht selbst befreien. Glauben Sie, ein Präsident kann das?"

„Er wird es tun."

„Und was wird er auf diesem Weg zerstören?“

„Er ist ein Schöpfer, kein Zerstörer.“

„Und was wird er von uns verlangen – daß wir sagen, der Himmel sei rot? Hier ein kleiner Kompromiß und dort einer?“

„Nur das, was verantwortliche Leute einander schulden: der anderen Seite zuhören, anpassen, verhandeln, Kompromisse eingehen. Kompromiß ist kein schmutziges Wort, verstehen Sie!“

„Ich hätte tausendmal lieber eine verfolgte Kirche als eine kompromittierte Kirche.“

„Wenn Sie nicht zur Seite treten, wird sich Ihr Wunsch erfüllen.“

„Davor wollen Sie uns also bewahren?“

„Natürlich will ich das! Glauben Sie, ich will das Blut der Christen über die Erde fließen sehen? Wir müssen überleben. Wir brauchen Zeit, um unsere Sache der Welt neu zu präsentieren. Wir können es uns nicht mehr leisten, uns in einer pessimistischen Spiritualität zu suhlen. Sollen wir noch länger auf einen *deus ex machina* warten, der aus dem Himmel herabgeschwebt kommt? Der Mensch muß die Stadt Gottes bauen.“

„Der Mensch kann die Stadt Gottes nicht bauen. Die Schrift sagt, das neue Jerusalem wird vom Himmel als ein Geschenk Gottes auf die Erde herabkommen, nachdem die Erde durch die Sünde und die Irrungen des Menschen zerstört wurde.“

„Prophetien!“, schnaubte Vettore verächtlich. „Die Welt wird mit den wildesten Phantasien verseucht. Mit dem Präsidenten hat uns das Schicksal einen erleuchteten Geist gegeben, der die Stadt Gottes an unserer Stelle aufbauen wird, wenn wir es nicht selber tun. Er wird uns von den alten Mythologien befreien und uns dazu führen, im Geist und in der Wahrheit anzubeten.“

„Jetzt verstehe ich. Jetzt erkenne ich den Riß, durch den er in Ihren Geist eindringen konnte.“

„Sie haben das Herz der Religion gegen eine leere Hülle eingetauscht, genau wie die Pharisäer vor Ihnen. Sie fesseln die Seelen der Menschen mit Ihren Gesetzen und Vorschriften.“

„Das Gesetz ist ein Lehrer und eine Prüfung. Wenn der Mensch nicht in kleinen Dingen treu ist, wie wird er dann jemals in großen Dingen treu sein?“

„Das ist die Schale der Religion. Was ist das Herz?“

„Was ist Ihre Definition des Herzens?“

„Definitionen, Definitionen! Noch mehr Rationalismus! Haben wir davon nicht genug? Wenn die Menschen frei sind, werden sie von Natur aus zum Frieden kommen.“

„Ist das Herz der Religion nicht, daß wir den lebendigen Jesus als Erlöser und Gott lieben und unseren Nächsten wie uns selbst?“

„Ich glaube an eine Religion, welche die Erlösung in der Welt findet, nicht in einem Wolkenkuckucksheim.“

„Er ist in der Welt *und* über der Welt. Sie sprechen ständig von einer Entweder-oder-Situation. Sie sagen, die Seele müßte entweder an einen immanenten Gott *oder* an einen transzendenten Gott glauben, entweder an das Herz der Religion *oder* an die Struktur der Religion, so als würden Strukturen zwangsläufig das Herz töten.“

„Es ist wohl zwecklos, weiterzureden.“

„Was Sie gesagt haben, ist oberflächlich, und ich bin erstaunt, daß ein so intelligenter Mann wie Sie das nicht erkennt.“

„Ich bin über Sie nicht erstaunt. Sie sind bemitleidenswert. Sie sind der Großinquisitor Dostojewskis. Sie wollen der Herrscher eines feudalen Systems sein, wo jeder den Kopf vor Ihrem Willen beugt. Das ist Pharisäertum.“

„Wer ist der wirkliche Pharisäer? Sind es nicht Ihre rebellierenden Prälaten, welche die Seelen der Menschen fesseln, indem sie ihnen den Frieden mit der Sünde predigen und sie so vom Reich Gottes fernhalten?“

„Sünde, Sünde! Können Sie nie über etwas anderes sprechen? Und was ist mit der Liebe?“

„Die Liebe lügt nicht. Die Wahrheit befreit uns für die Liebe.“

„Sehen Sie nicht, wie Sie die Menschen in die Depression treiben?“

„Würden Sie den Menschen von seinen Ängsten befreien, wenn Sie ihm sagen, es gibt keine Gefahr? Würden Sie ihn von seinen Schuldgefühlen befreien, wenn Sie ihm sagen, er hat keine Schuld?“

„Was hat er denn für Schuld? Alle Menschen sind durch ihre Vergangenheit konditioniert. Es gibt nicht viele Menschen auf dieser Erde, die wirkliche Sünden begangen haben.“

„Das glauben Sie?“

„Ich weiß es. Schlimmstenfalls sind wir alle Opfer einer unbesiegbaren Ignoranz. Wir sind gar nicht schuldfähig. Niemand kommt tatsächlich in die Hölle!“

„Wer kennt die Zahl der Unwissenden, die in den Himmel kommen? Vielleicht viele. Aber eines kann ich Ihnen mit Gewißheit sagen: viele Bischöfe und Priester sind in Gefahr, ihr ewiges Heil zu verlieren, weil sie diese furchtbare Unwissenheit erzeugen.“

Vettore erhob seine Stimme: „Ich habe Sie *Heiliger Vater* genannt, aber es ist nichts Heiliges an Ihnen. Sie sind ein kleiner Mann, der durch Zufall auf einen großen Thron gekommen ist durch die Naivität eines Konklaves, das die Zeichen der Zeit nicht erkannt hat.“

„Sind Sie sicher, daß Sie die Zeichen richtig deuten?“

„Sie Narr!“, brüllte Vettore.

Elijah hörte einen scharfen Schlag, der fast wie ein Schuß klang.

„Ihre Zeit ist vorbei, Heiliger Vater! Wann erkennen Sie das endlich?“

Elijah hielt den Atem an. *Sie dürfen sich unter keinen Umständen bemerkbar machen oder in irgendeiner Weise eingreifen.*

Elijah zwang sich zum Gehorsam, aber er spähte durch den Türschlitz. Er sah nur noch den Rücken Vettores, der das Zimmer verließ.

Der Papst war auf den Knien und hielt das Gesicht in den Händen. Elijah stürzte heraus, fiel auf die Knie, legte seine Arme um den alten Mann und beruhigte ihn. Der Papst zitterte am ganzen Körper. Tränen standen ihm in den Augen, seine Oberlippe blutete.

„Er hat sie geschlagen!“, sagte Elijah fassungslos.

„Ja. Ist schon gut, ist schon gut. Bitte helfen Sie mir aufstehen.“

Elijah hob den Papst in seinen Stuhl und wischte ihm das Blut aus dem Gesicht. Über seinem Backenknochen war ein Bluterguß.

„Das ist unglaublich. Ist er von Sinnen?“

„Beten Sie für ihn, Pater. Sein Geist ist gefangen; seine Seele ist sehr krank. Seien Sie nicht wütend.“

„Nicht wütend sein?!“, empörte sich Elijah. „Er hat den Stellvertreter Christi geschlagen!“

„Er und viele andere schlagen seit langer Zeit auf mich ein. Jetzt wird die Dunkelheit sichtbar. Jetzt ist die Stunde gekommen, in der der Diener der Diener Gottes mit Christus geht, um verherrlicht zu werden.“

„Ich kann es nicht fassen."

„Es mußte so kommen. Er hat sich offenbart. Jetzt gehen wir auf den Kalvarienberg."

Elijah realisierte erst jetzt, daß er Alarm schlagen mußte. Er riß die Tür auf und traf auf den Privatsekretär und den Oberst.

„Was ist geschehen?", fragte der Schweizer Gardist. „Kardinal Vettore hatte ein Gesicht wie der Tod. Gab es eine Auseinandersetzung mit dem Heiligen Vater?"

„Er hat den Papst geschlagen. Halten Sie ihn auf."

Beide Männer starrten ihn ungläubig an und rannten ins Zimer des Papstes. Nachdem Sie festgestellt hatten, daß er nicht schwer verletzt war, stürzten sie wieder hinaus, um den Kardinal festzuhalten.

Elijah ging zum Papst zurück und kniete sich vor ihn hin.

„Ich werde den Arzt rufen, Heiliger Vater."

„Ich brauche keinen Arzt. Aber ich möchte mich etwas hinlegen. Ich muß beten. Die Eucharistie ist mein größter Trost. Der Herr ist so wunderbar. Er verdient so viel mehr von uns. Wir sind so arm. Unser kleines Herz ist so arm! Die Liebe wird nicht geliebt, Pater Elijah, die Liebe wird nicht geliebt."

Er half dem Pontifex auf und führte ihn zu seinem Schlafzimmer. Als er lag, deckte er ihn mit einer Wolldecke zu.

„Danke, danke. Lassen Sie mich eine Weile ruhen. Es geht mir gut."

Elijah ging ins Büro des Sekretärs. Er versuchte zu fassen, was er gerade erlebt hatte. Da kam der Sekretär zurück.

„Er ist verschwunden. Das ist schockierend! Was hat den Mann getrieben?"

„Wo ist der Oberst?"

„Er rannte los, um die Sicherheit zu alarmieren und Vettore zu verfolgen. Ich zweifle, ob sie ihn erwischen."

„Was werden Sie tun?", fragte Elijah.

„Was können wir tun? Ich vermute, der Papst wird den Kardinal zur Rede stellen und eine Entschuldigung verlangen."

„Glauben Sie wirklich?"

„Nein, Sie haben Recht, das wird er nicht tun. Er vergibt alles."

Er setzte sich hin und murmelte: „Das kann nicht wahr sein. Das kann einfach nicht wahr sein."

Der Oberst kam mit stampfendem Schritt zurück. Fassungslosigkeit und Wut standen in seinem Gesicht.

„Ich muß ihn sehen."

Er ging ins Schlafzimmer des Papstes und blieb einige Minuten dort. Beim Hinausgehen sagte er zu Elijah: „Der Heilige Vater möchte Sie sprechen."

Elijah trat an sein Bett. Der Papst nahm seine Hand.

„Ich verlange etwas von Ihnen im Gehorsam. Sie müssen tun, was ich Ihnen sage, ohne zu fragen, warum. Es gehört zum Plan der heiligen Vorsehung, und darauf müssen Sie vertrauen, selbst wenn alles verloren scheint."

„Was immer es sein mag, Eure Heiligkeit. Ich werde dienen und Ihren Willen erfüllen."

„*Serviam!*", sagte der Papst und lächelte ihn an. Er stand langsam vom Bett auf und führte Elijah vor den Tabernakel.

„Knien Sie."

Elijah kniete sich hin.

Der Papst legte beide Hände auf den Kopf Elijahs und betete. Er holte ein silbernes Röhrchen aus der Tasche seiner weißen Soutane, öffnete den Deckel und salbte Elijahs Stirn mit Öl. Dann betete er weiter laut auf lateinisch. Elijah verstand erst, was vor sich ging, als der Papst das letzte Kreuzzeichen über ihm machte.

„Bitte stehen Sie auf, Bischof Schäfer."

Der Papst umarmte ihn.

„Ich ernenne Sie zum Titularbischof von *Panaya Kapulu.*"

Elijah lehnte den Kopf einen Augenblick an seine Schulter. Dann blickte er auf und schaute in die Augen des alten Mannes.

„Heiliger Vater, ich weiß nicht, was es heißt, Bischof zu sein."

Der Papst wandte den Kopf zum Tabernakel.

„Sie können Ihre Fragen mit Ihm besprechen. Ich weiß, daß Sie ein treuer Diener sein werden."

„Bis zu meinem letzten Atemzug."

„Sie sind Bischof *in pectore*, nur der Herr und einige wenige auserwählte Diener werden davon wissen."

„Wo ist Panaya Kapulu?"

„Es ist ein alter Bischofssitz in Kleinasien, in der Nähe von Ephesus. Dort war die Kirche einst groß, über die Jahrhunderte ist sie fast auf nichts zusammengeschrumpft. Noch ein paar wenige Seelen sind dort, wenn überhaupt welche. Es sind ein paar Quadratkilometer Bergland mit Ruinen – eine verlassene Gegend."

„Sie wollen, daß ich dort hingehe?"

„Ja. Sie können nicht in Italien bleiben. Sie müssen in die Wüste gehen an einen sicheren Ort und dort ausharren bis zur festgesetzten Zeit."

„Was werden meine Pflichten sein?"

„Sie müssen die Herde Gottes inmitten großer Bedrängnisse weiden, mein Sohn."

„Verzeihen Sie, Heiligkeit, aber ich verstehe nicht. Ich soll ein Hirte sein, der eine Herde weidet, wo es keine Herde gibt?"

„Der Heilige Geist wird Ihnen Ihre Herde offenbaren. Von nun werden Wölfe in meiner Herde wildern. Verwirrung wird sich überall breit machen. Das Fundament wird erschüttert. Was jetzt steht, wird fallen. Die Großen werden vom Thron gestürzt, und die Kleinen werden erhoben."

Der Papst setzte sich auf den Bettrand, griff nach der Handglocke auf seinem Nachttisch und schüttelte sie. Sofort trat der Sekretär ein.

„Bitten Sie den Oberst der Schweizer Garde herzukommen."

Er war sofort zur Stelle.

„Oberst, können Sie dafür sorgen, daß dieser Herr den Vatikan verläßt, ohne erkannt zu werden? Wenn Sie ihn aus Rom herausgebracht haben, geben Sie ihm bitte einen Dienstwagen und ausreichend Geld für die Reise. Er muß zum Schiff nach Bari. Der Kardinalstaatssekretär hat alles vorbereitet."

„Aber Eure Heiligkeit! Ich muß Sie bitten, das noch einmal zu überdenken. Dieses Schiff steht für Sie bereit."

Der Papst wandte sich an Elijah und lächelte. „Meine Beschützer haben einige Fluchtwege vorgesehen für den Fall, daß Rom für den Pontifex unsicher wird. Der Präfekt der Glaubenskongregation wünscht, daß ich gegebenenfalls mit ihm in die Schweiz gehe. Der Staatssekretär rät, im Notfall nach Amerika zu fliegen. Andere drängen mich, beim Patriarchen von Konstantinopel Zuflucht zu suchen. Das Schiff in Bari steht für diesen Zweck bereit."

Er wandte sich wieder an den Oberst. „Werden Sie mich vor dieser Stunde bewahren?"

Der Oberst sah verlegen aus. „Das ist meine Pflicht, Heiligkeit."

„Mein Freund, Sie und der Heilige Petrus haben viel gemeinsam. Auch er wollte den Herrn vor Seiner letzten Stunde bewahren."

Der Oberst stammelte etwas Unverständliches.

„Vieles muß zuvor noch geschehen", sagte der Papst. „Die Zeit ist nah, aber doch nicht so nah, daß der Papst beim ersten Anzeichen von Gefahr flüchten muß."

„In jedem Fall", sagte der Oberst, „werden die Dokumente, die Pater Schäfer gebracht hat, die Pläne unserer Feinde vereiteln. Ich glaube, daß wir genügend Beweise haben, um die Sicherheit der Kirche zu garantieren."

„Mit diesem Material werden wir vielleicht die entscheidende Konfrontation hinausschieben können. Aber selbst, wenn der Präsident gestürzt wird, wird der Feind einen anderen an seine Stelle setzen."

„Eure Heiligkeit. Wenn wir Pater Schäfer aus dem Vatikan bringen wollen, dann sollten wir uns beeilen."

„Sie haben recht. Gehen Sie mit Gott, mein Sohn", sagte der Papst und segnete ihn zum Abschied.

Der Oberst bat um Erlaubnis, das Dossier über den Präsidenten zu fotokopieren, und der Papst drängte ihn, das ohne Aufschub zu tun. Er nannte die Institutionen und offiziellen Personen, die eine Kopie erhalten sollten. Kuriere des Vatikans sollten die Dokumente überbringen.

Der Oberst öffnete die Ledermappe.

„Sie ist leer!"

Die drei Männer starrten auf die Mappe.

„Kardinal Vettore", sagte der Papst.

* * *

Am Stadtrand von Rom verlangsamten zwei Autos ihre Geschwindigkeit und parkten auf dem Seitenstreifen der Schnellstraße. Der Oberst, der den ersten Wagen fuhr, wandte sich an seinen Beifahrer und überreichte ihm eine Tasche.

„Hier ist eine Straßenkarte mit einer Wegbeschreibung nach Bari. Das Schiff heißt *Stella Maris*. Es ist ein Fischdampfer der Pescatti-Fischerei und liegt in Bari vor Anker. Gehen sie in das Hafenbüro und fragen Sie nach dem

Kapitän der *Stella.* Er erwartet Sie."

„Wie wird er mich erkennen?"

„Sie werden sich als Signore Pastore vorstellen. Er weiß nur, daß Sie für den Papst arbeiten und er sie in die Türkei in die Nähe von Ephesus bringen soll. Er ist ein guter Mann, der Ehemann meiner Schwester, einer der Pescatti-Brüder. Hier, nehmen Sie, in der Tasche sind Toilettenartikel und Kleider zum Wechseln. Sie werden auch ein Visum für die türkischen Behörden brauchen, falls das Schiff überprüft wird, außerdem einen Paß. Er ist auf den Namen Pastore ausgestellt."

Elijah betrachtete die Dokumente und war beeindruckt von ihrer Perfektion. Der Mann auf dem Foto war er selbst in Anzug und Krawatte, ganz so, wie man sich einen Akademiker vorstellt. Sein Haar war zur falschen Seite gekämmt, und er trug eine Brille. Er konnte sich nicht erinnern, so fotografiert worden zu sein.

„Wie haben Sie das hingekriegt?"

„Unterschätzen Sie niemals die Möglichkeiten des Computers."

„Aber so schnell?"

„Unser Freund, der Kardinalstaatssekretär, ist ein Mann mit Weitsicht. Er hat die Dokumente schon vor Wochen machen lassen."

„Dann hat er dies alles vorausgesehen?"

„Er hat damit gerechnet, daß es Probleme geben würde und Sie in Gefahr kommen könnten."

„Dann drängt sich die Frage auf, Oberst, warum Sie mich heute Morgen so intensiv verhört haben, als ich in Ihrem Büro auftauchte."

„Ich mußte sicher gehen. *Stato* vertraute Ihnen natürlich, aber zu meinen Pflichten gehört es, niemandem zu vertrauen – außer dem Heiligen Vater, versteht sich. Ich bitte tausend Mal um Entschuldigung."

„Gewährt."

Der Oberst gab ihm eine Lesebrille und einen Kamm.

„Versuchen Sie so auszusehen wie der Professor auf dem Foto. Setzen Sie die Brille auf. Sie ist nicht geschliffen, nur Fensterglas. Es ist keine großartige Verkleidung, aber das Beste, was wir zu Wege bringen konnten."

Elijah kramte in der Tasche nach *Statos* Ring. „Würden Sie bitte dafür sorgen, daß dies dem Kardinalsekretär zurückgegeben wird?"

Der Oberst nahm den Ring und drehte ihn hin und her. „Warum behalten

Sie ihn vorerst nicht? Vielleicht brauchen Sie ihn noch."

Elijah steckte ihn ohne Widerrede ein.

„Ich hoffe, wir sehen uns mal wieder, Oberst."

„Ganz bestimmt werde ich Sie wiedersehen, nachdem ich im Fegefeuer geschmort habe."

„Ich werde für eine Generalabsolution sorgen."

Der Oberst lachte. „*Grazie!* Der Herr sei mit Ihnen."

„Und mit Ihnen."

Die beiden Männer schüttelten einander die Hände. Der Oberst stieg in sein Auto, machte eine Kehrtwende und fuhr mit Vollgas zurück nach Rom.

Elijah studierte die Karte, um sich zu orientieren. Es würde ungefähr eineinhalb Stunden bis Neapel dauern, dann zwei Stunden über den Apennin nach Osten zur Adriaküste. In vier bis fünf Stunden könnte er in Bari sein. Es wäre dann schon fast Mitternacht, wenn er an die Tür der Pescatti-Fischerei klopfen würde.

Der Benzinanzeiger stand auf voll. Der kleine blaue Toyota würde die Strecke mit einem Tank zurücklegen können, aber er wollte dennoch in der Nähe von Neapel anhalten und wieder volltanken. Der Himmel war wolkenlos, der Verkehr in Richtung Süden leicht. Er drückte aufs Gas und wechselte auf die Überholspur.

Er fuhr, ohne zu denken, spürte nur, daß ihm alles wehtat – Hunger, Angst, Aufregung, Erschöpfung – und abgründige Traurigkeit.

Nach und nach ordnete er seine Gedanken, und er ließ die Ereignisse des Tages an sich vorüberziehen, als sähe er sie auf einem Bildschirm. War es erst heute morgen gewesen, daß er vor Kälte zitternd auf einer Matratze in einem verlassenen Bauernhaus in Umbrien gelegen hatte? Er sah sich den Berg zur Trösterin der Betrübten hinaufstolpern, wie er sich ins Gemelli Krankenhaus geschlichen hatte, das Verhör beim Oberst der Schweizer Garde, der Weg durch die Flure des Vatikans, wie er hinter der Tür gelauscht hatte, seine Bischofsweihe *in pectore.*

„Ich, ein Bischof?" Es erschien ihm wie ein Traum.

Dann brach sich das schreckliche Gefühl über Annas Verschwinden Bahn. Sein Herz zog sich zusammen, sein Kopf drehte sich, die Straße verschwamm. Er fuhr auf den Seitenstreifen, stellte den Motor ab und kurbelte das Fenster herunter, um tief durchzuatmen. Reglos saß er da, den Kopf in beiden Händen. Er schloß die Augen.

Als er aufwachte, war ihm nicht mehr schwindelig und er fühlte sich etwas besser. Er fuhr weiter und fragte sich, wie lange er wohl geschlafen hatte. Mehr als zwanzig Minuten waren es nicht gewesen. Da merkte er, daß er seit 36 Stunden nicht mehr richtig geschlafen und gegessen hatte. Er mußte aufpassen, auf dem Weg nach Bari nicht am Steuer einzunicken.

Als der Lichtschein am Abendhimmel Neapel ankündigte, kam auf der rechten Seite eine Tankstelle in Sicht. Während sein Tank gefüllt wurde, ging er in den Waschraum und wusch sein Gesicht abwechselnd mit heißem und kaltem Wasser. Das belebte ihn genügend, um zu spüren, daß er dringend etwas zum Essen brauchte. Nachdem er sein Haar paßfotogerecht gescheitelt hatte, ging er an die Kasse und bezahlte das Benzin. Er kaufte einen Leib Brot, Käse und einen Liter Orangensaft. Obwohl er Hunger hatte, mußte er sich zum Essen zwingen.

Er fuhr weiter und sah das erleuchtete Schild mit einem Pfeil nach Osten:

Nola, Avellino, Bari, Fähre nach Athen

Er wußte, daß er abbiegen mußte und den Wagen auf die rechte Spur zur Ausfahrt lenken mußte. Stattdessen fuhr er geradeaus.

Er verstand nicht, warum er das tat. Er spürte einfach, daß es richtig war, obwohl er die Entscheidung nicht bewußt getroffen hatte. Es war kein Gefühl damit verbunden und noch weniger ein überlegter Plan. Kein *Du sollst* und kein *Du mußt.* Er fühlte, wie Frieden einkehrte, zum ersten Mal seit den Ereignissen der letzten zwei Tage. Erfüllt von einer inneren Sicherheit, die er sich nicht erklären konnte, wußte er, was er tun würde.

Damals, als er mit Billy hier gewesen war, war die Nacht stürmisch und schwarz gewesen, jetzt fuhr er unter sternenübersätem Himmel. Die Lichtkuppel über Neapel verschwand allmählich hinter ihm, während vor ihm die Lichter von Salerno auftauchten. Er sah das Restaurant am Meer, wo sie Lasagne gegessen und Bier getrunken hatten. Von da an war es leicht, sich an den Weg zu erinnern. Er fand die asphaltierte Bergstraße, die zum „Bootshaus" führte, und eine Minute später die Abzweigung nach unten zum Meer. Der Weg war durch ein Tor mit Vorhängeschloß versperrt. Er fuhr rückwärts auf die Straße zurück und fand einen befahrbaren Seitenweg nach unten. Er sah eine Lichtung in einem Pinienwäldchen. Dort versteckte er sein Auto und ging zurück zum Tor, kletterte darüber und ging auf dem knirschenden Kies in Richtung Meer. Er sah das Boot neben der Mole liegen, wie es im leichten Wellengang schaukelte Kein Mensch war in der Marina. Die Chrom-Armaturen der Motorjacht blitzen im Rhythmus der Wellen auf und reflektierten den zunehmenden Mond.

Er sprang von der Mole auf das Deck und versuchte, die Kabinentür zu öffnen. Sie war verschlossen. Das Steuer und die Tür zu dem eingebauten Seitenschrank waren ebenfalls verschlossen. Jetzt kamen ihm seine Erfahrungen mit der Haganah zu Hilfe. Mit der Kreditkarte öffnete er den Seitenschrank und fand darin einen Metallkasten. Er enthielt eine kleine Taschenlampe, Schraubenschlüssel und Schraubenzieher und ein schwarzes Plastiketui mit einem Schlüssel. Er betete und steckte ihn ins Zündschloß. Tatsächlich: Der Motor sprang an. Er steuerte das Schiff mit niedriger Geschwindigkeit so leise wie möglich in den Golf von Salerno. In sicherer Entfernung vom Ufer drückte er den Gashebel nach vorne. Der Motor heulte auf, das Boot hob den Bug aus dem Wasser und sprang über Wellen. Er schaltete die Begrenzungslichter ein und nahm Kurs auf Capri.

XX
Capri

Die Lichter des Palastes tauchten auf der Höhe des Berges Tiberio auf. Elijah bewegte das Ruder nach Backbord und entfernte sich von der Nordseite der Insel. Um am Hafen des Präsidenten nicht erkannt zu werden, wollte er lieber in der öffentlichen Marina anlegen zwischen der Masse der privaten Motor- und Segeljachten. Er fand einen Anlegeplatz, machte das Boot fest und ging durch das Dorf den Berg hinauf.

Ein Blick auf die Armbanduhr zeigt ihm, daß es schon nach zehn Uhr war. Die Häuser und Kaffees waren hellerleuchtet. Der fröhliche Lärm geselligen Beisammenseins erinnerte ihn daran, daß die Weihnachtsfeierlichkeiten noch voll im Gange waren.

Die Straße, die zum Gipfel führte, war dunkel. Er kämpfte gegen die Stimmen, die aus dem Nichts kamen und versuchten, in seinen Geist einzudringen. Er stieß sie beiseite, aber sie kamen immer wieder, und er mußte sich zwingen, sie zu ignorieren und sich nicht auf eine innere Auseinandersetzung einzulassen.

Du kannst nicht gewinnen. Du wirst sterben.

Der Nordwind riß an seinem Mantel. Es war kalt und er fror an den Ohren.

Du wirst nicht lebend herauskommen.

Er bemerkte, wie erschöpft sein Leib und wie labil sein Wille war.

Kehre um, kehre um, kehre um.

Auf halbem Wege blieb er stehen und setzte sich auf einen Grasbüschel. Sein Atem ging schwer und er preßte seine Hand gegen das wild schlagende Herz.

Er ist nicht hier. Er ist nicht hier.

Plötzlich tauchten Autoschweinwerfer von oben auf. Er warf sich unter die Büsche, und das Auto rollte langsam vorbei. Er stand auf, um seinen Weg fortzusetzen, mußte sich aber gleich wieder hinwerfen, weil ein zweites Auto um die Kurve kam. Er unterdrückte einen Schrei, als er mit dem Knie auf einen spitzen Stein fiel und sich mit der Wange an einem Ast ritzte, während der zweite Wagen an ihm vorbeifuhr.

Was ihr geschehen ist, wird auch dir geschehen.

Er ging am Straßenrand, der mit Disteln und Büschen bewachsen war, weiter. Nach einer Biegung lag vor ihm das Tor zu dem Anwesen, das von einem mannshohen Maschendrahtzaun umschlossen war, der links und rechts im Wald verschwand. Im Flutlicht des Eingangsbereichs sah er zwei Männer an den Torpfosten lehnen, die miteinander redeten und Zigaretten rauchten.

Elijah schlug sich nach rechts in den Wald und kroch außerhalb des Lichtkegels auf Händen und Füßen in die Nähe des Zauns. In der Dunkelheit konnte er weitere Schürfwunden und Risse nicht verhindern. Er hoffte nur, daß der Wind das Knacken der Äste und das Rascheln der Zweige übertönen würde.

Hinter einem Hügel, wo er sich außerhalb ihrer Sicht- und Hörweite befand, knipste er die Miniaturtaschenlampe an fand den Zaun. Er war fast so hoch wie er selbst und oben mit Stacheldraht gesichert. Er ging am Zaun entlang in der Hoffnung, irgendwo einen unbewachten Einlaß zu finden, aber vergeblich. Er kam an einen Felssturz im Süden und sah unten das Meer im Mondlicht durch die Pinien glitzern. Ihm wurde klar, daß er umkehren, die Straße ungesehen überqueren und auf der Nordseite sein Glück versuchen mußte.

Als er gerade zurückgehen wollte, sah er von weiter unten aus dem Augenwinkel ein Licht aufblitzen. Einen Augenblick lang ergriff ihn Panik: war etwa ein Suchtrupp auf dem Gelände unterwegs?

Wir wissen, daß du hier bist. Wir wissen, daß du hier bist.

Er kauerte sich hinter einem Felsen zusammen.

Du kannst uns nicht entkommen. Du kannst uns nicht entkommen.

Er wartete. Das Licht kam nicht näher. Er spähte aus seinem Versteck heraus und sah, daß es kein künstliches Licht war, sondern ein Feuer, das in gut zwanzig Meter Entfernung brannte. Holzrauch wehte in seine Richtung. Er lauschte, konnte aber keine Stimmen hören. Wer mochte so spät hier draußen unterwegs sein? Vielleicht eine einsame Seele, die in der Gesellschaft von Feuer, Wasser und Felsen Trost suchte?

Aber selbst dann könnte die Person doch zu den Leuten des Anwesens gehören, so daß es selbstmörderisch wäre, sich bemerkbar zu machen.

Kehre um, kehre um, kehre um.

Er schloß die Augen und betete: „Es ist unmöglich, Herr. Ich muß zurückgehen."

Das Feuer loderte auf, und Elijah sah die Silhouette einer Person im Schein der Flammen. Die Gestalt war allein, hatte die Arme weit ausgebreitet und schaute zu dem Ort, wo sich Elijah versteckte. Sie winkte in seine Richtung.

Unmöglich! Niemand konnte ihn sehen, er war weit außerhalb des Feuerscheins und hinter einem Felsen versteckt. Trotzdem: die Gestalt winkte erneut. Elijah sah keinen Ausweg. Besser er ging auf sie zu und riskierte die Konsequenzen, als zu fliehen. Wer weiß, ob sie einen Alarm auslösen würde und das Sicherheitspersonal ausschwärmen und die Gegend absuchen lassen würde. Seine einzige Chance war es, weiterzugehen und so zu tun, als wäre er ein Wanderer, der in der Dunkelheit seinen Weg verloren hatte.

Als er zum Feuer kam, entdeckte er zu seiner Überraschung, daß die Gestalt ein Junge von ungefähr acht Jahren war. Er lächelte ihn an.

„Wer bist du?", fragte Elijah.

„Mein Name ist Raphael."

Er war barfuß, trug weiße Shorts und eine leichte Leinenjacke. Der Wind fuhr in seine goldblonden Haare.

„Was tust du hier? Es ist spät. Es ist kalt."

„Mir ist nicht kalt", sagte der Junge. Seine Stimme war angenehm, fast süß. Seine Augen hatten einen Blick, wie man ihn sonst nur bei einem weisen Alten findet.

Er blickte Elijah an, ohne etwas zu sagen, ohne eine Erklärung zu geben oder eine zu verlangen. Er deutete aufs Meer.

„Der Morgenstern wird aufgehen, wenn die Nacht fast vorbei ist", sagte er mit einem Ausdruck der Freude.

„Was machst du hier? Wo ist deine Mutter, Kind?"

„Meine Mutter wartet auf mich."

„Du solltest nach Hause gehen. Bestimmt machen sie sich um dich Sorgen."

„Nein, sie machen sich keine Sorgen."

„Hör mal, du mußt jetzt gehen."

Das Kind sah ihn ernst an. „Aber wenn ich gehe, wer wird dich dann auf den Gipfel des Berges führen?"

Elijah dachte, er hätte sich verhört.

„Es ist gefährlich hier draußen."

Statt einer Antwort ging das Kind zum Zaun und forderte Elijah auf: „Komm."

Er gehorchte. Der Junge bog die Büsche auseinander und zeigte ihm eine Vertiefung im Felsen.

„Hier kommen wir durch."

Elijah quetschte sich auf dem Bauch unter dem Zaun hindurch und zerriß dabei am Rücken seinen Mantel. Es dauerte eine Minute, bis er sich von dem Draht befreit hatte. Als er sich auf der anderen Seite befand, sah er, daß der Junge bereits drüben war.

Er führte Elijah durch den Wald. Der Mond und die Sterne beleuchteten ihren Weg. Nach einigen Minuten kamen sie auf einen schmalen Pfad.

„Die Schafe haben diesen Weg für uns ausgetreten", sagte der Junge.

Der schmale Weg schlängelte sich durch die Felsen nach oben. Elijah fühlte sich keineswegs unwohl in dieser völlig unerwarteten Wende der Situation. Er verstand sie nicht, aber er vermutete, daß die göttliche Vorsehung dafür gesorgt hatte, daß ein Dorfkind auf dem Berg war, das offenbar intuitiv wußte, daß Elijah auf den Gipfel wollte. Bestimmt dachte der Junge, er sei ein verirrter Gast des berühmten Mannes, der dort oben wohnte.

Sie stießen an einen weiteren Zaun, eine Art inneren Kreis. Der Junge öffnete das Tor, das sie in der Dunkelheit fanden, und sie betraten einen französischen Garten mit Statuen, Pergulas und Gehwegen, die mit weißen Platten gepflastert waren. Hinter den Hecken tauchte der Palast des Präsidenten auf. Dann sah Elijah den Hubschrauberlandeplatz und den Gästepavillion.

„Du mußt jetzt nach Hause, Raphael", flüsterte er. „Von hier aus kann ich allein weiter."

„Nein, ich muß dich hinbringen."

Ohne auf eine Antwort zu warten, ging er über den Rasen zu der Glaswand des Sicherheitsfoyers und stellte sich neben die Tür. Er winkte Elijah heran. Der kam vorsichtig nach und spähte hinein. Der Wachmann saß zurückgelehnt an einem Schreibtisch, hatte die Hände über dem Bauch gefaltet, sein Kopf war nach vorne gefallen und er atmete tief, begleitet von leichtem Schnarchen

Elijah drückte die Klinke herunter. Die Tür war verschlossen.

„Es ist zwecklos“, sagte er.

Da griff der Junge nach der Klinke, und die Tür öffnete sich.

„Du kannst jetzt eintreten.“

Elijah starrte ihn an. Halb benommen, ging er an dem Wachmann vorbei ins das Gebäude. Er drehte sich nach dem Jungen um, aber er war verschwunden.

Er schlich sich durch einen mit Glas überdeckten Gang, der mit großen Steinen und Bonsai-Bäumen geschmückt war. Hinter einer geschlossenen Tür hörte er Stimmen, die sich unterhielten. Aus einer anderen Richtung kamen Küchengeräusche, jemand stellte Teller zusammen und eine Maschine brummte leise.

Jeden Augenblick konnte er entdeckt werden, aber mehr als einmal schloß sich eine Tür gerade, bevor er daran vorbeiging, oder Schritte entfernten sich von ihm. Er ging durch zwei unbesetzte Sicherheitscheckpoints, an einem lag eine brennende Zigarette im Aschenbecher; am anderen schien der Wachposten gerade auf der Toilette zu sein. Elijah ging weiter und betrat jenen majestätischen Salon, der vom Boden bis zur Decke eine Fensterfront von fast dreihundert Grad hatte. Rosenranken schlugen an die Fenster, Jasminduft lag in der Luft. Tief unten tanzten die Bootslichter wie Sterne auf dem Wasser.

Er schritt über den amethystfarbenen Teppich, vorbei an dem Bronzepferd und öffnete die Tür zur Bibliothek.

Der Präsident saß in einem hohen Lehnstuhl neben einem offenen Kamin, in dem ein Feuer prasselte. Er hatte einen Stapel Papiere in der Hand und las unter einer einzigen Lampe. Elijahs Eintreten schien er nicht zu bemerken. Nach ein paar Augenblicken schob er die Brille nach oben und legte die Papiere auf den Schoß.

„Ich brauche heute Abend nichts mehr“, sagte er. „Sie können sich zurückziehen.“

Als Elijah nicht antwortete, schaute der Präsident auf und sah ihn im Schatten in der offenen Tür stehen.

Er starrte ihn eine volle Minute lang an. Dann lächelte er.

„Ich habe mich gefragt, ob Sie kommen würden."

Sie haben sie umgebracht", sagte Elijah, ohne sich einen Millimeter zu bewegen. „Warum haben Sie Anna getötet?

Der Präsident rührte sich nicht.

Sie haben auch ihren Gatten ermordet. Wie viele haben Sie noch auf dem Gewissen?"

„Wie sind Sie hereingekommen?"

„Das spielt keine Rolle."

„Was haben Sie vor? Wollen Sie mich erschießen?" Der Präsident stieß ein kurzes Lachen hervor.

„Unsere Seite tötet Menschen nicht."

„Sie kennen Ihre eigene Geschichte nicht sehr gut."

„Menschen haben auf allen Seiten im Namen des Guten Böses getan."

„Wie angenehm zu hören – eine Spur der Selbsterkenntnis."

„Ich bin nicht gekommen, um Ihnen etwas zuzufügen."

„So? Was haben Sie dann vor? Wollen Sie mich bekehren?"

„Ich will mit Ihnen sprechen."

„Mit mir sprechen? Was haben Sie mir zu sagen?"

„Ich habe eine Botschaft für Sie."

„Ah, eine Freudenbotschaft für alle Menschen guten Willens?"

„Ja."

„Nicht sehr originell."

Der Präsident legte die Papiere auf den Tisch neben sich und seine Brille oben darauf. Sein Ausdruck, der bis zu diesem Punkt herablassend amüsiert war und nur eine Spur Besorgnis erkennen ließ, wurde ernst.

„Sie sind müde und scheinen sich einige Verletzungen zugezogen zu haben", sagte er.

„Ich war einmal da, wo Sie sind."

„Sie waren niemals da, wo ich bin."

„Ich war auf dem Weg zu dem Sitz, den Sie jetzt einnehmen."

„Sie waren einer von vielen, die für diese Position herangezogen wurden. Es gibt Hunderte wie Sie."

„Mir widerfuhr die Gnade zu erkennen, wie leer alles ist."

„Leer? Ich befinde mich auf dem Gipfel der Welt. Niemand kann mich aufhalten."

„Es gibt Einen, der wird Sie aufhalten."
„Nein, er kann mich nicht aufhalten."
„Er hat die Macht der Finsternis bereits gebrochen."
„Ah, Theologie", sagte der Präsident und seufzte. „Es ist spät. Mir steht nicht der Sinn nach einer langen Diskussion, die doch zu nichts führen wird."
„Ich war im Krieg noch ein Junge. Ich sah das wahre Gesicht der Finsternis."
„Warum haben Sie dann diesen Weg überhaupt beschritten, wenn Sie glauben, daß wir die Mächte der Finsternis sind?"
„Weil ich dachte, die Finsternis hätte nur ein oder zwei Gesichter. Ich habe lange gebraucht, um zu erkennen, daß sie viele Gesichter hat und daß ihr schlimmstes Gesicht sich unter einer Maske des Lichts verbirgt."
„Sie sind ein begabter Mann. Aber Sie sind in Ihrer tragischen Vergangenheit gefangen. Sie sind nicht fähig, die gegenwärtige Situation korrekt einzuschätzen."
„Das Opfer von Anna Benedetti widerlegt Sie."
„Ich habe Anna nicht getötet."
„Ich habe die Dokumente gesehen. Ich weiß, daß Sie es getan haben."
Der Präsident schüttelte den Kopf. „Sie irren sich. Nichts ist leichter, als Dokumente und Unterschriften zu fälschen. Sie sind Opfer einer groß angelegten Täuschung."
„Das weiß ich."
„Sie verstehen nicht, was ich sagen will. Nicht ich bin es, der Sie getäuscht hat. Ich habe versucht, Sie zu retten und Ihre Kirche zu retten, denn es gibt viel Gutes in ihr. Es sind atavistische Mächte in der Welt am Werk, denen Menschen der Vernunft widerstehen müssen. Sie und ich sind keine Feinde, was immer Sie denken mögen."
„Ich weiß, daß Sie ein Meister der Täuschung sind. Ich bin hierher gekommen, um Sie davor zu warnen, daß Ihre Täuschungen die Menschheit in eine Finsternis stürzen werden, die größer ist als alles, was die Welt je gesehen hat."
„Sie irren sich, mein Freund", antwortete er mit Nachdruck.
Elijahs Gewißheit kam ins Wanken. In der Tat hatte sich im letzten Jahr sein Horizont oft als Trugbild erwiesen, Zeichen als Illusion. War es mög-

lich, daß er alles falsch gedeutet hatte, daß er die geheimnisvollen Ereignisse durch die Brille seiner Überzeugungen verzerrt wahrgenommen hatte?

Du bist blind; du bist blind; du bist blind, flüsterten die Stimmen.

Der Hintergrundchor, der während der Anwesenheit des Jungen verschwunden war, drängte sich wieder in sein Bewußtsein. Er fühlte sich plötzlich unsicher auf den Füßen. Er schwankte und lehnte sich an die Wand.

„Ihr ethisches System ist ein Bild Ihres Geistes, eine Abstraktion", sagte der Präsident ruhig. „Die Menschen unserer Zeit sind in vielen solchen Strukturen gefangen. Ihre Irrgärten, ihre Mythen, ihre mentalen Konstruktionen bringen sie dazu, die Wirklichkeit falsch zu interpretieren."

Mythen, Mythen, Mythen.

„Und erlauben Sie mir die Frage, was sind die Früchte Ihres Glaubens? Lieben Christen einander?"

Elijah schoß die Scham über seine gespaltene Kirche wie ein Pfeil ins Herz. „Zweitausend Jahre", stammelte er, „in einer so langen Zeit können sehr viele Fehler geschehen."

„Sie sind von Ihrer eigenen begrenzten Kultur gefesselt. Aber Sie sind einer der wenigen, die durch ihre eigenen Anstrengungen Freiheit erlangen können."

Elijah kamen Zweifel an seinem eigenen Verstand. Er hatte schon seit langem gelernt, seinen Sinnen zu mißtrauen, hatte auf die Macht der Vernunft gezählt, der Welt des Chaos Ordnung entgegenzusetzen. Hatte er sich einen Gott der Vernunft geschaffen und sich dieser vernünftigsten aller Religionen, dem Katholizismus, verschrieben, ohne das Irrationale an ihr in Frage zu stellen? Vielleicht hatte der Präsident recht, daß er durch die Erfahrungen seiner Jugend wirklich tiefen Schaden genommen hatte. War er in den Glauben geflüchtet, um irgendwie seine geistige Gesundheit zu retten? Der menschliche Geist kann die Zerstückelung der Wirklichkeit nicht lange ertragen. Das Kind, das im Ghetto mit dem Gewehrkolben totgeschlagen worden war – *diese Ratte hat Kartoffeln geschmuggelt* – Ruths Körper von einer Splitterbombe zerfetzt – *wie Sie sehen, trug sie einen Embryo im Leib,* hatte der Leichenbeschauer gesagt. Die vielen Gesichter, die er geliebt hatte, die sich verzweifelt und vergeblich dagegen wehren, in den Mahlstrom von Treblinka und Auschwitz gesaugt zu werden. Das Gesicht der Finsternis in so vielen Monstergestalten. Hatte er sich in die Traumwelt eines wiedergewonnenen Paradieses geworfen, um mit dem Entsetzten fertig zu werden?

Das ist ein guter und edler Mann, sagten die Stimmen. *Er wird die Welt zur Vernunft bringen.*

Die Gedanken tanzten wirr durch seinen Geist.

Du hast ihn falsch beurteilt; du hast ihn falsch beurteilt, du hast ihn falsch beurteilt.

„Setzen Sie sich", sagte der Präsident. „Hier, neben mich."

Elijah nahm in dem Lehnstuhl gegenüber Platz und strich sich mit der Hand über die Stirn.

„Ich bin sehr erschöpft", sagte er. „Ich habe seit zwei Tagen nicht geschlafen."

„Sie können hier bleiben und sich ausschlafen. Morgen gehen wir zur Polizei. Ich werde für Ihre Unschuld bürgen. Ich weiß, daß Sie Anna nicht umgebracht haben."

„So, das wissen Sie?"

„Natürlich. Sie könnten niemanden töten. Ich weiß, wer es getan hat."

„Wer?"

„Dieselben Leute, die Stefano Benedetti liquidiert haben."

„Wer sind sie?"

„Die Mafia, die mit gewissen verbrecherischen Kreisen der Freimaurer zusammenarbeitet."

„Und damit hatten Sie nichts zu tun?"

„Ich schwöre bei allem, was mir lieb ist, daß ich nichts damit zu tun hatte."

„Sie sind in keiner Weise involviert?"

„Ich belüge Sie nicht. Ich hatte unwissentlich mit einigen dieser Leute bei verschiedenen Projekten zu tun, aber ich hatte keine Ahnung, daß sie so etwas tun würden. Nur um das ganze Ausmaß ihrer Verbrechen festzustellen, bin ich mit ihnen in Kontakt geblieben. Ich bin kein Krimineller, Pater Schäfer. Mein ganzes Leben widme ich den Prinzipien der Zivilisation. Sie wissen, daß das wahr ist."

Elijah wußte, daß die öffentliche Vita des Präsidenten lupenrein war.

„Abgesehen davon, daß ich Gewalt verabscheue, würde ich meine Arbeit doch niemals dadurch in Mißkredit bringen, daß ich mich auf so etwas einlasse."

„Nein, vermutlich nicht."

„Wenn Sie sich ausgeruht haben, dann werde ich dem Kriminalamt in Rom mitteilen, daß sie bereit sind, auszusagen. Das ist eine Geste des guten Willens von Ihrer Seite, die sie sicher als ein Zeichen Ihrer Unschuld werten werden. Gleichzeitig werde ich ihnen die Informationen weitergeben, die mich über Annas Tod erreicht haben."

„Kann man diese Leute wirklich vor Gericht bringen?"

„Ich glaube ja."

Elijah starrte auf den Boden, er konnte seine Gedanken nicht zusammenhalten.

Der Präsident sah ihn mitleidig an.

„Haben Sie gegessen?"

„Danke, ich habe keinen Hunger."

„Pater Schäfer, sie haben sehr heftige Erfahrungen hinter sich."

Elijah seufzte hörbar. „Das Schlimmste ist der Tod von Anna. Wie konnte das nur geschehen! Warum ist es geschehen?"

„Wir kennen nicht alle Einzelheiten. Ganz bestimmt hat es damit zu tun, daß sie nicht bereit war, Bestechungsgelder des organisierten Verbrechens anzunehmen. Letztes Jahr, als sie Richterin am Obersten Gerichtshof war, wollten sie eine bestimmte Entscheidung zu ihren Gunsten. Sie lehnte ab. Sie brachte einige von den Leuten ins Gefängnis. Das war die Strafe."

„Davon wußte ich nichts."

„Ihr Leben war sehr komplex. Sie hatte viele Feinde."

Sie saßen eine Weile schweigend beieinander.

„Sie liebten sie, nicht wahr?", sagte der Präsident schließlich.

„Ja, ich liebte sie." Die Worte kamen aus einer zugeschnürten Kehle.

„Wer hätte eine solche Frau nicht geliebt?"

„Haben Sie sie geliebt?"

„Ja, ich habe sie auch geliebt."

Elijah hörte ihre Stimmen verhallen. Eine angespannten Stille erfüllte den Raum wie nach dem letzten Ton in einem Konzertsaal, bevor der Applaus losbricht.

Seine Hand rutschte in die Manteltasche. Er stieß an die kleine runde Messingdose und ergriff sie. Sein Geist war einige Sekunden lang wie leer, aber in dieser Leere erschien das Gesicht des Kindes, das ihn so wundersam geführt hatte. Er sah Drachen, die schwarzen Auswurf über die Schöpfung spieen. Er sah Bäume im Wind und Flüsse voller Tränen. Fragmente seiner Vergangenheit wirbelten in sein Bewußtsein: Licht, das aus den Wunden von Don Matteos Händen hervorbrach; Gianna, die die Haare einer Toten zu einem Zopf flocht; ein Kranz verblichener Plastikblumen; einen Engel, der durch die Himmel zu den Städten der Finsternis herabstieg und mit dem Anführer der Unterwelt kämpfte. Er sah ein von einem Schwert durchbohrtes Herz und ein kleines Mädchen im Schoß seiner Mutter, bevor es geboren war. Er sah einen Kelch, der auf Millionen von Altären erhoben wurde, ein weißes Pferd in Stein geritzt und blaue, wilde Pferde, die mit ihren Stahlhufen in lebendiges Fleisch schnitten.

Er sah eine Frau, mit der Sonne bekleidet, gekrönt mit Sternen, in ihren Augen Barmherzigkeit und Wahrheit. Sie schaute herab und da zu ihren Füßen war das Geschenk von Pawel und die reine Liebe von Anna, der dicke Bäcker, der Liebe durch Vergebung schenkte, ein Mann, der Rauch aus seinen Lungen hustete und flehte, irgendjemand möge seine verborgene Liebe annehmen, seine einzige selbstlose Tat. Und all die verbrannten Menschen, die als Rauch in den Himmel stiegen und mit ihnen ihre Lieder und Geschichten, ihr Beten und Flehen und mit ihnen die Erinnerung an einen Gott der Kleinen und Armen, eine Erinnerung, die von Generation zu Generation lebendig gehalten wurde durch die Kraft des Opfers. Er sah Feuer.

Elijah fuhr auf. Er hatte das Gefühl, den Raum für Stunden verlassen zu haben, während es doch nur Sekunden gewesen waren.

„Stefano Benedetti?", sagte er. „Wer war er für Sie?"

„Stefano Benedetti war mein Freund."

Da sah Elijah diesen Schatten, der über und durch und hinter seinen Augen vorbeizog. Genau das, was Anna beschrieben hatte. Er sah Haß. In diesem Augenblick erkannte er das Ausmaß der Lüge, die seinen Geist verblendet hatte.

Er nahm das Messingreliquiar aus der Tasche und öffnete es.

Der Präsident starrte darauf, ohne ein Gefühl zu verraten, keine Neugierde, weder Anziehung noch Abstoßung. Es war diese Maske der Neutralität, die Elijah davon überzeugte, daß der Präsident wußte, um was es sich handelte.

„Stecken Sie das weg", sagte er heftig.

„Sie wissen, was es ist?“

„Nein, weiß ich nicht.“

„Sie wissen genau, daß es sich um einen Holzsplitter handelt, der mit dem Blut Christi getränkt ist, Perlen aus Afrika, getränkt mit dem Blut einer Märtyrerin. Und das Blut Annas.“

Blitzartig griff der Präsident nach dem Reliquiar und hielt es mit einem Ausdruck des Abscheus zwischen den Fingerspitzen.

„Wenn Sie Ihre kläglichen Irrtümer je überwinden wollen, dann hören Sie auf, sich an solche Amulette zu klammern.“

Und schon hatte er das Reliquiar in die lodernde Glut im Kamin geworfen.

Elijah sah zu, wie es schwarz wurde und von grünen und blauen Flammen umzüngelt wurde. Das Kreuz auf dem Deckel begann zu schwelen.

Er kniete sich hin und holte das Reliquiar mit der rechten Hand aus dem Feuer. Er bemerkte kaum den Schmerz und den Gestank des verbrannten Fleisches an seiner Hand.

Der Präsident bellte ihn an: „Lassen Sie das!“

Elijah stand auf.

„Das ist das Zeichen, das Sie besiegt hat und das Sie bis ans Ende der Zeiten besiegen wird.“

Der Präsident stand auf und machte einen Schritt auf ihn zu, sein Mund vor Ekel verzogen.

„Sie sind wahnsinnig.“

Er holte ein schwarzes Gerät aus der Innentasche seiner Jacke, an dem ein kleines rotes Licht blinkte. Sein Finger war über dem Knopf erhoben.

„Hören Sie, Schäfer. Sie sind ein verlorener Mann. Ich kann Sie augenblicklich der Polizei übergeben. Meine Leute sind sofort hier, und wenn ich es ihnen befehle, werfen sie Sie die Felswand hinunter.“

„Wie ihre Vorväter. Wie Tiberius.“

„Halten Sie den Mund, Sie Idiot. Sie meinen, Sie könnten mit diesem Ding gegen eine Armee zu Felde ziehen. Diese Zeiten sind vorbei, das sage ich Ihnen. Sie klammern sich an eine leere Hülle, sie hat keine Macht. Sie haben nur noch eine Wahl: Werfen Sie es zurück ins Feuer und hören Sie mir zu.“

„Ich werde Ihnen nicht zuhören. Aus Ihrem Mund kommt nur Falschheit.“

„Sie werden zuhören!"

„Ich bringe Ihnen eine Botschaft des Königs. Wollen Sie sie nicht hören?"

„Er kann mir nichts sagen, was ich nicht schon wüßte. Er gehört zu einem vergangenen Zeitalter, und ich führe das neue herauf."

„Es gibt nur einen einzigen Christus. In Ihm wurden Himmel und Erde geschaffen, die sichtbare und die unsichtbare Welt, alle Throne, Mächte und Gewalten; alles wurde durch Ihn geschaffen und für Ihn."

„Schweigen Sie!", brüllte der Präsident.

Ein Strom von Blasphemien ergoß sich aus seinem Mund. Elijah rief den Namen Jesu an, bis er in Seiner Vollmacht den Schmähungen Einhalt gebieten konnte.

„Das Lamm ist der Erstgeborene und der Gipfel der Schöpfung. Durch Ihn und in Ihm und mit Ihm wird die gesamte Schöpfung mit dem Vater versöhnt durch die Macht Seines heiligen Blutes!"

Als Antwort kam ein Brüllen aus dem Mund des Präsidenten. Die Stimme wütete gegen die Sohnschaft des Lammes, leugnete, daß Jesus der Christus war, tobte gegen den Sieg des Kreuzes und verfluchte den Einzigen, der gekommen war, die Welt zu erlösen.

„Es gibt kein Licht in der Welt außer dem Engel des Lichtes, der vom eifersüchtigen Gott hinabgestürzt wurde! Kein anderer wird die Welt zur Vollendung führen, kein anderer!"

In den Augen des Präsidenten loderte die Glut des Bösen und schoß wie schwarze Pfeile gegen Elijah.

Er fühlte die Wucht dieses Angriffs wie Schockwellen durch seinen Körper gehen.

Der Präsident schaute ihn von unten schräg an.

„Wollen Sie mir hier mit magischen Tricks kommen?", höhnte er. „Sollen wir vielleicht den Ritter spielen, der Dracula herausfordert!? Wollen Sie als Märtyrer enden, der in ein verstaubtes Register des Vatikans eingetragen wird? Sie glauben doch wohl nicht, daß Sie das Werk, für das ich von Geburt an bestimmt bin, mit Ihrem Hokuspokus aufhalten können? Ihre Tricks sind lächerlich, verglichen mit meiner Macht. In der Vollmacht des Herrn der Finsternis befehle ich Ihnen: Fallen Sie!"

Elijah zitterte und hatte das Gefühl, ein Schwarm von Dämonen umkreise ihn, die ihm Blasphemien ins Ohr brüllten und Horrorbilder in seine

Phantasie projizierten.

Er spürte, wie seine Kraft schwand, wie die Vollmacht, mit der er gesprochen hatte, von ihm wich. Er rief laut den Namen Jesus aus. Das Wort stand im Raum, und Himmel und Erde schienen einen Herzschlag lang stillzustehen.

„Jesus, Jesus Christus", rief Elijah.

„Sagen Sie nie mehr diesen Namen! Fort, fort von dem Nazarener. Warum klammern Sie sich an das, was vorbei ist und nie wiederkommen wird? Kommen Sie zu mir, stellen Sie sich an meine Seite. Die Zukunft gehört uns. Ich werde Sie zum Propheten machen, wie die Welt noch keinen gesehen hat."

„Ich will nicht groß sein. Meine einzige Aufgabe besteht darin, für das Lamm Gottes Zeugnis abzulegen, Er, der war, der ist und der kommen wird. Er ist der Erste und der Letzte, das Alpha und das Omega. Er reitet auf einem weißen Pferd, und Sein Name ist Treue und Wahrheit. Er hat Sie besiegt."

„Oh, Sie Armer! Er hat mich besiegt? Wo ist seine Armee auf dieser Erde? Die Massen folgen mir."

„Ihre Armee ist auf dem Rückzug, eine Armee, die bereits besiegt ist und noch im Zusammenbruch Zerstörung bringt."

„Meine Armee wächst täglich und breitet sich über den ganzen Planeten aus. Verlassen Sie diesen Christus, Sie Narr! Er ist tot. Der Christus dieses Zeitalters steht vor Ihnen, und Sie erkennen ihn nicht."

„Sie sind nicht Christus und werden es nie sein. Es gibt nur einen einzigen Christus."

„Trennen Sie sich von ihm! Brechen Sie mit ihm!"

„Er ist die Wurzel und der Sohn Davids, der Morgenstern. Siehe, Er kommt. Er kommt bald!"

„Er ist vor zweitausend Jahren gestorben. Ist der Vorläufer größer als der Mann, auf den er deutet? Ist der Schatten größer als das lebendige Fleisch?"

„Ihre Macht ist begrenzt, und Sie können meinen Geist nicht länger fesseln."

„Was hätten Sie erreichen können, wenn Sie nicht vom Wege abgekommen wären. Aber es ist nicht zu spät. Sie können sich immer noch dem Licht zuwenden."

„Christus ist das Licht der Welt."

„Luzifer ist der Lichtträger!“

„Er ist Finsternis. Er ist *Satan* – der Feind.“

„Er ist der Morgenstern.“

„Christus ist der einzige Morgenstern.“

„Mein Herr wird die Menschheit zu ihrer höchsten Wahrheit führen.“

„Ihr Herr ist *der Teufel* – der Mörder von Anfang an. Möge Gott ihm gebieten.“

Elijah steckte das Reliquiar in die Tasche und streifte den Ring des Bischofs über den Finger. Er hob beide Hände nach oben, die Handflächen zum Präsidenten gewandt. Das Kreuz als Brandmal in der Hand Elijahs wurde über den mächtigsten Mann der Welt erhoben. Der Präsident sah das Zeichen mit haßerfüllten Augen an und taumelte rückwärts, ohne den Blick davon lösen zu können.

Er versuchte, einen Laut hervorzustoßen, aber es kam nichts. Er wollte zur Türe flüchten, aber seine Beine gehorchten ihm nicht. Er versuchte den Knopf auf dem Gerät in seiner Hand zu drücken, aber vergeblich.

„Sind Sie jetzt bereit zu hören, was der Herr Ihnen zu sagen hat? Hören Sie! Obwohl Sie sich dem Engel der Finsternis tausendmal verkauft haben, wird Ihnen eine letzte Chance gewährt. Sie können ihm jetzt abschwören. Verlassen Sie ihn. Die Wut des Teufels kennt keine Grenzen, aber seine Herrschaft wird bald zu Ende sein. Wenn Sie sich jetzt nicht von ihm lossagen, werden Sie mit ihm die Strafe erleiden, die jene erwartet, die gegen das Reich Gottes kämpfen.“

„Schweigen Sie!“, stöhnte der Präsident mit erstickter Stimme.

„Nein! Schweigen Sie!“, rief Elijah.

Der Präsident machte Anstalten, zur Tür zu gehen, aber er zögerte. Verwirrung stand ihm in den Augen.

„Halten Sie inne!“, gebot Elijah. „Sie können nichts tun, bis Gott befiehlt, daß die Hand zurückgezogen wird. Sie müssen zuhören! Das ist der Augenblick der Entscheidung, Ihre letzte Chance. Trotz Ihrer Verbrechen sind Sie ein Kind Adams, in Seinem Ebenbild geschaffen wie alle anderen, die aus einer Frau geboren sind. Sie sind ein Mensch, nicht mehr und nicht weniger. Sie sind in Gefangenschaft geraten, aber diese Gefangenschaft ist noch nicht absolut und ewig. Sagen Sie sich los von Satan! Wenden Sie sich ab und kehren Sie nach Hause zu Ihrem Vater zurück!

Ich befehle dir, Satan, fahre aus!"

Die Augen des Präsidenten kippten nach oben, bis nur noch das Weiß zu sehen war. Sein Mund öffnete und schloß sich wie bei einem Fisch, der aufs Land geworfen wurde.

Vade retro, Satana! Vade retro, draco! Crux sacra sit mihi lux!"

Der Präsident stürzte auf den Boden und wand sich in Konvulsionen. Bestialische Geräusche kamen aus seinem Mund. Er bäumte sich auf, dann lag er da, ohne sich zu bewegen, ohne zu zwinkern, mit starrem Blick. Elijah fürchtete, er könnte gestorben sein, ohne bereut zu haben. Er kniete sich neben ihn, betete für seine Seele und gab ihm die Krankensalbung. Er begann sich wieder zu winden und zu keuchen. Plötzlich schaute er mit aufgerissenen Augen zu Elijah. Die Persönlichkeit, die in diesen Augen sichtbar wurde, war nicht der Präsident. Elijah nahm die Gebete des Exorzismus wieder auf. Schließlich fiel der Mann in Bewußtlosigkeit.

Elijah fuhr zusammen, als er plötzlich nackte Beine neben sich stehen sah. Er schaute auf.

„Raphael! Was tust du hier?"

Der Knabe schaute mit tiefem Mitgefühl auf die Gestalt am Boden.

„In ein paar Minuten wird er zu Bewußtsein kommen, dann muß er sich entscheiden."

Wie im Traum folgte Elijah dem Jungen, der ihn aus dem Raum hinaus führte. Geschlossene Türen öffneten sich vor ihnen, die Wachen schliefen. Sie traten ins Freie und gingen den Weg zurück durch den Garten zum Felssturz. Der Mond stand hoch am Himmel und der Schafspfad war gut sichtbar. Ohne zu sprechen folgte Elijah dem Knaben wie ein kleines Kind seinem Vater.

Elijah konnte nichts sagen, als er plötzlich erkannte, daß er am Hafen angekommen war. Er drehte sich um, um sich zu verabschieden. Der Junge hob die rechte Hand und deutete auf das Boot. Sein Gesichtsausdruck war unendlich zart und gleichzeitig stark. Seine Augen – seine zehntausend Jahre alten Augen – überstrahlten ein Antlitz von solcher Reinheit, daß Elijah kaum hinschauen konnte. Elijah sprang auf das Boot, drehte den Zündschlüssel herum, und als er sich wieder umwandte, war der Junge weg.

Das Boot tuckerte aus dem Hafen hinaus. Als er das offene Meer erreicht hatte, gab er Gas. Das Meer war jetzt ruhig, so daß er über die Oberfläche dahinflog. Der kalte Wind im Gesicht erfrischte ihn. Er fühlte Erleichterung. Es war zu Ende.

Noch einmal schaute er zurück zum Berg Tiberio und sah, wie sich überall Lichter bewegten. Er hörte Glocken und Sirenen. Da wußte er: der Präsident hatte sich entschieden.

Er drehte nach Norden ab und fuhr ohne Licht. Ein Hubschrauber suchte das Meer mit einem starken Scheinwerfer ab, flog aber südlich vorbei. Elijah hielt sich nah am Ufer, bis er nach Salerno kam. Von Ferne konnte er erkennen, daß der Privathafen des Präsidenten hell erleuchtet war und Leute aufgeregt hin und her liefen. Er stellte den Motor ab und ließ sich treiben. Unter der Heckbank fand er ein Paddel und ein Schlauchboot. Er blies es auf, warf es ins Meer und kletterte hinein. Jedes Geräusch vermeidend, paddelte er auf ein Waldstück zu, das sich vom Berg zum Ufer hinunterzog. Wenn er Glück hatte, war das der Wald, in dem er seinen Toyota versteckt hatte. Er zog das Schlauchboot an Land, ging aufwärts durch die Bäume und stieß tatsächlich auf die Lichtung, wo er sein Auto versteckt hatte.

Er fuhr nach Osten durch die Berge, die Straße war fast leer. Er hatte fast keinen Gegenverkehr. Als er im Hafen von Bari ankam, stieg gerade der Morgenstern über den Horizont.

XXI
Panaya Kapulu

Die Ruinen von Ephesus stehen auf einer sumpfigen Ebene unterhalb des Dorfes Aya Solouk, ein paar Kilometer landeinwärts an der ägäischen Küste. Auf einem heute versandeten Fluß kamen einst Schiffe vom Meer in die Hauptstadt und das Handelszentrum der römischen Provinz Kleinasien, wo sich der heilige Paulus drei Jahre lang aufhielt. Es war auch der Sitz des Kultes der Göttin Diana, der Scharen von Menschen anzog. Durch die Wunder und Predigten des heiligen Paulus bekehrte sich hier ein erheblicher Teil der Stadtbevölkerung. Sein Einfluß war so stark, daß die Magier, Astrologen und Wahrsager freiwillig ihre Bücher mit Beschwörungsformeln und Geheimwissen verbrannten. Der Niedergang des Handels mit Idolen führte zu tätlichen Angriffen gegen Paulus, vor denen er fliehen mußte, um sein Leben zu retten.

An einem normalen Tag streifen Hunderte von Touristen auf den alten römischen Straßen durch eine der größten Ruinenstädte der Welt und bestaunen die Überreste ihrer einstigen Pracht: Tempel, Stadion, Theater, eine alte christliche Basilika und Villen der Reichen. An einem Frühlingsmorgen mischte sich ein Mann unauffällig unter die Leute. Man mochte ihn für einen Archäologen, einen emeritierten Professor aus Istanbul halten oder einfach für einen älteren Herrn, der nichts zu tun hatte. Vor der Kirche des heiligen Johannes kaufte er an einem Stand ein Fladenbrot, Schafskäse und ein Glas süßen schwarzen Kaffee und verzehrte alles mit Genuß. Ab und zu schaute er auf seine Armbanduhr, aber er schien keine Eile zu haben.

Kurz vor Mittag kamen zwei Männer vom Forum her auf die Kirche zu, ein älterer und ein junger. Sie gingen zu ihm und begrüßten ihn mit Handschlag. Sie tauschten ein paar Belanglosigkeiten über das Wetter und die Reise aus, dann verließen sie gemeinsam den Platz und gingen zum Stadttor, das zu den Bergen führte. Kinder warfen Kieselsteine in die Tümpel am

Straßenrand, aus denen zerbrochene Marmorsäulen herausragten und an glanzvolle Zeiten dieser Stadt erinnerten. Sie gingen durch das Tor hinaus in die Hügel, vorbei an pflügenden Bauern und Frauen, die neben einem Esel herliefen, der hoch mit Feuerholz beladen war.

Eine halbe Stunde lang gingen sie bergauf. An einem Berghang, von wo aus man auf das Ägäische Meer und die Ruinen der Stadt sehen konnte, endete der Weg an einem kleinen Haus aus grob behauenen Steinen.

„Was ist das für ein Ort, Elijah?"

„Das ist *Pananya Kapulu*, das Haus der Jungfrau Maria."

„Ist das wahr? Kann man das glauben?"

Die drei Männer fragten den Türhüter, der vor dem Haus auf einem Hokker saß und eine türkische Illustrierte las, ob sie eintreten dürften. Sie gingen hinein und schauten sich im Halbdunkel um.

„Hierher hat der Apostel Johannes Maria, die Mutter Christi, gebracht, um sie vor den Christenverfolgungen zu retten, die in Jerusalem ausbrachen. Hier hat sie gelebt."

„Wirklich in diesem Haus?"

„Vor mehr als neunzehnhundert Jahren! Ist das möglich?"

„Spüren Sie es nicht?"

Das Haus war ungefähr acht Meter lang und ebenso breit. Sie gingen durch den Hauptraum in eine kleine Kammer auf der Rückseite und von dort in einen noch kleineren Nebenraum.

„Hier hat sie geschlafen und hier ist sie gestorben."

Nachdem sie sich mit einem Blick über die Schulter vergewissert hatten, daß sie allein waren, knieten sie sich hin und beteten still.

Die Stille war mit einer spürbaren Gegenwart erfüllt. Uralt und zeitlos, älter als die rekonstruierten Häuser unten in der Stadt, und doch jünger. Es war die Wohnstätte einer armen Frau, die gerade das Haus verlassen hatte und jeden Moment zurückkommen könnte. Sie würde in der Tür stehen und sie gewiß erkennen. Sie kannten sie seit ihrer Geburt und hatten sie immer *Mutter* genannt.

„Wir haben noch einen langen Weg vor uns", sagte Elijah. „Wir müssen gehen."

Ein Pfad führte hinauf in die Berge. Eine Stunde später kamen sie in ein enges Tal, die steilen Berghänge waren mit wildem Gestrüpp bewachsen.

Am Fuß einer Felswand stand eine Steinhütte, neben dem Brunnen blühte ein Mandelbaum. Ein Huhn scharrte und pickte im steinigen Boden vor der Tür, und eine angebundene Ziege begrüßte sie mit lautem Meckern.

„Elijah", sagte einer der Männer, „Ihre Herde begrüßt Sie."

„Sch, sch", beruhigte er das Tier und streichelte ihm über den Kopf. „Sei nur still, du bekommst dein Futter bei Sonnenuntergang. Gib uns ein bißchen mehr Milch heute, kleine Schwester, wir haben Besuch."

Die drei Männer gingen in die Hütte, in der es, verglichen mit der Nachmittagshitze draußen, angenehm kühl war. Elijah servierte ihnen Brot, Käse, Zwiebeln, Kräuter, Rosinen, Feigen und gewürztes Linsenmus, dazu frisches kaltes Wasser.

Nach der Mahlzeit legte sich der Jüngere auf die Baumwollmatte und war bereits nach paar Minuten eingeschlafen.

Elijah sagte zu dem Älteren: „Pater Prior, Ich dachte, ich würde Sie nie wiedersehen."

„Es ist eine Gnade, die wir beide nicht erwartet haben, " antwortete der Prior.

„Gott ist gut."

„Er ist zu loben und zu preisen."

„Immer und überall."

„Erzählen Sie mir, was Sie erlebt haben, seit Sie uns verlassen haben?"

„Haben Sie die Zeitungen gelesen?"

Der Prior nickte. „Natürlich haben wir es nicht geglaubt. Elijah ein Mörder! Für mich war es ein Zeichen dafür, wie sehr Sie den Plänen des Feindes in die Quere gekommen sind."

„So ist es."

„Dennoch macht er weiter, als könnte ihn keiner aufhalten. Im September kommt er nach Jerusalem. Die Vorbereitung im Lande könnte für einen König nicht ausschweifender sein. So etwas habe ich noch nie gesehen. Die heidnischen Kulte und einige jüdische Sekten bejubeln bereits den neuen Messias. Selbst die christlichen Medien überschlagen sich. Eine unglaubliche Verblendung, die die Weisen ebenso wie die Narren ergriffen hat."

„Was sollen wir tun, Elijah? Hat Ihnen der Heilige Vater irgendwelche Anweisungen für die nahe Zukunft gegeben?"

„Er sagt, ich solle warten und beten – bis zur festgesetzten Zeit, wie er sich ausdrückte."

„Bis zur festgesetzten Zeit. Was mag das wohl heißen?"

„Ich werde es wissen, wenn wir es wissen müssen, nicht vorher."

Der Prior seufzte. „Wie immer verlangt der Herr von uns Glauben. Erst müssen wir glauben, dann erst kommt die Hilfe."

„Auch Sie haben viel durchgemacht, seit wir uns zum letzten Mal gesehen haben."

Der Prior senkte den Kopf. „Ihr Brief hat mich in Nazareth erreicht, als ich sehr niedergeschlagen war. Als die Aufstände in Haifa im Januar begannen, wollten einige Mitbrüder, daß ich die Gemeinschaft zu den christlichen Siedlungen jenseits des Jordan verlege, aber ich habe mich geweigert. Ich sagte, wir müssen Vertrauen haben. Wenn wir jetzt weglaufen, dann werden uns unsere Feinde nur härter verfolgen. Als aber die Kommandos der „Neuen Welt" unser Kloster überfielen, da hatte ich keine Wahl mehr. Wir gingen nach Nazareth – diejenigen, die noch übrig waren.

„Wie viele starben?"

„Elf Patres und sieben Brüder."

„Wer hat überlebt?"

„Ich, Pater Johannes, der kleine Bruder hier und der alte Photosphorus, der gerade in einem Krankenhaus in Haifa war. Ich weiß nicht, was aus ihm geworden ist."

„Wie geht es dem Kleinen?"

„Bruder Esel? Er hat so viel Gutes getan in den letzten Monaten, das können Sie sich nicht vorstellen. Er hat mir das Leben gerettet."

„Er hat sich verändert. Sein Gesicht ist reifer geworden, und er ist nicht mehr so laut."

„Wir hielten ihn für den Geringsten der Brüder, nicht wahr?, für einfältig und ungebildet. Wir mit unseren akademischen Abschlüssen und unseren anspruchsvollen Predigten haben ihn belächelt. Bruder Esel haben wir ihn genannt. Jetzt hat er uns beschämt."

„Wie hat er Sie gerettet?"

„Die Aufständischen haben uns niedergeschlagen und uns wie tot liegengelassen. Ich weiß nicht, wohin er sich während des Angriffs verkrochen hat, aber in der Nacht kam er zurück und hat mich aus dem Leichenhaufen herausgezogen. Irgendwie ist er zu einem Auto gekommen und hat mich und Johannes nach Nazareth gefahren, wo uns die Franziskaner in Obhut nahmen."

„Was haben Sie jetzt vor?"

„Ich weiß es nicht. Der Obere in Rom sagt, wir sollen nicht zurückgehen. Es sei alles zu unstabil. Wir sollen warten, bis er uns nach Amerika bringen kann. Das war vor sechs Wochen. Seitdem habe ich nichts mehr von ihm gehört. Die Lage in Rom ist unklar. Es gibt zwar keinen Hinweis in den Medien, aber ich glaube, daß Kämpfe stattfinden. Mitglieder verschiedener Orden erzählen mir dieselbe Geschichte: Die Kommunikationsmittel brechen zusammen. Wir wissen nicht, was los ist."

„Können Sie nach Nazareth, wenn die Unruhen aufgehört haben?"

„Vielleicht können wir das. Aber die Situation der Ordenshäuser bleibt prekär. Der Lateinische Patriarch von Jerusalem verhandelt mit der israelischen Regierung, um eine Schutzgarantie für die christlichen Orden zu bekommen. Aber es ist überall das Gleiche – Unklarheit, Verzögerung, Passivität."

„Pater Prior, Sie können gerne hierbleiben."

„Danke, Elijah, aber Sie werden kaum drei Menschen ernähren können."

„Der Herr sorgt. Ich habe eine Herde."

„Eine Herde, bestehend aus einer Ziege?"

„Ein bißchen mehr als das. Ungefähr zwei Stunden von hier ist ein Dorf. Dort zelebriere ich jeden Sonntag die Messe. Sie sorgen dafür, daß ich genug zu essen habe und Öl für die Lampen."

„Ich wußte gar nicht, daß es in dieser Gegend überhaupt noch Katholiken gibt."

„Ungefähr vierzig Familien leben hier verstreut in den Bergen. Die meisten sind Griechen, aber sie hatten keinen Priester mehr, seit der Melkitische Patriarch verhaftet wurde. Viele ihrer Priester sind geflohen. Ein paar gibt es noch in Kleinasien, aber sie sind in den Städten und schwer zu finden. Es gibt einige christliche Palästinenser und eine Gruppe von bekehrten Juden. Sie sind die eifrigsten von allen."

„Selbst wenn es für uns drei Nahrung gibt, was könnte ich hier Nützliches tun? Ich glaube, daß diese arthritischen Hände nicht einmal Ihre Ziege melken können."

„Ich brauche hier unbedingt Priester."

„*Sie* brauchen Priester?", sagte der Prior langsam.

Elijah ging an die Rückwand der Hütte und zog einen Vorhang beiseite. Dahinter kam ein rotes Ewiges Licht zum Vorschein und ein Tabernakel aus Messing, der in die Steinwand eingelassen war. Er machte einen Kniebeuge vor dem Tabernakel und steckte sich den Ring der darunter auf einer Mauerkante lag, an den Finger. Der Prior schaute lange auf den Ring an, ohne ein Wort zusagen. Dann ging er auf die Knie, nahm Elijahs Hand und küßte den Ring.

Elijah half ihm auf.

„Der Herr ist voller Humor", sagte der Prior. „Elijah, erinnern Sie sich an die Zeit, als ich gewählt wurde?"

„Sehr gut. Ich habe für Sie gestimmt."

„Habe ich Ihnen je erzählt, was mir in der Nacht vor der Wahl widerfahren ist? Jetzt kann ich es Ihnen ja erzählen. Ich war ziemlich sicher, daß die Wahl auf Sie fallen würde. Sie waren sehr beliebt, ich nicht. Mir war es durchaus recht, daß Sie der nächste Prior werden würden, um die Wahrheit zu sagen, ich war erleichtert."

„Und was war der kleine Witz des Herrn?"

„Am Abend vor der Wahl hatte ich einen Traum. Es war ein glücklicher Traum. Ich sah, wie ich vor Ihnen kniete und Ihren Ring küßte; Sie hatten einen Hirtenstab in der Hand. Am nächsten Tag, als sie mich zum Prior machten, dachte ich: ‚O nein, das war ein schlimmer Fehler!" Ich flehte zu Gott. Ich wollte die Wahl nicht annehmen. Ich wußte, daß Gott Sie dazu bestimmt hatte, der Hirte unseres Hauses zu sein."

„Aber so war es nicht", protestierte Elijah.

„Ja, jetzt weiß ich es. Der Ältestenrat drängte mich, das Amt anzunehmen, weil Gott durch die Wahl der Gemeinschaft spreche. Sie sagten, ein Traum könne die Autorität einer gültigen Wahl nicht aufwiegen. Eine Weigerung meinerseits wäre die Zurückweisung des Willens Gottes. Ich nahm an, aber unter Qualen. Ich kannte meine Schwächen nur zu gut und flehte zum Herrn, diesen Kelch an mir vorübergehen zu lassen, aber er erhörte mich nicht. Jetzt weiß ich, warum."

Der kleine Bruder wachte erst auf, als die Sonne unterging und kühle Abendluft das Tal erfüllte. Er sagte wenig und bat Elijah darum, sich nützlich machen zu dürfen: abwaschen, die Ziege melken, Holz sammeln für den Kanonenofen, der als Küchenherd diente. Von Zeit zu Zeit warf er dem Gastgeber einen dringlichen Blick zu.

„Pater", stieß er endlich hervor, „macht Ihnen die Polizei Schwierigkeiten?"

„Nein. In meinen Papieren steht, ich sei Archäologe, was ja auch wahr ist. Ich habe in den Ruinen eines byzantinischen Militärlagers hier in der Nähe Grabungen gemacht. Es wurde im elften Jahrhundert angelegt, als es darum ging, die Seldschuken aus diesem Gebiet zu verjagen."

„Haben Sie einen Schatz gefunden, Pater?"

„Ich habe ein paar Münzen ausgebuddelt und Fundamente einer Zeltstraße, genug, um einen Grund zu haben, hier viele Jahre zu bleiben. Aber woanders habe ich wirklich einen sehr großen Schatz gefunden. Morgen führe ich euch hin."

* * *

Sie standen kurz vor Morgengrauen auf, beteten die Matutin und feierten die Messe. Nach einem einfachen Frühstück mit schwarzem Kaffee und gekochter Hirse mit Rosinen machten sie sich auf den Weg; ein Zick-Zack-Pfad führte hinter der Hütte den Berg hinauf. Sie kreuzten die Felswand von Seite zu Seite, es wurde immer steiler und schließlich gelangten sie oben auf die Höhe, von wo aus sie am westlichen Horizont noch einen silbernen Streifen des Meeres sehen konnten.

„Was wollen Sie uns zeigen, Elijah?", fragte der Prior.

„Einen Schatz, der nach dem Plan Gottes zweitausend Jahre lang verborgen geblieben ist."

„Bestimmt Gold!", witzelte Bruder Esel.

„Ja, reines Gold", antwortete Elijah lächelnd.

Der Ziegenpfad hörte auf, aber eine Art Trampelpfad, den Elijah auf seinen Wegen zu der versprengten Herde dieser Gegend ausgetreten hatte, führte weiter hinauf. Sie kamen zu einem schmalen Plateau und hielten inne.

„Wollen Sie uns nicht einen kleinen Wink geben?", fragte der Prior und rang nach Atem.

„Sie werden es erkennen, sobald Sie dort sind."

„Immer noch der gleiche Mystiker, nicht wahr? Sie lieben Geheimnisse, und Ihre Freunde müssen dafür leiden."

„Es ist gut für Ihre Seele."

Der Prior seufzte: „Ja, ja, aber mir ist Wissen lieber."

Elijah meinte lächelnd: „Bevor dieser Tag vorbei ist, werden Sie mir für Ihre müden Beine danken."

„Können Sie das garantieren?"

„Absolut."

„Nun gut. Ab jetzt werde ich meine scholastischen Zweifel beiseitestellen und wie ein Lamm gehorchen."

„Ich auch!", strahlte Bruder Esel.

Sie kamen über eine Bergkuppe in eine Talsenke, die man weder von oben noch von unten einsehen konnte und die gerade tief genug war, um jemanden zu verbergen, der darin wanderte.

„Wo sind wir?"

„Südlich von Ephesus. Wenn wir höher hinaufsteigen und uns dann nordöstlich halten würden, kämen wir in einer Stunde in die Stadt Aya Solouk, oberhalb von der Ruinenstadt. Es ist eine Haltestelle der Eisenbahn, die zwischen Smyrna und Aïdin verkehrt."

„Wir werden doch wohl nicht dorthin zurückkehren?"

„Nein. wir gehen jetzt drei Kilometer weiter in dieser Senke."

„Drei Kilometer?", klagte der Prior. „Meine armen alten Knochen!"

„Von hier an ist der Weg eben."

Sie wanderten auf einer alten Straße, die seit Jahrhunderten nicht mehr benutzt worden war. Es war ein natürlicher Hohlweg, der in der fernen Vergangenheit vom Menschen befestigt worden war, denn an den Steilhängen sah man Reste von eingefallenem Mauerwerk.

„Ist das türkisch?"

„Nein", sagte Elijah, „viel älter."

„Führt der Weg zu einem Fort der Kreuzfahrer? Ist es das, was Sie uns zeigen wollen?"

„Nein, etwas viel Älteres."

„Es gibt doch sicher bessere Straßen entlang der Küste. Warum sollte jemand in dieser Wildnis eine Straße bauen?"

„Weiter oben gibt es benutzbare Straßen, alte und moderne. Diese hier ist vergessen worden. Ihr Zweck ist unklar. Sie ist nur ein paar Kilometer lang, beginnt im Nichts und scheint im Nichts zu enden. Man findet einfach keine Erklärung."

Sie marschierten eine Stunde lang geruhsam weiter. Immer mal wieder tranken sie ein paar Schluck aus dem Wassersack, den Bruder Esel über der Schulter trug. Schließlich kamen sie zu einem Geröllhaufen, und die Straße endete abrupt.

„Und nun?", fragte der Prior. „Haben Sie uns nun hierher gebracht, um eine amputierte Straße, die ins Nichts führt, zu bestaunen?"

„Nicht ins Nichts. Schauen Sie nach oben. Sehen Sie die Felsspalte?"

„Ich sehe nichts Besonderes. Moment mal, doch, da ist ein dunkles Loch, eine Art Eingang, aber da kann man unmöglich hinkommen."

„Es ist schwierig, aber nicht unmöglich. Bald sind wir da."

Die beiden Männer kletterten hinter Elijah über Geröll und spitze Felsen und kämpften sich durchs Gestrüpp. Als sie oben waren, entdeckten sie auf der abschüssigen Seite unter einem Felsüberhang den Eingang zu einer Höhle. Davor lag ein großer runder Stein, der den Eingang fast verdeckte. Zwischen dem Stein und der Höhle war gerade so viel Platz, daß sich Elijah hindurchzwängen konnte.

Der Prior und Bruder Esel blieben davor stehen.

„Kommen Sie herein, Sie brauchen keine Angst zu haben."

Als sie alle drei auf dem Boden saßen, zündete Elijah mit einem Streichholz eine Kerosinlampe an. Sie schauten sich um.

„Ah", sagte der Prior, „hier wurden bestimmt Handschriften entdeckt."

„Wir sind die einzigen lebenden Menschen, die diesen Ort kennen."

„Pater", sagte Bruder Esel, „ist das der Ort, wo die sieben schlafenden Heiligen von Ephesus begraben wurden?"

„Nein, das ist eine andere Höhle, weiter im Norden. Es gibt viele Höhlen in dieser Gegend."

„Was ist Besonderes an dieser?", fragte der Prior.

„Lassen Sie uns erst einmal still werden. Wir werden uns ausruhen, und wenn wir gebetet haben, werde ich Sie fragen, was Sie gespürt haben."

Die Höhle hatte ungefähr die Höhe eines Menschen, sie war trocken und kühl. Die Wände waren aus behauenen Steinen. Am hinteren Ende war ein Alkoven in den Stein gemeißelt mit einer Steinbank.

„War das ein Zufluchtsort für Priester während der Verfolgung? Bestimmt ist das ein Altar!“

„Vielleicht ist die Bank dafür gebraucht worden, aber das war nicht ihr Zweck.“

„Was dann?“

„Ruhen wir uns erst aus und beten wir. Sie können schlafen, wenn Sie wollen.“

Bruder Esel legte sich gleich auf den Boden und benutzte seinen Arm als Kopfkissen.

„Sie sagen, wir sind die einzigen, die diesen Ort kennen. Wann haben Sie ihn entdeckt?“

„Bald nach meiner Ankunft. Ich war in den Bergen unterwegs, auf dem Rückweg von der Messe in einem christlichen Dorf. Ich hatte die versteckte Straße ein paar Mal überquert, mir aber keine Gedanken gemacht – es gibt in dieser Gegend so viele archäologische Funde. Eines Nachmittags begegnete mir ein Kind oberhalb des Ziegenpfads. Ohne ein Wort zu sagen, kam es zu mir und deutete in diese Richtung. Es sagte, ich müsse etwas finden, etwas Wichtiges. Es erklärte nichts, antwortete nicht auf meine Fragen. Es sagte einfach nur: *Geh bis zum Ende und nach oben.*“

„Hat es Ihnen den Weg gezeigt?“

„Nein, es verschwand, und ich habe es nie wiedergesehen.“

„Wie haben Sie gewußt, wo Sie suchen müssen?“

„Ich habe gar nichts gewußt. Meine Füße schienen den Weg zu kennen. Der Stein, der vor dem Eingang liegt, war mit Geröll bedeckt. Wenn man tausend Jahre lang in diesen Bergen herumsuchen würde, gäbe es kein Anzeichen, diesen Steinhaufen von einem anderen zu unterscheiden. Ich fühlte einfach, daß ich das Geröll an dieser Stelle beiseite schaffen mußte. Darunter fand ich zu meinem großen Erstaunen den kreisrunden Türstein. Er war offensichtlich von Hand gemeißelt. Ich konnte ihn ein wenig zur Seite rollen.

„Hier steht ein Spaten. Machen Sie Ausgrabungen?“

„Ja, ich komme so oft wie möglich hierher.“

„Gibt es Hinweise, um welche archäologische Periode es sich handelt?“

„Ich glaube, um das erste Jahrhundert.“

„Haben Sie schon irgendwelche Gegenstände gefunden?“

„Römische Münzen aus der Zeit Neros und Vespasians. Jüdische Münzen aus der Zeit 70 n. Chr., als Jerusalem zerstört wurde. Das deutet darauf hin, daß sich hier nach der Zerstörung des Tempels christliche Juden versteckt haben. Ich habe Öllampen gefunden, wie sie einst im Heiligen Land gebraucht wurden, und einige kleine Tongefäße, die vielleicht als Blumenvasen oder als Behälter für Salböl dienten. Das bedeutendste Objekt ist ein Silberfisch, auf dem die griechischen Buchstaben Χριστός – Christos – eingraviert sind. Auf der Bank sind auch Inschriften. Schauen Sie."

In groben Buchstaben war am Kopf- und Fußende auf Hebräisch zu lesen: *Tochter Zion, Erstgeborene der Frauen.*

Die Inschrift wurde auf Griechisch und Aramäisch wiederholt.

„Aramäisch?", sagte der Prior. „Das ist eigenartig. Wer das hier eingraviert hat, war sehr weit weg von Galiläa."

Er setzte sich wieder und schaute lange mit zusammengezogenen Brauen vor sich hin.

„Sie glauben doch nicht…?"

Elijah nickte.

In diesem Augenblick fuhr Bruder Esel im Schlaf hoch und richtete sich auf den Unterarmen halb auf.

„Thomas ist nicht hier!", rief er. „Hat ihn jemand geholt? *Es ist zu weit, zu weit!* Sch, die Engel werden es ihm sagen. Er wird bald hier sein. Aber er ist jenseits von Persien. Wir können nicht warten. Wir müssen weitermachen, auch wenn wir betrübt sind. *Was sollen wir ohne die Mutter tun?* Sie ist bei uns, so wie das Lamm bei uns ist bis zum Ende der Zeiten. Könnt ihr euch nicht an Sein Wort erinnern, das er zu uns gesprochen hat, als er in den Himmel auffuhr? *Wann wird er wiederkehren, wann wird er wiederkehren?* Lucanus, beruhige ihn. Was werden die Frauen denken? *Ist der Leichnam bereitet?* Lydia holt noch Kräuter. Die Blumen im Garten blühen, schaut die Rosen, obwohl es gar nicht ihre Zeit ist. *Bringt sie, bringt sie alle.* Ist die Grotte vorbereitet? *Andreas! Matthias!* Alles ist bereitet. *Sind die Brüder aus Damaskus angekommen? Werden sie kommen?* Mazedonien und Galatien werden kommen. Sie wissen schon seit Wochen, daß es ihr schlecht geht. *Betet, Brüder, betet, daß alle kommen können.*"

Elijah und der Prior starrten auf Bruder Esel. Der richtete sich auf und lehnte sich gegen die Wand. Tränen strömten aus seinem gesunden Auge.

„Bruder, wachen Sie auf!"

„Ich bin wach, Pater Elijah. *Aber sie ist weg, unsere kleine Schwester, unsere geliebte Mutter.* Wie sollen wir ohne sie weiterleben? *Verliert die Welt das Licht?* Sprechen Sie nicht mehr so, als hätten Sie keinen Glauben. Das Licht erlischt nicht. Es verändert sich. Sie wird jetzt noch mehr Gutes für uns tun. *Ja. Ich glaube. Ich glaube.* Die Frauen werden bald mit der Vorbereitung des Leichnams fertig sein. Wir müssen beten. *Unser Herz ist gebrochen! Wie sollen wir beten?* Erinnert ihr euch, wie wir getrauert haben, als Er gekreuzigt wurde? Wir sind geflohen. Und dann, drei Tage später, solche Freude! O meine Brüder, wir dürfen nie den Mut verlieren. *Johannes, sprich, sprich. Sogar unsere gebrochenen Herzen gehorchen deiner Stimme.* Seid ruhig, meine Brüder, seid ruhig und ruht an Seinem Herzen. Hört ihr den Herzschlag Gottes?"

Allmählich beruhigte sich Bruder Esel. Die beiden Priester beobachteten ihn, ohne zu sprechen. Sie spürten nur das Klopfen ihres eigenen Herzens.

„Ihre Hände waren über der Brust gekreuzt. Die Frauen schnitten Haarsträhnen ab, um ein Andenken zu haben. Sie legten Kräutersträuße um ihren Hals. Petrus und Johannes traten herzu. Johannes trug ein Gefäß mit Öl, mit dem Petrus ihre Stirn, Hände und Füße mit dem Zeichen des Kreuzes salbte. Dann hüllten die Frauen sie in ein Leinentuch, das nur das Gesicht frei ließ. Ihr Antlitz war so schön und frisch wie in der Jugend. *Sie ist nicht mehr alt,* sagten wir. Sie schmückten ihr Haupt mit einem Blumenkranz und bedeckten das Gesicht mit einem Schleier."

„Bruder", sagte der Prior und schüttelte ihn am Arm, „wach auf!"

„Ich bin wach."

Elijah zog den Arm des Priors behutsam zurück und flüsterte: „Lassen Sie ihn. Der Herr zeigt uns etwas."

„Der Leib war so leicht. Sie war wie ein Kind in unseren Armen. Wir hörten ihre Stimme in unserem Geist, *Ich schlafe, aber mein Herz ist wach.* Da wußten wir, daß ihre Seele im Paradies weilte, während ihr Leib im Schlaf des Todes ruhte und auf den Jüngsten Tag wartete. Der Leichnam wurde in eine weiße Holzkiste gelegt und der Deckel mit Lederriemen befestigt. Die Männer hoben ihn auf eine Trage, und wir alle trugen sie in einer Prozession den Berg hinauf.

Wir weinten alle und sangen. Wir klagten nicht wie die Heiden. Wir lobten den Vater des Alls. Auf dem Weg kamen wir an die Stationen des Kreuzweges, den die Mutter hier geschaffen hatte in Erinnerung an Jerusalem. An jeder Station hielten wir an und küßten das Kreuz, das Johannes in die Steine geritzt hatte: der Fall, die Begegnung mit der Mutter, Simon, das Tuch der Veronika und der Ort der Demütigung, wo sie Jesus die Kleider vom Leib gerissen haben, die Kreuzigung; am Gedenkstein für den Tod des Herrn knieten wir nieder und setzten den Leib der Mutter ab. Petrus stand als erster auf und führte uns auf dem Rest des Weges."

Bruder Esel wurde ganz still und lauschte mit geschlossenen Augen.

„Als wir zur Grabhöhle kamen, trugen vier Apostel den Sarg hinein und setzten ihn auf der Steinbank ab. Wir gingen alle hinein, einer nach dem anderen, und beteten kniend vor dem heiligen Leib. Wir gaben ihr die letzte Ehre und mußten für immer Abschied nehmen. Dann wurde der Stein vor den Eingang gerollt und wir verließen sie.

Am nächsten Tag erschien Thomas unter uns, begleitet von Jonathan Eliazar und einem braunen Mann aus den Ländern hinter Persien. Wir versammelten uns um sie und erzählten ihnen, was geschehen war. Als Thomas hörte, daß unsere liebe Frau bereits begraben war, konnte er sich vor Schmerz kaum fassen. Er weinte und klagte und warf sich auf den Boden neben ihrem Bett, wo sie gestorben war, untröstlich, daß er zu spät gekommen war. Johannes legte ihm die Hand auf die Schulter. *Es gehört zum Plan des Herrn, nichts ist außerhalb der Willens des Vaters.* Thomas stand auf und kniete vor dem Altar in Marias Schlafkammer. Danach gingen die Älteren mit ihm hinauf zur Grablege, Thomas flehte sie an, ihr Antlitz noch ein letztes Mal sehen zu dürfen. Sie rollten den Stein beiseite, und Thomas, Johannes, Eliazar und der braune Mann traten hinein. Sie öffneten den Deckel des Sarges und sahen: er war leer.

Johannes schrie, *Sie ist nicht mehr da!* Wir erschraken, drängten in die Höhle und wahrhaftig: der Sarg war leer. Wir weinten, beteten und hoben die Arme zum Himmel. *Der Herr hat sie in den Himmel erhoben – mit Leib und Seele!*, rief Lucanus. Wir nahmen den Sarg mit dem Leinentuch und den Kräutern mit uns und kehrten auf dem heiligen Pfad zurück, beteten und sangen Psalmen."

Bruder Esel öffnete sein Auge. Ein Lächeln von unvergleichlicher Süße lag auf seinem Gesicht.

„Sie ist so schön, so schön", sagte er.

„Wir befinden uns also in der Grabstätte der Jungfrau?“, flüsterte der Prior.

„Sie ist so gütig“, sagte Bruder Esel und legte sich wieder hin. Er schloß sein Auge und fiel wieder in Schlaf.

Der Prior schaute Elijah an und atmete tief aus. Dann schloß auch er die Augen, um sich zu sammeln. Alle drei verharrten in absoluter Stille, wie lange, wußte niemand zu sagen, tiefster Friede hielt sie umfangen. Irgendwann fiel ein goldener Lichtstrahl der untergehenden Sonne durch den Eingang und bewegte sich langsam über den Boden.

Elijah berührte die beiden anderen leicht an der Schulter.

„Die Sonne geht unter. Wir müssen zum Haus zurück.“

Sie gingen auf demselben Weg zurück, schweigend, von Staunen ergriffen und von Freude durchströmt.

* * *

Elijah wachte mitten in der Nacht vom Rauschen des Windes in den Zweigen des Mandelbaums auf. Er stand auf und trat vor die Tür. Ein großer, orangefarbener Stern schoß über den Himmel zum östlichen Horizont, gefolgt von einem strahlend blauen, der kleiner und schneller war.

Er ging wieder hinein und kniete vor dem Tabernakel nieder. Er betete, Stunde um Stunde verging. Der Glanz der Vision in der Höhle war noch da, aber er begann bereits seine Bannkraft zu verlieren. Gedanken drängten sich in seinem Geist. Warum hatte er wieder dieses Gefühl des Ungenügens, wenn es doch vor wenigen Stunden noch so schien, als könnte ihm nichts in der Welt diese Freude entreißen? Sie schien durch unbekannte Risse zu versickern. Er dachte an das süße Feuer, mit dem jene Herzen entzündet wurden, die dafür empfänglich waren. Einst, vor tausendneunhundert Jahren, hatte eine Gruppe von Männern und Frauen daran geglaubt. Sie hatten es gekostet, und die Welt hatte sich für immer verändert.

Konnte das noch einmal geschehen? Ja. Neues Leben würde geboren und neue Zivilisationen würden entstehen. Aber würden sie nicht fallen wie alle vorhergehenden? Und was war der Preis an menschlichem Elend und verlorenen Seelen? Warum ließ Gott das zu? War Er machtlos? Elijah riß sich von dem Gedanken los wie von einem verschlingenden Feuer, das ihn einst verbrannt hatte, nicht tödlich, aber es hatte doch Narben hinterlassen, die noch nicht lange geheilt waren.

Nackt vor seinen Augen stand das fundamentale Problem seiner Seele: alles war ihm geschenkt worden, und doch genügte es nicht. Ihm war die Gnade widerfahren, das zu erkennen wie nur wenige. Die Tröstungen, die über ihm ausgegossen wurden, waren außergewöhnlich, wenn er nur an das Wunder des vergangenen Tages dachte … und doch war da immer diese uralte Sehnsucht nach Gewißheit, nach Sicherheit. Nicht, daß er den Schöpfer des Universums dazu zwingen wollte, seinen Willen zu rechtfertigen, aber er hungerte doch nach einer Spur von Erklärung.

Dabei wußte er nur zu gut, daß er sofort die nächste Erklärung verlangen würde, die nächste und die nächste, und daß sie alle nicht den klaffenden Abgrund des Zweifels würden füllen können. Die Illusion des Verstehens würde nur tiefere Verwirrung erzeugen, weitere Formen des inneren Protestes gegen die Verletzung alles Guten und Schönen. *Nichtwissen* war der Weg zum letztendlichen Einswerden mit der Liebe, in deren Umarmung aller Zweifel verschwand und alle Wunden geheilt wurden. Als Karmelit kannte er die Theologie und Spiritualität des Aufstiegs auf den Berg Karmel, den Weg der Nichtigkeit – *nada.* Warum dieser Zickzackkurs durch gefährliche Schluchten und zerklüftete Höhen? Es war kein besserer Weg. Immer war da diese Macht, die ihn vom Weg abbringen wollte.

Die Frage drängte, pochte, quälte ihn und lenkte seine Aufmerksamkeit von der göttlichen Präsenz ab. Warum ließ Gott das zu? Warum? Waren die Pläne und Anstrengungen des Menschen dazu bestimmt, immer wieder zu scheitern, sich immer zu wiederholen und doch das himmlische Jerusalem nicht zu erlangen, bis sie irgendwann in sich zusammenfallen würden, ein furchtbarer Absturz in das endgültige Böse, die Vernichtung aller Illusionen über die Möglichkeit der Vervollkommnung des Menschen?

War diese Lektion durch die ganze Geschichte hindurch nicht eine Form der Grausamkeit? O ja, er kannte all die Antworten in- und auswendig. Freiheit. Menschlicher Wille. Der Mensch könnte nicht lieben, wenn er sich nicht für die Liebe *entscheiden* müßte, und damit war die Möglichkeit gegeben, daß er sich *gegen* die Liebe entschied. Elijah konnte einen Atheisten zum Schweigen bringen, wenn er nur zuhörte, und Fragen in seine Seele senken, die ihn von der Dunkelheit zu zarter Hoffnung führen konnten.

Und dennoch lauerte dahinter immer noch die größere und gefährlichere Frage. Auch jene, die sich durch ihn bekehrt hatten, würden eines Tages damit konfrontiert sein, denn er, Elijah, hatte immer noch keine Antwort nach all diesen Jahren.

„Warum läßt Du das Böse so weit gehen? Wirst Du zulassen, daß es alles verschlingt?"

Nicht alles, sagte die leise Stimme. *Nicht alles. Aus einem einzigen Samen erwächst ein Baum mit Millionen von Samen, und aus den Samen ein Wald, und in jedem Samen steckt ein Code, um die ganze Erde mit Leben zu bedekken.*

Er sah die vielen Gesichter, die wie Samen in die dunkle Erde seiner Erinnerung gesunken waren. Ruth und das Baby in ihrem Leib, Anna, Pawel, Mutter und Vater. So viele waren zugrunde gegangen, zerstört durch die Feinde Gottes. Es war nicht möglich zu verstehen, warum Gott das zugelassen hatte. Diese Frage, die ihn seit dem Augenblick der Festnahme seiner Eltern verfolgte, war wieder und wieder aufgetaucht wie eine Schwertspitze, die sich in eine unheilbare Wunde bohrte. Ja, die Erfahrung in der Höhle war ein großer Trost. Ja, er wußte, daß Gott existierte. Ohne diesen Glauben, hätte er schon lange aufgegeben und Gott angefleht, sich von ihm abzuwenden und den Schmerz der Erkenntnis von ihm zu nehmen. Über diese Krise war er hinaus, das wußte er. Die Verzweiflung seiner Jugend lag hinter ihm, und die Verluste, die er später erlitten hatte, trug er mit Geduld, aber unter dem Narbengewebe blieb ein Herd des Zweifels.

Er ging wieder hinaus, dabei mußte er in der Dunkelheit über die schlafenden Gefährten steigen. Er saß auf dem Brunnenrand, blickte zu den Sternen hinauf und bat um das Licht der Erkenntnis.

Die Gesichter derer, die er geliebt hatte, traten mit besonderer Lebendigkeit vor sein inneres Auge, und er fühlte ein Schluchzen im Herzen, das nicht nach außen drang. Sie waren fort. Eine fixierte Landschaft der Verlassenheit. Ja, er verstand die Botschaft der Höhle: eine kleine Frau, die erstgeborene Tochter Zions, war ein Garant für die Auferstehung des Fleisches am Jüngsten Tag. Aber jetzt war es nur noch eine Verheißung, ein Wort, das er einmal gehört hatte, ein Ereignis, das in ferner, ungreifbarer Zukunft lag. Er glaubte, daß Gott die geliebten Gesichter nach ihr in den Himmel ziehen würde, daß sie wie Feuervögel in das Licht emporsteigen würden, das über ihnen ausgegossen wurde, um sie zu begrüßen. Das unermeßliche Panorama der menschlichen Geschichte würde dann Erinnerung sein, eine einfache Geschichte, die schnell erzählt und bald vorbei war. Alles Leiden würde entschwinden und alle Fragen wie das Wehklagen eines Neugeborenen erscheinen, das den Sinn der Existenz nicht begreifen kann und nur nach Milch hungert.

Die letzten Szenen des menschlichen Dramas standen bevor, aber vielleicht erwarteten noch weitere Geburten und Tode den alternden Planeten. Nacht und Tag. Zeit der Aussaat und Zeit der Ernte. Reiche, die aufsteigen und wieder fallen. Das Wort und das Anti-Wort, die einander in einem endlosen Kampf umkreisen, von dem es kein Entrinnen gab, keine Befreiung, nicht einmal einen Waffenstillstand. So lang der Mensch Mensch ist, treten jene auf die Bühne der Geschichte, die jenseits weltlicher Macht keine Hoffnung haben und andere ihrer Herrschaft unterwerfen. Sie scheuen sich nicht, die Sanftmütigen zu töten, um das Mobiliar auf der Bühne nach ihren Interessen umzustellen. Metaphern, Erinnerungen und Fragen stießen in Elijahs Geist aneinander, schwärmten aus, zerfielen in ein wirres Muster wie die Scherben eines zerbrochenen Glases, das einst das verborgene Antlitz Gottes reflektiert hatte und nun nur den Abdruck eines Stiefels trug.

Er sah Paläste einstürzen und die Hütten der Armen aus den Ruinen steigen. Er sah eine Welt, in der die heiligen Engel ihre Werke verrichteten und die Menschen sie ahnungsvoll grüßten, so wie die Morgendämmerung den Morgenstern grüßt. Aber er sah auch Drachen, die Städte umzingelten und Welle um Welle menschlicher Seelen verschlangen, Seelen, die sich hatten betören lassen zu glauben, die Stadt des Menschen sei die Stadt ewiger Stärke.

Der Schmerz der Vergeblichkeit schnitt ihm ins Herz.

Du siehst, daß die Zeit ein Ende haben muß, sagte die Stimme.

„Kannst Du uns mehr Zeit geben?“, flehte er. „Noch ein wenig länger, damit wir auf dieser Erde vielleicht doch noch einen Ort für die Liebe schaffen?“

Das Böse darf das Gute nicht unbegrenzt verschlingen.

„Ich verstehe, mein Herr, aber gibt es nicht noch eine letzte Chance für uns?“

Kannst du, mein Sohn, das volle Gewicht der Zeit erfassen oder den Samen des Menschen in seiner Entfaltung durch die ganze Ordnung der Schöpfung? Kennst du die Zahl der Sterne und der Nachkommen des Fleisches, die aufgrund deines Flehens geboren würden? Würde ich noch tausend Jahre gewähren, so kämen viele Seelen ins Paradies, die sonst gar nicht existiert hätten, und viele andere würden sich willentlich in den Abgrund der Hölle stürzen.

Einen winzigen Augenblick lang fühlte Elijah das Lächeln des Schöpfers, aber es war so schnell vorüber, daß er nicht wußte, ob es nur Einbildung gewesen war. Er suchte Hilfe bei seinem Intellekt.

„Du bist ein fruchtbarer Gott. Viele Samen sind in die Erde gefallen. Viele keimen nicht. Aber unter dem Anschein der Verschwendung wird nicht verschwendet, nichts geht verloren. Riesige Bäume stürzen auf den Waldboden, verrotten und werden zu Erde, aus der die neuen Schößlinge sprießen. So ist es auch mit den menschlichen Angelegenheiten: Bewegungen entstehen, steigen auf, verrichten Deine Werk in der Welt, zerfallen, und bereiten den Humus, aus dem neues Leben entspringt. Generationen kommen und gehen. Sonne und Regen, Winter und Sommer, Saat und Ernte. Aber Dein Wort bleibt immer bestehen. Du rufst dein Volk, wieder und wieder, Generation um Generation, in diese Beständigkeit, diese geheimnisvoll fließende Stabilität – die einzige Sicherheit, nach der zu streben sich lohnt. Kannst Du nicht noch etwas Zeit auf uns verschwenden?“

Kannst du das Gewicht der Seelen tragen, die diese Zeit der Gnade verachten würden?

„Wenn du uns Zeit gibst, zu warnen und zu schützen.“

Wie viel Zeit habe ich schon gegeben. Zweitausend Jahre und wieder verfallen sie dem Vergessen.

„Gib uns die Stimme, die mit Vollmacht sprechen kann.“

Wenn ich dir die Donnerstimme geben würde, die das Fundament der Erde erschüttern könnte, würden sie die Ohren nicht noch mehr verstopfen, um nicht zu hören?“

„O mein Erlöser, Du kennst unseren Zustand, Du kennst unsere Schwächen. Wie zerbrechlich ist der Mensch! Die Mächtigen der Erde greifen nach absoluter Macht, um über das Chaos der Menschenwelt Kontrolle zu erlangen.“

Sie vergöttlichen sich selbst, um vor Gott zu fliehen.

Elijah hatte das Gefühl, daß er mit einem Richter verhandelte, der nicht nur Barmherzigkeit war, sondern auch Gerechtigkeit, der *Pantokrator*, der Herr der ganzen Schöpfung, der einem Prozeß vorstand, in welchem der Angeklagte das Ausmaß seiner Schuld nicht begriff. Der gesamte Himmel und die gesamte Hölle schauten zu. Unsichtbare Heerscharen hörten dieser Debatte zu. Einst, vor langer Zeit, in der kalten Wohnung von Pawel Tarnowski, in den schlimmsten Tagen des Winters von 1943, fand er ein Buch mit einem Gedicht über Himmel und Hölle. Er hatte es Pawel vorgelesen, während in ihrer Nähe Unschuldige von bösen Menschen erschossen wurden.

Erleuchte in mir, was finster ist;
Erhebe und bewahre, was niedrig ist;
Daß ich auf der Höhe meiner großen Frage an Dich
Deine ewige Vorsehung entdecken darf,
Um vor den Menschen die Wege Gottes zu rechtfertigen.

Mit welch naiver Freude hatte er diese Worte laut vorgelesen, mit welcher Begeisterung! Er erinnerte sich an den Klang seiner kindlichen Stimme und an den Blick von Pawels Augen –Schweigen war seine einzige Antwort.

Nun saß er hier, fünfzig Jahre später, nun selbst ein Mann, dessen Gestalt der Junge nicht hätte vorhersehen können. Ein Mann in der Wüste am Rand eines Zeitalters, der die Wege Gottes vor den Menschen rechtfertigen wollte.

„O Vater, darf ich vor Dir für unsere Seite eintreten?“

Du darfst es, Rechtsanwalt Elijah.

Anna hatte ihn so genannt. Anna, die durch die Hände böser Menschen gestorben war, so wie Ruth mit dem Baby und Pawel.

„Ich bin ein armer Rechtsanwalt im Gericht Gottes. Aber, mein Herr, ist es denn ganz unmöglich, daß die Menschheit wiederhergestellt wird? Für Dich ist nichts unmöglich. Hat Marias Schoß nicht das Unmögliche, das Undenkbare getragen? In ihrer heiligen kleinen Kammer wurde der Same genährt, der die Welt aus der Finsternis erlösen sollte. Wie in einer Doppelhelix waren darin die Märtyrer und Mystiker eingeschrieben, die Kathedralen und die Statuen, der christliche Osten und der Westen, die Gesänge der Mönche, die Enzykliken, die Gedichte, die Millionen von Kindern, die sonst nicht zur Welt gekommen wären.

Und Joseph – ein unscheinbarer Mann aus einem unbekannten Dorf – besaß das Herz eines wahren Vaters und ermöglichte das Entstehen einer neuen Welt. Joseph – der Ziehvater einer vaterlosen Welt, die lebende Ikone des Vaters. Er war ein Hörender, offen für die Botschaften Gottes, und trug so dazu bei, daß Du als Mensch zu uns kommen konntest. Sein Gehorsam schützte Deine Existenz. Seine Wachsamkeit, seine Gerechtigkeit, seine Fürsorge, seine Liebe machten es Dir möglich, als Mensch zu wachsen. Was für ein Wunder – und was für ein Skandal. Warum so viel Schwäche? Warum die Armut, die Kleinheit, die Verborgenheit? Es macht keinen Sinn: du entscheidest Dich, in einer kalten Zeit geboren zu werden. Der Himmel kommt auf die Erde herunter in einer gefahrvollen Zeit. Der Retter Israels offenbart sich als Ohnmächtiger – für mein Volk, für meine Vorfahren war es das Ende. Das ist das Rätsel, das Paradox und der Skandal: Du kamst im schlechtesten Moment."

Ich kam zu unmöglicher Zeit, und die Welt, die mächtig war und todkrank, die in ihren Sünden brannte und starb, wurde wiedergeboren.

„Wohin ist das Licht? Wohin die Hoffnung, die mit Dir geboren wurde? So viel Zeit ist vergangen in der Dunkelheit. Du mußt es uns immer wieder sagen: Deine Stärke liegt in der Schwäche. Nazareth in Galiläa war der Ort, wo die unzerstörbare Botschaft zuerst gelebt wurde. Sie hat uns das gelehrt, Deine Mutter. Sie wird in jeder Generation wieder und wieder gelebt, oft angesichts übermächtigen Widerstands. Zivilisationen entstehen und vergehen. Heilige und Tyrannen, Könige und Arme werden geboren, werden alt und sterben. Kulturen, Theorien, Ideologien, Theologien, Bewegungen, Moden breiten sich aus und verschwinden wieder. Deswegen kann unser Glaube niemals nur ein System religiösen Denkens sein, eine Ethik oder eine schöne Kultur. Deswegen können Wunder und Visionen nie genügen. Wenn alles auf seinen wesentlichen Kern reduziert wird, dann bleibt der Glaube an Einen, der uns liebt; der Glaube an Jesus, wahrer Gott und wahrer Mensch, der einzige Christus, der im Herzen Seiner Kirche wohnt, Er, der war, der ist und der kommen wird. Deswegen ist die universale Kirche unser Zuhause, der Thron, auf dem Du regierst, eine Kirche, die in der Zeit ist und gleichzeitig außerhalb der Zeit. Deswegen stehen ihre Türen immer offen für Anna und Smokrev und Billy und für mich und selbst für diesen Besessenen, der die Welt beherrschen möchte. Willst Du die Türen für die

Menschheit verschließen?“

Du sprichst, als wäre die Summe der menschlichen Seelen ein einziges Ding. Die Menschheit ist kein Organismus. Jede Seele wird gewogen, als wäre sie die einzige.

„Willst Du all das beenden? Wenn ja, dann werde ich es akzeptieren, vielleicht sogar verstehen. Aber was ist mit Deiner Kirche? Sie geht durch Perioden des Triumphes und durch Perioden, in denen sie fast besiegt erscheint. Vielleicht ist ihre größte Herrlichkeit unter einem Stein verborgen, scheinbar tot, aber in Wahrheit ganz lebendig in Erwartung eines neuen Frühlings. Ich denke oft an unsere kleine Märtyrerin Severa dort unten in den Katakomben des Callistus: *Schlafe, kleine Taube, ohne Bitternis, ruhe im Heiligen Geist.* Kleines Mädchen, Bezwingerin der Löwen! Sie wird am Jüngsten Tag auferstehen. Wir werden ihr Auge in Auge begegnen, mit ihr sprechen, unserer kleinen Schwester, unserer Mutter im Geist. Und meine Tochter, die nie geboren wurde, die nie auf einen Berg stieg und in deren Haaren nie der Wind spielte. Ich werde ihre Kinderzeichnungen sehen, ihre Gedichte, ihre Lieder, die ins Sein kamen. Ich sehe ihr Lächeln. Ich sehe die Zeit der Aussaat in Ramat Gan und die Ernte, die nie eingeholt wurde. Ich sehe alles, was hätte sein können. Die zarten Buchstaben, die in die Oberfläche der Schöpfung eingeschrieben worden wären, hätten eine Geschichte erzählt, die sagt ‚Ich bin' und ‚Ich war hier'. ‚Die Welt ist schön. Ich bin glücklich und ich liebe das Leben!'

Und auf der tieferen Ebene drückte sie das Gewahrsein der Seele aus, daß Er, der den Mandelbaum blühen läßt, mich geschaffen hat. Sie hat nicht lange genug gelebt, um Dir das sagen zu können.“

Ich habe sie geschaffen und sie ist bei Mir. Sie ist glücklich.

„Deine Worte trösten mich. Aber ich bitte Dich um Geduld. Ich habe noch mehr zu sagen. Gib uns Söhne und Töchter und Zeit, damit sie Kinder des Lichts werden – für Dich! Ich kenne die Zukunft nicht, denn ich bin klein und blind. Du hast meine Hände gesalbt und ihnen die Macht verliehen, Dich auf die Erde zu bringen, damit wir durch Dich genährt werden. Aber wird es noch eine Herde geben, die geweidet werden muß? Wirst Du noch Glauben finden, wenn Du wiederkehrst? Wir wissen es nicht. Nur Du weißt es. Aber wir wissen eines sicher: jene, die Du mit Deinem Feuer berührst, werden in Dir neu geboren. Gib uns dieses Feuer, denn wir sterben in der Kälte.“

Wie viele sind wie du in dieser dunklen Zeit? Nur wenige. Elijah, mein gutes und blindes Kind, du bist ein Mandelbaum, der auf trockenem Boden blüht.

„Laß mich den Samen für einen neuen Frühling hervorbringen, nicht den Samen des Fleisches, sondern den Samen des Geistes, der Tote wieder zum Leben erweckt. Denn Du hast mich so geschaffen – nach Deinem Ebenbild. Du hast diese Seele erschaffen, die mit Dir ringt. Gib uns noch Zeit, um Worte zu sprechen, die Lügen zerstören. Wenn die Tyrannen und die Propagandisten und die Wissenschaftler, die nach dem Leben greifen, alle dahin sind, wenn sich der Haß und die Hoffnungslosigkeit erschöpft haben, dann wird die Erde trauern und neu geboren werden. Laß das geschehen, Vater, bewahre Deine Braut, die Kirche, durch alle Zeiten. Laß jene, die mit Tränen säen, mit Freuden ernten.“

Die Stimme gab keine Antwort mehr, und er war allein unter den Sternen. Er ging ins Haus, legte sich auf seine Matte und schlief.

* * *

Am Sonntagmorgen wanderte Elijah mit Bruder Esel den Berg hinauf. Sie gelangten in der Höhe auf ein Plateau, auf dem die trockenen Felder mit Gestrüpp überwachsen waren. Sie überquerten es und kamen zu einem Weg, der sich in großen Schwüngen durch das Land nach Osten zog zu dem christlichen Dorf, wo Elijah mit einer kleinen Gemeinde die Sonntagsmesse feierte. Es war eine zweistündige Wanderung, eine gute Gelegenheit, den kleinen Bruder nach seiner Erfahrung in der Höhle zu fragen.

„Ich war wach, Pater. Ich wußte immer, wo ich war, in der Höhle mit Ihnen und Pater Prior. Gleichzeitig war es wie ein Film, von dem ich ein Teil war.“

„Du hast gesprochen, als wärest du einer der Apostel.“

„Ich war dabei. Ich habe nur gesagt, was ich sie reden hörte. Ich habe nicht viel verstanden. Sie sahen nicht so aus wie die Apostel auf den Heiligenbildern. Sie waren andere Christen als wir, aber auch wieder nicht. Der Heilige Geist hat meine Seele dorthin versetzt, und ich habe einfach zugeschaut, was geschah. Ich habe es in meinem Herzen gehört und gesehen. Wenn sie weinten, weinte ich auch. Wenn sie glücklich waren, war ich es auch. Sie war so schön, Pater Elijah. Ihr Gesicht …“

Der Bruder fand keine Worte. Er stammelte, dann sagte er nur: „Ich kann es Ihnen nicht beschreiben. Sie müssen es selber sehen."

Der Kleine pfiff vor sich hin und hüpfte wie ein Kind. Manchmal legte sich ein Glanz auf sein Gesicht, der nicht von dieser Welt zu sein schien.

Ein einziger Telefondraht zog sich über die Hügel hin zu dem Dorf, einer staubigen Ansammlung von etwa zwanzig Häusern und einem Krämerladen. Es gab eine baufällige Tankstelle, ein Postamt und eine byzantinische Kirche mit eingeschlagenen Fenstern und verbarrikadiertem Eingang.

Elijah ging in den Laden. Mit freudigem Hallo wurde er von einer dicken, weißhaarigen Frau in einem fleckigen rosa Kleid begrüßt. Das war Frau Cohen, eine bekehrte Jüdin. Sie umarmte ihn herzhaft und führte ihn in ein Hinterzimmer. Eine Dreiviertelstunde lang hörte er Beichte, dann kleidete er sich in orthodoxe Priestergewänder, die jemand aus der Kirche hatte retten können. Er zelebrierte die Göttliche Liturgie des heiligen Johannes Chrysostomos für ein paar Dutzend Seelen – Bauern, kleine Geschäftsleute, Hausfrauen und Kinder.

Nach der Messe stopfte ihnen Frau Cohen Nahrungsmittel in die Rucksäcke.

„Du hast Besuch, nicht wahr? Du brauchst mehr als sonst. Keine Widerrede. Steck das Geld zurück in die Tasche! Du willst doch nicht, daß ich böse werde? Dann müßte ich gleich wieder bei Dir beichten! Hier, nimm das Marzipan. Es ist Sonntag. Genießt es. Und hier sind noch trockene Bohnen."

Zuletzt holte sie zwei Briefe aus ihrem Ausschnitt hervor und steckte sie in den Rucksack.

„Gestern war mein Schwager aus Smyrna hier. Er hat sie für dich abgegeben."

Elijah öffnete sie erst, als er und Bruder Esel auf dem Rückweg eine Pause einlegten. Er saß im Schatten eines Felsens und betrachtete den Umschlag. Der Brief kam aus einem Gefängnis in Illinois. Die Briefmarke war in Chicago abgestempelt.

Lieber Bruder,

keine Sorge, sie können dich mit diesem Brief nicht aufstöbern. Ich habe immer noch ein paar Freunde. Das Touristenpaar, das mein Kurier ist, geht gern auf Pilgerreise an die Stätten der frühen Christen, und es hat versprochen, meine unsterblichen Worte, adressiert an einen gewissen Mr. Cohen in Smyrna, in einen Briefkasten in Istanbul einzuwerfen. Ich muß sagen: du kommst wirklich weit herum! Du erlaubst doch, daß ich dich duze? Schließlich sind wir beide in der Verbannung.

Ich habe deine Handschrift erkannt, aber wohl kein anderer auf dieser Seite des Atlantiks. Mußte grinsen über dein Alias. Seit wann nennst du dich Davy? Ich habe deine Tarnung jedenfalls sofort erkannt. Ich habe von deinen diversen Verbrechen in der Zeitung gelesen. Mir war sofort klar, was da inszeniert worden ist. Wie bei mir, richtig? Nette Leute, diese Neue-Welt-Demokraten. Ich werde in zehn Jahren rauskommen, vielleicht auch früher wegen guter Führung.

Ich kann dir nicht sagen, wie viel mir deine Worte bedeutet haben. Es war hart, aber ich habe meinen Frieden finden können mit der ungerechten Verurteilung. Es fällt auch eine Menge von mir ab. Keine Spendenbeschaffung, keine Basare, keine Auseinandersetzungen mit Autoren und Komitees – ich habe dieses ganze Affentheater nie gemocht. Kein Stolz, keine Wut. Ich arbeite in der Werkstatt. Ich lese die Bibel und verbringe sehr viel Zeit mit dem letzten Buch. Ich muß sagen, es kommt mir mehr und mehr wie eine Linse vor, durch die man scharf sehen kann. Vielleicht hat mich auch die große apokalyptische Dampfwalze erwischt, wer weiß. Endlich habe ich eine Einzelzelle und viel Zeit zu beten. Du würdest staunen, wie viele ehrliche Kriminelle es hier drinnen gibt. Sie sind schuldig und geben es zu, was viel besser ist als die Leute draußen, die sündigen und sich für unschuldig halten. Wir sind im Herzen alle kriminell, selbst jene, die, technisch gesprochen, unschuldig sind. Kain und Abel – du kennst die Geschichte.

Ein paar von den Leuten hier wollen meinen Dienst als Priester. Das ist eine große Freude für mich. Ich darf wieder ein guter, altmodischer Priester sein. Es ist nicht einfach, aber wenigstens ehrlich. Ich versuche, mir keine Sorgen zu machen. Aber manchmal tu ich es doch, über die Kirche und über dich und über die Kinder meines Bruders. Gertie ist an einem Schlaganfall gestorben. Gott sei Dank sind meine Eltern gestorben, bevor all das geschehen ist.

Es heißt, der Heilige Vater sei sehr krank. Eine ganze Menge Leute freuen sich wahrscheinlich darüber. Was wird aus der Kirche, in der so viele Zombies unterwegs sind, die sie verächtlich machen? Was kommt als nächstes, Davy? Haben wir irgendeine Hoffnung? Der Papst hat immer die Hoffnung hochgehalten, vielleicht war das seine große Gnade. Er hat uns gelehrt zu hoffen, auch wenn alles verloren scheint. Ich habe viel daran gedacht bei meinem Prozeß im letzten Dezember. Insgeheim mochte ich die Adventszeit nie, weil die ‚stille Zeit' für uns Priester ganz besonders hektisch ist. Aber dieses Jahr habe ich sie wirklich genossen, obwohl ich für etwas, was ich nicht getan habe, im Gefängnis sitze. Der Advent, der aus guten Gründen mit dem Sterben des Jahres zusammenfällt, ist ein sehr, sehr gutes Training. Anders als die alten Heiden, die von Angst besessen waren, wenn der Winter hereinbrach und sogar ihre Kinder dem unersättlichen Appetit des Todes geopfert haben, brauchen wir nichts zu fürchten. Und doch steigt der giftige Dampf dir hinterrücks ins Herz. Aber in diesem Advent habe ich gelernt, mich dagegen zu wehren. Ich lernte, der wachsenden Dunkelheit mit der Gewißheit des kommenden Frühlings entgegenzublicken.

Es hat mir gut getan, diesen Brief zu schreiben – besser als den Mond anzuheulen. Danke, daß du zugehört hast. Es passiert nicht oft, daß ich ins Schwärmen komme. Wie viele Schwärmer begegnen dir da draußen in der Wüste? Du sprachst doch von Wüste. Wo? In Afrika? In Asien? In einer Stadt in Europa? Die Wüste ist inzwischen überall, nicht wahr?

Ich hoffe, daß du irgendwo eine Zelle für dich allein hast.

Herzlichst,

Dein Ed Smith

Der zweite Brief enthielt keine Anrede und keine Unterschrift. Er war getippt und wie der erste an „D. Pastore" adressiert, c/o Mr. Cohen in Smyrna. Er war in Athen aufgegeben worden.

Sechs Wochen nach dem Poststempel bekam ich Ihre Botschaft. Ich bin erleichtert, von Ihnen zu hören, ebenso H. F., der Ihnen seinen Segen schickt. Beten Sie für ihn, denn ihm wird übel mitgespielt. Glauben Sie nicht, was Sie über ihn lesen oder sonst irgendwas über unsere Angelegenheiten. Ich hoffe, daß ich im späten Frühjahr zu Ihnen kommen kann, falls sich die politische Situation verbessert. Unser Kontakt in Konstantinopel ist sehr hilfreich. Er wird mich nach Smyrna bringen und von dort zu Personen, die Ihren Aufenthaltsort kennen. Ich weiß nicht, wo Sie sind, aber ich spüre, daß es Ihnen gut geht. Weiden Sie die Herde, die Ihnen anvertraut wurde. Ich übergebe Sie der Obhut unserer heiligen Mutter.

- *Fide,* K. G.

Elijah verstand sofort. Konstantinopel war das Büro des Patriarchen der orthodoxen Kirche. *Fide* war das lateinische Wort für Glauben. K. G. war die Kongregation für die Glaubenslehre. Der Brief stammte vom Präfekten – *Dottrina* hatte ihn Billy genannt.

Der Prior begrüßte ihn bei seiner Rückkehr in die Hütte und stellte einen Topf mit Linsen und Zwiebeln auf den Tisch. Zum Nachtisch gönnten sie sich gebratene Haferschnitten mit geröstetem Sesam und Marzipan. Elijah erzählte seinen Gefährten vom Brief *Dottrinas,* und sie fühlten sich dadurch alle sehr ermutigt.

„Stellt euch nur vor – ein Kardinal besucht uns hier!", sagte Bruder Esel. „Ich habe noch nie einen Kardinal kennengelernt."

Elijah und der Prior sagten lachend:

„Kardinäle sind genauso Menschen wie du und ich."

„Das glaube ich nicht", sagte der Kleine, sprang auf die Füße und fing an, das Häuschen aufzuräumen und den Boden zu fegen.

„Setz dich und genieße deinen Kaffee. Seine Eminenz kommt vielleicht erst in ein paar Monaten."

„Ich hoffe, daß er bald kommt, Pater Elijah. Dann haben wir hier wieder ein richtiges Kloster. Zu viert sind wir bereits ein Chor."

„Und du wirst der Prior, Bruder."

„Niemals!", sagte der Kleine schockiert. „Niemals!"

„Ich werde der oberste Theologe", sagte der Prior, „und der Koch."

„Wir werden nicht die ersten sein, die hier ein Kloster gründen“, sagte Elijah. „Diese Steine hier sind seit der Inkarnation mehr als einmal gefallen und wieder aufgerichtet worden. Hinter der Hütte ist das Fundament eines alten Oratoriums.“

„Wer hat diese Hütte wiederaufgebaut?“

„Ich. Es ist nur ein Anfang.“

„Sie haben doch nicht vor, mit der Hand ein ganzes Kloster aufzubauen?“

„Doch. Einen Stein nach dem anderen.“

Nach der Vesper ging Elijah hinaus und beobachtete, wie über der Bergkuppe im Osten ein Stern nach dem anderen aufging. Er war nicht wenig überrascht, als sich oben am Kamm die Silhouette eines Mannes gegen den tiefblauen Himmel abzeichnete, der zu ihnen hinunterschaute.

Elijah rief einen Gruß hinauf, aber er bezweifelte, ob seine Stimme so weit trug. Er winkte, und die Gestalt winkte zurück.

Er machte einladende Handbewegungen, aber die Gestalt rührte sich nicht, vielmehr signalisierte sie ihm, heraufzukommen.

Elijah wußte nicht, was er tun sollte. Dennoch folgte er der Aufforderung, stand auf, klopfte seine Hosen aus und ging den Ziegenpfad hinauf.

Als er fast oben war, erkannte er die Person. Es war derselbe Junge, der ihm vor einigen Monaten die Höhle gezeigt hatte, ein Jüngling von ungefähr sechzehn Jahren, groß und kräftig; er trug weiße Hosen und ein weißes Hemd und stand mit seinen bloßen Füßen fest auf dem Boden. Sein Gesicht strahlte wie das silbrige Meer im Westen. Da merkte Elijah, daß die Sonne schon untergegangen war, und das Leuchten auf dem bronzefarbenen Gesicht des Jungen von einer unbekannten Quelle kam.

„Jetzt zeige ich dir etwas Neues“, sagte er, „komm!“

Der Junge wandte sich um und ging bergauf, ohne zurückzuschauen. Er vertraute auf Elijahs Gehorsam. Dieser folgte ihm in der Dunkelheit nach, staunend, langsam, Schritt für Schritt.

XXII
Apokalypse

Als es immer finsterer wurde, packte Elijah die Angst. Die Gestalt vor ihm war kaum mehr zu erkennen, schließlich unsichtbar. Er rief nach ihm, bekam aber keine Antwort. Er tastete sich blind vorwärts, stolperte über einen Stein und stürzte. Er blieb sitzen und wartete. Der Junge würde es merken und zurückkommen.

Aber er kam nicht. Elijah rief nach ihm, wieder und wieder - keine Antwort, Stille. Vom Ägäischen Meer tönte ein Nebelhorn herauf. Wolken zogen von Westen her auf und verdeckten die Sterne.

Allmählich fragte er sich, ob der Junge ein Geist der Täuschung gewesen war. Wenn er ein Engel des Allerhöchsten gewesen wäre, dann wäre er längst zurückgekehrt. Ihm blieb keine andere Wahl, als auf die Morgendämmerung zu warten. Wollte er versuchen, in dieser zerklüfteten Wildnis weiterzugehen, könnte er über einen Felssturz stolpern und würde nie gefunden werden. Denselben Weg zurückzufinden, war unmöglich. Er würde sich nur verirren.

Er hatte viele Nächte seines Lebens damit verbracht, in die Dunkelheit hineinzuhorchen. Immer hatte er gebetet, und immer hatte er seine Gebete intensiviert, wenn er merkte, daß ihn wilde Gefühle und rasende Gedanken in einen Albtraum hinunterziehen wollten. Er hatte sich in Abwasserkanälen und Dachböden versteckt, in Schuppen und Erdlöchern, im Bauch von Schiffen. Er kannte den tiefsten Punkt – die dunkle Nacht der Seele im Karmel. Er kannte den Angriff auf die Sinne, die Versuchung, irgendwohin zu rennen, um der gnadenlosen Leere zu entkommen, oder aber die gesichtslose Finsternis mit Drohungen, Schluchzen oder Verwünschungen zu attackieren. Er hatte die Kunst gelernt, die Gedanken zu beruhigen, dann die Gefühle und schließlich den Geist. Jetzt betete er wie immer in solchen Situationen die Gebete des Willens. Laut rezitierte er die Psalmen, ganz langsam, Wort für Wort, um dem Druck zu widerstehen, der mit jedem Atemzug heftiger wurde.

Die Gebete fielen wie Blei aus seinem Mund. Schließlich rief er aus: „O Herr, ich brauche Hilfe. Warum hast Du mich hier hinausgeführt? Warst Du es oder war es der Feind?“

Die Nacht antwortete nicht, sie wurde nur noch undurchdringlicher und legte sich schwer auf sein Gemüt. Wohin waren die Stimmen? Warum schwiegen sie? Die Erkenntnis, die ihm am Abend zuvor aufgeleuchtet war, stieg wieder in ihm auf: *Unverschleiert sah er das Grundproblem seiner Seele – er hatte alles bekommen und doch reichte es nicht.* In der Vergangenheit hatte der Herr zu ihm durch Träume, Visionen und innere Ansprachen gesprochen. Jetzt begann er daran zu zweifeln. War das alles nur das Produkt einer wuchernden Mythologie, die in seinem Unterbewußtsein gespeichert war? War der Dialog nur ein Austausch zwischen seinen Gehirnhälften? Waren es Botschaften der Intuition an seinen Intellekt oder umgekehrt? Oder handelte es sich um reine Einbildung, der durch seinen Glauben eine Art lehramtlicher Autorität verliehen wurde? War es nicht mehr als ein Satz ethischer Gebote, ein System religiösen Denkens, eine schöne Kultur, die jetzt durch den Wind absoluter Realität weggefegt wurden? Hatte Smokrev Recht mit seinem Wolkenkuckucksheim? Vielleicht bestand die einzige Befreiung aus einem solchen Universum in der Wahl zwischen einem willentlichen Sprung in den Abgrund oder dem Trieb nach Macht über alles, was noch nicht dort hineingesaugt war, so daß eine Weile die Illusion der Freiheit von dem unerbittlichen Zug der Schwerkraft bestehen konnte.

Er wußte keine Antwort. Diese Ungewißheit vergrößerte seine Angst so sehr, daß sie wie ein Riß durch seine Brust ging und immer schlimmer wurde, bis er fürchtete, das Entsetzen könnte in Wahnsinn umkippen. Wenn das nicht bald aufhörte, würde ihn psychotische Angst dazu treiben, sich über die Felsen in die Tiefe zu stürzen, lange bevor seine Gefährten bei Tageslicht nach ihm suchen konnten. Die Aussicht zu sterben, munterte ihn einen Augenblick auf, bevor ihn schlimmen Gedanken mit neuer Kraft attackierten.

Er zwang sich, an alles zu denken, was er über das spirituelle Leben wußte, alles, was er dem Angriff der Dunkelheit entgegenstellen konnte – aber vergeblich. Mystik? Auch nur der Gedanke an die dunkle Nacht der Seele erschien absurd. Diesen Abgrund des Nichts ohne einen Funken des Trostes oder der Gewißheit für eine Stufe auf dem mystischen Weg zu erachten, schien wie Hohn. Was war sein Name? Wie hieß er? Ein Elijah ohne Rabe; ein David ohne Königreich; ein Professor Pastore, der im Schmutz von toten Zivilisationen herumstocherte; ein Bischof, der vor einer leeren Kathedrale predigte – eine Hütte aus Steinen, die eingerissen und aufgebaut wurden. Was war der Mensch? Ein Bettler, ein Held, ein König, ein Sisyphos? Ein Vater mit selbstgewählter Sterilität; ein Erfinder von Geschichten ohne Anfang und Ende, kein Held und kein Schurke; ein Maler, ein Dichter, ein Hausierer, ein Narr, der sich in Selbstmitleid suhlt; der verlorene Sohn, der das Erbe verpraßt und nach Hause zu einem Vater rennt, der nie existiert hat? Ein Engel, ein Satyr, ein Golem? Nichts davon und alles zugleich. Er war Mensch, ein bedeutungsloser Mensch, ein Mensch ohne Sinn, eine sinnlose Sammlung mentaler und physischer Schmerzen, ein Sack voller Erinnerungen, der dem Feuer des Holocaust zufällig entronnen war und eine Schleimspur des Egoismus und des spirituellen Stolzes hinter sich herzog.

Ruth? Meine Kleine, meine Tochter? Anna? Severa? Pawel?

Leere Worte. Luftblasen, die mit dem öligen Rauch brennenden menschlichen Fleisches in den Himmel steigen.

Aufstieg zum Berg Karmel? Allein der Gedanke erzeugte Brechreiz. Wie war Leben vorstellbar jenseits der grenzenlosen Ausbreitung der Verderbtheit? Auf Leben zu hoffen, vertiefte die Absurdität. Tod, die unbezwingbare Sucht. Er sehnte sich danach zu sterben, nur noch so konnte er sich eine Flucht aus dem Zusammenbruch seines Geistes vorstellen. War es ein Herzanfall? Ihm fehlte der Mut, sich umzubringen. Wenn er nur näher an den Felssturz herankäme, sich nur ein wenig hinüberlehnte, und er wäre im freien Fall, aus dem es kein Zurück mehr gäbe. Ja, dazu war er gerade noch fähig, ein halber Unfall, ein halber Selbstmord. Die Selbstauslöschung eines Feiglings. Er versuchte aufzustehen, aber seine Beine gaben nach und er fiel wieder auf den Boden. Er konnte nicht mehr gehen, aber er konnte noch kriechen. Er wollte seinen lebenden Leichnam dort hinüberschleppen an den Rand und sich hinüberrollen; eine andere Wahl blieb ihm nicht in der perversen Logik, die sein Leben vernichtet hatte.

Er war sein Geist, der unter einem eingeebneten Kosmos zerdrückt wurde. Aber eine Dimension hatte er noch, an der schleifte er seinen Körper durch die zusammengepreßten Ringe der Hölle, für immer gefangen in der

Sinnlosigkeit des Wortes *verdammt.*

Nur noch Vernichtung war seine Sehnsucht. Wenn er ihr begegnete, würde er sie verschlingen – nein, er würde sich in ihr Maul stürzen, und sie würde ihn verschlingen.

Er schlug mit dem Kopf an einen Felsen und verlor das Bewußtsein.

* * *

Die Schmerzen in seinem Kopf weckten ihn im grauen Licht der Morgendämmerung auf. In seinem Mund war Dreck und in seiner Seele Asche. Erst dachte er, er sei in der Hölle, denn die Hölle könnte immer noch existieren, selbst wenn es den Himmel und das Fegefeuer nicht gab.

Neben seinem Gesicht war ein Stein, auf dem war Blut. Er rollte sich auf den Rücken und starrte an die Decke des Universums, aber sie fiel nicht herab und begrub ihn nicht.

Er quälte sich auf die Füße und lehnte sich gegen den Felsen. Auf der anderen Seite war ein Kliff, das dreihundert Meter zum Meer hinabstürzte.

Das Meer war noch da. Es seufzte.

Ein Vogel sang.

Es gab also Vögel im Flachland des Universums.

Elijah sprach in den Wind, denn es gab in diesem Universum auch Wind.

Eli, Eli, wo bist Du?

Gott hört nicht. Er schweigt.

Der Rauch brennender Leiber steigt ewig empor.

Sie haben mich nackt ausgezogen, haben das Haar von meinem Körper rasiert und mich mit Kameras gefilmt.

Ich bin aus Angst geflohen, und Du hast mich in noch größere Angst geführt. Aber Du warst nicht dort.

Es genügte ihnen nicht, die Dichtung zu vernichten, sie warfen den Dichter ins Feuer und auch er stieg auf.

Du warst nicht da.

Es genügte ihnen nicht, Männer zu töten, sie rissen den Körper einer Frau auf und schnitten das lebende Kind heraus. Und sie stiegen auf, Mutter und Tochter, sie stiegen auf zu einem Ort, der nicht existiert.

Warum warst Du nicht da?

Fäuste schlugen auf alte Männer ein, die ihre Gebete verrichteten und die Arme zum Himmel erhoben hatten.

Und auch sie stiegen auf.

Du warst nicht da!

Sie stahlen den Kindern die Gebete aus ihren kleinen Mündern, rissen ihnen die Glieder aus wie Puppen. Das letzte, was sie mit ihren aufgerissenen Augen sahen, bevor sie in die Grube geworfen wurden, waren die lachenden Gesichter starker Männer.

Aus der Grube rief ich zu Dir, aber Du hast nicht geantwortet.

Du warst nicht da!

Sie haben unsere Hände und unsere Füße durchstochen.

Wir waren *rachmanim bnai rachmanim* – ein barmherziges Volk, die Söhne barmherziger Leute.

Aber Du hast nicht geantwortet. Und wir sind nicht hinaufgestiegen.

Baruch dayan emet – Gott ist der wahre Richter, sagten wir.

Das Verbrechen geht weiter ohne Ende, aber der Richter und der Pfad existieren nicht mehr.

Sie haben unsere Knochen numeriert.

Aus der Tiefe riefen wir zu Dir.

Sie verlosten unsere Kinderzeichnungen und Lieder.

Aber Du hast nicht geantwortet. Du hast uns im Stich gelassen.

Wir haben Dir unser Wort und unser Leben gegeben.

Du hast zugelassen, daß sie unser Wort entwürdigten. Sie stahlen uns das Leben.

Wir wurden erwachsen und suchten am Himmel nach Zeichen.

Aber Du hast uns kein Zeichen gegeben.

Wir flehten und flehten, Du mögest kommen.

Aber Du bist nicht gekommen.

Der alte Mann – der alte, alte Mann Elijah rollte sich neben dem Felsen zu einem Ball zusammen.

„Ich bin am Ende. Ich habe genug“, sagte er zu dem Felsen. „Du kannst mich jetzt töten. Ich bin nicht besser als meine Vorfahren.“

Da berührte eine Hand seine Schulter.

Er glaubte nicht an die Hand.

Sie schüttelte seine Schulter.

„Steh auf."

Er öffnete die Augen, hob den Kopf. Ihm gegenüber, unter einem Ginsterstrauch, stand der Junge.

Sonnenstrahlen schossen durch den Nebel, tanzten um ihn herum und vermischten sich mit dem Rauch eines Kohlenfeuers. Seine Kleider waren blendend weiß. Sein Gesicht strahlte im bernsteinfarbenen Morgenlicht.

„Steh auf und iß!"

Elijah blickte um sich und wahrhaftig, neben seinem Kopf sah er Brot, das in glühender Asche gebacken war, und einen Krug mit Wasser. Der Junge sagte ein zweites Mal: „Steh auf und iß! Sonst ist der Weg zu weit für dich."

Elijah stand auf und aß und trank.

„Warum hast du mich alleingelassen?"

„Ich habe dich nicht alleingelassen."

„Ich war allein."

„Du warst nicht allein."

„Ich hatte Angst."

„Du hattest sehr große Angst, wo keine Angst war."

„Warum hast du mich nicht beschützt?"

„Am dunkelsten Ort gebe ich großes Licht."

„Du hättest es beenden können."

„Wenn ich das getan hätte, dann gäbe es keine Ernte."

„Ich verstehe nichts."

„Bist du der Herr?"

„Ich bin ein Diener wie du."

„Wer bist du?"

„Wer ist wie Gott? Niemand ist wie Gott!"

„Wer bist du?"

„Wer ist wie Gott? Niemand ist wie Gott! – Das ist mein Name."

„Ich bin fertig. Geh! Ich möchte sterben."

„Du bist erschöpft. Vor lange Zeit hast Du diese Wehen und diese Last angenommen. Hast du es vergessen?"

„Ich erinnere mich nicht."

„Deine Seele erinnert sich. In deiner Seele ist das Siegel deines Bundes."

„Ich weiß nichts."

„Du weißt nichts, aber du hast gehorcht."

„Ich will sterben."

„Jetzt können wir beginnen."

Der Junge führte ihn in die Wüste. Eine Nacht und einen Tag wanderten sie. Solange Elijah ihm folgte, ohne zu fragen, wurde er weder müde noch hungrig, obwohl sein Herz ein sterbendes Ding in seiner Brust war, sein Geist nur Leere, sein Fleisch nur Last.

Am dritten Morgen kamen sie zu einer Höhle.

Der Junge deutete nach innen.

„Hier wirst du ausruhen. Ich werde aus deinen Augen verschwinden, aber ich bin bei dir und dein Engel ist auch mit dir. Fürchte nichts. Was dir geschehen ist, wird in vielen Leben Früchte tragen."

Elijah saß im Eingang der Höhle und schloß die Augen.

Als er sie wieder öffnete, war die Nacht hereingebrochen und Donnergrollen stieg vom Osten her auf. Regen fiel. Blitze zuckten über den Himmel, aber die Stimme des Herrn war nicht darin.

Ein wildes Feuer loderte im Tal auf, aber der Herr war nicht darin.

Ein heftiger Sturm riß an den Büschen und Bäumen, aber der Herr war nicht darin.

Ein Erdbeben erschütterte die Berge, aber der Herr war nicht darin.

Am siebenunddreißigsten Tag kam der Junge zurück und blieb bei ihm. Er zeichnete Elijah das Kreuz auf die Stirn, und Kraft kehrte in ihn zurück.

„Deine Mission ist bald zu Ende, aber der größere Teil steht dir noch bevor."

Am achtunddreißigsten Tag sagte der Junge zu ihm: „Der Sturm hat dich nicht vernichtet, weder das Feuer, noch der Blitz, noch das Erdbeben."

Am neununddreißigsten Tag kam eine leichte Brise aus dem Süden.

„Komm vor die Höhle", sagte der Junge.

Elijah trat vor die Höhle. Er bedeckte sein Gesicht mit den Händen.

„Warum bedeckst du dein Gesicht?"

„Wer kann Gott sehen und am Leben bleiben?"

Im sanften, leichten Säuseln war der Herr.

„Schau!"

Er nahm die Hände von den Augen, und siehe, der Morgenhimmel war plötzlich schwarz und das Zeichen des Menschensohnes stand am Himmel und Licht strömte aus den Wundmalen.

„Das ist eine Vision von dem, was noch nicht ist, aber bald sein wird. An diesem Tag wird jedes menschliche Geschöpf seine Seele nackt im Lichte Gottes erkennen. Dann muß er sich entscheiden. Du wirst Zeugnis für mich geben – gegen den Mann der Sünde, der sich in meinem Haus niederlassen und auf den Thron Gottes setzen will.

Elijah hob die Arme und schrie auf, und der Himmel wurde wieder hell. Er schaute sich um, der Junge war weg. Langsam setzte er einen Fuß vor den anderen und ging dorthin zurück, woher er gekommen war.

* * *

Am Morgen nach Elijahs Verschwinden war ein Knabe an der Tür der Hütte aufgetaucht und hatte die beiden informiert, daß Elijah in vierzig Tagen zurückkäme. Er beauftragte den Prior, während Elijahs Abwesenheit in das Dorf zu gehen, dort die Messe zu lesen und Beichte zu hören. Er verschwand ohne ein Wort der Erklärung.

Blaß vor Staunen starrten der Prior und der Bruder auf die leere offene Türe, als hätten sie eine Erscheinung gesehen. Sie gehorchten den Anweisungen, und vierzig Tage später kehrte Elijah zurück.

Er konnte von seinen Erfahrungen nur sehr unzureichend berichten. Die normale Sprache war nicht dafür ausgerüstet, das mitzuteilen, was ihm widerfahren war. Vieles war in seiner Seele geschehen und konnte einem anderen Geist nicht vermittelt werden. Die Sprache der Mystik und des Gedichts kam dem näher, aber sie konnte auch nur in die Richtung der Erfahrung weisen. Wenn er eine Metapher fand oder eine Analogie, dann benutzte er sie, aber der Prior und der Kleine konnten die Bedeutung nie ganz erfassen. Der Kleine konzentrierte sich auf die Fakten der Erzählung, und der Prior versuchte sich mit theologischen Abstraktionen zu helfen. Letztlich verstanden ihn beide nicht. Sie wußten nur, daß er in die Wüste gegangen war, in einer Höhle gelebt hatte und etwas von Gott empfangen hatte.

Elijah brauchte nur noch wenige Stunden Schlaf. Während die anderen schliefen, ruhte er, las die Schrift im Licht einer Laterne, sann nach, betete und wartete.

Gehorsam hatte der Engel gesagt.

Einfachheit.

Nichtwissen.

Das war sein einziger Reichtum. Das war sein Fundament. Sein Geist war nicht mehr mit Fragen, Ängsten und intellektuellen Erwägungen beschäftigt. Die physischen Tätigkeiten wie Holz sägen, den Boden kehren, die Steine des Oratoriums aufrichten, waren ihm eine süße Pflicht.

Der Herr schickte ihm jetzt Träume. In der dritten Nacht nach seiner Rückkehr träumte er von einer Versammlung in einer modernen Großstadt.

Viele Bischöfe der Welt zelebrierten eine Liturgie auf einem herrlichen Altar, aber der Altar stand nicht in einer Kirche; er stand auf einem Podium in einer Kongreßhalle. Hunderte von Prälaten waren da, umgeben von Priestern und Laien. Alle trugen teure Gewänder. Die heiligen Gefäße waren reich verziert. Der Hauptzelebrant öffnete den Mund, und ein Stern brach durch den Boden und fuhr in ihn hinein und aus seinem Mund kam ein Strom glänzender Worte der Finsternis hervor. Die Menge lauschte und klatschte und brach in tumultartigen Jubel aus. Aber unter ihnen waren einige, die in Schweigen verfielen, weil sie den Worten nicht trauten. Sie waren nur wenige und konnten nichts dagegen sagen.

Der Zelebrant erhob einen schwarzen Stern über der Menge, und alle faßten sich an den Händen und umtanzten diesen Kreis.

„Wir bauen die Stadt des Menschen", sangen sie, „und wandeln die Nacht in den Tag."

Nein, schrie Elijah, *nein!* Er versuchte ihnen zuzurufen, daß sie getäuscht wurden, aber er wurde nicht gehört.

Jene, die den glänzenden Worten der Finsternis nicht zugestimmt hatten, bemühten sich, ihn zu verstehen, konnten aber nur einige Wortfetzen aufschnappen. Sie schauten auf ihre Füße und wußten nicht, was sie denken sollten.

„Schaut nach oben!", flehte er sie an. Aber sie schauten nicht nach oben.

Dann hämmerte es an den Türen. Schwarze, maskierte Männer mit automatischen Waffen rannten in die Halle. Sie richteten ihre Waffen auf die Priester und schossen auf sie. Blitzartige Flammen zerrissen die Bischöfe und die Priester und die Laien, und sie stürzten zu Boden. Das Singen verwandelte sich in Schreien. Die Menschen flohen in alle Richtungen, aber die Türen waren verschlossen. Die Todesschützen feuerten in die Menge, bis der Boden mit Leichen bedeckt war, die in Blut schwammen. Dann wurde Elijah von diesem Ort weggenommen, und er erwachte.

In der nächsten Nacht träumte er von einem gewaltigen Sturm. Wie ein Hirte führte er eine Schar Kinder durch düsteres Ödland. Er war angesichts der überwältigenden Aufgabe mutlos.

Schau hinauf, sagte eine Stimme.

Er schaute auf und sah in der Tiefe des Himmels eine Stadt. Sie hatte zwölf Tore. Auf der Festungsmauer standen zehntausend mal zehntausend Menschen, winkten ihn mit lauten Rufen herbei, er solle eintreten. Er befand sich in einiger Entfernung vom Haupttor, kam nur langsam vorwärts, weil die Kinder verängstigt und verwirrt waren und weinten und er achtgeben mußte, daß sie sich nicht in der Finsternis verliefen. Er mußte seinen Schritt verlangsamen, damit keines zurückbleiben und verloren gehen würde. Hinter ihm war die Welt und der wütende Sturm und schwarze Wolkentürme, von Blitzen durchzuckt, in der Mitte ein rotes Auge, das die Kinder verschlingen wollte. Daß die Flucht zum Heiligtum so langsam ging, war eine Qual, aber ein Engel trat aus dem Tor und flog um die kleine Herde herum. Er schlang ein goldenes Band um sie und führte sie vorwärts. Er wachte auf, als sie das Tor erreicht hatten.

In der folgenden Nacht sah er einen Jungen, der durch die Ruinen einer zerbombten Stadt stolperte. Er war nackt, abgesehen von der *Tallis,* dem Gebetsschal, den er sich um die Lenden geschlungen hatte. Er schluchzte über den Verlust von allem, was wahr und gut und schön in der Welt war. *Alles verloren, alles.* Er ging an Männern und Frauen vorbei, die stehenblieben und ihn auslachten, weil er nackt war.

„Bereut!“, schrie er ihnen zu.

„Bereuen? Was denn?“, riefen sie höhnisch zurück.

„Das Feuer brennt schon“, sagte er.

„Schau dich um“, antworteten sie. „Da ist kein Feuer. Wir haben das Feuer besiegt.“

„Alles ist normal“, sagte ein anderer.

„Alles ist nicht normal“, sagte der Junge.

„Frieden“, schrien sie, „Frieden!“

Sie warfen Steine nach ihm, und er rannte weg. Er stürzte und stand wieder auf, fiel wieder und kroch über den Boden, dabei schnitt er sich an Glasscherben. Auf Händen und Knien bewegte er sich vorwärts, bis er an den Rand eines Bombentrichters kam. Auf dem Grund befand sich ein Priester, der die Messe las. Der Altar war eine Pappschachtel mit ein paar Kerzenstumpen, der Kelch eine Blechdose und die Patene ein zerbrochener Teller. Da erkannte er, daß es der Papst war, dem drei Bischöfe ministrierten. Dreißig oder vierzig Laien, in Lumpen gekleidet, knieten am Altar. Sie beteten die Hostie an, die der Papst erhoben hatte. Blendendes Licht ging von ihr aus und drängte die Finsternis zurück, zwei Stunden und noch eine Stunde und eine halbe Stunde. Die Menschen beteten an, aber sie hatten Angst. Der Papst betete mit tränenerstickter Stimme.

Schau nach oben, sagte eine Stimme.

Der Junge in der *Tallis* schaute nach oben, und da im Himmel, direkt über dem Papst, war eine Frau, bekleidet mit der Sonne, und auf ihrem Haupt war eine Krone aus zwölf Sternen. Sie schaute mit großer Liebe auf die kleine Schar im Bombentrichter hinunter. Sie waren von Heiligen umgeben.

Er entdeckte viele unter ihnen, die er liebte: Johannes von Avila mit dem Kreuz, David mit der Harfe, Maximilian aus Auschwitz mit zwei Kronen, Beatus von Liébana mit Federkiel und Pergament, Maius mit Wortspielen und Pinsel, Severa mit der Taube und ein seltsamer alter Mann mit einem Raben. Der Alte schaute den Jungen in der *Tallis* an und lächelte.

Hinter der Gruppe der Heiligen sah er einen weiteren Chor von Männern und Frauen, die sangen und Gott lobten. Unter ihnen waren Billy und Matteo und eine alte Frau mit einem Einkaufsnetz. Hinter ihnen stand wieder eine andere Gruppe von Gestalten in weißen Kleidern, und unter ihnen war eine junge Frau, die ein kleines Mädchen in den Armen wiegte. Das Kind streckte dem Jungen die Arme entgegen und lächelte. Rechts von ihr stand eine Frau mit einer Waage in der Hand, um die Richter der Erde zu wiegen. Der Mann neben ihr hielt eine Ikone über seinen Kopf.

„Wer sind diese Leute?", fragte der Junge.

Du solltest sie kennen, antwortete die Stimme.

„Woher sind sie gekommen!"

Das sind die, die aus der großen Bedrängnis kommen; sie haben ihre Gewänder gewaschen und im Blut des Lammes weiß gemacht.

Die Frau mit dem Kind, die Frau mit der Waage und der Mann mit der Ikone sahen ihn an und lächelten.

Elijah erwachte.

* * *

Am 15. August ging Elijah mit Bruder Esel ins Dorf. Nach der Messe war eine Hochzeit zu zelebrieren und eine Taufe zu spenden. Als alle fort waren, bekamen sie in der Küche hinter dem Laden von Frau Cohen Tee und eine deftige Mahlzeit. Sie schimpfte sie wegen ihrer schäbigen Kleidung, drehte das Radio an und kommentierte ständig die Nachrichten.

„Ich weiß nicht, was dieses ganze Trara soll", grummelte sie. „Er macht also große Sachen! Und wenn schon! Jeder kann mit Millionen Dollar große Sachen machen. Ich trau dem Kerl nicht."

„Warum nicht?", fragte Elijah.

„Es ist einfach ein Gefühl", sagte sie und stand am Herd wie ein Kapitän auf der Brücke.

„Sieh dir das an! Sie sind schon fertig, Vater? Ihr Männer eßt nicht richtig da draußen in der Wildnis. Hier, nehmen Sie noch!"

Ohne auf seinen Protest zu achten, lud sie ihm eine große Portion gebratenen Mais, Reis und Ziegengulasch auf den Teller, ebenso Bruder Esel.

„Ich meine den ganzen Unsinn, er wäre der einzige, der die Welt wieder in Ordnung bringen könne. Das habe ich schon mal gehört."

„So?"

„Ich war erst sechs, als wir aus Deutschland raus sind. Wir gingen in Frankreich aufs Schiff und kamen irgendwann in Istanbul an, kurz bevor der Krieg ausbrach. Papa wollte mit uns nach Palästina, aber da sind wir nie angekommen. Die Engländer ließen uns nicht hinein. Ich kann mich nicht mehr an viel erinnern. Als wir größer wurden, erzählten uns Mama und Papa über Hitler, daß jeder dachte, er würde Europa retten. Wie konnten sie nur so dumm sein, können Sie mir das sagen?"

„Im Nachhinein ist es leicht, weise zu sein."

„Wahrscheinlich haben Sie Recht. Aber er ging wie ein Wolf, heulte wie ein Wolf und am Schluß war er ein Wolf. Warum waren alle so überrascht?"

„Der Präsident heult nicht in der Öffentlichkeit."

„Natürlich nicht. Er ist so nett, nicht wahr. Aber warten Sie nur. Sobald er alle in die Tasche gesteckt hat, wird er anfangen zu heulen."

Sie beugte sich über ihre Pfannen und schlug sich plötzlich mit der Hand an die Stirn.

„Wie konnte ich das vergessen! Hier ist eine Botschaft für Sie. Mein Schwager kommt heute Nachmittag von Smyrna hier herunter und bringt einen Besucher mit. Macht es Ihnen etwas aus zu warten?"

Kurz nach drei Uhr knatterte ein rostiger alter Chevrolet in den Hof und wirbelte dicke Staubwolken auf. Ein kleiner dicker Mann kam hinter dem Steuerrad hervor und drückte Frau Cohen einen Kuß auf die Backe. Auf der Beifahrerseite stieg ein schlanker Herr aus und ließ seinen Blick in die Runde schweifen. Er war wie die Arbeiter dieser Gegend angezogen. Er hatte weiße Haare und einen nachdenklichen Blick. Als er Elijah aus der Tür traten sah, strahlte er und ging auf ihn zu. Die beiden Männer umarmten sich.

„Eminenz, ich freue mich sehr, Sie hier zu sehen."

„Und ich freue mich überaus, daß ich Sie wohlauf finde."

„Wie lange bleiben Sie bei uns?"

„Leider nur kurz. Am Mittwoch holt mich Mr. Cohen wieder ab. Ich will versuchen, nach Israel weiterzureisen. Ich habe Botschaften für den Patriarchen von Jerusalem."

„Ziemlich strapaziös, um eine Botschaft zu vermitteln."

„Wir haben Schwierigkeiten mit den üblichen Informationswegen. Der Heilige Vater hat mich gebeten, die Botschaft selbst zu überbringen."

„Sie können nicht fliegen?"

„Italien und Israel halten uns mit bürokratischen Schikanen hin. Wir können nicht mehr länger auf das Visum warten. Immer wieder Aufschub und Verzögerungen. Es ist natürlich manipuliert. Niemand will, daß wir in Israel sind, wenn der Präsident nächsten Monat ankommt."

„Eminenz, es ist ein langer Weg zu unserem Haus. Zwei Stunden durch unwegsames Gelände. Fühlen Sie sich dazu imstande?"

„Kein Problem", sagte er und holte einen großen Rucksack aus dem Auto. „Gehen wir."

Nachdem sie sich bei den Cohens verabschiedet hatten, machten sie sich auf den Weg.

Pater Prior, Bruder Esel, *Dottrina* und Elijah redeten bis spät in die Nacht.

Elijah erfuhr, daß Don Matteo im Winter an Lungenentzündung gestorben war. *Stato* hatte Herzprobleme und war in den Ruhestand gegangen. Kardinal Vettore kam nicht mehr in den Vatikan, war aber sehr aktiv. Er war rund um den Globus unterwegs, sprach vor den nationalen Bischofskonferenzen über ein neues Zeitalter der Nationalkirchen, gab Interviews, schrieb Artikel und machte sich überall Freunde.

„Ich weiß nicht, wie er das schafft", sagte *Dottrina.* „Alle Türen scheinen ihm offenzustehen, aber wir rennen nur gegen verschlossene."

„Sie sprachen von einem Zusammenbruch der Kommunikationskanäle?", fragte Elijah.

„Die Verbindungen zwischen dem Stuhl Petri und den örtlichen Kirchen werden nach und nach ausgeschaltet. Die universale Kirche ist in Verwirrung, ständig bringt die Presse Nachrichten über immer neue Spaltungen. Bischöfe gegen Bischöfe, Kardinäle gegen Kardinäle. Bemühungen, die Treuen hinter dem Papst zu sammeln, haben fast keinen Erfolg. Unsere Leute lesen nicht; sie denken nicht! Die wenigen katholischen Zeitschriften, die noch rechtgläubig sind, werden isoliert und als fundamentalistische Bastionen verleumdet. Die Sicherheit von Telefon und Post ist nicht mehr gewährleistet. Auch das Computernetz ist gefährdet, kürzlich wurde dem Vatikan die Erneuerung des Satellitenkanals verweigert."

„Sie erdrosseln uns langsam", sagte der Prior.

„Von langsam kann keine Rede sein", meinte *Dottrina.* „Sie treiben es so schnell wie irgend möglich voran, aber so, daß die Öffentlichkeit nicht beunruhigt wird."

„Was ist das Ziel unserer Feinde?", fragte Elijah.

„Sie wollen, daß die Welt glaubt, wir hätten nichts mehr zu sagen. Sie wollen uns zum Schweigen bringen. Wir haben einen Kurzwellensender, aber er wurde durch unbekannte Ursachen ebenfalls gestört, Radiopiraten wahrscheinlich."

„Man könnte meinen, wir wären im Krieg", warf der Prior ein.

„Wir sind im Krieg", sagte Elijah.

„Es ist eine sehr eigenartige Situation. Ständig sind wir diesen Rechtsverletzungen ausgesetzt, aber in den Medien keine Spur davon. Jeder glaubt, alles sei ganz normal."

„Was wird der Heilige Vater tun?"

„Was kann er tun? Er spricht und spricht, aber selbst wenn manche seiner Worte die Menschen erreichen, hören sie kaum zu."

„Wie geht es ihm gesundheitlich?"

„Nicht so gut wie letztes Jahr, aber sie kennen ja seinen unbezwingbaren Geist. Ich konnte ihn dazu bewegen, gewisse Krisenpläne auszuarbeiten für den Fall, daß der Vatikan angegriffen wird."

„Halten Sie das wirklich für möglich?"

„Gegenwärtig nicht. Der Anschein der Normalität muß gewahrt bleiben. Das ist entscheidend für die Pläne unseres Gegners. Er schlägt heimlich zu und erst dann, wenn nicht mehr viele da sind, die uns unterstützen."

„Sie meinen doch nicht physische Gewalt?", fragte der Prior.

Der Kardinal zog die Augenbrauen hoch. „Vielleicht nicht. Aber wir können uns menschlich gesehen auf gar nichts mehr verlassen. Sie haben bereits einige unserer Leute aufgrund gefälschter Anklagen festgenommen, manche wegen persönlicher Sünden, andere wegen angeblicher politischer Vergehen. Allmählich zieht sich die Schlinge um uns zu, und ich bin sicher, daß der Vatikan das eigentliche Ziel ist."

„Wenn es so weit kommen sollte, werden Sie dann den Heiligen Vater drängen, sich in Sicherheit zu bringen?"

„Ich habe die Schweiz vorgeschlagen. Vielleicht Australien, aber auch dort macht die Kirche Kompromisse, und ich kenne nicht mehr als eine Handvoll Bischöfe, die ihn willkommen heißen würden."

„Amerika?"

„Die Kirche dort ist völlig blockiert. Der Präsident der Vereinigten Staaten ist einer der stärksten Unterstützer unseres Feindes. Aber es ist müßig, sich darüber Gedanken zu machen. Der Heilige Vater würde Rom niemals verlassen."

„Nicht einmal, um den Stuhl Petri zu retten?"

„Er glaubt, daß er das am besten tut, wenn er sein Leben dafür aufopfert."

„Als Märtyrer?"

„Er ist überzeugt, daß der Herr ihn für diesen Weg ausersehen hat, und er weigert sich, das zu vermeiden."

„Wir müssen für ihn beten!", rief Bruder Esel, der sich zum ersten Mal zu Wort meldete. Die drei Priester sahen, welche Überwindung es ihn gekostet hatte, den Mund zu öffnen.

„Du hast Recht, Bruder“, sagte der Kardinal.

Sie neigten den Kopf, und *Dottrina* leitete das Gebet für den Schutz des Papstes. Als er fertig war, stand er auf, räumte die Kaffeetassen vom Tisch, stellte sie in den Ausguß und begann sie abzuwaschen. Bruder Esel starrte ihn an, als hätte er eine Erscheinung.

„Bitte, Euer Eminenter, ich meine Euer Exzellenter, ich meine Herr Kardinal, das dürfen Sie nicht tun!“

„Warum nicht, Bruder?“

„Weil … weil das *meine* Aufgabe ist!“

„Du meinst, ich hätte um Erlaubnis fragen müssen?“

„Ja – nein! Nein, so habe ich es nicht gemeint!“

„Bruder, würdest du mir bitte erlauben, das Geschirr abzuwaschen?“

„Nein, Herr! Ich meine ja! Also ….nein!“

Der Prior verbarg seine Belustigung, und der Kardinal reichte Bruder Esel demütig den Abwaschlappen. Der war verwirrt und wußte nicht, wie er sich aus der unmöglichen Situation retten konnte.

Elijah kam ihm zur Hilfe. „Bruder, darf ich den Kardinal einen Augenblick mitnehmen? Ich würde ihm gerne das Oratorium zeigen.“

Bruder Esel nickte heftig mit dem Kopf und beugte sich über den Abwasch, um sein rotes Gesicht zu verbergen.

Elijah und *Dottrina* gingen hinaus und stiegen über eine niedrige Mauer ins Oratorium. Es war zum Himmel hin offen und vom Vollmond erleuchtet.

„Es tut mir leid, ich wollte ihn nicht in Verlegenheit bringen.“

„Er wird sich schnell davon erholen“, sagte Elijah.

„Warum wollten Sie mit mir allein sprechen?“

„Ich brauche Ihr Urteil zu einem bestimmten Problem. Aber erst muß ich Ihnen von etwas erzählen, was der Herr mit mir gemacht hat.“

Mit dürftigen Worten versuchte Elijah mitzuteilen, was er während der vierzig Tage in der Wildnis erlebt hatte. Als er fertig war, schwieg der Kardinal.

„Es ist eine biblische Erfahrung“, sagte er nach einer Weile leise.

„Ich weiß nicht, warum das geschehen ist, oder was als Nächstes kommen wird, jedenfalls keine Einzelheiten. Ich weiß nur, daß der Herr mich nach

Jerusalem ruft, um dort gegen den Feind Zeugnis zu geben."
„Dann müssen Sie gehen."
„Das ist klar. Aber wie werde ich hinkommen? Was soll ich sagen?"
„Ihre Aufgabe ist es zu gehorchen. Die Worte werden Ihnen dann gegeben."
„Soll ich alleine gehen? Ich fürchte, daß ich meine zwei Gefährten in Gefahr bringen könnte."
„Ich weiß nicht. Sie könnten vielleicht mit mir reisen."
„Haben Sie die notwendigen Papiere, um über die Grenzen zu kommen?"
„Genug, um bis nach Jordanien zu gelangen. Von dort aus werden mir Freunde einen Passierschein nach Israel besorgen."
„Ich könnte Ihnen Schwierigkeiten machen. Ich bin immer noch ein gesuchter Mann."
„Wir könnten gemeinsam bis nach Amman reisen, und von dort müßten Sie auf Ihre innere Führung vertrauen."
Sie ließen die Sache offen, ginge in die Hütte und schliefen.

* * *

Nach dem Frühstück wanderten sie den Berg hinauf. Keiner sagte dem Kardinal, wohin sie gingen. Bruder Esel freute sich darüber ganz besonders, und als sie auf der antiken Straße waren, lief er aufgeregt voraus, blieb stehen, bis ihn die anderen eingeholt hatten, und rannte wieder los. Von der übergroßen Ehrerbietung des Vortages war nichts mehr übrig, vielmehr rief er dem Kardinal ein „Weiter-Euer-Ehren" zu, wann immer sie zurückblieben.
„Immer mit der Ruhe", mahnte ihn der Prior. „Hab ein wenig Barmherzigkeit mit uns. Wir sind alte Männer!"
Als sie am Eingang der Höhle angekommen waren, war der Kleine schon drinnen. Er saß hinten an der Rückwand auf dem Boden, lächelte selig und Tränen strömten aus seinem guten Auge.
„Was ist das für ein Ort?", fragte der Kardinal.
Niemand gab ihm eine Antwort.
Er schaute sich um und fiel mit einem lauten Seufzen auf die Knie.

„*Theotokos*", sagte er.

Sie blieben einige Stunden in der Höhle. Niemand sprach etwas. Licht erfüllte sie, Kraft strömte in sie ein. Die vier Männer erhoben gleichzeitig die Arme, sangen und priesen Gott.

Immer größer wurde ihre Freude und die Lieder strömten wie aus einem Mund. Tränen rannen ihnen wie Salböl über die Wangen.

Als der Strahl der untergehenden Sonne in die Höhle hineinfiel, legte sich Bruder Esel hin und schlief sogleich ein. Der süße Strom der Gnade versiegte allmählich und hinterließ die drei Priester in tiefem Frieden. Der Kardinal blickte auf den schlafenden Bruder.

„Ihr nennt ihn Bruder Esel, ein eigenartiger Name. Mag er ihn denn?"

„Seit ich ihn kenne, ist das genau der Name, den er wollte."

„Wie ist sein Ordensname?"

„Ich bin mir nicht sicher. Könnte sein, daß er am Tag seiner Gelübde den Namen Bruder Enoch bekam."

„Sollten wir ihn nicht mit seinem richtigen Namen ansprechen?", schlug der Kardinal vor?

„Wenn Sie meinen. Aber er würde das nicht mögen."

„Könnte sein", sagte der Kardinal nachdenklich.

In diesem Augenblick stieß der Kleine einen scharfen Schrei aus und fuhr hoch. Er hielt eine Hand über das schlechte Auge.

„Was ist los, Bruder?", fragte Elijah.

„Es brennt, es brennt!"

Elijah kniete sich neben ihn und zog die Hand von seinem Auge.

Die Narbe, die normalerweise weiß war, war entzündet.

Bruder Esel griff nach der rechten Hand Elijahs und legte sie auf sein schlechtes Auge. Elijah versuchte sie zurückzuziehen, aber der Bruder hielt sie fest. Die Narbe an seiner Hand wurde heiß. Er konnte ihre Form spüren, ein Kreuz, wie ein Brandzeichen.

„Was ist mit ihm? Geht es ihm gut?", fragte der Prior?

„Lassen Sie nur", sagte der Kardinal.

Dann lockerte sich der Griff des Bruders, und er legte sich zurück. Elijahs Hand brannte nicht mehr, obwohl das Mal noch zu sehen war.

„Öffne deine Augen", sagte er.

Der Bruder öffnete beide Augen. Er blinzelte mit dem schlechten Auge, und Tränen liefen heraus.

„Ich kann sehen", flüsterte er außer sich vor Staunen. „Mit beiden Augen. Ich kann sehen!"

* * *

An einem schönen Septembermorgen kamen zwei Männer zu Fuß aus der Wildnis Moab im Osten an den Jordan und überquerten ihn am Fort Hajalah. Niemand sah sie, und auf der israelischen Seite hielt sie niemand an, um ihre Papiere zu kontrollieren. Von dort gingen sie querfeldein nach Süden, bis sie auf eine Asphaltstraße kamen. Sie gingen den ganzen Tag lang weiter nach Westen, tranken aus ihren Wasserflaschen und aßen nichts außer einer Handvoll Feigen und Datteln. Autos und Lastwagen und militärische Fahrzeuge fuhren in beiden Richtungen an ihnen vorbei.

Am frühen Abend kamen sie an eine Kreuzung, wo die Straße in eine Schnellstraße mündete mit dichtem Verkehr in beiden Richtungen. Eine Stunde später gelangten sie auf eine Anhöhe und schauten auf Jerusalem, das sich vor ihnen ausbreitete.

Sie blieben stehen und legten ihr Gepäck ab. Sie hoben die Hände, und der Ältere von beiden rief laut:

„Wir preisen Dich, Gott, allmächtiger Herr, denn Du hast uns aus der Wüste herausgeführt.

Wir preisen Dich, denn Du hast große Dinge vor den Mächtigen verborgen und den Niedrigen offenbart.

Deine Feinde führen Krieg gegen uns.

Hier, inmitten großer Bedrängnis, verherrlichen Dich Deine Diener."

Auf der Innenseite seiner rechten Hand war ein Kreuz, das im Licht des roten Himmels brannte.

„Ruhm und Ehre gebühren allein Dir, o Herr!", rief der Jüngere, in dessen Augen sich das goldene Jerusalem spiegelte.

Du bist das Alpha und das Omega,
der Erste und der Letzte,
der helle Morgenstern.
Der Geist und die Braut sagen: „Komm!"

Bleibe bei uns, wenn wir jetzt dem Feind entgegentreten,
auf daß wir standhaft bleiben,
und stärke das, was noch übrig ist.

So gingen Enoch und Elijah in die Stadt hinunter, während über ihnen ein Düsenflugzeug zur Landung auf dem Flughafen am Meer ansetzte.

Da nahm ich das kleine Buch aus der Hand des Engels und aß es. In meinem Mund war es süß wie Honig. Als ich es aber gegessen hatte, wurde mein Magen bitter. Und mir wurde gesagt: „Du mußt noch einmal weissagen über viele Völker und Nationen mit ihren Sprachen und Königen."

Dann wurde mir ein Meßstab gegeben, der aussah, wie ein Stock, und mir wurde gesagt: „Geh, miß den Tempel Gottes und den Altar, und zähle alle, die dort anbeten! Den Hof, der außerhalb des Tempels liegt, laß aus und miß ihn nicht; denn er ist den Heiden überlassen. Sie werden die Heilige Stadt zertreten, zweiundvierzig Monate lang. Und ich will meinen zwei Zeugen auftragen, im Bußgewand aufzutreten und prophetisch zu reden, zwölfhundertsechzig Tage lang."

Sie sind die zwei Ölbäume und die zwei Leuchter, die vor dem Herrn der Erde stehen. Wenn ihnen jemand Schaden zufügen will, schlägt Feuer aus ihrem Mund und verzehrt ihre Feinde; so muß jeder sterben, der ihnen schaden will. Sie haben Macht, den Himmel zu verschließen, damit kein Regen fällt in den Tagen ihres Wirkens als Propheten. Sie haben auch Macht, das Wasser in Blut zu verwandeln und die Erde zu schlagen mit allen möglichen Plagen, sooft sie wollen. Wenn sie ihren Auftrag als Zeugen erfüllt haben, wird sie das Tier, das aus dem Abgrund heraufsteigt bekämpfen, besiegen und töten. Und ihre Leichen bleiben auf der Straße der großen Stadt liegen. Diese Stadt heißt, geistlich verstanden: Sodom und Ägypten; dort wurde auch ihr Herr gekreuzigt. Menschen aus allen Völkern und Stämmen, Sprachen und Nationen werden ihre Leichen dort sehen, dreieinhalb Tage lang; sie werden nicht zulassen, daß die Leichen begraben werden. Und die Bewohner der Erde freuen sich darüber, beglückwünschen sich und schicken sich gegenseitig Geschenke; denn die beiden Propheten hatten die Bewohner der Erde gequält. Aber nach den dreieinhalb Tagen kam von Gott her wieder Lebensgeist in sie, und sie standen auf. Da überfiel alle, die sie sahen, große Angst. Und sie hörten eine laute Stimme vom Himmel her rufen: „Kommt herauf!" Vor den Augen ihrer Feinde stiegen sie in der Wolke zum Himmel hinauf. In diesem Augenblick entstand ein gewaltiges Erdbeben. Ein Zehntel der Stadt stürzte ein, und siebentausend Menschen kamen durch das Erdbeben um. Die Überlebenden wurden vom Entsetzen gepackt und gaben dem Gott des Himmels die Ehre.

Offenbarung 10,10–11,13

Danksagung

Ich danke dem polnisch-kanadischen Dichter Christopher Zakrzewski für seine Übersetzung der Krim-Sonette und die Erlaubnis, daraus in Pater Elijah zu zitieren, auch für seinen redaktionellen Beistand. Sehr dankbar bin ich auch Marc Sebanc, Übersetzer, Essayist und Romancier, für seine weisen Einsichten und seine Aufrichtigkeit. Vor allem aber will ich meiner Frau Sheila danken, deren redaktionelles Feingefühl unübertroffen ist. Ihre Nachsicht mit mir, wenn ich bei Tisch geistesabwesend in die Ferne starre, wird eines Tages belohnt werden.